LEXIS ABLE

WO WIND UND WELLEN SICH BERÜHREN

CARLSEN

VORBEMERKUNG FÜR DIE LESER*INNEN

*Liebe*r Leser*in,*

dieser Roman enthält potenziell triggernde Inhalte. Aus diesem Grund befindet sich hier eine Triggerwarnung. Am Romanende findest du eine Themenübersicht, die demzufolge Spoiler für den Roman enthält.

Entscheide bitte für dich selbst, ob du diese Warnung liest. Gehe während des Lesens achtsam mit dir um. Falls du während des Lesens auf Probleme stößt und/oder betroffen bist, bleib damit nicht allein. Wende dich an deine Familie, Freunde oder auch professionelle Hilfestellen.

Wir wünschen dir alles Gute und das bestmögliche Erlebnis beim Lesen dieser besonderen Geschichte.

Lexis und das Carlsen-Team

Für Rina, Shane und Caden.
Drei besondere Menschen in diesem Buch.

Für Larissa, Janina und Vroni.
Drei besondere Menschen in meinem Leben.

PLAYLIST

L-O-V-E – JOSEPH VINCENT

STAND BY ME (ACOUSTIC) – MATT JOHNSON

COASTLINE – HOLLOW COVES

TALKING TO THE MOON – BRUNO MARS

HEAD IN THE CLOUDS – HAYD

CAN'T HELP FALLING IN LOVE – JOSEPH VINCENT

PLAY PRETEND – ALEX SAMPSON

ALONE – SHANE BYRNES

MR BRIGHTSIDE (ACOUSTIC) – MATT JOHNSON

FALLE FÜR DICH – TOM TWERS

AND THEN SOME – ALEX SAMPSON

LIVING IN A HAZE – MILKY CHANCE

ONE CALL AWAY – CHARLIE PUTH

TRUSTFALL – PINK

WEIT WEG – WINCENT WEISS

ONE MORE LIGHT – LINKIN PARK

BELIEVER – IMAGE DRAGONS

NO MATTER WHAT – BOYZONE

MAKE YOU MINE – PUBLIC

DON'T LET ME GO – SEM EISINGER

LEAVE ME ALONE (I'M LONELY) – PINK

ICH WILL NUR – PHILIPP POISEL

PICK UP THE PHONE – HENRY MOODIE

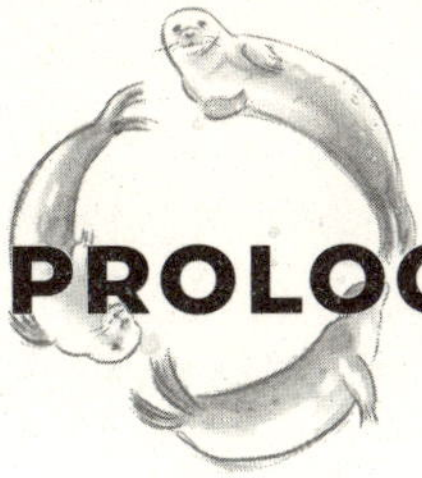

PROLOG

CADEN

»Wo bist du so lange gewesen, Caden?« Rina macht die letzten Schritte durch den Sand auf mich zu und bleibt vor mir stehen. Der abendliche Wind fährt durch ihr Haar und wirbelt die rötlich schimmernden Locken auf.

»Ich habe hier auf dich gewartet«, gebe ich zurück und fange diese eine Haarsträhne, die ihr ins Gesicht fällt, mit meinen Fingern auf.

»Das wusste ich nicht.« Als Rina lächelt, erkenne ich den Schneidezahn, von dem seit unserem Skateboardunfall in der dritten Klasse ein kleines Stück fehlt. »Du hättest etwas sagen müssen.«

Ihr Haar ist samtig und weich, und ich beuge mich leicht nach vorne, weil ich mich nach ihrem Duft sehne, so lange schon. »Ich habe es dir gesagt.« Mein Herz klopft schneller. »Ich habe dir gesagt, dass ich auf dich warte.«

»Bist du dir sicher?«

Ein Keuchen entkommt mir. »Seit Jahren habe ich nichts anderes getan, Rina.« Als ich meine Hand an ihre Wange lege, spürt sie mit geschlossenen Augen meiner Berührung nach. »Nur gewartet. Auf dich.«

Mit beiden Händen fasse ich in ihr Haar und beuge mich tiefer zu ihr. Rina öffnet die Augen, die Sonne lässt die grünen Sprenkel darin leuchten. Sie lächelt, sobald mein nächster Atemzug ihre Haut streift.

»Rina. Endlich.« Die Erleichterung, die ich fühle, lässt mich glücklich lächeln.

In der Sekunde, bevor sich unsere Lippen berühren, blinzelt Rina plötzlich. Es wirkt fremd. Ein einzelner Wimpernschlag und sie *schaut an mir vorbei. Unaufhaltsam gleitet mir dieser wundervolle Moment aus den Fingern wie feiner Sand.*

Rina lächelt noch einmal, aber nicht für mich. Als sie an mir vorbeiläuft, weiß ich bereits, wer in meinem Rücken aufgetaucht ist. Trotzdem schaffe ich es nur langsam, mich umzudrehen. Mein bester Freund Shane winkt mir zu, bevor er Rina auffängt und an sich drückt. Dann küsst er sie.

Ein spitzer Schmerz treibt sich in mein Herz. Ich bin wie erstarrt und kann meinen Blick nicht losreißen, obwohl es so wehtut. Die beiden schauen wieder zu mir, nachdem Shane Rina abgesetzt hat. Er bedeutet mir, zu ihnen zu kommen, aber das schaffe ich nicht.

Weil ich zu lange gewartet habe.

»Dr. Delon?«

Mit einem tiefen Atemzug schrecke ich aus der Ohnmacht meines Schlafes hoch. Ich blinzle gegen das grelle Licht an und erkenne das Gesicht von Paula wieder.

Grob drückt sie mir die Wasserflasche vom Nachttisch in die Hand. »Ein Verkehrsunfall mit drei Schwerverletzten trifft in sieben Minuten ein, wir brauchen Sie – wenn möglich munter.«

Ehe ich der dienstältesten Pflegerin hier in der Notaufnahme antworten kann, ist sie aus dem Ruhezimmer verschwunden. Die Tür fällt nicht ganz ins Schloss, sodass die Geräusche von hastigen Schritten am Krankenhausflur zu mir dringen. Ein Blick auf die Ziffernuhr an der Wand zeigt, dass es kurz nach drei Uhr morgens ist. Eine Stunde, ich habe nicht einmal eine Stunde geschlafen.

Die Müdigkeit der letzten Tage und Wochen hat sich bis in meine Knochen geschlichen, weshalb ich es nur unter Anstrengung schaffe, mich aufzusetzen. Sofort kehren die wummernden Kopfschmerzen zurück und zwingen mich dazu, die Augen zuzukneifen. Rina und Shane sind immer noch da, so echt, als würden wir gemeinsam zu Hause am Strand stehen.

Nein, nicht gemeinsam. Sie beide als Paar. Ich allein.

Ruckartig stehe ich auf und versuche dem Bild der beiden zu entkommen. Mein Verstand hat längst kapiert, dass Rina jetzt noch unerreichbarer ist als in den letzten Jahren. Nicht weil ich hier in Phoenix bin und sie in San Diego. Sondern weil sie jetzt zu Shane gehört. Ich bin gegangen und das Schicksal hat entschieden. Nur muss mein Herz erst lernen, mit dieser Tatsache zu leben. Bis dahin vergrabe ich mich weiter in Arbeit.

Mit zitternden Fingern öffne ich die Wasserflasche und trinke sie in einem Zug halb leer, in der Hoffnung, die Flüssigkeit besänftigt meinen unruhigen Körper. Das rotierende Gefühl von Hektik in mir nimmt mit jedem Tag zu und ich bekomme es immer schwerer wieder unter Kontrolle.

Angespannt lege ich den Kopf in den Nacken und gebe mir ein paar wenige Atemzüge Zeit, um den ganzen Scheiß zu verdrängen, der mich allmählich wahnsinnig macht. Ich schüttle die Hände aus, ziehe mir den weißen Kittel an und stecke das Stethoskop in die Tasche. Die immer gleiche Routine hilft mir, mich zu konzentrieren. Als ich mir über das Gesicht reibe, bemerke ich den feinen Schweißfilm, der inzwischen ständig meine Haut überzieht. Ohne weiter darüber nachzudenken, greife ich in den Kittel und hole die orange Dose mit den Tabletten heraus. Mechanisch nehme ich zwei davon in den Mund und spüle sie hinunter.

Obwohl das Lorazepam noch keine Wirkung haben kann, kehrt augenblicklich Ruhe in mir ein. Der Herzschlag trampelt nicht mehr in der Brust und die Kopfschmerzen werden gedämpft. Ich hebe meine Hände und warte, bis auch das unbändige Zittern aufhört. Die hellen Stellen, die meine Ringe unter der Sonne von San Diego hinterlassen haben, wirken fremd und verblassen allmählich. Erst als ich meine Hände mit aller Kraft zur Faust balle, stoppen die unkontrollierten Bewegungen, doch das Kribbeln in den Fingern bleibt. Ich werde es kaum noch los.

Verdammt. Ich muss mich konzentrieren und meine Arbeit machen. Deswegen bin ich hier in Phoenix. Um Unfallchirurg zu werden und meinem Leben einen neuen Fokus zu geben.

Ich wische mir die feuchten Hände am Stoff des Mantels ab und ignoriere die matte Erschöpfung. Dann hole ich noch einmal tief Luft und trete aus dem Ruheraum. Es braucht lediglich das hektische Treiben der letzten Vorbereitungen in der Notaufnahme, damit sanfte Adrenalinwellen durch meinen Körper gleiten, die mich augenblicklich funktionieren lassen.

Mit schnellem Schritt gehe ich nach vorn zur Schaltstelle und checke, für welchen Traumaraum ich zugeteilt bin. An der Schleuse tausche ich meinen Kittel gegen Kopfbedeckung und Mundschutz, und der Geruch des Desinfektionsmittels versetzt mich unter Anspannung. Ich dachte, die Angst vor der Überforderung und vor Fehlern würde mit der Zeit abflachen und ich ruhiger werden, aber dem ist nicht so. Vielmehr steigert sich durch die wachsenden Erwartungen an mich selbst die Panik, zu versagen.

Noch einmal pumpe ich meine Fäuste auf und zu und ziehe mir dann die Handschuhe über. Das Vibrieren in meinen Fingern hat inzwischen ganz aufgehört, was gut so ist – ein Chirurg mit zitternden Fingern ist ein verfickt großes Problem.

Mit einem zuversichtlichen Lächeln im Gesicht, das nicht unechter sein könnte, trete ich durch die Schiebetür.

»Guten Morgen noch einmal«, sage ich laut und werde von meinem Team begrüßt, das den vorbereitenden Arbeitsabläufen folgt.

»Ich dachte schon, wir müssen Sie aus dem Schlaf wach küssen«, sagt Paula zu mir und blickt vom Monitor hoch. Sie zeigt auf den Oberarzt. »Dr. Gander hätte sich freiwillig gemeldet.«

Ich grinse. »Hätte ich das gewusst, wäre ich noch liegen geblieben.«

Dr. Gander zwinkert mir zu. »Das nächste Mal, Darling.«

Von meinem ersten Tag an hat mich der stellvertretende Leiter der Notaufnahme in sein Team integriert, als wäre ich nicht nur auf Praktikum hier, sondern bereits ein vollwertiger Mediziner. Er fordert mich, aber auf die gute Weise, und ich habe hier in den letzten zwei Monaten bereits mehr gelernt als in der Zeit auf der Unfallchirurgie in Kalifornien.

»Also gut.« Alle richten ihre Aufmerksamkeit auf Dr. Gander. »Wir wissen von drei Erwachsenen unter fünfundzwanzig Jahren, einer bei Bewusstsein, er kommt auf die Eins. Auf die Drei kommt der Patient mit dem Schädelbasisbruch, er hat das große Glück, dass unser Neurochirurg noch im Haus ist.« Dr. Gander sieht auf das Tablet, das ihm Paula hinhält. »Und wir Hübschen bekommen eine Dreiundzwanzigjährige mit unspezifischen Verletzungen im Bauchraum, offenem Trümmerbruch im Bein, Kreislauf aktuell stabil, aber hoher Blutverlust.«

In meinem Kopf greifen die antrainierten Muster und beginnen die möglichen Handlungsvariationen zu filtern, bis ich innerhalb weniger Sekunden ein Spektrum vor mir habe. Die Erfahrung mischt sich unter die Theorie und gibt mir Sicherheit, um auf das zu reagieren, was uns gleich erwartet.

»Zwei Minuten«, sagt Paula, ohne vom Tablet aufzublicken, und ich folge Dr. Gander in den Durchgang zur Anlieferung. Wir müssen dem Team ausweichen, das den ersten Verletzten entgegengenommen hat, und treten gerade hinaus ins Freie, als der nächste Rettungswagen hält. In der Sekunde, in der sich die Türen des Krankentransporters öffnen, betäubt das Adrenalin meine letzten Emotionen und ich bin da – hoch konzentriert und bereit, mit dem Team zu agieren, um die junge Frau zu retten.

Die Notärztin versorgt uns noch mit ihrer Anamnese, da sind wir schon zurück auf dem Weg in den Traumaraum, und ich habe den Sanitäter abgelöst, der bisher erfolglos versucht hat, die Blutung am Bein zu stoppen.

Gemeinsam heben wir die Patientin auf den Tisch und entfernen die letzten Kleidungsstücke. Ich weiß nicht, wer es ist, der mir hilft, die Wunde auszuspülen. Erste Knochensplitter leuchten weiß unter dem Licht der OP-Lampe, und während ich die Anweisungen von Dr. Gander verfolge, der bereits Informationen zur Computertomografie gibt, mache ich mir ein erstes Bild vom Wundverlauf.

Ohne Aufforderung reicht mir Paula den Spreizer, um die Wunde weiter zu öffnen. Ich muss wissen, woher das ganze Blut kommt, das mir, kaum abgetupft, sofort wieder die Sicht nimmt. Irgendjemand rückt mir die Lampe zurecht, da glaube ich, endlich zu erkennen, welches Gefäß der Knochen offensichtlich verletzt hat. Sehr gut. Das schaffe ich. Ich werde die Blutung stoppen, noch bevor es in den OP geht.

Schon während ich Dr. Gander das Prozedere erläutere und er es mit einem Nicken absegnet, höre ich bereits das Klappern und Klirren des Bestecks, das die Pfleger für mich vorbereiten.

Gerade als ich ansetzen will, das kaputte Gefäß freizulegen, wird das mobile CT in den Raum geschoben. So gut wie möglich komprimiere ich die Wunde und verlasse mit dem Personal den Raum.

Im angrenzenden Zimmer steht die Zeit still. Ich höre, was die anderen miteinander sprechen, und während sie erste Bilder deuten, beginne ich mich in der Vielzahl an Aufgaben zu verlieren und der Panik Platz zu machen. Meinem treibenden Herzschlag. Und der Angst. Mit einem ruckartigen Kopfschütteln befreie ich mich aus diesem Sog und bin der Erste, der durch die Tür tritt, als die Radiologietechnologin uns grünes Licht gibt.

Dr. Gander gibt dem Team weitere Anweisungen, während ich die Wunde wieder freilege. Ich werde diese Blutung stoppen, das weiß ich. In meinen Gedanken reihen sich die Optionen aneinander und ergeben einen klaren Ablauf davon, wie ich den Knochen anschließend in der Operation schiene, damit er gut zusammenwächst. Vielleicht gelingt es mir sogar, das Gewebe so zu verschließen, dass das großflächige Tattoo später wieder ein Ganzes ergibt.

»Ist der OP bereit?«, höre ich Dr. Gander und schaue hinauf zu den Monitoren. Auf den Bildern erkenne ich den Schatten einer Blutwolke, die sich bereits durch den gesamten Bauchraum zieht. Das sieht nicht gut aus, ich muss schnell sein.

Ich *bin* schnell.

Die Herzfrequenz der Patientin steigt. Sie verliert zu viel Blut, der Kreislauf wird instabil und die Zeit drückt.

»Dr. Delon?«

»Eine Minute«, antworte ich Dr. Gander und setze, ohne aufzublicken, die erste Klemme an. Knochenstücke versperren mir den Zugang zur zweiten Blutung, also ziehe ich an einem Splitter, der sich als größer erweist als vermutet. Blut spritzt heraus, aber ich lasse den genauen Punkt nicht aus den Augen, an dem ich die zweite Klemme ansetzen muss.

Ein Rucken geht durch den Körper vor mir und ich verliere für eine Sekunde die richtige Stelle. Der zweite Ruck lässt mich kurz in Richtung der Monitore blicken, deren Piepsen immer penetranter wird. Das Team im Hintergrund macht sich bereit, die Patientin in den OP zu schieben. Alle warten auf mich.

Ich will gerade nach der zweiten Klemme greifen, die mir hingehalten wird, da geht ein erneutes Beben durch die junge Frau. Nur aus dem Augenwinkel sehe ich die rötliche Locke, die sich unter den Tüchern hervorgekämpft hat und jetzt über den Rand des Tisches fällt. Sofort steht alles in mir still, während mein Herzschlag explodiert. Helle Sprenkel durchziehen mein Sichtfeld und eine Schlinge legt sich mir um den Hals.

Das kann nicht sein. Das ist sie nicht. Rina hat kein Tattoo auf dem Oberschenkel.

»Dr. Delon?«

Die Stimme von Dr. Gander kann mich nicht aus der Starre reißen. Erst eine Berührung an meinem Oberarm bringt mich dazu, wieder auf die Wunde zu schauen. Das Blut verschwimmt vor meinen Augen und das immer heftigere Piepsen versetzt mich in Panik.

Ich blinzle, nehme die Klemme entgegen und kämpfe gegen den Schwindel in mir an, der mich plötzlich schwanken lässt. *Rina.* Es könnte Rina sein. *Ich habe sie schon einmal verloren.*

Die Worte ergeben keinen Sinn, und doch lähmen sie plötzlich das Letzte, woran ich mich seit Wochen festhalte: mein Können.

Das Zittern meiner Hände bemerke ich erst, als mir die Klemme aus der Hand fällt. Es reicht nicht mehr aus, die Fäuste zu ballen, um es zu vertreiben. Die Leere in mir bleibt nicht länger verborgen.

Mein Blick hängt noch immer an der roten Locke, als Dr. Gander mich zur Seite geschoben und mit einem einzigen Griff die Klemme richtig gesetzt hat. Sie schieben die Patientin aus dem Raum und es wird still.

Der Einzige, der zurückbleibt, bin ich.

Ich schlucke. Ich habe versagt.

Schon wieder.

So stehe ich da, Atemzug für Atemzug. Ein kurzes hysterisches Lachen bricht aus mir hervor, weil ich tatsächlich geglaubt habe, ich könnte Rina einfach so hinter mir lassen. Wie mein altes Leben. Meine Familie. San Diego.

»Dr. Delon?« Paula ist durch die Schleuse getreten und ich habe es nicht einmal mitbekommen. »Sie müssen sich ausziehen.«

Ihre Stimme ist leise, zum ersten Mal, und brüllt mir damit ihr Mitleid entgegen. Ich bin erbärmlich, inkompetent.

Mechanisch ziehe ich die blutverschmierte Kleidung aus und wasche mich.

Obwohl ich auf dem Weg zu den Umkleiden niemandem begegne, spüre ich bei jedem meiner Schritte anklagende Blicke in meinem Rücken.

Phoenix war meine einzige Option. Seit ich beschlossen habe, die nächste Ausbildungsstufe hier anzutreten, hatte ich wieder ein Ziel vor Augen. Einen Lebensinhalt, der mich zumindest auf Zeit von dem Bewusstsein abgelenkt hat, dass ich Rina nie werde haben können und sie meine beste Freundin bleibt, für immer.

Ich habe gearbeitet, so viel wie möglich. Wenn der Schmerz zu laut wurde, habe ich noch mehr gearbeitet und wirklich gedacht, ich könnte der Liebe so entkommen. Dabei hat sich die Belastung längst abgezeichnet, ich war lediglich der naiven Meinung, ich hätte alles unter Kontrolle. Ich bin ein verdammter Idiot.

In der Umkleide mache ich das Licht aus. Gerade will ich mich einfach nur verkriechen und meine Wunden lecken, aber selbst die grüne Notbeleuchtung lässt erkennen, wie sehr meine Hände noch immer zittern.

Mit einem entkräfteten Keuchen lasse ich mich auf die Bank fallen und lege den Kopf in meine aufgestützten Arme. Die letzten Minuten ziehen Kreise in meinen Gedanken, betäuben mich weiter, aber immer noch nicht genug. Ich habe keine Ahnung, was zur Hölle ich jetzt machen soll.

Nur entfernt nehme ich das schwache Vibrieren wahr, das aus meinem Spind zu mir dringt und nicht verstummen will. Es ist gegen halb vier Uhr morgens – wenn es nicht Dr. Gander ist, der mich rausschmeißen will, wüsste ich nicht, wer mich um diese Nachtzeit anrufen sollte.

Ich brauche mehrere Versuche, bis ich es mit dem unkontrollierbaren Zucken meiner Finger schaffe, die richtige Zahlenkombination ins Schloss zu drehen, damit sich der Spind öffnen lässt. Das Handy vibriert immer noch, als ich es endlich in meinem Rucksack finde. Ein einziger Blick auf das Display reicht und ich muss mich wieder setzen. Wir haben das Foto gemacht, als Rina ihre Lehrabschlussprüfung bestanden hatte. Shane und ich haben sie vom Friseursalon abgeholt und an den Strand gebracht. Dann haben wir gefeiert, die ganze Nacht lang bis zum Sonnenaufgang. Wir drei sehen glücklich aus.

In meiner Erinnerung finde ich keine einzige Situation, in der ich gezögert habe, einen Anruf von Rina entgegenzunehmen. Nicht bis zu dem Zeitpunkt, als ich sie zurückgelassen habe. Jetzt gerade weiß ich nicht, ob ich heute noch mehr Enttäuschung und Schmerz ertrage.

Das Handy vibriert weiter, unaufhörlich. Es ist mitten in der Nacht. Meine Freundin braucht mich, da darf es keine Rolle spielen, wie ich mich fühle.

Ich streiche über das Display und halte mir das Telefon ans Ohr.

»Caden?«

Nur dieses eine verlorene Wort von ihr reicht aus und die Wogen in meinem Inneren türmen sich in einer schlimmen Vorahnung zu Wellenbergen auf.

»Rina? Geht es dir gut? Was ist passiert?«

»Hast du es nicht gehört?« Ihre Stimme wirkt heiser. Sie muss geweint haben. »Ein Sturm. Es hat einen Sturm gegeben.«

Angst beginnt in mir zu toben und Bilder blitzen vor meinem inneren Auge auf. Von Rina. Und Shane. Von meiner Familie.

Rina sagt irgendetwas, aber plötzliches Rauschen verschluckt ihre Worte. Ganz automatisch stehe ich auf und gehe Richtung Fenster, obwohl ich überall hier guten Empfang habe.

»Rina? Ich verstehe dich nicht.« Das muss der Wind sein. »Rina?«

»... Gebiete südlich sind verschont geblieben. Es geht allen gut. Deine Familie ist hier bei uns.«

Vor Erleichterung lehne ich mich an die Wand.

»Die Seehundstation, Caden. Shanes Dad, er wurde verletzt. Shane ist okay, aber ...« Wieder werden wir von einem Rauschen unterbrochen.

Mein Puls steigt. Shane ist mein bester Freund und ich höre die Panik in Rinas Stimme. Ich muss nicht genau wissen, was passiert ist, um mir sicher zu sein, dass sie mich brauchen. »Rina? Ich komme, hörst du? Fünf Stunden, ich bin in fünf Stunden da.«

»Wir warten hier auf dich, Caden.«

Ihre Worte krallen sich mit dem Echo des Traumes vorhin in meiner Brust fest. Ohne mich zu verabschieden, beende ich das Telefonat, unfähig, irgendetwas zu erwidern. In den letzten sieben Wochen habe ich es vermieden, Rina und Shane zu treffen. Mit Ausreden, eine fadenscheiniger als die andere. Weil ich aus meinen Träumen weiß, wie weh es tun wird, sie gemeinsam zu sehen. Aber ich kann sie nicht im Stich lassen, niemals.

Meine Finger kribbeln, als ich sie zur Faust balle und gegen irgendeinen Spind schlage – mit all der Wut, die in mir brodelt. Wut auf mich selbst.

In einer einzigen Nacht habe ich nicht nur mein Ziel aus den Augen verloren, Unfallchirurg zu werden, sondern auch meine schützende Distanz zu Rina und Shane.

Ich habe keine verdammte Ahnung mehr, wer ich bin und wo ich hingehöre.

CHOPPY WAVES

Durch starke Winde oder Strömungen verursachtes unruhiges und aufgewühltes Wasser. Die Wellen laufen zerstreut und ungleichmäßig.

KAPITEL 1

CADEN

Ich kann nicht zu ihnen.

Baumstämme und Geröll blockieren den letzten Straßenabschnitt und machen es mir selbst mit dem Motorrad unmöglich, zum *Seal for Life* zu kommen. Die Schäden lassen nur ansatzweise erahnen, in welcher Stärke der Wind noch vor wenigen Stunden gewütet haben muss. Selbst bis hierher hat es die Zelte vom nahe liegenden Campingplatz getragen, die jetzt in bunten Fetzen in diversen Ästen hängen oder lose herumliegen. Von weit entfernt nehme ich das Geräusch einer Motorsäge wahr, auf der Interstate 5 müssen die Einsatzkräfte bereits mit der Freilegung des Highways begonnen haben.

So gut wie möglich vor weiteren umstürzenden Bäumen geschützt parke ich meine schwarze Ducati und folge der Straße das letzte Stück an den Klippen der Küste entlang zu Fuß. Die Sonne ist bereits aufgegangen und verleiht dem Meer ein sanftes Glitzern. Ich erinnere mich an die unzähligen Stunden, die mein Bruder Jonah, Shane und ich dort draußen beim Surfen verbracht haben, während Rina am Strand gelesen hat. Diese Momente scheinen Jahre zurückzuliegen, nicht wenige Wochen.

Die abfallende Zufahrtsstraße zum *Seal for Life* ist mit einer dicken Schlammschicht überzogen und der umliegende Waldboden lässt sich kaum noch von dem asphaltierten Weg unterscheiden. Es riecht nach nasser Erde und frischem Holz, und wäre das alles nicht so eine verdammte Katastrophe, würde ich den Geruch sogar mögen.

Je näher ich der Auffangstation für Seehunde komme, die Shanes Eltern betreiben, desto dunkler wird das Gefühl in meiner Brust. Schon der Zustand des Waldes hier lässt erahnen, wie viel das *Seal for Life* abbekommen haben muss. Die lächerliche Hoffnung, mich zu täuschen, wird begraben, als ich die letzte Wegbiegung hinter mir lasse. Der erschütternde Anblick bremst mich aus, und ich muss stehen bleiben, um dieses Bild vor mir zu verarbeiten. Die Zufahrt und der Parkplatz vor dem Besucherzentrum sind nicht mehr als solche zu erkennen, weil sie unter der uralten Kiefer begraben sind, die der Sturm zu Fall gebracht hat. Bei ihrem Sturz hat sie die Ausstellungsräume und einen Teil des Haupthauses zerstört. Neben dem Jeep von Shanes Eltern und Shanes Cabrio erkenne ich die Reste unseres alten Baumhauses unter den mächtigen Ästen. Egal in welche Richtung ich blicke – da sind nur Zerstörung und Gefahr.

Mein Mund wird trocken. Ich habe keine Ahnung, wie viele suchterkrankte Jugendliche aktuell in der Reha-Einrichtung untergebracht sind, die zur Auffangstation gehört, und bete inständig, dass es ihnen allen gut geht. Ich weiß, dass sie für die Rettung von Verletzten den Wasserweg hätten nutzen können, aber definitiv nicht bei einem Sturm dieses Ausmaßes.

Erst jetzt nehme ich die Stille hier wahr. Normalerweise wird man von dem Gezwitscher der vielen Vögel empfangen oder vom Bellen der Seehunde. Heute höre ich nichts.

Ich bemühe mich, meine Atmung zu beruhigen und mich an dem Gedanken festzuhalten, dass es Rina und Shane gut geht. Ich muss sie nur finden.

Von hier oben kann ich nicht erkennen, wie viel Schaden die stufenartig gebauten Wohnbereiche, das medizinische Zentrum und die Auffangbecken erlitten haben. Sowohl die Aussichtsplattform als auch der Zugang über die Klippen zum Strand werden von den Trümmern des Hauses versperrt. Ich ziehe mein Telefon aus der Tasche und versuche zuerst Rina, dann Shane zu erreichen, aber beide Handys sind ausgeschaltet. Die leichte Panik beginnt mein logisches Denkvermögen zu vernebeln und ich blicke mich hektisch um. Sie müssen unten beim Strandhaus sein, das Shane seit einigen Jahren bewohnt. Wenn es noch steht.

Es gibt diesen einen Hauptweg hinunter zum Meer, der vorwiegend genutzt wird, doch jetzt verschüttet ist. Die Zugänge nach unten innerhalb der Anlage sind ebenso keine Alternative, weil sie nur über das Haupthaus zu erreichen sind. Aber wir haben einen Großteil unserer Kindheit hier verbracht, und ich erinnere mich gut an die versteckten Trampelpfade, die wir gewählt haben, um den vielen Besuchern und Touristen zu entkommen.

Die dichten Äste der umgestürzten Kiefer geben auf dem Parkplatz kaum einen Weg für mich frei. Die Nadeln kratzen mich im Gesicht und reißen den prall gefüllten Seesack auf meinem Rücken nach hinten. Ich nehme schützend meine Arme hoch und kämpfe mich Schritt für Schritt nach vorne. Bis ich die Hinterseite des *Seal for Life* erreiche, bin ich völlig außer Atem und muss die Hände an meinen Knien aufstützen, um genügend Luft zu bekommen. Nach ein paar tiefen Atemzügen folge ich dem ausgetretenen Weg entlang der steil abfallenden Klippe. Der Holzzaun zur Sicherung war früher noch nicht da, und erst jetzt wird mir bewusst, wie gefährlich dieser Zugang zum Meer ist. Als Teenager haben wir daran nicht gedacht – alles, was wir wollten, war zusammen sein. Wir drei, alleine.

Je näher ich dem versteckten Pfad hinunter zum Strand komme, desto schneller werde ich. Das rasende Pulsieren in meinem Kopf nimmt erst ab, als ich sehe, dass der Felsweg frei ist. Ohne weiter darüber nachzudenken, schwinge ich mich über den Zaun und springe mehr über die natürlichen Stufen aus Stein, als dass ich steige. Das tosende Rauschen des Meeres dringt allmählich zu mir und zieht mich an. Sie müssen da sein, das spüre ich.

Sobald ich die Klippe hinter mir habe und den sandigen Untergrund spüre, renne ich los in Richtung des Strandhauses. Und zu Rina und Shane, um für sie da zu sein.

Die kleine Hütte aus weißem Holz liegt gut geschützt in einer schmalen Bucht. Trotzdem habe ich Angst, dass das Unwetter auch davon nur Bruchstücke zurückgelassen hat. Ich weiß, wie viel Liebe Shane in den Aufbau gesteckt hat und wie wichtig es für ihn war, dabei von seinem Vater unterstützt zu werden.

Kurz bevor ich um den letzten Felsen herumgehe, zögere ich. Schon der fassbare Gedanke, Rina wiederzusehen, lässt die Mischung aus all den betäubten Emotionen für sie in mir aufglimmen. Unter ihrer Wucht taumle ich einen Schritt nach hinten. Ich bin mir jetzt nicht mehr sicher, ob ich hier sein kann. Ob ich den beiden wichtigsten Menschen in meinem Leben dabei zusehen kann, wie sie sich stetig näherkommen, während ich mich verliere. Plötzlich sträubt sich alles in mir dagegen, um diese letzte Felswand herum zu ihnen zu gehen.

»Caden?«

Die Stimme in meinem Rücken lässt mich innehalten und mit mir meine Ängste und Sorgen. An ihrer Stelle spüre ich pure Befreiung, als ich mich zu ihr umdrehe. Mit einem Mal blättert jeglicher Druck von mir ab und lässt mich hier sein, in diesem Moment, mit allem, was ich habe, und allem, was ich bin.

»Geht es euch gut, Shane?«

»Rina ist im Strandhaus, sie wurde nicht verletzt.«

Erleichterung besänftigt die Sorge in mir. Ich schlucke. »Was ist mit dir?«

Shanes Shirt ist zerrissen und getrocknetes Blut verfärbt einzelne Strähnen seiner blonden Haare.

Er nickt. »Es geht mir gut.«

Es geht Shane immer gut. Seine Schultern sind gestrafft, er wirkt unnachgiebig und stark, aber ich kenne ihn besser und sehe die Erschöpfung in seinen Augen.

Ich schüttle den Kopf. »Noch einmal, Shane: Bist du in Ordnung?«

Er schwankt, seine Mundwinkel zucken leicht, und er senkt den Kopf, nur um im selben Atemzug zu lächeln. »Ziemliches Chaos.«

Shane hat mir den Rücken freigehalten, immer. Mehr, als ich es verdient hatte. Es ist an der Zeit, dass ich dasselbe auch für ihn tue.

»Chaos, ja.« Ich erwidere sein Lächeln nicht. »Aber ich bin da. Zusammen kriegen wir das hin.«

Seine Mimik droht ihm zu entgleiten und ich erkenne das leichte Beben seiner Lippen.

»Wir kriegen das wieder hin, alles«, wiederhole ich etwas lauter und mache einen Schritt auf ihn zu. »Ich lasse euch nicht alleine.«

Eine Sekunde lang glaube ich, dass Shane erneut lächeln will und mir sagen wird, dass ich nicht bleiben muss. Weil Rina und er alleine klarkommen und ich ein neues Leben in Phoenix habe.

In dem Augenblick, in dem mein bester Freund näher kommt und mich umarmt, erstarre ich. Alles in mir steht still, einzig das ständige Zittern meiner Finger flimmert durch meinen Körper.

»Danke, Caden«, sagt er. »Dass du gekommen bist.« Erst als er mich noch fester an sich drückt, kann ich die Angst loslassen und seine Umarmung erwidern. Mir wird bewusst, wie sehr ich mich vor einer Abweisung gefürchtet habe.

Shane löst sich von mir und fährt sich durch die halblangen Haare. »Ich war mir nicht sicher, ob du kommen würdest.« Er zieht sein Lippenpiercing zwischen die Zähne. »Wir waren uns nicht sicher.«

Es tut weh zu hören, dass sie nicht darauf vertrauen konnten. Mir nicht vertrauen konnten. Noch schmerzvoller ist es, wie recht sie damit hatten. Ich habe gezögert. Ich wollte wieder weg.

»Was ist mit deinem Dad?«, frage ich Shane.

Er hebt leicht eine Augenbraue, weil er mich kennt und weiß, wann ich einem Thema ausweichen will. Dann nickt er kaum merklich und zeigt über seine Schulter. »Niemand hat mit der Stärke des Sturms gerechnet. Rina und ich waren im Strandhaus, als die Kiefer geknickt ist.« Er schließt kurz die Augen. »Wir hatten so ein verdammtes Glück, dass die vier Jugendlichen, die derzeit hier wohnen, mit den Ergotherapeuten auf einer Wanderung im National Wildlife Refuge sind. Mom und Dad dachten, das Haus wäre sicher, auch bei einem Sturm.«

Ich presse die Lippen zusammen. »Die Kiefer hat immer unnachgiebig gewirkt. Keiner hätte je damit gerechnet, dass sie bricht.«

»Der Baum hat Dad einfach unter sich begraben.« Shane spricht leiser, das tosende Meer verschluckt beinahe seine Worte. »Mom hat nur noch geschrien, ich konnte sie am Telefon kaum verstehen und bin nach oben gerannt. Rina sollte im Strandhaus bleiben.«

Er muss es nicht sagen, ich weiß auch so, dass sie ihn niemals alleine gelassen hätte.

»Der Weg war versperrt, also sind wir über die Klippen nach oben. Ich konnte Dad zuerst nicht finden, weil er unter einem Bretterhaufen lag. Er hat fast nicht geblutet, aber seine Hüften taten ihm so weh, dass wir ihn kaum berühren konnten.« Shane legt den Kopf in den Nacken. »Es hat eine Ewigkeit gedauert, bis wir ihn befreit hatten. Alles war dunkel, der Strom ist ausgefallen und Rina konnte zuerst niemanden erreichen.«

»Haben sie einen Helikopter geschickt?«

Er nickt. »Die Küstenwache hat ihn geborgen, aber Mom konnte nicht mit.«

»Die Straßen sind komplett verwüstet.«

»Mom ist über den Strand, bis zum Camp Pendleton Airport. Von dort konnte sie sich ein Taxi nehmen, nach San Diego hin sind die Straßen frei. Ich wollte sie vorhin anrufen, aber mein Akku ist leer. Der von Rina ebenso und wir haben oben in der Anlage noch keinen Strom. Im Strandhaus ist der Generator ausgefallen. Perfektes Timing, würde ich sagen.«

Ich ziehe mein Handy aus der Tasche, wähle Maras Nummer und reiche es Shane. Wir warten, aber nach einigen Sekunden gibt er mir das Telefon mit einem Kopfschütteln wieder zurück.

»Sie wird sich melden, wenn sie meine Nummer sieht, Shane.«

Er verengt die Augen. »Es ist ein gutes Zeichen, dass er nie bewusstlos war, oder? Und sich an alles erinnern konnte.«

Obwohl sich in meinem Kopf ein ganzer Fächer an möglichen Diagnosen öffnet, nicke ich. »Ist es.«

Er deutet in Richtung des Strandhauses. »Kommst du?«

»Was ist mit den Seehunden?« Ich weiß, dass ich das Unvermeidbare nur hinauszögern möchte.

»Die sind hart im Nehmen. Sie sind verschreckt, aber das wird sich legen. Ich hab die Heuler gerade gefüttert, denen geht es gut. Nur der Fisch wird langsam warm. Dein Dad sagt, er kümmert sich um frischen Nachschub, wenn der alte nicht mehr zu gebrauchen ist. Er und deine Mom waren hier, mit dem Boot, sobald der Sturm sich gelegt hatte.« Shane schaut hinaus aufs Meer, das sich in trügerischer Stille über den Horizont zieht. »Die Wasserbecken kommen ein oder zwei Tage auch ohne Pumpwerk aus. Wie es mit den Medikamentenkühlschränken der Reha ausschaut, muss ich erst rausfinden.«

»Wie geht es Christie?« Sie ist die älteste Seehunddame hier und eine richtige Diva.

»Ich hab mich noch nicht zu ihr reingetraut. Das darfst du später übernehmen.«

Wir gehen langsam nebeneinander her in Richtung Strandhaus, lassen die Schwere in unserem Rücken.

»Ich mach alles, Shane, aber zwing mich nicht zu Christie rein.«

Er lächelt. »Du bist da, das bedeutet, du bist eine vollwertige Arbeitskraft, und einer von uns muss Christie übernehmen, Bro.«

Ich spüre die Leichtigkeit und die Verbundenheit, die uns jahrelang zusammengehalten hat – egal wie schwierig es war. Und das war es.

»Ich kümmere mich um die Babys, aber nicht um Christie. Sie hat mich schon mal gebissen, hast du das vergessen?«

Shane bleibt kurz stehen und zuckt mit den Schultern. »Christie hat jeden schon mal gebissen. Das ist keine Ausrede.« Er grinst. »Du bist Arzt und das spricht für deine Kompetenz.«

»Warum? Du bist der Meeresbiologe.« Wir gehen weiter um die Felsen herum. Pelikane fliegen über uns hinweg und verschwinden hinter den wenigen Wellenbergen, die der Sturm übrig gelassen hat.

»Ganz einfach, Caden: weil du dir als Arzt selbst am schnellsten Erste Hilfe leisten kannst, sollte sie dich beißen.«

Wir beginnen zu lachen. Shanes und meine Welt ist dabei, in

Scheiße zu versinken, jede auf ihre eigene Art, und trotzdem können wir gerade lachen. Das tut einfach nur gut.

Ich wende den Blick von ihm ab und bleibe stehen. Das Strandhaus liegt vor uns, geschützt von der Klippe und eingerahmt von wenigen Palmen. Es ist, als wäre es gestern gewesen, dass wir diese Bucht bei unseren Streifzügen entdeckt haben. Wir müssen sieben oder acht gewesen sein und haben den ganzen Tag hier verbracht. Irgendwann ist die Sonne untergegangen, aber Rina wollte immer noch nicht gehen. Sie hat an diesem Abend zum ersten Mal zugegeben, dass sie lieber nicht nach Hause will.

Ich schließe zu Shane auf, der auf mich wartet, und räuspere mich. »Du hast die Fenster mit türkiser und pinker Farbe umrandet? Ich dachte, das gesamte Holz soll weiß bleiben.«

»Das war, bevor Enya Rina auf den Geschmack von bunten Farben gebracht hat.«

»Eigentlich hätte ich mir das denken können«, gebe ich zurück. Enya ist die Freundin meines Bruders Jonah und liebt es, Dinge neu zu gestalten. »Es sieht gut aus. Das Pink passt perfekt zu den Blüten in den Felsen dahinter.«

»Und zu meiner Lady«, ergänzt Shane und zeigt auf sein Surfbrett mit den pinken Finnen, das vor uns halb im Sand vergraben ist. Ich helfe ihm, es zu befreien.

»Du hast Glück, dass es nicht weggeweht wurde.«

»Die Zeit war nicht da, alles reinzuholen. Es ging schnell«, meint er, und ich spüre, wie die Schwere zurückkommt.

Nachdem er sich das Board unter den Arm geklemmt hat, gehen wir die letzten Meter auf das kleine Haus zu.

Die beiden Stufen knarzen, als Shane auf ihnen nach oben steigt und das Brett an das Geländer lehnt, das die schmale Terrasse umgibt und jetzt mit kleinen gemalten Blüten verziert ist. Er öffnet die breite Flügeltür auf einer Seite und dreht sich zu mir um. »Ich bin froh, dass du da bist. Das wird Rina beruhigen.«

In diesem Moment vibriert das Handy in meiner Hosentasche.

»Deine Mom«, sage ich, und Shane springt über die Stufen zu mir nach unten, um den Anruf entgegenzunehmen.

»Mom?« Er beginnt auf Norwegisch mit seiner Mutter zu telefonieren. Er ist zwar hier geboren, aber seinen Eltern war es immer wichtig, dass er auch seine eigentliche Muttersprache versteht und sprechen kann. Derweil bedeutet er mir, schon vor ins Haus zu gehen, und zeigt nach oben, damit ich weiß, wo Rina ist.

Um mir nichts von meiner aufglimmenden Panik anmerken zu lassen, das Zusammentreffen könnte mich komplett überfordern, nicke ich und gehe auf den Eingang zu. Shane kann nicht sehen, wie sehr meine Hand wieder zittert, als ich die Tür weiter öffne und eintrete.

Der vertraute Geruch nach Holz und frischen Orangen umfängt mich, und ein sanftes Kribbeln durchströmt meinen Körper, als Rinas ganz eigene Duftnote zu mir durchdringt. Diese Mischung aus ihrem Kirschshampoo und unserem Zuhause hier erinnert mich immer an die Früchte, die meine Großmutter eingelegt in der Küche stehen hatte und die wir uns über Vanilleeis geben durften.

Als ich meinen Seesack abstelle und die Tür hinter mir schließe, sperre ich mit dem Rauschen der Wellen alles aus, was mich nach hinten reißen will. Weg von hier, in eine Richtung, die nicht das gehalten hat, was ich mir von ihr versprochen hatte.

Ich streife mir die Schuhe ab und gehe vorbei an der Küchenzeile und dem Esstisch, hinter dem selbst gebaute Regale aus unseren alten Surfbrettern hängen. Der Schlafbereich, auf den Shane vorhin gedeutet hat, befindet sich in einer Art Halbstock, der durch eine breite Fensterfront den Blick auf den Ozean freigibt und über die Treppe neben der Küchenzeile zu erreichen ist.

Wir haben schon unzählige Nächte da oben verbracht, gemeinsam im Bett oder Shane und ich in der Hängematte oder auf der Couch. Jetzt fühlt es sich zum ersten Mal so an, als würde ich mit jeder einzelnen Treppe eine intime Grenze überschreiten. Es ist ein Kreis, kein Dreieck mehr.

Die beigen und türkisen Laken liegen über das Bett verteilt, das leer ist. Auch auf der Couch ist Rina nicht. Da entdecke ich rote Locken, die sich vom weißen Stoff der Hängematte abheben. Ich ziehe mir die Lederjacke aus und werfe sie auf das Bett, bevor ich einen Schritt nach dem anderen über den hellen Holzboden auf die Hängematte zu mache. Leise schlüpfe ich unter der Aufhängung hindurch und stehe wieder auf. Die Sonne erreicht die Glasfront zu dieser Zeit erst knapp, und doch fallen erste Strahlen auf Rina. Ich blicke auf sie hinab und sehe so viel mehr als ein schlafendes Mädchen, das mich zum Lachen bringt und auf seine ganz eigene Weise ansieht, wenn es spürt, dass es mir nicht gut geht.

Meine Brust zieht sich zusammen und der Schmerz streift meinen Körper mit scharfen Schnitten. Lautlos sinke ich auf die Knie und zwinge mich, nicht die Augen zu schließen, sondern sie weiter anzusehen. Ihre spitze Nase, auf der sich feine Sommersprossen abheben, die man nur erkennen kann, wenn man genau hinsieht. Die geschwungenen Augenbrauen. Ihre Stirn mit den zwei Narben von den Windpocken, die sie als Erste von uns hatte. Shane und ich haben Rina trotzdem besucht und uns natürlich angesteckt. Und ich habe sie dann an Jonah und Dad weitergegeben, der am meisten gelitten hat.

Ich erblicke die beiden Ohrringe, die sie sich selbst gestochen hat, weil sie schon immer mutiger war als wir. Ich sehe die Frau, die ich immer an meiner Seite haben wollte. Schon immer und für immer.

Als ich meine Augen jetzt schließe, nehme ich meine Wünsche und Träume mit und verberge sie tief in mir. Wenn ich meinen besten Freunden helfen will, muss ich mich unter Kontrolle haben. Mich und meine verdammten Gefühle.

Mit einem tiefen Atemzug mache ich mich bereit dazu, die Augen zu öffnen und der Caden zu sein, den sie brauchen. Ich schaffe das.

»Caden?«

Wie ein zarter Windhauch streichelt ihre Stimme durch meine Seele und nimmt all die Mauern mit sich, die ich gerade aufgebaut habe. Als hätten sie nie die geringste Chance gehabt, Rina standzuhalten.

»Du bist da.«

Ja. Das bin ich.

Ich öffne die Augen, um Rina anzusehen.

Und weiß nicht, ob ich jemals wieder gehen kann.

KAPITEL 2

RINA

Caden ist da. Für wenige Wimpernschläge sehe ich nur ihn und weiß, dass alles gut wird. Ich schlage die dünne Baumwolldecke zurück und setze mich auf. Als wir uns in die Augen schauen, gewinnt die Wehmut der letzten Wochen plötzlich an Intensität.

»Hey, du«, sagt er leise und lächelt, aber das Lächeln ist nicht wie das aus meiner Erinnerung. Er kann uns noch so sehr aus seinem neuen Leben ausschließen, ich spüre, dass er mich genauso vermisst hat wie ich ihn.

Vorsichtig rücke ich in der Hängematte etwas nach vorn. Es ist mir egal, dass ich nur eines von Shanes weiten Shirts über meiner Unterwäsche trage. »Ich hatte Angst«, schaffe ich es zuzugeben.

Caden fährt sich durch die dunklen Haare. »Der Sturm ist vorüber, Rina. Und Shane telefoniert gerade mit seiner Mom. Wir helfen zusammen und bringen hier alles wieder in Ordnung.«

»Nein.« Ich schüttle den Kopf. »Ich hatte Angst, dass du nicht kommen würdest, Caden.« Meine Stimme verliert an Entschlossenheit. »Dass du nie mehr kommen würdest.«

Caden schaut mich an, seine dunklen Augen wirken müde. Er sagt nichts und damit sagt er alles.

Ich presse die Hände zusammen, versuche mich an einem Lächeln. »Wir waren doch immer ein Team.«

»Rina, ihr seid jetzt ein Paar, Shane und du. Das Mindeste, was ich tun konnte, war, euch Freiraum zu geben.«

»Freiraum?« Er weicht meinem ungläubigen Blick aus. »Wir sprechen hier nicht von einem Kinoabend zu zweit anstatt zu dritt, Caden. Du bist nach Phoenix gegangen und hast uns jede Möglichkeit genommen, dich zu besuchen. Deine Anrufe wurden immer seltener, und du bist nicht mal gekommen, als dich die Zwillinge beim Abschluss ihres Segelkurses dabeihaben wollten. Sie sind deine kleinen Schwestern.«

Er streicht sich über den Bart, die Bewegungen wirken fremd. »Lia und Laurel sind sechs, und genügend andere Menschen waren an diesem Tag bei ihnen. Sie haben mich nicht wirklich gebraucht.«

»Mag sein.« Ich schlucke, denn seine Gleichgültigkeit tut weh. »Vielleicht haben dich die Zwillinge nicht gebraucht. Und du hast San Diego nicht gebraucht. Genauso wenig wie uns.«

Abweisend senkt er den Kopf. Ich muss aufstehen, gehe vor zu der Glasfront und schlinge die Arme um meinen Oberkörper.

»Aber ich«, flüstere ich. »Ich habe dich gebraucht.«

Stille. Ich habe keine Erwartung. Ich will nur, dass er es weiß. Dass er hier einen Platz hat. Sein Zuhause.

Der strahlend blaue Himmel vor mir zieht sich über den dunklen Ozean und lässt nichts von der urtümlichen Gewalt der letzten Stunden erahnen. Die glatte Wasseroberfläche kann mich nicht täuschen. Immer wieder sehe ich einzelne Wellen brechen, die sich auftürmen und von der falschen Ruhe abheben. Die letzte Nacht war schlimm. Ich blinzle. Die Zeit ohne meinen besten Freund war es auch.

Noch ehe ich die Bewegung hinter mir zuordnen kann, legen sich zwei starke Arme um mich. Cadens erdiger, edler Geruch nach Sandelholz vermischt sich mit dem seiner Lederjacke und hüllt mich ein. Die Sehnsucht der letzten Wochen bringt mich dazu, meine Augen zu schließen, ihn einfach nur wahrzunehmen. Und mit seinem starken Körper in meinem Rücken die Gewissheit, dass er zurückgekommen ist. Egal aus welchem Grund – er ist da.

»Es ist falsch, wenn du glaubst, ich habe mein Leben hier nicht vermisst, Rina«, sagt er und atmet tief aus. »Wenn du glaubst, ich hätte dich nicht vermisst. Aber ich muss den Erwartungen an mich in Phoenix gerecht werden. Es ist hart und mir bleibt schon kaum Zeit zu schlafen. Da kann ich nicht einfach meine Sachen nehmen und für ein paar Tage abhauen.«

»Du kannst es jetzt«, erwidere ich, und gleichzeitig erwachen Schuldgefühle in mir, weil ich Caden bei unserem ersten Wiedersehen so sehr unter Druck setze. Er wollte schon immer Arzt werden. Jeder weiß, dass er alles dafür tut. Bei unseren wenigen Telefonaten habe ich seine Erschöpfung herausgehört. Und ich sehe sie an ihm.

Caden löst sich von mir und hinterlässt eine Kälte an meinem Körper. Er tritt neben mich. »Ich habe aktuell ein paar Stunden gut, Rina. Dass ich nicht ständig Zeit für Besuche oder Anrufe habe, bedeutet nicht, dass ihr mir egal seid.« Seine Stimme wird leiser. »Es tut mir leid, wenn ich dich das habe glauben lassen.«

»*Mir* tut es leid«, gebe ich zurück und schaue ihn an. »Ich sollte dir keine Vorwürfe machen. Du bist jetzt da, und das ist alles, was wichtig ist.«

Caden nickt, aber dennoch fühle ich eine Distanz zwischen uns. Etwas stimmt nicht mit seinen Worten und der Leere darin. Was Caden macht, ist immer mit Emotionen verbunden, mit Leidenschaft, und es scheint, als wäre diese in den letzten Wochen erstickt. Da ist eine Härte, die ich nicht kenne. Die fremd ist.

Ich wende meinen Blick wieder den Wellen und dem Meer zu. Alles scheint sich zu verändern, also halte ich an dem fest, was wir haben.

Mit einer einzigen Bewegung findet meine Hand die von Caden. Kurz glaube ich, er könnte sich meiner Berührung entziehen. Stattdessen hakt er seinen Zeigefinger mit meinem ein und bringt mich damit zum Lächeln.

»Eins, zwei …« Ich höre die spielerische Herausforderung in seiner Stimme, als er die Worte sagt, die uns seit der Grundschule begleiten.

»Sieben«, ergänze ich die Zahlenfolge, weil die Sieben schon immer meine Glückszahl war und ich die Zahl Drei irgendwann damit ersetzt habe. »Wir haben das schon lange nicht mehr gemeinsam gesagt.«

Caden lächelt ebenfalls und schaukelt unsere Hände. »Wir haben auch schon lange nichts Waghalsiges mehr versucht.«

»Und jetzt schon?«

»Ja.« Er zieht eine Augenbraue hoch. »Jetzt bauen wir das *Seal for Life* wieder auf. Gemeinsam, als Team. So wie früher.«

Ich nicke. »Gemeinsam«, wiederhole ich und hoffe, dass es sich auch wieder so anfühlen wird wie früher.

Shane taucht plötzlich unter uns auf – er muss auf der Veranda gewesen sein – und geht jetzt mit dem Telefon in der Hand auf das Meer zu. Sein Shirt hängt noch in Fetzen an ihm herunter. Er hat vermutlich keine Sekunde geschlafen hat.

»Ich habe ihn noch nie so erlebt, Caden«, sage ich und bin mir sicher, dass Caden weiß, was ich meine.

»Gib ihm Zeit. Es war eine harte Nacht.« Er drückt kurz meinen Finger. »Für euch beide.«

»Das alles reißt ihm den Boden unter den Füßen weg. Und wenn er den Halt verliert, ist ein Rückfall sehr –«

»Wird er nicht«, unterbricht mich Caden. »Er wird den Halt nicht verlieren und keinen Rückfall haben, Rina. Er hat sich unter Kontrolle.«

Ich möchte ihm glauben, so sehr. Aber die Zweifel bleiben. Zweifel und Sorgen. Damals habe ich es nicht bemerkt, und diesen Fehler kann ich nicht noch einmal machen.

Shane steckt das Telefon weg, sein Blick ist weiterhin auf das Meer gerichtet. Ohne sich noch einmal umzudrehen, zieht er sich sein verschmutztes Shirt vom Oberkörper, steigt aus den Schuhen und streift die Shorts samt seiner Boxerbriefs ab.

Plötzlich fühl es sich falsch an, ihm dabei zuzusehen, wie er nackt auf das Wasser zugeht, und dabei Cadens Hand zu halten. Ich kann nicht sagen, ob es mein Unwohlsein ist, das Caden spürt, oder sein eigenes, aber er zieht seinen Finger zurück und ich balle meine Hand zur Faust.

Trotzdem kann ich meinen Blick nicht von Shane lösen. Nur vage erkenne ich aus dieser Entfernung die definierten Muskeln an seinem Rücken und den perfekten Hintern, der sich etwas heller vom Rest der bronzefarbenen Haut abhebt. Ich weiß nicht, wann ich begonnen habe, ihn mit diesen Augen zu sehen.

Letztendlich reiße ich den Blick los und drehe den Kopf zu Caden. Er sieht nicht mehr hinaus aufs Meer. Caden beobachtet mich. Bei der Erkenntnis überzieht Hitze meine Wangen.

Mit einem Räuspern strafft er die Schultern. »Ich kümmere mich um den Generator. Wir brauchen hier unten Strom für die Handys, um alles Wichtige zu organisieren.«

Als er sich umdreht und geht, wandert mein Blick zurück zu Shane. Inzwischen ist er einmal untergetaucht und steht gerade wieder auf. Das Wasser reicht ihm über die Hüften, und er hebt die Arme, um sich durch die nassen Haare zu fahren. Die Spiegelung der Sonne auf der Wasseroberfläche verzerrt sein Bild, und für den Moment bilde ich mir ein, es könnte auch Caden sein, der dort steht. Dann dreht sich Shane um, als würde er meine Gedanken spüren, und taucht wieder unter.

Ich zucke zusammen und mache einen Schritt nach hinten, um mich zu sammeln. Auf dem Boden vor dem Kleiderschrank liegen noch meine verdreckten Klamotten von heute Nacht. Ich schaffe es einfach nicht, sie aufzuheben. Wir hatten nicht damit gerechnet, dass der Sturm so stark werden würde. In meinen Ohren hallen noch immer die Schreie von Shanes Mom wider, die am Telefon nach ihm gerufen hat. Shane war so stark. Wo ich im Schock längst jede Handlungsfähigkeit verloren hatte, wusste er genau, was zu tun ist. Er hat seinen Vater da liegen sehen und alles darangesetzt, ihn zu befreien. Er hat ihn gerettet und sich dann um die Seehunde gekümmert.

Die ganze Zeit frage ich mich schon, wo seine Angst geblieben ist. Angst, die mich lähmte und jeden Atemzug in Besitz nahm. Ich kenne Angst. In meinem Leben gibt es sie ständig, und ich kann nicht glauben, dass Shane keine hatte. Er darf sie nicht verdrängen, nicht schon wieder. Es darf nicht so werden wie früher.

Schwankend lasse ich mich aufs Bett fallen, wo ich neben mir Cadens Jacke ertaste. Ich kralle meine Finger in das Leder und vergrabe das Gesicht darin. Sein vertrauter Geruch reicht aus, um mir Sicherheit zu schenken. Nur entfernt nehme ich wahr, wie er sich unten bewegt und Schubladen öffnet und wieder schließt. Dann wird die Tür aufgestoßen, woraufhin Shane und Caden miteinander sprechen. Da ich nicht genau verstehe, was sie sagen, schließe ich die Augen und höre einfach nur dem Murmeln ihrer Stimmen zu. Caden hier zu wissen, an unserer Seite, lässt mich tief einatmen.

Erst als Shane in seinen schwarzen Briefs vor mir in die Hocke geht, registriere ich, dass er zu mir heraufgekommen ist.

Er lächelt und streift mir eine Locke aus dem Gesicht. »Guten Morgen, Schönheit. Konntest du etwas schlafen?«

»Musste ich, nachdem du mich dazu gezwungen hast«, antworte ich und fahre ihm mit einer Hand durch die nassen Haare. Ich will ihn fragen, wie es seinem Dad geht und wie es ihm geht, aber Shane fängt meine Hand mit seiner auf und führt sie an seine Lippen. Der liebevolle Kuss auf die Innenseite meines Handgelenks schickt warme Wellen durch meinen Körper. Wenige Sekunden des Friedens, die nur uns gehören. Shanes blaue Augen, die mich an die Farbe des Meeres erinnern, treffen auf meine, und ich beuge mich nach vorn, denn ich muss ihm noch näher sein.

»Hey, mein Held«, flüstere ich.

»Hey, mein mutiges Mädchen.«

Für Shane bin ich immer etwas Besonderes, selbst wenn ich mich nicht so fühle. Als sich unsere Lippen berühren, kann ich die Emotionen nicht mehr zurückhalten und ein leises Schluchzen durchbricht unseren Kuss.

Shane scheint die Realität wieder zuzulassen. Er schließt die Augen und lehnt seine Stirn gegen meine. »Dads Hüfte und die Oberschenkelknochen sind zertrümmert. Er ist noch immer im OP, aber soweit Mom weiß, war er die ganze Zeit über stabil.«

»Er ist hart im Nehmen«, ist das Einzige, was ich sagen kann.

»Ja, ist er. Und doch ist er schon siebenundsechzig.« Shane lehnt sich wieder etwas zurück. Er schaut auf die Lederjacke auf meinem Schoß, und kurz glaube ich, er will sie nehmen und weglegen, aber dann fährt er mit seiner Zunge über das Piercing in seiner Lippe und spricht weiter. »Caden wird später mit dem behandelnden Arzt reden, dann haben wir ein klareres Bild. Mom gibt Bescheid, sobald Dad aus dem OP ist und sie Cadens Nummer weitergeben konnte.«

Mit den Fingern streiche ich über den tiefen Kratzer in seiner Brust. »Und wie geht es dir?«

»Ehrlich?« Shane drückt meine Hand.

»Immer.«

Er holt tief Luft. »Darauf war ich nicht vorbereitet. Auf nichts davon. Weder auf den Sturm noch auf Dads Hilflosigkeit. Seit dem Tod von Leiv habe ich ihn nicht mehr so erlebt, bis zur heutigen Nacht.«

Shane spricht nur selten über seinen großen Bruder. Erst nach dessen Überdosis wurde die Seehundstation um eine Reha-Einrichtung für Jugendliche und junge Erwachsene mit Suchterkrankung erweitert. Weil Mara und Alex überzeugt davon sind, dass ein Angebot wie dieses Leiv hätte helfen können.

Ich versuche mich an einem Lächeln. »Und ich habe dich noch nie so stark erlebt, Shane. Dein Dad muss stolz auf dich sein, du hast ihn gerettet und dich um die Seehunde gekümmert.«

Er sieht zwischen meinen Augen hin und her. In seinen sehe ich die peinigenden Selbstzweifel und den unerbittlichen Zwang, seinen Dad zu beeindrucken.

»Du *warst* stark und du *bist* stark«, wiederhole ich mit sanfter Stimme. »Unnachgiebig, einfallsreich. Du hast Verantwortung übernommen, uns geführt. Du warst furchtlos und hast genau gesehen, was zu tun war und in welcher Reihenfolge. Ich würde sagen, besser hätte niemand reagieren können.«

Shane steht so plötzlich auf, dass ein kalter Luftzug meine Haut streift. Er wendet mir den Rücken zu und sammelt meine verdreckte

Kleidung vom Boden auf. Die Schwere, die ihn umgibt, zeigt er nur selten, und es tut weh, mit anzusehen, dass er mir nicht glaubt. Weil er nicht an sich selbst glaubt.

Im selben Moment, in dem Shane mit seiner freien Hand frische Kleidung für sich aus dem Schrank nimmt, flackert das Licht und leuchtet schließlich durchgängig. Als ob er nicht gerade aus unserem Gespräch geflüchtet wäre, dreht sich Shane auf dem Weg zur Treppe zu mir um und geht rückwärts weiter.

Er grinst. »Ich dachte nicht, dass Caden den Generator so schnell wieder zum Laufen bringt. Das bedeutet, wir verschwenden keine Zeit und können uns sofort ein Bild davon machen, wie wir die Arbeit am besten angehen.« Dann verschwindet er nach unten, den Schock der letzten Stunden wieder gut versteckt.

Ich wusste, dass sich etwas zwischen uns allen verändern würde, wenn ich meinen Gefühlen für Shane endlich nachgebe. Ihn auf diese andere, besondere Weise kennenzulernen – als meinen Partner –, war wunderschön, aber jetzt gerade spüre ich nichts mehr davon. Eigentlich fühlt es sich so an, als hätte ich für die Nähe zu Shane mit einer Distanz zu Caden bezahlt, die nichts mit der Entfernung zwischen San Diego und Phoenix zu tun hat.

Während ich darauf warte, dass Shane aus der Dusche kommt und ich mich frisch machen kann, ziehe ich mir lockere Shorts und ein Top an und gehe nach unten.

Caden kommt gerade wieder zur Tür herein. »Hast du Papier und etwas zum Schreiben, Rina? Wir brauchen einen Plan. Ich habe gerade versucht, Enya und Jonah zu erreichen. Sie gehen beide nicht an ihr Telefon. Wir werden Hilfe benötigen.«

»Enya und Jonah sind übers Wochenende zu Besuch bei ihr zu Hause. Erinnerst du dich nicht? Es stand im Gruppenchat, du hast ihnen viel Spaß gewünscht.«

Caden nimmt gerade die dritte Tasse von den kleinen Haken an der Wand und hält inne. »Sie sind in Wyoming?« Er scheint zu überlegen. »Natürlich, sie wollten zu David. Ich habe vergessen, dass sein

Geburtstag schon dieses Wochenende ist.« Er zuckt mit einer Schulter und füllt Wasser in den Tank der Kaffeemaschine.

Ich hole Papier und die wenigen Stifte, die ich in der Schublade im Wohnbereich finden kann, und übergehe die Tatsache, dass Caden normalerweise nie etwas vergisst. Keine Einkäufe, keine Verabredungen und schon gar keine Geburtstage. Selbst wenn es nur der von Enyas Dad ist.

Der Kaffee für mich steht schon auf dem Tisch, als ich mich setze und ein Raster zeichne. Vier Spalten, eine für die Aufgaben und die anderen drei für jeweils einen von uns. Ganz links starte ich damit, die tägliche Routine in der Seehundstation aufzulisten, die ich kenne.

Caden setzt sich auf den Stuhl neben meinem und beginnt ebenfalls zu schreiben. An den ersten Begriffen erkenne ich, dass er alle möglichen Sturmschäden sammelt, die wir auf dem Gelände beheben müssen. Seine Handschrift wirkt verändert, nicht mehr so fein und klar, was auch daran liegen könnte, dass er die halbe Nacht zu uns gefahren ist und davor gearbeitet hat.

Unsere Listen werden immer länger, und ohne miteinander zu sprechen, ergänzen wir unsere Aufzählungen gegenseitig. Als Shane aus dem Badezimmer kommt, denke ich nicht mehr daran, mich waschen zu gehen, so vertieft bin ich. Er stellt sich hinter uns und bekommt von Caden lautlos eine Tasse Kaffee gereicht. Der Duft seines scharfen Duschgels sticht mir in der Nase. Ich habe es viel lieber, wenn er nach sich selbst riecht. Ein wenig wie die Kokospolitur seines Surfbrettes und der Limettensaft, den er so gerne trinkt. Eine unwiderstehliche Mischung, die für gemeinsame Tage am Meer, für Sonne und laue Sommerabende spricht.

Shane setzt sich und streift mir eines meiner Haarbänder vom Handgelenk, um zärtlich meine wilden Locken zusammenzufassen und mir gekonnt einen Dutt zu binden.

Ich sehe ihn erstaunt an, aber er zwinkert mir nur zu. »Deine Haare versperren mir die Sicht.« Dann greift er an mir vorbei nach einem Stift und vervollständigt die täglichen Aufgaben auf meiner

Liste, die nur einen Bruchteil von der Menge darstellen, die Shane einfallen.

Irgendwann schiebt Caden sein Blatt ein Stück zurück und legt einen Arm auf meine Rückenlehne. »Die Arbeitsaufträge priorisieren wir, wenn wir sie komplett erfasst haben.«

Shane nickt. »Dazu müssen wir in die Station.«

»Natürlich, aber erst mal schauen wir, dass wir den täglichen Ablauf reibungslos hinbekommen.« Er zeigt auf einen Punkt, den Shane mit grüner Farbe eingekreist hat. »Die wichtigste Frage zuerst: Wer verdammt noch mal kümmert sich um Christie?«

Alle drei müssen wir lachen. Ich weiß, wie wichtig Shanes Dad das erste Seehundbaby ist, das er jemals gerettet hat. Durch die enge Bindung der beiden ist auch Alex der Einzige, der das Becken der inzwischen alten Dame gefahrlos betreten darf.

Shane reibt sich über die Brust, an der Stelle, wo sein Kratzer ist. »Mom hat mich bei unserem Telefonat vorhin daran erinnert, Christies Medikamente auf keinen Fall zu vergessen, auch nicht nur für einen Tag.«

»Welche Form von Medikamenten bekommt sie?«, erkundigt sich Caden.

»Zwei Tabletten, in Fisch gefüllt und direkt ins Maul. Sie riecht die Dinger regelrecht und würde den Fisch niemals einfach so aus dem Becken fischen wie ihr restliches Futter.«

Ich grinse Shane an. »Also, für eine derart wichtige Medikamentengabe muss man so kompetent wie möglich sein.«

Shanes blaue Augen leuchten auf und er macht ein ernstes Gesicht. »Nichts anderes hat sie verdient.«

»Also definitiv Arztsache.«

»Definitiv«, wiederholt Shane, und wir beide fokussieren, ohne Caden auch nur anzusehen, die Liste vor uns. Shane malt einen Pfeil von Christie zur Spalte mit Cadens Namen, schreibt *Herr Doktor* dazu und zeichnet ein kleines Herz daneben.

»Das hätten wir also. Was war *noch,* Rina?« Wir bemühen uns wirklich, nicht zu Caden zu schauen, können aber einfach nicht widerstehen.

Dieser hat die Arme vor der Brust verschränkt und nichts an ihm lässt die Emotionen hinter dem starren Gesichtsausdruck erkennen. Er holt Luft und ich registriere ein siegessicheres Grinsen auf seinen Lippen. »Las Vegas.«

Ich schrecke zurück und Shane springt von seinem Stuhl auf.

»Nicht dein Ernst«, rufe ich schockiert, aber Caden schnalzt nur mit der Zunge.

Shane hat seine Faust gegen den Mund gepresst und zeigt dann auf Caden. »Alter, das kann nicht dein Ernst sein! Dafür? Du setzt deinen Joker wirklich dafür ein? Für eine Seehundfütterung?«

Ich muss beinahe lachen, als ich daran denke, wie Shane in dem Security-Büro des Casinos begonnen hat zu weinen. Dass Caden alle Schuld auf sich genommen hat, weil ich damals erst neunzehn und nicht einundzwanzig war, hat Shane vor einer Menge Ärger mit seinem Dad bewahrt. Und mich auch. Nur dank seiner Überredungskunst konnte Caden den Security-Manager davon überzeugen, uns nicht anzuzeigen. Seitdem halten wir etwas Abstand von Las Vegas.

Caden schaut von Shane zu mir und wieder zurück. »Wenn ihr beide meint, das läuft ab jetzt so, weil ihr ein Paar seid, habt ihr euch geschnitten. Wir spielen hier nicht zwei gegen einen.« Er zuckt mit den Schultern. »Und nur damit ihr es wisst: Der Herr Doktor hat noch mindestens drei solcher Joker im Gepäck.«

»Das kann nicht sein«, gebe ich entrüstet von mir und suche in meiner Erinnerung nach weiteren Situationen, in denen Caden für uns den Kopf hingehalten hat.

»Nein?« Er lehnt sich nach vorn und reckt mir das Kinn entgegen. »Was ist mit der Shampooflasche, weil ihr bei mir zu Hause im Pool Schaumparty spielen wolltet?«

»Das ist verjährt.« Shane steht immer noch und stützt sich jetzt an meiner Stuhllehne ab.

»Ist es nicht.«

»Das war in der zweiten Klasse, Caden.« Glaube ich.

Er hebt eine Augenbraue. »Es war in der vierten, in der zweiten war die Sache mit den Ameisen. Ich musste zwei Monate lang das Unkraut im Garten jäten.«

Jetzt verschränke ich die Arme. »Du spielst unfair. Die Zuckerstraße hinauf in dein Zimmer war deine Idee.«

Caden lacht auf. »Nein, unfair war, als ihr den abgebrochenen Seitenspiegel von Dads Auto entsorgen wolltet – in der Backstube meiner Mom.«

Ich bin die Erste, die losprustet, weil ich mich daran erinnere, wie Cadens Mom den Spiegel aus dem Mehl gezogen hat. Caden verzieht noch immer keine Miene, und Shane kann nicht mehr sprechen, so sehr muss er lachen.

»Wir hatten auf die Schnelle keinen besseren Einfall«, verteidige ich Shane und mich.

»Unser Haus steht auf einer Klippe am Meer, Rina! Was wäre da die naheliegende Idee gewesen?«

Caden hat die Augen weit aufgerissen und seine Lippen werden weiß. Ich liebe es. Seit er hier ist, ist er zum ersten Mal er. So, wie ich ihn kenne. Er verbirgt seine Gefühle nicht, selbst wenn es nur um Geplänkel zwischen uns geht. Das sind wir.

Caden weiß nicht, wie erleichtert ich bin, als ich ihm um den Hals falle. »Es tut mir leid, das mit dem Shampoo und den Ameisen und dem Seitenspiegel. Noch immer, alles. Zumindest ein kleines bisschen.«

Shane klopft Caden auf die Schulter. »Keine Christie für dich, ich werde mich selbstlos der Gefahr stellen.«

Endlich lacht auch Caden und erwidert meine Umarmung.

»Du bist einfach der allerbeste Freund, den ich mir wünschen kann«, sage ich.

Ich spüre, wie steif Caden plötzlich in meinen Armen wird, aber dann räuspert er sich nur. »Ja, und der Einzige von uns dreien, der übrig bleibt, wenn euch die liebe Christie gefressen hat.«

»Schauen wir uns jetzt das Gelände an?« Shane stellt seine leere Kaffeetasse neben uns auf den Tisch.

»Ich will nur noch kurz ins Bad«, antworte ich und löse mich von Caden. Ich gehe gerade an Shane vorbei, da umfasst dieser mein Handgelenk und zieht mich zurück. Ich muss meinen Kopf in den Nacken legen, um ihn anschauen zu können. Shane gibt mir einen sanften Kuss auf die Lippen, den ich viel intensiver wahrnehme, weil ich weiß, wie fordernd und hart seine Küsse sein können.

Er beugt sich zu meinem Ohr. »Danke, Rina. Für das, was du vorhin gesagt hast. Du weißt schon.«

Ich streichle ihm über die Wange, dort, wo eine feine Narbe über die Jahre verblasst ist, und gehe zum Badezimmer. Die Gewissheit, dass wir die Aufgaben bewältigen können, die in den nächsten Wochen auf uns warten, beruhigt mich. Weil wir zu dritt sind und die Beziehung zwischen Shane und mir nichts an diesem Zusammenhalt geändert hat.

KAPITEL 3

SHANE

Rina steht mit dem Rücken zu mir am Becken der zwei Heuler und versucht den kleineren, etwas dunkleren der beiden mit der Flasche zu füttern. Mom wurde vom Veterinäramt verständigt, nachdem sie verlassen südlich des Imperial Beach entdeckt wurden. Sie waren unterernährt, aber ihr Zustand war besser, als es in den meisten solcher Interventionen der Fall ist.

Ich musste Rina gerade nicht sagen, dass sie sich Handschuhe anziehen soll und beim Füttern nicht mit ihnen sprechen darf, um sie nicht auf den Menschen zu konditionieren. Schließlich sollen die beiden zu gegebener Zeit wieder ausgesetzt werden. Rina macht ihre Sache intuitiv richtig, auch ohne meine Erklärungen. Es ist bei Weitem nicht das erste Mal, dass sie und Caden mir in der Seehundstation helfen. Aber es ist das erste Mal, dass wir die gesamte Verantwortung alleine tragen. Ich muss Dad beweisen, dass ich das schaffe, ohne hin. Freiwillig hätte er mir sein Lebenswerk niemals anvertraut.

Rina steht auf. Sie schüttelt den Kopf, und die langen, rötlichen Locken gleiten in der Nachmittagssonne über ihren Rücken nach unten. Ich blinzle. Daran habe ich mich heute Nacht im Sturm festgehalten – an der Farbe ihrer Haare. In meiner Erinnerung legen sich dunkle Bilder übereinander von herumfliegenden Holzteilen und dem vielen Schlamm, den der Regen über die Straße aus den Hängen anspült. Es war schwer, überhaupt festen Stand zu finden auf dem rutschigen Untergrund. In meinen Ohren hallt immer noch das laute Peitschen der gebeutelten Bäume und das Zerspringen von Ästen wider, das sich mit den Schreien und Hilferufen meiner Eltern vermischt. Rinas rote Haare haben mich aus der Dunkelheit geholt, sie ist mein Anker. Solange Rina an meiner Seite ist, fühle ich mich allem gewachsen. Mit ihr bin ich stärker als die drückenden Erwartungen meines Vaters oder meine Vergangenheit.

Aus dem Augenwinkel sehe ich Caden, der seit Stunden mit einem Packen Zettel in der Hand über das Gelände streift und Listen führt über Werkzeuge, die wir besorgen müssen, und Dinge, die wir nicht ohne Hilfe schaffen. Ich atme tief durch und versuche, keine Panik aufkommen zu lassen, während der Berg an Arbeit immer größer wird.

Caden steht etwas oberhalb des Beckens für die Heuler und stützt sich mit den Unterarmen am Zaun ab. Er sieht müde aus, und in Momenten, in denen er sich unbeobachtet fühlt, überkommt ihn eine Nervosität, die mich misstrauisch macht. Sein Blick ruht auf Rina, und nicht einmal die Möwe, die neben ihm auf dem Zaun landet, kann ihn ablenken. Rina steht auf, und als hätte sie seinen Blick gespürt, hebt sie den Kopf und sieht ihn an. Sekunden vergehen, in denen Caden den suchenden Ausdruck verliert. Er lächelt. Ich muss Rinas Gesicht nicht sehen, um zu wissen, dass sie es ebenfalls tut. Mir ist längst bewusst, wie wichtig die beiden füreinander sind.

Meine Brust zieht sich zusammen und ein Brennen weckt meinen Körper aus der Starre. »Rina?«

Caden richtet sich auf und zugleich wendet Rina sich mir zu.

»Wenn die Flaschen nicht ganz geleert wurden, musst du die Restmenge drinnen in der Tabelle eintragen. Es ist wichtig, ihre Nahrungsmenge zu kontrollieren.« Meine Stimme klingt härter, als ich es beabsichtigt habe, und sofort bereue ich meine Schärfe. »Ich kann dir helfen, wenn du willst.«

Rina schüttelt den Kopf und verengt misstrauisch ihre grünbraunen Augen. »Nein, alles gut, Shane.«

Ich schaue hinauf zu Caden, der die Stirn gerunzelt hat und mich ebenso fixiert. Instinktiv will ich einen Schritt zurück machen, stattdessen beuge ich mich etwas nach vorn und frage mich zugleich, was hier eigentlich gerade passiert.

»Ganz schön viel zu tun hier für nur drei Personen.«

Ich drehe mich um und kann kaum glauben, wer an der obersten Terrasse steht und zu uns herunterruft.

»Enya!« Trotz der Freude, die sich plötzlich auf Rinas Gesicht abzeichnet, bemüht sie sich, langsam aus dem Gehege zu gehen und die Heuler nicht aufzuschrecken. Erst als sie das Gatter hinter sich geschlossen hat, läuft sie zu ihrer Freundin. In meiner viel zu großen Latzhose aus Gummi und den Stiefeln gleicht Rinas bemüht schnelle Bewegung eher einem Humpeln, aber irgendwie schafft sie es, sich nach oben zu kämpfen. Der Pfad, den ich heute bis zum Parkplatz hin freilegen konnte, ist jetzt zwar nicht mehr mit Ästen gesäumt, aber das schlammige Geröll überzieht immer noch beinahe den gesamten Hang. Das Gelände sieht komplett verwüstet aus, und es gleicht einem Wunder, dass die Seehundbecken selbst so gut wie nichts abbekommen haben.

Enya und Rina umarmen sich laut lachend, während hinter ihnen Cadens jüngerer Bruder Jonah auftaucht. Jonah ist seit einem Unfall vor ein paar Jahren gehörlos, und es wäre schwierig für ihn, mich aus dieser Entfernung zu verstehen. Anstatt ihm also zuzurufen, hebe ich nur fragend die Hände, und Jonah zeigt hinüber zu Caden. Augenblicklich schäme ich mich für den Groll, den ich eben noch verspürt habe, als ich Rina und ihn beobachtet habe. Caden ist mein bester Freund und zurückgekommen, weil er uns helfen will. Er hat seinen Bruder und dessen Freundin gerufen, um uns zu unterstützen, und alles, was ich fühlen sollte, ist Dankbarkeit.

Ich nehme den Eimer mit den fast leeren Fläschchen, den Rina vor das Gehege gestellt hat, und gehe hinauf, um Enya und Jonah zu begrüßen. Enya drückt sich an mich, viel fester als sonst, und scheint nach den richtigen Worten zu suchen.

»Danke, dass ihr hier seid«, komme ich ihr in Jonahs Richtung gewandt zuvor, sodass er meine Lippen lesen kann. Er hat schwierige Jahre hinter sich; ihm das Zuhören und Verstehen mit wenigen Aufmerksamkeiten zu erleichtern, hat sich inzwischen automatisiert.

Enya löst sich von mir, und Jonah und ich schlagen ein.

»Natürlich sind wir hier. Wir haben die Luftbilder in den Nachrichten gesehen und waren schon auf dem Weg, als Caden anrief. Die Einsatzkräfte haben in den letzten Stunden gute Arbeit geleistet, trotzdem mussten wir noch ein ganzes Stück zu Fuß gehen, um hierherzugelangen.«

Über den Zugang zu den Becken auf der anderen Seite des Grundstücks, den wir heute Morgen als Erstes freigelegt haben, stößt Caden zu uns. An der ungewohnt innigen Begrüßung zwischen Jonah und ihm erkenne ich, wie viel Caden das Wiedersehen bedeutet. Erneut frage ich mich, warum er nicht wollte, dass wir ihn in Phoenix besuchen.

Rina legt die Arme um meine Hüften und ich ziehe sie an mich. Es ist ihr egal, dass ich schon wieder über und über mit Schlamm bedeckt bin.

»Ich habe vorhin in der Leitstelle angerufen«, erzähle ich. »Vermutlich wird es noch dauern, bis sie uns jemanden schicken können, der sich mit uns um die umgefallene Kiefer kümmert.«

Caden tritt einen Schritt von Enya zurück, die er eben noch umarmt hat, und reibt sich das Gesicht. Vor dem Sprechen nimmt er die Hand jedoch vom Mund und dreht den Kopf leicht zu Jonah. »Bevor die Kiefer nicht weg ist, dürfen wir das Haupthaus auf keinen Fall betreten. Erst wenn wir die Schäden dort einschätzen können, wissen wir, ob es sicher ist.«

Ich nicke. »Die Reha-Patienten habe ich bereits in dem neuen Zentrum in Portland unterbringen können, in den nächsten Wochen haben sie noch genug Kapazitäten für alle vier Jugendlichen frei. Lara Pearson ist noch nicht lange bei uns, gerade sie braucht ein verdammt gutes Team im Rücken und das hat sie dort. Ob wir die Nachbetreuung wieder hier bei uns machen können, müssen wir nicht so schnell entscheiden. Oberste Priorität hat jetzt die Versorgung der Tiere. Alles, was wir für die Seehunde brauchen, ist unten und damit außerhalb des Gefahrenbereichs. Für den frischen Fisch sorgt euer Dad. Wir werden ihn notgedrungen inzwischen im Strandhaus kühlen müssen.«

»Was steht dann als unsere Hauptaufgabe auf dem Plan?« Rina beugt sich über Cadens Listen.

»Wir müssen die Wege weiter so gut wie möglich frei bekommen und zusehen, dass wir genügend Platz schaffen, auch für die Einsatzkräfte«, antwortet er.

Ich schaue zu den riesigen Baumstämmen, die noch überall liegen, und schüttle den Kopf. »Die einzige Motorsäge, die Dad hat, ist in der Garage. Und die ist unzugänglich.«

»Zumindest das dürfte kein Problem mehr sein«, sagt Caden und zeigt hinunter zum Meer. Wir alle folgen seinem Fingerzeig, und ich sehe ein kleines Motorboot, das von Jonahs und Cadens Dad gelenkt wird. Neben Nick steht Charly, die Mom der beiden, und winkt uns zu. Selbst von hier oben erkenne ich die vielen Werkzeuge, die sie an Bord haben.

»Wir sollten ihnen beim Ausladen helfen«, meint Jonah und verflicht seine Finger mit Enyas, um mit ihr nach unten zu gehen. Caden legt mir im Vorbeigehen die Hand auf die Schulter und bleibt kurz stehen. Er muss erkennen, dass ich gerührt bin. Ich schaffe lediglich ein Nicken. Rina küsst mich auf die Wange und geht neben Caden nach unten. Sie beide wissen, dass ich jetzt einen Moment für mich brauche.

Ich bleibe einfach stehen und lasse dieses Bild auf mich wirken. In der Nacht hat es sich noch so angefühlt, als würde ich mit Rina alleine kämpfen, gegen den Sturm und die Zerstörung. Heute Morgen, als ich mich über die Äste nach oben gekämpft habe, um die Seehunde zu versorgen, war ich überfordert. Mit der schier endlosen Menge an Arbeit und dem Wissen, dass ich Dad nicht enttäuschen kann. Jetzt sehe ich, wie Jonah auf den schmalen Anlegesteg geht und seinem Dad die Bugleine abnimmt, um sie über den Klampen zu ziehen. Kaum ist das Boot gesichert, beginnen meine Freunde damit, es abzuladen.

Sie alle wissen, wie schwer es das *Seal for Life* getroffen hat, und trotzdem lächeln sie einander zuversichtlich an. Wo mir der Mut fehlt, haben ihn meine Freunde für mich. Meine Familie.

Ich laufe mehr zu ihnen nach unten, als dass ich gehe, und nehme Rina die Motorsäge ab, die sie gerade über den Strand trägt. In der nächsten Stunde sind wir damit beschäftigt, die Werkzeuge in das medizinische Zentrum zu bringen und zu überlegen, was wir noch brauchen könnten. Während wir die mitgebrachten Brote und Törtchen von Charly essen, fasst Caden auf dem Whiteboard im Gemeinschaftsraum noch einmal die wichtigsten Aufgaben und ihre Verteilung zusammen.

Nick versichert mir mehrmals, dass ich wegen Geld für Anschaffungen oder Reparaturen nur zu ihm kommen müsse, und Charly will mir für größere Besorgungen ihr Lieferauto von der *Bakery* leihen, sobald die Straßen wieder frei sind.

Nach der Pause beginnen Jonah und ich mit den Motorsägen die riesige Kiefer zu zerkleinern. Ich habe schon Holz geschnitten, trotzdem ist es eine Herausforderung, mich in der Dichte an Ästen und Nadeln zu orientieren, und irgendwann zersäge ich alles, was mir in den Weg kommt. Die anderen übernehmen die Aufgabe, abgetrennte Teile ihrer Größe nach auf einzelne Haufen zu ziehen, um sie später besser weiterverarbeiten zu können.

Mit Einbruch der Dunkelheit müssen wir die Arbeit einstellen und Charly und Nick verabschieden sich. Nick will uns morgen nach dem Ausliefern des Gebäcks den von mir notierten Fisch und die nächsten Arbeitsmaterialien bringen, darunter auch Solarscheinwerfer. So zwingt uns der Sonnenuntergang nicht zum Aufhören, solange wir noch keinen Strom haben.

»Kommst du?«, will Caden wissen. »Die anderen warten am Strandhaus auf uns. Jonah hat schon ein Lagerfeuer gemacht.« Er grinst und sieht sich um. »Wenn wir hier fertig sind, haben wir genug Feuerholz für die nächsten Jahre.«

Obwohl wir den ganzen Nachmittag gearbeitet haben, scheint der riesige Parkplatz vor der Auffangstation immer noch nur aus der Kiefer zu bestehen. Die Äste lichten sich zwar, aber einen ordentlichen Durchgang haben wir dennoch nicht freigeschnitten.

Ich drücke den schmerzenden Rücken durch. »Geh du schon mal vor, Caden. Im Kühlschrank müsstest du genug zu essen für uns alle finden. Ich werde noch nach den Seehunden sehen und die Heuler füttern. Hoffentlich haben die Eispakete aus dem Gefrierfach den Fisch kühl genug gehalten.«

»Haben sie. Das hat Rina bereits alles erledigt, Shane.«

»Was, alles?«

»Alles.« Er lächelt. »Und es scheint, als hätte Christie eine neue Freundin gefunden. Sie hat den Fisch mit der Tablette genommen, ohne zu zögern. Wir haben ein Foto gemacht und es deiner Mom geschickt. Sie will es Alex morgen zeigen, sobald er sich von der Narkose erholt hat. Mara hat ein Hotelzimmer gleich neben dem Hospital bekommen.«

»Du hast alles unter Kontrolle, oder?«

Er seufzt und schüttelt den Kopf. »Nein. Ich versuche nur, dir so viel wie möglich abzunehmen. Und ja, ich gebe ganz offen zu, dass ich es genieße, den Überblick zu haben. Du wirst deinen Sturkopf schnell genug wiederfinden und dann erneut die Weltherrschaft an dich reißen.«

»Weltherrschaft?« Ich lache auf. »Niemals, und ein Sturkopf bin ich auch nicht.«

Caden zieht beide Augenbrauen hoch.

»Na gut«, gebe ich zu. »Ich bin ein Sturkopf.«

»Und mindestens so kontrollsüchtig wie ich.«

»Ja, manchmal.«

»Du musst auch grundsätzlich immer das letzte Wort haben.«

»Muss ich nicht.«

Wieder zieht er die Augenbrauen hoch und ich zeige ihm als Antwort grinsend meinen Mittelfinger.

Caden schaut daraufhin auf sein Telefon. Wir warten immer noch auf den Rückruf des behandelnden Arztes, aber Mom hat mir mehrmals versichern können, dass Dad zumindest die Operation zur Stabilisierung seiner Hüfte gut überstanden hat.

Ich atme tief ein, während Caden in Richtung des Strandes nickt. »Gehen wir?«

Die Aussicht darauf, Rina gleich in die Arme nehmen zu können, lässt mich lächeln. »Ja, gehen wir.«

Caden und ich laufen eingebettet in die warmen Farben des Sonnenuntergangs still nebeneinander her den Strand entlang. Das Meer, das heute Nacht noch eine gefährliche Mischung aus Tosen und Brechen war, hat sich inzwischen ganz beruhigt und schwappt leise neben uns auf den Sand.

»Diese Ruhe«, sage ich.

Es dauert lange, bis Caden antwortet. »In Phoenix ist es nie still. Die wenigen Stunden, die ich nicht arbeite und auch nicht an der Uni bin, halten mich der Lärm aus der Bar unter meiner Wohnung und der Straßenverkehr wach.«

Ich bleibe stehen. »Ist das der Grund, weshalb du nicht wolltest, dass wir dich besuchen? Wir haben dir beim Umzug geholfen und wissen, wie du dort wohnst. Es hätte Rina und mir nichts ausgemacht.«

Caden ist ebenfalls stehen geblieben, aber er dreht sich nicht zu mir um. Wieder vergehen Sekunden, bis er antwortet. »Aber mir.«

Seine harten Worte treffen mich, weil ich sie ihm nicht glauben kann. So sind wir nicht miteinander. Er sagt mir nicht die Wahrheit.

Caden möchte schon weitergehen, da laufe ich die wenigen Schritte an ihm vorbei und stelle mich ihm in den Weg. »Willst du mich verarschen?«

Er stutzt. »Wie bitte?«

»Sag mir ins Gesicht, dass das der einzige Grund ist, warum du uns ausgewichen bist.«

»Was willst du hören, Shane?« Er vergräbt die Hände tief in den Hosentaschen. »Dass ich Tag und Nacht arbeite, um den Anforderungen gerecht zu werden? Dasselbe Gespräch hatte ich heute Morgen mit deiner Freundin. Ich verfolge ein Ziel und dafür tue ich alles.« Er nimmt die Hände wieder aus den Taschen und hält sie fragend hoch. Sie zittern. »Was ist so schwer daran zu verstehen? Glaubt ihr, ich fühle mich besser, wenn ihr mir die ganze Zeit Vorwürfe macht? Ich bin jetzt hier, ist es nicht das, was zählt?«

»Ist es«, antworte ich, ohne zu zögern. »Es bedeutet mir wahnsinnig viel, dass du hier bist. Aber ich kenne dich und weiß, dass du etwas zurückhältst.«

Während Caden mich ansieht, versuche ich die Wahrheit zu erkennen, die seine Augen nicht verbergen können.

»Sag mir, dass es dir gut geht. Das letzte Mal, als …«

»Hör auf, Shane. Fang nicht mit dem alten Scheiß an.« Er schaut hinaus aufs Meer und atmet tief ein und aus. Erst dann findet sein Blick wieder meinen. »Es geht mir gut.«

»Sicher?«

»Sicher.«

Ich will ihm glauben, das will ich wirklich, und trotzdem bleiben meine Zweifel.

Schweigend gehen wir weiter nebeneinander her. Kaum sind wir um den schmalen Felsvorsprung und die beiden Palmen herum und damit in Sichtweite der anderen, setzt Caden falsche Zufriedenheit auf, die antrainiert wirkt. Ohne meinen kritischen Blick zu beachten, steuert er auf die Feuerstelle nahe am Wasser zu.

Die Flammen flackern und tauchen den Platz vor dem Strandhaus in eine Mischung aus Licht und Schatten. Enya und Jonah sitzen auf den Liegestühlen, die ich genau für Abende wie diesen vom Flohmarkt mitgenommen habe, und Rina kommt gerade mit einem Eimer voller Flaschen durch die Tür. Ihre Haare sind nass und hochgebunden, nur eine einzelne Strähne fällt ihr in die Stirn. Der gedimmte Lampenschein von der Veranda umspielt ihre Silhouette und lässt sie wirken wie in einem meiner unzähligen Träume von ihr. Als sie mich kommen sieht, legt sich ein Lächeln über ihr Gesicht, und es fällt mir schwer zu glauben, dass dieses Lächeln mir gehört.

Ein Gefühl der Ehrfurcht und des Glücks flutet meinen Körper und ich werde schneller. Rina stellt den Eimer ab und kommt die Treppen herunter auf mich zu. Zu viele Jahre habe ich mir genau das vorgestellt. Rina wartet auf mich, in unserem Zuhause.

»Der perfekte Zeitpunkt, die Spaghetti stehen nur noch zum Warmhalten auf dem Herd und die Getränke wollte ich gerade –« Ich lasse sie nicht ausreden, sondern lege einen Arm um ihre Taille und hebe sie hoch. Sie keucht, als ich sie noch fester an mich drücke und meinen Mund mit ihrem verschließe. Ihr Duft nach Kirschen vernebelt meine Sinne. Ich mache meine Augen zu und sperre damit die Welt um uns herum aus. Alles, was ich spüre, ist Rina. Ihre harten Brustwarzen, die ich trotz unserer Shirts bemerke. Die schneller werdende Atmung, als ich ihre Zunge zwischen meine Zähne nehme und leicht zubeiße. Ihre Hand, die Halt in meinen Haaren sucht. Rina erwidert meinen Kuss mit derselben Intensität, sie hat ihre Zaghaftigkeit in den letzten Wochen längst abgelegt.

Erst als ich sie wieder an mir nach unten gleiten lasse und ihre nackten Füße den Sand berühren, legt sie den Kopf leicht schief und schaut mich an.

»Willst du mir sagen, was du gerade denkst, Rina?«

Sie sieht immer noch zwischen meinen Augen hin und her. »Das hier ist ziemlich perfekt, oder? Also, abgesehen von dem Sturm und so.«

»Wir zwei? Leider nein.« Ich presse die Lippen zusammen und genieße das Erstaunen, das ihre Augen groß werden lässt. »Es *wäre* perfekt.« Ich beuge mich nach unten, so nahe an ihr Ohr, dass meine Lippen beim Sprechen ihre Haut berühren. »Wenn wir genau jetzt alleine wären, ich dich nach innen tragen und auf die Anrichte setzen könnte, um zu sehen, ob du unter deinen Shorts ein Höschen trägst. Und um zu fühlen, ob dich unser Kuss eben nass gemacht hat oder ob ich noch ein bisschen dafür arbeiten muss.« Ich lecke mir über das Piercing. »Dann, *dann* wäre es mehr als ziemlich perfekt, oder?«

Rina steht immer noch mit leicht geöffnetem Mund da, als ich nach dem Eimer greife und ihn vor zum Meer trage, um die Getränke kalt zu stellen. Ich drehe mich noch einmal zu ihr um, selbst in dem schwachen Licht, und aus dieser Entfernung sehe ich, wie rot ihre Wangen und das Dekolleté plötzlich sind. Grinsend zwinkere ich ihr zu und gehe weiter zum Wasser. Mit der Gewissheit, dass mich noch so viel Chaos umgeben kann – solange Rina bei mir ist, ist alles gut.

KAPITEL 4

CADEN

Ich blinzle und versuche zu schlucken. Mein Mund ist staubtrocken, und ich habe damit zu tun, meinen hämmernden Herzschlag wieder zu beruhigen. Rinas hart gewordene Brustwarzen zeichnen sich durch das weiße Top hindurch ab, und ich würde am liebsten auf sie zugehen, es nach unten ziehen und nachsehen, ob ihre Nippel die gleiche Färbung wie ihre Lippen haben – oder doch die ihrer roten Wangen.

Shane hat sie einfach so da oben stehen lassen. Der zufriedene Ausdruck in seinen Augen, als er an uns vorbei Richtung Meer geht, ist neu. Ebenso die Ruhe in seinen Bewegungen. Das muss Rina sein.

Kälte überzieht plötzlich meinen Körper und tötet die Hitze in mir ab. Rina und Shane. Sie sind jetzt ein Paar. Es zu sehen, ist noch mal etwas ganz anderes, als nur davon zu wissen. Genau davor habe ich mich gefürchtet.

In meinem Kopf verselbstständigt sich die Suche nach den Tabletten. Solange mein Gehirn im richtigen Tempo arbeitet, verspüre ich nicht den Wunsch danach. Die Abfolge des Wiederaufbaus zu listen und zu organisieren hat mich heute beschäftigt, aber nicht zu sehr herausgefordert. Erst die Konfrontation mit meiner neuen Realität lässt mich innerlich nach der orangen Dose suchen. Der Speichel läuft mir im Mund zusammen, wenn ich an die Benzos und den Dämmerzustand in meinem Inneren denke, die sie mir verschaffen.

»Caden?«

Ich sehe auf, als ich Jonahs Stimme höre. Enya muss inzwischen zu Rina ins Haus gegangen sein. Shane steht am Wasser und telefoniert, mit Mara, nehme ich an.

»Ja?«

Jonah sieht mich an, sein Kopf ist gebeugt und er hat die Augen leicht zusammengekniffen. Das ist derselbe Blick, den Mom hatte, wenn sie etwas wusste, von dem ich geglaubt hatte, sie wisse es nicht. *Scheiße.*

»Wie ist es?«

»Was?« Mir ist vollends bewusst, was er meint. Jonah hat gelernt, die Menschen zu hören, selbst wenn sie nichts sagen. Außerdem sind Enya und er die Einzigen, die von meinen Gefühlen für Rina wissen.

Mit einem kurzen Blick über seine Schulter versichert er sich, dass Rina nicht in der Nähe ist. »Sie beide, das klappt ganz gut, glaube ich.«

»Jap, glaube ich auch. Shane macht sie glücklich.« Ich versuche mich an einem gleichgültigen Ausdruck und verberge, wie weh es tut, das laut auszusprechen. »Dafür bin ich nach Phoenix gegangen, Jonah. Um ihrem Glück nicht im Weg zu stehen. Du erinnerst dich?«

Er übergeht die Härte in meiner Stimme, die sich mit leichter Hysterie mischt. Ich weiß, dass ich die Tabletten nicht hier habe, trotzdem klopfe ich meine Hosentaschen ab.

Jonah reagiert nicht darauf. »Was ist mit *deinem* Glück, Caden?«

Ich stoße Luft aus und zwinge mich in meinem Liegestuhl nach hinten.

Jonah seufzt. »Du weißt, dass das heute erst der Anfang war? Davon, sie zusammen zu sehen? Tag für Tag? Und Nacht für Nacht? Weil du bei ihnen wohnst?«

»Es macht mir nichts aus, sonst würde ich nicht hierbleiben, Jonah.«

Jetzt ist es mein Bruder, der die Luft ausstößt. »Du könntest mitkommen, mit Enya und mir, und in Grandmas Haus wohnen. Oder du fährst nach Hause zu Mom und Dad, die Zwillinge würden sich freuen.«

Jonahs Worte hämmern gegen meine Brust. Wut schäumt in mir hoch und ich beuge mich in seine Richtung. »Wenn ich sage, es macht mir nichts aus und ich komme klar, dann ist es so. Also hör auf, mich zu behandeln, als wäre ich ein unreifer Idiot.«

»Unreif?« Er schüttelt den Kopf, schafft es aber immer noch, leise zu sprechen. »Verletzt oder enttäuscht zu sein, hat nichts mit Unreife zu tun. Unreif ist deine masochistische Tendenz, deine Gefühle zu leugnen. Das wird dich auffressen, Caden.«

»Sei ruhig«, schnauze ich ihn an und stehe so abrupt auf, dass der Liegestuhl zur Seite und in den Sand kippt. Mit großen Schritten gehe ich auf das Strandhaus zu.

Rina kommt mir mit einem Stapel Teller in der Hand entgegen. »Wir haben schon alles, Enya bringt den Rest.«

»Ich muss nur auf die Toilette«, sage ich, ohne stehen zu bleiben, und springe über die Stufen der Veranda nach oben. Ich verschwinde so lange im Badezimmer, bis ich mir sicher sein kann, dass niemand mehr im Strandhaus ist. Die qualvollen Sekunden des Wartens verbringe ich damit, die Holzdielen an der Decke zu zählen und zumindest zu versuchen, gleich einfach wieder nach draußen zu gehen. Nachdem es endlich still geworden ist, gehe ich jedoch nicht nach draußen. Ich stoße die Tür auf und haste zu meinem Seesack.

Meine Bewegungen werden immer fahriger, als ich die Medikamentendose zwischen den Shirts und Hosen in der viel zu großen Tasche nicht sofort finde. Schweiß rinnt mir in die Augen bei dem Gedanken, dass ich sie in Phoenix vergessen haben könnte. Ich könnte mir neue besorgen, natürlich könnte ich das, aber das würde dauern. Obwohl ich mir ganz sicher bin, sie sind da, traue ich mir selbst kaum.

Am Boden des Sacks finde ich nach schmerzhaften Sekunden die orange Dose. Das erlösende Klicken, als ich den Deckel mit dem Daumen öffne, reicht aus, um meine hektisch gewordene Atmung zu beruhigen.

Ich will zwei Tabletten aus der Dose schütteln, aber es sind drei, die in meine Handfläche rutschen. Und drei, die ich in meinen Mund stecke. Dann lasse ich mich auf die Couch fallen, lege den

Kopf in den Nacken und schließe die Augen. Endlich. Gleich wird alles ruhig.

Meine Welt ist Chaos, aber zumindest weiß ich, wie ich ihr ständiges Brüllen verstummen lassen kann.

Ich schaffe es, mich zurück ans Lagerfeuer zu setzen und mit meinen Freunden Spaghetti zu essen und mich zu unterhalten. Wir lachen, und es macht mir tatsächlich nichts aus, dass Shane sich vor Rina in den Sand setzt und sie ihm durch die Haare fährt, immer wieder, und er zwischendurch den Kopf zurücklegt, um sich von ihr küssen zu lassen.

Es ist alles gut, bis Enya ins Strandhaus geht und mit Jonahs Gitarre wiederkommt.

»Die Gitarre ist noch hier?«, fragt er. »Ich dachte, ich hätte sie in Dads Tonstudio.«

Shane nickt und stochert weiter mit einem Stock in der Glut herum, um das Feuer wieder etwas anzufachen. »Du hast sie letztes oder vorletztes Wochenende bei uns vergessen.«

»Stimmt. Weil ich den Fisch mitnehmen musste, den wir zu viel gefangen hatten und nicht mehr essen konnten.«

Jonah nimmt Enya die Gitarre ab.

Ich wusste nicht, dass er wieder spielt. Das hat er nach seinem Unfall viele Jahre nicht, obwohl er das unglaubliche Talent von Dad geerbt hat. Diesen besonderen Moment versäumt zu haben, während alle anderen sich bereits an Jonahs neue Normalität gewöhnt haben, verpasst mir den nächsten Tritt. Ich befinde mich viel weiter weg von ihnen allen, als ich dachte. Und das hat nichts mit Phoenix zu tun.

Ich habe keine Scheißahnung, wie Jonah es plötzlich schafft, trotz der Schwierigkeiten mit seinem Cochlea-Implantat die Gitarre zu stimmen. Aber jede Saite, die er anzupft und deren Höhe er minimal verändert, bringt er in die richtige Tonlage.

Um meine Verblüffung und die Kränkung, weil ich nichts davon wusste, zu verbergen, lenke ich meinen Blick hinaus aufs Meer. Der Mond spiegelt sich in silbernen Schlieren auf dem Wasser, und ich erkenne die Spitzen der Wellen, die sich von der Oberfläche erheben. Fast so, als wären sie ebenso fremd im Ozean, wie ich mich gerade hier fühle.

Es braucht zwei Takte, bis ich das Lied erkenne, das Jonah anstimmt. Ich habe *Can't Take My Eyes off You* selbst schon Hunderte Male gespielt. Alleine oder mit Rina und Shane als meine Zuhörer, ohne dass sie auch nur ahnten, für wen ich singe. Manchmal hat Rina sogar mitgesungen, ganz leise. Shane und ich wussten, wie unsicher sie sich ihrer Stimme ist, und haben so getan, als würden wir es nicht bemerken. In Wahrheit trage ich den Einklang ihrer Stimme mit meiner noch immer in mir.

Ich blinzle. Jonah hatte schon früher dieses außergewöhnliche Muster im Zupfen der Saiten, das durch den ganzen Körper schwingt. Ich schließe meine Augen, klammere mich an die künstliche Ruhe in mir und lasse mich davontreiben. Nicht in das haltlose Fallen, sondern mit aller Kraft in eine andere Richtung. Die des Glücksgefühls, das ich zulasse, weil mein kleiner Bruder wieder Gitarre spielt und das Mädchen an seiner Seite hat, das er so sehr liebt. Und die der Dankbarkeit, dass Rina und Shane nach dem Sturm unverletzt sind. Hohe und tiefe Töne, laute und leise Klänge – Nähe und Ferne zu mir selbst hüllen mich weiter ein, sodass ich erst bemerke, dass der Song längst zu Ende ist, als mich Jonah leicht am Knie berührt.

»Caden?«

Ich kann meinen Blick nicht von der Gitarre lösen, die er mir hinhält. »Spielst jetzt du für uns?«

Das Kribbeln in meinen Händen rattert plötzlich alarmierend durch mein Gehirn und die Haare in meinem Nacken stellen sich auf. Ich kann mit dem verdammten Zittern keine Gitarre mehr spielen. Ich habe es versucht, mehr als einmal, aber es geht nicht.

»Wieso?«, frage ich so lässig wie möglich. »Kannst du nur diesen einen Song?«

Der blöde Spruch tut mir weh, vermutlich sogar mehr als ihm.

»Nein.« Jonah schaut auf meine Lippen. Vielleicht glaubt er, er hätte mich falsch verstanden. »Aber wir würde gerne ein Lied von dir hören.«

»Du unterhältst doch alle bestens.« Ich kann nicht damit aufhören. »Die paar Jahre, die ich für uns gespielt habe, musst du erst wieder aufholen.« Dann lehne ich mich wieder zurück und nehme einen Schluck aus meiner Wasserflasche. Ich sehe die Enttäuschung in Jonahs Gesicht aufflackern und spüre die verwunderten Blicke von Rina und Shane auf mir, bis ich wieder die Augen schließe und ausblende, dass ich ein Wichser bin. Nicht zu den eigenen Gefühlen stehen zu können, ist eine Sache. Aber die Menschen in meinem Leben zu verletzen, die ich liebe, ist eine andere.

»Jonah?«

Enya muss ihm ein Zeichen geben, damit er bemerkt, dass ich etwas zu ihm sagen will. Er dreht sich um und sieht mich an.

»Es tut mir leid. Ich wollte dich nicht kränken. Wir hatten einen langen Tag und ich bin müde.« Als ich aufstehe, schwanke ich leicht, so taub fühlen sich meine Beine an. Drei Tabletten hauen definitiv rein. »Aber dein Song war der Wahnsinn, und ich freue mich für dich, dass du wieder spielst.« Ich versuche mich an einem Grinsen. Jonah kann nichts dafür, dass ich mich selbst nicht mehr ertrage. »Du hast dir eindeutig was von dem besten Post-Disco-Interpreten abgeschaut.«

Jonah grinst zurück, denn er weiß, wie sehr ich die Lieder aus den Achtzigern liebe. »Der Beste? Wer wäre das?«

Wir beide beginnen zu lachen, und da weiß ich, dass er mir meinen Ausbruch eben verziehen hat. Erleichtert lasse ich mich zurück in den Liegestuhl fallen. Jonah hat ebenso wieder Platz genommen und stimmt das nächste Lied an. *Alles ist gut,* rede ich mir ein, bis ich Rinas Blick auf mir spüre. Sie sieht, dass gar nichts gut ist.

Ich nicke ihr beiläufig zu und schließe wieder die Augen. Wenn ich die Welt aussperre, lässt sie mich vielleicht für eine Weile in Ruhe.

Irgendwann holt Shane die Törtchen aus der *Bakery,* die Mom mitgebracht hat. Wir sitzen immer noch um das Lagerfeuer, in das ich gerade noch ein Holzscheit geworfen habe, und die anderen probieren die beiden neuen Kreationen von Mom. Ich habe keinen Hunger. Rina und Shane essen gemeinsam von einem Törtchen, und als er ihr weiße Schokolade von der Wange leckt, reicht es mir und ich vergrabe mich wieder in mir selbst.

Immer tiefer sinke ich in den Liegestuhl, der langsam unbequem wird. Enya und Jonah überlegen, über Nacht hierzubleiben, aber weil Enya morgen Dienst in unserem Stammcafé am Strand hat und schon früh im *Sunrise* sein muss, begleitet Shane die beiden durch das Gelände hinauf zu Jonahs Auto. Enya hat mich zur Verabschiedung umarmt und angesehen. Sie ist feinfühlig, aber solange sie glaubt, Liebeskummer wäre mein größtes Problem, beunruhigt mich das nicht weiter.

Das schmerzende Ziehen in meinem Rücken wird in dieser Position immer stärker, also hieve ich mich aus dem Liegestuhl. Rina ist bereits im Strandhaus verschwunden. Jetzt zu ihr zu gehen, sie im hellen Licht zu sehen mit der Gewissheit, dass sie glücklich ist und dieses Gefühl so rein gar nichts mit mir zu tun hat, würde mich überfordern. Ich hatte genug fremdes Glück für einen Tag.

Shane hatte Enya eine Decke gebracht, weil ihr trotz der anhaltenden Wärme vom Tag zu kalt war. Ich schiebe die Stühle nach hinten und breite die Decke neben dem Lagerfeuer aus. Dann klopfe ich den Sand darunter so eben wie möglich und lege mich hin. Für den Moment zufrieden verschränke ich die Arme hinter dem Kopf und schaue hinauf in den Himmel. Nach einer gefühlt viel zu langen Zeit schaffe ich es endlich, tief durchzuatmen.

Die Bewegung neben mir unterbricht meine ruhig gewordene Atmung. Rina legt sich ebenfalls auf die Decke und nimmt dieselbe Position wie ich ein. Sie trägt die Haare wieder offen und ein paar ihrer Locken verteilen sich auf meinem nackten Oberarm. Der Geruch nach Salzwasser und Seegras wird von ihrem feinen Duft nach Kirschen durchzogen.

Ohne mich anzusehen, wendet Rina sich dem Himmel zu. »Sagst du mir, was du siehst?«

Ich reiße den Blick von ihren Lippen los und schaue ebenfalls wieder in den Himmel. Die Wellen schwappen nicht weit vor uns an den Strand und geben mir mit der Gleichmäßigkeit die Sicherheit, die ich gerade brauche.

»Sterne.« Ich räuspere mich. »Überall.« An dem kurzen Stocken ihrer Atmung erkenne ich, dass Rina mich gehört hat. »Und du?«

Als hätte sie auf diese Frage gewartet, unterbricht sie mich beinahe, so schnell antwortet sie. »Geheimnisse.« Ihre Stimme ist leise und verschwindet fast im Rauschen des Meeres.

»Du hast recht«, gebe ich so gelassen wie möglich zurück, die Bedeutung hinter ihren Worten nicht beachtend. »Jeder einzelne Stern, egal wie schwach er auch leuchten mag, ist ein Mysterium für sich, und wir können seine Geschichte nur erahnen.«

»Sterne bewegen sich gemeinsam, als würden sie zusammengehören. In immer gleicher Konstellation hat sie das Universum oder sonst jemand aneinandergebunden. Für den Rest der Zeit.«

»Sie sind nicht wirklich nebeneinander«, gebe ich zurück.

»Und doch gehören sie zusammen. Wenn Sterne eines wissen, dann, wie sehr sie darauf vertrauen können, dass der andere Stern da ist. Egal, was passiert.«

»Sterne können erlöschen, Rina.«

»Habe ich noch nie gesehen.«

Obwohl ich weiß, dass wir längst nicht mehr über Sterne sprechen, lache ich. Weil es Rina ist und ich ihre Art liebe, die Welt so wahrzunehmen, wie sie es will.

Als sie sich bewegt, gleiten ihre Locken von meinem Oberarm. Es ist jetzt kalt, dort, wo sie waren.

»Dieser eine Stern da oben, Caden, der heller leuchtet als die drei daneben, siehst du den?«

»Da sind Hunderte Sterne, die heller leuchten als die daneben.«

»Es geht mehr um die Metapher, also tu einfach so.«

»Ah ja, der. Ja, ich sehe ihn. Ganz eindeutig.«

Ich höre das Lächeln in ihrer Stimme. »Sehr gut. Ich kenne sein Geheimnis.«

»Verrätst du es mir?«

»Ja. Dieser Stern hat Angst vor dem, was auf ihn zukommt. Die Aufbaukurse für das Studium sind eine Sache, aber auf die West Coast University zu gehen und Biologie zu studieren, noch einmal eine ganz andere.«

»Du warst immer Klassenbeste, Rina. Und hättest du dich schon nach der Schule für ein Stipendium beworben, wäre dein Studium inzwischen mit Auszeichnung abgeschlossen. Du weißt mehr über Pflanzen und Organismen als jeder andere Mensch, den ich kenne.«

»Ich war nicht Klassenbeste.«

»Wärst du aber gewesen, wenn dich der ganze andere Scheiß nicht aufgehalten hätte.«

»Und doch habe ich Angst.«

Meine Finger zucken. Nicht wegen meiner Nerven, sondern weil ich Rina gerne die Hand geben und ihr zeigen möchte, dass ich da bin. Aber ich tue es nicht.

»Angst vor dem Neubeginn oder davor, zu versagen?«

»Geht auch beides?«

»Natürlich.«

»Dann beides.«

Ich lege die Beine übereinander. »Wenn du daran denkst, wie Vererbungslehre funktioniert oder warum Pantoffeltierchen Wimpern haben, obwohl sie nicht blinzeln können, was spürst du da?«

Rina lacht kurz. »Ich will mehr darüber lesen und selbst versuchen eine weiße Blüte mit einer roten zu kreuzen. Gleich nachdem ich verinnerlicht habe, dass man die Wimpern von Pantoffeltierchen eigentlich Zilien nennt.«

Jetzt bin ich es, der lacht. »Siehst du? Allein diese Leidenschaft reicht aus. Du sprichst nur davon, und ich weiß, dass deine Entscheidung richtig ist.«

»Wenn das nicht funktioniert, habe ich ein Problem, Caden. Ich will nicht mein ganzes Leben in einem Friseursalon stehen und alten Damen tagein, tagaus Lockenwickler in die Haare drehen.«

»Musst du nicht.«

»Wenn ich das Studium gegen die Wand fahre, wird es so sein. Ich habe keine andere Perspektive.«

»Du hast Shane«, sage ich, weil ich weiß, dass mein bester Freund Rina niemals im Stich lassen oder auch nur dabei zusehen wird, wenn sie unglücklich ist. »Und du hast mich. Wir lassen dich nicht alleine. Niemals.«

Wieder ist es das Meer, das die vertraute Stille zwischen uns füllt. Die schönsten Stunden meines Lebens habe ich hier verbracht, mit Rina und Shane.

»Caden?«

»Ja?«

»Danke.«

»Nichts, was nicht selbstverständlich ist«, sage ich und schließe die Augen, weil ich diese Selbstverständlichkeit auch wirklich fühle. Mit allem, was ich bin und was ich habe. Ich werde immer für Rina da sein.

Ich schrecke beinahe zusammen, als Rina sich auf die Seite rollt und ihren Kopf in meine Armbeuge bettet. Ihre Hand liegt auf meiner Brust. Sie muss doch spüren, was sie mit meinem Herzen macht.

»Siehst du den Stern immer noch, von dem ich gesprochen habe?«

»Natürlich«, antworte ich. Ihr Körper an meinem ist so vertraut.

»Und den daneben?«

Ich lächle. »Ja. Wie könnte ich ihn nur übersehen?«

»Das ist deiner«, sagt Rina und beginnt mit ihren Fingern kleine Kreise auf meiner Brust zu ziehen, die durch meinen ganzen Körper fließen.

Ich muss hüsteln. »Meiner?«

»Ja. Und dein Geheimnis.«

Es dauert, bis ich ein Geheimnis in mir finde, das ich teilen kann.

»Die Sterne. Sie erinnern mich an die vielen Nächte, die wir hier am Strand verbracht haben. So wie jetzt. Lagerfeuer, Musik. Wir lachen, haben Spaß, essen etwas und genießen es, zusammen zu sein. Irgendwann schlafen wir ein und wachen früh am Morgen wieder auf, weil Shane es nicht erwarten kann, mit dem Surfbrett in den Wellen zu verschwinden.«

»Das klingt ziemlich perfekt.«

»Ist es, ja.«

Rina sagt nichts mehr, sie wartet.

»In Phoenix bin ich in einer meiner ersten Nächte heimlich auf das Dach des Krankenhauses gegangen. Der Sicherheitsdienst hat mir den Schlüssel geliehen, im Tausch für Pizza, die ich ihm bestellen musste. Es war weit nach Mitternacht, und trotzdem waren keine Sterne da, Rina. Dunkelheit, aber nicht so rein und klar wie hier. Der Himmel war rötlich, und egal in welche Richtung ich mich gedreht habe – die Lichter der Stadt haben jegliche Magie verschluckt. Nur stickige Luft, Lärm und ein sternenloser Horizont. Dabei habe ich sie so vermisst.« Meine Stimme verliert an Kraft. »Die Sterne.«

Rina drückt sich an mich. Sie weiß genau, nach wem ich mich in Wirklichkeit gesehnt habe.

»Ich wollte aufwachen, an jedem einzelnen Tag. Hier am Strand.«

»Jetzt bist du da.«

»Nur für kurze Zeit, Rina. Ich muss wieder zurück.«

»Ja.«

Ich atme tief ein und wieder aus. »Aber morgen werde ich genau hier munter werden. Und kann Shane dabei zusehen, wie er seine Wellen reitet.«

Sie lacht, hell mit dem kurzen Glucksen am Ende. »Kannst du dich an das eine Mal erinnern, als es ihm die Badehose zerrissen hat? Und sie ihm in Fetzen von den Hüften hing?«

»Sosehr ich mich auch bemühe, diesen Anblick werde ich leider nie, nie wieder aus dem Gedächtnis bekommen. Er hat sich eingebrannt.«

»Und das alles nur, weil er die besten Wellen des Tages nicht versäumen wollte.« Rinas Hand liegt wieder ruhig auf meiner Brust. »Er konnte diese einmalige Chance einfach nicht verstreichen lassen.«

Nein, das konnte er nicht. Er hat seine Chance genutzt.

»Rina?«

»Ja?« Sie sieht mich an, aber ich kann meinen Blick nicht zu ihr senken.

»Wann hast du es gemerkt? Dass du Shane liebst?«

Sie seufzt, doch es ist nicht die Art genervtes Seufzen als Reaktion auf eine Frage, die man besser nicht gestellt hätte. Das Seufzen ist verträumt und voller schöner Gefühle.

Sie denkt nach und ich ebenso. Ob ich es übersehen habe, dass sie sich mehr zu ihm hingezogen fühlt. Seine Liebe war für mich immer offensichtlich, und als ich nach Phoenix gegangen bin, wollte ich ihnen eine Option geben – aufeinander –, getrieben von dem letzten bisschen Hoffnung, dass sie vielleicht gar nicht dasselbe für ihn empfindet.

»Ich glaube, den gibt es nicht, diesen einen Zeitpunkt.« Sie dreht sich etwas, damit sie ihr Kinn auf meiner Brust aufstützen kann. Ihre grünbraunen Augen finden mich, scheinen nach etwas zu suchen, das ich ihr nicht zeigen kann. Nach dem wahren Grund für meine Frage.

»Shane und ich waren auf einer Party in La Jolla, die ohne dich keinen Spaß gemacht hat. Aber genauso wenig konnten wir hierher. Es war das erste Wochenende, nachdem du fort warst, und du hattest keine Zeit für uns und einen Besuch bei dir. Wir haben dich vermisst. So ziemlich alles hat uns an dich erinnert. Shane hat mich irgendwann bei der Hand genommen und wir sind nach Point Loma gefahren. Wir haben uns auf den Leuchtturm geschlichen und auf den Sonnenaufgang gewartet.«

Sie muss es nicht sagen. Ich weiß, dass wir nie zusammen dort waren und sie in dem Leuchtturm rein gar nichts an mich erinnert hat. Innerlich lache ich auf.

Rina sieht mich immer noch an, in ihren Augen liegt pures Glück.

»Shane hat mich umarmt. Da war nicht diese Schwelle, die man wissentlich übertritt und dabei Angst hat, alles kaputtzumachen, was hinter einem liegt. Klingt es eigenartig, wenn ich sage, es war eine logische Schlussfolgerung? Ich glaube, meine Gefühle für Shane waren schon immer da. Und dieser eine Kuss hat sie endlich aus meinem Herzen befreit.«

Während Rinas Herz befreit ist, zieht sich meines immer mehr zurück. Kurz schließe ich die Augen und versuche dann ihre Gefühle so zu sehen, wie Rina sie mit jedem Atemzug nach außen spiegelt. Als wunderschön.

Ich schaue sie an und lächle. »Das klingt nicht komisch, es klingt besonders. Egal, was man fühlt, man muss sich nicht dafür rechtfertigen.«

Rina erwidert mein Lächeln nicht. Sie blickt mir immer noch in die Augen, während ich weiter lächle. Wenn ich es fallen lasse, habe ich nichts mehr.

»Was machen wir?«

Weder Rina noch ich bemerken, dass Shane zurück ist, bis er sich neben uns auf das Strandtuch setzt. Ich habe keine Ahnung, ob es ihn stört, dass Rina und ich so daliegen. Das hat es früher nie – aber früher waren die beiden auch noch kein Paar.

Rina löst den Blick nur langsam von mir, als sie sich wieder auf den Rücken dreht und den Kopf auf ihre im Nacken verschränkten Arme legt. »Wir sprechen über Geheimnisse und Sterne.«

Ich grinse. »Und über die Badeshorts, die es dir damals zerrissen hat.«

Shane reibt die Handflächen aneinander und schüttelt den Kopf. »Ich konnte diese Wellen einfach nicht sich selbst überlassen. Die haben mich gebraucht.«

»Keine Welle braucht dich fast nackt, Bro.«

»Eigentlich war es deine Schuld, Caden.«

»Meine?« Ich stütze mich auf die Unterarme.

»Du wolltest mir deine Badehose nicht leihen.«

»Weil ich sie anhatte!«

»Aber du hattest dein Handgelenk eingegipst, wärst also ohnehin nicht ins Wasser gegangen.«

Ich sehe kurz zu Rina und dann wieder zu Shane. »Trotzdem hatte ich sie an und nur diese eine Hose dabei.«

»Ein bester Freund hätte sich das Handtuch umgebunden.«

»Nein, ein …«

Rina setzt sich auf und der Blickkontakt zwischen Shane und mir bricht ab. »Wie lange wollt ihr das jetzt noch machen? Dieses Hin und Her? Diese Diskussion hatten wir doch schon gefühlt dreiundzwanzig Mal.«

Dann legt sie sich wieder hin. Shane streckt mir noch die Zunge raus, lehnt sich dann ebenfalls zurück und schaut hinauf in die Sterne.

Es dauert ein paar Wimpernschläge, bis ich realisiert habe, was gerade passiert ist. Und was es für mich bedeutet. Selbst wenn die beiden noch ein Paar sind, habe ich immer noch ein Zuhause bei ihnen. So wie früher. Ich muss es nur darin aushalten.

Ich bette meinen Kopf wieder auf den Armen. »Gerade habe ich Rina erzählt, dass es in Phoenix keinen Nachthimmel wie diesen hier gibt und ich ihn vermisst habe.« Die kurze Pause danach brauche ich, um meinen Mut zu sammeln. »Und Momente wie diesen, weil ich euch vermisst habe.«

»Schön, das zu hören, Bro.«

Rina zeigt auf einen der Sterne. »Das ist mein Stern. Ich habe Angst, das mit dem Studium nicht auf die Reihe zu bekommen.«

Shane schnalzt mit der Zunge. »Caden?«

»Ja. Ich hab es ihr gesagt. Und auch, dass wir sie nicht im Stich lassen, selbst wenn sie es nicht schafft, bei den Vorlesungen anwesend zu sein, weil sie sich nur noch schnell die Haare waschen muss.«

Ich höre Shane grinsen, weil wir beide nicht mehr zählen können, wie oft wir schon auf Rina gewartet haben, nur wegen ihrer Haare.

»Oder wenn sie behauptet, dass Hummeln ihren Pelz wechseln, und das dringend nachschlagen muss.«

»Genau«, gebe ich zurück. »Die Hummelstory hatte ich beinahe vergessen. Wie alt war sie da, acht?«

Rina schlägt zuerst mir auf den Bauch und dann Shane. »Idioten.«

Als Shane wieder anfängt zu sprechen, wird er immer noch von seinem Husten unterbrochen. »Du weißt, wie sehr wir an dich glauben, oder, Babe?«

»Ja, ich spüre es gerade sehr.«

Ich meine zu erkennen, dass Shane Rina eine Hand auf den nackten Oberschenkel legt. »Wenn jemand das Studium schafft, dann du. Und wir sind da für dich, jederzeit.«

»Danke.«

»Und, Rina?«

»Hmm?«

»Erzähl das mit dem Pelzwechsel der Hummeln lieber nicht an der Uni.«

Sie greift nach Shanes Hand und zerrt sie von ihrem Bein, aber er lacht nur und legt sie zurück.

Das leise Rauschen des Meeres dringt wieder zu mir durch und ich schließe die Augen.

»Shane, du bist dran«, sage ich. »Ein Stern, ein Geheimnis.«

»Ich habe keine Geheimnisse. Bei mir ist das eher so was wie unveröffentlichtes Bonusmaterial.«

Rina und ich stöhnen zugleich. Sie schüttelt den Kopf. »Dann bitte eine rausgeschnittene Szene für uns.«

»Na gut, ihr wolltet es so.« Er räuspert sich. »Also, einmal im Ferienlager …«

»Shane!« Empört setzt Rina sich auf. »Wir wollen jetzt keine deiner Sex-Storys hören.« Als sie sich wieder hinlegt, finden ein paar ihrer Locken zurück an ihren Platz auf meiner Brust.

Ich muss grinsen, weil das der Shane ist, den wir kennen. »Du warst noch nicht mal in einem Ferienlager, Mann.«

»Aber wenn ich in einem gewesen wäre, dann …«

»Ein Geheimnis, Shane«, erinnert ihn Rina.

Shane muss ebenfalls hören, dass sie kurz davor ist, aufzustehen und reinzugehen, denn als er weiterspricht, ist seine Stimme tiefer. Erwachsener. »Ein Geheimnis also.«

Wir alle drei wenden unsere Köpfe den Sternen zu und warten, bis Shane so weit ist.

»Ich liebe meinen Dad über alles. Und trotzdem habe ich letzte Nacht diese eine Millisekunde gezögert, bevor ich ihn unter dem Baum herausgezogen habe. Nicht wirklich, ich hätte ihm natürlich immer geholfen. Aber trotzdem war da dieser kleine unausgesprochene Wunsch, ihn einfach sich selbst zu überlassen.«

Ich habe nicht mit dieser Heftigkeit gerechnet und muss mich bemühen, still liegen zu bleiben und Shane nicht anzusehen. Rina muss es ähnlich gehen. Ihr Körper versteift sich neben meinem, und ohne darüber nachzudenken, taste ich nach ihrer Hand und hake meinen kleinen Finger bei ihr ein. Sie drückt nur ganz kurz zu und schon verlässt das Zittern meinen Körper.

»Ich erinnere mich nicht an viel um Leivs Tod, nur dass er die Wochen zuvor fast nie zu Hause war. Und wenn er daheim war, hat er seinen Drogenrausch ausgeschlafen oder alles vollgekotzt. Und Dad war bei ihm, egal was Leiv zu ihm gesagt hat.« Shane lacht auf. »Ich war fünf und habe jedes einzelne Schimpfwort aufgesaugt.«

Weder Rina noch ich durften Leiv kennenlernen. Ich weiß, dass er kurz vor Shanes Einschulung und unserer ersten Begegnung gestorben ist und die Seehundstation deswegen zu einem Reha-Zentrum erweitert wurde. In Shanes Elternhaus hängen Bilder von ihm, und ich muss jedes Mal schmunzeln, weil Shane als Teenager genauso ausgesehen hat wie Leiv damals. Das muss hart sein für seine Eltern.

»Als ich meine schwere Phase hatte und die Suchtmittel scheinbar zu einem Problem wurden, hat er sich nicht zu mir gesetzt und sich von mir beschimpfen lassen.«

Das Zittern kehrt augenblicklich in meine Hände zurück. Rina dreht ihre so, dass sie mit ihrem Daumen über meinen Handrücken streichen kann. Ich schaffe es nur unter Anstrengung, Shane weiter zuzuhören. Aber das muss ich. *Ich muss.*

»Dad hat mich schuften lassen, und ich durfte Tag für Tag die Scheiße der Seehunde aus den Becken kratzen, wann immer ich daheim war. Ich liebe die Tiere über alles, versteht mich nicht falsch, aber zu dieser Zeit wollte ich einfach nur noch weg.«

Ich sehe aus dem Augenwinkel, wie Rina und Shane die Arme aufstellen und ihre Finger miteinander verflechten.

»Er hat mich getrieben, Tag für Tag, und mir kein einziges Mal gesagt, dass ich meine Sache gut mache. Die Jugendlichen in der Einrichtung, die zu dieser Zeit bei uns auf Reha waren, hatten ihre Therapiesitzungen, mit Dad, dem Super-Psychotherapeuten, oder jemand anderem. Sie hatten feste Arbeitszeiten. Und Zeit zur Erholung. Sie bekamen Lob und Anerkennung. Positive Verstärkung. Ich bekam nur Drill und Verachtung. Aber keinen Vater.« Er holt tief Luft. »Euch. Ich hatte euch.«

Die Erinnerung an die ständige Unruhe flutet meine Gedanken. Die Unausgeglichenheit, die Aggressionen. Der lächerliche Versuch, das Lechzen nach Tabletten zu unterdrücken oder ihre Wirkung zu beeinflussen. Und die verdammte Geheimnistuerei.

»Du hattest uns«, flüstert Rina. »Und du hast uns. Nicht wahr, Caden?«

»N-natürlich«, stottere ich mehr, als dass ich es sage. »Immer.«

»Das Schlimme ist, ich schäme mich nicht mal richtig für das Zögern heute Nacht. Ich habe eine Form von Genugtuung gespürt durch die Gewissheit, dass ich nicht nur ergebnislos um seine Anerkennung kämpfe. Sein Verhalten hat Spuren hinterlassen und das erleichtert mich auf eine kranke Weise.«

»Du bist stark«, sage ich aus tiefster Überzeugung. »Viel stärker, als dein Vater glaubt oder sieht. Wir wissen es.«

Rina nickt. »Das ist das Wichtigste, Shane. Jetzt, in diesem Moment. Und dass du ihn gerettet hast.«

»Ja, das habe ich. Und ich bereue es nicht. Aber genauso wenig beflügelt es mich, weil ich weiß, dass es nichts an der Beziehung zwischen Dad und mir verändert. Seine Erwartungen sind jetzt größer als je zuvor.« Er macht eine kurze Pause. »Aber ich habe euch an meiner Seite. Das ist es, was mich eigentlich stark macht.«

»*Uns* stark macht«, wiederholt Rina leise.

»Ja, uns.« Es ist das Letzte, was Shane sagt. Was in meinen Gedanken widerhallt wie der Klang des Meeres, das uns umgibt und mich langsam in den Schlaf sinken lässt. Nicht dieser abwartende Schlaf, in dem man ständig Gefahr wittert. Er ist befreiend und tief.

Nur am Rande registriere ich, dass Shane irgendwann aufsteht und mit Decken zurückkommt, die er über uns ausbreitet. Wärme hüllt mich ein, ebenso wie der Geruch der beiden anderen.

Zum ersten Mal seit Wochen bin ich in mir selbst angekommen.

KAPITEL 5

RINA

Es ist noch dunkel, als ich aufwache. Das Grau des Morgens kündigt sich an und hebt die Umgebung allmählich aus den Schatten.

An den vielen Lederarmbändern spüre ich, dass es Cadens Arm ist, der um meine Taille ruht, und ich drehe den Kopf zu ihm. Sein Gesicht liegt direkt vor meinem, mit so entspannten Zügen, wie ich sie gestern kein einziges Mal an ihm beobachten konnte. Die langsamen, tiefen Atemzüge zeigen mir, wie sehr er den Schlaf braucht. Normalerweise ist er der Erste von uns, der wach ist und in irgendeiner Fachzeitschrift versinkt, um sich Notizen zu machen, die er nicht braucht, weil er sich alles auf wundersame Weise merkt.

Caden nach all den Wochen wieder so nahe zu sein, ist schön und beängstigend zugleich. Er hat sich verändert. Seine dunklen Haare hängen ihm in die Stirn und beginnen in dieser Länge wuschelige Locken zu bilden. Ein beinahe schwarzer Bartschatten überzieht das kantige Gesicht, und seinen starken Kiefer und die sonst so sauber ausrasierten Konturen lassen nicht mehr erkennen, wann er sich das letzte Mal darum gekümmert hat. Und sich eine Pause gegönnt hat oder Erholung. Dass Caden im Schlaf leicht seine volle Unterlippe nach vorn schiebt, bringt mich zum Lächeln, weil er mich damit ein bisschen an Christie erinnert. Nur hat Christie keinen silbernen Nasenring.

Vorsichtig, um Caden nicht zu wecken, drehe ich mich zu Shane und muss feststellen, dass der Platz neben mir leer ist. Ich setze mich auf und blicke mich suchend um, da sehe ich ihn im Wasser stehen. Nur ein Stück, sodass die Wellen seine Shorts nicht berühren. Vorsichtig winde ich mich unter Cadens Arm heraus, stehe auf und gehe auf das Meer und auf Shane zu. Er muss mich kommen gehört haben, denn als ich meine Arme von hinten um ihn schlinge, dreht er den Kopf leicht in meine Richtung und verschränkt seine Finger mit meinen.

»Guten Morgen, Schönheit«, sagt er mit dieser rauen Stimme, die ein Flattern in meinem Bauch beflügelt.

»Hey.« Ich genieße es, seine warme Haut an meinem Körper zu spüren, als ich mich noch enger an ihn drücke.

Shane löst sich aus meiner Umarmung, um mich nach vorn zu ziehen. Jetzt ist er es, der mich von hinten festhält. Er duftet nach Schlaf und Geborgenheit, und ich schließe kurz die Augen, um darin zu versinken. Mit einem zufriedenen Brummen vergräbt er seine Nase in meinen Haaren und streicht dann weiter nach vorne über meine Wange.

»Hast du gut geschlafen, Babe?«

Ich nicke. »Und du?«

Er seufzt und schaut dann an mir vorbei hinaus auf das Wasser. Nur langsam beginnt sich der Horizont abzuzeichnen. »Erstaunlicherweise ja. Ich dachte, nach dem Sturm würde ich kein Auge mehr zubekommen.« Er deutet mit seiner Hand in meiner hinaus auf das Wasser. »Das Meer hat geholfen, es beruhigt mich.« Dann drückt er mich erneut an sich. »Und du. Wenn du da bist, geht es mir gut.«

Shane streicht wieder mit der Nase über meine Wange und dieses Mal kann ich das kalte Metall seines Lippenpiercings spüren, das meine warme Haut berührt. Ich muss den Kopf nur ein wenig drehen und Shanes Mund kann meinen streifen. Zuerst nur zaghaft und vorsichtig. Abwartend. Erst als ich meine Lippen leicht für ihn öffne, beißt er sanft in meine Zungenspitze und schickt einen glimmenden Reiz durch meinen Körper.

Ich stöhne leise auf, was ihm ein tiefes Grollen entlockt. Zugleich presst er sich an mich und ich kann die Erektion in seiner Hose spüren. Als er mich in einer schnellen Bewegung zu sich herumdreht, graben sich seine Finger tief in meinen Hintern und bringen mich dazu, meine Beine um ihn zu schlingen. Es ist Shane egal, dass wir beide unsere Kleidung anhaben. Einen Schritt nach dem anderen macht er weiter in den Ozean hinein. Es ist ihm ebenso egal, dass Caden noch immer am Strand liegt und uns beobachten könnte. Und mir ist es auch egal.

Ich schließe die Augen und suche Halt an seinen Schultern. Alles, was ich will, ist seinen Kuss erwidern, dessen Hitze sich wellenartig in meinem Körper ausbreitet und die Kälte des Wassers vertreibt.

Mir stockt der Atem, weil ich weiß, warum Shane mir in die Unterlippe beißt und dann die Augenbrauen mit einem gefährlichen Schmunzeln hochzieht. Bevor ich auch nur an ein Nein denken kann, lässt er sich zurück ins Meer fallen.

Die Wasseroberfläche schließt sich über uns und ich spüre die feinen Luftbläschen an meiner Haut nach oben prickeln. Dunkelheit und Kälte umgeben mich, bis ich mir wieder Shanes Körpers an meinem bewusst werde. Er hält mich mit einem Arm um meine Mitte fest, und ehe ich den Willen finde aufzutauchen, legt Shane seine zweite Hand an meinen Ausschnitt und zieht das Top und den BH über eine Brust nach unten. Mit den Fingerspitzen zeichnet er sanft Muster über meine Haut und steigert die Erwartung.

Ich rechne mit mehr Berührung, mich gezielter neckend, aber nicht mit seinem Saugen an meiner eiskalten Brustwarze. Der scharfe Kontrast von Kälte und Hitze an dieser empfindlichen Stelle alarmiert die Nerven in mir. Ich will auftauchen, brauche Luft, aber Shane gibt mich nicht sofort frei. Er beißt zu, um mich noch an Ort und Stelle zu halten, und hakt die Finger am Bund meiner Shorts ein. Als ich mich vom sandigen Boden abstoße und endlich auftauche, spüre ich meine Hose samt dem Slip in meine Kniekehlen rutschen.

Shane taucht noch immer nicht auf. Erschrocken zucke ich zusammen, als seine Lippen meine Mitte finden und seine Zunge meine Schamlippen teilt. Mit den Händen zwingt er mich, die Beine für ihn zu spreizen. Shanes Zunge übt mit jeder Berührung den richtigen Druck aus, um meinen Atem immer weiter anzutreiben.

Die Pause, auf die ich hoffe, als er nach oben kommt, verflüchtigt sich mit seinem ersten Wimpernschlag. Die halblangen, nassen Haare rahmen sein Gesicht ein und in seinem dunklen Blick spiegelt sich mein eigenes brennendes Verlangen wider. Er zieht sein Lippenpiercing auf diese eine unwiderstehliche Art zwischen die Lippen, sodass ich die weißen Zähne sehe, die nur Sekunden zuvor dafür gesorgt haben, dass meine Brustwarzen noch härter wurden. Wo Shane eben mit seiner Zunge war, gleiten jetzt seine Finger durch meine Spalte.

Er muss sehen, dass ich ein weiteres Stöhnen unterdrücke, denn er hebt tadelnd eine Braue. Ich kenne Shane, dieses Grinsen ist gefährlich.

Langsam beugt er sich hinunter zu meinem Ohr. »Eine einfache Regel, Rina. Du kennst sie: Lass dich gehen und ich lasse dich kommen.« Er hat die letzten Worte noch nicht fertig gesprochen, da dringt er mit einem Finger in mich ein, und ich muss mich an seinem Rücken festklammern, um nicht den Stand zu verlieren.

»Sieh mich an, Rina«, sagt er fordernd und zieht den Finger langsam aus mir heraus. Das sofortige Gefühl der Leere bringt die Kälte des Ozeans zurück und ich keuche. Mein Blick hängt immer noch an Shanes nackter Brust, deren kantiger Umriss sich im Morgengrauen abzeichnet. In der Düsternis erkenne ich den tiefen Schnitt quer über seiner Haut kaum. Abwartend, seine Rolle genießend, umspielt Shane meinen Eingang.

Ich weiß, was er will. Und er reizt mich, bis ich genau das tue.

Erst als ich Shane in die Augen schaue, nickt er leicht und gibt mir, wonach ich mich sehne. Dieses Mal füllt er mich mit zwei Fingern aus. Ich höre selbst, wie seine gleichmäßigen, kontrollierten Bewegungen meinen lauter werdenden Atem in ein wildes Keuchen verwandeln. Mir wird immer heißer, und ich drücke mich an ihn, aber anstatt mich zu halten, lehnt er sich zurück. Er wird keine einzige Regung in meinem Gesicht verpassen und will jeden Laut von meinen Lippen lesen. Laute, die noch nie zuvor ein Mann aus mir hervorgelockt hat.

Immer weiter verliere ich das Gefühl für die Hitze und die Kälte, die in mir und um mich herum zu sein scheinen. Diese grenzenlose Wahrnehmung meines Körpers vermischt sich mit dem Bewusstsein, dass ich in diesem Moment nur noch durch Shane fühle, durch ihn atme.

»Du bist wunderschön, Rina.«

Die vorbeiziehenden Worte lassen mich schwerelos werden. Als meine Muskeln beginnen, sich um Shanes Finger zusammenzuziehen, presst er plötzlich seinen Handballen auf meine Mitte, die immer noch weit geöffnet und schutzlos ist. Die Intensität dieser Berührung lässt für den Bruchteil einer Sekunde die Zeit stillstehen. Ich fühle mich getragen, von Shane und unseren Gefühlen, über die Morgendämmerung hinweg in eine kurze Ewigkeit, die uns gehört. Ich merke erst, dass es vorbei ist, als mich Shane an sich drückt und mir beruhigend über den Rücken streichelt.

»Ich bin da«, flüstert er und hüllt mich mit der Sicherheit seines Körpers ein. Er wartet, bis meine Atmung wieder gleichmäßig ist, und hilft mir dann, meine Kleidung zu richten.

Hilfloser, als ich mir eingestehen will, schaue ich an Shane hinunter. »Soll ich …«

Er nickt mit einem liebevollen Lächeln in Richtung des Ufers. »Wir könnten gemeinsam unter die warme Dusche gehen.«

»Dusche klingt sehr gut. Caden schläft noch, er wäre nicht mit uns im Strandhaus«, sage ich, obwohl es sich mit der Tatsache widerspricht, dass er gerade mit uns hier am Strand ist. Wie von selbst wandert mein Blick zu ihm. Die Sonne ist noch nicht hinter den Klippen aufgegangen, und doch ist es schon hell genug, um eines ganz klar zu erkennen: Unser Schlafplatz ist leer. Caden ist weg.

Shane stellt sich neben mich und folgt meinem Blick hinaus auf den Strand. Er sagt kein Wort, aber ich weiß, dass wir dasselbe denken. Ich weiß nur nicht, ob wir dasselbe dabei fühlen. Denn so beschämend die Vorstellung ist, Caden könnte uns beobachtet haben, so anziehend ist sie auch einen Wimpernschlag lang. In meiner Erinnerung wiederholen sich einzelne Bilder der letzten Minuten und sofort sammelt sich ein fremdes Kribbeln in mir.

»Alles okay bei dir?« Shane legt eine Hand in meinen Rücken.

»Ja«, krächze ich mehr, als dass ich es sage, und wate immer schneller durch das Wasser auf den Strand zu. Um dem leisen Ziehen zu entkommen, das seinen Ursprung in Caden hat, obwohl ich seinen besten Freund liebe.

Ich bin die Erste im Badezimmer. Shane ist knapp hinter mir und trotzdem schließe ich die Tür. Ich höre, wie er vor dem Bad stehen bleibt. Seine nasse Kleidung tropft auf den Holzboden und gleicht einem Hämmern gegen die geschlossene Tür. Ich möchte etwas sagen. Erklären, warum ich mich gerade vor ihm und vor mir gleichermaßen verstecke, aber ich kann es nicht. Weil es nichts gibt, was man erklären muss. Es war nur der Überschwang des Augenblicks.

Gerade als ich die Tür öffnen und Shane hereinlassen will, durchbricht ein lautes Bellen die Stille, gefolgt vom typischen Kratzen von Hundepfoten auf glattem Untergrund.

»Banks!«, begrüßt Shane den Hund von Enya und Jonah. Enya hat heute die Frühschicht im *Sunrise*, also wird Jonah sie abgesetzt haben und danach hierhergekommen sein, um uns wieder zu helfen.

Dann erklingt zuerst die Stimme von Jonah, gefolgt von Cadens tiefem Timbre. Röte steigt mir über den Hals hinauf in die Wangen. Den anklagenden Blick in den Spiegel meidend schäle ich mich aus der immer noch triefenden Hose, in der sich das Wasser aus meiner restlichen Kleidung sammelt. Das Salzwasser nimmt dem Stoff die Elastizität, weshalb ich es nicht schaffe, mir das Top über den Kopf zu ziehen. Es hängt zwischen meinen nassen Haaren und meinen Armen fest.

Mich umständlich windend drehe ich mich um mich selbst, ziehe und reiße und verliere die Standfestigkeit. Ehe ich auch nur die Chance habe, mich irgendwo festzuhalten, kippe ich zur Seite und schlage mit dem Kopf gegen den alten Holzschrank, den ich gemeinsam mit Enya abgeschliffen und neu gestrichen habe. Kosmetikflaschen poltern laut zu Boden, aber zum Glück zerspringt kein Glas.

Halb liegend versuche ich immer noch diesem elenden Stück Stoff zu entkommen, da klopft es an der Tür.

»Rina? Ist alles in Ordnung?« Shane. »Brauchst du Hilfe?«

Ich bin mir nicht sicher, ob ich jemals wieder aus diesem Shirt komme, aber ich brauche hier definitiv keine Hilfe.

»Hast du dich verletzt, Rina?« Ich muss beinahe mit den Augen rollen, so typisch ist die Frage für Caden. »Sie antwortet nicht. Vielleicht ist sie bewusstlos.«

Shane spricht leiser. »Glaubst du, wir sollen aufmachen?«

Himmel, nein! Ich bin halb nackt in einer Pose, in der man nicht halb nackt sein sollte. So langsam ich vorhin reagiert habe, so schnell finde ich jetzt meine Sprache wieder. »Alles bestens«, presse ich hervor und versuche mich, ohne wirklich etwas zu sehen, so abzustützen, dass ich ganz aufstehen kann. Erneut fallen irgendwelche Sachen zu Boden. »Nur ein kleines Missgeschick.«

»Bist du dir sicher?« Shane klingt misstrauisch. Ich höre das Klimpern des losen Scharniers, als jemand die Türklinke berührt.

Bitte, bitte lass niemanden hier hereinkommen. Ich stehe mit erhobenen Armen gefangen in meinem Shirt, einem BH, der nur noch halbe Arbeit leistet, und ohne mein verdammtes Höschen im Badezimmer. Ein unvergesslicher Anblick. Shanes zerfetzte Badehosen waren ein Scheiß dagegen.

»Kann ich helfen?«

Sehr gut, mit Jonah haben wir schon drei potenziell verstörte Retter.

»Mir geht es gut, danke«, sage ich viel zu laut, um sicherzugehen, dass sie mich auch verstehen und diese Scheißklinke endlich loslassen. Das Schloss lässt sich mit einem einzigen Griff ganz einfach öffnen. Ich weiß das. Shane weiß das. Caden weiß das. »Alles ist bestens, ich bin nur ausgerutscht. Niemand muss mir helfen. Das kriege ich alleine hin. Aber danke!«

»Sicher?«

Ich stöhne auf. Ich bin mir überhaupt nicht sicher, weil ich feststecke und nicht weiterkomme. »Ja, Shane. Bin mir sicher.«

»Wirklich? Hast du dir den Kopf gestoßen? Deine Reaktionszeit ist irgendwie verzögert.«

Caden hat keine Ahnung, dass die pure Panik mich so ausbremst.

»Lasst mich jetzt einfach in Ruhe meine … Sachen erledigen.«

»Da, schon wieder. Deine Antworten kommen viel zu spät.«

»Verpisst euch!«

Ich weiß nicht, ob es Shane oder Caden oder Jonah ist oder alle gemeinsam, die johlende Geräusche der Art machen, die eher in ein Footballstadion gehören als in ein Strandhaus, aber ich höre, dass sie sich von der Tür entfernen. Wenn ich etwas gelernt habe, dann ist es, meine Grenzen aufzuzeigen. Selbst wenn es nur bei Shane und Caden ist.

Nach ein paar tiefen Atemzügen presse ich die Lippen zusammen und bemühe mich, keinen Laut zu machen, als das nasse Top an meinen Haaren reißt, ich es dafür jedoch endlich über den Kopf bekomme. Meine Stirn schmerzt an der Stelle, an der ich gegen den Schrank gekracht bin, und im Spiegel stelle ich fest, dass ich einen blutenden Schnitt habe. Mein Gesicht ist vor Anstrengung rot, und ich muss beinahe lachen, als ich mich so komplett durch den Wind, lädiert und leicht überfordert mit mir selbst sehe.

Irgendwie schaffe ich es endlich in die Dusche. Ich genieße die Wärme, die die letzten Minuten aus meinen Gedanken spült und alles verdrängt, was keine Daseinsberechtigung hat. Bis ich abgetrocknet bin, rinnt mir schon wieder ein wenig Blut ins Auge, und ich nehme ein Taschentuch, um damit auf die Wunde zu drücken. Nachdem ich bei dieser Gelegenheit den Schrank meines Verderbens gleich abgestaubt habe und die vielen Haarpflegeprodukte, die allesamt Shane gehören, an Ort und Stelle aufgereiht sind, hat die Wunde auch beinahe aufgehört zu bluten. Ich reiße ein kleines Stück Taschentuch ab, das wunderbar auf meiner Stirn kleben bleibt, sodass ich mir in

Ruhe die Haare machen und mich eincremen kann. Dann stecke ich meine nasse Kleidung direkt in die Waschmaschine und schlüpfe in Shanes dunkelgrauen Bademantel.

Weil ich schon einige Zeit nichts mehr gehört habe, nehme ich an, die Jungs sind bereits auf dem Gelände unterwegs. Dass ich mich täusche, erkenne ich in der Sekunde, in der ich die Badezimmertür aufmache und Banks durch den offenen Wohnbereich auf mich zurennt. Shane und Caden verfolgen vom Tisch aus den einzigen Hund, vor dem ich mich nicht fürchte, mit ihren Blicken. Ich schaffe es kaum, die Begrüßungsversuche der sandblonden Hündin abzuwehren, und sie beginnt ungeniert, an meinem Bademantel zu schnüffeln. Immer wieder findet ihr Kopf unter den Frotteestoff und mit der langen Nase hebt sie Teile davon hoch. Um das Notwendigste zu verbergen, beuge ich mich nach vorn.

»Hör auf, Banks«, wiederhole ich erfolglos und stoße schließlich mit dem Rücken gegen die Wand. »Banks, es reicht!«

Ein Pfiff durchschneidet die Luft und sorgt dafür, dass Banks von mir ablässt, um zu Jonah zurückzulaufen, der von außen hereinkommt. »Tut mir leid, Rina. Sie ist ein Wildfang«, entschuldigt er Banks und krault sie dennoch liebevoll hinter den Ohren.

Ich schaue hinüber zu Caden und Shane, um mich für die tatkräftige Unterstützung mit Banks eben zu bedanken, aber ihre Blicke zwingen mich dazu, innezuhalten. Beiden Männern steht der Mund leicht offen und Shane hat die Stirn gerunzelt. Ich hebe fragend die Schultern. Es ist Caden, der als Erster der beiden blinzelt und das Gesicht abwendet. Die Bewegung reißt Shane aus seiner Starre und er tippt mit der Hand auf seine Brust. Mittlerweile hat er die Shorts gewechselt und sich ein Shirt angezogen.

Als ich nicht reagiere, wiederholt Shane das Tippen eindringlicher. Jonah hat mir den Rücken zugedreht und steht mit dem Gesicht zur Wand. Ich habe keine Ahnung, was das gerade soll. Bis ich Shanes Blick zu meinem Oberkörper folge und sehe, dass sich im Kampf mit Banks der Bademantel gelockert hat – und eine Brust entkommen ist.

Für den Bruchteil einer Sekunde schließe ich die Augen und spiele heile Welt. Dann beginne ich alles einzupacken und mit ihr die Scham, die ich verdrängen muss, um nicht schreiend aus dem Haus zu rennen. Mein kurzes Räuspern erlöst alle aus ihrem Bemühen, so zu tun, als hätten sie eh nichts gesehen. Einzig Shane grinst mich an. Ich zeige ihm den Mittelfinger, was ihn nur noch breiter grinsen lässt.

»Du hast dir wirklich den Kopf verletzt«, sagt er plötzlich, als wäre es ihm erst jetzt möglich, mir auch ins Gesicht zu sehen.

»Halb so wild«, erkläre ich und will gerade nach oben gehen, um mich umzuziehen, da sieht mich Caden an und bedeutet mir, zu ihm zu kommen.

»Du blutest«, meint er, seine Stimme ungewohnt hoch.

»Nein, ist schon vorbei.« Ich drehe mich Richtung Treppenaufgang, aber Caden steht auf und zeigt auf seinen Stuhl.

»Lass es mich nur kurz ansehen, Rina.«

Genervt stöhne ich. »Shane hat einen viel tieferen Kratzer auf der Brust, den lässt du doch auch in Ruhe.«

»Er hat sich meinen Kratzer angesehen.« Shane zuckt entschuldigend mit den Schultern und zieht die Schublade in der Küchenzeile auf, in der wir unsere Erste-Hilfe-Sachen haben.

»Es ist nichts.«

»Eine Kopfverletzung ist nicht nichts, also setz dich.«

»Rina?« Shane sieht mich an, und ich rechne mit Härte, aber nicht mit einem leicht besorgt wirkenden Lächeln.

Immer noch widerwillig gehe ich auf Shane und Caden zu und setze mich auf einen der Stühle. Jonah tut das einzig Richtige und tippt auf seinem Handy herum. Ich wünschte, ich könnte mich gerade ebenso aus dem Geschehen zurückziehen wie er.

Shane steht plötzlich hinter mir und legt die Hände an meine Wangen. Er bringt mich dazu, den Kopf leicht in den Nacken zu legen, bis ich mich an ihm anlehnen kann.

Caden rutscht etwas näher. Als er sich über mich beugt und mich sein Geruch, vermischt mit dem von Shane, umfängt, übermannt mich ein kurzer Schwindel. Doch zu viel Blut verloren. Muss so sein.

»Ist dir schwindlig?«

Ja. »Nein.«

»Übelkeit oder stechender Schmerz?«

Ich grinse. »Nein, Doc.«

Caden schnaubt und bewegt sich, wodurch ich erneut von seinem Geruch überschwemmt werde.

Ich zwinge mich, die Augen offen zu halten und die geballte Ladung an ihren Düften zu ignorieren. So gut es geht, verfolge ich die Bewegungen von Cadens Hand. Er zieht das angesaugte Taschentuch mit zwei Fingern herunter, nicht mit einer Pinzette, und tastet die Wunde ab. Ich unterdrücke ein Zischen und konzentriere mich auf seine dunkelgrünen Augen, die von so dichten Wimpern umrahmt sind, wie ich es noch bei niemanden sonst gesehen habe.

Caden muss meinen Blick auf sich spüren, denn er sieht mich an. Ich weiß nicht, ob ich ihm schon jemals mit so wenig Distanz in die Augen geschaut habe. Oder so intensiv. Seine Mundwinkel zucken, und er setzt zu einem sanften Lächeln an, das ich nicht erwidere, so vertieft bin ich in das satte Grün, das plötzlich warm durch meinen ganzen Körper fließt.

Caden wechselt zwischen meiner Wunde und den Augen hin und her und ich kann seinen Atem auf mir spüren. Er rümpft mehrmals die Nase, so wie er es immer macht, wenn er die Zwillinge zum Lachen bringen will, aber ich kann noch nicht aus dem Betrachten seines Gesichts auftauchen. Seine Oberlippe unterscheidet sich mit den zwei vollen Erhebungen von Shanes Mund und wirkt viel weicher und sinnlich. Caden kommt ein letztes Stück näher, und als ich glaube, dass er gleich wieder die Wunde berührt, stupst er mir mit dem Finger auf die Nase und unterbricht damit meine Gedankenkreise. Ich erwidere sein Lächeln und spüre zugleich Shanes Hände, die auf meinen Schultern landen.

Cadens Lächeln verrutscht im selben Atemzug, in dem ein Tropfen Blut über meine Augenbraue rinnt.

»Kopfwunden bluten ewig nach«, sagt er gelassen und nimmt einen Mulltupfer, um ihn gegen meine Stirn zu pressen. »Shane, drückst du mal? Ich muss die Steri-Strips auspacken.«

»Bist du sicher, dass du die Wunde nicht nähen willst?«, kommt es von Jonah. Bis er sich vor wenigen Wochen für ein Pädagogik-Studium entschieden hat, hat er ebenso Medizin studiert. Jonah war jedoch nie glücklich mit seiner ersten Studienwahl und hat dank Enya den Mut zur Veränderung gefunden. »Der Riss sieht verdammt groß aus.«

Caden stockt kurz in seiner Bewegung und schüttelt dann den Kopf. »Nein, das tue ich ihr nicht an.« Er schluckt. »Kleben muss reichen. Und es ergibt die feinere Narbe.«

Er bedeutet Shane, den Tupfer wieder abzunehmen, und reinigt die Wunde. Seine Berührungen haben plötzlich ihre Sanftheit verloren, und er presst die Lippen so fest zusammen, dass sie sich hell verfärben. Mit einer Pinzette nimmt er den ersten schmalen Pflasterstreifen und führt ihn an meine Stirn. Aus dem Augenwinkel nehme ich das kaum erkennbare Zittern von Cadens Hand wahr. Zuerst glaube ich, dass es wieder mein Blut ist, das auf meine Wange tropft, und blinzle.

»Caden?« Shane beugt sich etwas über mich zu Caden herunter. »Deine Nase blutet.«

Stockend geht Caden einen Schritt von mir zurück und wischt sich über die Oberlippe. Auf seinem Handrücken ist eine Blutspur zu sehen und er macht noch einen Schritt. »Fuck.«

Shane reicht ihm einen der Mulltupfer und wischt mir dann mit einem zweiten Tupfer über die Wange.

»Tut mir leid«, sagt Caden zu mir. »Ich wollte dich nicht einsauen.« Dann schaut er zu Jonah, der aufgestanden ist. Er gibt ihm mit seiner freien Hand ein unmissverständliches Zeichen, meine Wunde zu kleben.

»Alles okay?«, will ich wissen, weil das Zittern und das plötzliche Nasenbluten mich beunruhigen. Ich habe noch nie gesehen, dass Caden einfach so aus der Nase blutet.

»Natürlich. Meine Schleimhäute sind die Reizung durch den Sand und das Salz nicht mehr gewohnt, alles in Ordnung.« Dann geht er an uns vorbei, und ich höre, wie er die Badezimmertür hinter sich schließt.

»Also dann – sehen wir mal, dass wir deine Wunde zubekommen, bevor sie noch mehr klafft«, meint Jonah und zwinkert mir zu. »Kopf nach hinten, Rina.«

Ihm scheint Cadens Erklärung zu genügen. Mit einem beruhigenden Lächeln nimmt er die Pinzette und einen frischen Strip aus der Verpackung.

Shane streicht mir die Haare noch einmal zurück und ich lehne mich wieder gegen ihn. Dabei erhasche ich einen kurzen Blick auf seinen Gesichtsausdruck und sehe dieselbe Besorgnis darin, die ich spüre. Cadens untypisches Verhalten in den letzten Wochen, die fremde Unantastbarkeit und jetzt das. Etwas stimmt hier nicht, und ich glaube auch nicht, dass es damit zu tun hat, dass Shane und ich jetzt ein Paar sind.

Mich besänftigt allein die Tatsache, dass ich Zeit habe, es herauszufinden. Caden wird die nächsten Tage, vielleicht auch Wochen, hier bei uns sein. Er kann seine Probleme und Gefühle noch so gut vor mir verstecken, ich bin geduldig. Und ich würde alles für meinen besten Freund tun.

KAPITEL 6

SHANE

»Stell dich nicht so an und reiß dich zusammen, Caden. Du kennst sie schon ewig und sie mag dich. Zeit, ein Held zu sein und ihr endlich zu zeigen, wie vernarrt du in sie bist.«

»Halt die Klappe, Shane. Der erste Schritt gehört immer noch dir. Sie ist dein Mädchen.« Er fährt sich leicht panisch durch die Haare. »Was ist so schwer daran zu verstehen, dass ich eine Scheißangst habe?«

»Wovor?« Ich kenne die Antwort, aber genieße es viel zu sehr, sie aus seinem Mund zu hören.

»Wovor? Willst du mich verarschen? Ein zu schneller Schritt in die falsche Richtung und ich bin erledigt.«

Ich unterdrücke ein Grinsen. »Nein. Du weißt doch, wie geduldig sie ist.«

»Sie wird mich beißen.«

»Möglich. Das macht sie hin und wieder.«

»Und dann wird sie mich fressen.«

»Seehunde fressen keine Menschen.«

Caden rückt seine wasserdichte Latzhose zurecht. Sie ist quietschgelb und lässt ihn ein bisschen wie einer der Minions aussehen, die Lia und Laurel, die Zwillinge, so gerne mögen. »Christie ist kein normales Seehundmädchen.« Er flüstert, als könnte sie uns verstehen. »Christie ist gemein.«

»Christie ist traumatisiert, nicht gemein. Sie musste als Baby mit ansehen, wie ihre Mama in ein paar Fischernetzen verendet ist, und wurde selbst schwer verletzt. Sei ein bisschen rücksichtsvoller, Mann. Sie hat nur das Beste verdient.«

Caden reibt sich angespannt über das Gesicht. »Können wir nicht bis zum Abend warten? Bis Rina es machen kann? Christie mag Rina.«

»Da muss der ewige Student der Meeresbiologie dem Herrn Doktor erklären, wie wichtig bei manchen Medikamenten die zeitgenaue Einnahme ist. Schäm dich, Caden.« Wenn es nicht so umständlich wäre, würde ich jetzt mein Handy aus der Hosentasche unter meiner Latzhose herausholen und für Rina ein Foto von ihm machen. So hilflos und überfordert sieht man ihn selten. Wir könnten es ausdrucken und auf die Klotür kleben. Und wenn er dann das nächste Mal auf die Toilette muss …

»Scheiße, Mann, dann lass es uns durchziehen.« Caden tänzelt leicht auf und ab und strafft die Schultern.

»Yeah«, sage ich und strecke ihm den Eimer mit den Fischen hin. »Ich nehme den Schild und du fütterst sie. Der Barsch mit der Tablette ist mit dem roten Punkt gekennzeichnet.« Ich lege eine Hand an das Gatter. »Bereit?«

»Ich will es nur hinter mich bringen.«

»Deine Mom wäre stolz auf dich für deinen Mut, Caden. Sie weiß, was für ein Schisser du bist.«

Er boxt mir gegen den Oberarm und wir müssen beide lachen. Dann lege ich kurz den Kopf in den Nacken, atme laut aus und versuche Christie meine eigene Angst nicht spüren zu lassen. So leise wie nur irgendwie möglich drehe ich den Riegel um und will uns damit zumindest eine Chance geben, das Gehege der alten Seehunddame zu betreten. Wir müssen es einfach vermeiden, keine Ausweichmöglichkeit zu haben und gegen den Zaun gedrängt zu werden.

Christie fläzt ein Stück hinter dem Wasserbecken auf einer Steinplatte in der Sonne und hebt nur träge den Kopf, als sie unsere Bewegungen wahrnimmt.

»Siehst du«, sage ich und schließe das Gatter hinter uns. »Alles in Ordnung. Christie ist total gechillt.«

»Dann nimm den Schild vor uns weg. Mit dem kann kein Mensch laufen.«

»Bin ich lebensmüde?« Wir gehen weiter in das Gehege hinein. »Christie kann schnell sein. Unterschätze sie nicht. Dass ihr die Schwanzflosse fehlt, macht sie nicht wirklich langsamer.«

Caden drängt sich noch enger an mich, um ganz hinter dem Schild zu sein. »Ich weiß, Mann. Ich weiß.«

Wir arbeiten uns weiter in die Mitte des Geheges vor und Caden hält den Eimer immer noch gut verborgen zwischen uns. Sobald Christie ihn sieht, wird sie kommen, und wir müssen uns zuerst gut positionieren. Es ist nicht so, dass wir keinen Schlachtplan hätten. Als wir an einem losen Ast vorbeikommen, den das Gewitter übrig gelassen hat, bücke ich mich und werfe ihn mit Schwung über den Zaun. Dass diese schnelle Bewegung ein verdammter Fehler war, erkenne ich, als sich Christie Hals über Kopf von der Steinplatte stürzt und auf uns zuhüpft.

»Fuck, fuck, fuck!«, fluche ich und stelle mich seitlich gegen den Schild. »Sollte – ich wiederhole, *sollte* – sie uns anrempeln, müssen wir ihren Schwung abfangen, Caden.«

»Alter, schau ihr verfickt noch mal in die Augen, die *wird* uns anrempeln!« Caden stemmt sich ebenso wie ich gegen den einzigen Schutz, den wir haben.

»Ist der Fisch bereit?«

»Ja, verdammt.« Wäre es nicht so gefährlich, könnte ich lachen, denn Caden hat in den letzten fünf Minuten mehr geflucht als während unserer gesamten Schulzeit.

»Egal was ist, Caden, keiner verlässt die Position! Wir bringen das hier zu Ende!«

»Natürlich. Wenn einer gebissen wird und sterben muss, dann auch der andere.«

Ich sehe ihn an und schüttle lachend den Kopf. »Was redest du da, Mann?«

»Nur, dass wir das gemeinsam durchziehen, wie immer.«

»Das versteht sich von selbst, Bro.«

Das Platschen von Christies Körper wird lauter, als sie vom Sand wieder auf den Steinboden kommt. Ihr gefährliches Angriffsheulen habe ich nicht so bedrohlich in Erinnerung.

»Wie viel wiegt Christie, Shane?«

Ich kann bereits jedes einzelne Schnurrhaar erkennen. »Laut Dosis für die Tabletten über hundert Kilo.«

»Das werden wir nicht überleben.«

»Scheiße, die wird immer schneller! Stemm dich dagegen, Caden, und halt den Fisch bereit.«

Christie stößt eine Mischung aus Bellen und Knurren aus, bevor sie mit voller Wucht gegen den Schild prallt. Caden und ich werden trotz Einsatz unseres gesamten Körpergewichts ein paar Schritte nach hinten geschoben und Caden schreit hysterisch auf.

Christie lässt nicht ab und drückt weiter gegen den Schild, und ich hoffe inbrünstig, dass sie nicht daran vorbeikommt. »Der Fisch, Caden, halt ihr den Fisch hin!«

Er wirft sich mit aller Kraft gegen das plötzlich viel zu dünn wirkende Stück Kunststoff zwischen uns und dem Seehund und hält den Fisch hoch. Im selben Augenblick bekommen wir einen Stoß von Christie und der Fisch fliegt in hohem Bogen hinter uns.

»Bist du wahnsinnig? Warum wirfst du den Fisch weg?«

»Kein Arsch wirft hier!«, ruft Caden. »Zurück, ich muss ihn holen.«

»Wehe du lässt beim Fischholen den Schild los, alleine kann ich sie nicht abwehren.« Das Gebrüll von Christie wird so laut, dass ich meine eigene Stimme selbst kaum noch verstehe.

Caden sieht mich an, und Seite an Seite lassen wir uns zurückdrängen, bis der verdammte Fisch zwischen uns auf dem Boden liegt. Caden bückt sich, und ich weiß nicht, wie oft ihm der Köder aus der Hand flutscht, bis er ihn endlich hochhält.

Christie macht sich immer größer und prescht mit jedem Mal aggressiver gegen unseren Schutzschild. Caden nutzt den einen Moment, in dem sie ihr Maul aufreißt und uns mit ihren Zähnen bedroht, um ihr den Fisch hineinzulegen.

Der Seehund ist noch damit beschäftigt zu schlucken, da greife ich schon nach dem Eimer und leere die restlichen Fische in das Wasserbecken.

Kurz nehme ich an, Christie hüpft einfach hinterher und widmet sich ihrem Essen, aber kaum hat sie den Fisch geschluckt, stößt sie erneut gegen uns. Caden nimmt mir den Kübel ab und wirft ihn über den Zaun.

»Nach hinten!«, fordere ich ihn auf, als hätten wir noch irgendeine Wahl. Wir beide ächzen laut unter der Wucht des nächsten Angriffs, und ich drehe mich leicht, um zu sehen, wo der Ausgang bleibt.

»Auf drei, Shane!«, ruft Caden und fängt an zu zählen, ohne auf mein Einverständnis zu warten. Bei der letzten Zahl rennt er los und zieht den Schild mit sich. Ich tue es ihm gleich und laufe, so schnell ich kann. Wir beide schaffen es nicht, die Füße mit den Gummistiefeln im Zaun einzuhaken, und aus dem Augenwinkel registriere ich, wie Christie immer näher kommt. Ich will nach dem Schild greifen, aber Caden hat ihn bereits über den Zaun geworfen.

Die Todesangst lässt mich so viel Schwung holen, wie ich in meinem ganzen Leben noch nicht gebraucht habe. Mit einem einzigen Satz rette ich mich schreiend über den Zaun und komme dumpf am Boden auf. Caden springt ebenso ab, schafft es jedoch nicht hoch genug. Er bleibt mit dem Bauch hängen und kippt in Zeitlupe nach vorne.

Erst Christie, die schimpfend gegen den Zaun prallt, gibt ihm den letzten Schub, sodass Caden kopfüber nach unten fällt. Auf dem Bauch kriechend schafft er Distanz zwischen sich und dem Zaun und Christie, die uns bereits unbeeindruckt den Rücken zugedreht hat.

Caden bleibt ermattet neben mir liegen und vergräbt den Kopf, in einem hohen Ton hechelnd, in seinen Armen. »Fuck, Mann. Das war knapp.«

Nur mit Mühe kann ich mein eigenes tiefes Keuchen beruhigen. »Ja, war es.« Ich lasse mich nach hinten ins Gras fallen, das trotz der Hitze gestern noch ungewöhnlich feucht vom Unwetter ist.

»Bin ich froh, dass wir das hinter uns haben.« Aus Caden bricht ein Lachen hervor, so befreiend, wie ich es schon lange nicht mehr von ihm gehört habe. Wir liegen nebeneinander im Gras, dem Tode vorerst knapp entronnen, und lachen so laut, dass selbst Christie noch einmal zu uns herüberschaut.

»Du weißt schon, dass wir das jetzt jeden Tag machen müssen?«

Kurz hebt Caden den Kopf und lässt ihn dann stöhnend zurück in seine Arme fallen. »Kann das nicht Rina übernehmen? Ich wiederhole mich, aber Christie mag Rina.«

»Rina hat ihre Aufbaukurse – so kurz vor Studienbeginn beinahe täglich. Und morgen ist Dienstag, ihre Arbeitswoche im Friseursalon beginnt somit erst.«

Caden rappelt sich hoch und setzt sich hin. »Sie wird das hinbekommen, alles. Auch wenn sie selbst nicht daran glaubt.«

»Natürlich wird sie das«, sage ich und richte mich ebenfalls auf. »Damals in der Schule, das war etwas anderes. Ihr Dad hat sich kaum um sie gekümmert und sie nächtelang alleine in der Wohnung gelassen für irgendwelche Jobs, die am Ende keine waren.« Ich ziehe mir die Träger der Latzhose über die Schultern und schaue Caden an. »Jetzt hat sie uns.«

Er streicht sich über die Nase. Sie hat längst aufgehört zu bluten, trotzdem greift er sich immer wieder prüfend ins Gesicht. »Damals hatte sie uns auch, Shane. Selbst mit uns an ihrer Seite konnte sie in der Schule kaum mithalten.«

»Ja, aber jetzt sind wir erwachsen. Rina braucht ihren Dad nicht mehr so, wie sie es als Kind getan hätte, und wir haben mehr Ahnung.«

Caden runzelt die Stirn. »Mehr Ahnung wovon?«

Ich grinse. »Vom Leben. Und von unserem Mädchen.«

»*Deinem* Mädchen«, verbessert er mich leise.

Ich möchte gerade etwas erwidern, da läutet das Telefon in seiner Tasche. Umständlich zieht er sich die Latzhose zu einem Teil über den Oberkörper und holt das Handy heraus. Cadens Blick verliert die Leichtigkeit von eben, und er entfernt sich einige Schritte von mir, bevor er den Anruf entgegennimmt. Das ist neu.

»Dr. Delon«, verstehe ich noch, bevor auch ich aufstehe und den Schild und den Eimer einsammle, um beides für morgen zu verstauen. Obwohl mich Mom heute schon zweimal über Dads Zustand informiert hat, warten wir immer noch auf den Anruf von seinem behandelnden Arzt. Irgendein Gefühl sagt mir jedoch, dass das hier nichts mit mir zu tun hat. Von hier aus verstehe ich Caden nicht, und solange er mir nicht mitteilen will, warum er so nervös auf und ab geht und sich immer wieder über die Augen reibt, muss ich es auch nicht wissen. Cadens Privatsphäre akzeptierend überprüfe ich, ob Christie die Fische alle eingesammelt hat, und sehe sie schon wieder zufrieden auf ihrem Stammplatz in der Sonne liegen.

Bis ich die Latzhose und die Stiefel ausgezogen habe und wieder in meinen Turnschuhen den Pflegebereich verlasse, hat Caden den Anruf beendet.

Ich finde ihn am Becken der Heuler. Er hat die Unterarme am Holzzaun aufgestützt, und zuerst glaube ich, dass er die zwei Babys beim Spielen im Wasser beobachtet, sehe dann aber, dass sein leerer Blick hinaus aufs Meer gerichtet ist.

»Caden?«

Er zuckt leicht zusammen. »Ja?«

»Willst du über den Anruf eben sprechen?«

»Den Anruf?« Er lächelt. »Nein, warum? In Phoenix wollten sie nur wissen, wie lange ich wegbleibe. Das habe ich ihnen bei meiner überstürzten Abreise nicht mitgeteilt.«

Ich lege den Kopf schief und schaue ihm in die Augen, um herauszufinden, ob er mir etwas verschweigt. »Sicher?«

Er stößt sich vom Zaun ab und nickt genervt. »Ja, sicher. Hör endlich auf, mich ständig zu fragen, ob ich mir bei irgendetwas sicher bin.« Er geht in Richtung der Pflegeräume und dreht sich auf halbem Weg noch einmal um. »Wir wollten Rina abholen. Weißt du, wann sie fertig ist?«

Ich schaue auf meine Uhr. »Erst gegen halb fünf. Wir haben also noch fast vier Stunden Zeit.«

»Gut. Dann können wir mit Jonah oben an der Kiefer weiterschneiden. Es ist wichtig, dass wir die Zufahrt zum Gebäude endlich frei bekommen.«

Ich erspare mir zu sagen, dass wir genau das heute schon besprochen haben, und warte, bis Caden im Haus verschwunden ist. Immer wieder blitzt der Caden durch, den ich seit Jahren kenne, aber die meiste Zeit scheint es, als würde er eine große Last auf seinen Schultern tragen, und das macht mir Sorgen. Ich erinnere mich noch zu gut daran, wie es war, als er sich nach Jonahs Unfall so verschlossen hat.

Oder es ist einfach nichts und ich mache mir umsonst Gedanken. Die letzten zwei Tage waren extrem anstrengend und eine absolute Ausnahmesituation für uns alle, auch für ihn. Er hat seine Ausbildung für uns unterbrochen, und ich kann mir vorstellen, dass das nicht im Sinne der Notaufnahme in Phoenix ist. Die Konsequenzen trägt er alleine und er will mich nicht damit belasten. Das wäre die logischste Erklärung. *Wäre* es.

Ich atme tief ein, schaue noch einmal zu den beiden Heulern und schicke Mom ein Foto von ihnen. Über die geschwungenen Wege durch die einzelnen Becken mache ich mich auf zu Jonah. Der ganze Hang gleicht durch die Verwüstung teilweise immer noch mehr einem Hindernislauf, und ich habe keine Ahnung, wie wir die inzwischen getrockneten Schlammmassen entfernen sollen. Noch nie war ich dankbarer, dass Dad an den Gehegen selbst schon vor Jahren Vorsichtsmaßnahmen getroffen hat. Kein einziges der Becken wurde von Dreck und Wasser geflutet, die Bretter, die er an den Zäunen eingegraben hat und die ein Stück weit nach oben reichen, haben alle standgehalten. Ich musste ihm damals helfen, die Löcher zu graben, und habe es mit jedem Spatenstich für überflüssiger gehalten, das zu tun. Jetzt weiß ich, dass Dad recht hatte.

Banks kommt mir entgegengelaufen, als sie mich kommen sieht.

Von den wenigen Stunden auf dem Gelände ist ihr Fell bereits mit lehmigem Staub und Kiefernnadeln verdreckt, und ich bezweifle, dass Jonah sie so jemals wieder in den Pontiac lassen wird. Seit den frühen Morgenstunden schneidet er sich durch das dichte Geäst und hat dabei kein einziges Mal gejammert. Caden und ich konnten die Motorsäge heute kaum halten, so beansprucht sind unsere Muskeln noch von gestern, aber Jonah scheint das Gewicht mit seinen Schwimmerarmen nichts auszumachen.

»Was wetten wir, dass er auch morgen keinen Muskelkater hat?« Caden ist neben mir aufgetaucht und tätschelt Banks die Seite.

»Das ist gut«, gebe ich zurück und stelle fest, dass nichts mehr an Caden daran erinnert, wie verändert er nach dem Telefonat eben war. »Zumindest wissen wir dann schon, wer auch morgen wieder sägt.«

»Wir könnten Jonah dazu überreden, Christie zu füttern.«

Ich grinse. »Oder wir fragen Enya. Sie ist auf einer Farm aufgewachsen und an den Umgang mit Tieren gewöhnt.«

»Ja, Shane – auf einer Rinderfarm, und die einzigen Tiere, die sie dort betreut hat, waren Hühner.«

»Gut, ich sehe es kommen: Christie bleibt an uns hängen. Oder wir laden die Zwillinge ein! Sie beide sind mutige Mädchen.«

»Spinner.« Caden schüttelt lachend den Kopf und beginnt die abgetrennten Äste wieder am Rand des angrenzenden Kiefernwaldes zu schichten.

Für die nächsten zwei Stunden arbeiten wir begleitet von den dominanten Geräuschen der Motorsäge und legen einen wirklich beachtlichen Teil des Parkplatzes frei. Sogar der Jeep kommt wieder zum Vorschein. Ich freue mich, dass er weniger beansprucht wurde, als ich befürchtet hatte, und stelle erstaunt fest, dass er sich starten lässt und die Spur noch gerade ist.

Wir unterbrechen unsere Arbeit erst, als sich die Leitstelle San Diegos bei mir meldet und uns mitteilt, dass sie morgen damit starten werden, sich um die Zufahrtsstraße zu kümmern. Die zweite

Pause machen wir, als endlich der behandelnde Arzt bei Caden anruft. Obwohl ich nicht einmal die Hälfte der Wörter verstehe, die Caden benutzt, erkenne ich anhand seiner Mimik, dass Dad Glück hat, noch zu leben. Jonah scheint meine Sorgen zu erkennen. Er verfolgt das Telefonat ebenfalls und übersetzt mir nur, dass alles gut werden wird und die Brüche zwar schwer sind, aber grundsätzlich gut verheilen könnten.

Ich glaube es erst, als Caden nach Beendigung des Anrufes genau das für mich wiederholt. Immer und immer wieder versichert er mir geduldig, dass Dad sehr gute Chancen hat, gesund zu werden – was angesichts der Verletzungen, die Caden dazwischen erörtert, kaum zu glauben ist.

»Alex hat die besten Vitalfunktionen, Shane, und ist in wirklich guten Händen. Und Dr. Krismer sagt selbst, wenn du nicht so schnell reagiert hättest, wäre die ganze Sache vermutlich nicht auf diese Weise ausgegangen.«

Ich nicke nur noch mechanisch und brauche Zeit für mich, um das Gesagte zu verarbeiten. Manchmal ist es leichter, nur Bruchstücke zu wissen, als ein ganzes Bild an Eventualitäten vor sich zu haben.

Dieses Mal bin ich es, der nach einer der beiden Motorsägen greift. »Kannst du Mom anrufen, Caden? Sie wartet darauf, dass du ihr ein paar Sachen erklärst, wollte aber den Anruf vom Arzt abwarten.«

Er nickt. »Natürlich.«

Ich verzichte darauf, ihm zu sagen, dass er seine Worte Mom gegenüber gut wählen soll, weil er das von selbst machen wird und ich mich auf ihn verlassen kann. Sie hat heute Vormittag am Telefon geweint und ich hätte sie gerne beruhigt.

Mit einem einzigen Zug schaffe ich es, die Motorsäge mit dem Seil zu starten, und setze noch den Gehörschutz auf, den Jonah mir reicht. Dann zerteile ich einen Ast um den anderen und versuche mit konzentrierter Arbeit zu verdrängen, wie gnadenlos und großmütig das Leben im selben Moment sein kann.

Eine Berührung von Caden an der Schulter lässt mich zusammenzucken und reißt mich aus meiner Lethargie. Er bedeutet mir, die Motorsäge auszumachen und den Gehörschutz abzunehmen. Ich blinzle und sehe mich um. Bis auf den dicken Stamm und Berge an Nadeln und kleinem Geäst ist die Kiefer beinahe vom Parkplatz verschwunden. Meinem Cabrio werde ich wohl irgendwann eine neue Lackierung spendieren müssen.

»Shane, es ist Zeit. Wenn wir noch duschen wollen, bevor wir Rina abholen, müssen wir jetzt aufhören.«

Obwohl der Gedanke, sie bald in meine Arme zu schließen, mich in den letzten Stunden getragen hat, schüttle ich jetzt den Kopf. »Bevor sich den Jeep und das Cabrio ein Automechaniker angesehen hat, will ich damit nicht fahren. Rina hat dein Motorrad und lässt es wie abgemacht vor der Uni geparkt, damit dein Dad es sicher daheim bei euch abstellen kann. Es bleibt also nur Jonah, er ist gerade der Einzige mit einem Wagen.«

Caden hält einen Schlüsselbund hoch und lässt ihn vor meinem Gesicht hin- und herbaumeln. »Dad war vorhin hier, um ein paar Sachen und Fisch zu bringen. Er und Mom sind mit zwei Autos gekommen und mit einem wieder gefahren. Wir holen Rina also gemeinsam.«

»Ich hab nicht mitbekommen, dass deine Eltern hier waren.«

»Und ein paar Feuerwehrleute, die die ersten Bäume von der Zufahrtsstraße entfernt haben. Schon heute, weil sie schneller vorankommen als gedacht. Wir müssen uns überlegen, was wir mit dem ganzen Holz machen – ob es abgeholt werden soll oder wir es selbst weiterverarbeiten möchten. Jonah und Banks haben sich bereits verabschiedet. Ich soll dir sagen, dass er morgen die Kreissäge aus dem Haus unserer Großeltern mitbringt.«

Ich sehe Caden nur an. »Danke.«

Er klopft mir auf die Schulter, in der die Erschöpfung der letzten Stunden brennt. »Komm jetzt. Wir sollten Rina nicht warten lassen.«

Während ich die selbst gebaute Solardusche im Freien benutze, wäscht sich Caden im Haus. Sogar etwas zu früh machen wir uns auf den Weg zur Küstenstraße hinauf und kämpfen uns durch den Feierabendverkehr von San Diego.

»Ich hasse diesen Teil von Downtown«, sage ich und drehe nervös an der Klimaanlage rum, als wir dem Stadtviertel näher kommen, in dem Rina mit ihrem Dad lebt.

»Ich auch, Bro. Ich auch.« Caden trommelt unruhig auf das Lenkrad. »Rina hat es verrückt gemacht, wenn sie in der Schule gesagt haben, sie sei nur dort, weil sie Glück hatte.«

»Weißt du noch, das blaue Auge, das der Clayman-Junge hatte? Weil du ihm deine Faust ins Gesicht gerammt hast, nachdem er Rina als Sozialprojekt beschimpft hat? Er ist jetzt Steuerberater.«

»Er ist Steuerberater?« Caden grinst. »Natürlich erinnere ich mich. Dad hat mir nur einen Nachmittag Hausarrest gegeben – für die Faust. In Wahrheit war er, glaube ich, ziemlich stolz auf mich, dass ich Rina verteidigt habe. Ich würde es wieder tun.«

»Heute denke ich, dass die Kinder recht hatten.« Abgefuckte Häuserreihen und ungepflegte Spielplätze mit rostigen Rutschen ziehen an uns vorbei. »Nicht mit dem Sozialprojekt, sondern damit, dass Rina Glück hatte. Wenn sie durch den Subventionsfonds nie die Chance dazu bekommen hätte, in Del Mar zur Schule zu gehen, wer weiß, ob sie je einen Abschluss gemacht hätte. Oder wir sie kennengelernt hätten.«

»Also sind eigentlich wir es, die Glück hatten.«

»Definitiv, Bro«, antworte ich und spiele mit den Silberringen an meinen Fingern, die ich vorhin wieder übergestreift habe, weil ich weiß, wie sehr Rina sie mag.

Meine Brust wird enger, als wir in die Straße abbiegen, in der Rina aufgewachsen ist. Ich habe keine Ahnung, wann hier die Müllabfuhr das letzte Mal gefahren ist, geschweige denn, warum Menschen Möbelstücke und anscheinend unbrauchbar gewordene Autoteile wahllos auf der Straße verteilen. Caden bremst scharf ab, weil uns ein Junge auf einem Fahrrad den Weg abschneidet. Vor Erleichterung und Dankbarkeit, dass Caden so schnell reagiert hat, zeigt der Kleine uns den Mittelfinger.

»Es ist jedes Mal wieder ein Erlebnis«, murmelt Caden vor sich hin und rollt auf Rinas riesiges Wohngebäude zu. Die Fenster reihen sich erbarmungslos aneinander und geben keinen Hinweis darauf, wie viele Einheiten hier untergebracht sind. Ein paar Jugendliche sehen zu uns herüber, als Caden den Wagen an der Straße parkt. Als wir noch jünger waren, gab es regelmäßig Probleme, wenn wir Rina abgeholt haben, aber nie etwas Ernstes.

Die Kühle der Klimaanlage im Wagen hält nicht an, also lasse ich mein Fenster hinunter. Das bereue ich augenblicklich, als warme, stickige Luft zu uns hereindringt, die vom beißenden Gestank nach Müll geschwängert ist. Automatisch suche ich nach dem Fenster mit den aufgemalten Blumen. Dann schließe ich die Augen und lehne den Kopf zurück.

»Wir werden sie hier rausholen, Caden«, wiederhole ich, was wir die letzten Jahre so oft gesagt haben. »Irgendwann für immer.«

KAPITEL 7

RINA

Immer zwei Stufen auf einmal nehmend haste ich die nicht enden wollenden Treppen nach oben. Der Geruch nach fremdem Essen, Nikotin und verschüttetem Alkohol sticht mir in der Nase, und ich muss mitten auf dem nächsten Zwischenstockwerk einem Hundehaufen ausweichen, der ziemlich frisch aussieht – und auch so riecht. Dana aus dem vierten Stock kommt mir entgegen und beschwert sich lauthals darüber, dass der Fahrstuhl noch immer nicht repariert wurde. Es beeindruckt mich, dass sie nach Monaten der Ignoranz seitens der Hausverwaltung tatsächlich daran glaubt.

Ihre Schimpfworte hallen weiter durch das Treppenhaus, als ich im sechsten Stockwerk durch die Brandschutztür trete und Cadens Motorradhelm umständlich zwischen meine Beine klemmen muss, um im Rucksack nach meinen Schlüsseln zu kramen. Ich bin viel zu spät dran, aber ich konnte mich nach dem Ende der Aufbaukurse kaum von der Bibliothek losreißen. Der freie Zugang, obwohl ich noch nicht offiziell als Studentin eingeschrieben bin, ist eines der besten Dinge an der Uni.

Dad sitzt am Küchentisch über ein paar Zettel gebeugt, als ich die Wohnung betrete. Er trägt neuerdings einen Vollbart. Dieser lässt ihn aussehen, als wäre er weit älter als vierzig. Schon bei meinem ersten Atemzug in der Wohnung versuche ich wahrzunehmen, ob Dad getrunken hat. Ich kann mich an keine Zeit in meinem Leben erinnern, in der ich *nicht* automatisch versucht habe wahrzunehmen, ob wir einen guten oder einen schlechten Tag haben. Meistens reicht der Dunst in der Luft oder die Färbung seiner Stimme, und ich weiß, wie es ihm geht. Jetzt rieche ich nur Bier, und Dad sitzt aufrecht, was gut sein könnte. Dem ersten Eindruck traue ich jedoch nicht mehr, zu oft hat er mich getäuscht. In wenigen Minuten wird Dads Selbstbeherrschung nachlassen und er kann nichts mehr verheimlichen.

Mit dem Finger fährt er quer über eine der Seiten. Ich nehme an, dass er sich die Pläne für die Wohnanlage ansieht, an der er gerade arbeitet. Die Baufirma, für die er seit ein paar Monaten tätig ist, restauriert alte Wohnblöcke, und ich bekomme immer mehr das Gefühl, dass ihm die Arbeit gefällt und er sich mit der Verantwortung, die er übernehmen darf, wohlfühlt. Ich verdränge die beschämende Erwartung, bald mit der nächsten Kündigung rechnen zu müssen. Das ist nicht fair. Ich glaube, er hat den Alkoholkonsum zumindest untertags gerade relativ klar für sich geregelt.

Dad steht zur Begrüßung auf und umarmt mich. Seine Bewegungen sind nicht flüssig, das ist schlecht, und er riecht nach mehr als Bier. »Hey, was ist mit deiner Stirn passiert?«

»Halb so schlimm, Dad. Nur ein kleiner Schnitt, weil ich mich gestoßen habe.«

»Du siehst müde aus, Cathy. Wie läuft es in der Seehundstation?«

Ganze Sätze und er bezieht sich auf mein Leben, das ist ein wichtiges Zeichen. Keine harten Sachen.

Ich schüttle den Kopf. »Kann ich dir gerade nicht genau sagen, weil ich den ganzen Tag in der Uni war, aber die Schäden sind enorm. Caden ist von Phoenix gekommen, um uns zu unterstützen.«

»Dann ist ja gut«, ist die einzige Antwort, die ich bekomme. Dad hat in seinem Leben schon unzählig viele Jobs ausgeübt und kennt sich so ziemlich in jedem Handwerk ein klein wenig aus. Ich weiß nicht, warum es mich enttäuscht, dass er seine Hilfe nicht anbietet.

Es ist mein Fehler. Ich hätte nicht darauf hoffen sollen.

»Wenn du Hunger hast, koche ich uns etwas.«

»Danke, Dad«, antworte ich und beginne meine Sachen zusammenzusuchen. »Wir essen später bei Shane. Ich bin nur gekommen, um meine Werkzeugtasche und die Scheren zu holen. Morgen ist Dienstag, ich muss den Salon um acht Uhr aufsperren.«

»Also bist du morgen nicht im Pflegeheim zum Haareschneiden und etwas früher fertig?«

»Am Nachmittag bin ich im Pflegeheim, aber bis mindestens halb sechs«, gebe ich zurück und ziehe ein paar der letzten Klamotten, die ich noch hier habe, aus dem offenen Regal neben dem Fernseher.

»Schade.« Dad klopft mit der flachen Hand auf den Tisch. »Ich hätte dir gerne etwas gezeigt und dich in einem neuen Projekt herumgeführt.«

»Herumgeführt?« Ich stutze, denn das hat er noch nie. Er hat mich nicht mal als Kind zur Arbeit mitgenommen, damit ich vielleicht in irgendeiner stillen Ecke meine Hausaufgaben machen kann. Mein Dad hat hart dafür gearbeitet, uns beide durchzubringen, und ich musste meinen Teil dazu beitragen und alleine daheimbleiben. Egal zu welcher Tages- und Nachtzeit. »Das ist neu, Dad. Ich habe noch nie eine deiner Arbeitsstellen besucht.«

Er lächelt stolz. »Dieses Mal ist es etwas anderes, Cathy. Es ist nicht irgendeine Arbeit, die ich dir zeigen möchte. Jahrelang habe ich für die Häuser anderer geschuftet und dabei zugesehen, wie sie die renovierten Gebäude gewinnbringend wieder verkauft haben. Dabei waren die Eigentümer lediglich zur Besichtigung da und haben keinen einzigen Tropfen Schweiß verloren, um alles auf Vordermann zu bringen. Sie haben kassiert und sich die Hände gerieben.« Er zeigt auf die Pläne vor sich auf dem Tisch. »Das könnte jetzt vorbei sein, Cathy. Wir haben vielleicht bald unser eigenes Gebäude.«

Nur am Rande bekomme ich mit, dass mir mein Sweater auf den Boden fällt. »Wie bitte?«

Dad hat die Mischung aus Erstaunen und Schock offensichtlich nicht bemerkt. Immer noch lächelnd winkt er mich zu sich und lehnt sich zugleich zurück, um zwei kleine Glasfläschchen von der Anrichte zu nehmen. Sie klimpern in seiner Hand. Ich hasse dieses Geräusch inzwischen. Dad dreht den roten Stöpsel der ersten Flasche ab und trinkt einen Schluck. Ich sehe das Gurgeln der klaren Flüssigkeit durch das Glas hindurch. Als Kind hat es mir gefallen.

Dad ächzt und winkt noch einmal. »Komm her zu mir, sieh es dir an. Es ist toll.«

»Was, Dad? Was ist toll?« Mein Mund ist trocken.

»Na, dieses Gebäude hier ist großartig, es könnte unseres sein. Ich will es kaufen.«

Gedanklich klappt mir der Kiefer herunter. Wir hatten nie Geld. Wir *haben* nie Geld. Dad konnte keine Ausbildung machen, als Teenager zurückgelassen mit einem Baby, ohne Unterstützung von irgendwem. Und wir leben in der sozial schwächsten Wohngegend mit der höchsten Arbeitslosenquote und kommen so schon kaum über die Runden. Wie zur Hölle sollen wir irgendetwas kaufen?

»Der Bauträger, für den ich die letzten Monate gearbeitet habe, hat dieses neue Objekt erworben. Er hat sich mit der Arbeit etwas übernommen und noch ein, zwei Sachen in Bankers Hill zum Fertigstellen. Ich habe gehört, dass er es wieder verkaufen will, und wir sind ins Gespräch gekommen. Heute Morgen habe ich die Unterlagen bekommen.«

»Unterlagen? Wovon sprichst du?«

»Der Schnellkredit würde sich von selbst abbezahlen, sobald ich die ersten Geschäftsflächen vermieten kann. Dann arbeite ich mich Stockwerk für Stockwerk vor. Mal schauen, das Gebäude ist riesig, wahrscheinlich bekommen wir zwei getrennte Wohnungen unter, dann hast du endlich deine eigenen vier Wände. Und ich würde die Grünanlage drum herum gerne für die Kinder aus der Nachbarschaft zugänglich machen. Sie sollen es fein haben. Wer weiß, vielleicht können wir sogar einen Pool bauen.«

Ich senke den Blick, suche nach irgendeinem Anhaltspunkt, einem Beweis, dass das alles nur ein schlechter Scherz ist. Meine Augen bleiben an dem Schriftzug in der unteren Ecke des Plans hängen. Kein Scherz. *Miller Street,* lese ich. In meinem Kopf tauchen die Straße und die dazugehörigen Fabriken auf. Ich kann mich nicht daran erinnern, dass die Gebäude jemals bewirtschaftet wurden. Die gesamte Häuserreihe war schon immer leer stehend und vor allem baufällig. Zerschlagene Fensterscheiben, aufgebrochene Türen und Mauerwerk, das auseinanderbricht.

»Dad, die Miller Street?«, bringe ich stotternd hervor. »Hast du dir das Objekt schon angesehen? So richtig, meine ich?«

Ich habe weder was mit Investments am Hut, noch weiß ich irgendetwas über Renovierungen oder Dinge, die auch nur annähernd mit Architektur zu tun haben. Aber Geld, das man nicht hat, auf etwas zu verwenden, das einer ausgestorbenen Ruine gleicht, fühlt sich nicht richtig an. Nein, es fühlt sich nach einem großen Fehler an.

»Natürlich habe ich mir das Gebäude angesehen, Catherina. Mein Arbeitgeber war mit mir dort und wir haben die Möglichkeiten erörtert. Er würde mir sogar einen guten Preis machen. Und dann sind wir stolze Eigentümer einer riesigen Anlage, die wir wiederbeleben können, nach unseren eigenen Vorstellungen. Keine Wochen mehr, in denen es nur Nudeln oder Toastbrot gibt.« Er nimmt meine Hand, seine Haut ist kalt. »Uns wird es gut gehen. Vielleicht kannst du auch deinen eigenen Friseursalon aufmachen, dann arbeitest du endlich in deine eigene Tasche. Bis dahin müssen wir den Gürtel eben etwas enger schnallen, aber die Investition würde sich schon sehr bald rentieren.« Dad steht auf und legt mir einen Arm um die Schulter. Er lächelt mich an, aber ich schaffe es nicht, zurückzulächeln. Das Perfide ist, dass ich ihn selten so glücklich gesehen habe. Er wirkt voller Zukunftsträume und Perspektiven, während der Boden unter mir zu schwanken beginnt und droht wegzubrechen.

»Bitte, Dad, versprich mir, dass wir uns ein Gutachten einholen oder irgendjemanden um eine Zweitmeinung fragen.«

»Ich habe mein ganzes Leben auf dem Bau verbracht.« Seine Stimme verliert plötzlich ihre verschwommene Sanftheit. »Da traue ich mir durchaus zu, den Zustand einer alten Fabrik zu beurteilen.«

Dad vergisst zu erwähnen, dass er die meisten seiner Arbeitsstellen spätestens dann aufgeben musste, wenn er eine schlechte Phase hatte. Und in den schlechten Phasen Halt im Alkohol gesucht hat. Viel zu viel Alkohol. Dad verliert die Realität und sich selbst immer mehr. Er denkt nicht einmal mehr an eine Therapie. Die Sucht macht ihn kaputt, und mit ihm das letzte bisschen Familie, das uns geblieben ist. Das Leben ist schwierig für Dad und Alkohol die Lösung seiner Probleme.

Schwierig. Für Shane ist es auch schwierig.

Meine Sorgen um ihn und einen möglichen Rückfall kehren mit einer Härte zurück, die wehtut. Der Wiederaufbau und der Druck durch seinen Vater lasten auf ihm. Er ist stark, aber das war er damals auch. Ich habe es einmal übersehen und ich könnte es wieder übersehen. Die lodernde Angst brennt sich immer tiefer in mich. Ich kann nicht noch einen Menschen an die Sucht verlieren.

»Shane und Caden sind da«, sagt Dad und tritt etwas näher an das milchige Fenster. »Das sind sie doch, oder?«

»Können wir in Ruhe über das Projekt reden, Dad? Und alle Grundlagen sammeln, bevor du eine Entscheidung triffst und vielleicht einen großen –«

»Haben die beiden ein neues Auto? Sieht teuer aus.« Dad hört mir nicht mal mehr zu. Mit einem Seufzen greift er noch einmal nach dem Glasfläschchen und leert es in einem Zug. Tränen steigen ihm in die rot unterlaufenen Augen.

An ihm vorbei fällt mein Blick auf die Straße, wo ich Nicks dunklen Ford erkenne. »Nein, ist nur geliehen«, antworte ich dumpf und überlege, wie ich meinen Vater dazu bringen kann, weiter über alles nachzudenken. An guten Tagen wird er einsehen, dass das der falsche Weg ist, um sich zu verwirklichen. Zeit, ich brauche nur mehr Zeit. Und einen Plan.

»Dad, für mich ist es wichtig, dass wir diesen großen Schritt gemeinsam gehen, ja?«

Jetzt habe ich ihn. Mit einem stolzen Nicken tritt er auf mich zu. Seine Umarmung ist nicht ungewöhnlich, hat sich jedoch noch nie so belastend angefühlt.

»Du hast recht, Cathy. wir müssen das gemeinsam durchziehen. Du und ich.«

»Zeigst du es mir, das Fabrikgelände?«

»Natürlich. Und wir können gemeinsam zur Bank gehen.«

Ich versuche zu lächeln. »Sag mir einfach, wann ich wo sein soll, ja?«

»Das mache ich, Cathy.«

»Versprichst du mir das, Dad?«

»Ja, Cathy. Versprochen.«

Ich drücke ihm einen Kuss auf die Wange. Er hat es mir soeben versprochen. Mein Dad bricht nie seine Versprechen, darauf kann ich mich verlassen.

Mit einem etwas besseren Gefühl im Bauch stopfe ich meine restlichen Sachen in den Rucksack und greife nach dem Motorradhelm und meinen Haarschneide-Utensilien. Ich vermeide es, noch einmal zum Küchentisch zu sehen, als ich die Wohnung verlasse.

Kaum habe ich unsere Tür hinter mir verschlossen, muss ich stehen bleiben, um mich zu sammeln. Ich würde so gerne glauben, dass Dads Plan sich so verwirklichen lässt, wie er es sich wünscht, aber ich kann es nicht. Selbst wenn meine Erinnerungen mich täuschen und die Gebäude in der Miller Street nicht halb so baufällig sind, wie ich glaube, wird das Projekt ein Vermögen verschlucken, bevor es sich rentiert. Ich habe die Aufstellung über die Reparaturkosten des *Seal for Life* auf Cadens Whiteboard gesehen. Sie sind enorm, und dabei handelt es sich bestimmt nur um einen Bruchteil dessen, was so ein heruntergekommenes Gebäude verschlingen wird. Und dann müssen sich erst Leute finden, die in dieser Gegend ein Geschäft eröffnen wollen. Wir kaufen hier in billigen Supermarktketten ein, nicht bei Fachhändlern.

Ich realisiere erst, dass ich unser Wohnhaus bereits verlasse, als mich die Sonne blendet.

»Hey, Rina«, kommt es von Taylor aus dem dritten Stock, der mit den anderen Jungs vor dem Eingang herumlungert. Seine Schwester Amy ist so alt wie ich und vor Kurzem mit ihrer Freundin in den vierten gezogen. »Alles klar bei dir?«

»Danke, ja, alles gut«, antworte ich und nutze den Weg über die Pflastersteine auf das Auto zu, um das ungute Gefühl in mir zurückzudrängen. Shane und Caden haben beide genug Probleme, ich darf sie nicht noch mehr belasten, zu ihrem eigenen Schutz.

Shane steigt aus dem Wagen. Seine blonden Haare werden von noch helleren, durch die Sonne gebleichten Strähnen durchzogen und reichen ihm inzwischen schon wieder ein kleines Stück über das Kinn. Trotz der Haare sehe ich die vielen schwarzen Ringe in seinem rechten Ohr. Als ich meine Sachen auf den Boden abgelegt habe, zieht Shane mich in seine Arme. Dieses Mal ist es nicht der Duft des scharfen Duschgels, das mir Tränen in die Augen treibt und die Sicht auf meine Zukunft verschwimmen lässt.

»Hey«, sagt Shane sanft und erwidert meine feste Umarmung, aus der ich mich nicht lösen möchte. »Scheint, als hättest du mich genauso vermisst wie ich dich.«

Ich versuche die Tränen wegzublinzeln und gebe mir ein, zwei Atemzüge Zeit, um mich zu beruhigen. Er ist da und es geht ihm gut, das spüre ich. Keine schlechte Phase, nur eine schwierige. »Habt ihr was aus dem Krankenhaus gehört?«, frage ich, um von mir selbst abzulenken.

Shane macht einen kleinen Schritt zurück und nickt. »Ja. Dads Becken ist total hinüber und beide Oberschenkelknochen ebenso. Vermutlich hat er sich durch die Wucht des Aufpralls auf dem Asphalt einen Schädelbruch zugezogen, aber sein Gehirn ist unverletzt.«

Wortlos presse ich die Lippen zusammen und drücke Shanes Hand.

Er schluckt. »Caden hat mit dem Arzt telefoniert. Er sagt, es handle sich um Verletzungen, die alle gut verheilen. Aber es braucht viel Zeit und die soll Dad haben. Mal schauen, die zwei fehlenden Semester in Meeresbiologie kann ich zur Not auch erst mal aussetzen. Den Abschluss in Biologie habe ich, vielleicht lasse ich es auch ganz bleiben. Dad wird jede Unterstützung brauchen, die ich ihm geben kann.«

Erneut drücke ich mich an Shane und er legt seine starken Arme um mich. Er gibt alles, um den Menschen um sich herum zu helfen. Er ist selbstlos und würde niemanden im Stich lassen. Oder die Zukunft seiner Familie waghalsig aufs Spiel setzen. Er kämpft. Für uns.

»Du bist schon erstaunlich, weißt du das?«, flüstere ich.

Shane küsst mich auf den Mund und grinst. »Erstaunlich gut aussehend? Oder erstaunlich gut gebaut? Oder meinst du vielleicht, ich bin ein erstaunlich guter Liebhaber?«

»Ich glaube, wir sollten fahren«, sage ich und lächle an seinen Lippen. Als ich mich nach meinen Sachen bücken will, schüttelt er den Kopf und hält mir die Beifahrertür auf. »Bitte sehr.«

»Ich kann auch hinten sitzen.«

»Nein, dann wird dir wieder schlecht und du kannst später nichts essen.«

Ich schlucke den immer noch schwelenden Kloß in meiner Kehle hinunter und setze mich ins Auto, während Shane meine Sachen und Cadens Helm einsammelt und in den Kofferraum legt.

Caden platziert sein Telefon auf der Ablage im Armaturenbrett und sieht mich fragend an. Er hat seine dunklen Augenbrauen weit zusammengezogen, was seine Wangenknochen noch markanter erscheinen lässt.

»Ich habe sie nie überhitzt, sofort geschaltet und gut verborgen geparkt. Dein Dad hatte seinen eigenen Helm mit, deswegen ist deiner noch hier.«

Shane steigt hinten in den Wagen und rückt in die Mitte der Sitzbank.

»Ach so, Caden, fast hätte ich es vergessen. Der kleine Kratzer am Tank von dem blöden Reißverschluss an meiner Jacke tut mir sehr leid. Aber neben den pinken Nagellackpunkten von Lia und Laurel fällt er fast gar nicht auf.«

Ich genieße es zu beobachten, wie Cadens Augenbrauen mit jedem meiner Worte höher wandern, er die Kiefer zusammenpresst und sich trotzdem ein Lächeln abringt.

»Alles gut, Rina.« Ich kann seine erzwungene Beherrschung regelrecht hören. »Hauptsache, du bist sicher in der West Coast angekommen und dir ist nichts passiert.« Während wir uns für die nächsten drei Sekunden schweigend ansehen, erkenne ich die feine Röte, die seine Wangen überzieht. »Gut, Leute, dann fahren wir.«

Der quietschende Unterton in seiner Stimme nimmt mir den Willen, die Quälerei weiter durchzuziehen, also zwinkere ich lässig. »War nur ein Scherz, Bro. Mit deinem Baby ist alles in Ordnung.«

Shane bricht hinter uns in Gelächter aus und zieht mich, nachdem der Schock aus Cadens Gesicht gewichen ist, lachend an sich. »Du kleines Biest.« Er küsst meine Stirn. »Du weißt, dass das nach Rache schreit, oder?«

»Nein«, sage ich und zucke mit den Schultern. »Das glaube ich kaum.«

»Aber natürlich tut es das«, wendet Shane sich an Caden und beugt sich zwischen uns nach vorn. »Und ich hab da auch schon diese eine Idee, die mir seit Wochen nicht mehr aus dem Kopf geht.« Er grinst. »Eigentlich habe ich bloß darauf gewartet, dass du zurückkommst, weil wir das nur zu zweit durchziehen können. Das wird gut werden, Mann. So gut.«

»Nein. Wird es nicht.« Ich ziehe mein Handy hervor und finde in Sekundenschnelle, was ich suche. »Ihr werdet eure Spielereien nämlich ab sofort ein klein wenig abbremsen«, sage ich, obwohl ich die Streiche liebe, die uns schon seit Jahren begleiten.

»Auf gar keinen Fall, wir stellen gar nichts ein«, meint Caden lässig und startet den Wagen.

»O doch.«

Caden will gerade losfahren, da spiele ich das Video ab, das mir Jonah vorhin geschickt hat. Caden muss die Schreie sofort erkennen, denn er lässt vor lauter Schock die Kupplung los. Als er den Wagen abwürgt, hüpft er nach vorn und wir werden durchgeschüttelt.

»Fuck«, sagt Shane ganz leise und reißt mir das Telefon aus der Hand.

Ich schaue gespielt gelangweilt aus dem Fenster. »Wir haben einen Waffenstillstand, sonst muss ich dieses Video immer und immer wieder abspielen. Die hysterischen Hilferufe wären ab jetzt vielleicht sogar mein neuer Klingelton, wenn ihr beide mich anruft. Und wer weiß, welche Ideen mir sonst noch so einfallen. Mein Geist ist willig, wisst ihr?«

»Dieser kleine Pisser«, schimpft Shane weiter, verfolgt aber mit Caden so konzentriert die Aufnahmen, dass man meinen könnte, es wären nicht sie selbst auf dem Video mit Christie zu sehen.

»Sie … sie wollte uns fressen«, stottert Caden entschuldigend, aber ich lächle nur.

»Wollte sie nicht. Christie ist sehr nett, wenn man liebevoll mit ihr spricht und ihr etwas Verständnis entgegenbringt.«

Shane gibt mir mein Handy zurück. »Na gut, Waffenstillstand. Mit dir, vorerst.« Er lehnt sich zurück und verschränkt die Arme. »Aber das gilt nicht für Jonah.«

»Auf keinen Fall, Mann«, pflichtet ihm Caden bei und startet erneut den Wagen. Ich kann das leichte Schmunzeln in seinem Gesicht erkennen, als er mich noch einmal ansieht, bevor er losfährt.

»Wäre es euch egal, wenn wir downtown nach Süden hin verlassen? Ich würde gerne so lange wie möglich an der Küste entlangfahren, die Sonne geht bald unter.«

»Klar«, meint Caden nur und sieht über seine Schulter. Die Reifen quietschen, als er den Wagen in eine große Kurve lenkt, um in die andere Richtung zu fahren.

Shane muss sein Handy mit dem Radio verbunden haben, weil *What Are You Waiting For?* plötzlich aus den Boxen erklingt. Caden dreht die Lautstärke auf, und ich werde von dem Song von Nickelback eingehüllt, der uns drei seit der Junior High begleitet. Caden trommelt im Takt auf das Lenkrad und das sanfte Klimpern der silbernen Anhänger an seinen Lederarmbändern dringt durch die Musik zu mir durch. Im Refrain stimmt Shane lauthals mit ein. Ich liebe es, dass ihm sein fehlendes Gesangstalent egal ist, ebenso wie Caden und mir. Mit ihnen fühlt sich jeder Atemzug richtig an, leichter. Befreit.

Und doch schnürt sich mir in dem Moment, in dem Caden den Wagen unwissend in die Miller Street lenkt, weiter die Kehle zu und nimmt mir die Luft zum Atmen. Eine kaputte Fassade aus roten Backsteinziegeln reiht sich an die nächste und verschwimmt zu einer einzigen Flucht aus zerbrochenem Glas und abgelagertem Müll. Noch bevor ich sagen kann, welches dieser Gebäude vielleicht bald meinem Dad gehört, lehne ich den Kopf zurück. Um die Tränen, die in meinen Augen brennen, vor Shane und Caden zu verbergen, schließe ich die Lider.

Was bleibt, ist dieser eine Song. Und die Gewissheit, dass ich Shane habe. Und Caden. Wir passen aufeinander auf, gehören zusammen.

Bei ihnen ist alles gut.

KAPITEL 8

SHANE

Rina stellt eine Schüssel mit Salat auf den Tisch, den Caden und ich aus einem alten Surfbrett improvisiert haben, und lächelt mir zu.

Ich lächle zurück und schaue ihr so lange nach, bis sie wieder im Strandhaus verschwunden ist, das hell in der Dunkelheit leuchtet. Nach dem Duschen hat sie sich ihr weißes Kleid mit dem fast durchsichtigen Spitzenbesatz am Bauch angezogen. Ich erinnere mich noch genau, wann sie es das erste Mal getragen hat. Es war der Abend, an dem wir Jonah dabei geholfen haben, die Überraschung für Enya vorzubereiten. Wir waren anschließend auf dem Gig von DJ Maze in La Jolla und haben die ganze Nacht zu dritt gefeiert. Rina hatte die Haare hochgesteckt, und einzelne Strähnen haben sich im Laufe der Nacht aus ihrer Frisur gekämpft und über den tiefen Ausschnitt in ihrem Rücken gelegt. Eine feine Schweißschicht hat in der abendlichen Hitze schon bald ihre Haut überzogen und sie in den bunten Lichtern der Party-Area zum Glänzen gebracht. Es war schwer, sie nicht die ganze Zeit über hilflos anzustarren und ihr nicht mehr und mehr zu verfallen. Unaufhaltbar. Seit Jahren.

Die Blicke, die ihr fremde Frauen und Männer aus der Menge zuwarfen, haben mich beinahe wahnsinnig gemacht. Ich wollte sie, so sehr. Die Nacht war wunderschön. Es war perfekt. *Sie* war perfekt.

Ich glaube, es war dieser Abend, an dem ich wusste, dass ich sie auf jede erdenkliche Art liebe und auf diese eine ganz besonders.

»Hast du den neuen Mix von DJ Maze schon gehört?« Caden sieht mich kurz an und bläst dann in das Holz, um die Glut für das Lagerfeuer zu entfachen.

»Wie bitte?«

»Den neuen Mix von DJ Maze? Den er damals angekündigt hat, als wir in La Jolla waren – hast du ihn gehört?«

Ich stocke. Mein Blick wandert von Caden wieder zum Strandhaus, aber Rina ist nicht zu sehen. Gänsehaut überzieht meinen Nacken und mir ist plötzlich eiskalt.

»Nein«, sage ich und muss mich räuspern, weil mein Hals vor Trockenheit kratzt. Ich greife nach meiner Wasserflasche, nehme einen Schluck und dann noch einen. Das Kratzen wird von dem Gefühl ersetzt, mich jeden Moment übergeben zu müssen. Weil es so offensichtlich war und ich zu egoistisch, um genau hinzusehen. Nein, um es zuzulassen. Gewusst habe ich es vermutlich schon immer.

»Alles okay, Shane? Du bist blass im Gesicht.«

Es zieht mich nach unten, immer weiter. Ich hole Luft. »Nur die Anstrengung von der Arbeit mit der Motorsäge«, presse ich mit aller Kraft hervor und trinke mein Wasser aus. »Ich hole mir eine neue Flasche. Bin gleich wieder da.«

Es ist mir scheißegal, ob Caden sich darüber wundert, dass ich immer schneller werde, je näher ich dem Strandhaus komme. Ich nehme die Stufen auf die schmale Veranda alle auf einmal und verheddere mich beinahe in dem durchsichtigen weißen Vorhang, den wir als Insektenschutz über den offenen Eingang ziehen.

»Du musst mir nicht helfen, Shane«, sagt Rina, als ich in den Wohnbereich stolpere. »Es fehlen nur noch das Fleisch und das Gemüse, dann –«

Ich nehme ihr jede Möglichkeit, den Satz zu beenden, indem ich sie mit meinem Körper nach hinten gegen die Küchenzeile schiebe und ihren Mund mit meinem verschließe. Rina keucht auf, als ich sie auf die Ablage hebe und mich zwischen ihre Beine dränge. Aber anstatt mich weiter in den sinnlichen Berührungen ihrer Zunge zu verlieren, löse ich mich von ihr und schaue sie an. Ich habe keine Ahnung, woher meine schwere Atmung und der hämmernde Puls kommen, der den Schwindel mit sich bringt.

»Shane, ist alles …«

Ich klammere mich so fest an sie, dass sie verstummt und ihre Hände irritiert von meinen Schultern nimmt. Mein Kopf liegt an ihrer Brust, und ich kann nichts anderes tun, als mich weiter an sie zu drücken und die Augen zu schließen.

»Sag mir, dass du mich nie alleine lässt, Rina. Geh nicht weg von mir.«

Beinahe vorsichtig tastend legt sie die Arme um mich. »Wo sollte ich denn hin, Shane? Ich lasse dich niemals alleine. Niemals«, sagt sie sanft. »Hier ist es, wo ich sein will. Bei dir.« Ihre Finger streichen mir über den Rücken und vergraben sich in meinen Haaren. »Bei euch.«

Mein Herzschlag setzt aus. Ich bin mir ganz sicher, dass mein Herz für diese eine Sekunde aufhört zu schlagen, um meinem Kopf damit die Möglichkeit zu geben, endlich alles zu verstehen. Das, was mein Geist längst gespürt hat, was immer da war. Was wir sind.

Wir drei füreinander. Für die Ewigkeit einer Vergangenheit.

Ich will zurücktaumeln, Abstand zwischen mich und Rina bringen, um für mich zu sein. Um für mich zu beschließen, was diese Gewissheit bedeutet. Stattdessen klammere ich mich noch fester an sie und presse die Lider zusammen, um die Scheißtränen zurückzuhalten. Ich weine nicht. Ich weine nie.

Diese Millisekunde Angst vorhin, ich könnte Rina verlieren, hat mich gelähmt und zugleich panisch werden lassen. Diese Erschütterung möchte ich nicht mehr spüren, nie wieder. Seit dem ersten Augenblick, in dem ich sie gesehen habe, liebe ich dieses Mädchen, nicht immer auf die gleiche Weise, jedoch immer auf die einzig wahre, aufrichtige Art. Die, die man nicht abstreifen kann. Nicht abstreifen *will*. Und ich bin mir absolut sicher, dass sie mich liebt. Aber ich glaube, nicht nur mich. Und ich glaube auch, dass sie sich dessen nicht einmal bewusst ist.

Caden liebt sie ebenso wie ich.

Meine Knie werden weich und ich muss mich an den Küchenschränken abstützen. Ich habe sie ihm genommen. Ein paar Sekunden mit der Vorstellung, ich wäre an seiner Stelle und könnte Rina verlieren, haben ausgereicht, um mich fallen zu lassen. In ihre Arme.

Mein bester Freund war mit seinem Schmerz alleine und ist in einen Abgrund gestürzt. Ich habe Caden gehen lassen und nicht gesehen, dass ihn die Selbstlosigkeit getrieben hat und nicht der Ehrgeiz. Und dann habe ich ihm jegliche Chance auf Glück oder eine Rückkehr genommen, indem ich sie mir genommen habe. Weil ich dachte, es wäre … nein, weil ich nur an mich dachte. Nicht an Rina und nicht an Caden. Nicht daran, was sie vielleicht will und was er braucht. Nicht an uns drei, wo wir doch die Welt waren füreinander.

»Shane?«

Nur langsam kehrt die Kontrolle zurück in meine Muskeln, und ich schaffe es, mich aufzurichten.

Rina lächelt mich an, aber ich sehe die Besorgnis in ihren Augen. Also tue ich das einzig Richtige, solange ich noch nicht weiß, was ich tue. Oder wie ich es tue. Ich lächle zurück, lege eine Hand an ihre Wange und küsse sie.

»Ich bin einfach dankbar, dass dir nichts passiert ist in dem Sturm.« Ich schlucke. »Es geht mir gut. Den Rest werde ich wieder hinbekommen. Versprochen.«

Rina lächelt erneut, weil sie nicht weiß, dass der verdammte Rest unser Leben ist.

Ich helfe ihr von der Küchenzeile und sie nimmt die Platte mit dem Fleisch und den Gemüsespießen. »Kommst du?«

»Bin gleich da.« Ich zeige auf meine Brust, wo sich das Shirt an der Stelle meines brennenden Kratzers beim Holzholen leicht mit Blut verfärbt hat. »Nur ein frisches Shirt und ein neues Pflaster.«

»Muss ich dir helfen?«

»Danke, das schaffe ich.«

Rina verlässt das Haus. Durch das Fenster sehe ich, dass sie auf Caden zugeht, der ihr die Platte abnimmt und dafür eine Flasche mit dem Kirschsaft in die Hand drückt, den sie so gerne mag. Wir haben ihn extra gekauft, bevor wir sie abgeholt haben. Es war seine Idee.

Langsam sinke ich an der Küchenzeile zu Boden und stütze den Kopf in meinen Händen auf. »Scheiße«, fluche ich, ohne auch nur einen Laut von mir zu geben. Die Gedankenkreise werden schneller und bringen den Schwindel zurück. Erst das Vibrieren meines Telefons auf der Arbeitsplatte gibt mir den notwendigen Impuls, aufzustehen und aus den anklagenden Bildern zu treten, die schon immer mehr als eindeutig waren.

»Mom?« Eine andere Art von Angst flutet meinen Körper. Wir haben erst vor ein paar Stunden miteinander telefoniert. »Ist alles in Ordnung?«

»Ja, ich bin jetzt zurück im Hotel, Svein.«

Mom ist der einzige Mensch, der mich bei meinem richtigen Namen nennt. Sogar für Dad bin ich inzwischen Shane, weil hier in Amerika niemand die richtige Lautbildung meines norwegischen Namens schafft und irgendwann aus Svein Shane wurde. Für mich macht es keinen Unterschied.

»Deinem Dad geht es gut. Er schläft jetzt, die Schmerzmittel sind stark.«

»Brauchst du irgendwas? Soll ich dir was bringen?«

»Nein, ich kümmere mich um deinen Vater und du dich um die Seehunde. Er hat selbst gesagt, du sollst ihn nicht besuchen, das würde nur unnötig Zeit schlucken.«

Sie kann nicht sehen, dass ich bei diesen Worten zusammenzucke. Ich hätte Dad gerne besucht, wirklich.

»Vorhin war keine Zeit, um zu fragen, wie es dir geht.«

Ich atme tief ein. Sie würde das, was hier gerade passiert, vielleicht nicht verstehen. Mom und Dad sind ein Paar, seit Mom sechzehn ist, und ich glaube nicht, dass einer von ihnen jemals überhaupt einen anderen Partner hatte. Sie hatten die Seehunde und sich. Dann die gemeinsame Auswanderung aus Norwegen, die Seehunde und sich. Und dann meinen Bruder Leiv. Und irgendwann mich. Aber vermutlich will sie einfach nur wissen, ob ich Gefahr laufe, rückfällig zu werden. »Danke, es geht mir gut.«

»Sind Rina und Caden bei dir?«

»Ja.«

Ich höre sie lächeln. »Das beruhigt mich. All das soll niemand alleine stemmen müssen. Du kannst dich wirklich glücklich schätzen, so gute Freunde in deinem Leben zu haben.«

Freunde. Kein Wort, das sich anfühlen sollte wie eine Klinge, die dir an die Kehle gesetzt wird.

»Der kleinere der beiden Heuler hat seit dem Sturm nichts an Gewicht zugenommen, Mom.« Ich würde es so gerne – ihr erzählen, was mich gerade wirklich auffrisst. Und sie um Rat bitten, wie ich es hinkriege, dass wir alle drei glücklich sind. Weil ich alleine nicht weiß, was wir dafür brauchen. Ob ich Rina am Ende gehen lassen muss, für uns. Und was Rina will. Aber ich kann nicht, ich kann nicht mit Mom oder sonst jemandem darüber sprechen.

Ich hole Luft. »Der Kleine trinkt die Flasche bis auf den Bodensatz fast ganz aus und ist agil. Trotzdem nimmt er nicht zu. Ich hab in deinen Aufzeichnungen nach Ideen gesucht, aber nichts gefunden.«

»Mach es nicht kompliziert und probiere die einfachste Lösung.«

»Die einfachste Lösung?«

Mom ist Veterinärmedizinerin, ich habe sie noch nie improvisieren sehen. Und Ausprobieren ist Improvisieren. »Ja, das Naheliegendste. Du hast dein gesamtes Leben mit ihnen verbracht. Verlass dich auf deinen Instinkt, Svein. Egal, was die Lehrbücher oder sonst irgendwelche Weisheiten dazu sagen. Beobachte und probiere es aus. Das, was am logischsten ist und was sich für dich nach der richtigen Lösung anfühlt.«

Ein paar Wimpernschläge lang denke ich darüber nach. »Ich gebe ihnen, was sie brauchen.«

»Richtig.«

»Fisch?«

»Genau.«

»Einfach so? Kann die Lösung so einfach sein?«

»Natürlich«, sie lächelt wieder. »Du bist doch sonst nicht so vorsichtig und verlässt dich auf dein Bauchgefühl. Gib ihnen, was sie brauchen, und alles wird gut, Svein, du wirst sehen.«

»Danke, Mom.«

»Immer. Du kannst mich jederzeit anrufen.«

Sie weiß nicht, wie sehr sie mir gerade wirklich geholfen hat.

»Dann hören wir uns morgen?«

»Das tun wir. Gute Nacht, Svein«, verabschiedet sie sich und beendet das Telefonat.

Mit beiden Händen stütze ich mich auf der Arbeitsfläche ab und lasse den Kopf hängen. Es ist eine Sache, auf sein Bauchgefühl zu hören. Zu spüren, dass zwischen Caden, Rina und mir mehr sein könnte oder etwas anderes. Etwas, das uns alle glücklich macht. Aber dafür müssen wir es wollen. Und ich habe keine verdammte Ahnung, was die beiden sich vorstellen und wozu ich schlussendlich bereit bin.

Alles, was ich tun kann, ist, auf mein Bauchgefühl zu vertrauen und darauf, das zu sehen, was die beiden wichtigsten Menschen in meinem Leben brauchen.

Und wenn das nicht klappt, kann ich mich immer noch von Christie fressen lassen.

KAPITEL 9

SHANE

Ich schaffe es nach ein paar Minuten alleine im Strandhaus, mich endlich auszuziehen, und wechsle das Pflaster an meiner Brust. In einem frischen Shirt trete ich von der Veranda und sehe zu Rina und Caden. Das laute Lachen meiner Freundin dringt zu mir. Caden sieht sie an und lacht ebenfalls. Als Rina mich entdeckt, winkt sie mir. Das ist der Moment, in dem Cadens Lachen verklingt. Er dreht sich um und geht wieder zum Feuer. Nur Rina steht noch am Tisch und wartet darauf, dass ich komme.

Langsam gehe ich auf unseren Feuerplatz zu. Es soll so nicht sein. Ich will nicht, dass meine Anwesenheit Caden das Lachen nimmt oder er sich dazu gezwungen fühlt, uns den Rücken zuzukehren.

»Hat es noch stark geblutet?«, will Rina wissen, als ich an den Tisch komme.

»Nein«, sage ich mit einer Selbstsicherheit, die ich so noch nie gespürt habe. Selbstsicherheit oder neue Verantwortung – nicht nur für mich. »Die Wunde ist nur ein wenig aufgerissen. Jetzt ist alles in Ordnung.«

»Das ist gut.« Rina schmiegt sich an mich. Kurz drücke ich ihren Kopf an meine Brust, dann schiebe ich sie etwas von mir, um Caden das Gitter für das Fleisch zu reichen. Er hat die Steine dafür bereits aufgestapelt. Es ist nicht so einfach, sie so auszubalancieren, dass das Gitter gerade liegt und nicht wackelt. Genau deswegen war es immer Cadens Aufgabe, denn er hat die ruhigste Hand von uns allen. Jetzt sehe ich ihm dabei zu, wie ihm ein Stein dreimal hintereinander aus den Fingern gleitet. Das ist ungewöhnlich. In seinen leisen Flüchen erkenne ich die sofortige Frustration.

»Soll ich, Caden?«

»Es ist nur ein Stein. Ich bekomme das hin. Danke.«

Rina deckt das Besteck auf und faltet sogar Servietten für uns. Sie hat dem Feuer den Rücken zugewandt und kann nicht sehen, wie Caden immer wieder seine Hand sinken lässt und zur Faust ballt. Ich denke, er geht davon aus, neben seinem aufgestützten Bein kann selbst ich es nicht sehen. Einzelne Schweißtropfen sammeln sich bereits auf seiner Stirn.

Noch einmal rutscht der Stein vom anderen herunter, lässt das ganze Konstrukt gefährlich wackeln und das Gitter beinahe in die Glut fallen. Caden zieht die Brauen so eng zusammen, dass seine Augen darunter zu verschwinden scheinen. Nicht mehr lange und er wird den Stein samt dem Gitter im Meer versenken.

»Komm schon, Caden. Lass mich es versuchen.« Ich grinse. »Siebenundzwanzig ist die magische Zahl.«

Er sieht mich nicht an, sondern nimmt erneut den Stein in die Hand. »Siebenundzwanzig?«

»Ja. Nach siebenundzwanzig Versuchen darf jemand anders probieren.«

Wieder öffnet und schließt er die Faust, doch macht etwas Platz für mich. »Eigentlich ist Drei die magische Zahl.«

»Das gilt es herauszufinden.« Auf mehr als eine Art.

In aller Ruhe nehme ich einen der übrigen Steine, die wir vorhin für das Feuer von den Klippen hierhergetragen haben, und lege ihn auf den Stapel. Mit seiner flachen Unterseite hält er sofort und Caden lässt das Gitter runter.

»Perfekt«, bemerke ich, weil es weder wackelt noch schief liegt.

Caden steht auf und sagt nichts. Ungewollt fällt mein Blick auf seine Hände, die er schützend in seinen Taschen vergräbt. Er seufzt genervt und schaut hinaus aufs Meer.

»Scheiße, verdammt«, kommt es in diesem Moment von Rina. Sie kniet im Sand und wühlt mit ihren Fingern darin herum.

»Was ist los?« Ich mache die wenigen Schritte auf sie zu.

»Ich habe das Messer fallen lassen und finde es nicht mehr.«

»Warte, ich helfe dir.« Nun ebenfalls im Sand kniend beginne ich nach dem Messer zu tasten. »Wenn wir es nicht finden, ist das halb so schlimm, Rina.« Ich lächle. »Da, wo dieses herkommt, wohnen noch mehrere davon.«

Sie schüttelt den Kopf. »Es *ist* schlimm. Wir drei haben das Besteck letztes Jahr an meinem Geburtstag auf dem Handwerksmarkt im Balboa Park ausgesucht und gekauft.«

Ihre Stimme hört sich heiser an. Selbst wenn dieser Tag damals ein besonderer für sie war, ist und bleibt es nur ein Messer. Rina ist sonst nicht so schnell zu beunruhigen.

»Hier«, sage ich stolz, als ich das Messer mit dem türkisen Griff endlich in die Finger bekomme und aus dem Sand ziehe. »Gefunden.«

Rina nimmt es mir mit einem nicht annähernd so erleichterten Lächeln, wie ich es erwartet habe, aus der Hand und geht damit ins Strandhaus. Entweder um es zu waschen oder um es in Sicherheit zu bringen.

Caden steht von mir abgewandt am Feuer, als hätte er Rinas untypisches Verhalten eben nicht bemerkt. Das inzwischen gänzlich abgebrannte Holz glimmt vor sich hin, immer wieder knackt es laut und orange Funken tanzen durch die Luft. Das Einzige, was neben dem Knacken noch zu hören ist, ist das leise Wogen des Meeres. Rina ist mit ihrem Messer im Haus und Caden beachtet mich nicht. Ich habe keine verdammte Ahnung, was hier los ist, aber so habe ich mir den Abend definitiv nicht vorgestellt. Nicht einmal mit viel Bauchgefühl.

Das Fleisch zischt laut, als ich es mit der Zange neben den Gemüsespießen auf den Grill lege, und sofort breitet sich der Geruch nach Sommer und Gemütlichkeit in der Luft aus. Jetzt hoffe ich, dass der Duft auf Rina und Caden dieselbe Wirkung hat und sich alles wieder etwas entspannt.

Ich könnte mir jeden Stuhl an die Feuerstelle heranziehen, nehme jedoch bewusst den, der einzeln steht. Es dauert, bis Rina wieder aus dem Strandhaus kommt und sich ans Feuer stellt. Unauffällig versuche ich in ihrem Gesicht zu lesen, wie es ihr geht. Natürlich hätte ich ihr folgen können, aber ich kenne Rina und bin mir ziemlich sicher, dass sie dann mit dem Messer nach mir geworfen hätte. Wir haben früh gelernt, ihre Auszeiten zu akzeptieren. Sie lächelt nur kurz, als sie meinen Blick auf sich spürt, und setzt sich dann zum Tisch.

Keiner sagt etwas, was nicht weiter schlimm wäre, weil wir drei auch gut zusammen sein können, ohne dass ständig geredet wird. Aber gerade kommt jedes einzelne Wellenrauschen einer Sirene gleich, die darauf aufmerksam macht, dass wir an irgendeinem Punkt den Faden verloren haben. Unausgesprochenes Wirrwarr und unerforschte Gefühle hin oder her, das mag ich nicht.

Ich wende das Fleisch und die Spieße noch einmal, stehe auf und jogge viel cooler, als ich mich fühle, zum Haus zurück, um mein Handy und die Lautsprecherbox zu holen. Kurz denke ich darüber nach, die Songs von Caden zu spielen, die sein Dad vor zwei oder drei Jahren mit ihm im Tonstudio bei ihnen zu Hause aufgenommen hat. Etwas sagt mir jedoch, dass das gerade nicht das ist, was er hören will. Also scrolle ich weiter durch meine Playlists und bleibe bei Joseph Vincent hängen. Noch bevor ich darüber nachdenken kann, welchen Song ich spiele, drücke ich auf die Zufallswiedergabe. Wir alle lieben es, wie der Typ Hits nur mit der Gitarre und seiner Stimme neu interpretiert. Ich lächle. Er nimmt etwas Altes und macht etwas Neues daraus. Wir haben anscheinend eine gemeinsame Mission.

Dass ausgerechnet dieses Lied als Erstes abgespielt wird, lässt mich kurz stocken. Ich setze mich wieder in meinen Stuhl und werde genau gar nichts tun.

»Dein Ernst, Shane?«

»Was?«, werfe ich Caden unbeeindruckt zurück und verschränke die Arme hinter dem Kopf.

»Wir haben Sommer!«, kommt es hinter mir von Rina, in dem Moment, als »... *all I want for Christmas is youuu*« aus den Boxen schallt.

»Na und?« Gespielt entsetzt drehe ich mich um. »Ich liebe Weihnachten. Du liebst Weihnachten und Caden liebt Weihnachten. Das ist das Wichtigste. Drei Argumente, die dafürsprechen, egal was andere davon halten.« Ich schaue zu Caden, der sich endlich zu uns gedreht hat. »Du hast es selbst gesagt: Drei ist die magische Zahl.« Dann singe ich lauthals mit, obwohl ich weder den Text perfekt draufhabe noch die Melodie auch nur annähernd so wiedergeben kann, wie sie klingen sollte.

Caden verzieht übertrieben schmerzvoll das Gesicht und sieht Rina an, dann lacht er kopfschüttelnd. Er nimmt mir die Zange aus der Hand und zeigt damit auf mich. »Gut. Du wolltest es so.« Mit einem schiefen Grinsen stimmt er in unser erstes Weihnachtslied in diesem Jahr mit ein. Jeder Ton sitzt natürlich perfekt und er hebt unschuldig die Hände.

Ich zeige ihm nur den Mittelfinger und singe unbeeindruckt weiter. Von hinten legt Rina summend ihre Arme um meinen Hals. Mit einer Hand umfasse ich beide ihrer Handgelenke und lege den Kopf in den Nacken. Ihre Haare streicheln mein Gesicht und ihr warmer Atem trifft auf meine Haut. Mit der zweiten Hand greife ich nach oben und ziehe ihren Kopf zu mir. Rinas Lippen verkehrt herum auf meinen zu fühlen, ist neu. Sanft streiche ich mit meiner Zunge über ihre leicht gewölbte Unterlippe, um sie auf diese Weise zu erkunden. Rina lächelt. Eigentlich würde ich sie jetzt gerne auf meinen Schoß ziehen und einfach nur halten. Stattdessen gebe ich ihr noch einen Kuss und stehe auf. Caden hat ebenso wie ich aufgehört zu singen und uns wieder den Rücken zugewandt. Er drückt prüfend auf das Fleisch.

Ich gehe zu ihm und klopfe ihm auf die Schulter. »Wie schaut es aus? Können wir essen?«

»Ja, ich glaube schon.«

Rina kommt bereits mit einem Teller zu uns. Unter normalen Umständen würde ich ihn ihr abnehmen, aber nicht heute. Während sie das Fleisch und das Gemüse von Caden entgegennimmt, schnappe ich meinen Stuhl und stelle ihn so zum Tisch, wie ich es geplant habe. Dann atme ich tief ein und setze mich.

Wissenschaftlich arbeiten, das kann ich. Ich bin Biologe. Hypothese und Experiment. Es ist nur ein Versuch, nur eine Beobachtung, beruhige ich mich selbst wieder und wieder. Weil ich eine Basis brauche, die mir Sicherheit gibt, bevor ich es komplett versaue.

Die beiden kommen zugleich auf mich zu. Falls Caden die Sitzordnung registriert hat, verbirgt er seine Verwunderung mehr als gut. Nur Rina stutzt kurz, bevor sie Platz nimmt und das Essen auf unsere Teller verteilt. Kaum merklich schiebt Caden seinen Stuhl mit dem Fuß etwas weg von ihr und setzt sich erst dann hin.

You're Still The One kommt aus der Lautsprecherbox, und während ich Rina Tomatensalat auf den Teller gebe, beobachte ich, wie Caden sich noch ein weiteres Stück von ihr entfernt. Sie summt wieder leise mit, wünscht uns einen guten Appetit und beginnt dann zu essen. Sie scheint tatsächlich nicht zu bemerken, wie Caden bei jeder unabsichtlichen Berührung von ihr leicht zusammenzuckt und die Muskeln seiner Arme anspannt, wenn sie ihre Hand beim Sprechen scheinbar automatisch darauflegt. Es ist mir noch nie zuvor wirklich aufgefallen, aber Rina berührt Caden und mich ständig. Uns beide.

Während des Essens erzähle ich vom Telefonat mit meiner Mom und dass ich vorhabe, zumindest einen der beiden Heuler morgen mit Fisch zu füttern. Caden erinnert sich an ein frisch geborenes, verlassenes Seehundbaby, das die Flasche nicht nehmen wollte und das Mom daraufhin mit püriertem Fisch auf ihrem Finger zum Trinken animiert hat. Wir waren Kinder, und ich hätte das schon längst vergessen, wenn Caden es nicht gerade wieder hervorgeholt hätte. Dann berichtet Rina von Christie und wie sie das Tier dazu gebracht hat, sie nicht zu attackieren. Sich mit dem Rücken zu ihr ins Gehege zu setzen, ist zwar scheißgefährlich und fahrlässig, trotzdem sind Caden und ich wahnsinnig beeindruckt von ihr. Sie hat immer schon eher gespürt, was andere brauchen, und sich nicht durch ewige Gedankengänge davon verunsichern lassen.

Wir essen gemeinsam zu Abend und genießen es, dass die Kühle allmählich die Hitze des Tages mit sich nimmt. Wie von selbst gebe ich Rina meine Gabel mit den drei Zucchinistücken vom Spieß, weil ich Zucchini nicht mag. Caden legt ihr seine ebenfalls auf den Teller. Er mag Zucchini, aber er weiß auch, wie sehr Rina sie mag.

Nichts wirkt erzwungen. Wir sind eingespielt, haben so viele Jahre miteinander verbracht und so viel zusammen erlebt. Mir wird bewusst, dass Rina und ich nur glaubten, Caden zu vermissen. Was wir wirklich vermisst haben, war ein wichtiger Teil unseres Lebens. Caden macht uns drei komplett.

Die Gespräche finden ihre gewohnte Leichtigkeit, und es ist schön, sie lachen zu sehen. Sie beide.

Ich biete an, das Lagerfeuer wieder zu entfachen, während sie das Geschirr zu zweit hineinbringen, aber Caden besteht darauf, dass Rina hierbleibt. Mir wird immer klarer, wie sehr er es meidet, mit ihr allein zu sein. Das war noch nie so. Es muss wehtun.

Wir sitzen weiter am Lagerfeuer und hören der Musik zu. Der Himmel zieht sich im dunkelsten Schwarz über uns und lässt die Sterne im schwachen Licht des Neumondes besonders klar erscheinen. Ein feiner, kaum spürbarer Wind hält die Luft in Bewegung und die Wellen sind inzwischen etwas lauter als vorhin noch. Mit Kirschsaft und Bier stoßen wir auf meinen Dad an und darauf, dass er sich gut erholt. Es ist unser erstes Bier, seit Caden zurück ist – alkoholfreies. Weder er noch ich trinken Alkohol. Aus Respekt vor Rina, Alkohol hat ihr Leben schon genug beeinflusst. Wir reden über alles und nichts, und ich schaffe es, mich im Liegestuhl zurückzulehnen und mich wirklich zu entspannen. Zum ersten Mal seit Wochen.

Rina ist kurz davor wegzunicken, da klatscht sie in die Hände und springt von ihrem Stuhl auf. Ich wusste schon, dass sie das machen würde, als ich die ersten beiden Takte des Songs gehört habe. *Head In The Clouds* ist eines ihrer absoluten Lieblingslieder.

»Wer tanzt mit mir?« Sie beginnt die Hüften zu wiegen.

Verdammt, diese Hüften.

»Shane, komm schon.«

Ich liebe es, mit Rina zu tanzen. Was mir in Sachen Gesang an Talent fehlt, kann ich normalerweise mit meinem guten Körpergefühl wieder wettmachen. Rina zu berühren und mich mit ihr in einem Lied zu verlieren, war lange Zeit die einzige Art, sie zu spüren.

»Schon aus der Flasche zu trinken, ist gerade eine Meisterleistung, Babe, so extrem tun mir die Arme weh. Tanzen wäre jetzt echt eine Folter.« Ich ignoriere ihr enttäuschtes Lächeln. »Ein bisschen mehr Mitleid, bitte«, setze ich nach und hebe mein Kinn in Richtung Caden, der viel zu aufmerksam am Etikett seiner Flasche herumzupft. »Caden tanzt mit dir. Er mag so melancholische Lieder ohnehin viel lieber als ich.«

»Caden! Nur dieser Song!« Falls Rina sieht, dass er die Kiefer zusammenpresst, geht sie nicht darauf ein. »Bitte.«

Er versucht sich an einem halbherzigen Grinsen. *Das wird sie nicht gelten lassen, Mann, du kennst sie besser.*

»Mir tun nicht nur die Arme weh, sondern auch die Beine, Rina.«

Sie schiebt ihre Unterlippe ganz leicht nach vorn und legt den Kopf schief. Innerlich lache ich auf. *Du bist geliefert, Caden.*

»Zwei Abfuhren an einem Abend, und das innerhalb einer Minute, wären nicht nett.« Caden kann ihrem Blick nicht mehr ausweichen, als sie auf ihn zutanzt und die Hand nach ihm ausstreckt. »Nur dieser eine Song.«

Ergeben reibt er sich über den Mund. »Nur dieser Song?«

»Versprochen.«

Er drückt die Bierflasche in den Sand und steht derart geschmeidig von seinem Stuhl auf, dass jegliche Beschwerden über irgendwelche Arm- oder Beinschmerzen sofort entkräftet werden – ein wissendes, fieses Auflachen kann ich gerade noch unterdrücken.

Als Caden auf Rina zugeht, scheint sich alles an ihm plötzlich auf sie zu konzentrieren, ohne jeglichen Schutz für sich selbst. Mit seiner Köpergröße überragt er sie um mehr als einen Kopf und schaut beinahe einschüchternd auf sie hinab. Ich bin mir nicht sicher, ob es das Flackern des Feuers ist, das sich in seinen Augen spiegelt, oder ob es Rinas rotes Haar ist. Die Muskeln an Cadens Körper sind angespannt und lassen ihn eine Dominanz ausstrahlen, die ich erst selten an ihm beobachtet habe.

Rina tanzt unbeeindruckt weiter und bleibt mit dem Rücken zu ihm stehen, um mich anzulächeln. Es wirkt überspitzt, als wolle sie mir und vor allem sich selbst etwas beweisen. Ich hätte es übersehen, würde ich das Nesteln ihrer Zähne an der Unterlippe nicht so gut wiedererkennen. Ich habe keinen Schimmer, was ihr beschissener Ex Aaron mit ihr angestellt hat, aber sie kann diese verdammte Unsicherheit in diesen ganz bestimmten Momenten noch immer nicht ablegen.

Caden fährt sich mit einer Hand durch die dunklen Haare und sieht ebenfalls zu mir, ohne den Kopf in meine Richtung zu drehen. Als Rina sich ihm wieder zuwendet, zucke ich nur lächelnd mit der Schulter und nehme einen Schluck von meinem Bier. Caden kann nicht sehen, wie tief ich meine nackten Füße im Sand vergrabe, um Halt zu suchen. Es ist eine Sache, zu beabsichtigen, Grenzen herauszufordern, und eine andere, es wirklich zu tun.

Der Refrain setzt wieder ein, und Rina hebt fragend die Hände, weil sich Caden immer noch kein Stück bewegt hat. Dann schließt er für zwei Sekunden die Augen und sein Brustkorb hebt und senkt sich. Als er die Augen wieder öffnet, fällt sein Blick erneut auf Rina, und ich spüre regelrecht, wie er versucht, sich nicht in ihrer absoluten Schönheit zu verlieren. Die Welt um ihn herum scheint zu verschwimmen, und was bleibt, sind Rina und die Musik.

Sie lächelt, als Caden einen Schritt auf sie zu macht und den Takt mit seinem Körper aufnimmt. Er trägt zerrissene Jeansshorts und ein weißes Tanktop, das perfekt zu Rinas Kleid passt. Während sich in ihren Bewegungen die sanfte Melodie des Liedes zeigt, erkennt man in Caden den Takt wieder. Und so wie sich im Song alles zu einem perfekten Ganzen ergibt, passiert es auch hier, bei ihnen beiden.

Wäre ich hoffnungslos romantisch und nicht eigentlich überfordert und planlos, würde ich sagen, es ist magisch.

Nur schwer kann ich meinen Blick von Rinas nacktem Bauch abwenden, der durch die Spitze zu sehen ist, oder von ihren Schulterblättern, die sie freilegt, als sie sich die Haare nach vorn streift. Ihre Haut ist viel heller als die von Caden, aber trotzdem so von der Sonne gebräunt, dass sich ihr weißes Kleid stark davon abhebt. Das Kleid, das sich bei jeder ihrer fließenden Bewegungen weiter nach oben schiebt und erst von der Rundung ihres Hintern aufgehalten wird.

Wieder dreht sich Rina, und ich sehe, wie Cadens Blick kaum länger als einen Wimpernschlag lang nach unten gleitet. Ich wette, er fragt sich genauso wie ich, ob Rina ein Höschen trägt, und es macht ihn wahnsinnig, dass er es nicht herausfinden wird.

Mit mehr Selbstbeherrschung, als vermutlich gesundheitlich vertretbar ist, nimmt Caden die Hand, die Rina nach ihm ausstreckt. Er zieht sie ein kleines Stück zu sich und passt das Hin und Her seiner Hüften ihrem Wiegen an. Rina lacht laut auf, als Caden sie angrinst und laut mitzusingen beginnt, und ich kann nicht anders, als ebenfalls zu lachen. Die Mauern bröckeln, und was bleibt, ist die kurze Sicht auf bedingungsloses Glück. Ich höre in mich hinein, was dieses Bild mit mir macht, und suche die Eifersucht oder Wut, die vielleicht Platz haben sollte zwischen uns. Aber da ist nichts. Nur Freude darüber, dass es ihnen beiden gerade gut geht. Und wenn ich nicht diese beschissene Ausrede mit den Gliederschmerzen erfunden hätte, würde ich jetzt aufstehen und ebenfalls tanzen. Weil wir ein Team sind.

Rina stimmt in den letzten Refrain mit ein, und in dem Moment, als das Lied sein Ende ankündigt, dreht Caden sie mit so viel Schwung in seine Arme, dass sie im Sand den Halt verliert und einen Ausfallschritt nach hinten machen muss. Caden fängt sie auf.

Ihr Körper ist eng an ihn gedrückt und ein Arm liegt um ihre Taille. Rinas Hand verschwindet beinahe in der von Caden. Die Finger der beiden sind verwoben und sie schaut zu ihm auf. Ihre Wangen sind gerötet vom Feuer und vom Tanzen und sie hat die Lippen dieses eine verdammte Stück geöffnet. Cadens dunkler Blick haftet an ihr, wandert zwischen ihren erstaunten Augen und ihren sinnlichen Lippen hin und her, und ich bilde mir ein, dass er sie noch fester an sich drückt. Sie lässt es geschehen, Herzschlag um Herzschlag um Herzschlag.

Der Schein des Feuers hüllt die freien Stellen ihrer Körper ein, und Schatten und Licht lassen die beiden wie eins wirken. Verbunden, schon längst. Das Lied verklingt, während wir alle die Luft anhalten.

Wieder kehre ich in mich und versuche herauszufinden, wie es mir mit diesem Bild von ihnen geht. Kein dunkles Ziehen. Kein Stechen oder Brodeln. Nein, da ist – *verdammt.*

Den eigentlichen Moment verpasst, greife ich jetzt nach meinem Handy und spiele denselben Song noch einmal ab. Ich will nicht, dass wir uns wieder verlaufen.

Rina und Caden werden aus ihrer Starre gerissen und schauen zu mir herüber. Meine Stimme ist viel zu kratzig, als dass man mir meine falsche Lockerheit abnehmen könnte. Trotzdem grinse ich. »Nur dieses eine Lied, Caden, du hast es selbst gesagt.«

Ich weiß, dass ihm das Tanzen eben gefallen hat. Und ich weiß, dass es Rina gefallen hat. Und es hat mir gefallen. Aber als ich jetzt zwischen den beiden hin und her sehe, weiß ich auch, dass weder sie noch er zugeben werden, wie sehr sie es gemocht haben.

Als könnte Caden meine Gedanken hören, wird ihm das Unvermeidbare offensichtlich bewusst. Es war nur ein Tanz. Ein flüchtiger ehrlicher Moment. Und jetzt ist es an der Zeit, die Realität zurückkehren zu lassen.

Als wäre nun auch die Berührung nichts, nimmt Caden plötzlich seine Hände von Rina und tritt einen Schritt zurück. Seine Finger zittern, bevor er die Arme vor der Brust verschränkt. Er versucht sich an einem Grinsen, das fast schon einer Beleidigung gleicht und alles herabwürdigt, was soeben zwischen ihnen passiert ist. Zum ersten Mal in den letzten Minuten verspüre ich Wut und habe den Drang, Rina zu beschützen. Nicht wegen seiner Blicke für sie. Nicht wegen seiner Berührungen. Nur wegen der Demütigung.

Ihr Blick hängt an Cadens Grinsen fest. Sie lächelt ebenfalls, aber viel zu kurz, um echt zu wirken. Viel mehr zeigt es ihre Resignation.

Caden löst die Arme und reibt sich die Brust. Egal, was er jetzt sagt, es kann nicht das Richtige sein. »Wir belassen es bei diesem einen Song, oder, Rina? Ist besser so. Es war ein verdammt anstrengender Tag und ich bin einfach nur müde.«

»Ja.« Ihre Stimme ist zu hell, das ist nicht sie. »Caden hat recht, Shane. Genug getanzt, mach die Musik aus. Ich muss morgen früh den Salon aufsperren und will eigentlich nur noch schlafen.« Sie legt die Arme schützend um ihren Bauch, als wäre es ihr jetzt unangenehm, sich vor uns in diesem Kleid zu zeigen.

»Du kannst morgen Dads Auto haben.« Caden muss ihre Kränkung erkennen und macht wieder einen Schritt auf sie zu. »Der Wagen hat eine Gangschaltung und fährt sich nicht anders als Shanes Cabrio. Du musst also nichts anderes tun –«

»Danke, lieb von dir. Ich komme klar mit einer Gangschaltung.«

»Ich weiß«, gibt Caden trocken zurück, nimmt seine Flasche und den Stuhl und geht, ohne uns noch einmal anzusehen, zurück zum Strandhaus.

Rina lächelt mich an und beginnt das Feuer auszumachen. Ich erkenne den Schmerz der letzten Wochen in ihr wieder, immer dann, wenn wir über Caden gesprochen haben oder er auf keine unserer Nachrichten geantwortet hat. Der Zorn auf Caden wallt weiter auf, aber für den Moment schaffe ich es, ihn hinunterzuschlucken und für Rina da zu sein.

Gemeinsam bringen wir die restlichen Stühle zurück auf die Veranda des Strandhauses und bauen unseren provisorischen Tisch ab. An der Feuerstelle überprüfen wir noch einmal, ob wir die Glut gänzlich gelöscht haben. Rina geht die wenigen Schritte vor zum Wasser und lässt ihre nackten Füße von den Wellen umspülen.

Ich folge ihr.

»Hey«, sage ich und lege meine Arme vorsichtig um ihren Oberkörper, darauf achtend, ob sie die Nähe gerade zulassen kann oder lieber alleine mit sich und ihren Gedanken bleibt. Es fällt mir manchmal schwer, ihr die Zeit, die sie für sich braucht, auch zu geben.

Rina lehnt sich jetzt sofort in meine Berührung und ich stütze erleichtert den Kopf an ihrer Schulter auf.

Mit einem Finger zeige ich auf das Meer. »Willst du schwimmen gehen?«

»Jetzt?«

»Ja.« Ich lächle und schmiege meinen Mund an ihr Ohr. »Nur ein Stück hinaus, so wie sonst auch. Wir lassen uns nebeneinander im Wasser treiben und schauen hinauf in den Himmel. Nur die Dunkelheit, die Sterne und wir.«

Rina streift meinen Mund mit ihrer Wange, ihre Augen sind geschlossen. Dann atmet sie stockend ein. »Ein andermal, Shane.« Mit einem entschuldigenden Lächeln windet sie sich aus meiner Umarmung und dreht dem Meer den Rücken zu.

Dem Meer und mir.

Und ja, es tut weh.

CLOSE-OUTS

Wellen, die über die gesamte Brechungslinie fallen und einstürzen. Sie erzeugen Weißwasser ohne eine saubere Wellenfront und lassen sich nicht surfen.

KAPITEL 10

CADEN

Geweckt von einer fremden Berührung, schrecke ich aus dem Schlaf hoch und versuche panisch, mich zu orientieren.

»Beruhig dich, Caden. Du siehst aus, als wärst du in einem Horrorfilm gefangen.« Shane schüttelt den Kopf und wirft mir meine Badeshorts ins Gesicht.

Ich nehme sie und lasse sie neben mir in den Sand fallen. »Alter, ich schlafe noch«, sage ich und drehe mich in dem Liegestuhl etwas auf die Seite. Von der Couch nach hier draußen zu flüchten, war die einzige Option.

Shane greift nach meiner Decke und zieht sie erbarmungslos von meinem Körper. »Nein, du bist wach. Und heute weht ein anderer Wind.«

Sein Tonfall ist harsch. Das ist er nie, wenn Shane über das Surfen spricht.

»Krieg endlich deinen Arsch hoch. Die Wellen sind noch nicht konstant, aber so kommen wir leichter über die Breakzone hinaus und können sie frontal nutzen.«

»Es ist noch halb dunkel!«

»Kein Grund, nicht das zu tun, was man will. *Sideshore*, Caden. Zeit, sich dem Unbekannten zu stellen. Wir müssen aus der Bucht raus und das Leben so nehmen, wie es kommt.« Er greift nach meinen Badeshorts und wirft sie mir erneut ins Gesicht.

Empört spucke ich den Sand aus, den er mir dabei ins Gesicht schleudert. »Spinnst du?!«

»Sand kann man abwaschen«, ist das Einzige, was er noch erwidert, bevor er nach seinem Surfbrett mit den pinken Finnen greift und auf den Ozean zugeht.

Als ich mich in dem Liegestuhl etwas aufstemme, entdecke ich mein eigenes Surfbrett, das neben mir am weißen Geländer der Veranda lehnt. Es war das Geburtstagsgeschenk meiner Eltern, da wussten weder ich noch sie, dass ich nach Phoenix gehen würde.

Ich stehe auf und streiche über die helle Oberfläche. Viel zu selten, ich habe es viel zu selten benutzt. Shane ist inzwischen am Ufer angekommen. Er dreht sich nicht nach mir um. Es liegt jetzt an mir, ihm zu folgen. Warten wird er nicht. Er kann nicht anders, Surfen ist sein Leben. Surfen und Rina.

In diesem Augenblick wendet er sich mir halb zu und deutet mit dem Kopf Richtung Meer. »Los jetzt, Caden. Ich will wegen dir nicht die besten Chancen verpassen. Für dich und für mich. Für uns drei.«

Zu perplex, um irgendetwas zurückzurufen, stehe ich wie angewurzelt da. Alles, was er eben gesagt hat … Ich schüttle leicht den Kopf. Nein, das kann nicht sein.

Shane hebt fragend eine Hand und mechanisch nicke ich. Weit entfernt hinter der Bucht nehme ich die weiße Gischt wahr, die durch die Dunkelheit dringt und das vertraute Sehnen in mir entfacht, keine Wellen ungenutzt zu lassen. Ein neuer Tag bricht an, und ich kann ihn mit allem beginnen – es ist meine Wahl. So selbstbestimmt war keiner meiner Tage in den letzten Monaten.

Nicht annähernd so geschmeidig, wie ich es gerne hätte, befreie ich mich aus den Trainingshosen, in denen ich geschlafen habe. Irgendwann habe ich in dem Stuhl keine Position mehr gefunden, in der nicht mindestens ein Körperteil gefährdet war abzusterben. Sogar mein Ohr ist einmal eingeschlafen und hat noch nach Minuten höllisch wehgetan. Erst die Tabletten haben mir endlich Entspannung gebracht.

Ich streife mir die Badeshorts über, binde sie gut zu und klemme mir das Surfbrett unter den Arm. Erst jetzt registriere ich die kühle Brise, die in der Morgenluft liegt. Ich fröstle, als ich neben Shane stehen bleibe.

Er sieht mich mit einem Grinsen an. »Was wetten wir, dass dir gleich warm wird? Du bist aus dem Training.«

»Bin ich nicht.«

»Na gut. Wer schneller über die Breakzone ist?«

Ich lache auf und nicke. »Du hast keine Chance, Shane. In Phoenix gibt es Fitnessstudios.«

Jetzt ist er es, der auflacht. »Dein Ernst? Du glaubst wirklich, ein paar Geräte könnten es annähernd mit dem hier aufnehmen?« Er zeigt auf den Ozean.

»Ich bin nicht aus dem Training«, wiederhole ich lediglich.

»Gut, Sonnyboy, dann zeig mir und meiner Lady, was du draufhast.«

Damit läuft er ins Wasser und schmeißt sich über die ersten Wellen hinweg auf sein Board. Er beginnt schon zu paddeln, als ich noch nicht einmal auf dem Brett liege, aber das ist egal. Ich werde ihn ohnehin einholen. Das ewige Rudern im Fitnessstudio wird mir hier zugutekommen.

Selbstsicher schlüpfe ich in die Fußschlaufe, klette sie zu und laufe los. Das eiskalte Wasser lässt meinen Atem stocken. Shane und ich waren in den letzten Jahren fast jeden Tag surfen. Jonah hat uns oft begleitet, und wenn wir nicht auf unseren Brettern waren, waren wir mit Rina am Strand. Wir haben Beachvolleyball gespielt, Eis gegessen, gelesen, Musik gehört, gelernt. So gut wie immer. Morgens oder abends. An freien Tagen durchgehend. Der Strand war unser Zuhause.

Wenige Wochen in Phoenix haben mich vergessen lassen, wie sich das Meer anfühlt. Der Sand unter den Füßen, flüssig und fest zugleich. Die kleinen Wasserwirbel, die entstehen, wenn man einen Schritt nach dem anderen macht. Die Kälte, die jede einzelne Zelle weckt und die Sinne darauf vorbereitet, eins zu werden. Mit der Geborgenheit der Stille. Es gibt nur noch dich auf der Welt. Das Meer ist alles. Ich habe es vermisst.

In einer einzigen fließenden Bewegung stütze ich mich aufs Board und stoße mich vom Boden ab. Nur mit größter Anstrengung schaffe ich es, nicht meinem Instinkt zu folgen und wieder ans Ufer zu flüchten, so arschkalt ist der Wind auf meiner nassen Haut.

Shane dreht sich um und im Morgengrauen erkenne ich das wissende Lächeln auf seinem Gesicht. Ich zeige ihm lediglich den Mittelfinger und beginne zu paddeln.

Keine zwei Minuten später dröhnt mein eigenes Keuchen so laut in den Ohren, dass es mir vor mir selbst peinlich ist. Mein Herzschlag hämmert in der Brust nach Erlösung, aber ich halte durch.

Bis ich nicht mehr kann. Meine Oberarme brennen und sind schwer wie Blei und die Bauchmuskeln bilden eine einzige krampfende Verhärtung. Ich schaffe es noch nicht einmal mehr, mich aufzusetzen, sondern bleibe einfach ausgestreckt und mit geöffnetem Mund auf meinem Brett liegen. Die Arme baumeln kraftlos im Wasser, und ich merke jetzt schon, wie ich abtreibe.

Shane hatte recht. Ich bin aus dem Training, und wie ich das bin. »Fuck«, zische ich mehr, als dass ich es sage.

»Und? Wie läuft's?« Shane ist zu mir zurückgepaddelt.

Ich muss den Kopf nicht heben, um zu sehen, wie sehr er diesen Anblick genießt.

»Leck mich«, sage ich und muss selbst lachen, weil ich die Worte zwischen meiner schweren Atmung kaum unterkriege. »Ich habe Schmerzen, überall.«

Shane lacht jetzt ebenfalls und klopft mir auf die Schulter. »Komm schon, Mr Fitnessstudio. Setz dich zumindest auf, sonst verpasst du es.«

Mit einem lauten Ächzen stemme ich mich vom Board hoch und habe erschreckenderweise sogar Schwierigkeiten, mein Gleichgewicht zu halten. Als könnte ich damit mein rasendes Herz besänftigen, reibe ich mir über die Brust.

Ich muss nicht nachfragen, um zu wissen, was Shane meint, sondern drehe mein Board einfach Richtung Küste. Nur schemenhaft erkenne ich das helle Holz des Strandhauses. Rina schläft vermutlich, sonst würde ich ein Licht sehen. Über den Felsen kündigt sich in einem vorsichtigen orangen Schimmer der Sonnenaufgang an. Shane und ich sitzen einfach nur da und warten. Die leichten Wellen schaukeln unsere Boards und ich schließe die Augen und genieße das Ruhigerwerden meiner Atmung. Die ständige Unruhe tritt in den Hintergrund, und die Stimmen in meinem Kopf verstummen ebenso wie die Aufforderung von Dr. Gander, bis zum Ende des Monats nach Phoenix zurückzukehren. Er war großzügig. Er hätte mir genau genommen auch gleich kündigen können und mir keine drei Wochen Auszeit verschaffen müssen. Jetzt gerade fühle ich keinen Druck, auch nicht von mir selbst. Nur der Moment belebt mich.

»Da.« Shane spricht so leise, dass ich ihn mehr spüre als höre.

Ich öffne die Augen und werde von den ersten Strahlen geblendet. Hell und zielstrebig finden sie hinter den dunklen Felsen hervor, als würden sie die Schatten für die Sonne zur Seite schieben. Plötzliche Wärme glättet meine Gänsehaut und hüllt mich schützend ein.

Atemzug um Atemzug der Ruhe vergeht und setzt sich in mir fest. Der pfirsichfarbene Himmel verläuft zu Gelb und Rot und taucht die Wellen um uns herum in kostbares Gold.

»Bereit?«, will Shane wissen und sieht mich an.

Ich lächle. »Ja.«

Wir drehen unsere Surfbretter wieder Richtung Ozean, legen uns hin und paddeln los. Shanes routinierte Gleichmäßigkeit lässt auch mich einen Rhythmus zwischen Armbewegungen und Atmung finden. Dank der Orientierung, die er mir gibt, bremse ich mich nicht länger selbst aus, sondern finde hinter ihm die optimale Linie.

Als wir die Bucht zurücklassen und die Wellen höher werden, bleibe ich nicht neben Shane, sondern paddle gleichauf mit ihm. Wir werden schneller, je höher sich die Wassermassen auftürmen, und ich muss mich immer wieder an meinem Board festkrallen, um nicht heruntergespült zu werden. Die urtümliche Macht des Meeres lässt mich ehrfürchtig Luft holen, bevor die nächste Woge auf mich zurollt. Noch nicht, noch ist es nicht so weit.

Meinen Körper eng an das Brett gepresst, tauche ich durch die Welle hindurch und werde von dem Glitzern der Oberfläche magisch angezogen. Die kurze Stille wird vom rauschenden Brechen und Tosen abgelöst, und instinktiv spüre ich, wann der richtige Zeitpunkt kommt, um weiterzupaddeln. Kämpfend bringe ich Welle um Welle hinter mich, fühle mich durch das Brennen in meinen Lungen lebendig und wach. Ich blinzle das Meerwasser weg, das meine Sicht verschwimmen lässt, und schaue hinüber zu Shane.

Das Lachen, das auf seinen Lippen liegt, zeigt pure Leidenschaft und Glückseligkeit. Shane ist da, wo er hingehört. Er lebt für dieses unbändige Lebensgefühl und für die Herausforderung, die ihm mit jeder Welle eine neue Chance bietet. Ihm und mir. *Uns.*

Wir beobachten still die Wogen und Bewegungen des Wassers und warten geduldig auf das nächste Set, das sich aufbaut. Als sich endlich eine große Wellenabfolge abzeichnet, grinse ich Shane an und nicke ihm zu. Er lächelt zurück. Wir wissen beide, dass es jetzt so weit ist, und paddeln Richtung Küste.

Ich warte auf die perfekte Sekunde, in der mich die Spannung der Welle auffängt und zu tragen beginnt. In einer einzigen fließenden Bewegung hüpfe ich auf das Board und finde intuitiv den richtigen Stand. Ich fühle die Energie des Wassers und stimme den Druck meiner Beine darauf ab, um mich ihr anzupassen, jede Zelle meines Körpers nur auf diese eine Sache ausgerichtet: stehen zu bleiben. Ich werde nicht fallen.

Die Vertrautheit gibt mir Sicherheit. Meinem Instinkt folgend richte ich mich weiter auf und spüre die haltlose Geschwindigkeit, mit der ich vorwärtsgleite. Ich nehme die Richtung der Welle auf und lehne mich leicht nach hinten, um ihre Brechung zu nutzen und auf der harten Oberfläche eine Kurve um die anderen zu schneiden. Mein Gleichgewicht reagiert unmittelbar auf die feinen Stöße und Unebenheiten, und ich werde immer schneller. Vergessen sind die Ermüdung meiner Muskeln, die Anstrengung und mein rasender Puls. Vergessen ist der Schmerz. Der Fahrtwind tost um meine

Ohren und verstärkt das Gefühl der Lebendigkeit, das mich erfüllt. Ich stehe die Welle. Ich surfe sie. Ich kann alles schaffen.

Weiße Schlieren der vorangegangenen Sets vermischen sich mit dem Schäumen um mich herum und ergeben auf der dunklen, glitzernden Wasseroberfläche ein Muster, das ich durchbreche. Als die Welle in Küstennähe an Energie verliert und ruhiger wird, richte ich mich weiter auf und hebe den Kopf zur Sonne, die sich inzwischen ganz hinter der Felsformation erhoben hat. Ich sehe das Strandhaus, spüre das Meer und weiß, dass ich hier alles habe, um zufrieden zu sein. Um glücklich zu sein.

Mit einem Lachen lasse ich mich zur Seite ins Wasser fallen und genieße die frische Kälte, die mich umgibt. Hier ist mein Leben.

Als ich wieder auftauche, paddelt Shane bereits auf mich zu. Sein Gesicht spiegelt dieselbe Erfüllung wider, die auch ich spüre.

»Sag mir jetzt, dass du das hier vermisst hast, Caden.«

»Habe ich«, gebe ich so laut zurück, dass er mich verstehen muss. Ich habe alles hier vermisst.

»Wahnsinn, oder?« Er gleitet das letzte Stück auf mich zu. »Das Set hat sich aufgebaut und der ersten Welle von hinten so viel Kraft gegeben, dass sie uns ewig getragen hat.«

Ich beiße mir auf die Unterlippe, schüttle ungläubig den Kopf und fühle dem Adrenalin nach, das immer noch in mir pulsiert. Dann nicke ich in Richtung offenes Meer und lächle. »Noch mal?«

Shane seufzt theatralisch. »Wenn du das in der miesen körperlichen Verfassung, in der du bist, schaffst …«

»Arschloch«, beschimpfe ich ihn lachend und paddle erneut los. Ich sehe noch Shanes Grinsen und höre dann, dass er mir folgt.

Wir nehmen eine Welle um die andere. Surfen sie bis zum Ende oder werden abgeworfen – aber wir stehen immer wieder auf. *Ich liebe es.*

Set um Set vergeht, und ich weiß nicht, wie lange wir hier draußen sind, aber als sich die Sonne bereits ein Stück über der Küste erhoben hat, entdecke ich Rina aus weiter Entfernung am Strand stehen. Shane muss sie zugleich entdeckt haben. Er lenkt sein Board neben mich und setzt sich ebenfalls auf.

Schwach erkenne ich, dass Rina uns zuwinkt. Wir beide heben die Hände und winken zurück. Dann dreht sie sich um und geht. Ein Stechen breitet sich in meinem Bauch aus, und ich versuche, das Gefühl hinunterzuschlucken, das sich beim Gedanken, sie erst am Abend nach ihrer Arbeit wiederzusehen, in mir auftut.

»Das wird ein langer Tag.« Shane hat denselben Gedanken wie ich, natürlich hat er das. Er ist ihr Freund.

Sie lieben sich, genau das müssten mein Kopf und mein Körper endlich verstanden haben. Trotzdem habe ich gestern innerlich darum gebettelt, dass der Song nicht aufhört und unseren Tanz niemals enden lässt. Erbärmlich. Gleichzeitig habe ich gefleht, er möge enden und jede noch so kleine Berührung, die meinen ganzen Körper in Flammen gesetzt hat, endlich mit sich nehmen, bevor ich die Stärke verliere. Die Stärke, ihr zu widerstehen. Und die Situation zu akzeptieren.

»Shane?«

»Ja?«

Ich kratze den letzten Mut in mir zusammen. »Was war das heute Nacht?«

Er weiß, was ich meine. Ich muss es nicht aussprechen.

Für einen Moment schließt er die Augen. »Du hast es selbst gehört.«

»Ich dachte, wir hätten das längst hinter uns.«

Rinas Angst, wenn sie plötzlich aufgewacht ist, schien lange Zeit unkontrollierbar. Ihr Dad hat sie ständig allein gelassen, schon als kleines Mädchen. Auch nachts. Das hat Spuren hinterlassen. Besonders, weil man in dem riesigen Wohnhaus zu jeder Stunde des Tages mit Geräuschen und Worten konfrontiert wird, die Kinder nicht hören sollten. Die niemand hören sollte. Es hat lange gedauert, bis sich Rina bei Shane und mir sicher gefühlt hat und schlafen konnte.

Shane sieht mich an. »Wir *hatten* es hinter uns. Kannst du dich an eine einzige Nacht in den letzten Jahren erinnern, in der sie ängstlich aufgewacht ist?«

»Ängstlich aufgewacht?« Ich sehe ihn entsetzt an. »Shane, sie hat gestern aufgeschrien. Das war seit der Highschool nicht mehr so.« Ich musste das Strandhaus verlassen. Von der Couch im Wohnbereich aus habe ich alles gehört, ohne ihr helfen zu dürfen. Shane war für sie da.

»Stimmt, das war seit der Highschool nicht mehr so.« Er wendet den Blick von mir ab. »Aber es ist wieder so, seit du gegangen bist.«

Seine Worte reißen an etwas in meiner Brust, und ich muss mehrmals schlucken, so pelzig fühlt sich meine Zunge plötzlich an.

Shane sieht mich wieder an, ich erkenne jedoch keine Eifersucht in seinem Blick. Nur Anklage. »Jede einzelne verfickte Nacht, die du in Phoenix warst, hat ihre Angst zurückgebracht. Mehr und mehr. Mit jedem unbeantworteten Anruf und jeder Nachricht, die wir umsonst geschrieben haben, wurde es schlimmer.« Er legt den Kopf schief und presst für einen Moment die Kiefer zusammen. »Vorgestern am Strand hat sie das erste Mal durchgeschlafen.«

Rina.

Shanes Blick verliert sich in der Weite des Ozeans. »Aber so schlimm wie heute Nacht war es nie.«

Ich weiß nicht, was ich sagen soll. Eben noch von der unbändigen Freiheit umgeben, legt sich jetzt wieder eine schwere Kette nach der anderen um mich.

»Caden?«

Ich rechne mit allem. Mit seinem Zorn. Mit Hass. Vielleicht auch mit einem Bruch. Das nächste Wort kostet mich alles an Kraft, die ich für die Wahrheit, für meine Zukunft, aufbringen kann. Eigentlich will ich nur wieder flüchten. Ich atme tief ein. »Ja?«

Shanes blaue Augen sind unausweichlich auf mich gerichtet. »Wann sagst du ihr endlich, dass du sie liebst?«

Ein Herzschlag, dann der zweite. Nur ein Pochen, das für einen

Moment die Zeit anhält, um mich dann innerlich explodieren zu lassen.

»W-wie bitte?«, stottere ich.

Shane gibt mir nicht die Chance, seinem Blick zu entkommen. Oder seiner Frage. »Wann sagst du Rina, dass du sie liebst?« Er nickt dabei, als müsste er sich die Worte selbst bestätigen. »Dass du sie schon immer geliebt hast? Vielleicht, seit ihr euch damals geküsst habt, als wir dreizehn waren, nur um zu sehen, wie es ist?« Er hält kurz inne, schüttelt den Kopf. »Nein, ich erinnere mich. Sie hat nach dem Kuss gelacht und weiter ihr Eis gegessen, du nicht. Du hast sie angeschaut, lange. Du hast sie damals schon geliebt. Natürlich.«

Schon immer. Ich liebe dieses Mädchen länger, als meine Erinnerungen reichen.

»Wovon sprichst du?« Ich bemühe mich, die Augenbrauen hochzuziehen, um seine Offenbarung lächerlich erscheinen zu lassen.

»Gestern, am Lagerfeuer –«

»War nichts.« Ich lache auf, viel zu unnatürlich. »Es war ein Tanz wie die hundert davor auch.«

Shane berührt meine falsche Kälte nicht. »Bei den hundert Tänzen zuvor, wolltest du ihr da auch die Haare zurückstreichen, um ihre Schulter zu küssen? Oder deine Hand nicht nur in ihren Rücken legen, sondern sie nach unten wandern lassen? Sie an dich drücken, um ihre Wärme zu spüren und in ihrem Duft zu versinken?« Er schluckt, seine Stimme ist heiser geworden. »Ich habe dich was gefragt, Caden: Wolltest du das bei den hundert Tänzen davor auch schon?«

Keine Antwort. Nicht darauf. »Was verfickt noch mal redest du da, Shane?« Zorn brodelt in mir. Nur auf mich selbst, weil ich es nicht gut genug verbergen konnte. Ich bin gescheitert, schon wieder.

»Wann sagst du es ihr? Sie muss es hören. Von dir.«

Und dann? *Und dann?!* Er kann das Brüllen in mir drin nicht hören. Was ist dann? Es ändert alles und nichts. Diese traurige Gewissheit lässt mich die Augen schließen. Ich brauche nur einen Atemzug, um mich zu sammeln und die Härte der letzten Wochen zurückzuholen. »Alles Bullshit, Alter.«

»Liebe ist kein Bullshit.« Er sieht wissend auf meine Finger. Ich kann nicht sagen, ob das Zittern jemals so stark war. »Liebe kann alles sein, Caden.«

Alles?

»Alles, was wir wollen.«

Wir?

»Alles, was wir drei brauchen.« Er schaut noch einmal auf meine Hände, seine Stimme wird leiser. »Um glücklich zu sein.« Unsicher hebt er einen Mundwinkel. »Obwohl ich keine verdammte Ahnung habe, wie wir das anstellen könnten. Ich weiß nur, dass ich es versuchen muss. Für Rina. Für mich. Und für dich.«

Dieser kurze Traum ist nicht greifbar. Nicht in der Realität verankert. Die Panik, alles aufs Spiel zu setzen und noch mehr zu verlieren, lässt mich schwanken, sodass ich mich am Board festkrallen muss. Ich schlucke. Ich schlucke alles an Hoffnung hinunter, die er soeben geweckt hat, nur um sein Grinsen zu erwidern. »Weißt du, warum du falschliegst?«

Shanes Grinsen erlischt ebenso wie meine Hoffnung.

»Weil du wirklich keine verdammte Ahnung hast.« Ich lege mich auf mein Board. »Und jetzt lass mich mit deinen irrsinnigen Ideen in Ruhe.«

»Selbst wenn ich weiß, dass sie dich auch liebt?«

»Du hast keine Ahnung, Shane«, wiederhole ich und paddle, ohne ihn noch einmal anzusehen, davon. Ich weiß, dass er mir nicht folgen wird. Und ich werde nicht auf ihn warten.

Mit jeder Armbewegung, die mich dem Ufer näher bringt, spüre ich einen Verlust. Noch vor Minuten habe ich eine Lebendigkeit gefühlt, die mich ehrfürchtig zurückließ. Und jetzt rieselt mir der letzte Rest Normalität, den mir das Leben gelassen hat, wie Sand durch die Finger.

Nein, mir rieselt alles durch die Finger.

Weil es niemals funktionieren könnte.

Weil Rina sich entschieden hat. Schon längst.

Es lag nie an mir. Es war immer in ihrer Hand. Und das wird auch so bleiben.

KAPITEL 11

RINA

»Du hast die falsche Karteikarte geöffnet, Rina. Auf Platz drei sitzt nicht Mrs Kennedy, sondern Mrs Harper. Sie hat die Blondierung bekommen.«

Ich schaue vom Computer auf und zu den Kundinnen hinüber. Anna hat recht, ich habe sie verwechselt.

»Danke, Anna«, sage ich zu meiner Chefin und lösche den Eintrag wieder.

»Du musst dich besser konzentrieren, das ist der vierte Fehler heute.« Die Glocke an der Tür klingelt schrill, als sie geöffnet wird, und Anna geht überspitzt lächelnd auf die nächste Kundin zu.

Mit einem flüchtigen Blick schaue ich auf die Uhr und stelle erleichtert fest, dass es an der Zeit ist, meine Sachen zu packen. Ich habe mich freiwillig für die Schichten im Pflegeheim gemeldet. Das *Tulip* war meine einzige Chance, den ständigen Zurechtweisungen von Anna und ihrer Tochter Rebecca zu entgehen. Rebecca hat die Berufsausbildung ein Jahr nach mir abgeschlossen, und trotzdem bin nur ich es, die noch dieselben Aufgaben erledigt wie in der Ausbildungszeit. Im Pflegeheim kann ich zumindest selbstständig arbeiten, richtig arbeiten, und bin nicht nur für den Kaffee, einen sauberen Fußboden und die Führung der Karteikarten verantwortlich.

Ich will mich nicht beschweren, die meisten Menschen aus meiner Gegend haben weder eine Ausbildung noch eine Arbeit. Und es war meine einzige Möglichkeit. Ich hatte damals verdammt Glück, diese Stelle zu ergattern, auch wenn es sich nie so angefühlt hat. An keinem einzigen langen Tag.

Nur noch ein paar Wochen muss ich durchhalten, dann kann ich mir endlich den Traum des Studiums an der West Coast University erfüllen. Als der Subventionsfonds in meiner Kindheit ins Leben gerufen wurde, war er nicht mehr als eine Wahlkampfkampagne für irgendeinen Politiker, der unbedingt ins Senatorenamt gewählt werden wollte. Ich glaube, niemand hatte damals geplant oder beabsichtigt, diesen Versuch für eine Chance auf Bildungsgleichheit für Kinder wie mich über Jahre zu einem Vorzeigeprojekt der Stadt werden zu lassen. Meine vielen zusätzlichen Stunden außerhalb der Dienstzeit im *Tulip* und die Unterstützung im *Seal for Life*, die mir Mara bestätigt hat, haben trotz meines nicht ganz so reinen Notendurchschnitts ausgereicht, um mich für ein Stipendium aus dem Fonds zu qualifizieren. Es ist meine einzige Chance und die darf ich nicht verstreichen lassen.

Anna weiß Bescheid, dass ich nicht mehr lange hier sein werde. Als ich ihr von dem Biologiestudium erzählt habe, haben sie und Rebecca sich über mich lustig gemacht. Anna glaubt nicht an einen Studienbeginn und hält die Aufbaukurse für die reinste Zeitverschwendung. Dass sie mich nur ein paar Wochenstunden weniger arbeiten lässt, macht es schwierig, aber mithilfe der Unterlagen und Shanes Nachhilfe schaffe ich es, ganz gut mitzuhalten.

Ich packe noch die Färbemittel in die Tasche, die ich glaube zu brauchen, und vermerke die Mengen auf der Liste. Anna traut mir nicht über den Weg. Sie musste es nicht aussprechen, die von ihr geforderten Eintragungen darüber, wann ich was und wie bei wem verwende, sind aussagekräftig genug.

»Vergiss nicht, mir eine Nachricht zu schreiben, wann du im *Tulip* fertig bist und welche Leistungen wir abrechnen müssen, Rina.«

»Nein, vergesse ich nicht«, gebe ich zurück und verabschiede mich.

Der Asphalt hat noch die Hitze der Mittagssonne gespeichert, also rette ich mich in den Schatten der Häuserreihe, um nicht sofort zu schwitzen. Der kurze Fußweg ins Pflegeheim reicht aus, damit meine Gedanken beginnen dunkle Kreise zu ziehen. Seit ich den Salon heute Morgen aufgesperrt habe, ist es mir gelungen, die Erinnerungen an den gestrigen Tag zu verdrängen. Mehr oder weniger erfolgreich, wenn man sich meine Fehlerquote von heute ansieht, die sich Anna ganz bestimmt ebenfalls irgendwo notiert.

Dabei ist es erschreckenderweise nicht Dads Absicht, das leer stehende Fabrikgebäude zu kaufen, die mich ablenkt. Dieses große Risiko beschäftigt mich und hat mich in der Nacht wach gehalten, nachdem ich aus einem meiner Albträume hochgeschreckt bin. Ich konnte es Shane nicht erzählen, weil es die Angst real machen würde. Denn wenn sich herausstellt, dass Dad das tatsächlich durchziehen will, haben wir ein Problem. Ein viel größeres als jemals zuvor.

Und doch bleibt es der gestrige Abend, der sich heute immer wieder in mein Bewusstsein schleicht. Caden hat sich verändert. Als er am Lagerfeuer vor mir stand, war seine Ausstrahlung nicht mehr die meines besten Freundes. Sein Blick wurde dunkler, drang viel tiefer in mich. Es hat sich anders angefühlt, wenn er mich berührt hat. Sein Auftreten war das eines Mannes.

Ich bleibe ruckartig stehen. Oder das, was sich verändert hat, ist meine Art, all das wahrzunehmen – Caden wahrzunehmen.

Mit der Hand finde ich Halt an einer rostigen Regenrinne. Das sanfte Brodeln in mir, wenn ich an Caden denke, war immer da. Es war da und vielleicht zu selbstverständlich, um es zu erkennen und richtig zu interpretieren. Ich schlucke. Es ist nicht selbstverständlich. Und es ist auch keine Freundschaft mehr. Das bezeugt die Luft, nach der ich schnappen musste, als er mich ansah. Oder das Prickeln auf meiner Haut, weil seine Fingerspitzen zur Melodie des Liedes sanfte Linien darauf gezeichnet haben. Und verdammt noch mal, dieser unbändige Wunsch, mich an ihn zu drücken und endlich, endlich mehr von ihm zu spüren.

Als mir die erste Träne über die Wange rinnt, wische ich sie eifrig mit dem Handrücken weg. Wir sind beste Freunde. Die nächste Träne lässt sich nicht zurückhalten. Ich will ihn nicht wollen. Weil das alles kaputtmacht. Ich könnte Shane niemals verletzen, vor allem nicht in dieser Phase seines Lebens, in der das Risiko eines Rückfalls so groß ist. Und ich habe doch alles, was ich brauche. Ich liebe Shane. Er ist Cadens bester Freund.

Die schwere Tasche fällt neben mir auf den Asphalt, weil ich die Fäuste fest auf meine Augen pressen muss. Als könnte ich damit nicht nur die Tränen, sondern auch die Wahrheit zurückhalten. So darf es nicht sein. So ist Liebe nicht. *Ich bin so nicht.*

Das Lachen, das mir entkommt, hört sich fremd an. Nicht von mir. Nicht nach mir. Nicht ich bin es, die an einer schäbigen Häuserecke steht und mit der Offenbarung ihres Lebens kämpft. Dabei passt mein Lachen perfekt zu dieser Situation, weil es lächerlich ist. Ich bin lächerlich.

Mit einem tiefen Atemzug straffe ich die Schultern, wische mir noch einmal über das Gesicht und hebe die Tasche auf. *Es ist lächerlich und alles ist gut,* lasse ich wie ein neues Mantra durch meine Gedanken fließen, bis ich am Pflegeheim ankomme und endlich etwas Sinnvolleres tun kann, als mich wahnsinnig zu machen. Wegen nichts.

Ich schaffe es, mich die nächsten Stunden auf meine Arbeit im *Tulip* zu konzentrieren, und bemühe mich, Unterhaltungen mit den älteren Damen und Herren zu führen, die das frisch renovierte Gebäude bewohnen. Es gibt keinen Tag, an dem ich die Gespräche mit ihnen nicht genieße, selbst wenn ich auf das ewige Drehen von Lockenwicklern und das Stutzen von buschiger Ohrbehaarung verzichten könnte.

Fest davon überzeugt, dass mein kurzer Gefühlsausbruch auf dem Hinweg ein Versehen war, verlasse ich das Pflegeheim nach Dienstschluss und komme ohne weitere unerwünschte emotionale Zwischenfälle gut zu Hause an. Dad ist nicht daheim. Der Küchentisch und der Boden darum sind ein einziges Chaos an Plänen und Zetteln. Halb leere Packungen von Fertiggerichten und Säcke der Chips, die er so mag, sind in der gesamten Wohnung verteilt, und obwohl es schon spät ist, beginne ich aufzuräumen.

Unser kleines Bad wurde bestimmt nicht mehr geputzt, seit ich das letzte Mal hier duschen war, und es dauert, bis ich den Fliesenboden erst mal von der vielen Schmutzwäsche befreit habe. Nachdem Waschbecken und Dusche wieder sauber sind und das Klo desinfiziert, sammle ich die Dreckwäsche in der restlichen Wohnung auf und bringe sie in den Keller zu den Waschmaschinen. Ich habe den Geruch nach modriger, feuchter Erde, den selbst blumiges Waschmittel nicht übertünchen kann, schon immer gehasst. In der Zeit, bis die Wäsche fertig ist, überziehe ich das Bett neu. Dad hat früher auf der Couch geschlafen, und erst seit ich fast gar nicht mehr zu Hause übernachte, nimmt er das Bett. Das einzige Foto, das mir von Mom geblieben ist, liegt mit der Vorderseite nach unten auf dem Nachttisch. Ich lasse es umgedreht.

Als ich versuche, Ordnung in Dads Papierkram zu bekommen, sehe ich die vielen Notizen, mit denen er Raumskizzen ergänzt hat. Jedes weitere Blatt Papier, das ich staple, nährt das ungute Gefühl in meinem Bauch. Ich werde die Unterlagen nicht genauer ansehen. Dad trifft die Entscheidung nicht alleine. Er hat es mir versprochen.

Nachdem ich die Wäsche aufgehängt habe und die Wohnung abgestaubt und gesaugt ist, schaue ich zum ersten Mal auf mein Handy. Ich habe nicht gehört, dass Shane angerufen hat. Es dämmert bereits und sie warten vermutlich auf mich. Shane und Caden.

Die Vorstellung, sie beide zu sehen, ist das Einzige, was mich hier in der Wohnung hält. Mein schlechtes Gewissen ist so groß, dass ich ihn nicht einmal sofort zurückrufe. Das ist neu, ich hatte noch nie ein schlechtes Gewissen ihm gegenüber. Es gab auch noch nie zuvor einen Grund dafür.

Als plötzlich etwas gegen die Tür kracht, fällt mir vor Schreck beinahe mein Handy aus der Hand. Das Geräusch von einem Schlüssel, der nicht ins Türschloss trifft, ist unverkennbar, und im ersten Augenblick denke ich an Jonathan Davis zwei Wohnungen weiter. Es wäre nicht das erste Mal, dass er versehentlich mitten im Wohnzimmer steht und mich mit seinen Spekulationen über außerirdisches Leben verängstigt. Ein Grund mehr, die Tür immer zu verschließen.

»Cathy? Bisdu da?«

Ich erkenne Dad mehr an seiner Stimme, als dass ich die Worte verstehe, so stark lallt er. Er hat getrunken – viel getrunken –, das steht fest. Die Frage ist, wieso. Die letzten Monate hat er so gut durchgehalten.

»Warte, Dad«, sage ich und haste zur Tür, um sie für ihn aufzuschließen. Als ich sie öffne, fällt er mir beinahe in die Arme.

»Cathy!«, sagt er überschwänglich und versucht sich an mir hochzustemmen. Er riecht nach einer Mischung aus Bier, Zigarettenrauch und altem Frittierfett. Damit weiß ich sofort, in welcher Kneipe er heute war. Schon als Kind habe ich mich in der Schule geschämt, wenn meine Kleidung auf diese Art gestunken hat. Dad hat mich nicht oft auf seine Sauftouren mitgenommen, und doch erinnere ich mich daran, wie ich in irgendeiner Ecke auf einer harten Sitzbank eingeschlafen bin, während er an der Bar saß.

»Ich sachte, du bischon wieder weg, Cathy«, bringt er in mehreren Anläufen heraus.

Nur mit aller Kraft schaffe ich es, ihn in den Raum zu schieben und die Tür zu schließen. Kaum spürt Dad die Bettkante an seinen Beinen, lässt er sich zurückfallen. Ich ziehe ihm seine schweren Arbeitsschuhe aus, die mit Betonspritzern übersät und an manchen Stellen bereits aufgerissen sind.

»Nein, ich war bis vorhin auf der Arbeit und jetzt habe ich noch ein bisschen aufgeräumt, Dad.«

»Das is gut.« Er hebt stöhnend den Kopf. »Dassu so f-dleißig bist, weißdu.« Jetzt fällt er wieder zurück auf die Matratze. »Wir haben nämlch ein klitzekleines Problem. Für unser neuss Zu-Zuhause brauchn wir'n bisschen mehr Kapital, a-als ich dachte.« Er schiebt sich in der Arbeitskleidung über das frisch bezogene Bett nach hinten und hebt einen Finger. »Nur 'nbisschn mehr Geld. Un' dann lebn wirunsern Traum, Cathy, und müssn niemehr d-darüber nachdenkn, welche Rechungn wir zuerst z-zahlen und welche noch wartn … könn'.« Dad dreht sich schwerfällig auf die Seite. Innerhalb weniger Sekunden wird seine Atmung tiefer und geht in ein röchelndes Schnarchen über.

Und ich stehe da. Am Fußende des Bettes, mit einem seiner dreckigen Schuhe in der Hand. Ich kann mich nicht bewegen, weil sich sogar das Luftholen nach einer Herausforderung anfühlt. Meine Ahnung, als ich die Unterlagen auf dem Tisch gesehen habe, war richtig. Dad hat die Idee nicht verworfen, er steigert sich immer mehr hinein, und ich habe keinen Schimmer, wie ich ihn vom Gegenteil überzeugen kann.

Der Schuh in meiner Hand fällt mit einem dumpfen Ton zu Boden. Ich stehe immer noch nur da, ganz still. Ich muss keine Angst haben. *Er hat es versprochen.* Dad bricht seine Versprechen nicht, oder? Er würde mich nicht dazu zwingen, seine Utopie zu verwirklichen und meine Träume dafür aufzugeben. Das würde er nicht.

Mit einem leisen Schluchzen lege ich mich auf die Couch und ziehe die Beine an. Obwohl es draußen erst dämmert, haben wir um diese Tageszeit schon kein Licht mehr in der Wohnung. Dads Schnarchen vermischt sich mit dem Gurgeln aus den Rohrleitungen und dem Pochen der Schritte in der Wohnung über mir. An der Lautstärke der Tritte erkenne ich, dass Marty zu Hause ist, und ich hoffe für Linda, dass er keinen Stress auf der Arbeit hatte. Ich werde es hören.

Ganz leise wimmert irgendwo ein Baby. Ich habe nicht einmal mitbekommen, dass es auf unserem Stockwerk wieder Nachwuchs gegeben hat. Ich schließe einfach meine Augen und warte. Darauf, dass ich aus diesem Scheißalptraum aufwache.

Es fühlt sich fremd an, zu Hause zu sein, weil ich seit Monaten nicht mehr hier geschlafen habe. Bevor Caden gegangen ist, war ich oft bei ihm oder wir waren bei Shane. Ich war überall, nur nicht hier, weil sie mein Zuhause waren.

In meinem Kopf ist Dunkelheit, in der Gefühle und Gedanken wüten, die längst nicht mehr greifbar sind. Shane oder Caden. Caden und Shane. Die Kaufabsicht meines Vaters. Alles scheint zusammenzubrechen. Was ich spüre, ist Überforderung und Ohnmacht. Und Sehnsucht.

In dem Augenblick, in dem das erste laute Krachen aus dem Stock über mir ertönt, weiß ich, dass ich hier nicht bleiben kann. Selbst wenn ich keine Ahnung habe, wie ich das schlechte Gewissen vor Shane verbergen und Caden gegenübertreten soll, sind sie meine Zuflucht und das, was mich hoffen lässt. Auf ein wenig Licht in all der Düsternis.

Ein weiteres Scheppern reißt mich aus der Starre. Ich suche meine Sachen zusammen, bemüht, weder zu Dad noch zu dem Stapel an Zetteln und Plänen zu schauen. Dann stürme ich aus der Wohnung und hinaus auf die Straße, wo ich den Wagen in Sichtweite unseres Küchenfensters geparkt habe. Das Aufheulen des Motors gleicht einer Erlösung, und bevor ich losfahre, verbinde ich das Handy mit der Musikanlage und drehe Pink mit *Trustfall* so laut auf, dass ich meine eigenen Gedanken damit übertöne.

Bis ich an der Küste beim *Seal for Life* ankomme, ist meine Stimme vom Mitsingen heiser und mir schwirrt der Kopf von der Musik. Sie hat mir dabei geholfen, das zu tun, was richtig ist. Ich kann meinen Gefühlen nicht nachgeben. Stattdessen werde ich sie einfach weiter zurückdrängen und ausschalten. Was Damon Salvatore konnte, kann ich schon lange. Auch ohne ein Vampir zu sein.

Auf dem Parkplatz erkenne ich, wie viel die Jungs heute gearbeitet haben müssen. Von der riesigen Kiefer ist nur noch der Stamm übrig und Berge an Ästen liegen sauber aufgehäuft am angrenzenden Waldrand. Sie hätten meine Hilfe bestimmt brauchen können.

Ich steige aus dem Wagen und rechne damit, mir in der anbrechenden Nacht einen Weg durch die Anlage bahnen zu müssen, aber als ich den Durchgang erreiche, der zum Strand führt, halte ich überrascht inne. Sanfte kleine Lampen erhellen die Seiten der verschlungenen Pfade. Ich lächle. Die Jungs müssen den Strom wieder zum Laufen gebracht haben; jetzt wird alles leichter.

Durch die Beleuchtung sieht es aus, als würden viele Wege aus

Lichtern nach unten ans Meer fließen. Vorbei an den Gehegen und Wasserbecken, die in der Dunkelheit nicht annähernd so mitgenommen wirken wie tagsüber, sondern so beeindruckend wie eh und je. Das *Seal for Life* ist etwas ganz Besonderes und fühlt sich mehr nach einem Zuhause an, als Dads Wohnung es jemals wieder könnte.

Langsam gehe ich nach unten und höre dabei nur den Kies, der unter meinen Füßen knirscht, und das leise Summen der Pumpanlage, die wieder laufen muss. Ein lauer Wind weht den Geruch nach Fisch und der mexikanischen Limettenart, die Shane auf den wenigen Grünflächen am Rand des Geländes züchtet, zu mir herüber. Ich habe die ersten Becken hinter mich gebracht, da beschließe ich, noch bei Christie vorbeizuschauen. Sie muss Shanes Dad vermissen, schließlich ist er die einzige Bezugsperson, die sie jemals akzeptiert hat.

Ich nehme die Abbiegung zum medizinischen Zentrum, vor dem das größte Becken der Anlage liegt, und erkenne bereits aus einiger Entfernung Cadens Stimme. Sie ist tief und rau und streicht über meine Haut wie Samt. Das Lied, das er singt, habe ich schon gehört, aber noch nie von ihm. Noch nie auf diese Weise. Als wären da Liebe und Schmerz zugleich.

Gut verdeckt bleibe ich hinter dem haarigen Stamm einer Washingtonpalme stehen. Caden hat die Arme auf dem Zaun abgestützt, das Licht der Laternen am Wegesrand erreicht ihn kaum.

Christie liegt am vorderen Rand des Wasserbeckens und schaut zu Caden herüber. Sie hat den Kopf leicht zur Seite geneigt, fast so, als lausche sie ihm und verstünde seine Worte. Als würde sie darüber nachdenken, für wen sie bestimmt sind und warum er dieses Lied gewählt hat.

Als Caden den Refrain ansingt, hüpft sie tatsächlich etwas näher und schließt die Knopfaugen. Ich tue es ihr gleich und lehne mich gegen die Palme. Jeder einzelne Ton fließt in mich und sammelt sich warm in meinem Körper. Caden legt sich wie eine schützende Decke über mich, und zum ersten Mal seit Stunden schaffe ich es, geborgen in seiner Stimme frei durchzuatmen. Loszulassen.

»Rina?«

Erst beim Klang meines Namens merke ich, dass Caden aufgehört hat zu singen. Ich öffne die Augen und sehe, dass er sich mir zugewandt hat. Seine Stirn liegt in Falten und die dunklen Haarsträhnen hängen ihm in die Stirn. Ich will einen Schritt auf ihn zu machen, meine Hand nach ihm ausstrecken und seine Wange berühren, um seinem Gesicht die Anspannung zu nehmen. Dann erinnere ich mich jedoch daran, dass ich es ignorieren muss. Das Herzklopfen, das ich bekomme, wenn er mich ansieht, und das Gefühl nach Heimkommen und Geborgenheit, wenn ich seine Stimme höre. Ich muss es abschalten.

Ich trete aus dem Schatten. »Du singst für Christie?«

Caden blinzelt und schüttelt den Kopf, nur ein wenig, aber ich sehe es. Dann hebt sich sein Brustkorb und er lächelt. »Ja. Das Verabreichen der Tabletten war heute wieder eine einzige Katastrophe.«

»Noch schlimmer als gestern?«

»Ja – und bevor du fragst: Es gibt kein Video davon.« Er streicht sich die Haare aus der Stirn und schaut zu Christie, die wieder etwas näher gekommen ist und ihre Schnurrhaare interessiert bewegt. »Du hast gesagt, du redest mit ihr. Ich dachte, wenn sie sich an meine Stimme gewöhnt, fällt es ihr leichter, mir zu vertrauen.« Er grinst. »Nur ein Versuch.«

Ich stelle meinen Rucksack ab, gehe auf die beiden zu und lege meine Hände neben Cadens auf den Zaun. Christie sieht immer noch nur Caden an.

»Deine Stimme«, sage ich leise. »Ich glaube, Christie mag sie. Und sie wird dir vertrauen, das weiß ich.«

»Woher?«

»Weil sie es spürt. Dass sie sich darauf verlassen kann, dass du das Richtige für sie tust.« Ich sehe Caden nicht an. Er könnte zu viel in meinem Blick lesen.

Als er die Finger sanft an meine Wange legt und meinen Kopf in seine Richtung dreht, höre ich auf zu atmen. Cadens grüne Augen haben wieder die leuchtende Intensität, die alles in mir besänftigt und zugleich zum Leben erweckt.

»Was?« Er spricht so leise, dass ich mir nicht sicher bin, ihn verstanden zu haben. »Rina, was spürt sie noch?«

Ich schlucke und schließe die Augen, um seiner Anziehung zu entkommen. Ich will es sagen. Mich selbst erlösen und ihn an mich binden, für immer vielleicht. Aber meine Kehle schnürt sich zu und will die Worte nicht freigeben. Stattdessen verschließe ich sie in mir, tiefer und tiefer, und senke unter ihrer Last den Kopf.

Caden presst die Lippen zusammen, bis sein Kiefer laut knackst, dann schluckt er. Mit seiner Anspannung verschwindet auch die Lebendigkeit in seinem Ausdruck. Beinahe müde wirkend, schiebt er seine Hand in meine Haare. Er zieht meine Stirn zu seiner Brust, und ich fühle, wie zittrig sein Atem ist. Keiner von uns beiden sagt etwas und das sagt alles.

»*Play Pretend*«, bringe ich schließlich hervor und mache einen Schritt zurück. Mein Grinsen ist schief, und Caden streckt leicht den Kopf nach vorn, als müsste er meine Mimik überprüfen.

»*Play Pretend,* Caden.« Ich zucke mit den Schultern und zeige auf Christie, während ich rückwärtsgehe. »Der Song, ich weiß nicht, ob es der richtige ist. Vielleicht braucht sie etwas ohne Liebe.«

Für eine Millisekunde sehe ich Enttäuschung in seiner Mimik aufblitzen, bevor er sie ebenfalls hinter einem schwachen Grinsen versteckt. »Ja, diese Ahnung hatte ich auch schon.« Er zwinkert mir zu, versucht das Grinsen zu halten, aber ich sehe die Verärgerung dahinter. Das ist gut. Mit Ärger kann ich besser umgehen als mit Enttäuschung.

Caden klatscht in die Hände und Christie zuckt zusammen. »Ich werde die Sache einfach vergessen und mir was Neues suchen.«

Der darauf folgenden Wucht an Emotionen kann mein Grinsen nur schwer standhalten. Das Letzte, was ich schaffe, ist ein Lächeln, bevor ich mich nach meinem Rucksack bücke und den Weg nach unten laufe.

Am Strand angekommen, halte ich nicht an, sondern renne einfach weiter. Solange meine Lungen brennen und ich um jeden Atemzug kämpfen muss, gewinnen meine Gefühle keine Macht über mich, und ich kann alles in mir begraben, bis ich am Strandhaus ankomme. In meinem Tunnel rechne ich nicht damit, Shane auf dem kleinen Felsen sitzen zu sehen, der bei Flut im Meer verschwindet. Sein Handy beleuchtet sein Gesicht. Als er mich hört, hebt er den Kopf und ich werde langsamer.

»Rina«, ruft er und zeigt auf sein Telefon. »Ich versuche schon die ganze Zeit dich zu erreichen.«

Vor dem Felsen bleibe ich stehen, Shane steht auf und springt zu mir herunter. Mein hilfloses Keuchen übertönt das Rauschen der Wellen. Er sieht mich an, scheint in meinem Gesicht zu lesen und blickt an mir vorbei in die Dunkelheit. Aber da ist nichts. Nichts und niemand.

»Ist alles in Ordnung?«

Wieder will ich sprechen, dieses Mal alles erzählen. Es ist schon fast erstaunlich, wie leicht es mir mit jedem weiteren Mal fällt, die Worte in meinem Herzen einfach zu betäuben und zu lächeln. »Ja, Shane. Ich wurde nur aufgehalten. Alles in Ordnung. Ich bin da.«

Er zieht mich an sich. »Scheiße, ich habe mir Sorgen um dich gemacht. Mach so was nicht mit mir, Babe.«

Ich lasse mich in seine Umarmung sinken und schmiege meinen Kopf an seine Brust, damit er den Schmerz nicht sieht, der mein Gesicht beherrschen will. Es ist egal, weil ich weiß, dass es jetzt gut wird. Bei Shane ist es gut.

KAPITEL 12

SHANE

Wir arbeiten am Tag, essen gemeinsam und fallen todmüde ins Bett. Dad wird immer noch auf der Intensivstation überwacht und er ist ziemlich bewegungsunfähig, aber Mom sagt, es geht ihm gut. Caden hat noch zweimal mit seinem behandelnden Arzt telefoniert und ist zuversichtlich.

Im *Seal for Life* geht der Strom wieder, wir konnten viel Schlamm und Geröll wegwaschen und kriegen es ganz gut hin, die Tiere zu versorgen. Christie will nur noch mich umbringen, nicht mehr Caden, dafür fressen inzwischen beide Heuler Fisch und haben Aussicht darauf, bald ausgewildert zu werden.

Bis ich die Jugendlichen aus Portland zu uns zurückholen kann, wird es noch dauern. Zumindest so lange, bis das Hauptgebäude und das Besucherzentrum nach dem Einsturz durch die Kiefer wieder ganz aufgebaut sind. Jetzt ist es nicht sicher genug. Auf einer halben Baustelle könnte ich die Verantwortung für sie nie übernehmen, selbst wenn Kolleginnen und Kollegen meines Vaters angeboten haben, sich in der therapeutischen Begleitung vorübergehend abzuwechseln. Aber der Wiederaufbau ist absehbar, und schon bald kann das *Seal for Life* seinen gewohnten Betrieb wieder aufnehmen.

Alles läuft bestens. Und trotzdem geht alles den fucking Bach runter. Caden spricht kaum noch und scheint mit sich selbst beschäftigt. Rina kommt nur abends, weil sie mit den Aufbaukursen und der Arbeit eingedeckt ist. Sie will dann noch mit den Seehunden helfen und die Becken sauber machen oder sonst irgendetwas tun, aber das lasse ich nicht zu. Schon so sieht sie erschöpft aus, was auch an den Albträumen liegen kann, die uns immer wieder den Schlaf nehmen. Ich halte sie, bis sie wieder zur Ruhe findet, und spüre, dass etwas an ihr reißt, aber sie will mir nicht sagen, was. Stattdessen will sie immer wieder wissen, ob es mir wirklich gut geht. Es fühlt sich fremd an, ihr sagen zu müssen, wie unbegründet ihre Angst ist. Ich bin nicht rückfallgefährdet. Ich war nie rückfallgefährdet. Sie ist es, um die ich mir Sorgen mache. Rina denkt vermutlich tatsächlich, wir bemerken nicht, wie aufgesetzt ihre zuversichtliche Fröhlichkeit ist. Sie lächelt, und doch lächelt sie nicht wirklich.

Es ist schwierig für mich hinzunehmen, dass sowohl sie als auch Caden unbewusst eine Distanz von mir einfordern. Von mir und auch voneinander.

Der Tanz am Meer vor vier Tagen hat alles verändert. Es war ein Fehler, es so weit kommen zu lassen. Wir alle haben die Anziehung zwischen Rina und Caden gespürt, und ich könnte damit umgehen, wenn sie sich peinlich berührt ignorieren würden, aber diese beschissene Höflichkeit, die sie beide an den Tag legen, ist das Letzte. Unser Umgang miteinander war noch nie so unehrlich.

Mit aller Kraft ziehe ich ein loses Brett aus der kaputten Hausfassade, in der noch die halbe Kiefer steckt, und kann gerade rechtzeitig zurückspringen, als ein zweites Brett auf den Boden vor mir donnert.

»Scheiße, das war knapp«, sagt Caden und sieht vom Brett zu mir.

Ich zucke nur mit der Schulter und mache weiter. Caden soll sich den Small Talk sparen und lieber sagen, was zur Hölle hier los ist. Rina hat ihren freien Tag und für uns gekocht, aber er hat keinen Bissen angerührt.

»Shane!«

Rinas ungewohnt panische Stimme lässt Adrenalin durch meinen Körper schießen. Ich fahre herum, kann sie aber hinter dem Haus nirgendwo entdecken. Caden muss ihre Furcht ebenso gehört haben. Er reagiert schneller als ich, lässt den Hammer fallen und rennt an mir vorbei um das Besucherzentrum herum. Bis wir uns unter der Kiefer hindurchgeschoben haben, hat Rina uns gefunden. Ihr Kopf ist hochrot und ihre Atmung geht viel zu schnell. Weil sie vor Anstrengung kein Wort mehr herausbringt, legt ihr Caden eine Hand in den Rücken. Keuchend zeigt Rina die Anlage hinunter auf den Strand.

»Fuck, fuck, fuck!«, fluche ich und renne vor zum Weg, um dem Personal der Küstenwache, das mit ihrem Motorboot am Steg geankert hat, beim Ausladen zu helfen. Selbst von hier oben kann ich das viele Blut erkennen, das die Shirts der beiden Männer und der Frau getränkt hat, und zum Adrenalin in mir gesellt sich pure Angst. Mom ist nicht da. Wenn der Seehund schwer verletzt ist, kann ihm niemand helfen, bis wir Dr. Nola verständigt haben, die Mom regelmäßig aushilft.

In der Sekunde, in der Caden zu mir aufschließt, verspüre ich pure Erleichterung. Er wird helfen, er kann das.

Wir rennen nebeneinander her durch die Anlage nach unten, vorbei an den Gehegen und Becken. Immer wieder rutsche ich auf dem lehmigen Weg aus. An einer Palme will ich etwas Schwung abfangen und schürfe mir den Oberarm auf, aber ich halte nicht an. Bis ich am Strand ankomme, kann ich kaum noch gerade stehen und stürze mehr durch den Sand auf die Küstenwache zu, als dass ich laufe.

»Wir haben versucht, euch anzufunken«, sagt Bear, den ich von seinen Besuchen hier kenne. Er ist in derselben Pokerrunde wie Dad. »Wir wussten nicht, ob Mara Patienten annimmt.«

Ich zeige hinauf zum Besucherzentrum. »Mom ist im Krankenhaus bei Dad. Die Kiefer hat den Mast umgerissen, der Funk ist kaputt und ich habe derzeit nur mein Handy.«

Bear zieht kurz die Augenbrauen hoch und ich erkenne meinen Fehler. Ich hätte der Küstenwache meine Nummer geben sollen, ich Idiot.

Bear tritt zur Seite und gibt die Sicht auf die Trage frei.

»Was ist mit dem Seehund?« Er nimmt seine Cap ab. »Er braucht dringend medizinische Versorgung. Jetzt.«

Ein erneuter Adrenalinstoß flutet meinen Körper. Bear sagt, es ist dringend. Wenn ich sie abweise und der Seehund stirbt, wird Dad das nicht verstehen und ich könnte es mir nicht verzeihen. Ich habe schon oft Seehunde mit Mom behandelt und Caden ist da. Dr. Nola wird so schnell wie möglich kommen, wenn ich sie anrufe, wir müssen lediglich die Zeit überbrücken. Ich kann das.

»Ladet ihn ab«, sage ich viel sicherer, als ich mich fühle.

Es braucht drei Menschen, um den großen Seehund zu tragen. Sein Körper ist mit Blut verschmiert, und trotzdem erkenne ich, wie tief die Fischernetze in sein Fleisch geschnitten haben.

»Was habt ihr ihm gegeben?«, frage ich und packe mit an.

Die junge Frau schüttelt den Kopf. »Wir haben ihn nicht betäubt. Er war schon so apathisch, als er von ein paar Höhlentouristen bei La Jolla gefunden wurde. Ihren Heuler konnten wir nicht retten. Wir haben es versucht, aber die Verletzungen waren zu schwer.«

»Fuck«, fluche ich wieder und drehe mich zu Caden um. »Der Quarantäneraum«, sage ich, und er rennt los, um das unterste Gebäude der Anlage für uns zu öffnen. Da die meisten Transporte erstaunlicherweise über Land passieren, benutzen wir den kleinen Anbau am Strand mit der Notfalleinrichtung und Platz für maximal zwei verletzte Tiere so gut wie nie. Ich bete innerlich, dass alles dort ist, was wir brauchen werden.

Auf halbem Weg zum Quarantäneraum kommen uns Rina und Caden mit dem Transportwagen entgegen. Wir legen die Trage darauf ab und schaffen es dank der breiten Reifen problemlos durch den Sand. Rina macht das Licht für uns an, und Caden zählt bis drei, damit wir das Tragetuch unter dem Seehund alle gleichzeitig anheben und ihn so auf den Behandlungstisch umlagern können.

»Shane, soll ich deine Mutter anrufen?«, will Bear wissen, als ich mich orientierungslos umsehe.

»Nein«, fahre ich ihn an. Das ist das Letzte, was er machen darf. Ich zeige zu meinem Freund. »Wir bekommen das hin. Caden ist Arzt.«

»Das weiß ich«, sagt Bear leise. »Aber braucht ihr Hilfe?«

Ich schüttle den Kopf und ziehe mir Handschuhe über, um die sterilisierten Zangen und Scheren zu holen. Ich habe Mom schon dabei geholfen, Fischernetze zu entfernen. Ich schlucke. Caden ist da. Wir schaffen das.

»Nein, ich werde gleich Dr. Nola verständigen, ihr könnt gehen«, entlasse ich Bear und seine Leute. Aus dem Augenwinkel sehe ich, wie er uns noch einen Moment beobachtet, dann mit der jungen Frau nach der Trage greift und die Tür hinter uns verschließt.

»Also, Rina«, sage ich und nicke in Richtung der Einweghandschuhe. »Zieh dir die hier an. Ich weiß, wie wir die Netze entfernen können, aber ich habe keine Ahnung von Betäubungen oder wie wir die Wunden versorgen sollen. Das wird Caden machen, bis Dr. Nola eintrifft, ich rufe sie sofort an. Wir müssen Caden jetzt nur genau zuhören und das tun, was er sagt. Jede Minute zählt.« Ich hebe den Kopf. »Hast du verstanden? Wir schaffen das. Wir retten sie.«

Ich liebe die Zuversicht, mit der Rina mir zunickt. Wir lächeln uns kurz an, und ich bin wirklich davon überzeugt, dass wir das packen werden. Weil wir drei ein verdammt gutes Team sind.

Dann schalte ich die OP-Lampe an und beuge mich über den Seehund. Seine Atmung ist gleichmäßig, was mich erst mal beruhigt. »Die Netze haben wirklich tief geschnitten«, stelle ich fest und knipse die ersten Plastikfäden durch, die uns die Sicht versperren. »Alle Medikamente sind in dem Schrank drüben, Caden. Die Schlüssel sind in meiner Hosentasche. Reicht eine örtliche Betäubung oder wirst du sie sedieren müssen? Ich habe keine Lust, dass sie einem von uns den halben Arm abbeißt, und sie soll nicht noch mehr Schmerzen haben.«

Keine Antwort.

»Caden?« Ich drehe mich um, sehe ihn an, aber sein Blick hängt starr in der Luft. Nicht an dem Seehund, nicht an einem von uns. Sein Brustkorb hebt und senkt sich hektisch und er ist kreidebleich im Gesicht.

»Caden!«, sage ich etwas lauter. Aus dem Augenwinkel sehe ich Rina zusammenzucken, aber er reagiert immer noch nicht. Ich will gerade seinen Namen wiederholen, da registriere ich, dass er blinzelt.

»Komm schon, Mann, wir brauchen dich, was sollen wir tun?«

Caden bewegt sich nicht, er beginnt nur zu lächeln. In dieser Scheißsituation beginnt er zu lächeln. Sein Blick ist immer noch leer und verloren. »Ich kann nicht.«

»Wunde ist Wunde, Caden. Wenn du in der Notaufnahme Menschen zusammenflicken kannst, kannst du das auch bei einem Seehund.«

Sein Lachen bricht ab und er hebt die Hände. Sie zittern. Nein, sie zittern nicht, sie beben. »Siehst du, ich kann nicht.« Er lacht wieder auf, noch fremder als vorhin, und schaut weder mich noch Rina an. »Ich kann vielleicht nie wieder, wisst ihr?«

Scheiße. Mein Mund wird trocken und die Bilder in meinem Kopf fügen sich zusammen. Ich wünschte, sie würden keinen verheerenden Sinn ergeben.

Caden wendet sich dem Ausgang zu, aber ich stelle mich ihm in den Weg. »Bleib da, verdammt noch mal. Du wirst jetzt nicht davonlaufen und Rina und mich alleine lassen.«

Cadens Lachen verklingt, er legt die Stirn in Falten. Ich glaube, dass er etwas sagen will, irgendetwas, aber er schließt nur die Augen und schiebt sich an mir vorbei aus dem Raum.

Die Tür fällt ins Schloss und es ist still. Wenige Sekunden der absoluten Ruhe, in denen ich einen neuen Plan brauche und die Fassung nicht verlieren darf. Prioritäten, zuerst der Seehund. Mein Blick fällt auf Rina, die verbissen versucht, ihre Tränen zurückzuhalten, und den Kopf des Tieres streichelt, das verdammt noch einmal um sein Leben kämpft.

Ich sehe sie an. »Caden wird nicht gehen, Rina, hörst du? Und wenn er geht, holen wir ihn zurück.« Meine Schultern straffend trete ich wieder an den Tisch. »Also nur wir beide.« Ich halte kurz inne, um mich wieder zu fokussieren und um das zu sehen, was ich brauche. Was der Seehund braucht. Ich schiebe die Enttäuschung beiseite, weil ich es alleine hinkriegen und mir selbst und Dad damit beweisen wollte, dass ich das kann. Es fällt mir schwer, jetzt einen

Schritt zurück zu machen. Aber es geht hier um einen Seehund, der jede Hilfe verdient hat, und nicht um mich und falschen Stolz. »Rina, hast du dein Handy dabei?«

Sie nickt.

»Gut, dann ruf meine Mom an und stell sie auf Video. Sie wird uns genau sagen, was zu tun ist. Und ich rufe Dr. Nola an.«

Rina holt ihr Telefon aus der Tasche und wählt die Nummer meiner Mutter.

»Ich habe bereits versucht, euch zu erreichen«, kommt es von Mom. »Bear hat angerufen, Carry Nola ist auf dem Weg, sie wird euch helfen. Aber bis dahin müsst ihr den Seehund stabil halten. Shane, du schließt jetzt den Überwachungsmonitor an.«

Die Anweisungen meiner Mom sind klar und routiniert. Ich habe ihr oft genug geholfen, um zu wissen, welche Dinge gemeint sind und wo ich sie finde. Relativ schnell trifft Moms Kollegin Dr. Nola ein, die eine Tierarztpraxis in Clairmont hat. Rina und ich können sie dabei unterstützen, den Seehund unter Narkose zu legen und die Netze zu entfernen. Das Plastik um ihren Hals hat sich derart zugeschnürt, dass es selbst für die Tierärztin zur Herausforderung wird, es zu entfernen. Wir haben verdammtes Glück, dass die Luftröhre noch unverletzt ist und der Seehund somit sehr gute Chancen hat, wieder gesund zu werden.

Noch während sie das Tier näht, organisiert Dr. Nola die Überstellung in die Tierklinik von *SeaWorld*. Aufgrund unserer unterschiedlichen Werte arbeiten wir nur in Ausnahmefällen mit ihnen zusammen und das hier ist eine Ausnahme.

Nachdem der Seehund abtransportiert ist und sich die Tierärztin von uns verabschiedet hat, beginnen Rina und ich den Quarantäneraum zu säubern. Keiner von uns erwähnt Caden. Ich versichere Rina mehrmals, dass wir die Seehunddame zurückholen und hier aufpäppeln, sobald sie über den Berg ist. Meine Freundin ist blass und hört nicht auf, die längst gereinigte Liege zu schrubben. Ich hasse es, sie so zu sehen.

Wir haben noch nicht alles aufgeräumt, da ruft Mom bei Rina an. Sie stellt den Anruf wieder auf Lautsprechermodus, und ich sehe Rina erleichtert an, als Mom berichtet, dass der Seehund den Transport gut überstanden hat. Rina lächelt kurz, sprüht dann aber die saubere Liege erneut mit Desinfektionsmittel ein. Wieder und wieder reibt sie darüber, während Mom uns abermals lobt. Mit jedem Wort versteife ich mich mehr. Sie betont, wie wichtig es war, Hilfe zu holen, und dass wir solche Notfälle niemals zu dritt bewältigen könnten. Ich nicke mechanisch und presse die Kiefer zusammen. In mir brodelt Wut. Wir hätten es geschafft, vermutlich sogar ganz alleine, da bin ich mir sicher. Wenn Caden uns nicht im Stich gelassen hätte.

Als Mom das Telefonat beendet, blickt Rina nicht einmal auf. Ich hole Luft, um mich zu beruhigen, aber schon der nächste tiefe Atemzug lässt mich beinahe ersticken.

So nicht. So wird er es nicht beenden.

KAPITEL 13

SHANE

Die Tür donnert mit einem lauten Knall gegen die Wand, als ich sie aufstoße und aus dem Quarantäneraum stürme. Ohne auf Rina zu warten, renne ich quer über den Strand, mit der Gewissheit, dass er noch hier ist. Und selbst wenn er bereits gegangen ist, werde ich ihn finden. So leicht mache ich es ihm nicht, nicht dieses Mal.

Als Caden mich kommen sieht, schultert er seinen Seesack.

Er zeigt auf mich. »Mein Autoschlüssel. Du hast die Wagen vorhin umgeparkt und meinen Schlüssel noch –«

Ich gebe ihm nicht die Möglichkeit, fertig zu sprechen, sondern ziehe ihn an seinem Shirt von meiner Veranda und stoße ihn in den Sand. Er fällt nach hinten, und anstatt sich mir zu stellen, rappelt er sich auf und greift nach der Tasche, die jetzt neben ihm liegt. Mit einem zornerfüllten Schrei remple ich Caden noch einmal an und bringe ihn erneut zu Fall.

»Was machst du, Caden? Abhauen?«

Mein bester Freund sieht mich nicht an, er wendet sich ab und versucht auf die Beine zu kommen.

»Du verdammtes Arschloch!«, brülle ich. »Schau mich gefälligst an und sag es mir ins Gesicht, wenn du gehst!« Sand stiebt in alle Richtungen auf, so fest trete ich vor ihm in den Boden. »Sag es!«

Hinter mir höre ich Rina keuchen. Ich fahre herum, gehe auf Caden zu und ziehe ihn an seinem Shirt hoch und in ihre Richtung. Er wehrt sich nicht einmal gegen meinen Übergriff. Vor Rina lasse ich ihn los.

»Sag es ihr!«, schreie ich weiter, weil ich meine Energie loswerden muss, ohne die Grenze noch mehr zu überschreiten. »Sag Rina, dass du gehst, du verdammter Feigling. Erzähl ihr, dass du nur auf deine

Autoschlüssel gewartet hast und nicht auf uns. Nicht auf mich und nicht auf sie!«

Caden sieht sie an. Es muss ihm ebenso das Herz zerreißen wie mir, ihre geweiteten Augen und die Angst darin zu sehen. Er will den Blick erneut von ihr abwenden, aber das lasse ich nicht zu.

»Sieh sie an!«, brülle ich und schlage ihm gegen die Brust. »Und sag ihr, dass du gehen wirst! Sag ihr, dass du uns im Stich lässt, so wie vorhin, ohne uns irgendetwas zu erklären. Du hast uns mit dem Seehund im Stich gelassen. Du hast uns im Stich gelassen, als du nach Phoenix gegangen bist, und tust es jetzt schon wieder. Und es ist dir scheißegal, was mit uns ist.«

»Was mit euch ist?« Cadens Stimme klingt schwach. »Ihr habt euch. Ihr braucht mich nicht.«

»Das ist Bullshit. Wir haben uns, weil du uns zurückgelassen hast«, werfe ich ihm vor. »Du hast dir ein neues Leben aufgebaut und nicht einmal zurückgeschaut. Du hast uns aufgegeben. Einfach so.«

Der Zorn der letzten Wochen will mir die Tränen in die Augen treiben, aber das lasse ich nicht zu. Ich balle in dem Moment die Fäuste, in dem er seine erhebt und in unsere Mitte streckt. Wieder sehe ich das Zittern seiner Finger.

Caden schließt kurz die Augen. »Einfach so? Ich habe euch nicht einfach so aufgegeben.« Er dreht seine Handflächen nach oben, Rina und ich schauen ihn an, aber er kann seinen eigenen Blick nicht von den zitternden Fingern lösen. »Nicht einfach so. Ich dachte, dass ich es einfach so könnte.« Er lacht auf. »Nein, das dachte ich nicht – ich habe *gehofft*, dass ich es könnte, einfach so. Mich mit Arbeit eingedeckt und noch mehr Arbeit. Damit ich nicht an zu Hause denken muss und daran, wen ich nicht *einfach so* zurücklassen kann.«

Caden pumpt seine Fäuste und lässt die Arme hängen. Dann sieht er von mir zu Rina, ihre Blicke verhaken sich ineinander. Seine Unterlippe bebt, und zum ersten Mal seit seiner Rückkehr habe ich das

Gefühl, ihn echt zu erleben. Er atmet tief ein, hält inne und stockt. Rina streckt ihre Hand aus und umfasst seine Faust.

Ihre Berührung reicht aus und Caden schluckt. »Ich kann nicht mehr.«

Rina verzieht das Gesicht und schmiegt sich, ohne zu zögern, an Caden, als wolle sie ihn nicht mehr loslassen. Es dauert, bis die Härte aus seinem Körper weicht. Ich höre, dass er zu weinen beginnt, und spüre mit der Sorge um ihn Erleichterung, weil er ehrlich zu sich selbst ist und ehrlich zu uns. Als sein Rücken zu beben beginnt, lege ich ihm die Hand auf die Schulter. Wir sind da. Wir lassen uns nicht im Stich.

Ich habe keine Ahnung, wie lange wir zu dritt im Sand stehen, aber bis Caden sich aus unserem Halt lösen kann, zeichnet die Sonne bereits rote und orange Lichter an den Himmel und lässt das Meer wie Feuer glühen.

Ich trage Cadens Tasche zurück in das Strandhaus, nehme kalten Kirschsaft und zwei Bier aus dem Kühlschrank und gehe nach oben. Die Glasfront knarzt, als ich sie aufschiebe, um mich auf dem schmalen Balkon über die Brüstung zu beugen.

»Kommt ihr?«, rufe ich nach unten zu Rina und Caden, die am Geländer der Veranda lehnen und aufs Meer hinausschauen. »Hier oben legt sich die Hitze bereits ein bisschen. Ich glaube, ich bin schon kurz vor einem Sonnenstich.«

Caden zögert. Wir haben früher viele Abende hier oben verbracht, nebeneinander in der Hängematte, und über alle möglichen Dinge gesprochen. Diese Vertrautheit ist es, an die ich uns erinnern möchte.

Rina kommt als Erste die Treppen hoch. Sie setzt sich in die Hängematte und blickt sich nicht um, darauf vertrauend, dass Caden uns folgen wird. Ich versuche, nicht gespannt auf das Knarren der Treppen zu warten, öffne Rina den Kirschsaft und beuge mich zu ihr, um sie flüchtig zu küssen. »Du weißt, dass du heute großartig warst, oder?«

Sie schüttelt den Kopf. »Du warst großartig, Shane. Ich habe dir nur die Tupfer gereicht.«

»Nein.« Mit dem Daumen streiche ich ihr über den Mundwinkel. »Du hast gezeigt, dass wir zusammen alles schaffen können.« Ich blicke zum Treppenaufgang. »Wir können ihn hierbehalten, vertrau mir. Dieses Mal mache ich es richtig.«

Rina will gerade etwas erwidern, da höre ich endlich, dass Caden ins Haus kommt. Noch einmal küsse ich sie und nicke, dann richte ich mich auf. Caden bleibt unschlüssig am Treppenaufgang stehen. Ich nehme die Bierflaschen und zeige mit einer davon beiläufig auf die Hängematte und zu Rina. »Nur zur Sicherheit: Wir alle wissen noch, was passiert, wenn Caden und ich uns nicht gleichzeitig hinsetzen?«

Caden grinst und Rina stöhnt auf. »Ich hatte zwei Tage lang Kopfschmerzen, weil ihr mich einfach habt zurückfallen lassen.«

»Nicht *wir* – sondern Shane«, verbessert Caden und kommt auf uns zu. »Er war es, der sich als Letzter hingesetzt hat.«

»Ich hatte einfach auf ein bisschen Rückhalt gehofft«, sage ich und strecke Caden die Flasche entgegen, als er sich unter einer der Aufhängungen durchbückt und an die geöffnete Glasfront tritt.

Er nimmt mir seine Flasche ab und wir beide versuchen uns so gleichzeitig wie möglich neben Rina in die Hängematte zu zwingen. Sie beginnt laut zu lachen, weil Caden beinahe den Stoff verfehlt und sich an den Schnüren festhalten muss.

Mit einem gequälten Keuchen schafft er es, sich neben Rina zu drängen. »Irgendwer von uns dreien muss in den letzten Wochen noch mal gewachsen sein.«

Ich lache und halte zuerst Rina, dann Caden meine Flasche hin, um anzustoßen. »Oder du hast in den letzten Wochen nicht nur deine Ausdauer, sondern auch deine Körperbeherrschung verloren.« An Rina gewandt flüstere ich: »Es hat jetzt vier Tage gedauert, bis er, ohne fünfmal Pause zu machen, über die Brandung paddeln konnte.«

»Shane übertreibt schon wieder«, sagt Caden zu Rina und stößt mit ihr an. »Ich habe maximal drei Pausen gemacht. Wenn überhaupt.«

Rina streicht ihm seine in alle Richtungen abstehenden Haare glatt. »Du brauchst dringend einen Haarschnitt.«

Caden trinkt einen Schluck und legt den Kopf schief. »Ach ja?«

»Sind die Friseure in Phoenix so rar?«

Die Belustigung weicht aus Cadens Zügen. »Die Friseure nicht, aber das einzige Mädchen, das ich an mich ranlasse.«

Ich spüre, wie Rina sich versteift, und lege eine Hand auf ihr Knie. Sie schauen sich noch zwei Sekunden lang in die Augen, Cadens Mimik voller Zaghaftigkeit und schmerzender Hoffnung. Ich kann nicht sehen, was sich auf Rinas Gesicht abzeichnet, viel zu schnell wendet sie den Blick ab und schaut geradeaus. Sie beginnt an ihrer Unterlippe zu kauen und zeigt uns damit ihre Unsicherheit. Ich nicke Caden so zuversichtlich wie möglich zu und lehne mich lässiger, als es angebracht ist, in der Hängematte zurück.

Wir alle drei blicken hinaus in den Ozean und für eine Weile sagt niemand etwas. Rina entspannt sich wieder, bis ihr Kopf auf meine Schulter sinkt. Caden schaukelt uns sanft vor und zurück.

Ein Katamaran zieht am Horizont vorbei, dessen weiße Segel durch das Glitzern der untergehenden Sonne kaum zu erkennen sind. Der Landwind bringt kühle Luft und den Geruch nach Meer und Freiheit mit sich. Und Lebensmut.

»Ich habe einen Tremor.«

Ich atme ein, versuche Caden nicht zu zeigen, welches Gewicht seine Offenheit hat.

»Keine Ahnung, wann es angefangen hat. Ich erinnere mich nur an das erste Mal, als mir ein Skalpell aus der Hand gefallen ist.«

Es braucht Rinas Finger, die sie auf ihrem Bein zögerlich in Cadens Richtung ausstreckt, damit er weiterspricht. Aber er ergreift sie nicht und Rina ballt sie zur Faust. Ich drehe den Kopf und küsse sie auf die Stirn. Alles wird gut.

»Erst da habe ich realisiert, dass ich nicht mehr schlafen kann, ohne ununterbrochen mit dem drückenden Gefühl auf der Brust aufzuwachen, noch irgendetwas erledigen zu müssen.« Das Schaukeln wird schwungvoller, Cadens Stimme leiser. »Einen Bericht schreiben, irgendeine Seminararbeit. Oder ich hatte den Zwang, in Medizinbüchern nachzulesen, um immer und immer wieder irgendwelche Behandlungen im Kopf durchlaufen zu lassen, in der Angst, etwas übersehen zu haben. Ein Symptom falsch gedeutet oder einen Laborbefund nicht im richtigen Kontext betrachtet zu haben. Irgendetwas.« Er trinkt noch einen Schluck von seinem Bier und schaut hinaus aufs Meer. »Aber das, wonach ich wirklich gesucht habe, konnte ich nicht finden.«

Er muss selbst sagen, was er gesucht hat. Oder wen.

»Ich weiß nicht, wie ich es geschafft habe, den Tremor in der Notaufnahme so lange zu verbergen.« Wellen treffen an Land, wieder und wieder. »Egal was es war, ich konnte es nicht.«

»Was?« Rina hebt den Kopf, ihre Augen sind jedoch geschlossen. Die untergehende Sonne lässt das Rot ihrer Haare golden schimmern. »Was konntest du nicht?«

Cadens fragender Blick trifft mich. Alles, was ich ihm gebe, ist ein Nicken. Es ist seine Entscheidung.

Er sieht Rina an und sein Gesicht entspannt sich mit jedem weiteren Wimpernschlag. Dann lächelt er und schließt ebenfalls die Augen. »Zurück. Ich konnte nicht zurück zu euch.«

Mehr Wellen, die der Wind an Land treibt. Ihr Rauschen füllt die Stille und verschafft uns Zeit, die Worte in alle Richtungen fließen zu lassen.

Als Rina die Augen öffnet und zu mir blickt, verflechte ich meine Finger mit ihren und mache eine Kopfbewegung, die ihr hoffentlich zeigt, dass sie einfach sagen soll, was sie sagen will. Keine Zurückhaltung, nicht jetzt.

Dann schaut sie zu Caden. Sie ist seinem Gesicht so nahe, dass er ihren Atem auf seiner Haut spüren muss. »Warum, Caden? Warum konntest du nicht zurück?«

Er hat die Augen immer noch geschlossen. »Weil ich dich nicht gehen lassen kann.« Er presst die Lippen zusammen. »Nicht aus meinem Leben. Nicht aus meinem Kopf. Und nicht aus meinem Herz.« Er drückt seine zitternden Finger und holt tief Luft. »Es geht nicht. Weil du schon zu lange dort bist.« Ich weiß nicht, wen er jetzt ansieht, ob ich es bin oder Rina. Es ist egal. »Ich wollte es, ich wollte es wirklich, für dich und für dich. Aber es geht nicht.«

Mein Puls beschleunigt sich ins Unermessliche, trotzdem bleibe ich ruhig. Ich muss nicht auf mein Bauchgefühl hören oder auf meinen Instinkt, weil das, was sich richtig anfühlt, in mir verankert ist. Viel tiefer als ein flüchtiger Wegweiser. Es ist in meiner Seele, mindestens ebenso lange, wie Rina in Cadens Herz ist.

»Wer sagt, dass du das musst? Rina gehen lassen, für mich? Und für sie?« Ich schiebe meinen Unterkiefer entschlossen nach vorn. »Es ging immer nur um uns drei. Immer.«

Ich halte die Luft an und glaube, dass auch mein Herzschlag ins Stocken gerät. Unsere Zukunft gehört ihr. Ich gehe überallhin mit ihr und mit Caden – wenn sie das möchte.

Rinas Finger verlieren die Verbindung zu meinen, nur kurz, doch ich spüre Schwindel in meine Schläfen schießen. Angst, ich habe Angst, sie zu verlieren. Nein, alles zu verlieren. Dann drückt Rina meine Hand, im selben Sekundenbruchteil, in dem sie nach Cadens Hand greift und ihre Finger mit seinen verwebt. Ich weiß nicht, ob es mein erleichtertes Aufatmen ist oder Cadens, durch das sich das Flirren in der Luft zu beruhigen scheint.

»Wir drei«, sagt Rina, und ich glaube, mich noch nie in meinem Leben so nach ihren Worten verzehrt zu haben. Nicht einmal, als ich sie am Leuchtturm gefragt habe, ob ich sie küssen darf, weil ich es muss.

»Wir drei«, wiederholt sie und bestätigt uns damit, dass wir sie richtig verstanden haben. Dass sie dasselbe fühlt. Oder dass sie das, was sie fühlt, zulassen will.

Sie lehnt sich in der Hängematte zurück und gibt den Blick auf

Caden frei. Seine Haare stehen noch wirrer als zuvor von seinem Kopf ab, was mir in Kombination mit seinem überforderten Ausdruck ein Grinsen entlockt. Er erwidert es, kann aber damit nicht von der Rührung in seinen Augen ablenken.

Ich lasse mich ebenfalls zurückfallen und beobachte die feinen Staubteilchen, die in den letzten Sonnenstrahlen des Tages durch die Luft schweben. Mit meinem Daumen streichle ich Rinas Handrücken, sachte und langsam, immer wieder. Um ihr zu zeigen, dass ich da bin. Als ich auf unsere Hände schaue, sehe ich, dass Caden das Gleiche mit ihrer anderen Hand macht.

Ich schließe die Augen. Nicht, weil ich es nicht sehen will, sondern einzig, um diesen besonderen Moment für immer in mir zu verewigen. Weil er perfekt ist.

KAPITEL 14

CADEN

Die Unruhe in meinen Händen hat sich gelegt. Ich spüre weiterhin das elektrisierende Vibrieren der Nerven in den Fingern, aber die Angst beherrscht mich nicht. Ich muss es nicht länger verstecken – gar nichts.

Wir waren so lange oben in der Hängematte, bis die Sonne ganz untergegangen ist und unsere Beine eingeschlafen waren. Die Gespräche waren leicht, haben sich zum ersten Mal wieder so angefühlt wie damals, und doch waren sie anders – als würde die Blase, die sich sachte um uns gelegt hat, auch das Zuhören verändern. Die Art und Weise, wie man die Worte versteht, wird intensiver, und jede noch so kleine Regung der anderen gewinnt an mächtiger Bedeutung. Ich bin da, wo ich sein will, und das war ich schon lange nicht mehr.

Shane und ich sind noch schwimmen gegangen, um die geballte Energie der letzten Stunden zu verarbeiten, während Rina im Strandhaus geduscht hat. Zu wissen, dass sie am Lagerfeuer auf uns wartet, hat mich nervös gemacht. Shane hat meine Anspannung bemerkt, natürlich hat er das. Selbst wenn er mich deswegen verarscht hat, habe ich gesehen, dass er ebenso aufgeregt ist.

Am Lagerfeuer haben wir die Reste vom Mittagessen gegessen, und ich glaube, dass mir keine Paella jemals so gut geschmeckt hat. Rina und ich haben uns um das Geschirr gekümmert, während Shane noch einmal nach den Seehunden geschaut hat. Es fühlt sich nicht eigenartig an, mit ihr alleine zu sein. Genauso wenig, wie es seltsam ist, wenn wir zu dritt sind. Der einzige Unterschied zu vorher ist, dass der ständige Druck weg ist und ich endlich schwerelos bin.

Bevor ich mit unseren frischen Getränken zurück ans Lagerfeuer gehe, fällt mein Blick auf meine Tasche. Ich weiß, dass ich nur noch sechs Lorazepam und ein, zwei andere Benzos in der letzten Dose habe. Spätestens morgen früh wollte ich Rina bei der Uni absetzen und mir neue besorgen. Natürlich werde ich sie trotzdem fahren, aber ich glaube nicht, dass ich Tabletten brauchen werde. Es geht mir so gut wie lange nicht mehr, stelle ich zufrieden fest, und mit diesem Gedanken gehe ich nach draußen.

Rina sitzt in ihrem Liegestuhl und hat die Beine von sich gestreckt, während Shane laut lacht und weiter in dem Feuer herumstochert, aus dem feine Funken aufstieben und durch die Nacht fliegen. Ich lasse mir Zeit damit, auf die beiden zuzugehen und die Gewissheit zu verinnerlichen, dass ich dazugehöre, was auch immer das bedeuten soll.

Der aufkommenden Unsicherheit gebe ich keine Chance, mich aus der Fassung zu bringen. Es sind Rina und Shane. Rina *und* Shane. *Fuck, wir sind zu dritt, verdammt!*

So gelassen wie möglich teile ich die kalten Getränke aus und will mich wieder setzen, aber ich schaffe es nicht. Ich muss das Gefühl haben, etwas zu tun, selbst wenn ich nicht wirklich irgendetwas kontrollieren kann. Am wenigsten die Emotionen, die in mir einen Marathon laufen.

Mit dem Fuß grabe ich ein Loch für meine Flasche, gehe ein paar Schritte und schaue hinaus auf das Meer. Als Kind habe ich ständig versucht die Spiegelung der Sterne im Wasser zu finden. Ich habe damals nicht verstanden, warum die Sterne nicht genügend Leuchtkraft besitzen, um sich auf der Oberfläche wiederzufinden, wo sie doch so mächtig und gedankenbeherrschend sind. Aber selbst der Mond spiegelt sich heute nur schwach.

»Hast du sie entdeckt?«

Ich habe nicht wahrgenommen, dass sich Rina neben mich gestellt hat.

»Wie bitte?«

Sie zeigt auf den Ozean. »Die Sterne. Sind sie da, wo du sie suchst?«

Verlegen reibe ich mir über den Bartschatten an meinem Kinn. »Nein, habe ich nicht.« Selbst die Dunkelheit kann das Leuchten von Rinas grünbraunen Augen nicht abschwächen. »Zumindest habe ich die Sterne nicht da draußen gefunden«, sage ich und lächle. Der Gewohnheit folgend will ich wieder Abstand zwischen uns bringen und einen Schritt zurücktreten, stattdessen lässt mich das Bewusstsein, dass ich das nicht mehr muss, noch einmal lächeln. Rina blinzelt und mustert mein Gesicht, als müsste sie ebenfalls erst verstehen, wie anders alles ab sofort sein darf.

»Christie«, bringe ich mit meiner trockenen Stimme hervor.

Rina runzelt die Stirn »Christie?«

»Ja. Sie wird *Play Pretend* vermissen, weißt du? Sie mochte das Lied.« Ich zucke mit einer Schulter. »Ich hätte es niemals durch ein anderes ersetzen können. Und *sie* damit aufgeben.«

Rina streicht sich unsicher über die beiden Windpockennarben an ihrer Stirn. »Ich glaube, das hätte ich nicht verkraftet, wenn du dir etwas Neues gesucht hättest.«

Mein Blick wandert zu ihren Lippen, die untere ist voller und leicht vorgeschoben. Sie weiß nicht, wie oft ich mir seit unserem ersten Kuss vorgestellt habe, es wieder zu tun. Meinen Mund auf ihren zu legen und sie zu schmecken.

Es ist Rina, die tief einatmet und einen kleinen, vorsichtigen Schritt zur Seite macht. Weg von mir. Sie beginnt an ihrer Unterlippe zu kauen. Ich habe noch nicht herausgefunden, was das zu bedeuten hat, ich weiß nur, dass sie es noch nicht lange macht.

Ich atme ebenfalls tief ein und versuche in mir den Mut zu finden, etwas zu tun, irgendetwas. Wenn die plötzliche Unsicherheit in mir erst um sich zu schlagen beginnt, wird das hier nie funktionieren, verdammt. Ich hatte Freundinnen und ich hatte Frauen. Ich weiß grundsätzlich, was man tut, aber Rina bringt alles ins Wanken.

In diesem Moment erfüllt der Klang eines Klaviers die Luft und wir drehen uns um. Shane lässt gerade sein Handy auf den Liegestuhl neben die Lautsprecherbox fallen und lächelt.

Er kommt auf uns zu und streckt die Hand nach Rina aus. »Darf ich bitten?« Sein übertriebenes Zwinkern bringt sie dazu, mit den Augen zu rollen. »Ich glaube, ich schulde dir einen Tanz.«

Rinas Stimme klingt hell, als sie lächelt. Ungewohnt, aber auf die aufregende Art. Sie legt ihre Hand in die von Shane und lässt sich in seine Umarmung ziehen.

Ich erinnere mich daran, wie sie vor wenigen Tagen mit mir zu ihrem Lieblingssong getanzt hat. Während die langsamen Klänge sich um uns gelegt haben, habe ich alles versucht, um mich dagegen zu wehren. Die unscheinbaren Berührungen konnten den Sturm in mir nicht besänftigen, und meinen Puls habe ich im ganzen Körper wahrgenommen, so viel Anstrengung hat es mich gekostet, ihr nicht weiter zu verfallen.

Jetzt sehe ich, wie Shane sie noch näher an sich zieht und ihr das grüne Kleid leicht nach oben rutscht. Mit geschlossenen Augen vergräbt er sein Gesicht an ihrem Hals und wiegt sich mit ihr sanft im Takt. Ich warte auf die Eifersucht, die Trauer und die Wut – oder auf die Zurückweisung. Aber alles, was da ist, fühlt sich schön an. Neu und unsicher, aber schön.

Rina hat die Haare hochgebunden. Ein gezielter Griff von Shane reicht, um sie aus dem Dutt zu lösen. Als die Locken ihr über den Rücken fallen, bilde ich mir ein, selbst hier am Strand und neben dem Lagerfeuer den Kirschduft wahrzunehmen. Ihre Arme hat Rina so angehoben, dass ich die Rundung ihrer Brüste an den Seiten erahnen kann, und schon das Wissen, dass dieser Blick weniger verboten ist als früher, lässt mich hart schlucken. Schnell schiebe ich die Hände in die Hosentaschen meiner Shorts. Nicht, um wie sonst den Tremor zu verbergen, sondern meine wachsende Erektion.

In der Sekunde, in der ich mich abwenden will, öffnet Shane die Augen. Sein Blick ist verschleiert. Ich rechne mit allem – dass er sie noch fester an sich drückt und sagt, es sei ein Fehler und er könne das hier nicht. Nicht so. Oder dass er mir sagt, ich solle verschwinden, jetzt, und nicht zurückkommen.

Stattdessen nickt er mir mit einer Sicherheit zu, die mich an Ort und Stelle bindet. Er sieht Rina an und schluckt. »Du bestimmst, Rina. Nur du.«

Shane wartet nicht auf ihre Reaktion, sondern dreht sie in seinen Armen und nutzt den Schwung, um sie mir entgegenzuschicken.

Ich stocke, als Rina mir plötzlich so nah ist, dass ich jede einzelne der feinen Sommersprossen um ihre Nase erkennen kann. Es ist Rina. Ich lächle. Es war immer sie.

In der Aufrichtigkeit dieser Gefühle finde ich meine eigene Sicherheit wieder und strecke ihr die Hand entgegen.

»Du bestimmst, Rina«, wiederhole ich Shanes Worte. Meine heisere, dunkle Stimme kann die Erregung nicht weiter verbergen.

Ich erwarte ein Zögern oder zumindest ein kurzes Innehalten, aber nicht, dass sie ihre Hand so selbstverständlich in meine legt und sich mir anvertraut. Ein erleichtertes Grinsen entkommt mir, und ich ziehe Rina an mich – im selben Moment, in dem Shane sie loslässt, für mich.

Ihren warmen Körper an meinem zu spüren, bringt mich ins Straucheln, und ich muss mich enger an sie pressen, um Halt zu finden. Das schnelle Heben und Senken ihrer Brust zeigt mir, dass dies für sie ein ebenso besonderer Augenblick ist. Ich lege meinen Zeigefinger unter ihr Kinn und hebe ihren Kopf an, damit ich ihr in die Augen schauen kann. Weil ich sehen muss, wie es ihr geht. Ob es zu viel ist oder – ich stocke – zu wenig?

Rinas Mund ist nur leicht geöffnet, als sie sich mit der Zungenspitze über die Unterlippe fährt. In dem Moment, in dem mir ihr Verlangen bewusst wird, schnürt sich mir die Kehle zu. In jeder Nacht der letzten Jahre habe ich mir ihre Lust vorgestellt. Auch in Nächten, in denen ich noch so dagegen angekämpft habe. Sogar dann, wenn ich mir das Bett mit einer anderen geteilt habe.

Meine Finger streichen über ihr Kinn und wandern in ihre Haare. Würden wir richtig zur Musik tanzen wollen, müsste ich sie an ihrer Taille halten und unseren Bewegungen mehr Raum und Energie geben. Aber einen Scheiß werde ich tun. Alles, was ich jemals wollte, liegt in der Verbindung unserer Augen. Ich frage mich, wie oft ich sie als Mädchen und dann als Frau angesehen habe, ohne sie wirklich sehen zu dürfen. Mit der ganzen Unbändigkeit meiner Gefühle für sie. Es klingt schmerzvoll, weil es das war, all die Jahre lang.

Rinas Augen gehören mir. Sie werden glasig, aber ich erlaube ihr nicht, den Kopf abzuwenden und sich vor mir zu verstecken, nie wieder. Mein Gesicht kommt ihrem so nahe, dass ich mit meiner Nase sanft über ihre Wange streichen kann. Ich spüre, wie ihr Atem stockt. Sie atmet noch immer nicht, als das Lied endet und Shane so dicht hinter sie tritt, dass seine Brust ihren Rücken berührt. Wir bewegen uns nicht mehr, das Einzige, was die Zeit vorantreibt, ist der Wind, der die Wellen zu uns bringt und eine Entscheidung fordert. Alles oder nichts.

»Caden?« Shanes feste Stimme zeigt, dass seine Entscheidung längst gefallen ist. Ich spüre seinen Blick auf mir, aber meine Augen bleiben bei Rina.

»Ja?« Nur ein Flüstern, mehr Kraft bleibt mir nicht.

»Küss sie.«

KAPITEL 15

RINA

»Küss sie.«

Shanes Stimme rieselt an meinem Rücken hinab wie feiner Sand und verteilt sich in meinem Bewusstsein.

Caden sieht mich an. Er hat keine Aufforderung gebraucht. Oder eine Erlaubnis. Er hat den Moment ausgekostet, ihn intensiver werden lassen, um die Endlichkeit in ein Für-immer zu verwandeln. Und das, bevor ein Wir begonnen hat. Weil unsere tiefe Bindung längst da war, uns vereint und getragen hat.

Ich blinzle und spüre ein erwartungsvolles Vibrieren in meinen Lippen. Caden zuckt mit einer Braue und hebt den Mundwinkel leicht an, wissend und glücklich.

Seine in meine Haare gekrallten Finger spiegeln meine Angst wider, aus diesem Traum aufzuwachen und uns zu verlieren wie schon so oft zuvor – in der Sekunde, in der sich unsere Lippen endlich berühren.

Aber es passiert nichts, und doch passiert alles.

Als Cadens Mund auf meinen trifft und mich sein Geschmack nach Regen auf trockenem Waldboden flutet, werden meine Knie weich und ich drohe unter der Wucht der letzten Jahre zurückzustraucheln. Aber ich werde aufgefangen, von Shanes Oberkörper und seinem Arm, den er schützend um meine Hüfte schlingt.

Caden wartet nicht, bis ich den Mund weiter für ihn öffne und die Kraft finde, die Bewegungen seiner Lippen zu erwidern. Seine zweite Hand findet in meinen Nacken, nicht dazu bereit, mich noch einmal gehen zu lassen. Wo sich seine Lippen hart und fordernd anfühlen, streicht seine Zunge zugleich sanft über meine und lässt mich schaudern. Als ich endlich auf seinen Kuss antworten kann, nehme ich Cadens Lächeln wahr, kurz bevor er mir in die Zungenspitze beißt. Ich keuche auf, aber Shane hält mich und drückt seinen warmen Körper weiter gegen meinen. Ich spüre, dass sie sich ansehen und ihre Berührungen unterbrechen. Vielleicht sollte ich mich unsicher fühlen und überfordert. Aber das tue ich nicht. Ich fühle nur Vertrauen und Geborgenheit.

Als Cadens Mund erneut auf meinen trifft, nimmt er zugleich meine Haare und schiebt sie über meine Schulter nach vorn. Shanes Zähne kratzen plötzlich über die freigelegte Haut in meinem Nacken, und ich versuche, das Flimmern in jeder Zelle meines Körpers irgendwie unter Kontrolle zu halten. Dort, wo Shanes Mund nasse Stellen hinterlässt, bringt der Wind Kühle und schafft Gegensätze auf meiner Haut, die mir jegliche Orientierung nehmen. Ich weiß nicht, wessen Arme mich fester halten und wer mich enger an sich drückt. Und ich habe keine Ahnung, wer von den beiden als Erster zurücktritt, aber die unerwartete Kälte überfordert mich.

»Rina?«

Benommen wende ich mich Shane zu und setze zu einer Antwort an, doch sein Anblick nimmt mir jegliche Worte. Keine einzige Strähne hat sich aus seinem mit den Fingern zurückgekämmten Haar gelöst, aber er wirkt wilder und unberechenbarer, als ich ihn jemals zuvor gesehen habe. Die eisblauen Augen bilden einen harten Kontrast zum wärmenden Licht des Feuers, das uns umgibt, und Shanes Hitze zeichnet sich in jedem Muskel ab, der angespannt unter seinem engen Shirt zu erahnen ist.

»Rina?«, wiederholt Caden. Seine schroffe Stimme zu meiner anderen Seite klingt weit entfernt, selbst ein Blinzeln bringt mich ihr nicht näher.

Ich sehe, wie Shane den Kopf leicht schief legt und sein Blick hinunter zu meinen Brustwarzen gleitet, die sich hart gegen mein Kleid drücken. Er grinst und beugt sich zu mir, um in mein Ohr zu flüstern: »Zeit, nach drinnen zu gehen, was meinst du?«

Beim Gedanken, dass diese Frage für mich bestimmt ist und er dabei Caden ansieht, sammelt sich sengende Erregung in meiner Mitte.

»Feuer«, krächze ich, anstatt einfach Ja zu sagen, weil mir der Mut fehlt. Weil sie zu zweit sind und ich alleine und ich es trotzdem so sehr will, dass es mir Angst macht.

Fragend sieht Shane mich an.

»Das Feuer«, wiederhole ich und deute neben uns. »Wir müssen es ausmachen.«

Er schüttelt den Kopf und lächelt. »Du weißt es noch, oder? Dass du bestimmst, du allein?«

Ich nicke.

»Dann sag es, Rina. Sprich es aus.« Caden greift nach meiner Hand, seine Fingerspitzen berühren meine nur flüchtig. Er schenkt mir Nähe, ohne mich zu bedrängen.

Ich nicke erneut, kann die Worte nicht mehr in mir halten. »Ich weiß es.«

Caden schnalzt mit der Zunge. »Nein, Rina. So, dass ich es dir glauben kann.«

»Und ich, Rina. Sonst wird das hier nichts.«

»Läuft es jetzt so ab?«, frage ich. »Ihr zwei gegen mich?«

»Wir zwei *für* dich, nicht gegen dich«, verbessert mich Shane und greift nach meiner zweiten Hand. »Wir passen nur auf dich auf.« Er zieht sein Lippenpiercing zwischen die Zähne und zwinkert mir zu. »Wie immer eben, nur anders.«

Ich versuche mich an einem beruhigenden Grinsen, das nichts von der Anspannung in mir löst. Dann schließe ich für eine Sekunde die Augen und sehe danach zuerst Shane, dann Caden an. »Ich bestimme.« Zwei einfache Worte, die so viel bedeuten. »Ich. Bestimme.«

Shane nickt, und ich glaube Stolz in seinem Blick zu erkennen. Er sieht wieder an mir vorbei zu Caden. »Du weißt, was das bedeutet, oder?«

»Ja.« Caden drückt meine Finger, und ich kann die Ringe spüren, die er jetzt wieder jeden Tag trägt. »Dass sie uns vertraut.«

»Genau das«, bestätigt Shane und hebt meine Hand zu seinem Mund. »Sie vertraut uns.« Er küsst meine Finger. »Und wir vertrauen ihr.« Wieder berühren seine Lippen mich. Dieses Mal länger. Seine schönen Augen bleiben auf meine gerichtet. »Weil wir zusammengehören.«

Caden löst seine Hand von mir und schiebt mit dem Fuß so schnell und hektisch Sand auf das Feuer, dass es in kürzester Zeit erlischt.

Shane und ich sehen ihn erstaunt an, aber Caden hustet lediglich in die aufgestäubte Wolke hinein und zuckt mit den Schultern. »Was? Respektvoller Umgang, Verantwortung füreinander und Vertrauen sind geklärt. Das Feuer ist gelöscht.« Er zeigt zum Strandhaus. »Das bedeutet, wir könnten gehen.« Dann reibt er sich unruhig über die dunklen Bartstoppeln. Genau so stelle ich ihn mir vor, wenn er an einer schwierigen Diagnose tüftelt: konzentriert und wachsam. »Oder gibt es noch was zu besprechen?«

Shane und ich müssen so laut lachen, dass Caden beleidigt das Gesicht verzieht. Trotzdem folgt er uns, als Shane lässig einen Arm um meine Schultern legt und mich Richtung Strandhaus führt. »Was meinst du, Rina?« Shane schaut kurz zu Caden. »Wie lange hatte er keinen Sex mehr?«

Ich grinse. »Bevor wir ihn fragen, könnten wir eine Wette abschließen.«

»Ich kann euch hören, verdammt!«

Shane und ich lachen wieder. Er zieht mich noch näher an sich und küsst mich auf die Schläfe. Ich kann nicht behaupten, dass es mich nicht gestört hat, wenn Caden mit anderen Frauen ausgegangen ist, aber dieses Geplänkel hier hat nichts mit Eifersucht und unterdrückten Gefühlen zu tun, sondern einfach nur mit der Leichtigkeit, die wir gerade brauchen. Weil ich spüre, dass die beiden ebenso nervös sind wie ich. Wir kennen uns beinahe unser ganzes Leben, und doch ist das hier neu. Neu und aufregend.

Je näher wir der mit Solarfackeln beleuchteten Veranda und dem Strandhaus kommen, desto schneller beginnt mein Herz zu schlagen.

Es sind nur Shane und Caden, sage ich mir selbst immer wieder und beiße mir auf die Unterlippe. Es war auch nur Aaron. Aaron, dem ich vertraut habe und der mich gedemütigt hat, zuerst im Bett und dann, als er eine andere im Bett hatte. Ich schlucke, dränge unschöne Gedanken zurück und atme tief ein, als wir an dem Geländer aus weiß gestrichenem Holz und den kleinen Blüten darauf ankommen.

»Darf ich?«, will Caden wissen.

Ich schaue ihn fragend an. »Was?«

»Das hier«, antwortet er mit einem breiten Lachen und nimmt mich auf die Arme. »Du hast keine Ahnung, wie lange ich mir vorgestellt habe, dich in mein Bett zu schleppen.«

»Also, eigentlich ist es mein Bett«, bemerkt Shane und steigt neben uns die Treppen hoch.

Caden öffnet mit dem Fuß die Tür. »Das ich mit dir aufgebaut habe, Bro.«

»Und ich ebenso, *Bro*. Sonst würde es heute noch nicht stehen«, sage ich ebenso beiläufig wie Caden, weil Shane damals aufgrund falscher Bohrungen beinahe verzweifelt wäre.

Caden geht mit mir auf den Armen ins Haus, aber Shane hält ihn plötzlich zurück, legt Daumen und Zeigefinger an mein Kinn und kommt meinen Lippen mit seinen gefährlich nahe, ohne sie zu berühren. »Dann wollen wir mal hoffen, du hast deine Arbeit gut gemacht, Babe. Das Bett wird ab jetzt einiges aushalten müssen.« Er streicht mit dem Daumen über meine Unterlippe. »Noch mehr als ohnehin schon.« Dann dreht er sich um und schließt die Tür, als hätte er soeben nicht das gesagt, was er gesagt hat.

Mein Mund ist jetzt derart trocken, dass ich mich leicht panisch umschaue, ob es nicht noch irgendetwas zu erledigen gibt. Die Waschmaschine vielleicht. Sie müsste längst fertig sein.

»Keine Fluchttendenzen, Rina«, flüstert Caden und zieht eine Augenbraue hoch. »Noch ein Grund, dich auf Händen zu tragen. Ich kenne dich.«

»Wollte sie abhauen?«

»Ich wollte nicht –«

»Du wolltest.« Caden dreht sich zu Shane um. »Sie wollte. So wie bei den Sunset Cliffs, als sie als Letzte springen wollte und uns dann eine halbe Stunde im eiskalten Meer hat warten lassen, bevor sie sich verdrückt hat.«

»Oder bei unserer ersten Ausfahrt alleine mit dem Katamaran. Du dachtest, wir würden es nicht hinbekommen, und bist zurück ans Ufer geschwommen.«

Ich stöhne entsetzt auf. »Ihr habt überlegt, ob ihr für den Notfall Lichtsignale an Bord habt, da hatten wir gerade mal abgelegt!«

»So macht man das auf hoher See«, beteuert Shane und reckt lachend das Kinn.

Ich registriere erst jetzt, dass wir im Halbstock angekommen sind.

»Siehst du«, sagt Shane sanft. »Wir sind schon da, und du musst nicht flüchten, weil du bestimmst.«

Caden setzt mich vor dem Bett ab und mir wird mit dem nächsten Herzschlag flau im Magen. Ich schaue mich so aufmerksam um, als würde ich den Raum zum ersten Mal in meinem Leben sehen, und gehe Richtung Glasfront. Shane hat mich bereits nackt gesehen, und obwohl ich ihn so gut kenne, hat es gedauert, bis das Bedürfnis nicht mehr so stark war, mich mit der Bettdecke zu schützen. Ich war immer zufrieden mit meinem Körper, bis Aaron kam. Selbst mein Wille und mein sonst so gesundes Selbstbewusstsein können die ständigen Kränkungen nicht einfach ungeschehen machen.

»Nicht.« Shane legt einen Arm um meine Taille, um mich aufzuhalten. Er zieht mich an sich und die vertraute Wärme umfängt mich. »Mach das nicht, Rina.«

Über die Schulter hinweg sieht er zu Caden, der aufmerksam den Kopf geneigt hat. Er weiß noch nicht, dass es nicht so einfach ist für mich. Nicht mehr.

»Du bestimmt, Rina. Und wir halten uns an diese Regel, ja?« Shane streicht mit seiner Nase und den Lippen über meine Schulter. »Sobald dich etwas verunsichert, sagst du es. Sofort.«

Als ich ihm nicht antworte, greift er nach meiner Hand und nimmt sie von meiner Unterlippe, an der ich gezupft habe. »Wenn du möchtest, lassen wir es dunkel. Das Kerzenlicht bleibt aus, ebenso wie deine Gedanken.«

Ich erwidere sein Lächeln unsicher. »Das mit den Gedanken ist nicht so leicht, weißt du?«

»Dann lass es mich für dich tun. Mich und Caden. Lass uns dich vergessen lassen und dir zeigen, wie wunderschön du bist.«

Das alles muss verwirrend für Caden sein, weshalb ich mich nicht traue, ihn anzusehen.

»Ich denke, ich bringe nicht die besten Voraussetzungen mit, um gleich mit zwei Männern ins Bett zu steigen«, sage ich mehr zu mir selbst als zu Caden.

Shane zuckt bei meinen Worten zusammen. »Lass das, sofort.« Ich glaube ein Knurren an seiner Brust zu spüren. »Egal, was passiert, du wirst es nicht abwerten. Weder das zwischen uns dreien noch dich selbst. Das lasse ich nicht zu, nicht weil …« Er schüttelt den Kopf. »Fuck.«

Alles läuft plötzlich in die falsche Richtung. »Tut mir leid, ich … Ich wollte nicht die Stimmung zerstören.«

»Rina, entschuldige dich nicht, nicht für deine Gefühle oder sonst was.« Shane presst die Kiefer zusammen, dann küsst er mich auf die Stirn. »Nicht du musst dich entschuldigen, niemals, nicht hierfür, verstanden? Du nicht.«

Shane weiß, wie sehr die Monate mit Aaron an mir nagen, ohne dass ich ihm jemals mehr davon erzählt habe. Seitdem tut er alles, um mir mein gutes Körpergefühl zurückzugeben. Aber wie gesagt, so einfach ist das nicht. Vor allem gerade jetzt.

Ich könnte es verstehen, wenn Caden kehrtmachen und mit meinem Drama nichts zu tun haben So hat er sich das bestimmt nicht vorgestellt.

»Wir können es auch bleiben lassen«, schlage ich vor und spüre meinen eigenen Widerwillen in jedem meiner Worte.

Als Caden lacht, schaue ich zum ersten Mal zu ihm. In seiner Miene finde ich keinen Frust oder Ungeduld, sondern tatsächlich Belustigung.

»Nein. Können wir nicht. Du brauchst nur Zeit, um dich an die neue Situation zu gewöhnen.« Sein Gesichtsausdruck wird ernst. »Außer du willst es, jetzt aufhören.«

»Nein, ich denke nicht.« Weil er recht hat. Ich kann und will es nicht bleiben lassen.

Caden lächelt. »Sehr gut.«

Ich möchte ihnen sagen, dass ich wirklich hier sein will, da legt Shane seinen Mund auf meinen. Jetzt lächelt auch er. »Genug geredet, Schönheit.«

Wenn ich bereits am Strand dachte, das Surren in der Luft zwischen uns würde mich in die Knie zwingen, lag ich falsch. Nun reicht es aus, Shanes Zungenspitze zu spüren, die über meine Lippen leckt und sie öffnet, damit die gesamte Welle unserer Anziehung über mich schwappt. Das Gefühl, das das kalte Metall seines Piercings auf meiner Haut erzeugt, vermischt sich mit dem rauen Kratzen seines Bartschattens.

Ich seufze wohlig, weil er heute mehr wie *er* riecht und sein Duft nach Meer und Strand und Freisein nicht von einem Duschgel verfälscht wird. Shanes Hitze nimmt mich ein, und ich drücke mich ihm leicht entgegen, was ihn leise aufstöhnen lässt. Dann legt er eine Hand auf meinen Hintern und drückt zu. Zugleich dreht er sich mit mir um, und als ich plötzlich zwei weitere Hände auf mir spüre, kann ich ein Zucken nicht unterdrücken.

Caden steht so nah bei mir, dass ich seinen nackten Oberkörper fühle. Seinen Oberkörper und die Erektion, die er gegen mich presst. Damit konzentrieren sich meine Gedanken unweigerlich auf diesen einen Punkt.

Shanes Kuss wird intensiver. Ich kralle meine Hände in sein Shirt, um mich festzuhalten, da unterbricht er die Verbindung unserer Lippen und schaut auf meinen immer noch geöffneten Mund. Sein

Blick ist lebendig und erwartungsvoll und schickt ein summendes Kribbeln meine Wirbelsäule hinab. Er streicht mir eine verirrte Haarsträhne aus dem Gesicht und kommt mir wieder näher.

Ich erwarte, dass wir uns weiter küssen, aber Shane berührt nur noch einmal meine Lippen mit seinen, dann grinst er und nickt kaum merklich. Sein Blick fällt auf Caden.

Ich halte die Luft an.

KAPITEL 16

RINA

Ich halte die Luft an.

Und atme erst wieder aus, als Cadens Finger sachte über meinen Hals streicheln und an meiner Wange zum Liegen kommen. Er dreht mein Gesicht in seine Richtung und sieht mich an. Seine Brauen bilden eine schmale Linie, und während mir das Herz bis in den Kopf hämmert, liegt in seinen Augen eine Ruhe, die mit jedem weiteren Wimpernschlag auf mich übergeht. Ein vertrautes Lächeln findet einen Weg auf seine Lippen, und dann küsst er mich, fordernd und zärtlich zugleich. Zu dem glimmenden Flirren, das Shane in mir ausgelöst hat, gesellt sich nun ein erregtes Pochen, das kaum auszuhalten ist.

Caden fängt mein Stöhnen mit seinem Mund auf und lässt seine Hand wieder zu meiner Taille sinken. Ich dachte, dass sich Shane bei Cadens Kuss zurückziehen würde, stattdessen drückt er sein Becken noch einmal gegen mich. Dann zieht er eine unbarmherzige Spur aus feinen Bissen über meinen Hals. Jedes Mal, wenn ich von dem kurzen Brennen leise aufkeuche, küsst mich Caden intensiver. Fast so, als würden meine Gefühle auf ihn übergehen und wir eins werden.

Beide, denke ich überwältigt. Es sind beide, hier bei mir.

Ich lege meine Hand flach auf Cadens harte Brust. Seine Muskeln zucken unter meiner Berührung, und ich bemerke die feine Gänsehaut, die ihn plötzlich überzieht. Er streift den Träger meines Kleides auf der einen Seite über meine Schulter und Shane auf der anderen. Ein kurzer Zug von einem von ihnen reicht aus und der dünne Stoff rutscht auf meine Hüften hinunter. Shane räuspert sich heiser. Ich glaube, er weiß nicht, dass er das immer tut, wenn ihm etwas besonders gut gefällt, und lächle innerlich. Caden hingegen küsst mich weiter, als würde er ahnen, dass mir die Blicke von ihnen beiden zu viel sind.

Unter meiner Hand spüre ich ganz leicht Cadens Herzschlag. Ich lasse meine Finger langsam nach unten gleiten, über die Vertiefungen an seinem Bauch. Hunderte Male habe ich heimlich die Wassertropfen beobachtet, die sich im Meer ihren Weg über seine gebräunte Haut gesucht haben, und wollte nichts mehr, als ihn zu berühren. Nicht nur freundschaftlich umarmen, sondern richtig berühren. Mit allen Sinnen und solange ich will.

Shane leckt sich an meinem Schlüsselbein entlang und seine Finger streicheln über die Körbchen meines dunkelgrünen BHs. Hätte ich gewusst, was heute passiert, hätte ich vielleicht einen anderen angezogen.

Nein, hätte ich nicht. Ich habe nichts mit Spitze oder aufwendigen Schnürungen, was ihnen vielleicht gefallen könnte.

Als Shane in meine Brustwarze kneift, tauche ich aus meinen Gedanken auf und gebe einen leisen Laut von mir, der Caden innehalten lässt.

»Sie ist perfekt, oder?« Shanes Stimme klingt beherrscht, aber ich sehe selbst in dem schwachen Mondlicht, dass er nicht so ruhig ist, wie er vorgibt zu sein.

»Perfekt?« Caden stößt die Luft aus. »Das trifft es nicht annähernd.«

»Du hast recht. Sie ist mehr als das, viel mehr. Schau hin.«

Shane zieht den Stoff in dem Augenblick unter meine Brust, in dem Caden nach unten sieht. Ich spüre, wie seine Muskeln sich anspannen, als Shane an meiner Brustwarze saugt, um sie noch härter zu machen.

»Fuck«, entkommt es Caden, und Shane grinst.

»Du hast ja keine Ahnung, Mann«, sagt Zweiterer und hebt den Kopf, um mich durch die blonden Strähnen anzusehen, die ihm jetzt in die Stirn hängen. Mit einem Zwinkern zieht er sein Piercing zwischen die Lippen. Ohne unseren Blickkontakt abzubrechen, geht er vor mir auf die Knie und legt die Hände an meine Beine, um sie langsam an meinen Schenkeln nach oben gleiten zu lassen, unter mein Kleid.

Wieder grinst er. »Oh, heute sogar ein Höschen?«

Ich zucke nur mit den Schultern und Caden schüttelt den Kopf. »Scheiße. Ihr macht mich fertig.«

»Wie ich schon sagte: Du hast ja keine Ahnung, Mann.« Shane zieht mir den Slip nach unten. »Noch nicht. Noch hast du keine Ahnung.«

So schnell, dass ich beinahe das Gleichgewicht verliere, taucht Shane mit dem Kopf unter mein Kleid.

Ich presse die Lippen zusammen, um ein Stöhnen zu unterdrücken, als er mit der Zungenspitze meine Mitte teilt, und entlocke Caden damit ein tiefes Brummen. Er legt eine Hand auf meine Wange, um mein Gesicht anzuheben.

»Nicht«, flüstert er und küsst mich. »Halte nichts zurück.« Er lächelt. »Nie mehr.«

Als Reaktion auf Cadens Worte vergräbt Shane seine Finger tiefer in meinem Hintern, und ich weiß, dass er sich in seinen hartnäckigen Bemühungen bestätigt fühlt, mich dazu zu bekommen, mich ihm vollends hinzugeben.

Shanes Zunge dringt tiefer in mich ein, aber anstatt loszulassen, schließe ich die Augen und presse die Beine unabsichtlich zusammen.

»Rina.« Shanes Wort vibriert an meiner Mitte, und bevor er noch etwas sagen kann, schlingt Caden einen Arm um meine Hüfte. Im selben Zug lässt er sich aufs Bett zurückfallen und setzt mich auf seinen Schoß. Ich habe nicht die Chance, Shane anzusehen oder Caden zu fragen, was er da tut, weil er mich an seinen nackten Oberkörper drückt. Seine Finger legt er an meine Wange, um meinen Kopf so zu drehen, dass er mich küssen kann. Nicht mehr vorsichtig und behutsam entdeckend, sondern hart und einnehmend. Sein zweiter Arm hält mich noch immer auf seinem Schoß, aber mit der Hand fährt er jetzt nach oben und umfasst meine Brust. Caden drückt leicht zu und hebt im selben Moment seine Hüfte an, damit ich ihn spüre.

»Siehst du, wie sehr ich dich will, Rina?« Er schluckt. »Also halt dich nicht zurück, niemals.«

Shanes Hände finden sich an meinen Knöcheln wieder, und er legt meine Beine auf seine Schultern, um wieder unter mein Kleid zu tauchen. Ich müsste mich unwohl fühlen, auf diese Weise von ihnen gehalten und berührt zu werden, aber alleine Cadens Geschmack, als er mich erneut küsst, und Shanes vertraute Liebkosungen reichen aus, damit ich mich weitaus entspannter als vor wenigen Sekunden gegen Caden lehne.

Ohne langsames Vortasten legt Shane den Mund über meine Mitte und schiebt die Zunge unnachgiebig in mich. Ich will zurückweichen, aber Caden hält mich mit seinem Arm und seinem Kuss für Shane fest.

»Nein«, knurrt er mehr, als dass er es sagt.

Ich versuche wirklich, mich nicht mit meinen Beinen an Shanes Schultern nach oben zu drücken, während er meine Schenkel mit seinen Händen weiter spreizt und zwischen harten Berührungen und feinem Streicheln abwechselt.

Caden lehnt sich leicht zur Seite und saugt einen meiner Nippel in den Mund. Die hellen Funken in mir lassen mich endgültig die Augen schließen und den Kopf in den Nacken legen, wo er an Cadens Schulter ruht.

Die Bewegungen der beiden Männer werden gleichmäßiger, und als ich zum ersten Mal laut keuche, zieht Caden mein Kleid hoch. Würde ich das Brummen in seiner Brust nicht spüren, wüsste ich nicht, dass er es ist, der aufstöhnt.

»Du bist wunderschön, das weißt du, oder?«

Shane unterbricht seine Bewegungen. »Ja, das ist sie, nicht wahr?« Sein warmer Atem trifft auf meine Mitte, die sich ihm immer weiter öffnet. »Warte, bis du sie schmeckst, Caden. Das übertrifft alles.«

»Scheiße, darauf habe ich viel zu lange gewartet«, sagt Caden mit einem dunklen Lachen und zwickt mir in den Nippel. Zu wissen, dass sie auf diese Weise über mich reden, als wäre ich nicht anwesend, treibt meinen Herzschlag weiter an. Es ist so anders und wunderschön.

Caden lehnt sich etwas zurück, damit Shane meine Hüfte ein kleines Stück nach vorn ziehen kann. Ich lasse es einfach geschehen. Meine Augen bleiben geschlossen, nur Caden und Shane. Nur wir.

Caden hält mich fest und unterstützt mit seinen Händen die Bewegung meiner Hüften. »Genau so, Rina.«

Begleitet von einem Grollen schiebt Shane seine Zunge noch tiefer in mich und beginnt mit seinen Fingern über meine empfindlichste Stelle zu reiben. Nach wenigen dieser beinahe groben Berührungen stupst er nur noch sanft dagegen, und ich stöhne auf, weil ich mehr Reiz brauche. Er lacht wissend und wiederholt dasselbe noch einmal. Gezielter Druck, der mir gibt, was ich brauche, und dann das sanfte Streicheln, das mich nach mehr lechzen lässt. Ich spüre, wie ich immer feuchter werde, und Shane leckt einmal wohlig über meine Mitte.

Die Beine habe ich inzwischen weit geöffnet, und meine Klit ist hart, während meine Schamlippen immer weiter anschwellen. Ich kann das heftiger werdende Wiegen meiner Hüften nicht mehr unterdrücken.

»Ja, Babe«, flüstert Caden. »Zeig mir, was dir gefällt.« Shane grinst an meiner Haut, als mir ein Wimmern entkommt, und Caden legt seinen Mund an mein Ohr. »Und jetzt schau hin. Sieh es dir an und genieße es genauso wie ich.«

Ich kann nicht anders, als seiner Stimme zu folgen, weil sie es ist, die mich nicht völlig in den Berührungen versinken lässt. »Schau hin.«

Als ich meine Augen öffne und sehe, dass es nicht mehr Shane ist, sondern Caden, der meine Schamlippen mit seinen Fingern weiter spreizt und mich liebkost, erschaudere ich.

Shane schaut zu mir auf, ohne das Necken meines Eingangs zu

unterbrechen, und ich sehe etwas in seinen Augen aufblitzen, als er meine Lust erkennt. Dann senkt er die Lider, nur um sie in dem Wimpernschlag wieder zu öffnen, in dem er seine Zunge zurückzieht und seinen Finger in mich schiebt.

Mein Keuchen weicht einem lauten Stöhnen, und Cadens harter Schwanz, der sich gegen meinen Arsch drängt, befreit meine Bewegungen, damit ich mir nehme, was ich brauche. Das Wiegen meiner Hüften wird abermals schneller, und Shane passt sich meinem Drängen an, während Cadens Finger mich immer intensiver reizen.

Es ist Cadens sanfter, beinahe unschuldiger Kuss an meiner Schulter und Shanes flüchtiges Streicheln in meiner Kniekehle, das mich die Augen endgültig schließen lässt. Ich zerspringe in tausend kleine Wassertropfen, die das Glitzern der Sonne sammeln und durch meinen Körper funkeln lassen. Sanfte Wellen fangen mich auf und hüllen mich in ihre schützende Geborgenheit ein.

»Ich glaube, ich habe noch nie etwas Schöneres erlebt«, höre ich Caden oder Shane sagen. Ihre Worte nehmen mir die letzte Kraft, sodass ich zurück in Cadens warme Umarmung sinke.

Als sich meine Atmung endlich wieder beruhigt und ich in die Dunkelheit blinzle, liege ich an Cadens Seite im Bett und er sieht mich an. Ich will beschämt die Augen schließen, aber Caden streicht sanft an meinem Hüftknochen entlang nach oben. Ich muss lächeln und winde mich unter seiner Berührung.

Er lächelt zurück. »Siehst du, geht doch. Du musst dich für nichts schämen, für gar nichts«, sagt er leise. »Alles ist gut.« Seine grünen Augen mustern mich aufmerksam, und er nickt immer wieder, als müsste er sich vergewissern, dass wirklich alles in Ordnung ist. Und wir wirklich da sind.

Hinter mir bewegt sich die Matratze und Shane beugt sich über mich. Er küsst meinen Oberarm und grinst. »Kein Mensch konnte ahnen, dass Caden und ich so ein unschlagbares Team ergeben, Babe. Und das war erst der Anfang, verdammt. Wart's ab, wenn wir uns davor auch noch absprechen.«

»Himmel«, entkommt es mir und ich muss laut lachen.

Shane zuckt mit der Schulter. »Ja, ein möglicher Ausdruck dafür. Wirklich gut gewählt, Rina.«

Ich lache und will Shane mit meinem Ellbogen boxen, aber er fängt ihn ab und schüttelt den Kopf. »Zu langsam, Babe«, sagt er und zwinkert mir zu. Dann hebt er meinen Arm nach oben und küsst mich an der Innenseite, genau an der Stelle meiner tätowierten Sieben. Als er sich mir von hinten entgegendrängt, spüre ich seine Erektion an meiner Haut und realisiere, dass er nackt ist. Sehnsuchtsvoll schmiege ich mich an ihn, um mehr von seinem warmen Körper an meinem zu spüren. Shane küsst sich weiter an der Innenseite meines Oberarmes entlang und wandert an meiner Brust wieder nach unten.

»Können wir den ausziehen?«, fragt er sanft und zeigt auf meinen BH.

Als ich nicke, löst Caden mit einem Handgriff den Verschluss zwischen meinen Brüsten. Er zieht von hinten an dem Stoff, und ich hebe den Oberkörper, damit er ihn ganz loswerden kann. Nachdem ich zurück auf die Matratze gesunken bin, schiebt sich Caden halb über mich und küsst mich.

»Schon besser«, sagt er und schaut hinunter auf meine Brüste. Das schwache Licht des Mondes wirft feine Schatten auf sein Gesicht und seine Haare kitzeln meine Wangen. Shane verschränkt unsere Finger und liebkost wieder einen meiner Nippel, während sich Caden meinem Mund widmet.

»Mach deine Augen zu, Rina«, flüstert Shane sanft. Sein Blick ist eindringlich. »Vertrau uns.«

Es ist etwas anderes, sich mit dem Schließen der Augen selbst zu schützen, als sich damit vollkommen hinzugeben.

Jetzt ist es Shane, der mich auf den Rücken dreht und küsst, mich einhüllt mit seiner Leidenschaft und Zärtlichkeit zugleich. Es dauert, bis ich meine Lider zumachen kann und nur noch aus Lippen und Fingern auf meiner Haut bestehe.

Als das Bett sich bewegt, glaube ich zu hören, dass sich Caden die Hose auszieht, und will nachsehen.

»Hey!«, kommt es sofort von Shane.

»Was ist, hat sie geschaut?« Caden.

»Sie wollte. Aber sie wird nicht, oder, Rina?«

Ich antworte nur verzögert, weil ich es viel zu sehr liebe, Shane auf meine Antworten warten zu lassen.

»Rina?«

»Das ist ganz schön unfair, wisst ihr? Ich würde auch gerne sehen, worauf ich mich einlasse.«

»Ohhh«, sagt Caden wieder nahe an meinem Ohr, und ich glaube, er ist es, der plötzlich in meinen Nippel beißt. »Du weißt ganz genau, worauf du dich einlässt, Rina.« Er leckt jetzt sanft über den Biss und Shane streichelt an der anderen Seite über die Rundung meiner Brust und weiter zu meinem Bauchnabel.

»Du hast uns gesehen, so oft.« Ich höre Caden schlucken. »Und wir haben dich gesehen und keiner von uns konnte dich haben, aber das ist jetzt vorbei.« Seine Lippen liegen auf meinen, nur ganz kurz, und ich kann seinen Atem spüren. »Jetzt müssen wir nichts mehr verbergen. Uns nicht mehr zurückhalten.«

Ein Finger nach dem anderen verflicht sich mit meinen. Mit einem leichten Zug bringt Caden mich dazu, mich wieder auf die Seite zu drehen. Dann legt er meine Hand gemeinsam mit seiner auf seine nackte Brust und lässt sie über die definierten Muskeln nach unten wandern.

Ich stöhne, als erneut an meinem Nippel gesaugt wird und ich Shanes Spitze an meinem Oberschenkel spüre.

»Und, Rina«, sagt Caden heiser, »wir dürfen uns ab jetzt überall berühren, wo wir möchten.«

Unter meinen Fingern spüre ich den Übergang von Cadens Bauchmuskeln in seine Leiste. Er hält mich zurück, als ich mich schneller bewegen will, kostet jeden Moment aus, den wir uns so lange ersehnt haben. Jetzt drückt er noch einmal meine Hand, atmet tief ein und schiebt sie weiter nach unten, bis ich ihn spüre. Alles von ihm.

Shane streichelt weiter an meinem Hintern und dem Ansatz meines Rückens auf und ab, kommt dabei meiner Mitte immer näher. Ich habe keine Ahnung, ob er uns zusieht oder an meiner schneller werdenden Atmung erkennt, was Cadens Berührung mit mir macht. Langsam und vorsichtig schließe ich meine Finger um Cadens Schaft, der in meiner Hand sofort zu pulsieren beginnt. Seine Haut ist glatt, ich spüre die Adern, die sich darunter abzeichnen, und folge ihrem Weg nach oben. Dann drücke ich fester zu, und Caden zuckt zusammen, als ich meine Hand wieder nach unten schiebe und mit meinem Daumen über seine Spitze streichle. Die bereits erkennbare Nässe, die mir seine Lust zeigt, verteile ich auf seiner zarten Haut und liebe es, dass er seine Hand nun zurückzieht und sich mir hingibt.

Er hatte recht. Die Zeit, in der wir uns nicht berühren durften, ist vorbei.

Caden stöhnt laut, weil ich meine Finger von seiner Erektion löse und nach seinen Hoden taste, die schwer auf seinem Oberschenkel liegen. Mit der Fingerspitze zeichne ich sanfte Kreise, die ihn zum Zischen bringen, nur um dann wieder bestimmt seinen Schwanz zu umschließen.

Shane lächelt, tief und geheimnisvoll. »Ich sage ja, Rina weiß ganz genau, worauf sie sich einlässt.«

Ich mag es, Caden zu zeigen, wie sehr ich ihn will, und zu spüren, dass auch er mich will. Unsere Berührungen gehen ineinander über ,und ich höre auf, darüber nachzudenken, wer von beiden meinen Bauch küsst, wen ich über mir spüre oder wer mir ins Ohr flüstert. Wir sind eins, längst bevor wir auch körperlich eins werden.

Irgendwann nehme ich wahr, wie sie sich beide durch den Raum bewegen, und drehe meinen Kopf in Richtung der Glasfront. Als ich meine Augen öffne, wirft der Mond sein Silber über den dunklen Ozean, das bis in unser Strandhaus reicht.

Ich folge den leisen Geräuschen und dem Flüstern und nehme

jedes Bild auf, das mir das schwache Mondlicht schenkt. Von den Jungs, die, seit ich denken kann, für mich da waren und jetzt zu Männern geworden sind. Zu meinen Männern, die mir näherstehen als je zuvor. Mondschatten umspielen ihre definierten Körper, die sich gleichen und dennoch unterschiedlich sind, und verstärken das sehnsuchtsvolle Ziehen in meinem Herzen und in meinem Körper.

Auf der Matratze rutsche ich noch ein Stück nach oben auf das Kissen, als sie näher treten. Ich weiß, was gleich passieren wird – und doch habe ich keine Ahnung.

Gleichzeitig knien sich Shane und Caden auf das Bett. Shane grinst liebevoll, während auf Cadens Gesicht eine Anmut liegt, von der ich mich nicht mehr lösen kann. Und als hätte ich gerade eine Wahl getroffen, nickt Shane und schiebt sich nicht über mich, sondern legt sich an meine Seite und stützt den Kopf auf einem Arm auf. Er streicht mir über das Gesicht, und ich greife nach seiner Hand, um sie mit meiner zu verbinden.

Caden kniet noch immer vor mir, sieht mich nur an. Seine Brust hebt und senkt sich schwer, eine Hand hat er um seine Erektion gelegt. Ich erkenne ein blaues Kondom, das er sich übergezogen hat, und kann nicht anders, als einen Blick zur Seite zu werfen. »Blau und Rot«, sage ich, weil Shane stolz auf seine Regenbogensammlung ist.

Er grinst. »Heute war es Zufall. Das nächste Mal darfst du wieder aussuchen«, antwortet er und küsst mich auf die Wange.

Caden kniet immer noch nur da. Shane muss spüren, dass das Unwohlsein mich wieder einzunehmen droht, da löst er seine Hand aus meiner und fährt über meinen Oberschenkel nach unten. Behutsam nimmt er mein Knie und zieht es nach außen.

Caden folgt seiner Bewegung und bleibt mit dem Blick an meiner Mitte hängen. Das Keuchen, das aus seinem Mund dringt, hört sich beinahe erlösend an. Shane lächelt wissend und lehnt sich wieder ein Stück zurück.

Caden kommt näher, schüttelt kurz den Kopf. »So lange schon«, sagt er leise, seine Stimme kratzt über meine Nippel. »Verdammt. Ich dachte, dieser Moment würde niemals kommen.« Und da weiß ich, dass er nicht meinetwegen gezögert hat, sondern seinetwegen.

Ich halte mich an ihm fest, als er sich über mich schiebt und die Arme links und rechts von mir aufstützt. Seine Hände berühren sanft mein Gesicht und ich nehme zum ersten Mal heute Abend das leichte Zittern seiner Finger wahr. Ganz von selbst findet meine Hand seine und ich küsse seine Fingerspitzen.

»Ich bin da«, flüstere ich.

Caden lächelt. »Und ich lasse dich nie wieder gehen«, antwortet er mir und schiebt mit seinen Knien meine Beine weiter auseinander.

Er streicht mir eine Locke aus der Stirn und lächelt weiter, bis seine Spitze endlich meine Mitte berührt und wir beide zur selben Zeit aufhören zu atmen, nur um dann im gleichen Moment wieder Luft zu holen und gemeinsam weiterzuleben.

Cadens Duft hüllt mich ein, bis ich nur noch aus ihm bestehe, schon bevor er sich langsam in mich drängt. Ich schließe die Augen, will mich dem Gefühl, endlich mit ihm verbunden zu sein, hingeben, da hält Caden inne. »Nicht. Bleib bei mir, Rina. Ich muss dich sehen, alles von dir.«

Ich bemühe mich, für ihn meine Augen offen zu halten, und liebe es, das leichte Flattern seiner Lider zu sehen, als er tiefer vordringt. Wir kommen uns immer näher, und ich lege meine Beine um Caden, halte ihn bei mir. Seine Augen sind auf meine gerichtet, sehen mich und so viel mehr, und es ist, als wären wir endlich angekommen. Dort, wo wir schon längst hätten sein sollen, miteinander.

Caden küsst mich und das ehrfürchtige Beben seiner Lippen dringt tief in mich. Begleitet von einem dunklen Seufzen, beginnt er sich zu bewegen, langsam, jedes einzelne Mal auskostend, das wir uns beinahe verlieren und wieder zusammenfinden. Es geschieht mit einer Leidenschaft und Zärtlichkeit, die mir die Tränen in die Augen treibt.

Ich spanne meine Muskeln an, will ihn länger in mir halten und

Caden folgt meinem Verlangen. Ich spüre, wie er schaudert und sich zurückhält, mit aller Kraft. Seine Haut glänzt vor Anstrengung, und ich kann nicht anders, als zu lächeln.

»Ich will, dass du in mir kommst, Caden.«

»Sag so was nicht zu mir. Noch nicht«, antwortet er durch sein Keuchen hindurch.

Ich dränge mich ihm bei jedem seiner Stöße noch mehr entgegen und lasse ihm keine Wahl. »Jetzt, Caden.«

Er möchte die Augen zumachen, da umfasse ich sein Gesicht und lasse ihn sich nicht verschließen. Jetzt bin ich es, die keine seiner Reaktionen hergeben möchte. Ich will alles von ihm haben, was nur mir gehört.

Mit einem letzten lauten Stöhnen drückt er sich in mich, und ich spüre den Schauer und das Pulsieren, das zugleich durch seinen Körper jagt. Sein Unterkiefer beginnt zu zittern. Ich streichle mit dem Daumen darüber, zeige ihm, dass es in Ordnung ist. Dass ich ihn halte, während sein ganzer Körper erbebt. Am Glanz seiner Augen erkenne ich, als es vorbei ist, lange bevor er seine Stirn an meine legt.

Ich streiche mit meinen Fingern an seinem Rücken auf und ab und gebe ihm und mir die Zeit, die wir brauchen, um das Geschehene zu verarbeiten. Caden so roh zu erleben, so echt, lässt mich demütig schlucken.

»Das war zu schnell«, sagt er träge, aber ich lächle nur und küsse ihn.

»Nein, das war wunderschön. Für alles andere haben wir unser restliches Leben Zeit«, gebe ich zurück und genieße es, dass er so lange wartet, mich festhält und liebkost, bis sich unsere Verbindung von selbst löst.

Ich war mir der Anwesenheit von Shane die ganze Zeit über bewusst, aber jetzt wieder seine Hände auf mir zu spüren, die mich ebenso wie Cadens verwöhnen und mir zeigen, wie sehr er mich braucht, ist unbeschreiblich.

Irgendwann kniet Caden sich hin und rollt das Kondom ab. Seine

Muskeln sind immer noch von der Anstrengung gezeichnet und er grinst mich durch seine nassen Haare hindurch an, die ihm über die Augen hängen. Dieses Bild reicht aus, damit ich mir der Lust bewusst werde, die noch immer in mir schlummert. Caden küsst mich noch einmal, bevor er aufsteht und das Kondom entsorgt.

Ich will mich gerade zu Shane drehen, da liegen seine Lippen schon auf meinen. Nicht fordernd oder überschwänglich, sondern fragend. »Zwischencheck, Rina: Ist alles in Ordnung?«

»Nein, ist es nicht.«

Shanes Gesichtsausdruck wird ernst, und Caden, der sich gerade neben mich legen wollte, stockt in seiner Bewegung.

Ich lächle. »Es ist mehr als in Ordnung, und noch viel mehr als das, wenn ich dich endlich spüre, Shane.«

Das tiefe Grollen, das durch seine Brust vibriert, flirrt durch meinen ganzen Körper. Ich kreische laut auf, als sich Shane vor mich hinkniet und mich an meinen Beinen schwungvoll zu sich zieht. So, dass ich ihm gefährlich nahe bin.

Shane schaut nach unten, dann sieht er mich an und seine Miene wird mit dem nächsten Atemzug ernst und dominant. Sein Gesichtsausdruck verändert sich nicht, als er den Daumen ableckt, um ihn zu befeuchten, und ihn danach direkt auf meine Klit legt. Der Nachhall von Caden, der mich eben noch ausgefüllt hat, und dieser neue spitze Reiz schicken ein Zucken durch meinen Körper, das so intensiv ist, dass ich mich zurückziehen möchte.

Shane schüttelt den Kopf. »Denk nicht einmal daran, Babe.«

Er nickt Caden zu, der plötzlich nach meinen Armen greift und sie über meinen Kopf hebt. Caden kratzt mit seinem Bartschatten über meine Wange und küsst mich auf den Mund. »Ich will es sehen. Alles von dir, wenn er dich kommen lässt.«

In dieser Sekunde berührt Shane wieder meine Klit und ich stöhne heftig auf. Seine kreisenden Bewegungen wechseln zwischen fest und leicht, und als er zwei Finger in mich schiebt, ist er es, der aufstöhnt. »Scheiße, Caden. Sie ist so nass von dir.«

Caden lächelt wissend, und Shane zieht seine Finger zurück, um seine Erektion mit meiner Nässe zu befeuchten. Alleine dieser Anblick bringt mich dazu, meine Beine noch weiter zu spreizen.

Shane ist ebenso vorsichtig wie Caden, als er sich langsam in mich schiebt, und wartet darauf, dass ich ihm mit meinen Hüften immer weiter entgegenkomme, um ihn aufzunehmen. Zu wissen, dass eben noch Caden in mir war – dass sie beide zu mir gehören –, entlockt mir ein Keuchen, und als hätte sich Caden dadurch angesprochen gefühlt, reizt er meine Nippel.

Sobald Shane ganz in mir ist und sich mit einem fragenden Blick vergewissert hat, dass alles okay ist, beginnt er mit langsamen Bewegungen, uns noch mehr Lust zu entlocken.

Caden flüstert mir ins Ohr, was er sieht, wie sich meine Schamlippen für Shane öffnen und wie sehr alles an mir glänzt, weil ich so feucht bin.

Shanes Stöße werden heftiger, da vergräbt er seine Hände in meinem Hintern und hebt mich an. Ich spüre seinen Finger an einer Stelle, an der ich noch nie berührt wurde, und werde von den fremden Empfindungen derart überwältigt, dass ich mich an Caden festhalte.

Die Stöße verlieren ihre Heftigkeit und werden langsamer, intensiver, als würde Shane besser als ich fühlen, wie sich mein Orgasmus aufbaut. Seine blonden Haare hängen ihm ins Gesicht, und ich sauge in mich auf, wie er sein Piercing zwischen die Zähne zieht und durch die zusammengepressten Lippen stöhnt.

Ich spanne alles in mir an. Shane flucht laut und fixiert mich mit seinen eisblauen Augen – Augen, die alles von mir fordern. Und als ich glaube, unter seinen Empfindungen zu zerspringen, werden seine Stöße noch langsamer, beinahe quälend, jedoch ohne an Intensität zu verlieren.

»Rina«, raunt Shane, während mein Höhepunkt bereits durch meinen Körper surrt. Nur noch zwei, drei schnelle Stöße. *Bitte.*

»Du bist wunderschön«, sagt er, und seine Stimme, seine Worte hüllen mich ein, während Cadens Finger mich an Stellen reizen, die ich so noch nie zuvor wahrgenommen habe.

Shane sieht von Caden zu mir und leckt sich über die Lippen. »Kommst du mit mir?«

Mein »Ja« setzt Shane in Brand, und wo er sich eben noch zurückgehalten hat, tut er jetzt alles dafür, meinen Orgasmus anzutreiben. Meinen und seinen. Alles an ihm versteift sich, als er mit letzter Kraft in mich pumpt und den Kopf laut stöhnend in den Nacken legt. Er hört nicht auf, sich zu bewegen, bis ich mich an Caden klammere und endgültig von ihnen davongetragen werde.

Das funkelnde Glimmen überschwemmt meine Mitte und zieht über meinen Rücken hinauf in jeden Winkel meines Körpers. Ich weiß nicht, ob es Shane oder Caden ist, der mein Stöhnen mit seinem Mund auffängt und mich festhält, während ich fliege. Höher und immer höher.

Als das Glitzern meinen Körper verlässt und der Müdigkeit Platz macht, liege ich in Shanes Armen. Caden öffnet soeben die Glasfront und die kühle Nachtluft lässt meinen verschwitzten Körper erschaudern. Sanft streichelt Shane mit seinen Fingerspitzen über mein Gesicht und deckt mich zu. Wo eben noch Dominanz und Härte war, ist jetzt Fürsorge und Zärtlichkeit. Er steht erst auf, um sich das Kondom auszuziehen und uns etwas zu trinken zu holen, als Caden wieder bei uns ist und mich an sich ziehen kann. Ich liege auf seiner Brust, sein Finger hakt sich bei meinem ein.

»Du bist und warst schon immer unser Mädchen«, flüstert er. Ich fühle seine Stimme mehr, als dass ich sie höre. »Und du wirst für immer unser Mädchen bleiben, Rina.«

Shane kommt zurück, aber ich schaffe es nicht einmal mehr, etwas zu trinken, so erschöpft bin ich. An Cadens Brust mit Shanes Arm um meine Taille lausche ich den beiden noch, wie sie miteinander reden und lachen, bevor ich irgendwann erschöpft in den Schlaf gleite.

Keine Reue, keine Ungewissheit. Nur ein Versprechen, das sie mir immer und immer wieder ins Ohr flüstern. Das Versprechen, dass wir zusammengehören und sie mich nie mehr gehen lassen. Dass sie da sind, für immer.

Noch nie hatte ich das Gefühl, endlich dort zu sein, wo ich hingehöre.

Zu Hause, mit ihnen.

KAPITEL 17

RINA

Mit einem tiefen Atemzug schrecke ich aus dem Schlaf hoch und versuche panisch, mich in der Dunkelheit zu orientieren. Ich spüre die Wärme von Shanes Arm um meinen Bauch, nur um in der nächsten Sekunde festzustellen, dass es Caden ist, der mich an sich drückt. Augenblicklich fluten die Erinnerungen an die vergangenen Stunden meine Sinne. Shanes Mund auf mir und Caden, der mich hält. Sein intensiver Blick, ehrfürchtig und liebevoll zugleich, als er in mich eindringt. Shane, der lächelt und mich küsst und mir immer wieder sagt, wie schön ich bin.

Shane bewegt sich in diesem Moment neben mir und vergräbt seufzend die Nase in meinen Haaren. Ich kann seine warme Atemluft in meiner Halsbeuge spüren und muss blinzeln, um sicherzugehen, dass das hier echt ist. Ich hatte Angst, aber die Entschlossenheit der beiden und ihre Sanftheit haben mir die Furcht genommen, mehr zu zerstören als dazuzugewinnen. Wir kennen uns so lange, und diese Nacht hat all das Vertrauen, das ich in diese Männer habe, zu einem großen Ganzen verbunden, das mich schützend einhüllt und meinen Gefühlen Raum gibt.

Ich schlucke. Ich wusste nicht, dass ich sie beide will. Nein, ich habe mich nicht getraut zu wissen, dass ich sie beide will. Und dass sie mich wollen. Aber jetzt hier zwischen ihnen zu liegen, fühlt sich an wie das einzig Richtige. Das einzig Richtige für uns drei. Ich keuche. Ja, ich glaube, ich bin glücklich.

Caden zieht mich fester an sich und fährt mit dem Daumen über meine Seite. Er hat mich gestreichelt, bis ich eingeschlafen bin, und mir immer wieder ins Ohr geflüstert, dass er mich nie wieder verlassen wird. Und ich glaube ihm. Weil wir zusammengehören.

Ich drehe mich so, dass ich Caden ansehen kann. Das schwache Licht, das der Mond durch die Glasfront schickt, zeichnet zarte Schattenmuster auf sein Gesicht und lässt ihn jünger erscheinen – so, als hätte er die Härte der letzten Tage und Wochen in nur einer einzigen Nacht wieder abgelegt. Er zuckt unter meinen Fingern zusammen, als ich ihm eine der dunklen Haarsträhnen aus der Stirn streiche und ihm über die Schläfe streichle. Ich fühle mich ihm näher als je zuvor und spüre nicht nur unsere tiefe Verbindung, sondern auch die Verletzlichkeit, die unsere Offenheit mit sich bringt. Er hat es gesagt, er wird mich nie mehr verlassen. Ich vertraue ihm. Und er vertraut mir und Shane. Wir tragen die Verantwortung füreinander, jetzt noch mehr als früher.

Mit einem wohligen Seufzen ziehe ich die Decke weiter über unsere Körper nach oben und schließe zufrieden meine Augen, bis ich es höre, leise nur, und doch ist es plötzlich überall. Das Läuten meines Telefons, das von unten zu uns in den Halbstock dringt, alarmiert mich augenblicklich und ich bin sofort hellwach. Es gibt nicht viele Menschen, die mich mitten in der Nacht anrufen, und der Großteil von ihnen liegt hier mit mir in diesem Bett.

Vorsichtig schiebe ich mich auf der Matratze nach unten und schaffe es, aufzustehen, ohne Shane oder Caden zu wecken. Um das typische Knarzen der Holztreppen zu vermeiden, trete ich ganz am Rand auf und nehme nur jede zweite Stufe. Ich flehe innerlich, dass es Jonah gut geht und er nicht wieder einen gefährlichen Infekt hat wie vor ein paar Wochen.

Das Handy läutet immer noch, als ich endlich in der Küche ankomme und es vom Esstisch nehme. Obwohl ich die Nummer nicht eingespeichert habe, erkenne ich sie. Ich schätze, das ist so, wenn man jahrelang ständig von ihr angerufen wird.

»Charlotte?«

»Rina?« Ich verstehe sie durch die laute Musik und das Stimmgewirr im Hintergrund kaum. »Du musst ihn holen kommen, er hat mir die ganze Toilette vollgekotzt, das zweite Mal in vier Tagen.«

Ich schlucke gegen das lähmende Gefühl in mir an. »Natürlich. Ich mache mich auf den Weg.«

»Gut. Sieh zu, dass du hier bist, bevor er wieder zu sich kommt und noch mehr Alkohol ausgibt, den er nicht bezahlen kann. Er soll seinen Kaufabschluss woanders weiterfeiern.«

Ein Stich. Tief in mir. »Bitte was?« Ich könnte mich verhört haben.

»Die alte Fabrik. Er zeigt den Vertrag schon den ganzen Abend rum und lädt Gott weiß wen ein, ihn als Großgrundstückbesitzer hochleben zu lassen.«

Ich sage nichts, lasse die Worte und ihre Bedeutung zuerst mein Herz und dann meinen Verstand übernehmen. *Er hat es versprochen.*

»Bist du gleich da?«

Mein Mund ist staubtrocken. »Natürlich«, krächze ich.

»Gut, beeil dich.« Charlotte legt auf.

Ich atme nicht und ich blinzle nicht.

Es reicht nicht, mich am Tisch abzustützen. *Er hat den Vertrag unterschrieben.* Ein Gedanke, auf den wie eine mächtige Welle der nächste folgt. *Er hat uns verschuldet, wegen einer elenden Bruchbude.* Die nächste Welle bringt meine Knie zum Zittern. *Das Geld wird nicht reichen, hat es noch nie. Er wird es alleine nicht schaffen.* Ich sinke zu Boden. *Wir werden das letzte bisschen verlieren, das wir haben. Uns bleibt nichts. Mir bleibt nichts. Mir bleibt keine Wahl.* Ich kann mich nicht mehr halten, lasse mich zurückfallen. Noch eine Welle. *Mir bleibt keine Wahl mehr.*

Was ich will, wird unter den Wassermassen begraben, die sich immer weiter auftürmen. Wir werden Geld brauchen. Geld, das eine Studentin nicht verdienen kann. Ich lache auf, quälend leise. *Kein Studium.* Mein Lachen wird von einem Wimmern erstickt. *Er hat es versprochen.*

Der nächste Atemzug bleibt aus – mit der letzten Welle, die mich zu ersticken droht. Shane und Caden haben ebenfalls etwas versprochen. Wir lassen uns aufeinander ein und sie lassen mich niemals allein. Die Emotionen der letzten Stunden, die sich schützend um mich und unsere gemeinsame Zukunft gelegt haben, beginnen zu bröckeln und werden von der Flut davongespült.

Zurück bleibt, den Gezeiten trotzend, nur eine einzige Gewissheit: dass es ein Fehler war. Mein Fehler. Vertrauen in Versprechungen zu setzen, die mir alles nehmen können. Mein Zuhause. Meine Zukunft. Meine Liebe. *Mich.*

Krampfhaft klammert sich meine Seele an den Bildern der Nacht fest, an Shane und Caden, die mich halten, geborgen und beschützt.

Ich fröstle nach Luft ringend. Keine Träume, kein Vertrauen mehr. Ich bin nur ein Mädchen, das mitten in der Nacht nackt auf dem Boden eines Strandhauses kauert, sich von zwei Männern hat nehmen lassen und jetzt seinen besoffenen Vater aus einer Kneipe holen muss, nachdem es seine Zeche beglichen hat.

Ich atme wieder ein, stockend und nicht tief genug, und straffe die Schultern. Dann stehe ich auf, gehe nach oben und ziehe mich so leise wie möglich an. Immer wieder fällt mein Blick auf die beiden schlafenden Männer. Sie waren stets mein Rückhalt. Wenn die Sache mit uns schiefgeht, verliere ich alles und habe weniger als nichts. Die Entscheidung gegen uns ist für uns. Mein letzter Schutz. Das, was richtig ist.

Ohne noch einmal zurückzuschauen, verlasse ich das Strandhaus und unsere Bucht. Bereit, mich meinen Pflichten zu stellen und für meinen Dad da zu sein, so wie er es war, nachdem uns Mom im Stich gelassen hat. Er war damals siebzehn und hat, ohne zu zögern, Verantwortung übernommen – ich bin fünf Jahre älter als er damals, da müsste es mir leichterfallen, ihm zu helfen.

Ich laufe über den Strand und nehme den hinteren Weg über die Klippen nach oben, um die Seehunde nicht zu wecken. Niemand soll merken, dass ich gehe.

Ich bin allein.

KAPITEL 18

CADEN

Die durch die Glasfront einfallende Sonne wärmt mein Gesicht. Ich bleibe einfach ruhig liegen und genieße das orangerote Farbspiel hinter meinen geschlossenen Augen – es muss Wochen her sein, dass ich nach Sonnenaufgang munter wurde. Still höre ich in meinen Körper hinein, aber da ist nichts. Kein galoppierender Herzschlag, der mich zur Bewegung zwingt, keine Liste an unerledigten To-dos, die ich mir immer wieder aufsagen muss. Der Zwang, mich zu beruhigen, um zu funktionieren, bleibt aus. Nur ein leichtes Kribbeln in meinen Fingerspitzen. Und ihr Bein über meinem.

Pure Glücksgefühle und Dankbarkeit fluten mich. Ruhig und zufrieden atme ich aus und hole die Bilder der letzten Stunden eines nach dem anderen zurück. Rina, wie sie mich anlächelt, auf die Art und Weise, nach der ich mich immer gesehnt habe. Ihre Finger, verwoben mit meinen. Rinas Körper zwischen Shane und mir. Ihr Keuchen, als sie unter uns kommt. Vertrautheit, Zuneigung. Und …

Das Bein bewegt sich auf meinem und ich spüre die Behaarung darauf an meinem Oberschenkel. Das kann nicht Rina sein, hoffe ich zumindest. Ganz langsam drehe ich mich und öffne die Augen. Shanes Gesicht liegt viel zu nah an meinem und sein Mund ist leicht geöffnet. Unsanft schiebe ich ihn zur Seite, woraufhin er mich orientierungslos anblinzelt.

»Genau davor hatte ich am meisten Angst, weißt du?«, murmle ich. »Weil ich weiß, wie gerne du kuschelst.«

Shane ignoriert meine Bemerkung und dreht sich tastend auf den Rücken. »Babe? Was macht der fremde Typ in unserem Bett?«

Ich richte mich auf, um Rina in unsere Mitte zu ziehen, und stutze. »Rina ist nicht da.«

»Wie spät ist es?«, will Shane wissen und beugt sich zu dem Funkwecker auf dem Nachtschrank. »Halb sieben, Rinas Kurs fängt erst um neun an. Vermutlich macht sie sich gerade Frühstück.« Er grinst. »Sie muss hungrig sein.«

Ich kann nicht anders, als ebenfalls zu grinsen, und lasse mich zurück ins Bett fallen. »Scheiße, das war … also …«

»Ja, ich weiß, Bro«, sagt Shane. »Viele sind sprachlos, wenn sie das erste Mal Sex mit mir hatten.«

Shane stöhnt auf, als ich ihm den Ellenbogen in die Seite ramme, aber er ist trotzdem nicht still. »Ich war ja etwas verwundert, Caden, dass dir meine Kondome nicht zu groß sind. Nur wenige brauchen diese Größe.«

Ich lege mir keuchend die Hände auf die Augen. »O mein Gott.«

»Ja, das hat Rina auch gerufen, und ich bin mir sicher, sie hat mich damit gemeint, nicht dich.«

»Sag mir einfach, wenn du damit fertig bist, Shane.«

»Womit fertig? Dich und deine unangebrachte Verlegenheit zu verarschen?« Er lacht auf. »Niemals.«

Ich sehe ihn an, jegliche Belustigung fällt mir aus dem Gesicht. »Ich bin nicht verlegen. Und ich bereue keine Sekunde.«

Shane nickt. »Das habe ich auch nicht erwartet. Nicht bei Rina.« Er lächelt schief. »Nicht nach all der Zeit, die wir auf sie gewartet haben, oder sie auf uns.«

Ich drehe die Ringe an meinen Fingern. »Es war nicht unerwartet. Ich wusste, dass ihr zueinanderfinden würdet, während ich in Phoenix bin. Aber dein Anruf, als du mir gesagt hast, ihr beide seid jetzt ein Paar, war schlimm.« Ich stoppe bei dem Ring, den ich am längsten habe. Rina und Shane haben ihn mir zum sechzehnten Geburtstag geschenkt. »Nein, es war nicht schlimm. Es war mehr als das.« Es war die erste Nacht, in der ich nicht schlafen konnte.

»Das habe ich nicht, Caden.«

»Wie bitte?«

»Ich habe nicht gesagt, dass Rina und ich ein Paar sind.«

Ich sehe ihn wieder an. »Natürlich hast du das.«

»Nein.« Er schüttelt den Kopf. »Ganz sicher nicht. Ich habe dir gesagt, dass ich Rina geküsst habe. Mehr nicht.«

»Ja, aber …«

Shane setzt sich auf. »Ich habe nie das Wort ›Paar‹ gewählt, weil es sich falsch angefühlt hat. Ein Paar zu sein bedeutet, man ist zu zweit, Caden.« Er sieht mich an. »Und das waren wir irgendwie nicht, noch nie. Also, nicht für mich. Nur war es mir nicht wirklich bewusst, warum sich das Wort so falsch anfühlt.«

Ich sage nichts und denke nach. Überlege mir, wie es wäre, Rina allein zu haben, nur für mich. Wir beide am Strand und beim Beachvolleyballspielen. Oder beim Springen von irgendwelchen Klippen. Und ich fühle, was Shane meint. Es wäre nicht dasselbe. Nicht das, was uns ausmacht.

Shane muss mir die Erkenntnis am Gesicht ablesen, denn er lächelt, nur um sofort wieder zu grinsen. »Irgendwie war es ja auch zu erwarten. Ich meine, dass du der Langsamere von uns beiden bist, ist nicht unbedingt was Neues.«

Gleichgültig verschränke ich die Arme. »Vielleicht bin ich einfach der Vorsichtigere, der überlegter handelt.«

»Wenn wir darauf gewartet hätten, dass du bei Rina den ersten Schritt machst, wären wir so was von im Arsch, für viele, viele weitere lange Jahre.« Shane schaut an die Decke. »Bestimmt sehr viele Jahre, ja.«

»Du bist ein Idiot, weißt du das?«

Sein schmunzelnder Blick trifft mich. »Ja, aber ohne den Idioten hättest du Rina gestern nicht einmal geküsst.«

»Nein, hätte ich nicht.« Ich schlucke. »Weil ich verdammte Angst hatte. Das verändert alles.«

»Nein, das verändert gar nichts.« Shane zieht die Augenbrauen zusammen. »Es macht genau das, was wir immer hatten, endlich perfekt.«

Nun lächle ich ebenfalls. Shane hat schon immer die Worte gefunden, die mir oft gefehlt haben. Oder den Mut. Ich hätte sie nicht geküsst, egal wie sehr sich alles in mir danach verzehrte. Es war nicht meine Grenze, es war unsere.

Shane schnaubt und schließt kurz die Augen. »Die Nacht war etwas Besonderes, oder?«

»Kein Zweifel«, stimme ich ihm zu. »Die Nacht war wunderschön. Und Rina …« Meine Stimme bricht beinahe unter der Macht meiner entfesselten Emotionen. »Sie so zu erleben – *uns* so zu erleben, es ist unglaublich und mehr, als ich mir jemals erträumt habe. Sie ist perfekt, Shane.«

Er steht auf und schiebt die Glasfront ganz auf. »Ja, das ist sie und ich werde ihr jetzt genau das sagen.«

Während ich hinaus aufs Meer schaue und die sanften Wogen beobachte, die der Wind bis an den Strand trägt, zieht er sich an.

»Shane?«

»Ja?«

Ich spreche leiser. Es ist unwahrscheinlich, dass Rina uns bis nach unten hört, aber sie soll nicht bemerken, dass es mir aufgefallen ist. Ich will sie nicht noch mehr verunsichern. Denn genau das ist sie, verunsichert, und es ist fremd, obwohl ich noch nie zuvor Sex mit ihr hatte. »Was war das mit Aaron gestern?«

Shane sieht mich kurz an und presst die Lippen zusammen, dann zieht er sich das Shirt über den Kopf. »Sie spricht nicht darüber, und ich konnte ihn noch nicht fragen, was zur Hölle er mit ihr gemacht hat. Fakt ist, dass ich niemals das Gefühl hatte, sie würde sich für irgendetwas schämen, schon gar nicht für sich selbst.« Er legt den Kopf schief. »Bis sie mit Aaron zusammen war.« Seine Stimme wird noch leiser und er reibt sich über seinen Kratzer an der Brust. »Du hast keine Ahnung, wie lange es gebraucht hat, bis sie sich vor mir ausgezogen hat. Und das hatte einen Scheiß mit so einer Von-Freundin-zu-Partnerin-Rollensache zu tun. Das war ganz allein er.«

Ich schlucke die Wut auf Aaron hinunter, der Rina nie verdient hatte. Nicht einmal, weil wir sie wollten, sondern weil er zeit seines

Lebens ein arroganter Wichser war. Schon als wir noch zusammen studiert haben.

»Wir bekommen das wieder hin, oder?«, frage ich Shane.

Er lächelt, die Entschlossenheit in seinem Blick beruhigt mich. »Natürlich, wir sind jetzt zu zweit. Das macht uns unschlagbar, Bro.« Er hält mir seine Faust hin und ich halte meine dagegen. Vielleicht haben wir diese Geste gerade beide gebraucht, um zu zeigen, dass sich zwischen uns nichts verändert hat. Wir sind immer noch dieselben. Wir sind immer noch beste Freunde, wenn auch anders, als es die meisten Menschen vermutlich definieren würden.

Shane zieht den durchsichtigen Vorhang etwas zu und geht nach unten. Ich schaue wieder hinaus aufs Meer. Salzige Luft vermischt sich mit dem Geruch von frischem Seegras, das in der Morgensonne trocknet, und ich atme tief ein. Ich hatte vergessen, wie schön es sein kann aufzuwachen.

»Rina?« Ich höre die Tür vom Strandhaus zuschlagen und dann noch einmal Rinas Namen, den Shane ruft.

Vermutlich kümmert sie sich um Christie, nehme ich an und stehe auf, um duschen zu gehen. Ich rieche die letzte Nacht überall auf meiner Haut und wünsche mir, dass das jetzt jeden Morgen so ist. Für immer. Gemeinsame Nächte, Arm in Arm einschlafen und im allerbesten Fall auch gemeinsam aufwachen. In Gedanken spiele ich durch, was wir heute Abend nach Rinas Kursen gemeinsam machen könnten. Plötzlich scheint alles wieder voller Möglichkeiten. Sogar mein Spiegelbild wirkt fremd, die Augenringe werden blasser und ich habe wieder mehr Farbe im Gesicht. Ich bin beinahe fertig, mir endlich den viel zu langen Bart zu rasieren, als Shane zurückkommt.

»Caden?«

»Hier.«

Er bleibt in der Badezimmertür stehen. »Sie ist weg.«

»Wie bitte?« Ich halte inne.

»Weg, du hast mich richtig verstanden.« Er hastet hinüber in die Küche, und ich höre, wie er mit Geschirr klappert.

»Ist irgendwo eine Nachricht? Oder hast du auf dein Handy geschaut? Vielleicht wollte sie früher zur Uni?«

»Meinst du, dass hier irgendwo Zettelchen mit Herzen herumschwirren, auf denen steht: ›Danke für die Orgasmen, ich komme später wieder‹?«

Ich wische mir mit dem Handtuch über das rasierte Gesicht und gehe zu Shane, der mit viel zu fahrigen Bewegungen den Wassertank der Kaffeemaschine nachfüllt, bevor er sie anmacht.

»Rina ist nicht weg, Shane. Also beruhig dich. Sie ist nur nicht da.«

»Alter, was raffst du hier nicht?« Shane dreht sich ruckartig zu mir um und wirft sein Handy zwischen uns auf die Arbeitsplatte. »Keine Nachricht, weder auf dem Handy noch sonst irgendwo. Ihr Scheißtelefon ist ausgeschaltet. Denk nach, Caden! Du kennst Rina, und jetzt frage ich dich, ob sie unter normalen Umständen gehen würde, nach so einer Nacht? Ohne etwas zu sagen. Das war ein Walk of Shame vom Feinsten.«

Shane dreht mir wieder den Rücken zu und ich sinke auf den Barhocker vor der Anrichte. »Vielleicht war es zu viel. Wir ihr zu viel. Vielleicht hätten wir ihr mehr Zeit geben müssen, sie konkreter fragen.« In meinem Kopf blättere ich alle ihre Signale durch, die in der einsetzenden Panik greifbar werden, aber nichts in meiner Erinnerung zeigt, dass wir sie überrumpelt hätten. Shane hat recht, ich kenne Rina. Und sie würde uns nicht sitzen lassen, nicht nach so einer großen Sache. »Das ist es nicht, Shane. Es sind nicht wir.« Ich schüttle den Kopf und denke an den Ausdruck in ihren Augen, als sie mich neulich Nacht an Christies Becken beobachtet hat. Da war Angst, und die hatte nichts mit mir zu tun. »Irgendetwas stimmt hier nicht.«

Shane schiebt mir eine Tasse mit frischem Kaffee hin und lehnt sich gegen die Arbeitsfläche. »Es stimmt schon länger was nicht und ich habe keine verfickte Ahnung, was das ist. Zuerst dachte ich, es liegt daran, dass du wieder da bist, und das nicht so, wie sie dich gebraucht hat.« Er schüttelt noch einmal den Kopf. »Aber ich kann nicht glauben, dass das alles ist.«

Ich nehme einen Schluck Kaffee und versuche mich nicht von Shanes Besorgnis anstecken zu lassen. Einer von uns muss die Kontrolle bewahren. »Wie lange brauchen wir, bis wir die Seehunde versorgt haben?«

»Knapp drei Stunden, vielleicht schaffen wir es in zweieinhalb, wenn wir schnell sind.«

»Ich will nicht warten, bis die Uni aus ist.«

Shane atmet tief ein und fährt sich mehrmals durch die Haare. »Das will ich auch nicht. Ich will einfach nur wissen, was los ist.«

»Gut«, sage ich. »Zuerst die Seehunde und dann Rina.« Meine Stimme klingt entschlossen, trotzdem muss ich meine Tasse abstellen, weil vom Zittern meiner Finger der Kaffee überschwappt.

»Ja.« Shane wendet den Blick zu langsam von meinen Händen ab, als dass ich es nicht sehe. »Wir kriegen das wieder hin, Mann. Alles.«

Ich nicke nur und versuche mich an einem zuversichtlichen Lächeln. Das Suchen in mir, das den plötzlichen Druck ausgleichen will, kann ich gut besänftigen. Noch.

Shane erwidert mein Lächeln und ich sehe mit der Hoffnung seine Frustration sinken. Kurze Zeit sagen wir gar nichts und trinken unseren Kaffee. Dann grinst Shane und probiert nicht einmal, es zu verbergen.

»Was?«, frage ich und bin mir nicht sicher, ob ich seine Antwort hören will.

»Weißt du, es könnte auch an dir liegen, Bro. Dass sie abgehauen ist.«

»An mir?«

»Ja, nach dem Sex mit mir allein ist Rina noch nie im Morgengrauen davongelaufen.«

Ich verdrehe genervt die Augen, was Shane nicht dazu bringt, es gut sein zu lassen.

»Hat dir eigentlich schon mal jemand gesagt, dass du dieses eine komische Geräusch machst, kurz bevor du –«

»Halt sofort die Klappe«, rufe ich und werfe ihm das Geschirrtuch ins Gesicht. »Etwas mehr Diskrektion und Ernsthaftigkeit.«

»Komm schon, Caden«, meint er lachend und wirft es zu mir zurück. »Du hast doch nicht wirklich angenommen, dass ich plötzlich seriös werde?«

»Stimmt. Mein Fehler.« Ich zucke mit einer Schulter. Wenn Shane es so haben will, dann bitte. »Vielleicht war Rina auch nur überrumpelt, weil ich ihr letzte Nacht gezeigt habe, wie gut es wirklich sein kann. Das muss sie erst mal sacken lassen nach Wochen der Enttäuschung. Und nur dass ich es erwähnt habe: Deine Kondomgröße ist nicht die größte, ich habe normalerweise die darüber.« Ich fahre mir in den Schritt. »Deine haben mich echt ein bisschen eingeschnürt, das kann nicht gesund sein. Ich bin Arzt und weiß das.«

Shane verzieht gefährlich das Gesicht. »Du weißt hoffentlich auch, dass du ein Arschloch bist, oder?«

»Natürlich. Aber das Arschloch mit dem größeren Schwanz.«

Wir sehen uns an und müssen laut lachen. Shane trinkt noch einen Schluck von seinem Kaffee und stellt die Tasse dann in die Spüle. »Komm schon, Bro. Schauen wir, dass wir die Arbeit hinter uns bringen, und dann holen wir unser Mädchen zurück.«

»Unser Mädchen«, wiederhole ich, um es noch einmal zu hören.

Er nickt. »Genau das ist sie.«

Ich stehe auf und verlasse mit meinem besten Freund das Strandhaus. Mit seinen Worten im Ohr, dass sich nichts verändert hat, weil das, was wir haben, endlich perfekt ist. Und das lassen wir uns von niemandem mehr nehmen.

KAPITEL 19

RINA

Ich kehre die Haare auf dem Boden des Pflegeheims zusammen und schiebe den Stuhl zurück an die richtige Stelle, damit die nächste Kundin Platz nehmen kann. Sie wird gebückt von ihrem Mann in den Raum geführt. Ich kenne Mrs und Mr Hollwarth seit beinahe zwei Jahren und bekomme mit, wie die alte Dame jedes Mal noch ein bisschen schwächer zu ihrem monatlichen Termin bei uns erscheint.

Dieses Mal wirkt Mrs Hollwarth besonders zerbrechlich und langsam, was vielleicht daran liegen könnte, dass ich sie schon länger nicht gesehen habe. Normalerweise ist montags mein freier Tag und Anna übernimmt die Zusatzschichten hier im Heim selbst. Montag ist der Tag, an dem ich zu den Aufbaukursen an die Uni gehe. Nein, gegangen bin. Das ist vorbei.

Dad hat mir heute Nacht mit Stolz erzählt, dass wir nun endlich unseren Traum von Unabhängigkeit verwirklichen können. *Wir.* Wir müssten all unser Geld in das Gebäude stecken, weil der Kredit nicht alles abdecken wird. Wir würden diese kurze Durststrecke überstehen, weil wir dann die neuen Geschäftsflächen gewinnbringend vermieten würden. *Wir.* Dabei hat er sich kein einziges Mal danach erkundigt, ob sein Traum auch meiner ist. Oder sich an sein Versprechen erinnert. Aber selbst wenn er mir damit alles nimmt, kann ich ihn nicht einfach so im Stich lassen. Er ist mein Dad und er braucht mich.

Ich blinzle das Brennen in meinen Augen weg und nehme den Schneideumhang vom Stuhl. Mr Hollwarth lächelt mir zu, und ich sehe den Dank in seinem Blick, weil ich so geduldig auf seine Frau warte. Dabei ist er es, der jeglichen Respekt verdient hat. Noch kein einziges Mal habe ich erlebt, dass er vom Begleiten seiner Frau überfordert ist, genervt aufstöhnt oder sie ungeduldig dazu anhält, schneller zu machen. Er ist da für sie, immer, und da steht es mir nicht zu, wegen einer Stunde im Monat, die vielleicht zu einer zweiten wird, Druck auf die beiden auszuüben. Selbst dann nicht, wenn ich mich bei Anna werde rechtfertigen müssen, warum ich für Mrs Hollwarth so lange gebraucht habe. Anna kann mich heute mal.

Ich kann meine alten Dienstzeiten im Salon zwar wieder zurückhaben, soll aber die Mehrkosten begleichen, die sie wegen der Aushilfe für mich in den letzten Wochen hatte. Ich hasse das, aber mir bleibt keine andere Wahl. Dad hat die Verträge unterzeichnet, und ich wüsste nicht, wie wir aus der Sache wieder rauskommen, zumal er ja auch keinen Grund dazu sieht. In seinen Augen ist die alte Fabrik eine Goldgrube.

»Schön, Sie wiederzusehen«, begrüße ich Mrs und Mr Hollwarth und helfe der gebrechlichen Dame, Platz zu nehmen.

»Schön, *Sie* wiederzusehen«, erwidert Mr Hollwarth und legt die Hand an die Schulter seiner Frau, um sie auf mein Sprechen aufmerksam zu machen. Sie hebt träge den Kopf und mustert intensiv meine Augen, dann fährt sie mit ihren hageren Fingern in meine Haare, um über die orangen Locken zu streichen. Ihr plötzliches Lächeln lässt mich ihre Hand nehmen, um sie zu drücken.

»Linda freut sich, dass Sie heute hier sind, Rina. Wir haben Sie in den vergangenen Wochen vermisst.«

Ich streichle Mrs Hollwarth noch einmal über die blasse Haut. »Ich hatte ein paar Montage frei, aber jetzt bin ich wieder da für Sie«, sage ich zu ihr und will mich aufrichten, aber immer wieder fährt mir Mrs Hollwarth durch die Haare. Ich lasse sie und versuche in ihren Augen die Erinnerungen zu finden, die sie gerade fühlt.

»Linda hatte früher ebenso Locken, wissen Sie, Rina?«, erklärt Mr Hollwarth und nimmt auf dem freien Stuhl neben seiner Frau Platz. »Sie hat sich ständig darüber geärgert, wie widerspenstig sie waren, aber ich habe sie immer geliebt.«

Die Frau lässt ihre Hand sinken und ich richte mich auf. »Das kenne ich nur allzu gut«, sage ich und zeige Mrs Hollwarth das Handtuch, das ich ihr umlegen will. »An den meisten Tagen machen meine Locken, was sie wollen.«

Sie schaut das Handtuch um ihre Schultern in ihrem Spiegelbild an und neigt sich automatisch etwas in Richtung des Waschbeckens. »Genau, wir werden zuerst Ihre wunderschönen Haare waschen«, bestätige ich ihren Gedanken und entriegle den Stuhl, um ihn zum Waschbecken zu drehen. Es fällt der Frau schwer, sich zurückzulehnen. Begleitet von ein paar beruhigenden Worten ihres Mannes schafft sie es, und ich kann damit beginnen, ihre Haare nass zu machen und zu shampoonieren.

»Das Haar Ihrer Frau muss wundervoll gewesen sein«, bemerke ich. »Es ist immer noch sehr stark.«

»Wie meine Frau«, antwortet Mr Hollwarth und tätschelt ihr Knie. »Sie war eine starke Frau und hat sich nichts gefallen lassen.« Er lächelt. »Weder von mir noch von ihren Haaren.«

Ich lache jetzt ebenfalls. »Ja, es ist nicht immer leicht, eine Lockenmähne unter Kontrolle zu bringen. Oder einen Ehemann.«

»Das mag stimmen.« Mr Hollwarth lehnt sich grinsend etwas zurück. »Jeder versucht immer, alles zu kontrollieren. Aber lassen Sie sich eines gesagt sein, Rina: Kontrolle bildet man sich ein, um sicherer zu schlafen. In Wahrheit kann man nichts kontrollieren. Weder Haare noch das Leben.«

Ich nicke lediglich und schlucke. Der alte Mann hat recht, ich kann nichts kontrollieren, schon gar nicht meinen Vater.

»Und doch muss man mit den Konsequenzen seiner Entscheidungen leben, egal ob man diese selbst getroffen hat oder jemand anders es für einen gemacht hat«, erwidere ich und schrecke beinahe zurück, weil ich das nicht laut aussprechen wollte.

»Natürlich.« Mr Hollwarth schiebt seine Fliege zurecht. Ich habe ihn noch nie ohne gesehen, und irgendwann hat er mir erzählt, dass er zweiundvierzig Jahre lang in derselben Bank gearbeitet hat. »Aber die Konsequenzen dürfen nicht das Leben bestimmen.«

Ich unterdrücke ein Lachen, weil Konsequenzen kaum etwas zum Leben überlassen. Dabei meine ich nicht einmal das viele Geld, das ich aufbringen muss, damit Dad und ich neben der Renovierung noch etwas für die Miete und Lebensmittel übrig haben.

»Ich sehe da ein Schmunzeln.« Mr Hollwarth legt den Kopf schief. »Ich habe selbst lange geglaubt, dass alles mein Leben bestimmt, nur nicht ich selbst. Und wissen Sie, wer mir das Gegenteil bewiesen hat?« Er zeigt auf seine Frau. »Linda. Sie hat gearbeitet und sich um unsere beiden Töchter gekümmert. Den Haushalt geführt und gekocht und war von früh bis spät eingespannt. Aber sie hatte die große Gabe, dass ihr der Alltag ihre Freiheit niemals nehmen konnte. Wenn sie Lust auf Eis hatte, hat sie welches gegessen und sich einen Dreck darum geschert, dass es zehn Uhr am Vormittag war. Sie hat mit den Kindern stundenlang im Garten gelesen, und es war ihr egal, dass noch Wäsche zu machen war oder die Marillen eingekocht werden mussten.«

Er nickt. »Als die Frau meines Bruders sie mal darauf angesprochen hatte, dass ihre Hosen recht eng sitzen, hat Linda nur gegrinst und gesagt, sie wisse, dass sie neue Hosen kaufen müsste. So war sie. Wir hatten es nicht leicht und kaum Geld, aber Linda hat trotzdem das Leben an erste Stelle gerückt – ihre Prioritäten selbst gesetzt und nicht setzen lassen. Schon gar nicht von mir. Und genau das habe ich an ihr geschätzt, ihre Freiheit und Unabhängigkeit.« Er lächelt noch einmal und schaut zu seiner Frau, die ihre Augen geschlossen hat und sich von mir den Kopf massieren lässt. »Jeder meint, sie sei in sich verschwunden. Ich nicht. Ich erkenne ihre Stärke an jedem neuen Tag, den wir gemeinsam beginnen und beenden dürfen, Rina. Weil es das ist, was uns immer das Wichtigste war, uns beiden: zusammen zu sein, egal was kommt.«

Ich wage es nicht einmal mehr, den Kopf zu heben. Diese Stärke habe ich nicht. Alles, was ich habe, ist die Gewissheit, dass ich Dad helfen muss, bevor wir vor dem Aus stehen. Und dafür brauche ich meine ganze Kraft. Ich kann mich nicht auf eine Liebe einlassen, von der ich weiß, dass sie mich am Ende vernichten könnte, wonach ich gar nichts mehr hätte. Versprechen sind ein Konstrukt, eine Annahme, und keine Garantie.

»Manchmal muss es der sichere Weg sein«, sage ich und streiche mir mit dem Handrücken meine Locken aus dem Gesicht.

»Aber der sichere Weg ist nicht immer der glückliche.« Mr Hollwarth steht auf und hilft seiner Frau dabei, sich aufzusetzen. Dann sieht er mich an. Seine blauen Augen scheinen über die Jahre verblasst. »Merken Sie sich das, Rina«, sagt er mit einem schwachen Lächeln und streichelt seiner Frau sanft über die Wange. »Weil Glück das ist, was Ihnen am Ende bleibt, ganz tief in Ihnen drin. Und das kann Ihnen niemand mehr nehmen. Niemand. Auch keine Krankheit.«

Ich nicke lediglich und weiß, wie sehr mir Mr Hollwarth ansieht, dass ich ihm nicht glaube, weil ich ihm nicht glauben *kann*. Manchmal muss das kleine Glück genügen. Manchmal muss Freundschaft genügen. Selbst wenn es bedeutet, dass ich Abstand nehmen muss, um Freundschaft überhaupt zu schaffen. Wenn ich Shane und Caden weiter an meiner Seite haben will, und das will ich mehr als alles andere, lässt mir das Leben keine andere Wahl.

Sie können nicht wissen, dass das mit uns funktioniert. Ihr vages Versprechen und die unsichere Zukunft zu dritt darf nicht mehr wiegen als unsere Vergangenheit und die Freundschaft, die wir haben. Ich kann nicht das Letzte, was mir geblieben ist, aufs Spiel setzen.

Ich bin zu schwach, um für alle zu kämpfen.

KAPITEL 20

SHANE

»Das kann nicht wahr sein«, schreie ich und schlage gegen das Lenkrad. »Was verdammt noch mal ist hier los?!«

»Kannst du noch fahren oder soll ich?«

Ich schaue Caden entgeistert an.

»Wenn du noch fahren kannst, dann starte den Wagen, Shane. Ansonsten steig aus und lass mich ans Steuer.«

»Was stimmt nicht mit dir, Caden? Die Dozentin eröffnet uns, dass sie eine Mail von der Studienverwaltung bekommen hat, in der sich Catherina Fae Bishop exmatrikulieren will, bevor sie überhaupt zu studieren begonnen hat, und du hast nichts dazu zu sagen?«

»Doch, ich habe was dazu zu sagen. Aber nicht nicht jetzt.« Er ballt seine zitternden Hände zu Fäusten, ich hasse dieses scheiß Verstecken seiner Probleme. »Und die Erste, die etwas dazu sagen sollte, ist Rina.« Er sieht mich an, scheinbar ruhig. Aber ich sehe das Beben seines Unterkiefers. »Also, fährst du jetzt oder soll ich?«

Ich starte den Jeep und lenke ihn quer über den Südparkplatz der West Coast University. Um diese Uhrzeit bekommt man an Montagen im Normalfall keine einzige freie Parklücke, jetzt in den Ferien sind nur wenige belegt, und wir haben sofort gesehen, dass Cadens Wagen nicht hier steht. Trotzdem hatten wir die Hoffnung, Rina anzutreffen. Die war umsonst.

Der Jeep holpert jedes Mal gefährlich, wenn ich Gas gebe, und die Motorhaube ist leicht eingedrückt. Wir haben ihn noch nicht von einem Mechaniker überprüfen lassen, aber weder Caden noch ich wollten warten, bis Jonah uns abholen könnte. Die Seehunde zuerst zu verpflegen, war hart genug. Und zu akzeptieren, dass Rinas Handy aus ist, egal wie oft wir anrufen.

»Wo sollen wir jetzt hin?«, frage ich Caden, und er zeigt auf die Abzweigung, die wir Richtung Downtown nehmen müssen.

»Zuerst zum Friseursalon. Vielleicht bekommt sie die Tage, die sie für den Aufbaukurs braucht, nicht frei.«

Ich winke ab, nehme die Ausfahrt jedoch trotzdem. »Dann hätte sie sich nur von den Aufbaukursen abgemeldet und nicht vom ganzen verfickten Studium.« Mit einem Fluchen kralle ich meine Hände um das Lenkrad und versuche meine Atmung zu beruhigen. Ich hasse es, hilflos zu sein.

Caden sagt gar nichts mehr. Er war schon immer ruhig, wenn alle anderen kurz vorm Durchdrehen waren, warum auch immer. Das ist eine seiner stärksten Eigenschaften, und ich weiß, dass ihn genau das zum besten Notfallmediziner machen könnte.

Obwohl Caden und ich schon ewig nicht mehr hier waren, finden wir die Straße auf Anhieb, in der sich *Anna's Salon* mit der scheußlich rosa Glitzerschrift befindet. Vor dem Geschäft, das an jedem Tag außer an Sonntagen geöffnet hat, bekomme ich keine freie Parklücke. Es ist mir egal, ich stelle den Jeep in zweiter Reihe ab und steige zeitgleich mit Caden aus dem Wagen.

Die Inhaberin mochte es nie, wenn wir Rina auf der Arbeit besucht haben, aber das ist mir gerade herzlich egal.

»Shane, lass *mich* reden, ja? Es ist immer noch Rinas Arbeitsstelle.«

»Ich werde es versuchen«, sage ich und öffne Caden die Tür.

Beim ersten Blick durch den Raum breitet sich eine weitere herbe Enttäuschung vor uns aus. Ich dachte, Rina wäre hier, weil sie arbeitet, und das mit der Exmatrikulation wäre vielleicht ein Missverständnis, weil sie nur heute den Kurs nicht besuchen konnte. Selbst wenn sie mehr Stunden machen muss, spielt es keine Rolle. Das, was sie in den Aufbaukursen lernt, kann ich ihr ebenso beibringen.

Annas Lächeln fällt ihr aus dem Gesicht, als sie registriert, dass wir keine Kunden sind. Ich glaube sogar, sie runzelt die Stirn, was unter dem ganzen Botox jedoch kaum mehr zur Geltung kommt.

Caden sieht an ihr vorbei. »Hallo, Anna, entschuldige bitte das unerwartete Auftauchen, aber wir dachten, Rina sei vielleicht hier. Wir konnten sie an der Uni nicht finden.«

Anna macht sich nicht einmal die Mühe, ihr übertriebenes Lachen zu verbergen. »An der Uni? Was sollte Rina an der Uni tun? Sie ist Friseurin.«

Jetzt bin ich es, der auflacht, weil ich nicht glauben kann, dass jemand so ein besonderes Handwerk dermaßen abwerten kann. Caden wirft mir einen gefährlichen Blick zu, also werde ich still.

»Die Stunden, die sie hier weniger arbeitet, wollte sie fürs Studium nutzen.«

»Ach, ihr meint die Stunden, die sie Großteils wieder einarbeiten will, weil sie das Geld braucht? Ich habe ihr von Anfang an gesagt, sie soll sich das Studium aus dem Kopf schlagen. Rina kann froh sein, dass ich ihr nicht gekündigt habe. Irgendwer musste ihre Fehlstunden schließlich ausgleichen, und Aushilfen kosten Geld. Es ist das Mindeste von ihr, dass sie mir den Mehraufwand jetzt kompensiert.«

Ich erstarre und versuche die Informationen zu filtern. Rina braucht Geld und Anna hat sie in der Hand. »Ich glaube kaum, dass das arbeitsrechtlich erlaubt ist«, sage ich und trete einen Schritt nach vorn. »Ebenso wenig wie die vielen Überstunden, die Rina in ihrer Lehrzeit machen musste.« Ich schlucke und sehe provokant zu den beiden Kundinnen, die unser Gespräch mitverfolgen. »Oder so manch andere Dinge.«

Caden neben mir atmet laut aus. »Wir wollen einfach nur wissen, ob Rina hier ist.«

Anna beachtet Caden nicht einmal mehr, sondern funkelt mich weiter böse an. »Ihr geht jetzt, und wenn ihr Rina sucht, macht ihr das außerhalb meines Salons.«

Caden sieht von mir zu ihr. »Wir versuchen nur, sie zu finden, und es wäre uns –«

»Außerhalb meines Salons.« Sie lächelt in Richtung der Kundinnen. »Nicht nur Rina kann sich glücklich schätzen, dass ich so eine geduldige Person bin.«

Bevor ich Anna Beleidigungen an den Kopf werfen kann, die seit mindestens fünf Jahren überfällig sind, packt mich Caden am Arm und zieht mich hinter sich her nach draußen.

»Was die Frau da abzieht, ist menschenverachtend, Caden. Sie nutzt Rina aus. Lass mich reingehen und ihr das sagen.«

»Mach es nicht noch schlimmer.« Er bugsiert mich weiter zum Auto und hält mir die geöffnete Hand hin. »Was, meinst du, würde Rina dazu sagen, wenn ihr wegen uns gekündigt wird? Sie ist der festen Meinung, nirgendwo anders einen Job zu bekommen.«

Ich hole die Autoschlüssel aus der Tasche und gebe sie Caden. »Sie braucht diesen Scheißjob nicht und auch keinen anderen, weil sie ein Stipendium hat.«

»Sieh hin, Shane!«, schreit Caden und ich weiche einen Schritt zurück. Caden schreit nie. »Irgendetwas läuft hier verdammt falsch ,und wir haben keine Ahnung, was es ist. Deine Panik hilft niemandem, schon gar nicht Rina. Also setz dich in den Jeep und halt die Klappe.«

Caden steigt in das Auto und gibt mir die wenigen Sekunden, die ich brauche, um mein rasendes Herz zu beruhigen. Alles scheint den Bach runterzugehen, und da ist es wesentlich leichter, um mich zu schlagen, als ruhig zu bleiben. Trotzdem ist mir bewusst, dass Caden recht hat. Panik hilft niemandem – vor allem, solange wir nicht wissen, was los ist.

Ich bin kaum eingestiegen, da startet Caden den Wagen. Bis zu Rinas Wohnkomplex ist es nur eine kurze Strecke und trotzdem wird die Gegend mit jedem Häuserblock noch trostloser.

Normalerweise würde ich mich davor hüten, den Jeep mit offenem Verdeck so frei zugänglich abzustellen, aber jetzt spielt nicht einmal mehr die Sorge um Dads Auto eine Rolle. Alles, was ich will, ist Rina.

Wir steigen aus und laufen mehr auf das Haus zu, als dass wir gehen. Caden hastet vor mir die Treppen hinauf, und ich habe tatsächlich Mühe, mit ihm mitzuhalten. Ich erinnere mich gut daran, wie ich die vollgeschmierten Flurwände mit den riesigen Rissen das erste Mal gesehen habe. Caden und ich wollten Rina überraschen und sie zu Hause abholen. Nicht gut genug konnten wir verwöhnten kleinen Ärsche unser Entsetzen verbergen und haben Rina damit beschämt. Sie ist drei Tage nicht zur Schule gekommen, und es hat gedauert, bis sie überhaupt wieder mit uns gesprochen hat. Ich glaube, soweit ich mich erinnere, war es das einzige Mal, dass Caden eine schlechte Note geschrieben hat. Seine und meine Eltern haben Rina zu ihren Geburtstagen Kleidung geschenkt und sie so oft wie möglich zum Essen eingeladen. Erst viel später wurde mir bewusst, warum sie das getan haben.

Caden steigt über einen offenen Müllsack hinweg, der vor dem Zugang zu Rinas Stockwerk liegt. Er hält mir die Tür auf, und ich bin der Erste, der vor ihrer Wohnung ankommt. Ohne auf ihn zu warten, klopfe ich. Es fällt mir sogar schwer, vor mir selbst zuzugeben, dass ich hier so schnell wie möglich wieder abhauen möchte. Caden wiederholt das Klopfen, aber immer noch rührt sich nichts.

»Was machen wir jetzt?«, will er wissen, ich sehe die Enttäuschung an seinem Ausdruck zerren.

»Scheiße«, fluche ich und begrabe jegliche Höflichkeit in mir, um mich an Caden vorbeizuschieben und die Hand an die Klinke zu legen. Die Wohnungstür ist nicht versperrt. Sofort schlägt uns ein muffiger Geruch aus dem dunklen Zimmer entgegen. Ich mache das Licht an und erkenne umgehend, von wem die Duftmischung aus Kneipe und Alkoholausdünstungen stammt.

Jason muss uns gehört haben, denn er rappelt sich langsam vom Bett hoch. »Shane?«

»Hey, Jason«, antworte ich. »Entschuldige, dass wir hier so reinplatzen, aber weißt du, wo Rina ist? Wir suchen sie.«

»Kann ich dir helfen?« Caden drängt sich vor mich und greift Jason unter den Arm, der wankend versucht aufzustehen.

»Ah, Caden, du bist auch hier. Dich habe ich schon lange nicht mehr gesehen.« Jason lässt sich von ihm aufrichten und sieht an sich hinunter. »Rina muss mich ausgezogen haben, ich kann mich an so gut wie nichts mehr erinnern.« Jason zeigt zum Tisch, und während ich die Tür schließe, hilft ihm Caden hinüber. »Gestern hab ich es wohl etwas übertrieben.« Er hustet ekelhaft. »Und vorgestern.«

Caden schaut mich an, als er zur Anrichte geht und ein Glas Wasser für Jason füllt. Ich schaffe es noch nicht einmal, mich zu ihm zu setzen. Jason hat seine guten Seiten, er hätte Rina nie im Stich gelassen, und trotzdem hasse ich ihn für das, was er ihr seit ihrer Kindheit antut. Mit dem Alkohol, den verpassten Schulaufführungen, den fehlenden Pausenbroten.

Caden öffnet die Vorhänge und Jason stöhnt auf. »Wie spät ist es?«

»Früher Nachmittag«, antwortet Caden und bedeutet mir unmissverständlich, mich endlich zu setzen.

Nur ihm zuliebe gebe ich nach und nehme gegenüber von Jason Platz.

»Die letzten Tage waren aufregend«, meint Jason und reibt sich über seine Bartstoppeln. Rina hat nicht viel von ihm, nur das Grünbraun ihrer Augen erkenne ich in ihm wieder.

»Wir waren bei der Uni und im Salon«, sage ich und lehne mich im Stuhl zurück. »Rina war nirgends. Weißt du, wo sie ist?«

Jason überlegt und zuckt mit den Schultern. »Sie arbeitet. Wenn sie nicht im Salon war, dann im Pflegeheim, nehme ich an.«

»Fuck«, entkommt es Caden, weil er genauso wie ich nicht an das *Tulip* gedacht hat.

»Rina arbeitet hart, wisst ihr?«

Wie von selbst folge ich seinem Blick zu dem Stapel Papiere, der fein säuberlich in der Mitte des Tisches liegt.

»Hierfür«, fährt er fort. »Ich habe ein Gebäude gekauft, das ist eine gute Sache. Nur sind ein paar Renovierungsarbeiten notwendig, die der Kredit nicht ganz abdecken wird. Rina hilft mir mit dem Geld vorübergehend aus. Sie bekommt es zurück, wenn wir die Geschäftsflächen erst vermietet haben. Dann steht unserem Traum nichts mehr im Wege.«

Caden hat die Augen geschlossen, aber ich sehe, wie sich seine Nasenflügel blähen.

»Darf ich?«, frage ich, und Jason nickt, ehe er von einem Hustenanfall gebeutelt wird. Ich ziehe den Stapel zu mir herüber und klappe den obersten Lageplan aus. Man muss kein Ingenieur sein, um zu erkennen, dass das Gebäude riesengroß ist und sich mehrere dieser Art nebeneinanderreihen.

»Die stillgelegte Fabrik«, bringt Jason heiser hervor. »In der Miller Street. Wir werden in einem der oberen Stockwerke wohnen und der Rest der Fläche bringt gutes Geld an Mieten ein.«

Ich klappe den Plan wieder ein und blättere mit dem Daumen durch die Papiere, bis ich bei einem Farbdruck hängen bleibe und die zusammengehefteten Zettel herausziehe. Die Fotos wurden vermutlich mit einer Drohne gemacht, in der Kopfzeile ist das Logo eines Bauunternehmers.

Jason muss sehen, dass mein Blick daran hängen bleibt. »Mein Boss. Er wollte das Gebäude für sich haben, kann es aber aus Zeitmangel nicht wirklich auf Vordermann bringen. Es war ein gutes Geschäft, er hätte es mir nicht verkaufen müssen.«

»Ein gutes Geschäft?«, wiederhole ich trocken.

Caden steht inzwischen hinter mir. Er sieht dasselbe wie ich, Zettel für Zettel und Aufnahme für Aufnahme. Ich hole tief Luft, aber Caden legt eine Hand auf meine Schulter. Ich spüre, wie sehr seine Finger zittern.

»Ein gutes Geschäft«, sage ich erneut durch geschlossene Zähne.

»Ja, genau«, meint Jason und zeigt auf eines der Fotos. Seine Hände sehen angeschwollen aus, das muss der Alkohol sein. »Wir haben verdammtes Glück, dass mich mein Boss die Verträge sofort hat unterschreiben lassen. Hätte sich das alles erst herumgesprochen, wäre es an den Höchstbietenden verkauft worden und wir hätten Pech gehabt.«

»Wir?« Das einzige Wort, das sich in meinen Kopf hämmert. »Hat Rina hier irgendwo unterschrieben?«

Jason stutzt, reibt sich dann jedoch über die Schläfen.

»Nein, aber wir ziehen das zusammen durch.« Er lächelt stolz. »Sie kann dann ihren eigenen Salon eröffnen.«

Ich nicke und schiebe Cadens Hand von meiner Schulter. »Ich bin kein Fachmann, Jason.« Mein Finger ruht auf den Bildern mit den roten Backsteinmauern und den ausgebrochenen Stellen. Ich atme noch einmal tief ein und aus, doch die Wut legt sich über meinen Respekt vor ihm. »Aber das hier ist eine verfickte Bruchbude, und die haben dir den Scheiß angedreht, damit sie selbst nicht bankrottgehen. Dir und nicht Rina. Rina will keinen verdammten Friseursalon aufmachen, sondern Biologie studieren, und du bist im Begriff, ihr das zu nehmen. Anstatt dir ein Gutachten einzuholen, unterschreibst du den erstbesten Wisch und stürzt dich damit ins Verderben.«

»Shane.«

Ich höre nicht auf Caden, sondern zeige auf Jason, der mich ansieht, als würde ich nicht mit ihm sprechen. »Und du reißt Rina mit, schon wieder. Sie findet den Mut, ihr Leben endlich in die Hand zu nehmen, und du legst ihr deine Ketten an. Schau hin, Jason!« Ich zeige wieder auf die Unterlagen. »Hier, in dieser Straße, wird niemand Geschäftslokale aufmachen. Du hättest nur richtig hinsehen müssen, verdammt.« Meine Stimme ist lauter geworden.

Jason räuspert sich. »Die Entscheidung musste schnell getroffen werden. Trotzdem habe ich mir das sehr wohl überlegt, ja?«

»Angesoffen oder nüchtern?«

»Shane. Sei jetzt still.«

»Lass mich, Caden. Jason, du sprichst von Geld, das Rina davon abhält, zu studieren und das zu tun, was sie will – und nicht das, was du willst.« Meine Ringe knallen laut auf den Tisch, als ich mit der flachen Hand daraufschlage. »Das alles ist eine Katastrophe, und du lässt dich volllaufen, während sie sich den Arsch aufreißt. Du treibst euch einen Abgrund hinunter! Was für ein Vater macht das?«

»Raus.«

Ich schrecke zusammen. Nur langsam drehe ich mich um. Rina steht neben Caden und sieht mich an. Ihre Augen wirken traurig und enttäuscht. So, als hätte ich die Worte eben zu ihr gesagt und nicht zu ihrem Vater.

»Rina«, sage ich und stehe auf. Ich will die Hand nach ihr ausstrecken, sie in meine Arme ziehen und ihr sagen, dass alles gut wird und wir eine Lösung finden, irgendeine, aber die plötzliche Härte in ihrem Blick sticht mir in die Brust. Jason steht ebenfalls auf und humpelt Richtung Badezimmer. Ich muss beinahe auflachen, weil er damit die erste Möglichkeit zur Flucht nutzt.

Rina wartet, bis er die Tür hinter sich geschlossen hat, und geht um den Tisch herum. Sie hebt einen Flaschendeckel auf, der auf dem Boden liegt. »Ich will, dass ihr geht. Jetzt.«

»Nur wenn du mitkommst.« So schnell gebe ich nicht auf. »Lass uns nach Hause fahren und darüber reden. Über alles.«

»Hier gibt es nichts zu bereden.« Sie zeigt auf die ganzen Papiere. »Wir werden das hinkriegen. Dad und ich.«

»Nicht dein Dad und du, Rina.« Ich mache einen Schritt am Tisch vorbei auf sie zu, aber sie hält ihre Hand hoch und greift auf dem Boden nach einem Shirt. Ich bleibe stehen und sehe zu Caden. »Du bist nicht alleine.«

Als hätte ich nichts gesagt, geht Rina hinüber zur Küchenzeile und beginnt das Chaos dort zu ordnen. Lauter Handgriffe, die keinen Sinn ergeben.

Ich trete hinter sie. »Rina«, sage ich sanft. »Sieh mich an. Hast du gehört, was ich gesagt habe? Wir sind ein Team. Du, Caden und ich. Jetzt noch mehr als zuvor.«

Sie hält inne, ich sehe, wie ihre Schultern nach unten sinken und wie bebend sich ihr Brustkorb hebt und senkt.

Caden bleibt neben uns stehen. »Rina«, sagt er leise. »Lass das und sprich mit uns. Über den Abbruch des Studiums und das Investment deines Vaters.«

»Warum?« Ihre Stimme ist laut und schneidend. »Hier kann mir niemand helfen. Es reicht nicht, mal schnell ein paar Dollar aufzutreiben. Ich habe mir die Unterlagen heute Nacht stundenlang durchgesehen. Glaubt ihr, das lässt sich alles so einfach richten? Ihr habt keine Ahnung.«

Ihre Hilflosigkeit tut weh.

»Nein, das glauben wir nicht. Wir wollen einfach für dich da sein. Shane und ich. Wir, zu dritt. Wir schaffen das.«

Rina dreht sich um, zögerlich, aber sie dreht sich um. »Ich kann nicht alles aufs Spiel setzen.« Ich sehe, wie schwer ihr diese Worte fallen. »Wenn ich euch nicht habe, habe ich nichts mehr.«

»Du hast uns«, sage ich und halte die Hände in die Höhe, als wäre das Gesagte selbstverständlich. »Du wirst uns immer haben.«

»Nein. Nicht, wenn es schiefgeht.«

Ich stutze. »Was soll schiefgehen?«

»Das mit uns, gestern Nacht. Es war ein –«

»Sag das ja nicht«, schneide ich ihr das Wort ab. »Wehe, du sagst jetzt, dass es etwas anderes als perfekt war.«

Sie schluckt, Tränen steigen ihr in die Augen. »Aber es muss vorbei sein. Ich kann unsere Freundschaft nicht aufs Spiel setzen.« Sie sieht von Caden zu mir. »Jetzt können wir es noch als einmaligen Ausrutscher ansehen.«

»Du setzt nichts aufs Spiel, und du kannst nicht etwas ignorieren, das sich so richtig anfühlt!«

»Wenn es schiefgeht, habe ich nichts mehr, Shane.« Die erste Träne läuft ihr über die Wange.

»Es wird nicht schiefgehen, Rina, weil Caden und ich aufpassen, dass es das nicht tut.« Die Panik lässt meine Stimme flattern, und ich will Rina in den Arm nehmen, weil ich es vermutlich gerade mehr brauche als sie, aber sie hält wieder die Hand hoch.

»Wir gehören zusammen, das weißt du«, versuche ich ihr klarzumachen.

Als sie blinzelt und die Hand sinken lässt, schaue ich lächelnd zu

Caden. »Sag es ihr, Caden. Dass wir zusammengehören, auf die einzige Art, die Sinn ergibt und logisch ist und richtig.«

Er öffnet den Mund. Rina wartet auf die Worte, dass sie uns niemals verlieren wird, oder ein Lächeln, das ihr sagt, dass alles gut ist. Da sehe ich es. Wie Caden den Mund wieder schließt und sein Blick sich in der Ferne verliert. Er steckt die Hände in die Taschen und seine Körperhaltung versteift sich. Ich sehe es und Rina sieht es.

In mir wächst der Drang, sie anzuflehen, sich nicht wieder umzudrehen, um mit dem Geschirr zu hantieren. Sie soll bleiben, bei uns. *Scheiße verdammt.*

»Geht jetzt. Ich brauche ein paar Tage, ja? Und dann ist alles, wie es war.«

Es wird nie wieder so sein, wie es war, das weiß ich und das weiß Caden. Und vielleicht weiß es auch Rina.

»Geht einfach.« Kraftlos, das ist sie. Rina steht mit dem letzten bisschen Stärke da, das der Tag ihr übrig gelassen hat. Und ich kann ihr das nicht nehmen, nicht indem sie ständig wiederholen muss, dass sie uns nicht hier haben will.

Ich bin der Erste, der aus der Wohnung stürmt. Keine Ahnung, was Caden endlich in Bewegung versetzt, aber als ich die Stufen nach unten poltere, höre ich ihn hinter mir im Treppenhaus.

Beim Wagen angekommen, reicht er mir tonlos die Schlüssel. Er sieht mich nicht an und ich sehe ihn nicht an. Wir setzen uns einfach ins Auto und fahren los, so als hätte er uns nicht schon wieder im Stich gelassen.

Als hätten wir kein Versprechen gegeben.

Als hätten wir Rina nicht verloren.

* * *

RINA

Shane stürmt aus der Tür, Caden steht noch da. Mein Körper spürt ihn, ohne ihn zu berühren. Ich kann mich nicht wieder umdrehen, weil ich es nicht ertrage, die Zweifel in seinen Augen zu sehen. Mr Hollwarth liegt falsch. Man muss das Leben kontrollieren. Caden hat recht mit seinen Zweifeln, weil wir den Punkt nicht überschreiten dürfen, an dem die Kontrolle verloren geht. Und mit der Kontrolle unsere Freundschaft.

Meine Atmung stockt, ebenso mein Herzschlag. Ich spüre ihn so sehr. Er muss näher gekommen sein, ist kurz davor, mich zu berühren, doch ich wage es nicht, erleichtert aufzuatmen, weil es nicht meine Entscheidung ist. Es ist seine. Ganz alleine.

Ich warte.

Cadens Schritte auf dem Linoleumboden gleichen einer Erlösung, weil sie mir meine eigenen Zweifel nehmen. Endlich weiß ich ganz sicher, was ich zu tun habe. Ich vergesse die Wochen zu zweit mit Shane. Ich vergesse die letzte Nacht. Wir vergessen die letzte Nacht und ihr Versprechen.

Nein, ich weine nicht. Tapfer schlucke ich meine Tränen hinunter, als Dad aus dem Bad kommt und mir prüfend zulächelt.

»Lust auf Lasagne?«, frage ich und Dad nickt.

»Lasagne klingt sehr gut.« Er bleibt neben mir stehen, als wolle er etwas hinzufügen, aber geht dann weiter. Damit ist alles gesagt.

Ich nehme den Topf aus dem Wandschrank und versuche mich zu erinnern, wie ich letztes Mal die Béchamelsoße zubereitet habe. Dabei schalte ich meinen Kopf aus und mein Herz.

Nur ein paar Tage, bis es nicht mehr wehtut. Ganz sicher.

KAPITEL 21

CADEN

»Du weißt, dass ihr bald miteinander sprechen müsst?« Jonah sieht mich an, aber ich wende den Blick ab und spritze weiter den Stein des Beckens sauber, in das der Seehund kommen soll, der vor ein paar Tagen als Notfall hierhergebracht wurde. Tage, die sich anfühlen, als wären Wochen vergangen. Weil es der Tag vor der Nacht war. Und die Nacht vor dem einen Tag.

Der Wasserdruck lässt plötzlich nach. Ich drehe am Schlauch und schaue hinüber Richtung Wasserhahn.

Mein Bruder steht hinter dem Zaun und hält die Hände fragend hoch. »Können wir darüber reden? Ohne dass du so tust, als wäre ich gar nicht hier?«

»Ich tue nicht so, als wärst du nicht da. Ich will nur nicht darüber reden.«

»Echt jetzt?«

Ich wende erneut den Blick von Jonah ab und schaue hinaus auf den Ozean. Es gab Zeiten in den letzten Jahren, zu denen ich ihn um ein Gespräch angefleht hätte. Von Bruder zu Bruder oder von Freund zu Freund. Dass jetzt ausgerechnet er mich dazu zwingen muss, ihm zuzuhören, ist schon beinahe lustig.

Wenn nicht alles so verdammt beschissen wäre.

»Caden?«

»Was?!«

Jonah seufzt laut und setzt sich einfach hin. Ziemlich genau an der Stelle, an der ich mit Shane gelegen habe, als wir uns aus dem angrenzenden Becken vor Christie retten konnten. Ich habe das Video von uns gesehen, das Jonah gemacht hat. Neben den hysterischen Hilfeschreien und der Hektik sieht man vor allem, wie Shane und ich anschließend im Gras liegen und lachen. Shane hatte Angst um seinen Vater und die Seehundstation, und ich wusste nicht wirklich, wie ich mit Rina und ihm oder meinen Gefühlen umgehen soll. Aber wir konnten für wenige Minuten unsere Sorgen ausblenden. Gemeinsame Minuten, aus denen wir gestärkt wieder hervorgegangen sind.

Jetzt sprechen wir nur das Notwendigste miteinander.

Beim Essen schweigen wir uns an und jeder surft für sich allein. Shane schläft am Strand, ich denke, er hält es ohne Rina in dem Haus nicht aus. Sie hat sich seit unserem Aufeinandertreffen in der Wohnung ihres Vaters nicht gemeldet. Seit ich sie schützen wollte und damit alles kaputtgemacht habe.

»Ich habe sie im Stich gelassen«, platzt es aus mir heraus.

Jonah, der an meinen Lippen hängt, legt einen verwirrten Gesichtsausdruck auf. Ich bin zu weit weg, von hier wird er mich weder verstehen noch meine Lippen lesen können.

Ich gehe auf ihn zu, hänge den Wasserschlauch über den Zaun und nicke. Hauptsächlich, um mich selbst anzufeuern, jetzt keinen Rückzieher zu machen.

»Ich habe sie im Stich gelassen«, wiederhole ich.

Jonah senkt kurz den Kopf, kaum merkbar, dann blinzelt er. »Als du nach Phoenix gegangen bist, ohne Rücksicht auf deine Gefühle?«

Jonah beobachtet die Menschen um sich herum. Jeden Augenaufschlag, jede Berührung. Er bemerkt Unterschiede in der Art des Sprechens, selbst wenn sie noch so klein sind, und hat vermutlich viel früher erkannt, dass es Rina ist und immer war. Diejenige, die ich liebe.

Er und seine Freundin Enya haben nicht verstanden, dass ich genau deswegen von zu Hause wegmusste, aber sie haben es akzeptiert. Enya und er waren auch die einzigen Personen, mit denen ich in Phoenix regelmäßig telefoniert habe. Ich weiß, dass sich Jonah Sorgen um mich gemacht hat, obwohl ich der große Bruder bin und es vermutlich umgekehrt sein sollte.

Ich stütze mich am Zaun ab und springe darüber. Obwohl alles in mir danach schreit, mich zu bewegen, um in meinen Gedanken keine Ruhe einkehren zu lassen, setze ich mich zu Jonah. Ich achte darauf, mich auf seiner rechten Seite niederzulassen, dort, wo er implantiert ist und mich besser verstehen kann.

»Als ich nach Phoenix gegangen bin, habe ich sie nur zurückgelassen. Und nicht im Stich.«

»Nein«, erwidert Jonah. Seine dunklen Augen erinnern mich an Dad. Ich habe nichts von ihm. »Du hast vielleicht nicht Rina im Stich gelassen, aber dich selbst.«

Am liebsten würde ich auflachen, wäre die Wahrheit nicht so verfickt subtil. »Und dabei dachte ich, es ginge mir besser, wenn ich nicht jeden Tag sehen würde, was ich nicht haben kann.«

»Du bist zurück.«

Keine Frage, und doch sind alle Antworten möglich. Alle Wahrheiten.

Es fällt mir schwer, den Blick beim Sprechen nicht erneut von Jonah abzuwenden. Er sieht zwischen meinen Augen hin und her, mit einer Ruhe in den Zügen, die mir Zeit gibt. Und Optionen. Ich könnte jetzt und hier vor Jonah so tun, als wäre nichts passiert, und mir einreden, dass es tatsächlich nichts war. Aber das stimmt nicht. Und es war schon gar kein Fehler, selbst wenn Rina das beinahe gesagt hätte. Ich habe den Schmerz gesehen, der Shane durchzuckt hat, als sie dazu ansetzen wollte. Gesehen und gefühlt.

»Wir haben miteinander geschlafen.«

Nichts an Jonahs Ausdruck lässt erkennen, welche Bilder vor seinem inneren Auge aufblitzen.

Ich presse die Zähne zusammen. »Shane und ich haben mit Rina geschlafen. Gleichzeitig.«

Wieder keine Reaktion. Kein verdutztes Blinzeln, kein beschämtes Abwenden, wenn auch nur für Sekunden. Nichts.

»Jonah, hast du mich verstanden?«

Er nickt. »Ja.«

»Warum tust du dann nichts?«

»Weil ich warte.«

»Worauf?«

»Auf das Problem.«

»Welches Problem?«

»Na, das, wegen dem Rina weg ist und nicht ans Telefon geht und Shane und du euch kaum mehr in die Augen schauen könnt.«

Ich lache auf. »Hast du vielleicht daran gedacht, dass genau das das Problem sein könnte? Die beiden sind in einer Beziehung und wir hatten Sex, zu dritt?«

»Nein.« Er schüttelt den Kopf. »Das ist kein Problem. Das ist das, worauf es hinausläuft.«

»Hä?«

Nachdem Jonah gehörlos wurde, hat er lange Zeit kaum mit jemandem gesprochen. Er musste das Hören mit dem Implantat neu lernen und alles war schwierig – aber ich habe mich noch nie so unverstanden von ihm gefühlt wie jetzt.

»Worauf es immer hinausgelaufen ist, Caden.«

Er tut so, als sprächen wir beide von derselben Sache. »Jonah, wir sind Freunde!« Anscheinend will er es nicht verstehen.

»Vielleicht ist das das Problem.«

»Sag mal, kapierst du –«

Er lässt sich nicht unterbrechen. »Erinnerst du dich an den Abend beim Mexikaner? Am Ocean Beach, als Enya noch ziemlich neu hier in San Diego war?«

»Wo wir Aaron getroffen haben?« Rina war wie versteinert, das könnte ich nicht vergessen.

Jonah nickt. »Enya hat euch drei davor wie oft miteinander erlebt? Zwei Mal?«

»Keine Ahnung. Nicht oft.«

»Nicht oft, richtig«. Er lächelt. »Sie hat es gesehen, schon damals, was du selbst jetzt nicht siehst.«

Ich reibe mir frustriert stöhnend über das Gesicht. Die Schlaflosigkeit ist zurück und meine Augen brennen. »Was, Jonah? Kannst du endlich das sagen, was du wirklich denkst? Ohne dieses Brotkrumenverstreuen?«

»Brotkrumen?« Jonah grinst, weil *Hänsel und Gretel* das Lieblingsmärchen von uns beiden war und Mom es uns mindestens fünfhundertmal erzählt hat. »Gut, dann keine Brotkrumen mehr für dich, Gretel.«

»Ich bin nicht Gretel, Jonah.«

»Du warst beim Spielen immer Gretel und ich Hänsel.«

»Aber nur, weil sie viel mutiger ist.«

»Stimmt, du solltest Hänsel sein, weil er sich feige in einem Käfig einsperren lässt und emotional verkümmert in seiner geliebten Rolle als Märtyrer, der sich zugunsten anderer opfert.«

Ich stutze, denke nach. »Arschloch.«

»Nein, du bist das Arschloch. Du willst nicht sehen, was selbst Enya gesehen hat, obwohl sie euch kaum kannte: dass ihr zusammengehört. Und dass eure Verbindung eine andere ist. Nicht die von besten Freunden, die sich ihr ganzes Leben lang Halt geben.« Jonah schaut hinaus aufs Meer. »Sie hat es gesehen und ich habe es gesehen, Caden. Dass ihr drei eins seid, nicht drei oder zwei plus eins, sondern eins. Und ich denke, ihr wisst das. Und habt es gefühlt, vielleicht schon immer. Aber keiner von euch sieht richtig hin.« Jonah dreht den Kopf wieder zu mir. »Keiner erkennt, dass es kein Problem ist, sondern eine Chance und einfach das, was ihr seid. Füreinander.«

Ich schließe die Augen, kann die Banalität in seinem Blick nicht ertragen. Oder die Schuldzuweisung, die sich daraus für mich ergibt. »Shane hat es gesehen und ich auch, für kurze Zeit. Bevor ich uns im Stich gelassen habe.« Ich schlucke. »Drei ist viel, oder?«

»Drei?«

»Ja, drei Menschen.«

»Für eine Beziehung?«

Ich zucke mit einer Schulter. Es auszusprechen, würde es greifbar machen, und das ist es nicht.

Jonah lächelt. »War es doch bis jetzt auch nie. Drei ist euer Leben. Warum stellst du plötzlich Normen auf, die noch nie eine Rolle gespielt haben?« Das Lächeln verblasst. »Warum gibst du ihnen Macht? Die Entscheidung sollte allein eure sein.«

»So einfach ist das nicht.« Ich wünschte es. Wirklich.

»Was, füreinander da zu sein? Egal was passiert?« Er prustet. »Nein, das ist nicht einfach. Nichts ist einfach. Aber das lässt es umso wertvoller werden. Liebe ist keine Selbstverständlichkeit.«

Liebe. *Liebe.*

»Caden?«

»Ja?«

»Was ist mit Rina? Warum ist sie nicht da?«

Ruhe, für viele Atemzüge. Nur ihre Locken, die durch meine Finger gleiten, und ihre weiche Haut, die ebenso nach Kirschen duftet, wie sie schmeckt.

Ich öffne die Augen. »Sie hat gesagt, wir sollen gehen.«

»Warum?«

Ich verziehe das Gesicht. Es tut weh. »Weil ich ihr nicht die Stärke habe zeigen können, die sie gebraucht hat, um an uns zu glauben.« Ich schlucke. »An uns drei. Und damit habe ich uns alles genommen.« Meine Stimme bricht. »Ich habe uns im Stich gelassen.«

Die Bilder der Enttäuschung in ihren Augen sind purer Schmerz. Schmerz, der unnachgiebig den altbekannten Druck in mir aufbaut, den ich längst hinter mir geglaubt hatte.

Jonah sagt nichts. Die vorwurfsvolle Stille bringt das Kribbeln in meinen Fingern zurück und mein Mund wird trocken. Bevor meine Haut unter der Anspannung reißen kann, stehe ich auf. Rinas Gesicht verschwindet hinter den dunklen Nebelschwaden und wird eins mit dem Hämmern in meinem Inneren, das mich in eine einzige Richtung treibt und nur einen Ausweg lässt.

»Caden? Alles in Ordnung? Du bist blass.«

»Alles gut, nur Kopfschmerzen«, gebe ich so beherrscht wie möglich zurück und greife zugleich in meine Hosentasche, um die

Tabletten herauszuholen. Ich wende mich von Jonah ab, damit er nicht sieht, welche es sind. Und wie viele ich mir davon in den Mund schütte, bevor ich sie kurz kaue und dann trocken hinunterwürge. Dass meine Zunge die bröselige Konsistenz der Tabletten spürt, reicht aus, um meinen Herzschlag zu verlangsamen. Meine Brust wird bereits durch das Erwarten der kommenden Erlösung von ihrer Last befreit, sodass ich wieder tief einatmen kann. Gleich wird es besser. Das wird es immer, wenn auch nur kurz.

Ich nehme mir noch zwei Atemzüge, um mir die Panik aus dem Gesicht zu wischen, und drehe mich erst dann zu Jonah um, der mich verwirrt ansieht.

Ich halte die Tabletten noch einmal kurz hoch, um ihm jegliche Zweifel zu nehmen, und stecke die Dose dann weg. »Ich habe zu wenig getrunken und hätte die Tablette schon nehmen sollen, als der Kopfschmerz vorhin eingesetzt hat. Und nicht jetzt, wo er schon so extrem ist.«

»Kenn ich, Mann«, sagt Jonah, der jahrelang unter starker Migräne gelitten hat. »Soll ich dir was zu trinken holen?«

»Nein danke. Wenn ich hier fertig bin, hole ich mir selbst etwas.«

»Also?« Jonah bedeutet mir, wieder Platz zu nehmen.

»Also was?« Ich setze mich und stütze die ausgestreckten Arme auf den Knien ab. Die Vormittagssonne gewinnt allmählich an Kraft.

»Was willst du machen? Wieder zurück nach Phoenix gehen?«

Ich lege den Kopf in den Nacken. Schon der Gedanke an Phoenix bringt meinen Bauch dazu, sich zusammenziehen. Nicht die viele Arbeit und die Erwartungen schrecken mich ab, sondern die Einsamkeit. Ich lecke mir über die Lippen und schmecke den Tabletten nach, die allmählich meine Wahrnehmung dämpfen und mich gleich von der Last meiner Gefühle erlösen.

»Ich gehe zurück, ja«, sage ich sicherer, als ich erwartet habe. »Weil ich den Ausbildungspart unter Dr. Gander durchziehen werde. Die Klinik ist die renommierteste in ganz Arizona und eine Empfehlung würde mir weitere Türen öffnen. Außerdem – was ich dort lerne, ist der Wahnsinn.« Ich grinse, weil ich es liebe, Arzt zu werden. Es ist das, was ich immer wollte.

Jonah erkennt meine Leidenschaft sofort und lächelt, nur um dann die Ernsthaftigkeit in seine Züge zurückkehren zu lassen. »Aber gehst du sofort zurück, Caden?«

Meine Antwort ist klar. »Ich habe keine Ahnung, was ich tun soll.«

»Es geht jetzt weniger darum, etwas zu tun.« Mein Bruder schüttelt den Kopf. »Sondern mehr darum, zu fühlen. Und was du bereit bist für deine Gefühle in Kauf zu nehmen.«

Ich lege die Arme auf meine angezogenen Beine und schaue hinaus aufs Meer. Lange Zeit sagen wir gar nichts. Jonah gibt mir Raum, um nachzudenken. Über mein Herz, das Rina gehört und das zerbricht, wenn sie es nicht will. Und über Shane, für den ich ebenso Liebe empfinde, wenn auch eine andere als für Rina.

»Caden?«

»Ja?«

Jonah weiß, wie stark meine Gefühle sind. Er muss nicht danach fragen. »Wirst du für euch kämpfen?«

Die einfache Frage, deren Antwort noch einfacher sein sollte, hallt in mir nach. Da höre ich, wie Christies schwerer Körper ins Wasser platscht, und schaue auf. Shane steht in einiger Entfernung zu uns an ihrem Gehege und wirft ihr Fisch ins Wasser. Als er sich umdreht und ins Gebäude geht, bleibt sein Blick kurz an uns hängen. Ich will ihm etwas zurufen, ihn fragen, ob er Hilfe braucht oder sich zu uns setzen will, aber bevor ich die Worte finde, ist er verschwunden.

»Wirst du kämpfen, Caden?«, wiederholt Jonah seine Frage.

Keine Antwort.

Weil ich einfach keine habe.

Ehe Jonah noch ein drittes Mal fragen kann, stehe ich auf und springe wieder über den Zaun. Ich bedeute meinem Bruder, den Schlauch noch einmal aufzudrehen, und spritze weiter das Becken aus. Es ist, als hätte es keine Unterbrechung gegeben. Kein Gespräch. Weil eine Entscheidung fehlt.

Ich bin zu schwach.

KAPITEL 22

CADEN

Kannst du jetzt bitte einfach die Großschot lösen? Jonah und ich warten auf dich.« Shane setzt sich die verspiegelte Sonnenbrille auf und umfasst die Pinne des Katamarans, bereit, das Ruder zu steuern.

»Ich habe nur keine Ahnung, warum wir ausgerechnet jetzt mit der *Bertram's* rausfahren sollen«, gebe ich zurück und versuche die Leine loszumachen. Meine Fingerspitzen sind taub, und ich fühle nicht, wie fest ich zugreifen muss. »Fuck«, entkommt es mir laut und ich schüttle die Hand aus. »Wer hat das Segel festgemacht? Das hier ist kein Knoten, sondern ein beschissener Zustand.«

Shane lacht auf. »Ach, jetzt ist der Knoten schuld, dass du deine Hände nicht mehr unter Kontrolle hast?«

Ich ziehe scharf die Luft ein und blicke zu Shane auf. Mit aller Selbstbeherrschung ignoriere ich sein herausforderndes Lächeln und versuche weiter meine Arbeit zu machen. Wenn Shane Streit sucht, soll er zu Christie gehen.

»Eigentlich haben wir hierfür gar keine Zeit«, sage ich mehr zu mir selbst als zu ihm. »Wir müssen endlich damit beginnen, das kaputte Dach freizulegen.«

»Wir?« Shane lacht auf. »Welches Wir? *Wir* müssen gar nichts.«

»Echt jetzt?« Ich lasse die Leine los und stelle mich aufrecht hin. So viel zu meinem Vorsatz, mich nicht provozieren zu lassen. »Du sprichst tagelang kaum mit mir und dann so was?«

Shane stöhnt genervt auf. »Ich habe nicht nicht mit dir gesprochen, ich habe dir nur nichts mehr zu sagen. Das sollte dir bekannt vorkommen.« Er presst die Kiefer aufeinander und schaut hinaus aufs Meer. »Also mach mir keinen verdammten Vorwurf und lös endlich die beschissene Leine, damit ich uns aufs Meer manövrieren kann. Wir machen den Törn mit Jonah, halten die zwei, drei Stunden durch, und danach kannst du tun, was auch immer du tust.« Er grinst. »Oder nicht tust.«

Ich lache auf und Wut beginnt in mir zu wurzeln. »Oder ich steige jetzt einfach von der *Bertram's* und sage Jonah, er soll sich was anderes zum Geburtstag wünschen als eine Katamaranfahrt mit uns. Ich schenke ihm eine neue Grillzange und du kannst allein mit ihm segeln und mich am Arsch lecken.«

Shane lässt die Pinne los und springt zu mir. »Wohin gehst du dann, hä? Einfach von Bord oder gleich zurück nach Phoenix?«

Im Versuch, meine Wut zu kontrollieren, pumpe ich die Hände auf und zu. Anstatt Shane meine Faust in den Magen zu rammen, zucke ich einfach mit den Schultern. »Keine Ahnung, wohin ich gehe. Vielleicht erst mal eine Grillzange kaufen.«

Ich will mich an Shane vorbei Richtung Strand schieben, da rempelt er mich an und drängt mich zurück. Er steht mir so nah, dass ich das Pulsieren der Ader an seinem Hals sehen kann.

Mit einem Zischen saugt er scharf die Luft ein. »Du blöder, feiger Wichser läufst jetzt garantiert nicht davon, hörst du? Sonst nehme ich die Grillzange und schiebe sie dir –«

»Hey!« Jonahs Stimme lässt Shane innehalten, der gerade den allerletzten Schritt zu viel auf mich zu machen wollte. Keiner von uns schaut zu Jonah. Die Luft zwischen uns surrt, während ich auf diesen einen Impuls von ihm warte, der das letzte bisschen Zurückhaltung in mir wegpustet.

»Was ist jetzt?«, ruft Jonah uns zu.

Shane blinzelt, seine Atmung wird wieder flacher und er neigt den Kopf leicht in Jonahs Richtung. Er spricht nicht, wenn er sein Cochlea-Implantat nicht trägt. Niemals. Normalerweise.

Jonah hat es vorhin in der Umkleide des Hafens gelassen. Wir haben uns inzwischen daran gewöhnt, dass er sein CI immer wieder bewusst abnimmt, und es ist ein großer Vertrauensbeweis, dass er es selbst beim Katamaranfahren zurücklässt. Weil er weiß, wie instinktiv wir miteinander agieren und wie routiniert die Arbeitsabläufe für uns eigentlich sind. Eigentlich.

Dass er uns jetzt zuruft, spricht nicht unbedingt für uns. Ich habe ihn schon mit Enya ohne sein CI sprechen gesehen. Nur mit ihr, mit niemandem sonst.

»Übernimm die Pinne. Und wehe, du lenkst den Rumpf gegen die Kaimauer«, warnt mich Shane und dreht sich um. Er hat die Leine mit zwei schnellen Handgriffen gelöst. Es sollte mich frustrieren, dass er das so problemlos geschafft hat, aber in mir überschlagen sich immer noch die Wellen der Wut auf ihn und auf mich selbst. Jonah und Shane schieben den Smartkat mit wenigen Schritten ins Wasser, springen auf und ziehen das Segel so dicht, dass wir losfahren können.

Gleichmäßige, tiefe Atemzüge sollten helfen, aber es gelingt mir nicht, die Anspannung aus meinen Muskeln zu vertreiben. Ich habe keine Ahnung, warum ich mich so schwer beruhigen kann. So war es noch nie.

Erst das Kreischen einer Möwe, die auf der Höhe meines Kopfes an uns vorbeifliegt, holt mich aus meiner vermeintlichen Starre. Es tobt immer noch ein Sturm in mir, während ich eine Hand endlich auf die Pinne lege und das Ruder und das Schwert bei genügend Wassertiefe herunterklappe.

Die Luft entweicht zittrig aus meinem Körper, und anstatt an den Rumpf und die Kaimauer zu denken, kreisen meine Gedanken nur um die Tabletten, die ich aus der Dose genommen und lose in meine Shorts gesteckt habe. Seit dem Gespräch mit Jonah ist ein halber Tag vergangen. Ich wollte frühestens vor dem Zubettgehen wieder eine nehmen, aber während ich den Katamaran weg vom Strand lenke, greife ich mit einer Hand in die Tasche und nehme eine der Tabletten heraus. Nur eine, das muss reichen.

Shane und Jonah schauen hinaus aufs Meer und beobachten den Wind und die Wellen. Unauffällig wische ich mir über den Mund und schlucke die Tabletten beinahe ganz hinunter. Dann lege ich beide Hände zurück an die Pinne. Die Schotten werden dichtgemacht und wir bauen allmählich Geschwindigkeit auf.

»Wo willst du hinsegeln?«, will Shane wissen, nachdem wir das Ufer weit hinter uns gelassen haben. Die Kälte in seiner Stimme ist kaum verblasst.

»Egal«, antworte ich.

»Weißt du noch, als Dad diese Luxusvariante von einem Katamaran ausgeliehen hatte? Wir waren völlig überfordert auf dem Riesenboot mit den ganzen Anzeigen und Monitoren. Viel zu viel Technik und zu wenig Gefühl.«

Ich antworte Shane nicht. Er kann mich mal mit seinen Erinnerungen an früher.

»Westen«, ist das Einzige, was ich sage. Shane hat recht. Das Segeln mit dem alten Sportkatamaran ohne jegliche elektrische Unterstützung ist viel urtümlicher. So haben wir gelernt, auf den Stand der Sonne, den Wind und die Wolken zu achten und darauf, dass jede noch so kleine Veränderung große Folgen haben kann.

Ich schließe kurz die Augen und denke daran, was gewesen wäre, wenn ich Rina gesagt hätte, dass wir nicht gehen. Dass wir ohne sie diese Wohnung nicht verlassen werden. Es hätte nur weniger Worte bedurft. Jetzt ist es zu spät dafür.

»Caden! Konzentrier dich, verdammt.« Ich blicke zu Shane, der in diesem Moment das Segel hart gegen den Wind lenkt und mich beinahe den Halt verlieren lässt.

Mit beiden Füßen stemme ich mich in den Boden und lege meinen Körper so in die Kurve, dass ich den plötzlichen Schwung mitnehmen kann, ohne zu fallen.

»Danke fürs Bescheidgeben«, maule ich in Shanes Richtung. »Drei Sekunden vor dem Manöver wäre fein gewesen.«

Shane hilft Jonah dabei, das Segel zu fixieren. Er macht sich nicht einmal die Mühe aufzublicken. »Du weißt, was wir hier machen, Caden. Also träum nicht durch die Gegend und pass verdammt noch mal auf. Ich bin nicht dein Babysitter.«

Wir liegen jetzt so optimal im Wind, dass wir auf das Meer hinaus immer mehr Geschwindigkeit aufbauen. Der Fahrtwind weht mir ins Gesicht und bringt mit dem unendlichen Blau eine Freiheit mit sich, die einem nur der Ozean schenken kann. Das letzte Mal waren wir mit Enya und Rina mit dem Katamaran unterwegs. Es war Enyas erstes Mal, und Rina hat ihr alles erzählt, was sie von Jonah, Shane und mir im Laufe der Jahre gelernt hat. Selbst wenn sie nie einen Segelkurs mit uns besuchen konnte, weiß sie genauso viel wie wir. Ich vermisse sie.

Shane kommt zu mir herüber. »Sollen wir die Küste entlang Richtung Mexiko segeln oder weiter hinaus?«

»Was sagt Jonah? Es ist sein Törn.«

»Er passt sich uns an.«

»Dann entscheide du.«

»Ich frage aber dich.«

»Shane«, sage ich genervt und verdrehe die Augen. »Lenk den Katamaran einfach irgendwohin.«

»Willst du in unsere –«

»Nein«, unterbreche ich ihn, bevor er die geheime Bucht ansprechen kann. »Nicht ohne sie.«

»Oh«, macht Shane und nimmt die Sonnenbrille ab. Er hat dunkle Augenringe. »Plötzlich ist es dem Herrn nicht mehr egal, dass er Rina vertrieben hat, und er möchte sie dabeihaben! Das ist neu. Vielleicht sollte ich das irgendwo notieren.«

»Ich habe sie nicht vertrieben«, erwidere ich und drücke den Rücken durch.

»Stimmt, es war schlimmer: Du hast sie hängen lassen.«

»Genauso wie du.«

Shane lacht auf und zieht sein Piercing zwischen die Zähne. »Falsch, Caden. Ich habe gekämpft, für uns. Mit jedem meiner Worte. Ich habe in dieser Wohnung gekämpft, ich habe in den Tagen davor gekämpft und in der Zeit, in der du dich in Phoenix versteckt hast. Und ich war allein. Weil du nicht die Eier in der Hose hast, einfach zu uns zu stehen.« Er verschränkt die Arme vor der Brust. »Nein, nicht zu uns. Du stehst ja nicht einmal zu dir selbst und dem, was du willst. Oder ist sie dir nicht wichtig genug?«

Ich antworte nicht.

Shane grinst. »Ist dir Rina nicht wichtig genug? Du kannst es sagen, hier und jetzt.«

Mein Schlag gegen seine Schulter lässt ihn nach hinten kippen. Shane findet jedoch schnell wieder Halt und packt mich mit so einer Kraft am Shirt, dass ich höre, wie die Naht knarzt. Er zieht mich zu sich. Wir beide holen aus, und in der Sekunde, in der der Entschluss zuzuschlagen gefallen ist und es nur noch darum geht, wer schneller ist, reißt uns ein Platschen aus der Konzentration.

»Scheiße!«, schreie ich und schaue an Shane vorbei. Mein Herzschlag verändert sich und aus Zorn wird Angst, weil ich Jonah nirgendwo sehen kann.

Ich will Shane gerade sagen, dass wir wenden müssen, da durchbricht Jonahs Kopf die Wasseroberfläche. Er gibt uns ein Zeichen, dass alles in Ordnung ist, und beginnt Richtung Ufer zu kraulen.

»Er schwimmt«, sage ich zu Shane.

»Liegt vielleicht daran, dass er Schwimmer ist.«

»Nicht witzig, Shane. Hast du eine Ahnung, wie lange er bis zum Ufer braucht? Das ist Wahnsinn!«

»Nein.« Er schnaubt. »Das ist seine Art, uns zu sagen, dass wir uns in den Griff bekommen müssen.«

Ich halte mit dem Blick so lange an Jonah fest, bis er in der Weite des Blaus verschwindet. »Deswegen hat er das CI zurückgelassen. Es war von vornherein geplant. Jonah hat uns verarscht.«

Shane lacht. »Du weißt, was das bedeutet?«

»Was?«

»Na, dass das Segeln als Geschenk nicht gilt und du ihm doch eine Grillzange kaufen musst.«

Ich grinse und schaue Richtung Horizont. Die Wasseroberfläche glänzt spiegelglatt in der Nachmittagssonne, nur kleine Wellenspitzen zeigen vereinzelt den leichten Wind. Die Bedingungen sind perfekt. »Was machen wir jetzt?«

Shane reibt sich mit beiden Händen über das Gesicht, dann sieht er mich an und deutet mit dem Kopf auf das Wasser. »Keine Ahnung, erst mal richtig segeln? Der Wind ist ideal.«

Das erste Lächeln seit Tagen umspielt meine Lippen. »Dann lass uns segeln.«

Während Shane seine Sonnenbrille abnimmt, ziehe ich meine Schwimmweste fester zu.

»Dann schauen wir, dass wir die *Bertram's* in den Wind bringen«, sage ich, nachdem auch Shane seine Weste ganz geschlossen hat, und mache mich neben ihm bereit.

Er wartet, bis ich mich richtig positioniert habe, und in dem Augenblick, in dem das Tuch im Wind laut schnalzt, wissen wir, dass es nur noch uns beide gibt. Uns beide, den Wind und das Meer.

Unter der Energie der Wende neigt der Katamaran sich zur Seite und ganz langsam hebt sich eine Kufe aus dem Wasser. Ich warte auf die eine Sekunde, in der man das feine Ruckeln spürt, wenn der Rumpf sich von der Oberfläche trennt und ihn die Wasserspannung freigibt. Wir stemmen uns mit aller Kraft gegen das Boot und versuchen durch unser Gewicht ein Kentern zu vermeiden. Ein erwartungsvolles Kribbeln flirrt durch meinen Körper, und als wir immer weiter steigen, weiß ich, dass es beinahe so weit ist.

Das Katamaran baut weiter an Geschwindigkeit auf, der Druck auf uns wird immer größer und presst gegen meine Lungen. In dem Augenblick, in dem all das verpufft und die Schwerelosigkeit einsetzt, weil wir im Wind liegen, muss ich laut lachen.

Shane neben mir hängt so in den Seilen, dass seine Arme bereits zittern, aber er lässt nicht los. Er wartet auf mich, verlässt sich auf mein Gefühl, auf mich. Gemeinsam trotzen wir den Naturgewalten.

»Weiter?«

»Weiter!«, rufe ich. Ich ziehe noch einmal fester und sehe zu, wie sich die Wasseroberfläche immer weiter von uns entfernt.

Das Gefühl, mit zunehmender Geschwindigkeit über das Meer zu fliegen, erlöst jede einzelne Zelle in mir von der Schwere der Gedanken, die mich seit Tagen und Wochen im Griff haben. Was bleibt, ist Freiheit.

»Jetzt?« Als Shane mich ansieht, erkenne ich dieselbe Freiheit auf seinem Gesicht, die auch mich erleichtert.

Ich stemme meine Beine, die bereits zu brennen beginnen, weiter gegen das Boot und schaue nach vorn. »Noch nicht.«

»Sicher?«

Ich lache erneut auf. »Ja.«

Shane lacht jetzt ebenfalls. »Wir werden kentern!«

»Werden wir nicht«, versichere ich ihm. »Wir werden nicht verlieren.«

»Scheiße, Mann, wenn du das sagst.« Shane muss bereits die Zähne zusammenpressen, so viel Kraft kostet ihn dieses Manöver.

»Hältst du durch?«

»Ich bin so lange dabei, wie du es bist«, gibt er mit einem eindeutigen Nicken zurück.

Ich kann nicht anders, als laut aufzuheulen und so dem unbändigen Lebensgefühl, das ich hier mit ihm erlebe, Ausdruck zu verleihen. Shane stimmt mit ein, und gemeinsam fliegen wir über die Wellen, unaufhaltsam und mächtig. Immer prägnanter spüre ich den Druck auf meinen Körper, weil sich der Katamaran weiter neigt, und werde still. Ich schließe die Augen, weiß, dass ich auf mein Gefühl vertrauen kann und dass Shane auf mein Gefühl vertraut. Unser Leben liegt in meinen Händen.

Ich nehme die Schwerelosigkeit wahr und erahne bereits den einen richtigen Moment. Dann sehe ich Rina vor mir und bin mir sicherer als jemals zuvor, dass wir nicht untergehen werden. Nicht hier und jetzt, niemals. Energie durchflutet mich, und mit ihr erwacht die Gewissheit, dass ich die richtige Entscheidung treffen werde. Für Rina. Für mich selbst und für Shane.

»Shane?«

»Ja?«

»Jetzt!«

Wir sehen uns an. Die Schwebe zwischen Fliegen und Fallen fühlt sich an, als würde sie eine Ewigkeit andauern, und ist doch nur ein Hauch. In dem Moment, in dem das Segel umschlägt, wechseln wir die Seite und der Katamaran neigt sich.

Shane ist wieder neben mir, er ist da. Die Sonne blendet mich von allen Seiten, aber ich schließe nicht die Augen, sondern spüre meiner schweren Atmung nach. Mein bester Freund erkennt die befreiende Erschöpfung in mir und zieht fragend die Augenbrauen hoch.

»Caden?« Er grinst.

»Ja?«

»Noch einmal?«

Ich grinse zurück. »Noch einmal.«

Meine Worte nicht wirklich abwartend, schaut Shane schon wieder zum Segel. »Worauf wartest du dann noch?«

Mit einem Kopfschütteln gebe ich ihm das Zeichen und dann gibt es nur noch uns und das Meer. Keine Angst. Keinen Druck. Und keine Gedanken. Nur die Stärke, die ich in mir trage und die sich mit Shanes Kraft verbindet.

Nach dem siebten oder achten Manöver höre ich auf zu zählen, nur mein Handy gibt uns irgendwann mit einem spitzen Signal das Zeichen für die Grenze zu Mexiko. Ich gehe hinüber und schalte das Piepsen ab. Kurz lese ich eine Nachricht von Jonah, dass er gut zu Hause angekommen ist und wir gefälligst alles auf die Reihe bekommen sollen.

Ich schaue Shane an. »Willst du umkehren oder segeln wir weiter Richtung Westen?«

Shane zögert nicht. »Wir segeln weiter.«

Und das tun wir.

Die untergehende Sonne bringt den Horizont in allen Farben des Feuers zum Glimmen und nimmt die Hitze des Tages mit sich. Shane und ich sehen nur Wasser und Himmel und finden uns zwischen den

Elementen wieder. Das Vertrauen ineinander. Freiheit. Und das stille Wissen, dass wir gemeinsam alles schaffen können.

Erst als die Dämmerung längst in die Nacht übergegangen ist und der Wind nachlässt, geben wir uns der Erschöpfung hin und holen die Segel ein. Keiner von uns navigiert uns nach Hause. Stattdessen ziehen wir die Schwimmwesten aus, nehmen uns etwas zu trinken und setzen uns auf die Tragfläche.

Lange Zeit sagen wir gar nichts. Die Wellen schlagen leicht gegen den Rumpf des Bootes und sind das Einzige, was die nächtliche Stille durchbricht. Jeder einzelne Muskel in meinem Körper scheint immer noch das Ziehen an den Seilen zu spüren. Mit einem zufriedenen Stöhnen lege ich mich zurück und verschränke die Arme hinter dem Kopf.

Sterne, überall. Und die Geheimnisse, die sie erzählen. *Rina.* Alles in meinem Leben scheint mit ihr verbunden.

»Shane?«

Er stellt seine Flasche ab und legt sich ebenfalls zurück. »Hmmm?«

»Was, glaubst du, macht sie jetzt?«

Er atmet tief ein und aus, aber ich bekomme keine Antwort.

»Sie ist allein.« Meine Stimme ist leise.

»Ich weiß, Mann.«

Der Katamaran schaukelt sanft auf und ab und ich schließe die Augen. »Jonah hat mich heute gefragt, wo das Problem ist.«

»Werd genauer, Caden. Ich habe derzeit einen ganzen Haufen Probleme, Tendenz steigend.«

»Ich habe ihm von uns erzählt. Jonah weiß von uns, von allem.« Ich setze mich auf, möchte Shanes Blick entkommen. »Auch von der Nacht zu dritt.«

Er richtet sich ebenfalls auf. »Die Nacht ist kein Problem, Caden. Und wenn du hier und jetzt was anderes behauptest, bekommst du auch hier und jetzt eine aufs Maul. Und dieses Mal tue ich dir nicht den Gefallen und mache einen Rückzieher.«

»Ich habe kein Problem mit der Nacht, Shane«, stelle ich klar.

»Sondern mit ihrer Angst. Hast du nicht gesehen, welche Panik sie hatte, unsere Freundschaft aufs Spiel zu setzen? Wir sind alles, was sie hat, und wenn das schiefgeht, hat sie niemanden mehr. Sie soll nicht abhängig sein von einer Beziehung. Und ich kann ihr nicht sagen, dass alles gut gehen wird, weil ich es nicht weiß.«

»Kannst du nicht endlich mal den Doktor stecken lassen?« Shane reibt sich frustriert über die Brust. »Dieses eine Mal?«

»Wie bitte? Was hat das damit zu tun?«

»Was das damit zu tun hat?« Er lacht auf. »Alles, Caden. Weil du versuchst, dein ganzes Leben nach deinem Denkschema zu arrangieren, und dabei das Leben selbst vergisst. In deinem Beruf sammelst du Symptome und versuchst mögliche Befunde dann anhand von Untersuchungsergebnissen einzugrenzen – so lange, bis du mit ziemlicher Sicherheit eine richtige Diagnose nennen kannst. Und dann beginnt alles von vorn. Mit der Diagnose hast du ein Spektrum an Behandlungsmöglichkeiten und anhand neuer Ergebnisse grenzt du wieder ein. Sicher, du hast immer ein Restrisiko, aber seien wir doch mal ehrlich: Besonders riskant hast du dich noch nie verhalten. Und genau das ist der Punkt. Das Leben ist so nicht. Man kann nicht immer auf Nummer sicher gehen und nur die Wege mit Richtungsweiser einschlagen. Die größten Chancen im Leben sind die, die uns ins Ungewisse führen. Das, was man ist, was in uns steckt, muss reichen, um aus diesen Chancen etwas entstehen zu lassen und um daran zu wachsen. Und das lässt du nicht zu. Bevor es brenzlig wird, ziehst du die Handbremse.« Er seufzt.

Jonahs Worte von heute vermischen sich mit Shanes. Dass ich mich selbst im Stich gelassen habe, meine Gefühle, und dass ich die sichere Variante wähle.

»Aber so bin ich«, gebe ich zurück, weil ich nicht weiß, was ich sonst sagen soll.

»Ja«, stimmt Shane mir zu. »Die Frage ist, was stärker ist: dein Bedürfnis nach Sicherheit oder deine Gefühle für Rina?«

»Vielleicht sind meine Gefühle stärker, Shane. Selbst wenn ich entgegen meinen Gewohnheiten handle, heißt das noch lange nicht, dass alles gut geht.« Ich schüttle den Kopf. »Ich kann das nicht verantworten. Eine voreilige Beziehung, die uns dann irgendwann in den Abgrund reißt.«

»Voreilig?« Shane reibt sich über den Nacken. »Wie viele Jahre kennen wir Rina? Siebzehn? Ab welchem Punkt kann man nach siebzehn Jahren von voreilig sprechen?«

»Siebzehn Jahre Freundschaft und nicht Beziehung, verdammt!«

Er presst die Kiefer zusammen, und kurz fürchte ich, dass er in den nächsten Sekunden auf mich zuspringt und mir die Faust ins Gesicht rammt. Stattdessen schaut er weg und beißt sich auf die Lippe. Als er mich wieder ansieht, liegt ein schwaches Grinsen auf seinem Gesicht. »Schon in der ersten Klasse haben wir die Pausenbrote geteilt. Du hast recht, das war Freundschaft. Und als wir in der fünften Simon Kincade verprügelt haben, weil er ›Assi‹ auf Rinas Spind geschrieben hat, das war auch Freundschaft. Die Übernachtungen bei deiner Großmutter, die uns jeden Horrorfilm hat anschauen lassen, den wir wollten, das war auch Freundschaft. Aber lass mich eines wissen, Caden.« Shane verschränkt die Arme vor der Brust. »War es noch Freundschaft, als sie uns in der Neunten gebeten hat, mit ihr ein Kleid für ihr erstes Date auszusuchen? Und wir uns zum ersten Mal so richtig besoffen haben, während sie mit Clark Burmingham ins Kino gegangen ist? Und war es noch Freundschaft, als wir zum Zelten in dem Wald hinter eurem Haus waren und sie in den Bach gestürzt ist? Sag mir, dass du nicht die halbe Nacht wach gelegen und daran gedacht hast, dass sie unter deinem Hoodie nur noch ihr Höschen trägt.«

Scheiße.

Shane erkennt den Ausdruck auf meinem Gesicht und nickt. »Warte, ich hab noch mehr. Dein erstes Mal, mit Leonie aus dem Segelkurs. Sag mir, dass du nicht an Rina gedacht hast, wenn auch nur kurz, als du das erste Mal Sex hattest. Und die Male danach. Jedes verfickte Mal, egal mit wem.«

Ich stoße die Luft aus. *Sie war immer da.*

»Und jetzt frage ich dich, Caden: Ist das Freundschaft? Ist das eine Beziehung, die man zu voreilig eingeht? Mehr Sicherheit kann dir das Leben nicht geben, verdammt! Egal, was die Welt sagt, wichtig ist, was wir wollen. Und was wir fühlen. Aber wenn deine Gefühle nicht stark genug sind, dann wirst auch du es nicht sein. Und wir kentern. Heute, hier auf dem Meer, haben wir uns auf dein Gefühl verlassen. Auf das, was du tust – und wir sind geflogen.« Er lächelt. »Du hast die Kraft gespürt, dir selbst vertraut und ich habe dir vertraut. Aber wenn du dir der Gefühle für Rina nicht sicher bist, sind alle Zweifel berechtigt und wir können es nicht verantworten. Es hat dann keinen Sinn, auch nur noch weiter darüber –«

»Ich liebe sie.« Die Worte platzen mit einer Intensität aus mir heraus, die mich selbst ins Stocken bringt. Es auszusprechen, ist neu. Nicht wie ein Eingeständnis, es fühlt sich eher nach einer Erlösung an. »Ich liebe sie«, wiederhole ich und fühle der Macht dieses einen Satzes nach, der keine Beweise braucht, um weiter existieren zu dürfen. Keine Untersuchungen oder Spekulationen. Nur mein Bewusstsein. Und das Vertrauen in mich selbst. Wir werden nicht kentern. *Niemals.*

Shane sieht mich an, nicht überrascht oder zweifelnd. Sondern erleichtert und stolz.

»Das trifft sich gut«, sagt er und grinst. »Weil ich sie auch liebe und es scheiße hart werden wird, sie zurückzuholen. Dabei wäre ich ungern alleine.«

»Das heißt, du bist dabei?«

»Ich war immer dabei«, gibt Shane zurück und hustet gespielt entsetzt. »Ich habe das Ganze sozusagen erfunden, also frag mich nicht, ob ich dabei bin. Ich glaub es nicht.«

Ich grinse, weil es schön ist, die gewohnte Ausgelassenheit zwischen uns wieder aufleben zu lassen. »Also bist du dabei, oder wie?«

Er zeigt mir den Mittelfinger. »Wie oft muss ich es denn noch sagen?!«

Mit einem Nicken bestätige ich meine Gefühle. »Gut. Ich auch.«

»Ohne Fluchttendenzen?«

»Ich bin dabei.«

Er hält mir die Hand hin und wir schlagen ein. »Wir brauchen einen verdammt guten Plan, Caden.«

»Gib mir mein Handy. Ich glaube nämlich, ich habe da was.«

Shane holt mein Telefon aus dem wasserfesten Beutel und gibt es mir. Als er die Sieben sieht, die ich in der Notiz-App eintrage, klatscht er in die Hände. »Das ist es.«

Ich lächle, weil ich weiß, dass es das ist. Weil wir Rina kennen, unser Leben lang. Sie *ist* unser Leben.

Alles, was wir tun müssen, ist, ihr das auch zu zeigen, und das werden wir.

Wir holen Rina zurück.

OFFSHORE WIND

Wind, der den Wellen entgegenwirkt. Das Wasser türmt sich steil, bricht schließlich und lässt im besten Fall sogenannte Wellentunnel entstehen – der Traum für jeden Surfer.

KAPITEL 23

RINA

Die Tage kommen und gehen und irgendwo dazwischen haben sie ihre Sinnhaftigkeit verloren. Mit meinem Gehalt konnte ich zumindest die Miete für den kommenden Monat bezahlen, und der Rest davon reicht aus, um unsere Nebenkosten zu decken. Dads Geld fließt in die Grunderwerbssteuer, Notariatskosten und lauter Dinge, mit denen er nicht gerechnet hat und die der Schnellkredit nicht mehr decken kann. Ich habe alle Stellen kontaktiert, die ich im Internet finden konnte, und alle haben mir die gleiche Auskunft gegeben: Der Vertrag ist rechtskräftig. Wir können nicht davon zurücktreten.

Mit dem wenigen Trinkgeld aus dem Pflegeheim kaufe ich die Lebensmittel, wobei Dad kaum noch hier ist. Er geht zur Arbeit, das ist gut, aber nach Feierabend verliert er sich in Pubs oder Kneipen, verschiebt die notwendigen Arbeiten und Behördengänge auf den nächsten Tag. Und auf den nächsten. Die Wahrheit ist, dass er sich vermutlich längst bewusst ist, dass er sich mit dem Kauf übernommen hat. Jeden Abend finde ich neue Briefe von Ämtern oder der Bank im Briefkasten, und ich bin mir sicher, dass sie niemand öffnen wird, wenn ich es nicht tue.

Die Abendsonne brennt mir auf den Rücken, und der Rollladen vom Friseursalon schnappt immer wieder nach oben, ehe ich das Schloss versperrt bekomme. Anna drückt sich davor, es warten zu lassen, weil es Geld kosten würde, das sie nicht ausgeben will. Lieber lässt sie mich abschließen. Als das Tor jetzt erneut nach oben saust und mir den Daumen einklemmt, fluche ich laut auf und Tränen schießen mir in die Augen. Nicht nur vor Schmerz, hauptsächlich vor Hilflosigkeit.

Unter weiteren Flüchen schaffe ich es zumindest, das Tor so lange mit meinem Fuß nach unten zu drücken, dass ich es endlich zuschließen kann. Ohne auch nur noch einmal zurückzublicken, gehe ich nach Hause.

Auf dem Weg schalte ich nur widerwillig mein Handy ein. Die Angst, jemand könnte mich anrufen, damit ich meinen besoffenen Vater nach Hause hole, ist ständig da. Ebenso wie der Schmerz, den es mir bereitet, die Nachrichten von Enya und Jonah zu ignorieren. Shane und Caden haben sich nicht gemeldet. Nicht mehr, seit ich sie fortgeschickt habe. Ich wollte es so, was nicht bedeutet, dass es nicht wehtut oder ich mir keine Sorgen um die beiden mache. Aber sie haben einander, das muss reichen.

Auch jetzt folgt kein Eingangssignal nach dem Anschalten des Telefons. Keine Nachrichten, keine verpassten Anrufe. Zumindest muss ich Dad nirgendwo abholen, alles hat seine guten Seiten.

Zu Hause angekommen, kämpfe ich mich durch das zugemüllte Treppenhaus nach oben. Schon aus einiger Entfernung sehe ich ein weißes Kuvert an unserer Wohnungstür hängen. Im ersten Augenblick habe ich panische Angst, dass Dad mein Geld für die Miete hat zurücküberweisen lassen und jetzt eine Mahnung an der Tür hängt. Mein Mund wird augenblicklich trocken, weil ich weder das Geld für eine zweite Zahlung habe noch eine Ahnung, was wir tun sollen, wenn sie uns hier rausschmeißen. Aber je näher ich komme, desto klarer erkenne ich die Handschrift auf dem weißen Papier.

Caden. Caden hat meinen Namen geschrieben.

Ich denke an alles und nichts. An einen Abschied nach Phoenix, vielleicht für immer, und dass ich uns mit meinem Fortschicken die Chance genommen habe, uns persönlich gegenüberzustehen. Damit er mir sagen kann, dass er geht, und ich ihm sagen kann, dass er bleiben soll. Ihm und Shane. Weil ich sie brauche.

Mit einem Kopfschütteln werde ich die schwachen Gedanken los und wische mir die Hände an meinen Jeans ab. Wenn er gehen muss, dann ist es so. Jetzt ist ohnehin alles egal.

Ich sperre auf und löse den Klebestreifen des Kuverts vom splitternden Furnier. Meine Finger fühlen sich eiskalt an, als ich den Brief in den Händen halte und mich gegen die verschlossene Tür lehne. Zum ersten Mal seit Tagen bin ich dankbar dafür, dass Dad noch nicht zu Hause ist. Er soll nicht sehen, wie mir vor Angst die Knie weich werden und ich in die Hocke gehe, weil der Boden unter mir zu schwanken beginnt.

Eigentlich will ich das Kuvert weglegen, mir etwas zu essen machen, obwohl ich keinen Hunger habe, dann unter die Dusche steigen und später darauf warten, dass die Nacht endlich an mir vorüberzieht. Alles ist besser, als zu wissen, dass es kein Zurück mehr gibt. Dass alles endgültig verloren ist, obwohl ich bereit war, so viel für unsere Freundschaft zu opfern.

Erneut verschleiern mir Tränen die Sicht, dieses Mal aus Wut. Wut auf mich selbst, weil ich so blöd war und dachte, ich könnte alles in Ordnung bringen. Ich schluchze. Das konnte ich noch nie.

Meine Hände zittern, als ich es endlich schaffe, das Kuvert in meinem masochistischen Lechzen nach der unvermeidbaren Wahrheit zu öffnen. Ich habe es nicht anders verdient.

Die Zeichen verschwimmen vor meinen Augen, und ich muss mehrmals blinzeln, um die Zahl zu erkennen, die Caden dick auf die Vorderseite einer weißen Karte geschrieben hat. Die Sieben, meine Glückszahl.

Wie von selbst suchen meine Augen auf dem Nachtschrank das Foto von mir als Neugeborenes. Dad lächelt in die Kamera, er wirkt so verdammt jung, aber er lächelt und sieht mich an. Mich, in den Armen meiner Mom, die ihre Lippen auf meine Stirn gedrückt hat. Ich glaube, sie hat mich geliebt, bevor sie uns am achten Tag zurückgelassen und sich nie mehr bei uns gemeldet hat.

Ich schluchze auf und drehe die Karte um.

Sieben, deine Glückszahl,

hat er geschrieben.

Kannst du dich noch erinnern, wie Shane beinahe ohnmächtig geworden wäre, als du dir das Tattoo hast stechen lassen?

Ich grinse und schaue auf die Innenseite meines Ellenbogens, die eine Sieben ziert.

Deshalb werden es sieben Tage sein, Rina.
Wir geben nicht auf.
Wir geben dich nicht auf – uns nicht auf, nicht einfach so.
Sieben Tage, bis du siehst, was wir sehen.
Caden und Shane

Darunter hat Shane *sieben Uhr* geschrieben und einen Pfeil zu einer kleinen Landkarte gezeichnet. Ich lächle. Ich weiß sofort, welchen Ort er meint und wo ich um sieben Uhr sein soll.

Ich lese die Worte wieder und wieder. Die Farbe verläuft unter meinen Tränen, die ich jetzt nicht mehr zurückhalten kann. Die Wucht der Erleichterung trifft mich erst jetzt, und die panische Angst, sie zu verlieren, gewinnt mit dem Bewusstsein, dass Caden und Shane noch da sind, an realer Bedrohung. Gedämpft vom Selbstschutz, der mich hat funktionieren lassen, waren meine bisherigen Gefühle nur ein billiger Abklatsch der Heftigkeit, die mich jetzt beutelt.

Ich lasse es zu. Die Angst und die Tränen. Und die Erleichterung.

Erst als ich wieder ruhig atmen kann und die Wellen in mir abflachen, stehe ich auf und lese die Karte ein letztes Mal durch, um eine Entscheidung zu treffen. Ich kann die sichere Seite wählen und einfach hierblieben. Hier in der Wohnung, wo ich einen weiteren Abend vor dem Fernseher verbringe, während ich darauf warte, dass sich die Gefühle legen und ich Caden und Shane wieder vor die Augen treten kann, als beste Freundin. Aber schon bei der Vorstellung davon sammelt sich Speichel in meinem Mund, und ich bin kurz davor, mich zu übergeben.

Bei meiner Suche nach Sicherheit habe ich darauf gehört, was ich will und brauche, und nicht darauf, was ich fühle. Es klingt nur fair, dass sich meine Gefühle jetzt gegen mich stellen und mich in die Ecke drängen. Mit der Gewissheit, dass es nie wieder so sein wird wie früher. Die haltlose Angst, die beiden zu verlieren, hat mir das soeben mit einem fiesen Lachen gezeigt. Und doch schaffe ich es nicht loszulassen. Das, an dem ich mich festhalte, um nicht verloren zu gehen.

Besser als nichts ist ein Trostpreis vom Glück, rede ich mir ein, als ich unter die Dusche steige, und versuche mir den neuen Schmerz abzuwaschen. Aber Schmerz bleibt.

Um kurz vor halb sieben wickle ich mich in meine Decke, da höre ich plötzlich ein Hupen auf der Straße. Es ist tief und schneidend – und unverwechselbar. Ich überlege gerade, es einfach zu ignorieren, da hupt es erneut. Und wieder und wieder. Ich presse die Hände auf die Ohren, aber das regelmäßige Hupen dringt durch und setzt sich in mir fest, fast so, als würde es mich anbrüllen, keinen Fehler zu machen.

Unter das nervige Signal mischen sich schnell die ersten wütenden Schreie unserer Nachbarn, also schlage ich die Decke zurück und haste zum Fenster. Jonah steht an seinen schwarzen Pontiac gelehnt am Straßenrand und schaut zu mir herauf. Ein Arm verschwindet in der offenen Tür. Als er mich sieht, hupt er unbeeindruckt weiter, zeigt jedoch auf mich und bedeutet mir mit einem Finger, zu ihm hinunterzukommen. Ich schüttle den Kopf, da wird das Hupen schneller und ich höre irgendwo hinter mir eine erste Tür knallen.

Das Herz schlägt mir bis zum Hals und die Angst um Jonah lässt mich meinen Rucksack schnappen und aus der Wohnung sprinten – nur um wieder umzudrehen, damit ich nicht in meiner Schlafkleidung auf die Straße muss. Peinlich hechelnd komme ich in Shorts und Top am Auto an und Jonah hört endlich mit dem Lärm auf.

»Was?«, presse ich zwischen zwei japsenden Atemzügen hervor. »Bist du wahnsinnig?« In meinem Rücken höre ich die Stimmen aufgebrachter Nachbarn. »Die hätten dich gelyncht, wenn du noch zwei Minuten so weitergemacht hättest!«

Jonah zuckt mit beiden Schultern. »Und das wäre deine Schuld gewesen.«

»Meine?«

»Natürlich.« Er wirft mir seine Wagenschlüssel zu, die ich im Reflex fange. »Wenn du Pünktlichkeit etwas mehr Bedeutung schenken würdest, hätte ich dich nicht so antreiben müssen. Wir werden es durch den Feierabendverkehr so schon kaum schaffen.«

»Schaffen? Wohin?«

Jonah schüttelt den Kopf. »Na, zum Balboa Park.«

»Woher …«

»Wir tun einfach beide so, als wäre es reiner Zufall, dass ich hier aufkreuze und dich zu dem Treffen mit Shane und Caden bringe. Und als hättest du nicht vorgehabt, dich zu verstecken – vermutlich am meisten vor dir selbst.«

»Ich verstecke mich nicht …«

»Doch, tust du. Ihr tut das andauernd.« Jonah zwinkert und tritt zur Seite. »Und jetzt steig ein. Du fährst, sonst können wir uns nicht anständig unterhalten.«

Ich stutze, weil Jonah so etwas vor seiner Zeit mit Enya nie offen gesagt hätte. Wir alle wussten, dass er unsere Lippen lesen muss, um uns besser zu verstehen, aber er hätte sich nie so verletzlich gezeigt. Vielmehr hätte er sich vermutlich hinter dem Lenkrad verkrochen, um nicht auf meine hilflosen Gesprächsversuche einzugehen. Das Lächeln, das ich ihm schenke, ist aufrichtig und echt, so wie seine Liebe zu Enya.

Jonah nimmt mir meinen Rucksack ab und drängt mich mit einer Hand an meiner Schulter sanft dazu, einzusteigen. Ich warte, bis er neben mir Platz genommen hat.

»Jonah?«

»Ja?«

»Ich kann das nicht.«

»Ich weiß sehr wohl, dass du Auto fahren kannst. Sogar besser als Caden, aber verrat ihm das nicht.«

Ich schaue ihn an und spüre, wie mein Kinn zu beben beginnt. Ein Lächeln soll die Angst verschleiern. »Nein, ich kann nicht zu ihnen. Ich kann nicht das letzte bisschen Freundschaft aufs Spiel setzen, das wir –«

»Rina«, unterbricht er mich und greift nach meiner Hand. »Du musst gar nichts aufs Spiel setzen. Alles, was du tust, ist, dich mit Shane und Caden zu treffen. Nur ein gemeinsamer Abend. Keine Risiken. Nur ihr drei.«

»Aber …«

»Und keine Spekulationen, Rina.« Er lächelt und drückt meine Finger. »Nur ihr drei.«

Ich nicke, fühle, wie mein so mühsam aufgebauter Widerstand bröckelt und die Sehnsucht danach freilegt, Shane lachen zu hören und Cadens aufmerksamen Blick auf mir zu spüren.

»Nur ihr drei, so wie immer«, wiederholt Jonah noch einmal und ich beginne ihm zu glauben. Dass es nicht um endgültige Entscheidungen geht, sondern um die Zeit, die wir miteinander verbringen. Weil wir uns brauchen, wir drei.

»Jonah?«

»Hmmm?«

»Sag mir, dass du mich abholst, wenn ich es nicht schaffe. Wenn ich spüre, dass es schiefgeht und ich den letzten Rest auch noch kaputtmache.«

Er schüttelt den Kopf. »Nichts ist kaputt, Rina. Gar nichts. Und vor allem nicht wegen dir, hörst du?«

Meine Atmung ist zittrig und Jonah drückt meine Hand noch einmal. »Nur ihr drei. Und sobald du Panik bekommst, rufst du mich an und ich bin da. Hast du dein Handy dabei oder müssen wir es noch holen?«

Ich zeige nach hinten. »Es ist im Rucksack.«

»Gut.« Jonah lächelt ein zweites Mal. Dann fahren wir jetzt zum

Balboa Park, wo du Shane und Caden triffst, um Zeit miteinander zu verbringen. Nicht mehr und nicht weniger, ja?«

»Ja«, wiederhole ich und starte den Wagen. »Jonah?« Ich muss beinahe lachen, weil ich sehe, wie er ungeduldig die Beine im Fußraum ausstreckt. »Warum stinkt es hier drin so nach Fisch, verdammt?«

»Sagen wir es so: Caden und Shane hatten heute einen ihrer lustigen Tage. Sie denken, damit können sie mir was heimzahlen und mich ärgern.«

»Funktioniert es?«

»Das ist ein Oldtimer, der vermutlich noch Wochen nach altem Fisch muffelt. Das werden die zwei Ärsche mir büßen.«

Der Pontiac röhrt auf, als ich mit dem ersten Grinsen seit Tagen den Motor starte. Das vertraute Geräusch entlockt mir ein Lächeln. Ich erinnere mich noch gut daran, wie uns Jonahs und Cadens Großvater in dem Wagen von der Schule abgeholt und uns zum Eisessen eingeladen hat, anstatt uns zum Mittagessen nach Hause zu bringen.

Kaum habe ich den ersten Gang eingelegt und bin losgefahren, legt sich eine Ruhe über mich, die die Haltlosigkeit der letzten Minuten vertreibt.

Jonah lindert meine Aufregung, indem er mir von Banks' ersten Schwimmversuchen erzählt, und ich muss schmunzeln, weil ausgerechnet seine Hündin eine Phobie vor dem Meer zu haben scheint. Wir reden über Lia und Laurel, die sich darüber streiten, wer Jonahs altes Zimmer bekommt, und über den Bienenstock, den er im Garten des Hauses seiner Großeltern aufgestellt hat, das er mit Enya renoviert. Jonah berichtet mir von seiner Entscheidung, sich die linke Seite vorerst nicht implantieren zu lassen, stolz darauf, den Entschluss nach seinem eigenen Empfinden gefasst zu haben. Jedes einzelne Wort, das wir wechseln, holt die Leichtigkeit zurück und stärkt die Gewissheit in mir, dass auch Enya und Jonah für mich da sind. Ich bin nicht allein, und doch wird es nie dasselbe sein.

An der letzten roten Ampel vor der Abbiegung zum Balboa Park nehme ich meinen Mut zusammen und schaue Jonah an. »Glaubst du, es ist das Richtige?«

Er sieht zwischen meinen Augen hin und her, als wolle er erahnen, was genau ich mit *es* meine. Dann lächelt er. »Natürlich. Sonst hätte ich dich nicht abgeholt. Abgesehen davon ist es nur dann richtig, wenn es sich richtig anfühlt, für dich.« Jonah fährt sich durch die Haare. »Jedes Mal, wenn ich wusste, dass ich auf Enya treffen würde, hatte ich eine Scheißangst. Ich konnte mich bei ihr nicht verstecken, es war, als würde sie alles von mir sehen. Wer ich bin und was ich fühle. Das war Furcht einflößend und trotzdem wollte ich mich nicht von ihr fernhalten. Ich habe mich auf sie gefreut, jedes einzelne Mal. Was fühlst du jetzt, Rina? Freust du dich?«

Über die Antwort muss ich nicht einmal nachdenken, und Jonah nickt, als er sie mir vom Gesicht abliest. Egal wie viel er über uns drei weiß – er hat recht. Ich freue mich und das sollte vorerst die Antwort auf alles sein.

»Also.« Jonah zieht eine Grimasse. »Ich an deiner Stelle würde mich ja nicht so freuen, außer du stehst auf Shanes leicht überdrehtes Verhalten, wenn er aufgeregt ist, und Cadens erbärmliche Versuche, ihn unter Kontrolle zu bekommen.«

Ich muss grinsen. Genau das macht die beiden aus: dass sie sich ergänzen – auf die unterschiedlichsten Arten.

Als die Ampel auf Grün schaltet, fahre ich los und versuche die wachsende Anspannung zu verdrängen. Nachdem ich den Wagen geparkt habe, hält mir Jonah die Tür auf. Ich steige aus und blicke mich auf dem riesigen Parkplatz um, der von Reisebussen und Touristen nur so wimmelt, kann aber weder Caden noch Shane irgendwo entdecken.

»Gemeinsam haben wir immer diesen Parkplatz genommen, aber vielleicht habe ich etwas falsch verstanden«, überlege ich laut und drehe mich suchend im Kreis. »Ich weiß nicht mal, wie viele Parkplätze es um den Balboa Park gibt, geschweige denn Eingänge.«

»Scheiße, nein«, flucht Jonah plötzlich. »Wir sind richtig, Rina.«

»Was?«

Er runzelt die Stirn. »Hat das hier irgendetwas mit einem rosa Seehund zu tun? Also, der Balboa-Park?«

Ich denke kurz nach. »Ja, wir waren mal hier, als der Rummelplatz aufgebaut war, und Caden hat einen rosa Seehund für mich geschossen. Warum?«

Jonah schüttelt belustigt den Kopf und zeigt in Richtung Eingang. Erst jetzt entdecke ich einen dieser mit Helium gefüllten Luftballons in Form eines rosa Tiers mit Flossen und daran hängend einen grinsenden Shane.

Jonah grinst nun wie Shane. »Ich würde mich schlecht fühlen, wenn ich dich nicht noch mal auf die Nebenwirkungen der beiden aufmerksam machen würde, Rina. Also, letzte Chance. Du kannst immer noch mit mir ins *Sunrise* zu Enya fahren. Überleg es dir gut: Seehund oder Eiskaffee?«

»Danke, Jonah«, sage ich und atme tief ein. »Aber ich glaube, für heute bleibe ich bei dem Seehund.«

Er zieht mich in seine Arme. »Und wenn du es dir anders überlegst und dir die zwei zu viel werden, ruf an, Rina, und ich bin da und bringe dich nach Hause. Oder du kommst mit zu uns, wir haben einige Zimmer frei.«

Jonah winkt Shane und Caden zu, dann reicht er mir meinen Rucksack und wir verabschieden uns voneinander.

Auf dem immer enger werdenden Weg zum Eingang muss ich mich durch eine Gruppe von Touristen drängen, die gerade aus zwei Reisebussen links und rechts vom Zugang aussteigen. Die Menschen um mich herum werden immer mehr und ich verliere das schmiedeeiserne Tor aus den Augen. Alles, woran sich mein Blick klammert, ist der rosa Seehund.

Mit jedem Schritt, den ich ihm näher komme, spüre ich den Herzschlag in meiner Brust intensiver, und ich fürchte, bald nicht mehr genug Luft zu bekommen. Ich kann nicht zählen, wie oft ich mich in meinem Leben schon mit Shane und Caden getroffen habe, aber dieses Mal ist es anders.

Ich schlucke und wiederhole immer wieder Jonahs Worte wie ein Mantra: »Nur. Wir. Drei.«

KAPITEL 24

RINA

Ich werde von der Menschenmenge mitgerissen und gehe beinahe unter den bunten Sonnenschirmen verloren, da umschließt eine starke Hand meine und ich werde zur Seite gezogen.

»Halt, hiergeblieben«, sagt Caden und lächelt mich an. »Sag nicht, du wolltest dich mit den französischen Urlaubern an uns vorbeischummeln.«

Die immer noch drängende Menschenmasse drückt mich an ihn, und ich muss den Kopf heben, um in seine Augen schauen zu können. Und von diesem Moment an gibt es nur noch ihn. Keine Zweifel und keine Angst. Nicht den durch ein Mikrofon rufenden Touristenführer, kein Stimmengewirr und nicht die viel zu aufdringlichen Berührungen von Fremden. Da ist nur Caden.

Um seine grünen Augen, eingerahmt von dichten Wimpern, bilden sich unzählige sanfte Lachfältchen. Die volle Oberlippe entblößt unverschämt weiße Zähne, die sich von seiner gebräunten Haut abheben. Cadens dunkler Bart scheint frisch gestutzt und so nahe bei ihm kann ich das herbe Rasierwasser riechen.

Das Lächeln verwandelt sich in ein schiefes Grinsen. »Hey«, sagt er. Seine Stimme streift wie Samt meine Haut und ein warmer Schauer läuft mir über den Rücken.

Das Sehnen in mir, nach der Leere der letzten Tage in seinen Armen zu versinken und mich an ihm festzuhalten, wird mit jedem meiner Atemzüge stärker. Ich sehe, wie er schluckt und sich seine Muskeln unter dem schwarzen Shirt anspannen, und glaube schon, dass er eine Berührung ebenso will wie ich, da stutze ich. Er hat bei mir zu Hause gezögert. Caden hat gezögert.

Ich löse meine Hand aus seiner und trete zurück.

Wieder schaudere ich, aber dieses Mal vor Kälte. Caden presst die Lippen zusammen, und ich senke den Kopf, um meine Sehnsucht zu verbergen. Ein sexy Augenaufschlag, und ich vergesse, wie verloren ich sein werde.

»Rina?«

»Hmm?«

»Sieh mich wieder an. Bitte.«

Mein Körper folgt Cadens Stimme, und ich schaffe es, ihm in die Augen zu schauen, obwohl ich mich eigentlich am liebsten umdrehen würde, um davonzurennen.

»Hör auf damit, ja?«

Caden muss meine brennende Zuneigung gesehen haben. Es beschämt mich, dass ich ihn anscheinend bedrängt habe. Unter der sengenden Wahrheit hinter seinen Worten mache ich einen weiteren Schritt zurück.

Gedanklich krame ich schon nach meinem Telefon, um Jonah anzurufen, und suche hektisch blinzelnd nach einer Ausrede, da legt Caden eine Hand an meine Wange. »Hör auf damit, Rina.« Seine Stimme ist jetzt leise und vorsichtig und besänftigt meine Panik. Mit dem Daumen streicht er über meine Wange. »Hör auf damit, deine Gefühle zuzulassen und sie im selben Moment als schlecht zu betrachten. Denn das sind sie nicht, niemals.«

»Aber …«

»Kein Aber.« Caden lächelt und hält mir seine offene Hand hin. »Kein Aber mehr.«

Ich lege meine Hand in seine und lasse mich von ihm aus dem lichter werdenden Strom aus Menschen ziehen. Shane steht immer noch an derselben Stelle wie vorhin und hat das Band mit dem rosa Seehund um seine Finger gewickelt. Ich dachte, ich wüsste nicht, wie ich Caden gegenübertreten soll, dabei ist es jetzt Shane, dem ich kaum in die Augen sehen kann. Wir haben in den letzten Wochen eine Beziehung aufgebaut, und ich habe ihn weggeschickt, einfach so, als wäre ich ihm nicht einmal ein anständiges Gespräch schuldig.

Cadens und meine Hand lösen sich voneinander, als wir vor Shane stehen. Ich glaube, ich balle die Faust zuerst.

»Es war Caden, der den Rückzieher gemacht hat. Das solltest du wissen, bevor wir in den Park gehen«, redet Shane drauflos.

Ich wusste, dass wir Gesprächsbedarf haben, nur habe ich nicht mit dieser Dringlichkeit gerechnet. Ich will gerade weiter vor mich hin stammeln, da grinst Shane.

»Denn wenn es nach mir gegangen wäre, hätten wir nicht nur *einen* rosa Seehund gekauft, damit du uns findest, sondern mindestens sechs oder sieben. Und ich hätte deinen Namen auf jeden Einzelnen davon geschrieben.« Er sieht Caden an und schüttelt den Kopf. »Aber nein, lieber dezent im Hintergrund bleiben und darauf hoffen, dass das Schicksal den Rest regelt.«

Mir steht der Mund offen, zumindest glaube ich das.

»Also, Miss Bishop«, spricht Shane weiter und nickt in Richtung Park. »Dürfen wir dich auf eine Auszeit einladen?«

»Eine Auszeit?«

»Ja, genau.« Er lächelt. »Weil es das ist, was du dir verdient hast. Und ich mir auch. Nur bei Caden bin ich mir nicht so sicher, aber ihn zu Hause zu lassen, wäre arschig gewesen. Kumpelkodex und so.«

Caden stöhnt laut auf. »Und wir warten einfach weiter darauf, dass er sich beruhigt.«

»Ich muss mich nicht beruhigen. So schaut das aus, wenn man sich freut und die Freude auch zeigt, Caden.«

Caden verdreht die Augen, und ich kann nicht anders, als zu lachen. Ich glaube, es ist das erste richtige Lachen seit Tagen.

Jegliche Belustigung weicht aus Shanes Gesicht. Er lächelt jetzt sanft und hebt dabei einen seiner Mundwinkel mehr als den anderen, wodurch sich auf seiner Wange schwach ein Grübchen abzeichnet. Als mir bewusst wird, wie sehr ich ihn wirklich vermisst habe, muss ich vor Schmerz die Augen schließen. Und als ich sie vermutlich zu schnell wieder öffne, glaube ich Erleichterung und Besorgnis gleichermaßen in dem Blick zu erkennen, den Shane Caden zuwirft. Das ignorierend schaue ich interessiert den vorbeigehenden Touristen zu.

»Bist du bereit, Rina?«, will Shane mit einer unerwarteten Leichtigkeit in der Stimme wissen.

»Ja, ich glaube, das bin ich.«

»Und ich glaube, das reicht, um loszugehen.« Er lächelt noch einmal und zeigt die Richtung, in die wir müssen. Die Menschenmenge hat sich inzwischen auf den verschlungenen Wegen der umgebenden Grünfläche am Parkeingang verteilt und wir drei können nebeneinander hergehen. Weil ich nicht genau weiß, was ich mit meinen Händen machen soll, hake ich beide Daumen bei meinem Rucksack ein. Obwohl wir uns nicht berühren, spüre ich die Präsenz der beiden bei jedem einzelnen Atemzug. Nicht erdrückend, sondern vertraut und behütend.

Wir sind erst wenige Meter gegangen, als ein Kleinkind vor uns auf den unebenen Pflastersteinen stolpert. Der Junge bleibt auf seinem Hintern sitzen und verzieht schmerzvoll das Gesicht, da bückt sich Shane zu ihm hinunter und hält ihm den rosa Seehund hin. Der Junge mit dem kastanienbraunen Haar folgt mit dem Blick dem Band entlang nach oben. Er lächelt und greift danach, und Shane hilft ihm, es um sein Handgelenk zu wickeln. Eine der beiden Frauen, die zu ihnen aufschließen, nimmt den Jungen auf den Arm und bedankt sich bei Shane. Dieser winkt ab und läuft Caden und mir die wenigen Schritte hinterher, die wir vorgegangen sind.

»Der Ballon wäre nur im Weg gewesen.« Shane zuckt beiläufig mit einer Schulter. Er kann nicht wissen, wie beeindruckend das eben für mich war. »Da, wo wir hingehen, können wir dir später einen neuen kaufen, wenn du möchtest.«

»Da, wo wir hingehen?« Der Balboa Park ist einer der größten Parks in den USA mit einer Vielzahl an Museen, einem Zoo und anderen Besichtigungsmöglichkeiten, und ich kann nicht im Geringsten abschätzen, was wir tun werden.

»Erinnerst du dich an das alte Karussell drüben am Zoo, mit den

Pferden aus Holz, das diese schreckliche Melodie spielt? Immer und immer wieder?« Caden zeigt rechts von uns in die Richtung des Tierparks.

»Du meinst das, von dem uns der Schausteller vertrieben hat, weil es nur für Kinder ist? Und uns dann nicht einmal die Fahrkarten ersetzen wollte?«

»Ja, genau das.«

Dad war früher manchmal hier im Park mit mir, aber wir hatten nie die fünf Dollar, die eine Fahrt gekostet hätte. Und als ich dann selbst mein erstes Geld verdient habe, wollte ich unbedingt mit dem Karussell fahren, aber daraus wurde nichts, weil ich schon zu groß dafür war.

Shane macht zwei schnelle Schritte nach vorn und rennt jetzt rückwärts vor uns den geschwungenen Gehweg entlang. Die hellen Strähnen, die das Salzwasser und die Sonne in sein Haar gebleicht haben, schimmern im Licht. »Caden und ich haben nachgesehen, Erwachsene dürfen logischerweise immer noch nicht mit dem Karussell fahren – aber wir haben die perfekte Alternative gefunden.«

»Hier im Park? Welche?«

»Pah«, macht Shane und schüttelt den Kopf. »Das verraten wir dir erst, wenn wir da sind.«

»Das ist gemein.«

Cadens Lachen neben mir ist tief. Die beiden wissen, wie neugierig ich bin. »Warte einfach ab.«

Ich schaffe es genau für zwei weitere Biegungen, nicht danach zu fragen, was wir machen, aber die Jungs ignorieren mich. Sie unterhalten mich stattdessen mit irgendwelchen Infos über den Park, die sie aus dem Hut zaubern, die aber eigentlich niemand wissen muss. Trotzdem denke ich auf unserem Spaziergang kein einziges Mal an Dad oder an zu Hause. Ich genieße es, die Stimmen von Shane und Caden um mich zu haben, und lasse die leuchtenden Farben in den Blumenbeeten entlang der Gehwege in meiner Vorstellung zu einem einzigen großen Lebensraum für Insekten werden.

Wir wechseln auf einen mir fremden Weg in eine Grünanlage mit den verschiedensten Palmen, da frage ich erneut, wohin wir gehen. Wieder gibt mir keiner eine Antwort. Stattdessen beginnt Shane uns zu erzählen, warum man Palmen botanisch gesehen nicht zu den Bäumen zählt. Seine Erklärung verliert sich in der leisen Musik, die ich plötzlich höre.

Wie von selbst werde ich schneller und will an Shane vorbeigehen. Der versperrt mir jedoch absichtlich den Weg, indem er vor mir hin und her tänzelt.

Er lacht, als ich mich einer stillen Vorahnung folgend schließlich ungeduldig an ihm vorbeischiebe. Hinter den letzten Palmen erkenne ich das California-Tower-Gebäude, dessen sandfarbener Turm von der Wärme der untergehenden Sonne eingerahmt wird. Der Kiesweg führt an einer Reihe hoher Sträucher mit pinken Blüten vorbei, die einen honigähnlichen Duft verbreiten, und ich muss zweimal niesen, bevor ich durch den freigeschnittenen Bogen auf den Plaza de Panama treten kann. Der riesige Vorplatz gibt normalerweise einen einzigartigen Blick auf einen Springbrunnen frei, dessen Becken aufwendig mit Fliesen verziert ist. Caden, Shane und ich haben hier schon Eis gegessen und die Straßenkünstler dabei beobachtet, wie sie spanische Musik gespielt oder den betonierten Boden mit Kreide in eindrucksvolle Kunstwerke verwandelt haben. Jetzt sehe ich nichts von alldem.

Stattdessen breitet sich vor mir eine laute, bunte Welt aus Marktständen und Fahrgeschäften aus, und ich frage mich, warum ich das Riesenrad am Ende des Platzes nicht schon früher entdeckt habe.

»Ein Vergnügungspark«, sage ich zu Caden, der eben neben mich tritt, und schaffe es kaum noch, stillzustehen. »Ich habe nicht mitbekommen, dass der wieder hier ist! Letzte Woche waren im Internet noch Bilder davon in Los Angeles.«

»Es ist erst der zweite Tag, und ich nehme an, dass auch deswegen heute so viel los ist hier im Park.«

Mit einem tiefen Atemzug inhaliere ich den Geruch nach Zuckerwatte, frischen Waffeln und angebranntem Popcorn. Kinder hüpfen an uns vorbei, dicht gefolgt von Eltern mit übergroßen Stofftieren unter den Armen, die sie an irgendwelchen Schießbuden vermutlich für viel zu viel Geld gewonnen habe. Seit ich das Karussell hier im Park gesehen habe, wollte ich auf einen Rummelplatz, aber es hat sich nie ergeben. Jetzt hier zu sein, ist, als würde ein kleiner Traum in Erfüllung gehen.

Ich spüre Shanes Brust an meinem Rücken, als er sich zu mir beugt. »Siehst du? Warum sich mit nur einem einzigen Karussell zufriedengeben, Rina, wenn man einen ganzen Vergnügungspark haben kann?«

Ich blicke zu Caden, der die Lippen zusammengepresst hat und die Nasenflügel bläht.

»Er hat nicht den Rummelplatz hier gemeint, oder?«

Caden schnalzt mit der Zunge. »Nope. Eigentlich hat er gerade zugegeben, dass er ein altes Karussell ist und ich das Ganze erst richtig aufregend gemacht habe.«

»Das stimmt überhaupt nicht!« Shane rempelt Caden von hinten an. »Ich bin mit Sicherheit kein altes Karussell. Und du überschätzt dich gewaltig, Bro.«

Caden zwinkert mir lediglich zu, und wieder ertappe ich mich dabei, wie ich lächle. Ich bin weder peinlich berührt von den Anspielungen, noch habe ich das Gefühl, dass einer der Jungs ein Problem damit hat, was in der einen Nacht zwischen uns passiert ist.

Shane klatscht in die Hände. »Bevor in Rinas Kopf mehr dieser wunderschönen Bilder auftauchen und sie noch röter wird, sollten wir uns aussuchen, was wir als Erstes machen wollen.«

»Ich habe keine Bilder im Kopf«, sage ich viel zu schnell und verrate mich dabei natürlich selbst.

Caden hebt belustigt eine Augenbraue und leckt sich grinsend über die Unterlippe. »O doch, hast du.«

»Zwei gegen eine ist unfair, wisst ihr das?«

»Nein«, meint Shane und reibt sich in dieser einen Geste über die

Brust, die ich so sehr liebe. »Zwei gegen eine hat doch erst so richtig Spaß gemacht.«

»Sehr unsensibel, alle beide«, werfe ich ihnen gespielt beleidigt vor und mache ein paar Schritte nach vorn. In Wahrheit flutet Erleichterung meinen Körper. Weil ich keine Ahnung hatte, wie wir einander begegnen würden und wie sich unsere Freundschaft jetzt anfühlen würde. Schon nach den ersten gemeinsamen Minuten zu erleben, dass alles noch da ist an Humor und Verbundenheit, was uns seit Jahren ausmacht, ist unbeschreiblich.

»Also, jeder darf sich eine Sache aussuchen.« Caden stellt sich wieder neben mich und schiebt die Hände in die Taschen. Zum ersten Mal frage ich mich, wie es ihm geht und wie stark der Tremor gerade ist. Ich habe gegoogelt und weiß, dass er nicht einfach wieder verschwinden wird.

Caden deutet mit dem Kinn auf den Rummelplatz. »Rina, du bist die Erste. Was sollen wir machen?«

»Geisterbahn«, entscheide ich aus dem Bauch heraus und zeige hinüber zu der Attraktion.

»Hahaaa!«, schreit Shane und hält Caden seine offene Hand hin.

Dieser legt fünf Dollar hinein. »Riesenrad, Rina, du hättest das Riesenrad wählen müssen!«

»Wie lange habt ihr das hier bitte geplant?«, frage ich und schaue zwischen ihnen hin und her.

»Das hier, Rina«, meint Shane, deutet auf die Sieben an meinem Ellenbogen und erinnert damit an die Nachricht, die ich von ihnen bekommen habe. »Das ist erst der Anfang.« Dann legt er mir sanft den Arm um die Schultern und wir gehen Richtung Geisterbahn.

Ein riesiger Pirat, der wie ein Abklatsch von Jack Sparrow mit extrem faltigem Gesicht wirkt, hebt stockend den Arm auf und ab und begrüßt uns mit gurgelnden Geräuschen.

»Bevor ich die Tickets hole«, überlegt Shane laut und schaut den Piraten stirnrunzelnd an. »Wir wollen uns das wirklich antun, oder?«

Ich grinse, weil ich Horrorfilme liebe und es hasse, dass ich mich noch Stunden danach zu Tode fürchte. »Ja, das wollen wir uns antun.«

Shane nimmt mir den Rucksack ab, um ihn am Schalter abzugeben, und kauft die Karten. In mir steigern sich Aufregung und Vorfreude gleichermaßen und ich beginne nervös auf und ab zu wippen. Shane kommt mit den Tickets zurück, und entgegen meiner Annahme, wir würden in kleinen Waggons durch die Geisterbahn fahren, stellt sich heraus, wir müssen selbst durch ein dunkles Labyrinth laufen.

Wir lassen einer Gruppe junger Mädchen den Vortritt, und als wir durch den schweren Vorhang im geöffneten Mund einer Monsterqualle treten, wird es dunkel. Ich höre die Mädchen, die bereits in den Gängen verschwunden sind, kreischen und bin mir nicht mehr ganz so sicher, dass das hier eine gute Idee war. Es ist etwas anderes, irgendwo durchgefahren zu werden – sich selbst mit jedem Schritt dem möglichen Schrecken auszusetzen, lässt die Sache plötzlich anders aussehen.

Ich schlucke und mache einen Schritt zurück, da stoße ich gegen Cadens Brust.

»Nein«, brummt er. »Du wirst jetzt nicht davonlaufen.« Sein Duft nach herbem Rasierwasser und Wald nach einem Platzregen dringt zu mir und ich kann seinen Atem in meinem Nacken spüren. Plötzlich streift er mit dem Kinn meine Halsbeuge und sein Bartschatten reizt meine empfindliche Haut. »Shane und ich, wir sind da.«

Beinahe gleichzeitig verflechten die beiden ihre Finger mit meinen. Mein Puls beginnt zu rasen, scheint jedoch meinen Körper zugleich in eine Ruhe zu versetzen, die ich längst nicht mehr hatte – und so sehr brauche.

Zusammen gehen wir auf den ersten Neonpfeil zu, der gelb an einer Wand leuchtet. Das Wissen, dass wir gleich an die Stelle kommen, wo die Mädchen das erste Mal geschrien haben, lässt mich langsamer werden. Shane drückt meine Hand und schiebt sich etwas vor mich. In der Sekunde, in der wir ums Eck treten, geht rechts von uns ein Licht an und gibt die Sicht auf eine Art Kobold mit spitzen Zähnen frei, dessen Augen glühen. Weder die Jungs noch ich erschrecken uns auch nur ansatzweise.

»Oh, Jonah ist auch da«, sagt Caden trocken und wir lachen laut.

In der nächsten Kurve klappt über uns eine Luke auf und Netze mit leuchtenden Spinnen hängen plötzlich über unseren Köpfen. Keiner von uns hat das geringste Bedürfnis, sich zu ducken.

»Schade«, sage ich. »Ich dachte, es wäre zumindest ein bisschen aufregender.«

»Aufregender?« Shane drückt erneut meine Hand. »Das ist ganz zufällig mein Spezialgebiet. Warte ab.«

Wieder ist er es, der ein Stück vor Caden und mir geht, damit wir in dem immer schmaler werdenden Gang Platz haben. Es ist stockdunkel und nur ein mechanisch klingendes Atmen ist zu hören. Der nächste Neonpfeil ist nicht zu sehen, und alles, was ich mache, ist Shane folgen, während Caden so nahe hinter mir geht, dass sich unsere Körper immer wieder berühren.

Im nächsten Moment schneidet ein Zischen an uns vorbei und grelle Lichtblitze durchzucken die Luft. Ich will gerade danach Ausschau halten, was uns hier erschrecken soll, da presst sich Shane an mich und drängt mich damit gegen Cadens Brust. Dieser umfasst meine Taille mit einem festen Griff und Shane schiebt eine Hand in meine Haare. Ihre unerwartete Berührung und die plötzliche Hitze lassen mich keuchen.

Während sich Shanes Körper an meinem brennend und roh anfühlt, ist das Streichen seiner Lippen über meine Wangen beinahe unschuldig. Das Lodern, das auf meiner Haut zurückbleibt, ist jedoch so intensiv, dass ich die Augen schließen muss. Auch jetzt nehme ich noch die Lichtblitze wahr, aber alles, was ich fühle, ist Caden, der mich hält, während Shane seinen Mund über meinen legt. Seine Zunge leckt über die Stelle, an der sich Ober- und Unterlippe berühren, und eine Gänsehaut rieselt über meinen Körper.

Gerade als ich meinen Mund für ihn öffnen will, wird es komplett dunkel, und ein kühler Luftzug zwingt mich dazu, mich umzusehen. Als hätte ich mir das eben nur eingebildet, spüre ich Caden wieder neben mir. Meine Hand liegt abermals in seiner, und müsste Shane sich nicht räuspern, würde ich tatsächlich glauben, dass ich geträumt habe. Ich hatte Angst davor, hierherzukommen und mich mit ihnen zu treffen. Ich hatte Angst vor meinen Gefühlen und vor ihren Gefühlen. Das Einzige, was ich jetzt in ihrer Gegenwart nicht habe, ist Angst.

»Ah, da vorne ist der nächste Pfeil, ich glaube, da ist eine Treppe nach oben«, sagt Shane und zieht mich sanft weiter.

Gedämpftes Schreien hallt durch die Gänge, aber dieses Mal aus der Richtung des Eingangs.

»Jemand ist hinter uns«, bestätigt Caden, und ich bin mir nicht sicher, für wen diese Information genau gedacht ist.

Als wir an der Treppe ankommen, lassen mich beide Männer los. Erst jetzt nehme ich wahr, wie feucht meine Handinnenflächen sind, und wische sie an meinen Shorts ab.

»Ladies first«, sagt Caden, also setze ich einen Fuß auf die erste Treppe, die mit einem Leuchtstreifen markiert ist. Blind taste ich mich weiter, mit einem flammenden Prickeln im Rücken. Nicht, weil ich erwarte, gleich erschreckt zu werden – nein, es ist, als würde mein Körper mit jeder Zelle auf Shane und Caden reagieren, obwohl sie nur hinter mir gehen.

Über die Treppe nach oben streift immer wieder etwas Nasses meine nackten Beine, aber der Reiz kann mein Bewusstsein für die beiden Männer hinter mir nicht überdecken. In dem Moment, in dem mein Fuß einen anderen Untergrund berührt und ich vermute, das obere Ende der Treppe erreicht zu haben, beginnen gruselig lachende Skelette zu leuchten, die sich mechanisch auf mich zubewegen. Reflexartig weiche ich einen Schritt zurück und drohe das Gleichgewicht zu verlieren, da werde ich aufgefangen und hochgehoben.

Es ist Caden, den ich spüre, bevor ich ihn in dem flackernden Licht ausmachen kann. Als würde ich nichts wiegen, setzt er mich auf seine Hüften und durch unsere Hosen spüre ich seine Erektion. Die Erkenntnis, dass ich inzwischen weiß, wie sich seine Härte anfühlt, auch ohne Stoff dazwischen, schickt ein erregendes Summen durch meinen Körper.

In dem schwachen Licht sehe ich, wie Cadens Augen dunkel mein Gesicht mustern, bevor er den Mund öffnet und seine Zähne einfach so um einen meiner bereits harten Nippel schließt. Ein spitzer Schmerz vermischt sich mit dem Summen und ich lege meinen Kopf zurück. Da ist plötzlich Shane, dessen Hände sich wieder in meine Haare schieben und sie so zur Seite streichen, dass er über meinen Hals lecken kann. Ein leises Stöhnen verlässt meinen Mund, und ich drücke mich gegen Cadens harten Schwanz, was ihm ein tiefes Keuchen entlockt.

Nur entfernt nehme ich wahr, wie die Lichter um die Skelette erlöschen, und registriere erst jetzt das laute Klappern von Knochen, das verstummt. Mit der einkehrenden Ruhe tritt Shane zurück und Caden lässt mich von seinen Hüften rutschen. Er legt eine Hand in meinen Rücken und geht damit sicher, dass ich einen guten Stand habe, bevor er sich an mir vorbeidrängt und mich mit sich zieht. Shane folgt uns, und obwohl es dunkel ist, spüre ich sein Grinsen auf mir.

Der nächste Neonpfeil versetzt meinen gesamten Körper in eine angespannte Erwartungshaltung. Als dieses Mal der Boden unter uns grelle Risse bekommt und zu zerspringen droht, findet Shanes Hand an meinen Hintern und schiebt sich seitlich in meine Shorts. Er gräbt die Finger in meine Haut, während Caden mit dem Daumen Kreise auf meinen nackten Bauch zeichnet und sich über meine Schläfe einen Weg über den Kiefer zu meinem Mund küsst. Jetzt möchte ich endgültig zwischen ihren Körpern zerfließen.

Viel zu schnell bricht der Boden unter unseren Füßen mit einem Lichtflackern und lautem Krachen gänzlich. Shane, der gerade den Stoff meines Tops über meine Brüste ziehen wollten, stoppt in seiner

Bewegung. Und als wäre die Dunkelheit ein stilles Signal, lösen sich die beiden von mir, wenn auch langsam und zärtlich.

Dieses Mal bin ich es, die ihre Hände umfasst und sie auf der Suche nach dem nächsten verdammten Pfeil weiterzieht. Shane lacht hinter mir, weil ich, als ich endlich einen beleuchteten Lift am Ende des nächsten Gangs entdecke, schon fast auf die geöffneten Türen zustolpere.

Wir betreten den Fahrstuhl, der sich laut quietschend hinter uns schließt. Ein Wackeln und Ruckeln setzt ein, während laute Schreie durch Lautsprecher an der Decke dringen. Das Licht flackert kurz, fällt schließlich ganz aus, aber da werde ich bereits wieder hochgehoben. Es ist Shane, der mit seiner Erektion rhythmisch gegen meine Mitte stößt. Ich weiß nicht, wer von den beiden endlich mein Top nach unten zieht und wessen Mund heiß meine Brustwarze umhüllt, um sie zuerst mit den Zähnen zu reizen und dann daran zu saugen. Erst als ich Shanes Lippenpiercing an meiner Wange spüre, weiß ich, dass es Caden sein muss.

Eine Hand schließt sich um meinen Hals und ich lehne mich weiter an Cadens Brust. Mein Körper beginnt zwischen ihren zu brennen, da werden wir von einem starken Rucken beinahe aus dem Gleichgewicht geworfen. So schnell, wie sich die Lifttüren öffnen, stehe ich wieder vollständig bekleidet auf dem Boden.

Wir machen ein paar Schritte nach vorn, da schließt sich der Aufzug hinter uns. Ich warte nicht auf die nächste vermeintliche Horrorstation, sondern taste in der Dunkelheit nach Shane und Caden. Sofort erkenne ich, dass es Caden ist, an dem ich mich festhalte, der mich mit seinen Armen umschlingt und an sich drückt. Meine Lippen finden endlich seine und ein Flimmern erlöst mich von der Sehnsucht. Mit geschlossenen Augen gebe ich mich den Bewegungen seiner Zunge hin, die sanft an der Innenseite meiner Oberlippe entlangstreicht. Shanes Atem dringt an mein Ohr und seine geflüsterten Worte bringen alles in mir zu einem beinahe schmerzhaften Stillstand.

»Rina, wir sind fertig.« Ich höre sein Lächeln. »Nicht miteinander, nur mit der Geisterbahn.«

Ich öffne blinzelnd die Augen und sehe, dass auf Cadens Gesicht ein träges Lächeln liegt. Das viel zu helle Licht blendet mich, aber trotzdem erkenne ich in dem Spiegel hinter Caden, dass mir die Haare wirr vom Kopf abstehen und meine Wangen gerötet sind. Ich versuche hektisch, meine Frisur zu ordnen, aber Caden zieht mich einfach laut lachend weiter und zeigt auf Shane, dessen Haare ebenso aussehen, als hätte er gerade noch mit einem der Skelette gekämpft.

Der Mann am Ticketschalter schaut uns verwundert an, als Shane leicht mitgenommen wirkend meinen Rucksack abholt. »Die beste Geisterbahn, in der ich jemals war«, lobt er und greift sich an die Brust. »Wirklich. Daran werde ich noch Jahre zurückdenken.«

Der Mann kratzt sich an der Stirn. Es war meine erste Geisterbahn, aber ich bin mir ganz sicher, dass hier selten Komplimente wie dieses eben gemacht werden.

Shane schlendert zufrieden weiter, Caden bleibt jedoch stehen und zeigt mit dem Daumen nach hinten. »Die Treppe da drinnen ist lebensgefährlich. Ich hoffe wirklich, ich bin nicht der Erste, der Ihnen das sagt.«

Caden wartet keine Antwort ab, sondern legt einen Arm um mich. Gemeinsam gehen wir zu Shane, der jetzt meinen kleinen olivgrünen Rucksack mit den Pailletten auf dem Rücken hat.

»Ich hab das ernst gemeint. Das war die beste Geisterbahn meines Lebens. Gute Wahl, Rina.« Er zwinkert mir zu. »Ich glaube, wir alle brauchen jetzt ein Eis. Cool-down und so. Außer ihr wollt noch mal in die Geisterbahn?«

Erst jetzt wird mir richtig bewusst, was soeben passiert ist. Schnell ziehe ich meine Hand aus Cadens. Dieser schaut zuerst auf unsere Finger, dann zu Shane, dessen Lippen jetzt schmal werden und jegliche Farbe verlieren, so sehr presst er sie zusammen.

»Hey«, sagt Caden leise und lächelt. »Alles in Ordnung?« Seine

Stimme steht im Kontrast zu allem, was um uns herum geschieht. Was in mir geschieht.

Ich zögere, weil ich schon wieder das Gefühl habe, mich zu verlaufen.

Caden macht einen Schritt auf mich zu, sein Lächeln wird noch sanfter. »Keine unausgesprochenen Worte mehr. Das hatten wir viel zu lange.«

Seufzend schließe ich kurz die Augen und reibe mir mit Daumen und Zeigefinger die Nasenwurzel. »Scheiße«, entkommt es mir und Shane lacht dunkel auf.

»Scheiße im guten Sinn wie ›O Scheiße!‹ oder eher auf die ›Scheiße, verdammt!‹-Art?«

Ich funkle ihn böse an. »Das ist nicht lustig! Vor kaum zwei Stunden war ich noch fest davon überzeugt, nicht einmal herkommen zu wollen, und dann mache ich mit gleich zwei Männern in einer lausigen Geisterbahn rum, von der ich nicht mal weiß, ob sie mit Kameras ausgestattet ist und ich morgen Teile meiner Brüste im Internet wiedererkenne. Und ich bin enttäuscht von mir selbst, dass ich anscheinend so überhaupt keine Standhaftigkeit habe.« Frustriert stoße ich die Luft aus meinen Lungen und verschränke die Arme.

»Es war also eindeutig ein ›Ich bin verwirrt‹-Scheiße«, stellt Shane trocken fest.

Ich spüre die Blicke der beiden auf mir, kann ihnen aber nicht in die Augen sehen. Die letzten Tage waren so verdammt anstrengend, und ich hasse es, dass ich schon wieder merke, wie mir die Tränen in die Augen steigen. Stockend hole ich Luft. »Ich glaube, ich sollte wieder nach Hause fahren.«

Caden streicht mir über den Oberarm. Diese sanfte Berührung reicht, um das Zittern in seinen Fingern zu spüren, das mir bis jetzt noch nicht aufgefallen ist. »Rina?«

»Hmmm?« Mein Blick ist auf eine zerbrochene Muschel am Boden gerichtet, von der ich mich gerade frage, wie sie in den Park gelangt ist.

»Komm einfach her.« Caden legt seine Arme um mich. Behütend schließen sie mich ein und lassen mich fühlen, dass ich nicht so verloren bin, wie ich glaube. Trotzdem, oder vielleicht gerade deswegen, will ich aus dieser Nähe ausbrechen. Weil ich stark sein muss, für mich, aber Caden lässt mich nicht los. Er hält mich einfach weiter fest und legt seinen Kopf auf meinen.

»Ich bin da, Rina«, flüstert er. »Als dein bester Freund, immer und für immer. Du hast unseren Rückhalt. Wir lassen dich nicht allein.«

»Haben wir nie und werden wir nie«, höre ich jetzt Shane. Ich glaube, er ist es, der über meinen Rücken streichelt. »Außer du willst, dass wir gehen. Du bestimmst, schon vergessen?«

Obwohl ich es möchte, weil ich ihnen mein Leben lang vertraut habe, kann ich mich nicht in Cadens Umarmung fallen lassen.

»Ich glaube, wir haben das hier heute falsch begonnen«, erkennt Caden schließlich und löst sich etwas von mir. »Alles, was wir wollten, war Zeit mit dir verbringen, um dir zu zeigen, dass sich nichts verändert hat zwischen uns.«

»Alles hat sich verändert«, erwidere ich und schaffe es endlich, ihm in die Augen zu sehen. »Alles.«

»Gut.« Er tritt einen Schritt zurück und zeigt kurz auf mich. »Eine Sache. Nenn mir eine einzige Sache.«

Ich recke das Kinn. »Ich habe dich nackt gesehen.«

»Määäp«, macht Shane laut neben mir. »Falsch. Du hast uns schon oft genug nackt gesehen, alle beide.«

»Ja, wenn ihr aus der Dusche gekommen seid und die Tür offen gelassen habt. Oder wenn ihr in der Nacht nach irgendeiner Strandparty glaubtet, noch schwimmen zu müssen. Aber das gilt nicht.«

»Nackt. Ist. Nackt«, sagt Shane und grinst siegesgewiss.

»Noch ein Versuch, Rina.« Caden nickt. »Eine Sache.«

Eine Sache außer dieser einen Sache. Ich überlege. Verdammt, da muss es doch was geben.

»Sicherheit«, sage ich entschlossen. »Ich war mir immer sicher, wir würden Freunde bleiben.« Ich schlucke. »Egal was passiert.«

»Määäp«, macht Shane schon wieder und ich schrecke zusammen.

»Kannst du dieses Geräusch lassen?«

»Nope. Kann ich nicht. Weil es eine falsche Antwort ist.«

Caden kommt wieder etwas näher. »Glaubst du wirklich, das hier wäre nach all den Jahren kein Für-immer? Egal auf welche Weise?«

»Freundschaften zerbrechen«, sage ich ohne Überzeugung. »So ist das.«

»Ja, weil manche Menschen es zulassen. Aber das werden wir nicht. Oder wären wir sonst hier?«

»Weiter, Rina.« Shane stellt sich jetzt mir gegenüber neben Caden. »Was hat sich verändert?«

Ich weiß nicht, was mich mehr aufregt – ihre Provokation oder die vermeintliche Selbstgefälligkeit. Egal, was es ist, es ist genug, um endlich das zu sagen, um das es eigentlich geht. Ich straffe die Schultern. »Der Sex.«

»Warte …« Shane sieht zuerst Caden an und dann mich. »Von welchem Sex sprechen wir hier? Von dem Sex, den wir beide zu zweit hatten, oder dem zu dritt?«

Ich bedeute Shane hektisch, leiser zu sprechen. »Wir sind hier immer noch mitten in einem Vergnügungspark.«

Er schüttelt den Kopf und seine Wangen bekommen direkt neben seiner Nase diese rote Färbung. Ich stutze – Shane ist wütend.

»Rina, wenn du jetzt sagst, der Sex zu zweit wäre ein Fehler gewesen, ist das eine verdammte Lüge. Weil du wochenlang die Möglichkeit hattest, es zu beenden. Du kannst aber nicht sagen, dass der Sex zu dritt ein Fehler war, ohne zu sagen, dass der Sex zu zweit ein Fehler war, weil es komplett dasselbe ist. Sex mit deinem besten Freund. Soll ich dir nämlich etwas verraten? Euch beiden?« Er sieht zwischen uns hin und her. »Wir waren längst vor dem Sex Partner. Ob ihr das sehen wollt oder nicht. Also, noch einmal: Määäp. Falsch.« Shane stampft auf. »Scheiße, verdammt.« Dann dreht er sich um und geht.

»Wo willst du hin?«, ruft ihm Caden nach.

»Ich kaufe mir jetzt ein verficktes Eis. Mir alleine.«

Wir sehen ihm nach, bis er in der Menge verschwunden ist.

»Tut mir leid«, sage ich und registriere erst jetzt, dass ich nicht abhauen kann, weil Shane meinen Rucksack hat. *Hilflos und überfordert* scheint mein neues Motto zu sein. »Das wollte ich nicht. Nicht so.«

Ich stapfe zu einer weißen Parkbank, die am Rand des Platzes unter einem Bogen steht, der mit Blauregen überwachsen ist. Die lila Blüten fließen in satten Trauben nach unten und geben nur noch wenig Platz zum Sitzen frei. Trotzdem lasse ich mich darauf fallen, müde von dem Chaos in mir.

Caden setzt sich neben mich und stützt die Unterarme auf seinen Beinen auf. Er spielt mit den silbernen Anhängern an den Lederbändern, die er um sein Handgelenk gewickelt hat. Als seine Finger unnatürlich zu zucken beginnen, ballt er eine Faust und lehnt sich schnaubend zurück. »Nein, mir tut es leid. Dass ich dir bei dir zu Hause nicht das Gefühl geben konnte, auf mich vertrauen zu können.«

Es tut weh, diese Worte aus seinem Mund zu hören, weil sie sein Zögern endgültig bestätigen.

Ich nicke nur, unfähig, irgendetwas zu sagen.

Caden legt seine Hand plötzlich auf meine. Ich fühle wieder das Vibrieren in seinen Fingern und weiß, dass er sich bewusst ist, dass ich es spüren kann. Trotzdem zieht er sie nicht zurück. »Darf ich es dir erklären?«

Ich lache leise. »Was gibt es da zu erklären?«

Er drückt meine Hand. »Ich habe nicht gezögert, weil ich mir nicht sicher bin, dass ich dich will.« Jetzt ist er es, der lacht. »Weil das so ziemlich das Einzige ist, was ich seit Jahren will, verdammt. *Dich.* Ich habe es verdrängt, ignoriert, belächelt und sehr oft auch gehasst – aber nichts hatte auch nur die geringste Chance gegen meine Gefühle für dich.«

Cadens Blickt ruht auf mir und verleiht seinen Worten eine Aufrichtigkeit, die ich nicht infrage stellen kann, selbst wenn ich wollte. Und doch bleibt sein Zögern.

»Warum dann, Caden?«

»Aus Angst. Ich habe deine Angst genommen und sie zu meiner werden lassen. Dabei gibt es eine Sache in meinem Leben, die ich ganz sicher weiß.« Er hebt unsere Hände und küsst einen meiner Fingerknöchel. »Dass ich es nicht kann. Weil ich es schon versucht habe, so oft, mit all meiner Kraft. Ich kann dich nicht zurücklassen. Dich nicht vergessen. Oder meine Gefühle für dich verdrängen. Und deshalb weiß ich, dass ich dich niemals alleinlassen werde. Ob als Partnerin oder als beste Freundin.« Er zuckt mit einer Schulter. »Und Shane ebenso nicht. Daher verstehe ich seine extreme Panik. Weil wir beide ziemlich gefickt sind ohne dich.«

Lange Zeit bleibt es still. Ich ziehe meine Hand aus Cadens und sage nichts, weil ich all das auf mich wirken lassen muss, um es zu verstehen. Irgendwie scheint die Vergangenheit nicht mehr echt, weil sie immer mehr war. Mehr, als ich verstanden habe. Ich habe meine Gefühle für Caden und Shane nie wirklich zugelassen, das wird mir jetzt bewusst. Gleichzeitig hat sich in den letzten Jahren eine Wahrheit versteckt, die mir den Atem raubt.

»Teil deine Gedanken mit mir, Rina. Verschließ dich nicht. Bitte. So war das noch nie.«

Mein Blick wird hart und unbarmherzig. »In deinen Vorstellungen, waren wir da zu zweit?« Ich hole zittrig Luft. »Oder zu dritt?«

Er fährt sich tief einatmend durch die dunklen Haare, die ihm zerzaust zurück über die Augen fallen. »Zu zweit«, antwortet er, und allein daran, wie er die Zunge über die Innenseite seiner Unterlippe gleiten lässt, erkenne ich, dass er die Wahrheit sagt. Natürlich tut er das. »Wir waren zu zweit, Rina. Du und ich.«

Ein leises Lachen steckt in meiner Kehle fest, weil immer offensichtlicher wird, dass das nicht funktionieren kann. Das zwischen uns dreien ist ein Labyrinth, in dem ich mich verlaufen habe und aus dem ich rausmuss. Jetzt.

Ich will aufstehen, aber Caden ist schneller als ich und zieht mich wieder zurück. »Es wäre gelogen, wenn ich sagen würde, dass ich immer schon neugierig auf einen Dreier war. Ich hatte diese Vorstellungen nicht, zumindest nicht über das normale Maß hinausgehend, falls sich so etwas definieren lässt. Es hat sich nie ergeben und ich habe auch nie danach gesucht.«

»Gut«, antworte ich trocken und vielleicht ein bisschen gekränkt. »Ich nämlich auch nicht.«

Noch einmal versuche ich aufzustehen, aber Caden hält mich erneut zurück.

»Schließ deine Augen, Rina.«

»Was?«

»Jetzt.« Caden zieht mich in einer einzigen fließenden Bewegung auf seinen Schoß. »Schließ deine Augen mit mir.«

Ich sehe ihn an, da hat er die Augen bereits zu.

»Keine Ahnung, wie unsere gemeinsame Nacht in deiner Erinnerung ist, aber wenn ich die Augen schließe und daran zurückdenke, sehe ich kein zu zweit oder zu dritt.« Caden spricht erst weiter, als ich die Lider schließe, fast so, als hätte er darauf gewartet, obwohl er es nicht sehen kann.

Seine Stimme ist plötzlich nahe an meinem Ohr und zeigt mir, dass diese Worte nur für mich bestimmt sind. »Wenn ich unsere eine Nacht immer und immer wieder durchlebe, sehe ich deine helle Hand, die über meine Haut streichelt. Allein deine Fingerspitzen überall dort, wo sie noch nie zuvor waren, haben mir den Atem geraubt, bis mir schwindelig wurde.« Ich spüre Cadens Lachen an meinem Rücken. »Ich sehe deine Lippen vor mir, die sich leicht öffnen, während du stöhnst, weil dir gefällt, was wir mit dir machen, und es spielt keine Rolle, ob es meine Zunge ist, die deine Klit reizt, oder die von Shane. Immer und immer wieder bringt sie dich dazu, die Beine zu spreizen. Damit du eins wirst. Mit mir. Und mit Shane.«

Caden kommt noch näher, seine Zähne kratzen über mein Ohr, und sein Daumen streicht über die nackte Schulter, die mein verrutschtes Top freigegeben hat. »Mit uns, Rina. Dein Körper, unter mir.« Er keucht. »Und verbunden mit Shane. Das extreme Vertrauen ineinander. Dass wir wissen, was die anderen brauchen, noch bevor sie es sagen. Das ist gigantisch und viel mehr, als ich mir jemals hätte vorstellen können. Es war neu und ich war verdammt nervös. Nicht weil wir zu dritt waren, sondern weil du es warst. Das einzig Eigenartige daran war, dass es nicht eigenartig war.« Er lächelt. »Es waren wir, Rina. *Wir.* Und jetzt sag mir, was du siehst.«

Mein Brustkorb bebt, so sehr fühle ich die Bilder, die er soeben erschaffen hat, und doch bekomme ich es nicht hin, ihm zu sagen, dass es wirklich gigantisch war und wunderschön. Dass ich nie wieder etwas anderes möchte. Ich schaffe es nicht, weil es mein Geheimnis bleiben muss, mein letzter Schutzschild, den ich nicht hergeben kann. Nicht einmal Caden.

Seine Augen sind bereits geöffnet, als ich ihn anblinzle. Caden nickt wissend und ich suche nach Enttäuschung oder Zorn, aber er schließt die Augen erneut, als würde er seine Erinnerungen jetzt ebenfalls schützen wollen – vor mir.

»Es ist in Ordnung«, flüstert er und küsst mich auf die Wange. »Du wirst merken, dass wir da sind, und dann geht auch die Angst weg. Solange du bleibst, wird alles gut.«

Ich lehne meine Stirn an Cadens Schläfe und er schmiegt sein Gesicht an meins. Das ist ihm nicht Antwort genug.

»Du bleibst doch, oder?«

… in einem Labyrinth, aus dem mich mein Verstand treiben will. Aber der Körper kann nicht ohne das Herz gehen. »Ja. Ich bleibe.«

KAPITEL 25

SHANE

Die harten Schläge gegen den Boxsack verlieren mit meiner wachsenden Erschöpfung an Kraft. Trotzdem balle ich die Fäuste und mache einfach weiter und weiter, so lange, bis das grelle Signal ertönt und ich aufhören muss. Ob ich will oder nicht. Ich beiße die Zähne zusammen und donnere ein letztes Mal mit voller Wucht dagegen. Der Aufprall meiner Faust fährt durch meinen ganzen Körper. Schmerz, den ich brauche. Den ich ertragen kann, so wie ich die ständigen Kämpfe in meinem Leben ertrage.

Einen Atemzug lang schließe ich die Augen und versuche nur mich zu sehen. Nicht die Scheißsucht, mit der alles begonnen hat. Nicht meinen Dad, dem ich seitdem nicht genügen kann, egal was ich mache. Ich lache auf – der mich nicht einmal sehen will, obwohl er schwer verletzt in einem Krankenhaus liegt.

Ich versuche nur mich zu sehen und sehe Rina. Ihre roten Locken, die bei jedem ihrer Schritte auf und ab wippen. Das echte Lachen, wenn sie vergisst, dass sie lacht. Nicht laut, sondern leise, durchbrochen von diesen süßen Geräuschen, die ihren Körper zum Erzittern bringen. Und ich sehe ihre Zerrissenheit, gegen die ich machtlos bin. Dieses Mal schleicht sich mein Versagen nicht von hinten an, ich sehe es in großen Schritten auf mich zukommen und kann es nicht aufhalten. Ich kann *sie* nicht halten, bei uns.

Ohne darauf zu achten, wie viele Punkte ich bei dem Spiel eben mit meiner Schlagkraft erreicht habe und welchen Preis ich mir dafür aussuchen kann, wende ich dem Schausteller den Rücken zu.

Ich rechne nicht damit, Rina heute noch einmal zu sehen, und eine vertraute Enttäuschung schleicht sich ein. Da registriere ich, dass ich immer noch ihren Rucksack habe.

»Fuck«, fluche ich, weil ich sie nicht mit solch billigen Tricks an uns binden will. Wenn sie gehen muss, soll sie gehen.

Mir die stechenden Fingerknöchel reibend gehe ich zurück zu dem Platz, an dem ich Rina und Caden stehen gelassen habe. Ich erwarte Distanz und Frust, vielleicht sogar einen Streit, aber was ich sehe, als ich mich an einer Gruppe aus Kindern vorbeigedrängt habe, bringt alles in mir zum Innehalten.

Rina sitzt auf einer Parkbank auf Cadens Schoß, den Kopf leicht in seine Richtung geneigt. Er hält sie fest und spricht mir ihr, während beide ihre Augen geschlossen haben. Auf ihrem Gesicht liegt Zufriedenheit und das vielleicht schönste Lächeln, das ich jemals an ihr gesehen habe. Glücklich und befreit.

In der Sekunde, in der mein Herz seinen Rhythmus wiederfindet, ziehe ich mein Handy aus der Hosentasche und mache über die Passanten zwischen uns hinweg ein Foto von ihnen. Auf dem Bild sieht man nur die beiden, eingerahmt von den violetten Blüten einer Wisteria. Rina und Caden, die für diesen winzigen Augenblick eins sind und eine Stärke ausstrahlen, die mich wieder Hoffnung spüren lässt. Die Gefühle auf Rinas Gesicht zeigen mir, dass wir sie nicht verloren haben. Nicht in den letzten Tagen und nicht heute. Alles, was wir tun müssen, ist, für das Morgen zu sorgen.

Ich mache kehrt und suche den nächsten Stand, der Erfrischungen anbietet. Mit dem gekauften Eis gehe ich zurück zu den beiden. Etwas hat sich verändert. Rina hat das Lächeln wieder gut verborgen und an Cadens leicht hochgezogener Augenbraue erkenne ich schon aus der Entfernung, dass er um Fassung bemüht ist. Und um Kontrolle.

Rina möchte gerade aufstehen, da sieht sie mich kommen. Caden nickt mir zu, aber es ist zu wenig, um Worte darin zu erkennen. Als hätte ich die Intimität eben nicht gesehen – und vor allem, wie plötzlich diese wieder verschwunden ist –, halte ich weiter an ihrem Lächeln von vorhin fest und strecke den beiden ihr Eis hin.

Rina grinst. »Spider-Man-Eis? Waren andere schon aus?«

»Nein«, antworte ich und grinse zurück. »Aber der Stiel ist aus Kaugummi, wenn man später das Papier abzieht. Und wir alle mögen Kaugummi.«

»Und Spider-Man«, ergänzt Caden und greift nach seinem Eis. »Ich dachte, du wolltest nur dir eines besorgen?«

»Alle oder keiner«, gebe ich viel lauter zurück, als angemessen wäre, und Rina sieht mich an.

Ich warte auf ihre Reaktion, auf irgendetwas, das mir zeigt, in welche Richtung wir gehen, da rutscht sie von Cadens Schoß und öffnet mit mehr Aufmerksamkeit die Verpackung ihres Eises, als notwendig wäre.

Ein frustriertes Stöhnen unterdrückend, bemühe ich mich, so entspannt wie nur irgendwie möglich zu sein. Was wir brauchen, ist das, was wir am besten können: zusammen Spaß haben.

»Also, ich glaube, ich bin jetzt dran mit Aussuchen. Weil es leider keine Achterbahn gibt, nehme ich das, was ihr am nächsten kommt.« Ich lecke über mein Eis. »Entenziehen.«

Caden lacht auf. »Bitte was?«

»Entenziehen, Mann!«, wiederhole ich. »Man fischt so kleine gelbe Plastikenten aus einem Wasserbecken, und die Zahlen auf der Unterseite sagen dir, wie viele Punkte du erreicht hast. Die werden dann zusammenge–«

»Ich weiß, was Entenziehen ist. Ich dachte nur eher, du wählst dieses Ding, wo man in den Tassen sitzt und auf einer Platte ganz schnell gedreht wird. Wir sind daran vorbeigegangen.«

Rina hebt eine Hand und leckt sich über die Lippen. *Lass das, Babe.* »Bitte nicht«, sagt sie. »Ich will nichts machen, wo die Gefahr besteht, dass ich kotzen muss. Wir könnten Autoscooter fahren.«

»Ja, genau.« Caden deutet von ihrer Stirn auf mich. »Ein falscher Stoß und sowohl deine Stirn als auch Shanes Narbe könnten wieder aufreißen. Kein Autoscooter für euch, Kinder.«

»Ohhh«, mache ich übertrieben laut und wackle mit den Augenbrauen. »Hast du gehört, Rina, der Herr Doktor hat's verboten.«

»Wie gut, dass wir so einen kompetenten Freund haben«, erwidert sie. »Deine Brille, Caden, hast du die im Dienst manchmal anstelle deiner Kontaktlinsen auf? Das verleiht dir nämlich noch mehr Strenge.«

»Und Kompetenz«, ergänze ich und kassiere dafür einen Mittelfinger von meinem Freund.

Rina sieht mich an. »Oh, ein Arzt mit Emotionen.«

»He«, macht Caden und beißt von ihrem Eis ab, das sie nicht schnell genug wegzieht. »Bevor ihr wieder eine Welle von geschmacklosen Arztwitzen auslöst, die ihr alle schon mal hattet, gehen wir Shanes Enten fangen.«

Die Leichtigkeit und Schwere der letzten Stunde schwingen noch immer zwischen uns, als wir uns auf die Straße mit Spielständen zubewegen. Aber wir reden miteinander und wir sind zusammen.

Caden ist an dem Wagen mit den Enten schneller als ich und bezahlt für uns. Schon vor dem Ziehen der ersten gelben Quietscheente ist klar, dass das hier ein Kampf wird. Caden und ich müssen hilflos dabei zusehen, wie Rina instinktiv immer wieder nach den Enten mit den hundert Punkten greift, während wir nicht einmal zusammen auf hundert kommen. Shane und ich gewinnen einen Flummi und einen Glitzerkugelschreiber und Rina eine wunderschöne gelbe Cap, auf der *Duck Queen* steht und deren Schild wie ein Schnabel geformt ist. Ihr ist es egal, dass die Blicke der Menschen, an denen wir vorbeigehen, an ihr hängen bleiben. Sie trägt die Cap mit einem stolzen Lächeln, was wiederum mich zum Lachen bringt, weil ich nichts anderes von ihr erwartet habe.

Caden und ich versuchen uns am Wettschießen und gewinnen kleine Wal-Schlüsselanhänger. Beim Spritzen mit einem Schlauch auf einen Pelikan, den man zum Fliegen bringen muss, gleitet Rina wegen des plötzlichen Wasserdrucks der Schlauch aus der Hand und sie spritzt dem Schausteller mitten ins Gesicht. Ihr ist es unheimlich peinlich, während Caden und ich nicht mehr damit aufhören können zu lachen. Wir essen gemeinsam Zuckerwatte und gebratene

Kartoffelscheiben am Spieß und kaufen uns saure Gummischlangen in allen Farben. Jeder probiert von jeder Schlange, und wir beschließen einstimmig, dass die grüne die beste ist. Mir ist es scheißegal, was wir machen, solange Rina nicht mehr gehetzt den Blick von uns abwendet, wenn wir sie zu lange ansehen, oder ein Lächeln unterdrückt, weil sie glaubt, die Zukunft an die Vergangenheit zu verlieren.

»Das Riesenrad«, meint Caden und zeigt auf die beleuchtete Attraktion, die jetzt in der Dunkelheit noch viel größer erscheint als zuvor. »Ich habe mir noch nichts ausgesucht.«

»Na gut«, sage ich und gehe zum Ticketschalter, bevor Rina es sich anders überlegen kann. Ich weiß, dass sie ein Problem mit der Höhe hat, aber die Aussicht muss fantastisch sein. Und sie hat Caden und mich bei sich.

Wir warten ewig, bis ich die Tickets habe und wir uns endlich in der langen Schlange einreihen können. Es geht nur langsam voran und vor uns steht ein Mann mit seinen beiden Töchtern. Ich sehe, wie Rina die drei beobachtet. Die Müdigkeit schleicht sich zurück auf ihr Gesicht. Ihre Erschöpfung hätte mich heute beinahe aus dem Konzept gebracht, als ich Rina am Parkeingang entdeckt habe. Mein Herz zieht sich bei dem Gedanken daran zusammen, wie hart es für sie sein muss, mit allem klarzukommen – allein.

Ohne weiter darüber nachzudenken, verflechte ich ihre Finger mit meinen. Rinas Blick findet mich. Ich lächle, warte ab, flehend, dass die Hand in meiner bleibt. Ihr Griff wird fester und sie lächelt zurück.

»Die übernächste Gondel ist unsere«, meint Caden, als wir auf die Treppen aus Metall steigen.

»Deine Lieblingsfarbe, Rina«, sage ich und zeige auf die grüne Gondel. Sie nickt nur, zieht sich die Cap vom Kopf und beginnt nervös den abblätternden Lack von dem weißen Geländer zu zupfen. Caden legt kurz den Kopf schief und denkt vermutlich genauso wie ich an ihre Höhenangst.

Statt Rina am Drehkreuz den Vortritt zu lassen, gehen Caden und ich zuerst hindurch. Noch ehe ich auf der anderen Seite bin, drehe ich mich zu ihr um und kaue übertrieben auf meinem Kaugummi. »Ich hab ja echt kein Problem damit, aber wenn du willst, dass die Leute aufhören, dich anzustarren, dann wisch dir einfach kurz über Mund und Wange. Obwohl dir Spider-Man-Blau und -Rot natürlich gut stehen.«

»Was?« Sie reißt entgeistert die Augen auf. Den Moment schamlos ausnutzend ziehe ich sie durch das Drehkreuz. Caden hinter mir lacht leise.

Rina reibt sich energisch den Mund. »Ich laufe kreuz und quer durch den Vergnügungspark, und ihr sagt mir nicht, dass ich mit Eis verschmiert bin? Euer Ernst?«

»Du hattest die Cap auf und es ist schon dunkel.«

»In einem hell beleuchteten Vergnügungspark?«

»Falsche Seite«, lasse ich sie wissen, während wir am Einstiegsbereich weiter nach vorn gehen. Unsere Gondel kommt langsam näher, die Passagiere sind bereits ausgestiegen. »Das Eis ist auf der anderen Seite, Rina, bis ganz nach oben.«

Sie ist so darauf konzentriert, mich böse anzufunkeln, dass Caden einsteigen kann. Er nimmt ihre andere Hand und zieht sie zu sich nach innen. Es ruckelt leicht, als ich dazusteige. Eine Millisekunde lang sieht Rina mich an, aber ich bleibe so lange vor der kleinen Tür stehen, bis der Mitarbeiter sie hinter uns geschlossen hat und wir schon in die Luft gehoben werden.

»Bitte Platz nehmen«, ruft er uns hinterher.

Caden drückt Rina zu sich auf die Bank, die sich rings ums Innere der Gondel befindet. Sie hat aufgehört über ihre Wange zu reiben und schaut hilflos zur geschlossenen Tür. Dann rückt sie ein Stück von Caden ab, nicht ohne ihm gegen den Oberschenkel zu boxen.

»Was? Ich hab nichts gemacht!«

»Genau deswegen. Ich weiß, dass das ein Trick war.«

Ich will mich neben sie setzen, da nimmt sie blitzschnell den Rucksack ab und stellt ihn so hin, dass er zwischen uns steht. Grinsend greife ich danach, doch sie schlägt mir auf die Hand.

»Ganz sicher nicht, du hast mich verarscht.«

»Nein, habe ich nicht«, sage ich und umfasse ihre Hand, als sie sie wegziehen will. Caden greift nach dem Rucksack und legt ihn auf seine andere Seite. Gleichzeitig rücken wir näher an Rina heran, sodass wir sie beide mit unseren Beinen berühren. Sie hat die Augenbrauen immer noch verärgert zusammengezogen, aber ich höre, wie sie die Luft einzieht, als wir sie beide berühren.

»Ich habe dich nicht angelogen, Rina. Ich habe dich überlistet, dich und deine Angst«, wiederhole ich und hebe unsere Hände an meinen Mund, um sie auf die Innenseite ihres Handgelenks zu küssen. Nicht flüchtig. Ich nehme mir Zeit und liebkose so lange ihre Haut, bis ihre Anspannung allmählich weicht und sie sich zurücklehnt.

»Siehst du, schon wieder«, sage ich und lege unsere Hände auf meinen Schoß.

»Du hast meine Angst nicht überlistet«, erwidert sie, den Blick weiterhin auf den Boden der Gondel gerichtet, anstatt zu beobachten, wie wir uns bereits über die Lichter der Fahrgeschäfte und Spielbuden bewegen. »Sie ist immer noch da, und ich habe keine Ahnung, warum ich überhaupt eingewilligt habe, hier zu sein.«

Caden und ich haben beide gesehen, dass sie nicht mit dem Bus gekommen ist, sondern von Jonah gebracht wurde. Wir haben uns nur still angesehen, aber ich habe Cadens Enttäuschung ebenso gespürt wie meine eigene. Keiner von uns konnte sagen, ob Rina heute auftauchen würde oder nicht. Wir wollten ihr die freie Wahl lassen, sie nicht bedrängen. Und wäre sie nicht gekommen, hätten wir uns weitere Gedanken gemacht.

Heute Morgen haben wir den ersten Teil des Daches abgedeckt, Jonah und Nick halfen uns dabei. In einer Pause habe ich Jonah von unserem Plan mit Rina erzählt, damit Caden als Rache für die Sache mit dem Video und dem Katamaran heimlich Fischreste in Jonahs Wagen verstecken konnte.

Ich habe keine Ahnung, ob Jonah Rina überreden musste mitzukommen. Ihre ständigen Zweifel sprechen sehr dafür. Ich könnte sie danach fragen, möchte es gerne wissen, aber die Antwort würde vermutlich wehtun.

Caden räuspert sich. »Du hast eingewilligt, hier zu sein, weil du uns kennst, besser als alle anderen, Rina.«

Zum ersten Mal fällt mir auf, wie weich seine Stimme ist, wenn er mit Rina spricht. Kein Druck, pure Hingabe. Und Rina reagiert darauf, neigt den Kopf in seine Richtung, nur ein klein wenig. Ich sehe ihre Verbindung.

»Du vertraust uns, und tief in dir drin weißt du, dass wir dich nicht im Stich lassen. Du kannst verdammt gut auf dich selbst aufpassen, das hast du uns gezeigt, so oft in deinem Leben. Trotzdem darf man manchmal einfach jemandes Hand halten und Verantwortung abgeben, mit der Gewissheit, dass es gemeinsam leichter ist.«

»Und schöner«, ergänze ich. »Selbst eine Riesenradfahrt in schwindelerregender Höhe.«

»Baaah, Shane«, macht Rina und schließt kopfschüttelnd die Augen. »Musst du diese schlimmen Worte sagen?«

»›Schön‹ ist kein schlimmes Wort, schön ist schön.«

Caden grinst mich an, während Rina nur seufzt und die Lider noch fester zupresst. »Du öffnest jetzt nicht die Augen, wenn wir dich darum bitten, oder?«, fragt er.

»Nein, ich warte einfach, bis es vorbei ist. In der sicheren Dunkelheit meines Körpers.«

Jetzt bin ich es, der grinst. Dann zeige ich auf das Geländer und Caden nickt. Keine Ahnung, ob er versteht, was ich meine, aber er ist dabei – und das ist die Hauptsache.

Ich stehe auf und ziehe Rina so ruckartig mit mir, dass sie überrumpelt nach vorn und genau in meine Arme stolpert. Sie schreit auf, klammert sich panisch an mir fest und presst ihr Gesicht an meine Brust.

»Bitte nicht, Shane, du bist ein Arsch, bitte nicht, lass mich wieder zu Caden«, wispert sie immer wieder und scheint nicht zu bemerken, dass Caden nun ebenfalls aufgestanden ist.

»Das Schaukeln hört gleich auf«, versuche ich sie zu beruhigen und lege meine Hände an die Seiten ihrer Oberschenkel. Ich lasse Caden damit genügend Platz.

Genügend Platz, damit er von hinten sachte einen Arm um ihre Taille legen kann. Rina zuckt kurz zusammen, abwartend.

Caden sieht mir in die Augen, als er sich zu Rina beugt und in ihr Ohr flüstert. »Mach deine Augen auf.« Ich spüre, wie der Druck seines Armes um sie fester wird, während er seinen Körper sanft gegen ihren presst. Er schluckt. »Mach die Augen auf, wir sind da.«

»Caden und ich sind da, Rina«, wiederhole ich und genieße jede noch so kleine Bewegung von ihr, als sie langsam ihren Klammergriff von meinem Shirt löst und beginnt, den Kopf zu heben.

Caden streicht ihr die Haare über die linke Schulter nach hinten und ich berühre die freigelegte Haut leicht mit meiner Nasenspitze und meinen Lippen. »Schau nach links. Wir halten dich.«

Wir geben ihr Zeit, Atemzug um Atemzug, um sich weiter aufzurichten und den Kopf in Richtung des Geländers zu drehen. Die Musik und die Stimmen des Vergnügungsparks werden in der Nacht immer leiser, und alles, was bleibt, sind wir.

Ich kann nicht anders und streichle mit einer Hand Rinas Wange, als sie ihren Blick zögerlich zu dem Geländer und darüber hinaus wandern lässt. Caden tritt noch näher und drückt sie gegen mich. Unsere Augen finden sich, als Rina endlich das sieht, was wir ihr zeigen wollen, und keucht.

Caden greift um uns herum und löst eine ihrer Hände von meinem Shirt, um sie verbunden mit seiner um die weiße Metallstange vor uns zu legen.

»Das … das ist …«, stammelt sie.

»Wunderschön«, beende ich ihren Satz.

»Und einzigartig«, flüstert Caden.

Wir sehen uns immer noch in die Augen, und keiner von uns

beiden denkt an die Welt, die uns in dieser Höhe zu Füßen zu liegen scheint. Wir beide denken an Rina.

Caden lächelt Rina an. Die einzelnen Locken, die der Fahrtwind lösen konnte, liegen über ihrem Gesicht und meiner Hand, die immer noch an ihrer Wange ruht. Ich streichle ihre Schläfe, spüre die Hitze, die sie ausstrahlt.

»Ich dachte nicht, dass es so schön sein kann«, sagt Rina. Trotz der Nacht, die uns umgibt, erkenne ich in der warmen Beleuchtung des Riesenrads die Rührung in ihren Augen.

»Beinahe hättest du diese Chance einfach so an dir vorüberziehen lassen.«

Caden lehnt seinen Kopf an ihren. »Aus Angst oder Vorsicht.«

Rina nickt und schmiegt ihr Gesicht an Cadens Kinn. Endlich löst sich ihre Hand aus der Verkrampfung und landet nun flach auf meiner Brust. Dort, wo mein Herz nur für sie schlägt.

»Angst. Und Vorsicht«, wiederholt sie leise, als müsste sie die Worte laut aussprechen, um sie selbst zu erkennen. »Nicht mit euch. Ihr seid da.«

»Immer.« In meiner Stimme liegt all die Überzeugung, die ich aufbringen kann.

»Und für immer. Du kannst uns vertrauen.« Caden hebt den Kopf und schaut nun ebenfalls hinaus in die Nacht.

Wir drei stehen da, folgen mit unseren Blicken den bunten Lichtern, die uns umgeben und sich in der Dunkelheit verlieren, dort, wo der Ozean ist und mit ihm mein Zuhause. Wir sind verbunden, und mir ist scheißegal, ob es richtig oder normal oder konventionell ist, solange mein Herz unter ihrer Hand schlagen darf und ich weiß, dass Caden sie ebenso liebt, wie ich es tue. Vielleicht auf eine andere Art, aber nicht weniger intensiv oder aufrichtig.

Als wir Rina wenig später nach Hause bringen, sie aus dem Jeep steigt und wir sie zurück in ihr altes Leben lassen müssen, weil unser Mädchen selbstbestimmt und stark ist, zieht sich mein Brustkorb schmerzhaft zusammen. Noch nie ist mir etwas so schwergefallen.

Ich schaffe es kaum, den Gang einzulegen und endlich Gas zu geben, um auf ein Morgen zu hoffen.

Ein Morgen zu dritt.

KAPITEL 26

RINA

Die Schwerelosigkeit des letzten Abends lässt mich ohne die Sorgen, die mich zu zerreißen drohen, durch den nächsten Tag gleiten.

Ich habe die Nacht auf der Couch verbracht und mich zum ersten Mal nicht in den Schlaf geweint, während Dad sich von seinem Rausch immer und immer wieder übergeben musste und laut fluchend durch die Wohnung gestolpert ist.

Es hat mir nichts ausgemacht, nicht dieses Mal. Weil ich immer noch Cadens Atem auf meiner Haut gespürt habe, der für mich Luft holt, und Shanes schützenden Griff, der mich nicht loslässt.

Es macht mich nicht nervös, dass ich den ganzen Tag noch nichts von den beiden gehört habe, obwohl ich mein Handy den tadelnden Blicken von Anna zum Trotz regelmäßig gecheckt habe. Die einzige neue Nachricht war von Jonah, der sich danach erkundigte, ob sich die zwei Irren benommen hätten. *Irren?*, habe ich geantwortet und daraufhin einen Mini-Ausschnitt aus dem Video mit Christie erhalten, in dem sie beide hysterisch um Hilfe schreien. Mein lautes Lachen konnte und wollte ich nicht unterdrücken, und es war mir egal, wie unfreundlich Anna mich daran erinnert hat, dass sie das Telefon auch in meiner Pause nicht in ihrem Salon sehen will.

Kurz vor Dienstschluss habe ich die Schlüssel zum Versperren des Rollladens in meinem Rucksack gesucht und dabei die nächste Nachricht der beiden gefunden. Shane muss sie gestern darin versteckt haben. Die Zahl Sechs auf dem Umschlag hat eine Aufregung durch meinen Körper geschickt, die jegliche Müdigkeit des Tages vertreiben konnte. Wieder befindet sich eine Karte darin mit einem Hinweis, wo sie nach meinem Dienstschluss auf mich warten werden.

Das Absperren des Rollgitters hat sich mit zitternden Fingern als noch hartnäckiger als sonst erwiesen. Danach bin ich im Laufschritt an die Ecke zwei Straßen weiter gehastet. Es ist jene, an der wir uns früher immer getroffen haben, wenn sie mich von der Arbeit abgeholt haben. Shane hat sich beim Warten mal seinen Coffee to go aus dem *Sunrise* über den Schritt geleert, seitdem nennen wir sie die Kaffee-Ecke. Deshalb wusste ich auch sofort, was der Becher auf der Karte zu bedeuten hatte.

Als ich jetzt in die Straße einbiege, die gemeint ist, entdecke ich nur Caden. Er sitzt auf seinem schwarzen Motorrad und hat die Lederjacke so weit geöffnet, dass ich das weiße Shirt darunter erkennen kann, genauso wie die starken Brustmuskeln, über denen es spannt. Die dunklen Haare fallen ihm über die Augen und das Nasenpiercing glänzt in der Sonne. Er schaut in meine Richtung, und als er mich kommen sieht, zieht er zuerst die Unterlippe zwischen die Zähne und nickt zweimal, als müsste er sich selbst vergewissern, dass ich da bin. Dass ich wirklich komme. Erst als ich Caden anlächle, verliert seine Körperhaltung ihre Härte, und er fährt sich lässig durch die Haare, bevor er schief grinst.

»Hey, Babe, Lust auf einen heißen Ritt?«, begrüßt er mich.

Ich muss laut lachen. »Das hast du gesagt, als du mich zum ersten Mal mit dem Motorrad abgeholt hast«, erinnere ich mich. »Es war neu, und du hast mich davor zweimal angerufen, um mir zu sagen, dass ich auf keinen Fall eine Hose mit Nieten anziehen darf.«

Caden verschränkt die Arme vor dem Körper, und plötzlich liegt sein dunkler, edler Geruch, vermischt mit dem seiner Lederjacke, in der Luft und bringt meine Haut zum Prickeln. »Und was hat Rina angezogen?«

Ich zucke entschuldigend mit den Schultern. »Ich musste die neuen Jeansshorts anziehen, die mir deine Mom geschenkt hatte. Das ging nicht anders.«

»Du hättest die Hose auch mitnehmen und dich umziehen können«, meint Caden mit einem Kopfschütteln und reicht mir einen der beiden Helme vom Lenker.

»Auf einer Strandparty?«

»Shane und ich hätten dich abgeschirmt.«

»Niemand zieht sich auf einer Strandparty um, Caden«, sage ich und richte den Verschluss des Helmes. »Wo ist Shane?«

»Er wartet im *Seal for Life* auf uns, wir sind schon spät dran.«

Ich verziehe den Mund. »Anna wollte, dass ich noch die ganzen Maschinen öle. Es tut mir leid.«

»Muss es nicht«, stellt er richtig und zieht sich den Helm über, aber ich sehe, wie er die Kiefer zusammenpresst. »Anna ist eine machtgeile Tyrannin.«

Während Caden das Bike aufstellt und zurückrollt, setze ich mir den Helm auf, der sowohl nach ihm als auch nach Shane riecht. Er klappt die Fußrasten für mich nach außen und hält mir eine Hand hin, damit ich mich beim Aufsteigen an ihm festhalten kann. Als ich sitze, schiebe ich die Hände an ihm vorbei und stütze mich am Tank ab.

Caden zieht mich noch ein Stück enger an sich. »Kann es losgehen?«

»Ja«, rufe ich und spüre, wie jeder weitere Herzschlag Adrenalin durch meinen Körper pumpt. Motorrad zu fahren ist *eine* Sache, aber gemeinsam mit Caden zu fahren noch einmal etwas ganz anderes.

Ich bin ihm bereits nahe, als er den Motor startet und das tiefe Brummen alles in mir zum Vibrieren bringt, aber als er die Kupplung kommen lässt und Gas gibt, wird sein starker Körper noch dichter an meinen gepresst. So mit ihm verbunden die Wohngegend zu verlassen und damit meinen Problemen für wenige Stunden zu entfliehen, lässt mich die Kraft der Ducati noch intensiver wahrnehmen. Die Kraft der Ducati und die von Caden.

Er hält sich zurück, solange wir im Stadtgebiet unterwegs sind. Erst als wir endlich auf die Interstate 5 auffahren und das Küstengebiet erreichen, dreht Caden den Kopf in meine Richtung. »Bereit?«

»Bereit«, gebe ich zurück und schließe mein Visier.

Caden beugt sich weiter nach vorn. Die Schaltung klickt laut, und als er Gas gibt, spüre ich, wie der Vorderreifen leicht vom Asphalt abhebt. Halb auf ihm liegend fühle ich, was ich tun muss, noch bevor ich es sehe. Wir werden eins auf dieser Küstenstraße, ich lasse mich von seinem Körper und dem Motorrad leiten und vertraue mich ihm an, wenn wir uns in die Kurven legen. Dem Boden so nahe denke ich nicht darüber nach, zu fallen und hart aufzuschlagen, sondern nur daran, dass ich bei Caden bin. Ich verlasse mich darauf, dass er die Maschine früh genug wieder nach oben zieht und die Kontrolle behält. Ich muss keine Angst haben. Nicht um mein Leben und nicht um mein Herz.

Die Sonne steht noch hoch genug, um den Himmel blau erstrahlen zu lassen und dem Meer eine unfassbare Weite und Grenzenlosigkeit zu verleihen. Selbst durch das geschlossene Visier kann ich das Salzwasser und das Seegras riechen und spüre, verbunden mit der Geschwindigkeit, nichts als heilsame Freiheit.

Die Farbe der Klippen wechselt von Sandbraun zu Dunkelgrau, je bewaldeter die Umgebung wird. Bereits in der Nähe des *Seal for Life* bedecken Lehm und Erde die Straße. Caden wird auf dem weniger griffigen Untergrund langsamer und richtet sich auf. Die inzwischen zugeschnittenen Baumstämme und angehäuften Berge an Ästen erinnern noch an das Unwetter, das erst wenige Tage her ist, und doch kommt es mir vor, als wären inzwischen Wochen vergangen.

Ich öffne mein Visier und der leichte Fischgeruch in der Luft verrät, dass wir kurz vor der Seehundstation sind, noch bevor Caden nach links abbiegt. Die lange Zufahrtsstraße ist inzwischen komplett frei, und ich bin erstaunt, wie weit die Jungs mit der Arbeit auf dem Parkplatz gekommen sind. Das meiste Holz ist bereits zerkleinert, und auch der Teil des Baumstammes der riesigen Kiefer, die das Haus unter sich begraben hat, ist verschwunden. Sie hat ein klaffendes Loch aus geborstenen Brettern und kaputten Möbelresten aus dem Dachgeschoss zurückgelassen, das Mara und Alex und früher auch Shane bewohnt haben. An einer Holzplanke entdecke ich das kultige Poster von *Karate Kid*, das an der Wand neben seinem Bett hing.

Caden fährt über den Parkplatz und stellt das Motorrad neben dem Jeep von Alex ab. Ich kenne das Auto nicht, das nahe dem Weg hinunter zu den Becken im Halbschatten parkt.

Wir steigen von der Ducati. Caden nimmt mir meinen Helm ab und legt ihn zusammen mit seinem Helm, der Lederjacke und meinem Rucksack auf die Rückbank des Jeeps. Ich will schon nach vorn gehen, um nach Shane Ausschau zu halten, da hakt Caden einen Finger bei meinem ein und zieht mich zu sich. Ich kann die Ringe an seiner Hand spüren.

»Hey«, sagt er und lächelt. »Ich habe dich noch nicht begrüßt, also, nicht so richtig.«

Ich wiege den Kopf. »O doch, du hast gesagt: ›Hey, Babe‹.«

»Richtig, aber das zählt nicht.« Cadens Stimme hat wieder diesen heiseren Unterton, der mich wie durch eine unsichtbare Verbindung näher kommen lässt.

»Was zählt dann?«, frage ich leise.

»Vorerst vielleicht das?« Er beugt sich vor, langsam, und gibt mir genügend Zeit, um mich zurückzuziehen. Aber das will ich nicht.

Stattdessen sehe ich Caden so lange in seine dunklen Augen, bis das sanfte Lächeln auf seinen vollen, geschwungenen Lippen verschwindet und er sie mit der Zungenspitze befeuchtet. Ganz sachte nehme ich seinen Atem wahr, bevor sich sein Mund auf meinen legt. Ich schließe die Augen, will die Wärme seiner Lippen genießen und Caden schmecken, da unterbricht er unseren Kuss schon wieder.

»Vorerst muss das reichen«, flüstert er plötzlich an meinem Ohr.

Ich sehe ihn an. Das unschuldige Lächeln, das jetzt auf seinem Gesicht liegt, lässt mich eine Braue hochziehen.

»Vorerst«, wiederholt er noch einmal und legt nun eine Hand in meinen Rücken, um mich Richtung Meer zu führen. »Shane muss unten sein, sie warten sicher schon auf uns.«

»Sie?«, frage ich in dem Moment, in dem wir mit der Plattform den höchsten Punkt erreichen und einen freien Blick über die gesamte Anlage und auf das Meer haben.

Zwei riesige Boote ankern am Anlegesteg und selbst von hier oben kann ich den Schriftzug von *SeaWorld* erkennen. Ich will schon fragen, was hier vor sich geht, da erkenne ich, wie ein Seehund ausgeladen wird.

»Nein«, entkommt es mir, und ich schaue ungläubig zu Caden, der nickt.

»Die Wunden der Seehündin konnten dank eurem Einsatz bestens verheilen. Sie ist noch lange nicht wieder fit oder bereit dazu, freigelassen zu werden, aber vital genug, um zu uns überzusiedeln. *SeaWorld* hat schon vor zwei Tagen angerufen, weil sie ihre Pflegestellen so schnell wie möglich wieder frei bekommen müssen, aber Shane wollte das nicht ohne dich machen.« Caden zeigt um sich herum. »Du hast hier deinen Platz, bei uns.«

Ich kralle meine Finger in den Zaun, weil seine Worte mich zum Schwanken bringen. Zu Hause muss ich kämpfen, für Dad und mich, um alles, was wir brauchen, stets mit der Gefahr im Nacken, plötzlich unter dem ganzen Mist begraben zu werden. Hier bei Shane und Caden habe ich einen Platz. Und sie sind es, die an meiner Seite kämpfen.

»Was ist?«, will Caden wissen. »Sollen wir ihnen helfen?«

»Natürlich«, sage ich und höre selbst die Freude und Euphorie in meiner Stimme. Caden verflicht meine Finger mit seinen und gemeinsam gehen wir den geschwungenen Weg nach unten bis an den Strand. Dabei komme ich nicht umhin, kurz bei Christie anzuhalten, die noch keine Ahnung davon hat, dass sie in dem letzten freien Becken neben sich gleich eine neue Nachbarin bekommt.

Am Strand angekommen, höre ich Shanes Stimme schon, bevor ich ihn sehe. Sobald sich mein Körper seiner Gegenwart bewusst wird, durchflutet mich eine Welle des Glücks, die meinen Herzschlag antreibt und mich schneller werden lässt.

Caden und ich ziehen im Sand die Schuhe aus. Ein Lächeln

schleicht sich auf mein Gesicht, weil Shane die schwarzen Badeshorts mit den pinken Blüten trägt, die ich ihm geschenkt habe. Sie haben dieselbe Farbe wie die Blüten, die im Sommer am verschlungenen Pfad hinter der Anlage entlangwachsen. Das schwarze, weite Tanktop gibt viel von seiner braun gebrannten Haut frei und die blonden Haare sehen aus, als wäre er erst vor Kurzem vom Surfen zurückgekommen.

»Wir drehen den Hubwagen hier um, sonst bekommen wir auf dem Weg zu den Becken Schwierigkeiten in den engen Kurven«, sagt Shane laut. Die Mitarbeiter von *SeaWorld* reagieren sofort, obwohl Shane mit Sicherheit der Jüngste von ihnen ist. Unter ihnen erkenne ich Dr. Nola, die die OP des Seehunds durchgeführt hat. Unweigerlich sehe ich Caden vor mir, der davongerannt ist. Ich drücke seine Hand in dem Moment, in dem seine Finger an Kraft verlieren, fast so, als hätte er ebendieselben Bilder im Kopf wie ich. Caden erwidert meinen Druck, zuerst zögerlich, dann fester, und ich spüre das leichte Zucken in seinen Händen.

Shane platziert die Mitarbeiter um die betäubte Seehündin und lässt ihre Vitalwerte von der Ärztin checken, so als hätte er sein Leben lang nichts anderes gemacht. Einen Unterarm am Kran angelehnt wartet er den Zwischenbericht von Dr. Nola ab, und alles an ihm strahlt Kompetenz und Selbstbewusstsein aus. Wie von meinen Gedanken und Gefühlen angezogen wendet er plötzlich den Kopf in unsere Richtung. Sein Ausdruck verliert die aufmerksame Strenge. Ich habe Shane schon Tausende Male in meinem Leben gesehen, und doch reicht sein Zwinkern aus, um eine elektrisierende Erregung durch meine Nervenbahnen fahren zu lassen.

Dr. Nola nennt laut ein paar Werte und Caden drückt noch einmal meine Hand. »Ich habe mich eingelesen, Herzfrequenz und Temperatur passen. Das bedeutet, sie ist bereit zum Umladen.«

Ich spüre, dass Caden auf den Steg gehen will, aber er zögert.

»Danke, Dr. Nola«, sagt Shane laut und zeigt in unsere Richtung. »Dr. Delon übernimmt ab jetzt.«

Einer der Mitarbeiter von *SeaWorld* hilft der Tierärztin aus dem Boot. Auf dem Steg schultert sie ihre schwarze Tasche, bevor sie auf uns zukommt.

»Hallo«, begrüßt sie uns und lächelt mir freundlich zu. Dann nennt sie Caden ein paar Werte sowie die Medikation zur Unterstützung der Wundheilung und Kräftigung der Seehündin. Keine Sekunde habe ich das Gefühl, dass Caden sich unwohl oder überfordert fühlt. Er stellt einige Rückfragen, lässt jedoch meine Hand kein einziges Mal los. Seine Stimme wird dunkler und seine Haltung ist nun eine andere. Ich versuche, mich an die wenigen Eindrücke zurückzuerinnern, die ich von ihm als Arzt habe. Caden ist stark und arbeitet hart, in dem Bemühen, sein Wissen jederzeit anzuwenden und zu erweitern. Jetzt seine beinahe anmutige Kompetenz zu erleben, ist beeindruckend und angesichts seiner Probleme berührend zugleich.

Als hätte es sein Zögern vorhin nicht gegeben, steigt er auf den Steg, sobald sich Dr. Nola von uns verabschiedet hat. Er sieht mich an, aber ich komme ihm zuvor.

»Beim Ausladen stehe ich euch nur im Weg, ich warte lieber hier und helfe dann beim Transport.«

Shane gibt bereits die ersten Anweisungen für das Anheben des Seehunds, da nickt Caden und reiht sich beinahe nahtlos in die Arbeit ein. Als das Tier über dem Boot in der Luft hängt, steht Caden bei ihrer Schnauze. Shane versucht, die beiden Männer mit den weißen SeaWorld-Shirts von seiner Position aus zu navigieren, aber sie haben Probleme mit dem Hubwagen.

Die Aufregung in mir steigt, weil ich weiß, wie wichtig ein reibungsloser Ablauf sowohl für Caden als auch für Shane sein muss. Und wie wichtig es für den Seehund ist, all das hier schnell zu machen. Die Bewegungen der SeaWorld-Mitarbeiter werden etwas hektischer, als das Tier zu zucken beginnt, aber nichts an meinen Männern lässt erkennen, dass es sie ebenso aus der Ruhe bringt.

Als hätten sie sich ein stilles Zeichen gegeben, drehen beide im selben Atemzug die Köpfe zu mir. Caden bedeutet mir, näher zu kommen. Und dann ruft Shane meinen Namen.

KAPITEL 27

RINA

»Rina?« Shane zeigt auf den elektrischen Hubwagen.

»Nein, ich kann nicht …«, gebe ich schnell zurück und hebe abwehrend die Hände, als könnte ich so der unerwarteten Aufforderung entkommen.

»Rina übernimmt den Hubwagen, sie hat Erfahrung im Umgang mit widerspenstigen Mitarbeitern«, erklärt Shane und alle beginnen zu lachen.

»Nein, ich bin mir nicht ganz sicher …«

»Doch, bist du.« Caden lächelt mich an. »Du bist dir sicher.«

»Der Wagen muss genau unter dem Arm des Krans sein, Rina, sonst können wir das Gleichgewicht nicht optimal ausbalancieren und alles könnte kippen«, erklärt Shane langsam, als würde er mir mit seiner Stimme die Sicherheit geben wollen, die ich brauche. Ihm ist egal, dass die Leute von *SeaWorld* vermutlich ungeduldig werden und keiner darauf Lust hat, noch länger in der prallen Sonne zu stehen.

Ich blicke zu Caden, der immer noch ermutigend lächelt, und trete langsam auf den Steg. Dabei zu helfen, den Hubwagen zurück in die Garage zu schieben und zwischen ein paar anderen Geräten einzuparken, ist etwas anderes, als ihn begleitet von fremden Blicken auf den Zentimeter genau unter einem verletzten hundert Kilo schweren Raubtier zu platzieren.

Shane nickt mir zu. »Du kannst so oft vor uns zurückfahren, wie du willst. Und wenn du glaubst, von deiner Position aus passt es, gibst du mir ein Zeichen und ich schaue von hier oben drauf, ja?«

Ich mache zaghaft einen Schritt nach vorn. Die Luft zum Atmen scheint immer weniger zu werden, als ich meine Hände an den Hubwagen lege. Aus dem Augenwinkel sehe ich eine Möwe auf einem der Pfähle im Wasser landen und wünsche mir, wir könnten die Plätze tauschen.

»Weißt du noch, als wir Lia und Laurel damit den Weg auf und ab geschoben haben?«, fragt mich Caden.

»Ja«, sage ich und grinse. »Shane hatte damit angefangen und die beiden konnten nicht genug davon kriegen.« Ich löse die Bremse und fahre ein Stück zurück.

»Du hattest an dem Tag die Haare hochgebunden.«

Shane räuspert sich. »Ja, und diese eine verdammte Haarsträhne hat sich immer wieder gelöst und ich konnte mich auf nichts anderes mehr konzentrieren als auf deinen Nacken und die Vorstellung, dich dort zu küssen.«

Mit etwas mehr Geschwindigkeit fahre ich den Wagen noch einmal ganz weg vom Boot, um die Reifen anders auszurichten.

»Scheiße, ja«, flucht Caden. »Dein dunkelgrüner Bikini war am Hals zusammengebunden und die Schleife locker.« Ihn scheint es nicht zu interessieren, dass der Mann neben Shane verwirrt die Stirn runzelt und eine junge Frau in unserem Alter, auf deren Shirt das Wort *Volunteer* steht, zwischen uns dreien hin und her sieht.

»Die Schleife war leider nicht locker genug«, ergänzt Shane und schnalzt mit der Zunge. »Ich hätte sie dir zu gern neu gebunden.«

Caden grinst. »Ausziehen wäre die bessere Alternative gewesen.«

»Ausziehen und im Strandhaus verschwinden.«

»Seid jetzt still, ich muss mich konzentrieren«, fordere ich und fahre noch ein kleines Stück zurück, um etwas näher an den Kran zu kommen.

»Also, von hier oben schaut das verdammt gut aus«, stellt Shane fest.

Erstaunt sehe ich ihn an. »Wirklich?«

»Ja, das Shirt steht dir einfach sehr gut.« Er hebt neckisch eine Augenbraue. »Aber der Wagen sieht auch perfekt platziert aus, Rina.«

Ich schüttle den Kopf und ziehe die Bremse fest. »Bist du dir sicher?«

Er beugt sich nach links und nach rechts. »Ganz sicher, ja.«

Ich atme erleichtert auf und lächle. Es mag zwar nur ein Hubwagen sein, den ich dank der Unterstützung – oder der Ablenkung – von Caden und Shane parken konnte, aber für mich ist es gerade viel mehr. Ich kann Herausforderungen meistern, ich kann es wirklich.

Caden dreht die Seehündin, die immer noch im Dämmerschlaf vor sich hin döst, parallel zum Kranwagen. »Siehst du.« Er nickt. »Ich habe gewusst, du würdest das schaffen.«

Shane lässt dem Team von *SeaWorld* keine Zeit, uns noch länger anzustarren, und gibt weiter Anweisungen. Wo er eben noch frech und liebevoll zugleich geklungen hat, ist er jetzt wieder ganz der Profi, der höflich und bestimmend delegiert.

Mir fällt es nicht ganz so leicht, die möglichen Gedanken der Menschen um uns herum auszublenden, und ich spüre weiter die Hitze in meinem Gesicht. In diesem Moment werde ich von Cadens Blick angezogen, der mich anlächelt. Nur mich, egal was andere denken oder nicht denken, und genau diese Stärke versuche ich jetzt ebenso zu spüren.

»Den Wagen etwas anheben, bitte«, verlangt Shane, also drücke ich auf den entsprechenden Knopf. Zusammen schaffen Caden und Shane es, die Seehündin sachte abzulegen. Ich kann das Gefährt so abwenden, dass wir das Tragetuch ganz unkompliziert unter dem Tier herausziehen können. Es reichen kurze Blicke oder Worte, um uns aufeinander abzustimmen, und ich registriere erst wieder, dass wir nicht alleine sind, als Shane die Papiere unterschreibt und sich das Team von *SeaWorld* bedankt und verabschiedet.

»Sag nie wieder von dir selbst, dass du nur im Weg rumstehst.« Caden kommt auf mich zu. »Es stimmt nicht. Niemals.«

Shane streicht mir über den Oberarm. »Ohne dich wäre das hier ganz schön schwierig geworden und Caden und ich hätten ziemlich inkompetent gewirkt. Keiner lenkt den Wagen so gut wie du.«

»Und jetzt wirkt ihr vielleicht wie zwei notgeile Teenager.«

Caden lacht auf. »Und das ist für wen genau ein Problem, wenn es für uns keines ist?«

»Richtig.« Shane sieht mich eindringlich an. »Du bist uns wichtig, auf alle erdenklichen Arten. Das kann jeder wissen.«

Ich schlucke, obwohl mein Mund gerade sehr trocken ist. Mir war nicht bewusst, wie schmeichelnd es sich anfühlt, wichtig zu sein. Und zu genügen. Als Person oder auch nur bei der Arbeit. Bisher war ich meist eher Mittel zum Zweck.

Caden legt eine Hand auf den Seehund. »Wir sollten sie ins Gehege bringen, bevor sie erhitzt.«

»Ja«, sagt Shane und beugt sich zu dem Tier. »Deine gruselige Nachbarin wartet bestimmt schon auf dich.«

Wir lachen und Shane gibt mir ein Zeichen loszufahren. Ich lenke den Hubwagen über den steilen Weg nach oben und habe nicht einmal in den ganz engen Kurven, die der abfallenden Anlage und dem von Felsen durchzogenen Gelände geschuldet sind, ein Problem damit, den Wagen zu steuern. Wir kommen schnell und sicher am Becken an, wo ich das Gerät im Schatten einer Pinie parke.

Erst jetzt nehme ich mir Zeit, die Verletzungen der Seehündin näher anzuschauen. Man sieht, dass die vielen Wunden um Hals und Rumpf geschlossen sind, aber trotzdem sind sie da. Ebenso wie die Bilder davon, wie sie mehr tot als lebendig bei uns ankam.

»Alles okay?« Shane stellt sich neben mich.

»Ja. Es ist nur … ich habe hier in den letzten Jahren schon viele Seehunde mit ähnlichen Verletzungen oder schlimmeren gesehen, aber ich war nie bei ihrer Anlieferung dabei.« Ich spüre den Knoten, der sich in meinem Hals bildet, und schlucke. »Sie wäre einfach gestorben. Nicht schnell und schmerzlos, sondern qualvoll. Die Netze haben sich vermutlich bei jeder Bewegung tiefer in das Fleisch geschnitten, und wir wissen nicht, wie lange sie schon so gelitten hat. Und ihr Baby.«

»Ich bin bei Anlieferungen dabei, seit ich acht oder neun war, glaube ich. Deswegen fällt es mir nicht leichter.« Shane legt sachte eine Hand auf den Rücken des Tieres. »Es ist jedes Mal wieder schwer, mitzuerleben, wie hart das Leben sein kann, vor allem wenn das Leid so leichtfertig riskiert wird. Durch unachtsame Fischer oder viel zu schnelle Motorboote. Oder auch nur durch Müll, der falsch weggeworfen oder billig im Meer entsorgt wird. Bei jedem einzelnen Tier ist es schwer, die Folgen mit anzusehen.«

Ich erinnere mich daran, dass Shane früher Albträume hatte, nachdem Seehunde in die Station gebracht worden waren. Ich habe es damals bereits verstanden, aber erst jetzt kann ich es nachempfinden.

Caden räuspert sich. »Das ist es vielleicht, was den Unterschied macht zwischen Mensch und menschlich, wisst ihr? Das Fühlen.« Er sieht zu Shane und dann zu mir. Alles an ihm strahlt bedachte Sicherheit aus. »Zu sehen, dass es einem anderen Lebewesen nicht gut geht, egal auf welche Art und Weise – und dem nicht abgestumpft, egoistisch oder kalt gegenüberzutreten. Klar denkend, natürlich, aber mit Herz. Die eigene Leistung wird von einer intrinsischen Motivation getragen und nichts ist stärker als Gefühle.«

Ich sehe Caden an. Schaffe keinen Atemzug mehr und keinen Wimpernschlag, weil er eben so viel über sich selbst gesagt hat, so viel Schönes.

Caden wendet den Blick ab, als würde er erst jetzt aus seinen Worten auftauchen und sich der Realität bewusst werden. Er ist nicht in Phoenix und hat einen Tremor. Das, was er mit Leib und Seele lebt, ist weit weg und scheint unerreichbarer als je zuvor. Mit gesenktem Kopf will Caden an mir vorbeigehen, aber ich stelle mich ihm in den Weg und lege eine Hand auf seine Brust, um ihn aufzuhalten.

In seinen Augen erkenne ich Enttäuschung. »Es reicht, weißt du?«

»Was reicht?«

»Du«, sage ich und zwinge ihn mit meinen Fingern an seiner Wange dazu, meinem Blick standzuhalten. »Du reichst. Und du wirst genau das wieder leben können, Caden. Du wirst anderen helfen und deine Intelligenz und deine Empathie werden dich zum besten Arzt machen. Nicht der Druck, angetrieben von der Angst, nicht gut genug zu sein. Denn das bist du. Und noch viel mehr als das.«

Cadens Augen sind tief in mir verankert, als würden sie sich an meiner Seele und dem, was ich sage, festhalten und stumm darum schreien, ihn nicht loszulassen. Ihn nicht aufzugeben, damit er es auch nicht tut. Das Drängen und Ziehen in mir wird stärker, und ich stelle mich auf die Zehenspitzen, weil ich ihm mit so viel mehr als meinen Worten zeigen will, dass ich an ihn glaube. An ihn, an seine Gefühle und vielleicht auch an uns.

Caden bewegt sich nicht, als meine Lippen seine berühren, und doch spüre ich unseren Kuss an seinem ganzen Körper. Eine unglaubliche Last scheint von ihm abzufallen, nur um ihm noch in derselben Sekunde eine unbändige Kraft zu geben.

Ich glaube schon, dass es zu viel ist – dass ich zu viel bin –, und will mich zurückziehen, da legt Caden beide Hände an meinen Hals und in meinen Nacken und beugt sich über mich. Seine Lippen sind heiß und kalt zugleich, wild und liebevoll. Widersprüche, überall. Erst sanft und dann fordernd berührt seine Zunge meine. Ich schmecke ihn und halte ihn fest, so nahe bei mir, wie es nur geht. Er ist da, und wir finden ineinander, was uns die Welt nicht geben kann. *Zuversicht.*

Caden lächelt an meinem Mund, als Christie im Becken nebenan zu bellen beginnt. Er lehnt seine Stirn gegen meine und hält mich immer noch fest, weil ich es brauche. Zu wissen, dass ich ihm selbst nach so vielen Jahren immer noch näherkomme, ihn finde und mich finden lasse, jagt einen Schauer über meinen Rücken.

Wieder bellt Christie und wir schauen hinüber. Sie steht an der Glasscheibe und hat Caden mit ihren Knopfaugen fixiert. »Wenn ich es nicht besser wüsste, würde ich sagen, sie ist eifersüchtig auf dich.«

»Ich habe ihr immer gesagt, dass es eine andere gibt«, erwidert Caden. In dieser Sekunde bewegt sich der verletzte Seehund neben uns und holt uns zurück ins Hier und Jetzt.

»Wo ist Shane?« Ich habe nicht einmal bemerkt, dass er gegangen ist. Noch bevor ich falsche Bilder in meinem Kopf zusammensetzen kann, höre ich, wie sich das Eingangsgatter schließt.

»Bin hier«, sagt er und kommt auf uns zu. Er hält eine weiße Plastikbox mit rotem Kreuz hoch, die ich von seiner Mom kenne. »Ich dachte nur, Caden wird die Sachen vielleicht brauchen.«

»Du … hättest nicht gehen …«, stammle ich, weil ich eigentlich nicht weiß, was ich sagen soll.

Shane stellt die Box vor Caden ab. »Doch, hätte ich. Manche Dinge zwischen uns dürfen oder sollen auch nur zwei Menschen gehören und nicht dreien. Wir beide hatten die Zeit allein, Rina, ihr nicht.« Er lächelt. »Ich vertraue euch. Zeiten zu zweit und Zeiten zu dritt.« Shanes Lächeln wird zu einem gefährlichen Grinsen, als er sich zu mir beugt, er spricht aber so laut, dass auch Caden ihn hören kann. »Und wenn ich diese eine Sache mit dir ausprobiere, von der wir gesprochen haben, muss Caden nicht unbedingt dabei sein.«

Hitze steigt mir ins Gesicht, aber anstatt zurückzutreten und mir Raum zu geben, um mich zu beruhigen, beugt sich Shane noch näher zu mir. Er kneift ein Auge leicht zu, sieht mich prüfend an. »Außer natürlich, du möchtest, dass er uns dabei zusieht. Und mir hilft.«

Ich keuche und Caden räuspert sich. »Ich kann echt gut helfen. Sehr gut sogar.«

»Hast du gehört, Rina? Du bestimmst.«

Mit all meiner Kraft schaffe ich es endlich, einen Schritt zurück zu machen und mich loszureißen.

»Fuck«, entkommt es mir und ich lege eine Hand auf meinen Mund.

Die beiden Männer beginnen laut zu lachen. Es ärgert mich beinahe, dass in ihren Blicken nicht halb so viel Nervosität liegt, wie ich sie fühle. »Ihr genießt das, oder?«, frage ich scharf und fuchtle mit den Händen herum. »Mich so zu machen?«

»Was genau meinst du?« Caden hat jetzt denselben fordernden Ausdruck wie Shane. »Aufgeregt? Dich selbst neu entdeckend?«

Shane schnalzt mit der Zunge. »Oder doch erregt, Rina?«

Ich zeige ihnen den Mittelfinger, was sie noch mehr zum Lachen bringt.

Mit haspligen Bewegungen und viel mehr Konzentration als vermutlich notwendig löse ich den Gurt um den Bauch des Seehundes und lasse den Wagen nach unten, darauf wartend, dass die zwei sich endlich wieder unter Kontrolle bekommen. »Könnt ihr jetzt einfach eure Arbeit machen und mir helfen?«

»Natürlich«, sagt Caden viel zu leise. »Du bestimmst.«

Wieder lachen sie. Diesmal beschließe ich, sie zu ignorieren. Einfach so, wie ich es immer gemacht habe, wenn sie sich so gegenseitig hochpeitschen und alles lustig finden, was nicht lustig ist. Noch weitere blöde Sprüche folgen und mit jedem befreiten Lachen löst sich mein Ärger zunehmend auf. Insgeheim freue ich mich, dass Shane und Caden die enge Verbindung zueinander nicht verloren haben. Selbst wenn das bedeutet, dass ihre Unreife jetzt ungeahnte Dimensionen annimmt.

Zu dritt schaffen wir es unter Christies prüfendem Blick, den neuen Seehund langsam von der gekippten Wagenfläche auf den Steinboden zu heben, während ich ehrlicherweise nur pseudomäßig die Schwanzflosse halte, weil ich irgendwie keinen Angriff finde. Und irgendwie am Blick von Shanes Armmuskeln und den Adern, die unter der Haut zu erkennen sind, hängen bleibe.

Caden zieht grinsend eine Augenbraue hoch, als er mein Schmachten bemerkt. Ich zucke nur ertappt mit einer Schulter und bin froh, dass ich den Wagen parken gehen kann. Noch mehr Hitze und wahnsinnig unlustige Sprüche schaffe ich jetzt nicht.

Als ich zurückkomme, kniet Caden bei dem noch schlafenden Seehund am Boden und hört ihn mit einem Stethoskop ab. Shane tritt gerade wieder aus dem medizinischen Zentrum heraus und hat drei Flaschen des Kirschsafts in der Hand, den ich so liebe.

»Hier«, sagt er und streckt mir eine Flasche entgegen. »Eiskalt. Den haben wir uns verdient.«

Ich nehme Shane die Flasche ab und lasse mich im Schatten des Hauses ins Gras fallen. Er setzt sich nicht wie erwartet neben mich, sondern nimmt hinter mir Platz. Dabei rückt er so dicht auf, dass ich seinen Körper in meinem Rücken spüre.

Ich kann nicht anders, als mich leicht zurückzulehnen, und Shane reibt seine Nase an meiner Wange.

»Hey, Schönheit«, flüstert er. »Wir haben uns noch gar nicht richtig begrüßt.« Ganz sachte drückt er mir seine Lippen auf die Haut, und ich neige meinen Kopf so zu ihm, dass sein Mund auf meinem liegt.

Wo sich Caden nach Widersprüchen anfühlt, spüre ich mit Shane eine Ruhe, die mich hält und in Sicherheit wiegt.

»Ich habe dich vermisst«, sagt er und schließt die Augen. »Scheiße. So sehr.«

»Es tut mir leid.«

Shane macht die Augen wieder auf. »Das kann es nicht, Rina.«

»Wie bitte?« Mein Herz stolpert.

»Dir kann es nicht leidtun, weil dich keine Schuld trifft. Also entschuldige dich nicht.« Er reibt wieder seine Nase an meiner Wange. »Du kannst nichts dafür, dass um dich herum jeder einen Haufen Schwierigkeiten vor sich herschiebt und dich damit einkesselt.«

Darauf sage ich nichts, weil ich nicht kann. Nicht, ohne die Welt ein weiteres Mal einstürzen zu lassen.

»Sag mir einfach, wenn ich etwas tun kann.« Er legt seine Arme um mich. »Egal was, ja?«

Wieder keine Antwort von mir. Nur Enge, aus der ich rausmuss, irgendwie. »Wie geht es deinem Dad?« Ich sage Shane nicht, dass ich an jedem der letzten Tage mit seiner Mom telefoniert habe, um nach Alex zu fragen.

»Keine Ahnung«, antwortet er und stützt sein Kinn auf meiner Schulter ab. »Mom sagt, es geht ihm jeden Tag ein kleines bisschen besser, und nachdem Caden mit ihr oder den Ärzten telefoniert hat, bestätigt er mir das. Aber wie es ihm wirklich geht, weiß ich nicht.

Er sagt, ich soll mich aufs *Seal for Life* konzentrieren und darf nicht vergessen, mich in Portland nach den Jugendlichen zu erkundigen. Das ist alles.« Ich höre den Schmerz in seiner Stimme. »Willst du die Wahrheit hören, Rina?«

»Immer.«

»Er vertraut mir nicht. Er glaubt nicht, dass ich das hier hinkriege. Und …«

Shane spricht nicht weiter, aber ich weiß auch so, was er sagen will. Ich erinnere mich daran, wie stolz Alex ihn angesehen hat, wenn er einen Zaun allein repariert hatte oder beim Surfen eine Welle nach der anderen stehen konnte. Das war früher. Nach Shanes Problem mit den Tabletten hat er ihn nie wieder so angesehen. Es gab nur noch die Sucht, nicht seinen Sohn.

Ich drücke Shanes Hand, er schnaubt. »Als würde es Sinn ergeben, dass er mich wegen der vielen Medikamente dort nicht in der Nähe eines Krankenhauses haben will. Ich meine, die teilen sie ja in Lunchpaketen schon am Eingang aus, oder? Im medizinischen Zentrum hier habe ich schnelleren und vor allem viel leichteren Zugang zu Benzos oder was auch immer.«

»Hättest du denn ein Problem damit, in ein Krankenhaus zu gehen?« Ich weiß, dass Shane seine Abhängigkeit in den letzten Jahren immer gut unter Kontrolle hatte, er hatte auch nie einen Rückfall. Trotzdem habe ich mir gerade seit dem Sturm extreme Sorgen gemacht um ihn. Ich kann Alex' Angst bis zu einem gewissen Punkt also absolut nachvollziehen. Diese Art der Sucht ist schleichend. Sie wird erst offensichtlich, wenn es schon zu spät ist, einen Schritt zurück zu machen. Noch heute überdenke ich immer und immer wieder Momente von früher und frage mich, an welchem Punkt ich übersehen habe, dass Shane ein Problem hat. Ich war einfach zu unaufmerksam, und das tut mir noch heute leid. Caden und ich sprechen nicht darüber, aber ich weiß, dass er sich dieselben Vorwürfe machen muss.

»Weißt du, was ich glaube, Shane?«

»Sag es mir.«

»Die Wahrheit?«

»Natürlich. Immer, Rina.«

»Gut.« Ich bin irgendwie froh, dass ich ihm, so wie wir sitzen, nicht in die Augen sehen muss. Wir beide beobachten Caden, der dem Seehund gerade eine Spritze injiziert. Er telefoniert dabei, ich nehme an, mit Mara.

»Dein Dad hat Leiv an die Abhängigkeit verloren. Er konnte ihm nicht helfen, seinem eigenen Sohn, und hat es sich zur Aufgabe gemacht, hier in der Reha fremde Menschen zu unterstützen – was ihm auch gelungen ist, so oft. Und dann hat sein zweiter Sohn wieder ein Suchtproblem und wieder ist er vorerst machtlos.« Ich spreche langsamer, weil die Worte mir schwerfallen. »Ich denke, in den Augen deines Vaters spiegelst du sein Versagen wider, und egalwas du machst, es wird nie die Enttäuschung überdecken können, die er für dich empfindet. Aber eigentlich ist er von sich selbst enttäuscht, nicht von dir, Shane. Glaube ich zumindest.«

Er sagt nichts und tut nichts. Ich höre nur seine Atemzüge, die ihre Ruhe verloren haben.

»Shane?«

»Hm?«

»Erkennst du, was das für dich bedeutet?«

»Jetzt im Moment, wo du meine Gedanken ausgesprochen hast? Nein, nicht wirklich.«

Ich spiele mit den Ringen an seinen Fingern. »Das bedeutet, dass du ihm nie genügen wirst, egal was du tust. Deswegen solltest du Dinge vielleicht weniger für ihn machen und mehr für dich. Wir können ihn nicht ändern, aber du kannst dich ändern.«

Caden steht auf und packt die Utensilien zurück in die weiße Box. Plötzlich löst Shane sich von mir, und kurz befürchte ich, zu viel oder etwas Falsches gesagt zu haben, aber dann spüre ich seine Fingerspitzen an meinem Arm. »Rina?«

»Ja?«

»Kannst du bei mir sein? Einfach nur da sein?«

Ich stemme mich auf und drehe mich, um meinen Kopf an seine Brust zu schmiegen und eine Hand unter sein Shirt zu schieben. Er stöhnt wohlig auf, als er meine Berührung fühlt, und beginnt, mit meinen Haaren zu spielen.

Ich höre, wie Caden die Tür zum Gehege schließt. Er kommt auf uns zu, stellt die Box ab und trinkt aus einer der beiden geöffneten Flaschen Kirschsaft, statt eine frische zu öffnen. Dann legt er sich neben Shane. So, dass wir uns in die Augen sehen können. An seinem Blick erkenne ich, dass er bemerkt hat, welche Art von Gespräch wir eben geführt haben.

»Shane?« Mein Kopf ruht immer noch auf seiner Brust.

»Immer noch hier.«

»Du weißt, dass wir an dich glauben, oder? Dass wir nie irgendwelche Zweifel daran hatten, dass du stark bist? Und du alles schaffen kannst, weil du weißt, was du willst – und alles dafür tust? Dass wir mit dir gegen die Sucht kämpfen, wann immer du es brauchst?«

Cadens Augen weiten sich und seine Nasenflügel blähen sich auf.

»Selbst wenn wir nie über die Sucht sprechen, kannst du dir sicher sein, dass wir nie vergessen, wie schwer es sein muss.« Ich lächle. »Unser Rückhalt macht es nicht besser, dass dein Dad so misstrauisch ist, aber vielleicht ein bisschen leichter.«

Während Shane weiter mit meinen Haaren spielt, ist Cadens Ausdruck starr. Die Angst, Shane zu verlieren, muss sich tief in ihm verankert haben. Ich nehme meine Hand von Shanes Bauch und strecke sie nach Caden aus. Dieser blinzelt, lächelt mir kurz zu und greift danach, um unsere Finger ineinander zu verhaken.

»Rina?« Shanes Brustkorb vibriert unter meiner Wange.

»Hm?«

»Danke.«

»Wofür?«

»Dass du da bist. Und schlaue Sachen sagst über meinen Dad und mich, über die ich nachdenken werde. Du hast recht, aber ich muss es erst verinnerlichen. Danke, dass du da bist, bei uns. Und an mich glaubst.« Er holt tief Luft. »An uns glaubst. An das Gute in mir und Caden.«

Caden zuckt unter Shanes Worten immer wieder zusammen. Ich kann nichts anderes tun, als mit meinem Daumen über seinen zu streicheln, um ihm zu zeigen, dass er mit seiner Angst um Shane nicht allein ist. Weil wir ein Team sind. Und schon immer waren. Weil wir uns vertrauen.

Ja, ich vertraue ihnen.

KAPITEL 28

CADEN

Rina kann nicht sehen, dass alles in mir schreit, als mir niederschmetternd bewusst wird, dass es zu spät ist. Zu spät, um mit den Tabletten einfach so wieder aufzuhören und mich in ihr Bild einer heilen Welt einzufügen. Das kann ich nicht.

Während Rina neben mir liegt und die schönsten Worte findet für das, was wir drei füreinander sind, verstummen die Schreie in mir nicht. Weil es falsch ist, alles, und ich es ihr sagen will. Ich will ihnen beiden sagen, dass ich es bin, der ihre Hilfe braucht. Jetzt sofort. Genauso wie ihre Kraft, weil meine mit jedem weiteren Atemzug schwindet.

Stattdessen schließe ich die Augen und suche Rina zwischen all dem Lärm und der Angst. Ihre Fingerspitze, die an meinem Daumen auf und ab streichelt, um mir zu zeigen, dass sie da ist. Aber ich sehe, wie vorsichtig sie ist in unserer Gegenwart. Wie groß ihre Furcht ist, alles zu zerschlagen, was wir haben und haben könnten. Als würden wir zu dritt auf einem Surfbrett stehen und nur der kleinste Windhauch könnte uns zu Fall bringen.

Meine Atmung wird schneller, und ich muss aufstehen, bevor ich mich verliere.

»Bin gleich wieder da«, erkläre ich, nach der Medi-Box greifend. »Ich will nur die Sachen nach drinnen ins Kühle bringen.«

Keiner der beiden bekommt mit, wie ich immer schneller werde und die Tür hinter mir ins Schloss presse, um dem Druck zu entkommen, den ihr bedingungsloses Vertrauen mit sich bringt. Aber Türen sperren keine Schatten aus. Türen nicht.

Der Griff in meine Hosentasche ist automatisch. Ich taste nach den Tabletten, die ich lose mit mir herumtrage, weil man die Dose erkennen würde. Aber ich finde nichts. Die andere Hosentasche. *Fuck.* Nichts.

Da ist nichts. *Da ist nichts!*

Mein Herz beginnt schneller zu pulsieren und schickt die Panik durch meinen Körper. Meine Sehnen spannen sich an, und das Zittern in meinen Hände kehrt mit einer Energie zurück, die mich taumeln lässt …

… direkt auf den Medikamentenschrank zu, in dem der Schlüssel steckt. Weil Mara mir gesagt hat, wo er ist, und Shane ihn mir nicht abgenommen hat. Schließlich vertraut er mir. Ich habe ihn einfach stecken lassen, als ich die Pillen für Christie zum ersten Mal dosiert habe, und er steckt noch immer.

Orange Dosen fallen zu Boden und rollen durch den Raum. Um sie aufzuheben, zittern meine Hände zu sehr, außerdem habe ich keine Zeit. Ich lese die Etiketten, scanne eins nach dem anderen nach den Signalwörtern, die ich suche – damit sich mein Körper beruhigt und mein Geist Platz findet in dem lauten Tosen in mir.

Ich suche und ich werde erlöst. Ohne darauf zu achten, wie viele Tabletten ich in meine Hand geschüttet habe, würge ich sie nach ein paar hastigen Bissen trocken hinunter. Mit der Zunge verteile ich die übrigen Brösel im Mund, und kaum erkennen meine Schleimhäute die Rettung, hört die Bombardierung meines Schädels durch meinen Herzschlag auf.

Ich beuge mich vornüber, stütze mich an dem kleinen Regal ab und warte. Darauf, dass mein Gehirn seine Arbeit leistet und meinem Körper vermittelt, dass alles in Ordnung ist. Dass es gleich vorbei ist und er sich beruhigen kann. Erst jetzt fällt mir die klare Flüssigkeit auf, die aus meiner Nase rinnt und auf das Regal tropft. Alles in mir lechzt nach dem, was ich brauche. Das Beben meiner Wangen und das viel zu schnelle Hecheln, das den Schwindel in meinem Kopf unerbittliche Kreise ziehen lässt, hört nicht auf. Diesmal dauert es lange, bis die Hetzjagd in mir nachlässt.

»Scheiße«, fluche ich wieder, weil ich realisiere, dass mein Verstand mit jeder einzelnen verfickten Tablette schwächer wird und nun dabei ist, endgültig die Kontrolle zu verlieren. In dieser Sekunde verlangsamt sich mein Herzschlag und ich kann mich schwerfällig aufrichten. Alles ist gut. Ich habe noch die Kontrolle. Nichts ist verloren. Alles gut.

Mit dem Kopf im Nacken zwinge ich mich, dreimal tief ein- und auszuatmen, gleichmäßig, obwohl ich kaum Luft in meine Lungen bekomme, so sehr krampft sich mein Magen um die Tablette zusammen. Ich wische mir mit dem Handrücken den Rotz aus dem Gesicht und trockne die Tränen mit meinem Shirt. Dann sammle ich die Dosen auf und überprüfe dreimal, ob ich keine übersehen habe. Vom Zucken meiner Hände ist ein taubes Summen übrig geblieben, das es mir schwerer macht, die kleinen orangen Behälter in den Schrank zu ordnen.

Nachdem alles wieder an seinem Platz ist, gehe ich hinüber zum Waschbecken und drehe den Hahn ganz auf. Das Wasser auf meiner Haut müsste mich erfrischen, aber mich erreicht die Kälte nicht. Weder auf meinen Händen noch auf meinem Gesicht. Dumpf und fahl ist die Welt, bis sich die Wirkung der Tabletten ganz entfaltet und meine Nerven das Einzige bekommen, was sie wirklich haben wollen. Und ich dachte tatsächlich, der Tremor wäre mein größtes Problem.

Den Blick in den kleinen Spiegel über dem Waschbecken meidend drehe ich mich um und entsorge die leere Fumazenil-Injektion, die die Seehündin langsam hat aufwachen lassen. Kleine, helle Punkte blinken immer wieder in meinem Sichtfeld auf, da realisiere ich erst, dass meine Dosis eben vermutlich verdammt hoch war. Kurz überlege ich, mich zu übergeben, verwerfe den Gedanken aber schnell wieder. Die Panik, meinen Trip zu verlieren, ist viel mächtiger.

Halb torkelnd gehe ich nach draußen und lasse mich dieses Mal neben Rina nieder. So, dass ich auf der rechten Seite liege, damit ich das Verdauen der Tabletten antreibe und die Zeit bis zum Einsetzen der vollen Wirkung auf ein Drittel reduziere.

Die Stimmen von Rina und Shane machen das Warten erträglich. Sie halten mich in dem Sturm über Wasser, bis der Wellengang mit jeder weiteren verstreichenden Sekunde weniger wird und nur noch ein sanftes Wogen bleibt, das mich zufrieden zurücklässt.

Plötzlich spüre ich den abendlichen Wind, der meine verschwitzte Haut abkühlt, und aus den Melodien neben mir formen sich einzelne Wörter.

Shane ist froh darüber, dass die Seehündin sofort den Weg ins Wasser sucht, und Rina amüsiert sich über den Ausdruck auf Christies Gesicht, als diese zu realisieren scheint, dass neben ihr tatsächlich jemand eingezogen ist, der sie vorerst nicht einmal beachtet.

»Christie ist es eben gewohnt, dass sie anderen die kalte Schulter zeigt, und nicht umgekehrt«, sagt Shane, und ich höre die Erleichterung in seiner Stimme, dass alles gut gegangen ist. »Wie sollen wir sie nennen?«, will er wissen. In meiner trägen Erschöpfung kann ich nicht einmal die Augen öffnen, um zu überprüfen, mit wem er spricht. »Jeder Seehund hier braucht einen Namen.«

»Die Fototafel oben im Besucherzentrum, hat die den Sturm überlebt?« Rina hat Mara und den Jugendlichen in der Einrichtung immer dabei geholfen, die Bilderrahmen zu verzieren. Für jeden Seehund einen, mit Foto, Datum der Ankunft und Freilassung – und dem Namen.

»Nur teilweise«, sagt Shane.

Ich frage mich, ob wir dieselben Erinnerungen haben, weil ich mir einbilde, dass die Wand mit den Rahmen einem verdammten Bruchstückhaufen gleicht. Manchmal kann ich mir selbst nicht mehr vertrauen.

»Wie wäre es mit ›Glassy‹?« Die leichte, aber erkennbare Euphorie in Rinas Stimme lässt mich lächeln. Nicht einmal gestern auf dem Rummelplatz hat sie die Schwere ablegen können, auch nicht in unbedachten Momenten. Jetzt hört sie sich an wie früher, wenn wir nach Stunden am Strand beschlossen haben, einfach zu bleiben, anstatt am Abend nach Hause zu fahren.

»Glassy?«, fragt Shane schwer von Begriff.

»Waves«, nuschle ich mehr, als dass ich es sage. »Rina meint *Glassy Waves.*«

»Stimmt, Caden.«

Ich erahne ein Lächeln auf ihrem Gesicht. Mein einziger Antrieb, gegen die Schwere anzublinzeln und die Augen zu öffnen. Grünbraune Iriden, feine Sommersprossen und sanft geschwungene Lippen, die sich nun zu einem breiteren Lächeln wandeln.

»Hey«, sagt sie und gibt den Blick auf ihren abgebrochenen Schneidezahn frei. »Ich dachte, du würdest schlafen.« Rina legt den Kopf auf ihren Oberarm. Sie ist mir so nah, dass ich den Kirschsaft rieche, den sie eben getrunken haben muss.

»Nur gedöst. Die Nächte mit Shane sind anstrengend. Dieses leise Schnarchen, als würde man ständig eine alte, knarzende Kellertür auf- und zumachen.«

Shane beugt sich über Rina und boxt mir gegen den Oberarm. Der Schmerz ist da, das ist gut. Weil es bedeutet, dass ich es auch wieder bin.

»Ich schnarche nicht.«

»Tust du«, sagt Rina grinsend.

Shane stöhnt empört auf, was sie wiederum mit den Augen rollen lässt.

Ich hebe eine Hand, um ihr die Locke aus dem Gesicht zu streichen, die sich über ihre Nase gelegt hat. »Glassy Waves also?«, frage ich sie und ziehe sie mit einer Hand an ihrer Hüfte dichter an mich.

»Ja. Es ist selten, dass der Wind komplett ausbleibt und sich die Wasseroberfläche so beruhigt, dass sie wie ein glatter Spiegel ist.«

Shane räuspert sich. »Man spürt jede noch so kleine Bewegung des Surfbretts in den Turns und kann so gleiten, wie man will, ohne auf plötzliche Ausreißer reagieren zu müssen. Ich glaube, es ist die reinste Art zu surfen.«

Shane erkennt es immer noch nicht. Das, was Rina eigentlich meint.

»Keine Unebenheiten. Keine Hindernisse«, sage ich leise.

Rina sieht zwischen meinen Augen hin und her, dann nickt sie. »Genau. Kein Schaum, kein Tosen oder schnelles, verschlingendes Brechen der Wellen. Keine Unberechenbarkeit. Nur Ruhe und Frieden.«

»Glassy. Perfekte Welle, perfekte Bedingungen«, meint Shane viel zu laut, aber weder Rina noch ich reagieren wirklich darauf. Wir sehen uns in die Augen, tief verbunden, mehr in der Hoffnung als in der Zuversicht, Glassy Waves in unserer Zukunft zu finden. Damit es leichter wird und angstfrei.

Shane klatscht in die Hände. »Gut, dann heißt die Madam hier also Glassy. Auf dass ihr Leben von nun an glattgehen und charmant chillig sein möge.«

»Woher kommen bitte diese Worte? Charmant chillig?«, wiederhole ich und verziehe angewidert das Gesicht, was Rina zum Lachen bringt.

Ich habe nicht einmal die Chance, ihn abzuwehren, als sich Shane auf mich stürzt und mich zu Boden ringt. »Wenn du glaubst, du kannst mich vor unserem Mädchen in Verlegenheit bringen, hast du dich getäuscht, Miss Marple.«

Seine Anspielung darauf, dass ich als Kind nicht Geheimagent spielen wollte, sondern lieber Detektiv – und die einzige richtige Detektivin, die ich kannte, war meiner Großmutter zum Dank Miss Marple –, lockt mich aus meiner Passivität. Ich drehe mich so schnell um, dass Shane von mir runterfällt und ich mich auf ihn setzen kann, um ihn unter mir zu begraben. Die Normalität ist in meinen Körper zurückgekehrt. Kein Suchen und Drängen, nur Zufriedenheit – auf Zeit.

Zwischen uns entsteht ein wildes Gerangel, bei dem wir den sanften Hügel hinabrollen. Ich verliere den Überblick, wer wen wie oft mit dem Gesicht ins Gras drückt, wie wir es früher schon gemacht haben, und wer wen wohin boxt. Als wir beide schwer atmend voneinander ablassen, stehen uns die Haare wild vom Kopf ab, und

Christie beschnuppert Shanes Shirt, das ich ihm über das Gesicht gezogen habe. Um sich zu befreien, musste er es ganz ausziehen, und ich habe es zu ihr geworfen.

Die Anstrengung und unser spielerisches Kräftemessen tun einfach nur gut und bringen den Teil der Vergangenheit zurück, in dem alles einfacher schien. Zumindest konnten wir den gewaltigen Einflüssen um uns herum besser entkommen.

Shane stupst mir mit dem Ellenbogen in die Seite und zeigt mit dem Kinn in Richtung Rina. Sie hat die Beine angezogen und den Blick weit hinaus aufs Meer gerichtet. Der Sonnenuntergang umspielt ihre Silhouette mit weichen Schatten, während sich auf ihrer Haut warme Pfirsichfarben wiederfinden und ihrem Gesicht eine Anmut verleihen, bei der mir der Atem stockt.

»Wunderschön, oder?«, sagt Shane mit einer solchen Demut in der Stimme, dass eine Gänsehaut meine Arme überzieht.

»Sag mir, dass wir sie nicht verlieren, Caden.« Die Demut wird zu einem Flehen, das ich in jeder Faser meiner selbst wiedererkenne.

Ich könnte ihm mit der Wahrheit antworten und sagen, dass ich es nicht sicher weiß, weil alles in meinem Leben mir zu entgleiten scheint. Und doch grinse ich, weil der Gedanke an ein Wir übermächtig ist. »Wir werden sie nicht verlieren, Shane. Niemals.« *Niemals.*

Als hätte Rina uns gehört, blinzelt sie und dreht den Kopf in unsere Richtung. »Fertig womit auch immer?«, will sie mit einem Lächeln wissen.

Shane schießt in die Höhe. »Noch lange nicht, Tinkerbell – ich habe nämlich genau gesehen und gehört, wie Sie zuvor ebenfalls über mich gelacht haben.«

Sofort habe ich das Bild von Rina in ihrem Feenkostüm vor Augen, das damals ihr Dad mit ihr gebastelt hat. In der Schule wurde sie damit ausgelacht, und Shane und ich mussten nachsitzen, weil wir Chester Manningfield und seine Bande deswegen in den Waschräumen eingesperrt hatten.

Wir haben daraufhin unsere eigene Halloweenparty gefeiert, bei uns zu Hause im Garten. Nur Jonah, Shane, Rina und ich. Ich war Miss Marple, Rina Tinkerbell und Shane Urwaldforscher. Jonah war Karate Kid und lief tagelang mit einem roten Band um den Kopf herum. Dad hat Gitarre gespielt und am Lagerfeuer haben wir Stockbrot gegrillt. Unsere Mom hat Spinnen-Muffins für uns gebacken. Wir durften ewig aufbleiben und haben mit Schlafsäcken im Wohnzimmer übernachtet. Es war perfekt.

Rina flüchtet vor Shane den Hügel hinauf. Es wäre ein Leichtes für ihn, sie zu erwischen, aber er genießt es anscheinend viel zu sehr, die lustvolle Erwartung in ihrem Gesicht zu sehen.

»Zuerst Miss Marple, dann Tinkerbell – niemand kann dem mächtigen Shane entkommen.«

Als Rina zu rennen beginnt, stemme ich mich hoch und laufe am Haus entlang nach oben. Sie realisiert erst, dass ich ihr den Weg abschneide, als es zu spät ist. Mit einem lauten Kreischen will sie mir ausweichen und stolpert dabei direkt in Shanes Arme. Sie zappelt, als er sich mit ihr auf den Boden fallen lässt. Während Shane sie festhält, beginne ich sie unter ihrem Rippenbogen zu kitzeln, dort, wo sie am empfindlichsten ist. Rina versucht noch tapfer, die Zähne zusammenzubeißen.

»Keine Chance, Tinkerbell«, meint Shane. »Lass es einfach raus, wir sind zu zweit, du alleine.«

Ich sehe, wie ihr Kopf rot anläuft, aber es dauert mindestens weitere drei Sekunden, bis sie endlich loslässt. Ihr lautes, natürliches Lachen bricht aus ihr heraus und erfüllt die Luft um uns herum. Ich liebe es, wie ihre Augen zu schmalen Halbmonden werden und sie mit dem ganzen Körper hier bei uns ist, in diesem Moment. Glücklich und ungezwungen.

Bis sich Rina richtig zu wehren beginnt.

Ich sacke zusammen, als sie mir mit dem Fuß genau in den Solarplexus tritt, und ringe plötzlich laut nach Luft.

»O Gott, das wollte ich nicht«, ruft Rina. Shane lässt sie los, und jetzt ist er es, der nicht mehr aufhören kann zu lachen.

Rina beugt sich über mich und streicht mir besorgt über den Rücken. Sobald der erste Schmerz nachgelassen hat, schlinge ich meine Arme um sie. Wieder kreischt sie auf, und bald kämpfen wir zu dritt darum, wer wen auf den Rücken zwingt.

Noch lange nach unserem Gerangel liegen wir nebeneinander im Gras, schauen hinaus aufs Meer und reden. Nicht über das Studium oder unsere Berufe, über unsere Eltern oder Erwartungen und Druck. Wir finden einander wieder und wieder, als wir über Musik sprechen und die neuen Törtchenkreationen, die meine Mom gerade probiert. Wir diskutieren über die passendste Farbe für die Balken der Veranda, die Shane neu streichen will, und darüber, warum die Seehunde am liebsten auf dem Rücken schwimmen.

Die Dunkelheit löst den Sonnenuntergang ab und mit dem Eintreten der Nacht wird es ruhiger. Jeder weiß, dass es Zeit wird, aber keiner will es wahrhaben.

Ich spüre, wie Shane mir immer wieder Blicke zuwirft, und sehe ihm an, dass er Rina fragen will, ob sie hierbleiben möchte. Wir könnten ihr das Bett überlassen, das ohnehin seit Tagen leer bleibt.

Der Mond, der bis jetzt von Wolken verhangen war, gibt die Sicht auf Rinas feine Züge frei, die ich mit meinen Fingerspitzen nachzeichnen will. Shane zieht seine Unterlippe zwischen die Zähne und spielt mit dem kleinen silbernen Ring. Er will gerade dazu ansetzen, etwas zu sagen, da steht Rina auf.

»Es ist spät«, meint sie und zeigt auf Glassys Becken. »Sie ist gut hier angekommen, ich denke, sie braucht uns nicht mehr.«

Shane und ich schauen beide zu ihr auf, in der Hoffnung, dass sie bleibt. Bei uns.

Die kurze Hoffnung ist bereits dahin, als ich den plötzlichen Schmerz in Rinas Augen erkenne. Den, der kommt, wenn man aus einem Traum aufwacht und sich der Realität bewusst wird.

Rina sieht mich an. »Fahren wir wieder mit dem Motorrad?«

Einmal schlucken reicht nicht. Ich muss mich räuspern, damit ich ihr antworten kann. »Wenn du möchtest.«

Shane ist der Erste von uns beiden, der aufsteht. Er reicht mir seine Hand und zieht mich hoch. Ich reibe mir über das Gesicht und versuche in mich hineinzuhören, um herauszufinden, wie es mir geht. Ob ich klar genug bin im Kopf und schnell genug reagieren kann, um ein Motorrad zu fahren, oder ob Shane fahren muss. Ich würde Rina niemals irgendeinem Risiko aussetzen.

»Gib mir eine Minute. Ich muss nur noch auf die Toilette«, bitte ich und gehe an einer schnarchenden Christie vorbei in das medizinische Zentrum, um mich selbst im Spiegel anzusehen. Meine Augen sind weder gerötet noch die Pupillen irgendwie auffällig, und sie regulieren sich sofort, als ich zusätzlich zu dem an der Decke das grelle Licht des Spiegels einschalte.

»Alles gut«, sage ich mir und widerstehe dem Drang, noch einmal in den Medikamentenschrank zu greifen und ein paar Tabletten mehr zu schlucken. Ich widerstehe für Rina.

Shane und sie sind bereits auf dem Weg nach oben, als ich aus dem medizinischen Zentrum trete. Ich bleibe hinter ihnen und sehe, wie Shane ganz automatisch den Arm um Rina legen will, aber kurz vor einer Berührung zurückzuckt. Es ist schwer, einem Menschen nicht das geben zu dürfen, was das Herz und der Instinkt einem sagen.

Am Parkplatz angekommen, hole ich unsere Helme aus dem Jeep und gebe Rina meine Lederjacke.

»Auf dem Highway wird es sonst zu kalt werden«, erkläre ich, und Shane hilft ihr, sie anzuziehen, während ich das Motorrad ausparke und umdrehe.

Rina steigt hinter mir auf, von Shane verabschiedet sie sich lediglich mit einem Winken. Er taumelt zurück, als wäre das ein Schlag in die Magengrube gewesen, und bleibt an den Rest des Baumstamms gelehnt stehen.

Ich muss Rina an ihrer Hand leicht nach vorn ziehen, weil sie zu weit hinten sitzt und sich somit selbst einer unberechenbaren Gefahr aussetzt. Sie muss auf die Kraft des Motorrads reagieren können, unmittelbar, und über meinen Körper spüren, was sie zu tun hat.

Wir verlassen das *Seal for Life* und ich nehme ihr Unwohlsein in jeder noch so kleinen Bewegung und Berührung wahr. Unten in der Anlage eben war alles noch in Ordnung, und ich war mir so sicher, dass es ihr gut geht. Dieser plötzliche unerklärliche Widerspruch nagt an meiner Konzentration, und ich muss mich davon abhalten, auf der geschwungenen Küstenstraße einen Gang nach dem anderen hochzuschrauben und die Geschwindigkeit auszukosten.

Stattdessen fahre ich uns in die Stadt und fühle mit jeder weiteren Meile, wie sich Rina mehr und mehr versteift. Ihre Anspannung treibt meinen Herzschlag an. Ich versuche so gut es geht ruhig zu bleiben, aber die Sorge, der anstehende Abschied könnte einer für immer sein, weil Shane und ich nicht genügen, besteht weiterhin.

Ich drossle die Geschwindigkeit, als wir Rinas Wohnhaus näher kommen, um durch den Lärm des Vierzylinders keine unnötige Aufmerksamkeit zu erregen.

Ein Würgen steckt in meiner Kehle fest, weil die Erinnerungen an gestern meine Gedanken dominieren. Wir haben Rina nach dem Balboa Park hierher zurückgebracht, sie aussteigen lassen, und jeder Schritt von uns weg glich einem Donnerschlag, der direkt durch meinen Körper fuhr.

Wir können das Gebäude schon sehen, da verkrampfen sich Rinas Arme um mich, so als hätte sie dieselben Bilder im Kopf und würde dasselbe dafür empfinden. Als jetzt ein fremder Mann vor uns auf eine Straßenlaterne zuwankt und sich daran festhalten muss, um nicht umzufallen, erstarrt ihr ganzer Körper. Rina versucht ihr Zittern zu verbergen, indem sie sich wieder von mir löst, aber ich erkenne ihre Angst. Ich erkenne sie und fühle sie, weil sie ebenso ein Teil von mir ist, wie sie ein Teil von ihr ist. Niemals werde ich mein Mädchen im Stich lassen. Das habe ich mir versprochen und ich habe es ihr versprochen.

Ich fahre weiter auf das Wohnhaus zu, werde jedoch nicht langsamer, sondern richte mich auf, um mit ihr zu sprechen.

»Rina?«

»Ja?«

Ich hasse es, wie schwach ihre Stimme klingt. »Vertraust du mir?«

»Warum?«

»Sag es mir, Rina. Vertraust du mir?«

»Ja.«

Dieses eine Wort reicht aus, um einen Entschluss zu fassen. Für Rina, für mich und für Shane. Ich werde sie nicht gehen lassen. Nie wieder.

Jegliche Beklemmung und Skepsis blättern in einer Millisekunde von mir ab und ich spüre eine Stärke in mir wie schon seit Wochen nicht mehr. »Gut«, sage ich laut und unmissverständlich. »Dann halt dich an mir fest.«

Ich gebe ihr Zeit, genau einen Atemzug lang, um aufrecht sitzen zu bleiben, als ich mich wieder nach vorn über den Tank lege. Es wäre ein Zeichen – *das* Zeichen –, dass sie nicht bereit dazu ist und ich sie gehen lassen muss. Für diese eine Nacht oder länger.

Die Luft hat meine Lungen noch nicht verlassen, da spüre ich Rinas Körper auf mir. Sie drückt ihre Arme fester um mich und legt den Kopf auf meine Schulter, bereit dazu, überall mit mir hinzufahren. Weil sie mir vertraut.

Der Motor der Ducati heult laut auf, als ich Gas gebe und einen Gang nach dem anderen hochschalte, um uns so schnell wie möglich an Rinas Wohnhaus vorbei- und hinaus aus der Stadt zu fahren. Wir lassen erdrückende Häuserreihen hinter uns, den bedrohlichen Lärm und stickige Luft, die hier selbst in der Nacht nicht abkühlt.

Als wir endlich den Highway erreichen, schaue ich in den Seitenspiegel und finde Rinas Augen. Keine Reue, nur ein Lächeln voller Zuneigung.

Ich nicke ihr zu und klappe mein Visier herunter. Rina tut es mir gleich.

Dann ziehe ich durch. Die Geschwindigkeit schickt ein Prickeln durch meine Muskeln und übt eine ungeheure Kraft auf uns aus, um uns mit dem Anheben des Vorderrades zugleich von allem zu befreien. Es gibt nur unsere Körper, die eng aneinander eins werden und in den Kurven einen gemeinsamen Rhythmus finden. Die Dunkelheit der Nacht umgibt uns, lediglich der Mond verwandelt den Ozean in silberne Wogen aus Licht und Schatten, über die wir hinwegfliegen.

Ich weiß, dass alles gut wird. Rina ist bei mir.

In der Nähe des *Seal for Life* drossle ich die Geschwindigkeit, weil ich die Tiere mit dem Lärm nicht unnötig stressen möchte. Ich setze mich auf und verflechte die Finger einer Hand mit Rinas.

Als wir in die Zufahrt einbiegen, rechne ich nicht im Geringsten damit, Shane zu sehen. Er sitzt inzwischen auf dem Baumstamm, der noch quer über dem halben Parkplatz liegt, und schaut hinaus aufs Meer. Er ist einfach dageblieben, im Nachhall der Verabschiedung von Rina.

Erst als ich das Motorrad abstelle und zu Rina sage, dass sie mir ihren Helm geben soll, geht ein Ruck durch seinen Körper und er dreht sich um.

Rina kann mit dem Rücken zu ihm sein Gesicht nicht sehen, aber ich wünschte, sie könnte es. Als Shane sie entdeckt, schließt er einfach nur die Augen. Er presst die Lider zusammen, ebenso wie seine Lippen, und sein Brustkorb hebt und senkt sich schwerfällig. Ich nicke nur, als er die Augen wieder öffnet und mich fixiert. Er verzieht einen Mundwinkel zu einem erleichterten Grinsen, das ich still erwidere.

Dann dreht Rina sich um und nichts kann Shane mehr halten. Er springt von dem Baumstamm und rennt zu ihr. Sie keucht, als er sie in eine Umarmung zieht und hochhebt.

»Du bist da«, wiederholt er immer wieder, während Rina die Arme um seinen Hals schlingt.

»Ich konnte es nicht«, sage ich. »Sie zurücklassen.« Ich mache einen Schritt auf die beiden zu. »Nichts muss passieren, Rina. Nichts, wofür wir nicht bereit sind. Aber ich kann dich nicht gehen lassen. Ich brauche dich.«

»Weil wir zusammengehören.« Shane spricht leise, aber mit einer Überzeugung in der Stimme, die keine Zweifel übrig lässt.

Die beiden warten, bis ich das Motorrad richtig geparkt habe, dann steigen wir gemeinsam über den verschlungenen Pfad nach unten zum Strandhaus. Es bedarf keiner Worte oder Erklärungen, keiner Pläne oder Spekulationen. Nur des leisen Rauschens des Meeres und uns drei, Hand in Hand.

»Wartet hier«, sagt Shane, als wir den Felsen umrundet haben und in der Bucht ankommen. Das Strandhaus war in den letzten Tagen dunkel und leblos, aber alleine Rinas Anwesenheit reicht, um die Wärme der Erinnerungen wieder zu fühlen, die es in sich trägt.

Shane kommt mit einem Stapel an Decken und Polstern aus dem Haus, und ich helfe ihm dabei, so nahe am Wasser wie möglich ein Schlaflager herzurichten. Jeder von uns weiß, dass es zu früh ist. Zu früh für mehr oder um alles miteinander zu teilen. Es ist jedoch auch nicht zu spät, das ist das einzig Wichtige.

Rina ist die Erste, die sich hinlegt und in die vielen Kissen kuschelt. Wir legen uns links und rechts von ihr dazu und breiten die riesige Baumwolldecke über uns aus. Ich ziehe Rina an mich und Shane umarmt sie von hinten mit einer Hand um ihre Hüfte. Hunderte Sterne besprenkeln den Himmel und schenken uns in der unendlichen Weite Grenzen und Geborgenheit.

Rina fröstelt im lauen Wind, der die Kühle des Wassers zu uns heranträgt. Shane rückt noch näher zu ihr und vergräbt den Kopf in ihren Haaren, während ich mich zu ihr drehe und sie eng an mich drücke. Als Rina die Hände an meine Brust legt, umschließe ich eine davon mit meiner eigenen. Sie hat die Augen geschlossen und ich spüre ihren warmen Atem über meine Haut streichen.

»Jeder Stern ein Geheimnis. Wer fängt an?«, durchbreche ich irgendwann das gleichmäßige Rauschen der Wellen, die am Strand lecken.

»Hmmm«, brummt Shane schlaftrunken. »Ihr kennt meine Geheimnisse doch alle.«

»Wirklich?« Rina löst ihre Hand aus meiner und greift nach seiner.

»Keine Geheimnisse voreinander. Niemals.« Shane hebt kurz den Kopf, nur um ihn noch näher an Rina wieder abzulegen und sie flüchtig auf den Hals zu küssen. »Oh, warte. Ich habe doch eines«, sagt er plötzlich. »Welche ist meine Lieblingseissorte?«

»Malaga«, antwortet Rina. »Das ist kein Geheimnis.«

»Und meine Lieblingsfarbe?«

Sie verdreht die Augen, und ich lächle, weil sie nicht weiß, was er ihr sagen will. Ich schon.

»Rot«, meint sie. »Auch kein Geheimnis.«

»Für welches Törtchen der *Bayside Bakery* würde ich sterben?«

»Jedes mit einer Kirsche obendrauf, Shane.«

»Und was zeichne ich auf jede Nose meiner Surfbretter? Als beschützenden Glücksbringer?«

Rina grinst. »Eine kleine Kirsche, die eigentlich aussieht wie ein Apfel. Jonah könnte sie in Zukunft für dich malen.«

Shane stützt sich auf einem Arm auf und fährt mit seiner Nasenspitze an Rinas Kieferlinie entlang bis zu ihrem Ohr. Er sieht mich an, die Augen dunkel vor Hingabe.

»Und jetzt sag mir, welches Shampoo du benutzt, seit du es dir mit deinem ersten Taschengeld gekauft hast, als wir noch Kinder waren.«

Rinas Augen werden schmal, bevor sie sie aufreißt und ein leichter Ruck durch ihren Körper geht.

Shane lächelt an ihrem Ohr, dann küsst er sie noch einmal auf die Wange. »Siehst du, es warst immer du. Immer dein Duft, den ich bei mir gebraucht habe, weil ich dich nicht haben konnte, nicht richtig.« Er legt sich wieder zurück.

Rina sieht mich immer noch an, bis ich entschuldigend mit einer Schulter zucke. »Wir können nichts dafür, dass du unser Mittelpunkt bist.«

»Unser verdammtes Universum, Mann«, ergänzt Shane und

stupst sie mit seinem Oberkörper an. »Was ist? War das jetzt Geheimnis genug?«

Sie räuspert sich. »Jap. Denke schon.«

»Dachte ich mir.« Ich höre das Grinsen in Shanes Stimme. Er liebt es, Rina aus der Fassung zu bringen. »Gut, dann ist jetzt Caden an der Reihe. Ein Geheimnis, Bro.«

»Ich mag auch Kirschen sehr gerne.«

Wir alle drei lachen. Dann ziehe ich die Decke noch weiter über uns, beinahe über unsere Köpfe. »Ein neues Geheimnis also.« Ich überlege, es wird wieder still. »Jeder erste Song, den ich – egal an welchem Lagerfeuer – jemals gesungen habe, war für dich, Rina.«

»Du meinst, jedes Mal, wenn du mich in Verlegenheit gebracht hast, weil alle mich angesehen haben?«

»Nein.« Ich ziehe die Augenbrauen hoch. »Nein, jedes Mal, wenn ich mir gewünscht habe, dass du es verstehst. Verstehst, dass ich viel mehr für dich empfinde, als ich zugeben kann.«

»Oh.«

Ich lächle. »Eher ein: ›Oh-ooh-whoa-oh-oh-oh-oh‹«, stimme ich den Beginn von Justin Biebers Song *Baby* an, den Rina eine Zeit lang ausschließlich und ununterbrochen gehört hat. Wieder lachen wir drei, aber ich sehe selbst in der Dunkelheit die leichte Röte auf Rinas Gesicht. »Jetzt du: ›Baby, Baby, Baby, oh.‹«

Sie schüttelt den Kopf, schließt dann die Augen und atmet tief durch. »Ich glaube, ich habe immer gefühlt, dass wir mehr sind.« Sie leckt sich mit der Zunge über die Lippen. »Mehr als Freunde, aber ich wollte und konnte mich nicht entscheiden. Als du fortgegangen bist, ist eine kleine Welt für mich zusammengebrochen, Caden, und der Einzige, der mich auffangen konnte, war Shane. Ja, ich hatte mich für Shane entschieden, aber nie gegen dich.«

Sie muss unter ihrer Hand spüren, wie stark mein Herz plötzlich zu pochen beginnt. Weil es alles ist, was ich jemals wollte. Dass sie sich nicht gegen mich entscheidet, oder vielleicht, dass sie sich gar nicht entscheidet.

Shane hebt den Kopf. Nichts in seinem Blick zeigt mir, dass ihn diese Worte verletzen. Stattdessen zieht er wissend eine Braue hoch und grinst, dann küsst er Rina wieder auf die Wange, um auch ihr zu zeigen, dass es in Ordnung ist. Dass ihre Gefühle in Ordnung sind.

»Entscheidungen nehmen einem Möglichkeiten und Perspektiven, sie engen ein«, meint er.

»Und sie versperren uns die Sicht auf das Wesentliche«, ergänze ich. »Das Wesentliche sind wir. Nicht die Normen, nicht die Erwartungen. Einfach nur Shane, du und ich.«

Jetzt bin ich es, der Rina küsst. Viel zu flüchtig streife ich ihre Wange, aber sie soll wissen, was wir füreinander sind. Alles, was wir wollen. Alles, was wir fühlen.

Niemand spricht mehr. Wir hören dem Meer zu, seiner vertrauten Regelmäßigkeit, und lauschen den Atemzügen der anderen, um irgendwann in den Schlaf zu gleiten mit der Gewissheit, dass wir zusammen sind.

Wir drei.

KAPITEL 29

RINA

Es war dunkel, als mich Caden geweckt hat, damit er mich zurück in die Stadt fahren und ich vor der Arbeit noch nach meinem Dad schauen konnte. Kurz habe ich überlegt, auch Shane für eine Verabschiedung zu wecken, mich dann aber dagegen entschieden. Ich weiß, wie hart seine Tage derzeit sind.

Caden hat darauf bestanden, vor der Wohnanlage auf mich zu warten und mich dann zu *Anna's Salon* zu fahren, obwohl dieser nur zwei Querstraßen entfernt von meinem Zuhause liegt. Er weiß nicht, dass ich heute normalerweise einen der Kurse an der West Coast besucht hätte, und ich bin erleichtert, dass mich weder er noch Shane darauf angesprochen haben. Mein Entschluss, die Uni zu schmeißen, ist endgültig. Weil es notwendig ist. Das ist aus dem Gutachten, das auf dem Bett neben meinem schnarchenden Dad liegt, wieder ganz klar hervorgegangen. Das Fabrikgebäude ist nicht nur baufällig, sondern in den Nebenausläufen auch noch einsturzgefährdet. Herrlich. Das Einzige, womit ich mich derzeit mit dem Kopf über Wasser halte, sind die Stunden mit Shane und Caden, die hinter mir liegen – und die, die vor mir liegen.

In der Mittagspause setze ich mich im Hinterhof in den Schatten der zum Trocknen aufgehängten Handtücher aus dem Salon. Gerade als ich den ersten Löffel meines Müslis esse, vibriert mein Handy. Ein Anflug von Panik überkommt mich, weil ich Angst habe, dass es die Bank sein könnte. Oder mein Dad, weil er wieder eine Überweisung braucht mit Geld, das ich selbst nicht mehr habe. Doch dann ploppt Shanes Name auf dem Display auf und aus der Panik wird flirrende Aufregung.

Ich entsperre das Handy und muss lachen, weil er mir ein Foto von sich direkt nach dem Aufstehen geschickt hat. Seine Augen sind unterschiedlich stark angeschwollen und die Haare haben sich zu einem wilden Nest geformt.

Shane: So habe ich heute früh ausgesehen, weil ich ohne dich aufwachen musste.

Ich schmunzle.

Rina: Und neben mir hättest du besser ausgesehen?

Mein Müsli essend warte ich auf Shanes Antwort.

Shane: Nein, aber das Aufwachen hätte mehr Sinn gehabt.

Rina: Spinner.

Shane: Mag sein, aber ich wette, du lächelst.

Rina: Tue ich.

Shane: Gut, dann behalt dir dieses Lächeln, bis wir dich später abholen. Hast du schon entdeckt, was wir machen?

Ich runzle die Stirn.

Rina: Nein, hätte ich sollen?

Shane schickt einen zwinkernden Smiley.

Shane: Schau auf die Sieben.

… auf die Sieben, wiederhole ich immer wieder und sehe mich um. Ich schicke ihm ein Fragezeichen, aber er hat unseren Chat verlassen. *Sieben.*

Wie von selbst wandert mein Blick hinunter zur Innenseite meines Oberarms und ich schiebe mein Shirt leicht nach oben. Weder beim Umziehen heute Morgen noch auf der Arbeit ist mir die kleine apfelähnliche Kirsche aufgefallen, die Shane irgendwann in der Nacht auf meinen Arm gemalt haben muss. Auf ihr steht eine Fünf. Noch fünf Tage, verstehe ich, weiß aber immer noch nicht, wo wir uns später treffen oder was die Jungs vorhaben.

In den nächsten Stunden gehen mir alle möglichen Plätze durch den Kopf, aber keiner hat irgendwas mit einer Kirsche zu tun. Bis zwanzig Minuten vor Ladenschluss ein Lieferant im Salon steht mit einem Korb voller dunkelroter Kirschen in der Hand.

Annas Augen funkeln zornig, als er laut »Catherina Bishop« durch den Laden ruft. Ich unterzeichne den Lieferschein und nehme den Korb grinsend an, ohne Anna weiter zu beachten. Zwischen den Kirschen steckt ein kleines Kuvert, das ich trotz ihres ungeduldigen Zischens öffne. Der Ort, der auf einem kleinen Lageplan wie auf einer Schatzkarte angekreuzt ist … ist der Salon. Ich weiß, dass Anna es nicht mag, wenn die Jungs hier auftauchen, selbst wenn sie mich nur abholen. Aber als Shanes Cabrio zwei Stunden später pünktlich zum Ladenschluss an der Straße hält, ein lautes Hupen ertönt und ich mit meinem Rucksack und dem Fruchtkorb aus dem Geschäft stürme, ohne Anna zu fragen, ob ich überhaupt schon gehen darf, ist mir das herzlich egal. Ich will nicht immer nur nach den Regeln der anderen spielen. Ich will ohne Regeln spielen.

Shane springt über die geschlossene Tür vom Beifahrersitz und sieht mit einem stolzen Grinsen auf meinen Oberarm.

»Danke für den Apfel«, sage ich und er greift sich an die Brust.

»Autsch, das tat weh. Und zu meiner Verteidigung, Malen in absoluter Dunkelheit ist nicht gerade einfach.«

Ich bleibe vor ihm stehen. »Man malt auch nicht irgendwelche Mädchen an, mitten in der Nacht.«

»Nicht irgendwelche Mädchen«, gibt Shane zurück und streicht mir eine Locke hinters Ohr. »Das einzige Mädchen, das zählt.« Er nickt, als müsste er mir bestätigen, dass ich das für ihn bin, doch das ist nicht nötig. Ich höre es an seiner Stimme, wenn er mit mir spricht, und erkenne es, wenn er kurz die Augen schließt, sobald er mich sieht. So, als würde er in dieser Zeit nur für mich atmen. Und ich für ihn.

Shane tritt zurück und öffnet mir die Beifahrertür. »Bitte sehr. Ein Mechaniker hat sich das Cabrio heute angesehen, es geht ihm bestens«, sagt er und nimmt mir den Rucksack ab, die Kirschen behalte ich bei mir.

Caden greift nach einer und zwinkert mir zu, als ich mich neben ihn setze. »Ich würde dich niemals ungefragt anmalen, das weißt du, oder?«

Shanes Kopf taucht zwischen unseren auf. »Rate, wer die Handytaschenlampe gehalten hat, Rina. Caden war dabei, damit das klar ist.«

»War ich, und das nächste Mal zeichne ich, damit die Kirsche eine Kirsche wird und kein verdörrter Apfel.«

Shane stimmt widerwillig zu und Caden startet den Wagen. Während wir auf Oldtown und die Innenstadt zusteuern, erzählt Shane mir, wie gut sich Glassy eingelebt hat. Er hofft, den Seehund bald wieder auswildern zu können, so groß ist ihr Hunger, und auch die beiden Heuler stehen kurz davor, entlassen zu werden. Sie nehmen gut an Gewicht zu und werden immer lebhafter. Bei den Berichten beginnt es in meiner Brust zu ziehen. Weil ich meine Tage viel sinnvoller verbringen könnte als damit, meiner Chefin und ihrer Tochter hinterherzuräumen. Zum Schneiden komme ich nur, wenn die beiden überbucht sind oder ich den Dienst im Pflegeheim übernehmen darf, und das ist nicht so oft, wie ich es gerne hätte.

Caden erzählt, dass Christie heute stundenlang im Wasser mit Shanes Shirt gespielt hat und er es wohl nicht mehr zurückbekommt. Ich sehne mich danach, den ganzen Tag mit Shane und Caden genau diese Dinge zu erleben und ihnen zu helfen – mit den Tieren oder dem Wiederaufbau. Aber so ist das Leben nicht. Es erfüllt nicht einfach so Wünsche.

»Hey, du bist falsch abgebogen, Caden«, sagt Shane und reißt mich aus meinen Gedanken. »Zu den Sunset Cliffs geht es geradeaus.«

Bei der Erkenntnis, wohin die beiden wollten, muss ich lächeln: zu den Klippen, um Kirschkerne um die Wette zu spucken, weit hinunter ins Meer.

Caden lässt sich nicht beirren und biegt noch einmal rechts ab, direkt auf den Parkplatz des Sharp Memorial Hospital. Das Krankenhaus, in dem Shanes Dad liegt.

Aus dem Augenwinkel nehme ich wahr, wie unruhig Shane wird, als ihm klar wird, wo wir sind. »Zu den Sunset Cliffs, Caden. Jetzt.«

Caden fährt in eine der vielen freien Parklücken und stellt den Motor ab. »Tut mir leid, aber das kann ich nicht.«

»Doch, kannst du.« Shanes Stimme hat einen gefährlich scharfen Unterton bekommen, aber Caden zieht einfach den Schlüssel ab und steigt aus dem Wagen. Er sieht mich an und ich erkenne die Sorge in seinem Blick. Nicht um Shanes Dad Alex, sondern um Shane selbst.

»Raffst du es nicht, Alter? Mein Dad will mich nicht sehen. Ich soll die Seehundstation am Laufen halten, mehr nicht.«

Ich drehe mich zu Shane. »Wolltest du es denn gern in den letzten Tagen? Ihn besuchen?«

Sein Blick wirkt nicht mehr verspielt und selbstsicher wie vorhin, sondern orientierungslos. »Das spielt keine Rolle, Rina, weil *er* es nicht will.«

Ich stelle die Kirschen auf den Boden und steige aus dem Cabrio.

»Was jetzt? Du auch?«, blafft er mich an.

»Der Besuch ist wichtig für dich. Also ja, ich auch.«

»Da drinnen liegt ein schwer verletzter Mann ,und ich glaube, wir sollten seine Wünsche eher respektieren als meine«, gibt Shane zurück und verschränkt die Arme. »Vor allem planen wir diese Dinge hier nicht für mich, Caden, sondern für Rina, verdammt.«

»Für uns«, sage ich leise und wiederhole es, lauter, mit mehr Sicherheit. »Alles, was wir tun, soll für uns sein. Wir schauen aufeinander, Shane.«

»Rina hat recht.« Caden tritt neben mich und legt einen Arm um meine Schultern. »Es geht hier nicht um einen Einzelnen oder darum, uns gegenseitig davon zu überzeugen, was gut für uns ist und was wir brauchen. Es geht darum, das auch zu leben, außerhalb von geplanten Aktivitäten – im Alltag, gemeinsam.«

»Fuck!«, schreit Shane und schlägt gegen die Nackenstütze des Vordersitzes. »Und was mache ich, wenn er mich rausschmeißen lässt? Ihr wisst, das würde er.«

»Dann warten wir hier auf dich und spucken die Kirschkerne nicht wie früher von den Sunset Cliffs, sondern auf den Security-Mitarbeiter«, sage ich und öffne Shanes Tür, um ihm die Hand zu reichen.

»Und du hast das getan, was dir ein Bedürfnis war. Nämlich deinen schwer verletzten Dad im Krankenhaus besucht, Shane. Das ist nichts, was man bereuen muss, egal wie er reagiert.«

»Seht euch den leeren Parkplatz an, jetzt ist nicht einmal Besuchszeit.«

»Oder es haben mehr komische Eltern ihren eigenen Kindern verboten, zu Besuch zu kommen.« Ich halte inne, weil ich nicht glauben kann, dass ich das eben gesagt habe, und sehe Shane entschuldigend an.

Dieser erwidert meinen Blick entgeistert und beginnt so laut zu lachen, dass ich selbst lachen muss. Dann steigt er endlich aus dem Wagen. »Das werde ich ihm erzählen, Rina.«

»Kannst du.« Ich zucke mit den Schultern und grinse. »Solange du sagst, dass es Caden war.«

Shane schnalzt mit der Zunge. »Ich könnte auch –«

»Geh jetzt einfach!«, herrscht Caden ihn an.

Dafür bekommt er die Zunge rausgestreckt, bevor Shane mir zuzwinkert und sich Richtung Eingang dreht. Ich trete zu ihm und verflechte meine Hand mit seiner, damit wir gemeinsam auf die gläserne Schiebetür zugehen können.

An Shanes Haltung erkenne ich, wie viel Überwindung es ihn kostet, das Krankenhaus wirklich zu betreten, also drücke ich seine Hand. »Er kann nichts anderes tun als dich wegschicken. Oder ihr wechselt ein paar Worte, und du erzählst ihm, wie gut die Aufbauarbeiten vorankommen und wie stolz er auf dich sein kann. So oder so, wir warten hier auf dich.«

Shane nickt nur, jegliche Belustigung von eben ist aus seinem Gesicht gewichen. »Ihr wartet?«

Caden klopft ihm auf die Schulter. »Natürlich.«

Unbeholfen reibt Shane sich den Nacken, winkt uns zu und verschwindet hinter der Schiebetür. Wir sehen ihm nach, bis sich die Glasfront wieder schließt und wir ihn durch die Spiegelung nicht mehr erkennen können.

»Da drüben ist eine Bank«, meint Caden.

Im Schatten zweier Palmen zeigt er mir die Schürfwunde am Knie, die er sich heute geholt hat, weil er auf dem Weg zwischen den Becken ausgerutscht ist, und ich erzähle ihm von Anna, die mir meinen freien Tag streichen wollte.

»Sie hat die Tage damals selbst eingeteilt. Ich hätte ja gearbeitet«, erkläre ich, »aber dann hätte sie mir die Überstunden auszahlen sollen und das wollte sie nicht. Also hab ich jetzt zwei Tage frei, weil ich immer noch ein paar Urlaubstage vom letzten Jahr mit mir rumschleppe.«

Die Sonne lässt die honigfarbenen Pigmente in seinen dunklen Haaren erkennen, als er mit den Fingern hindurchfährt. »Das ist gut, weißt du, dass du deinen Standpunkt behauptest.« Er lächelt. »Das ist wichtig.«

»Ich habe schon überlegt, mich woanders zu bewerben, aber in keinem verdammten Friseursalon weit und breit suchen sie jemanden. Das bedeutet, ich hänge erst mal fest. Aber deswegen muss ich mir nicht alles gefallen lassen.«

Caden atmet schwer ein, als wäre es nicht meine Last, sondern seine. »Manchmal müssen wir geduldig sein und darauf vertrauen, dass sich alles zum Guten wendet.«

Ich möchte auflachen, weil man auf nichts vertrauen kann außer darauf, alles selbst in die Hand nehmen zu müssen. Es ist unfair, wütend auf Caden zu sein, weil meine Realität auch nach all den Jahren unserer Freundschaft immer noch eine andere ist als seine oder Shanes. Sie haben es nicht leichter, das weiß ich nur zu gut, und doch bin ich mir nicht immer sicher, ob sie mich verstehen.

»Wenn die Sache mit Dad schiefgeht, also, *noch* schiefer, dann sitzen wir auf der Straße.« Ich bin selbst überrascht, wie klar meine Worte sind. Als hätten sie nicht die Tragweite, die sie haben.

Caden schüttelt den Kopf. »Nein. Dann kommt dein Dad bei mir zu Hause unter, weil der Anbau über der *Bakery* noch immer ungenutzt ist, und du wohnst bei Shane oder in meinem alten Zimmer.«

Ich schlucke. »So leicht ist es nicht, das weißt du, oder?«

»Natürlich. Und es löst keines dieser verschissenen Probleme um dich herum, aber es ist eine Sicherheit. Die Sicherheit, zu wissen, dass wir euch nicht hängen lassen. Weder dich noch Jason.« Caden grinst. »Er müsste dann jeden Tag nach Feierabend umgehend nach Hause kommen, weil Mom echt streng ist, wenn es um Alkohol geht, aber ich bin mir sicher, das würde sie ihm selbst ganz deutlich näherbringen. Wie gut kann er kleine Marzipanfrüchte formen?«

Ich muss lachen. »Ich wette, er würde deiner Mom nicht mal widersprechen. Kaum zu glauben, dass die beiden beinahe gleich alt sind.«

»Ja. Teenie-Eltern, die uns ganz gut hinbekommen haben, trotz der Herausforderungen, würde ich sagen.«

»Das haben sie«, erwidere ich. Dankbar dafür, dass Caden das sieht, was mein Vater leisten musste, ebenso wie seine Mom. »Er war immer alleine. Vielleicht wäre alles anders geworden, wenn Mom geblieben wäre.«

Caden sieht mich nur an. Es muss lange her sein, dass wir über meine Mutter gesprochen haben. »Er hat sich bestimmt oft jemanden an seiner Seite gewünscht, der die Entscheidungen für dich mit ihm trägt oder besondere Momente mit ihm teilt.« Cadens Fingerspitzen finden auf der Parkbank meine. »Zusammen ist es leichter und schöner.«

»Es ist nicht so, dass ich sie in meinem Leben brauche, zumindest rede ich mir das ein. Ich habe irgendwann akzeptiert, dass sie nicht da ist. Lange Zeit habe ich eine Mom vermisst, aber jetzt wünsche ich mir einfach jemanden, der *ihn* an die Hand nimmt. Weil ich das nicht schaffe.«

Es zuzugeben, sorgt nicht dafür, dass mir die Kehle weniger eng wird.

»Weil es nicht deine Aufgabe ist, Rina. Nicht als Tochter.«

Ich schlucke nur, ziehe meine Finger zurück, aber Caden rückt mit seiner Hand nach. »Deine Mom hat alles so gut hinbekommen.«

»Weil sie meinen Dad hatte, sie waren zu zweit. Es war ihm egal, dass sie von einem anderen mit mir schwanger war, und er hat mit ihr gekämpft, Seite an Seite.«

Ich muss lachen, weil uns Nick die Geschichte von seiner Liebe zu Charly regelmäßig erzählt. »›… und dann habe ich ihr die Kette geschenkt, mit dem ersten Geld, das ich als Komponist verdient habe, um ihr zu zeigen, dass sie alles ist, was zählt …‹«

Caden verengt die Augen so, wie es sein Dad immer tut. »›Sie und Caden, natürlich. Und bald darauf Jonah. Es war uns egal, dass wir nichts hatten – weil wir *uns* hatten.‹«

Wir beide lachen, aber die Leichtigkeit hält die Zukunftsangst nur kurz fern.

»Es ist nicht meine Aufgabe, aber trotzdem hat Dad nur mich.«

Caden nickt. »Und du hast uns. Wir finden einen Weg.«

Ich schnaube laut. »Noch weniger ist es *eure* Aufgabe.«

»Das stimmt vielleicht.« Caden umfasst jetzt meine Hand richtig. »Aber es bedeutet nicht, dass wir dich das alleine durchstehen lassen.«

Ich konnte mich immer auf Caden und Shane verlassen und habe keine Ahnung, warum es mir dieses Mal so schwerfällt. Warum ich ihnen nicht von allem erzählen und mit ihnen gemeinsam Möglichkeiten diskutieren kann.

In diesem Moment fährt ein Krankenwagen vor das Gebäude, und das Personal hilft den Sanitätern dabei, einen liegenden Patienten auszuladen, der an piepsenden Monitoren angeschlossen ist. Das Zucken von Cadens Fingern ist kaum spürbar, trotzdem ist es da und zeigt mir unmissverständlich, warum ich alleine mit alldem klarkommen muss. Weil sowohl er als auch Shane ihre Kraft brauchen. Für ihre ganz eigenen Herausforderungen.

Jetzt bin ich es, die unsere Hände fester verbindet. »Vermisst du es?«, frage ich und folge Cadens Blick hinüber zum Krankenwagen.

Er lächelt. »Ja. Und gleichzeitig habe ich eine Scheißangst, dass der Tremor bleibt oder wiederkommt. Dass ich mein Ziel, Chirurg zu werden, einfach aufgeben muss.«

»Oder der Tremor verschwindet einfach. Das könnte passieren, oder?«

Caden wendet den Blick von dem Geschehen neben uns ab und beißt sich auf die Unterlippe. »Könnte es, ja. Es gibt eine Vielzahl an körperlichen Erkrankungen, die die Ursache für das Muskelzittern sein könnten. In Phoenix war ich bei einem Neurologen, die Untersuchung hat mich ein kleines Vermögen gekostet. Aber er konnte alle physischen Diagnosen für den Aktionstremor ausschließen.«

»Das ist gut, oder?«

Caden grinst. »Was, dass ich nur einen an der Waffel habe?«

Ich stoße ihn mit der Schulter an. »Du weißt, was ich meine.«

»Ja. Es ist gut und trotzdem hilft es mir nicht weiter.«

»Der Tremor hat dir eigentlich schon geholfen«, gebe ich zurück. »Er hat dir deine Grenzen aufgezeigt, dich vielleicht vor extremeren Folgen bewahrt. Stress und Druck zu reduzieren, wenn man spürt, dass es nicht mehr geht, dürfte nicht so schwer sein, wie es uns oft gemacht wird. Vor allem, ohne dabei nach außen hin vermeintlich

Charakterstärke einzubüßen. Weil eigentlich genau das Stärke ist. Zu sagen, wann es genug ist.«

Caden beißt sich wieder auf die Unterlippe.

Ich drücke seine Hand noch einmal. »Du hattest immer schon ein gutes Gefühl für dich selbst. Vielleicht ist es nur an der Zeit, es neu zu entdecken.«

»Das stimmt so nicht«, erwidert er und wendet den Blick ab. »In Wahrheit hatte ich nie ein gutes Gefühl für mich selbst. Ich war nur immer verdammt gut darin, es andere glauben zu lassen.«

»Dann eben jetzt, Caden. Lern jetzt, auf deinen Körper zu hören und auf das, was er braucht.«

Ich sehe, wie sich sein Adamsapfel beim Schlucken auf und ab bewegt. »Die Wahrheit? Eigentlich will mein Körper nur eine Sache. Eine einzige.« Er hebt eine Hand und streicht mit dem Daumen über meinen Wangenknochen, nur um seine Faust unter mein Kinn zu legen und meinen Kopf in seine Richtung zu drehen. »Ich weiß, dass wir es langsam angehen wollten, Vertrauen und so.« Caden hebt eine Braue. »Was schon am ersten Abend in der Geisterbahn nicht unbedingt vorbildlich funktioniert hat – aber ist es in Ordnung, wenn ich dich davor frage? Selbst wenn es erst Tag drei ist?«

»Was frage?« Meine Stimme ist kratzig, in leiser Vorahnung.

Das Grübchen auf Cadens Wange verschwindet, als er mit der Zungenspitze seine Unterlippe berührt. »Ob ich dich küssen darf, Rina. Weil es mein Körper will. Und mein Herz. Und ich es brauche.« Er hält immer noch meinen Kopf, neigt ihn jetzt leicht nach hinten. »Darf ich dich küssen, Rina? Jetzt?«

Seine dunklen Augen lesen die Antwort in meinen, und als er näher kommt und seine Lippen meine berühren, prickelt Cadens Wärme auf meiner Haut. Ich lasse zu, dass er mit seiner Zunge meinen Mund weiter öffnet und über meine Lippen streicht, vorsichtig und aufgeregt zugleich. Als ich seinen Kuss erwidere, stöhnt Caden in meinen Mund und zieht mich so immer näher an sich. Ich fahre durch sein volles Haar und lege die Hand in seinen Nacken, um ihm zu zeigen, dass er nicht aufhören soll. Nicht jetzt und niemals sonst.

Wir kosten voneinander, wilde, fordernde Bewegungen werden zu einem samtweichen Liebkosen. Als ich in Cadens Unterlippe beiße, spüre ich sein Lachen an meinem Mund, gefolgt von einem Keuchen.

»Das habe ich nicht gewusst«, sagt er und lehnt seine Stirn an meine. Sein Blick wirkt verschleiert.

»Was?«

»Dass Küssen so sein kann.« Wieder lächelt er. »Dass der Kuss hier nur beginnt«, flüstert er, mit dem Daumen über meine Lippen streichend, »und sich verteilt, in mir drin, besonders hierhin.« Caden verflicht unsere Finger und legt sie auf seine Brust. Als sein Lachen einem ernsteren Ausdruck weicht, setzt er sich aufrecht hin. »Da bist du, weißt du? Nur du. Überall.«

Ich fühle, wie die Widerstände in mir zu bröckeln beginnen, immer mehr, und meine Zweifel unter sich begraben. Meine Angst erscheint machtlos und nichtig im Vergleich zu der Zuneigung, die ich für die beiden Männer empfinde. Wie Staub, der einst ein Felsen war und jetzt darauf wartet, dass ihn der Sturm davonträgt.

Caden blinzelt und ich folge seinem Blick über meine Schulter hinweg zum Eingang des Krankenhauses. Shane lehnt an einer Säule und reibt sich mit der Hand über die Augen.

»Fuck«, sagt Caden, und wir stehen beide auf, um zu ihm zu gehen.

Ich stelle mich vor ihn, versuche einzuschätzen, wie es ihm geht, und lege dann einfach meine Arme um seinen Oberkörper, um mich an seine Brust zu schmiegen. Shane stolpert einen Schritt zur Seite, dann schließt er mich so fest in seiner Berührung ein, dass seine Gefühle zu meinen werden. Ich spüre die Zurückweisung, die fehlende Anerkennung und die Gewissheit, nie gut genug zu sein.

»Können wir einfach von hier verschwinden?«

KAPITEL 30

RINA

Ohne noch weiter miteinander zu sprechen, gehen Caden, Shane und ich zum Auto. Dieses Mal setze ich mich nach hinten zu Shane, der gedankenverloren nach draußen schaut. Cadens und mein Blick treffen sich im Rückspiegel, als er das Auto aus der Parklücke fährt, und ich erkenne dieselbe Sorge in seinem Gesicht, die auch in mir brodelt.

Riesige Bauten ziehen an uns vorbei und der Abendverkehr bremst uns an jeder Kreuzung aus. Die Luft liegt satt zwischen den Häuserreihen und macht die anhaltende Hitze des Tages selbst um diese Uhrzeit unerträglich. Caden lässt sich von dem Gehupe und dem Drängeln in dem Geschäftsviertel nicht aus der Ruhe bringen. Er tut sein Bestes, um uns so schnell wie möglich aus diesem Stadtgebiet zu bringen.

Shane starrt ausdruckslos ins Leere, nur an seinen zusammengebissenen Kiefern erkenne ich, wie es ihm geht. Ich will seine Hand nehmen, weiß jedoch nicht, ob die Berührung gerade zu viel ist. Da greift Shane nach meiner und schließt sie in seinen beiden Händen ein, um sie dann auf seinen Schoß zu legen. Er drückt meine Finger, als würde er sich festhalten, und ich wünschte, ich könnte gerade mehr für ihn tun.

Als wir der wuchtigen Bedrängnis der Stadt entkommen und nur noch meterhohe Palmen, die sich anmutig der Straße entgegenneigen, unseren Blick säumen, atmet Shane tief ein. Die stickige Luft wird immer mehr von dem Duft nach Salzwasser und Meer durchzogen und kühlt endlich etwas ab.

Caden umfährt die typischen Touristen-Hotspots Richtung Süden. Er stellt das Cabrio dort ab, wo der Sunset Cliffs Boulevard eigentlich zu Ende ist und sich die durch die Gezeiten anschmiegsam gewaschenen Felsformationen in unwegsames Gelände wandeln. Kaum jemand weiß, dass es inmitten des schroffen Steins einen Weg nach unten gibt, der in einer kleinen Plattform endet. Diese ist immer noch weit genug über dem Meer, um eine atemberaubende Aussicht zu bieten. Früher sind wir hierhergekommen, um nach Seehunden Ausschau zu halten, den Sonnenuntergang zu genießen – oder um Kirschkerne zu spucken.

Caden hat den Motor noch nicht abgestellt, da springt Shane aus dem Wagen und rettet sich regelrecht nach vorn an die Klippen. Er kann nicht warten, bis Caden und ich ebenso ausgestiegen sind, und verschwindet am Einstieg zu dem geheimen Pfad.

In aller Ruhe schließt Caden das Dach des Cabrios. Wir beide haben es nicht eilig, Shane hinterherzugehen. Er braucht Zeit allein, um sich dann zu öffnen. Das zu akzeptieren, war nicht immer leicht.

An den Wagen gelehnt nimmt Caden noch eine Kopfwehtablette und muss schmunzeln, als er sieht, dass ich den Korb mit den Kirschen aus dem Auto hole. Er nimmt mir diesen ab, als wir losgehen. Caden weiß, welch große Herausforderung dieser Pfad wegen meiner Höhenangst jedes Mal aufs Neue für mich ist. Eingeschlossen von aufragenden Felswänden, sehe ich zumindest nicht, wie weit wir uns über dem Meer bewegen. Geben Steinausbrüche zwischendurch den Blick auf den Ozean frei, konzentriere ich mich nur darauf, in dieser Höhe einen Fuß vor den anderen zu setzen.

»Du hast es gleich geschafft«, lenkt Caden mich ab.

Ich schiebe mich so dicht wie möglich am Felsen an einer schroffen Ausbuchtung vorbei und keuche erleichtert, als ich auf der Plattform wieder flachen Boden unter den Füßen habe. Shane hat die erstaunlich große Fläche bereits überquert und steht ganz vorn an der Klippe. Der leichte Wind lässt seine blonden Haare fliegen und der einsetzende Sonnenuntergang verleiht seiner Haut dunkle Schatten und zugleich einen goldigen Glanz. Er hat die Hände in die Hüften gestemmt und trotzdem kann diese vermeintliche Selbstsicherheit nicht über seine Ausstrahlung hinwegtäuschen.

Ich sehe hilflos zu Caden, der die Lippen aufeinanderpresst, und habe keine Ahnung, was wir tun sollen. Abwarten oder Fragen stellen, die Situation übergehen oder einfach nur still sein. Wir können alles tun, nur eines nicht: Wir werden unsere Gefühle nicht mehr verstecken.

Ohne weiter darüber nachzudenken, nehme ich ein paar Kirschen aus dem Korb, den Caden immer noch in der Hand hält, und stecke sie mir in den Mund. Mit hastigen Bissen kaue und schlucke ich das Fruchtfleisch und ignoriere Cadens verwirrt amüsierten Blick. Dann schiebe ich meine Höhenangst vor mir her und gehe auf die Klippe zu. Ich komme nicht ganz bis zum Abgrund, bleibe jedoch beinahe neben Shane stehen. Jetzt lehne mich weit zurück – wie man es mich gelehrt hat – und spucke den Kern, begleitet von einem ziemlich unschönen Laut, nach vorn. Natürlich schaffe ich es auch heute nicht, dass nur der Kern meinen Mund verlässt, aber da stehe ich gerade drüber.

Shane dreht den Kopf langsam in meine Richtung, aber ich beachte ihn nicht, sondern recke das Kinn. »Das ist für jedes verdammte Mal, dass ich abends auf dich gewartet habe, Dad, und du mich mit dem Essen hast sitzen lassen, um erst spät in der Nacht zurückzukommen.«

Dann nehme ich noch eine Kirsche in den Mund, kaue und hole Schwung. Der Kern schafft es erbärmlicherweise nur knapp über den Vorsprung. »Und das ist für jedes Mal, dass ich mich unter der Bettdecke verkriechen musste, weil ich allein mit all den Schreien und Streitereien in der Wohnanlage solche Angst hatte.«

Der nächste Kern trifft Shane genau am Hintern, und ich sehe, wie seine Wange zu zucken beginnt. »Und das ist für jeden dummen Kirschkern seit unserer Kindheit, der nicht dorthin geflogen ist, wo ich ihn haben wollte.«

Ich höre Cadens Lachen in meinem Rücken. Shane schließt die Augen, atmet tief ein und aus, als würde er all das hier verinnerlichen und dafür etwas anderes freigeben.

Ich strecke ihm die letzte Kirsche in meiner Hand entgegen. Er schaut darauf, als er die Augen wieder öffnet, und steckt sie sich nach einem kurzen Zögern in den Mund. Einer seiner Mundwinkel verzieht sich in einer Mischung aus Erwartung und Vorfreude zu einem schiefen Grinsen. Als die Schwerkraft seinen Kirschkern erst weit von uns entfernt nach unten zieht, zwinkert er mir zu. Dann richtet er den Blick weit auf das Meer hinaus und nickt. Einmal, zweimal. »Das ist dafür, dass du dich mehr für Christies Fressverhalten und die Kosten für das neue Holz interessierst als dafür, wie es mir geht und wie ich mit der Verantwortung klarkomme.«

Caden tritt auf meiner anderen Seite neben mich und streckt Shane noch einmal die Kirschen entgegen, aber der schüttelt den Kopf. »Du bist dran, Bro.«

Caden räuspert sich, isst eine Kirsche und spuckt den Kern so weit, dass ich ihn nicht mal mehr sehe.

»Ihr könnt das nur so gut, weil ihr viel größer seid«, maule ich und höre Shanes grollendes Lachen.

»Das ist dafür, dass ich kein Skalpell mehr halten kann, ohne dass die Sicht vor meinen Augen verschwimmt und das Zittern meiner Hände meinen ganzen Körper aus der Bahn wirft.«

Ich greife nach den nächsten zwei Kirschen und gebe eine davon an Shane weiter.

»Die Lippen spitzen, Rina«, sagt Caden, bevor ich spucke. »Es ist seit der Grundschule der gleiche Fehler.«

Ich versuche seiner Anweisung zu folgen, aber der Kern fällt vor mir in den Dreck. Caden greift danach und wirft ihn hinaus aufs Meer. »Siehst du, sag ich doch. Einfach die Lippen spitzen.«

»Danke für den Tipp«, gebe ich zurück und denke kurz nach. »Das ist dafür, dass deine Probleme immer zu meinen werden. Und dafür, dass ich in einem Beruf festsitze, den ich mag, aber dort nicht mal richtig ausüben kann.«

Shane sieht mich an, beißt sich kurz auf die Unterlippe und spuckt dann seinen Kern. »Danke, Dad, dass du nie wirklich auf mich geschaut hast, sondern immer nur auf meine Probleme – oder die Probleme, von denen du glaubtest, ich hätte sie. Du hast ja nicht mal richtig nachgefragt.«

Caden ist an der Reihe mit Spucken. »Das ist dafür, dass ich nicht mehr schlafen kann, wenn ihr nicht an meiner Seite seid. Dass ich kein Auge zubekomme, aus Angst, von euch zu träumen und etwas zu sehen, das ich nicht haben kann.«

Es fällt mir schwer, Caden jetzt nicht einfach zu umarmen. Stattdessen nehme ich die Kirsche, die er mir mit einem Fingerzeig auf seine gespitzten Lippen überreicht, kaue und schaffe es zumindest, den Kern über die Kante zu spucken. Ich wische mir über den nassen Mund und schließe die Augen, um meinen Mut zu sammeln. »Das ist dafür, dass ich niemals Biologie studieren werde.« Ich spüre die stummen Blicke der anderen beiden auf mir und grinse. »Hey, eure Probleme sind mindestens genauso beschissen.«

»Ziemlich belasteter Haufen hier«, gibt Shane zurück und spuckt den nächsten Kern. »Das ist dafür, dass du dir nie die Frage gestellt hast, ob ich wirklich süchtig bin.«

Ich sehe zu Caden, dessen Gleichgültigkeit mich noch mehr verwirrt als Shanes Aussage. Caden nimmt bereits die nächste Kirsche in den Mund, und Shane hat eben auch nichts auf meine Aussage übers Studium erwidert, also schlucke ich die Fragen hinunter, die ich ihm stellen möchte. Wertfrei und bedingungslos soll diese Sache hier sein, und je mehr Sekunden vergehen, desto sicherer bin ich mir, mich eben verhört zu haben.

»Das ist dafür, dass ich meinen leiblichen Vater nie kennenlernen durfte, obwohl ich mir keinen besseren Dad als Nick wünschen kann.«

Ich versuche, nicht die Schwere hinter all diesen Wahrheiten zu sehen, sondern die Befreiung und das Vertrauen, das wir ineinander haben.

»Rina, du bist dran«, erinnert mich Caden und gibt mir die nächste Kirsche.

Ich hole tief Luft und spucke mit all der Kraft, die ich habe. »Das ist dafür, Dad, dass du dein Versprechen gebrochen hast. Du hast mit dem Kauf nicht auf mich gewartet, obwohl ich darauf vertraut habe.«

Shane greift nicht nach der nächsten Kirsche. Er sieht mich an, liest die vergangenen Entscheidungen in meinen Worten. »Wir nicht, Rina. Wir drei brechen unser Wort nicht. Das weißt du, oder?«

Ich nicke lediglich, aber das ist ihnen nicht genug.

»Sag es, Rina. Bitte.« Caden streift meine Hand. »Bitte sag, dass du uns und auf unsere Versprechen vertraust.«

»Ich hatte es vergessen, aber ihr habt mich daran erinnert.« Es ist wahr, das, was ich sage. Ich vertraue ihnen, so wie sie mir vertrauen.

»Gut«, sagt Shane und nimmt die nächste Kirsche aus dem Korb.

Wir wechseln uns weiter ab, finden unsere schweren und unsere leichten Themen. Dinge, die wehtun, und Dinge, die nicht derart wehtun sollten. So lange, bis nur noch drei rote Kirschen am Boden des kleinen Korbes liegen.

Ich nehme eine davon. Es erscheint mir falsch, diesen intimen Moment mit Schmerz abzuschließen, also sehe ich, nachdem ich den Kern gespuckt habe, zuerst Caden und dann Shane mit einem Lächeln an. »Danke. Danke, dass ich die zwei besten Freunde an meiner Seite habe, die mich nicht unter einem Berg von Kirschkernen versinken lassen.«

Shane grinst und greift an mir vorbei nach seiner letzten Kirsche. »Danke für das Vertrauen und den Mut, die Gefühle zwischen uns nicht länger zu verstecken.«

»Und danke dafür, dass wir nicht sieben Tage brauchen, um uns wieder bewusst zu machen, dass wir so viel mehr füreinander sind, als ein paar Verabredungen uns zeigen könnten«, schließt sich Caden sofort an.

Mit geschlossenen Augen spüre ich den Worten nach. Die Zuneigung der beiden war immer da, ihre Beständigkeit ebenfalls. Und ja, auch das Vertrauen. Übermächtig und Angst einflößend.

»Es tut mir leid«, flüstere ich so leise, dass es beinahe vom Donnern der Wellen unter uns verschluckt wird. »Dass ich euch nicht vertraut habe.«

»Du hast uns vertraut. Das weiß ich, Rina. Du kannst nichts dafür, dass dein Dad tut, was er tut, und dich enttäuscht. Aber nicht Caden und ich sind es, die dich nicht sehen«, höre ich Shane, der mir näher gekommen sein muss. »Wir sind da, immer. Das, was wir haben, müssen wir nicht aufgeben oder loslassen für eine gemeinsame Zukunft. Es macht uns nur für die Zukunft stärker.«

Cadens Finger hakt sich in meinem Zeigefinger ein. »Spür es, Rina, dass du nichts verlierst, wenn du alles willst. Wenn du uns willst.«

Shane streift mein Gesicht mit seinem. »Willst du das denn? Uns?«

Ich bekomme kein Wort zustande, nicht mal ein Nicken. Weil keine einzige Antwort ausdrücken kann, wie sehr ich Shane und Caden will. Wie sehr ich sie brauche und wie sehr ich uns liebe.

»Rina hat es verstanden«, ist sich Caden sicher. Ich höre ein Lächeln in seiner Stimme. »Wir gehören zusammen.«

Shane nimmt meine Hand. »Liebe ist nicht optional.«

Mein Herzschlag setzt aus, für eine Sekunde und noch eine. Ich halte die Luft an, noch immer unfähig, mich zu regen. *Liebe.*

»Atmen, Rina. Deine Lippen werden schon blau«, flüstert Caden und legt mir eine Hand in den Rücken.

Ich hole tief Luft und öffne die Augen. Vor mir erstreckt sich der Horizont und das klare Blaue des Tages wird allmählich von den lieblichen Farben des Abends übermalt. Geborgenheit und Wärme, so weit mein Blick reicht.

»Liebe«, wiederholt Shane viel zu nahe an meinem Ohr. »Liebe«, sagt er nochmals grinsend. »Schade, sie erstarrt nicht mehr, der Reiz lässt nach. Ich wollte nur sehen, wie oft hintereinander man bei einem einzigen Wort beinahe ohnmächtig werden kann.«

Ich ramme ihm meinen Ellbogen in die Seite und er stöhnt lachend auf. »Ich wäre nicht beinahe ohnmächtig geworden.«

Shane grinst weiter. »Doch, wärst du, weil du ein klitzekleines bisschen Angst vor Gefühlen hast.« Er wackelt mit den Augenbrauen. »Aber das macht nichts, weil wir noch vier Verabredungen haben, um dir zu zeigen, dass diese klitzekleine Angst uns nicht standhalten kann.« In einer fließenden Bewegung zieht er sich sein Shirt über den Kopf. »Oder unserer unglaublichen Sexyness.«

Ich weiß nicht, ob ich erleichtert sein soll, dass Shane den Besuch bei seinem Dad erst mal hinter sich lassen kann, oder irritiert wegen dem, was er eben gesagt hat. Es hilft nicht, dass er jetzt seine Shorts mitsamt seinen Boxerbriefs nach unten zieht, aus ihnen heraussteigt und wieder einen Schritt auf mich zu macht. Vollkommen nackt kommt er mir so nahe, dass ich ihn beinahe spüren kann. Schon die Erwartung seines Körpers auf meinem lässt mich schlucken.

»Rina?« Seine Stimme ist dunkel und rau, als würden Wellen über kantige Felsen rollen. Ich hebe langsam den Kopf und sehe, wie Shanes Lippenpiercing im Licht der untergehenden Sonne glänzt. »Das eigentliche Problem an der ganzen Sache ist, dass du vergessen hast, wie stark du selbst bist. Und unerschrocken. Du bist die Heldin in der Geschichte und musst keine Angst haben, schon gar nicht vor deinen Gefühlen. Lass sie einfach zu und gib ihnen die Chance, uns zu beschützen.«

Ich räuspere mich. »Und warum bist du nackt?«

»Weil wir dir zeigen, wie stark du bist. Und unabhängig und frei. Heute nicht, Rina. Heute wird dich dein Mut nicht verlassen. Da bin ich mir ganz sicher, weil du furchtlos bist, jeden Tag in deinem Leben. Du bringst uns wieder in die Spur. Kirschkern für Kirschkern.« Er zieht einen Mundwinkel nach oben. »Wir sehen uns unten, Schönheit. Eins, zwei, sieben«, zählt er noch auf unsere eigene Art und Weise und zwinkert mir zu. In dieser Sekunde läuft er los und stößt sich mit einem Fuß vom Rand der Klippe ab. Er dreht sich in der Luft so, dass er im Fall zu uns schaut. Seine Silhouette wird von der Sonne hinter ihm in Schatten getaucht, bevor er in der Tiefe verschwindet.

»Scheiße«, entkommt es mir, aber Caden lacht nur.

»Es ist nicht so weit, wie es aussieht, Rina. Du wirst die Höhe kaum merken.«

»Wie bitte?« Ich reiße meinen Blick vom Himmel und dem Meer los und schaue zu Caden. »Wieso sind hier plötzlich alle nackt?«

Als Caden selbstsicher die Hände in die Hüften stemmt, kann ich nicht anders, als auf diese eine interessante Stelle zu starren, die normalerweise in seinen Shorts verschwindet. Dorthin, wo das V unter seinen Bauchmuskeln enger zusammenläuft und die perfekt getrimmten Haare die Sicht auf …

»Wenn du springst, Rina, vergiss nicht, die Beine zusammenzudrücken.«

»Ich springe nicht«, presse ich mit trockener Stimme hervor und reibe mir leicht überfordert die Schläfen.

Caden kommt näher. »Doch, du springst. Es ist an der Zeit, dass du an deine Gefühle glaubst. Eins, zwei, sieben!«

»Höhenangst ist ein verficktes Gefühl!«, schreie ich noch, da hat Caden schon längst unbeeindruckt Anlauf genommen. Ich kann ihm nur noch hinterhersehen, während er im Nirgendwo verschwindet.

»Fuck, fuck, fuck!«, fluche ich weiter und trete auf der Stelle hin und her. Ich fahre mir durch die Haare und ziehe fest daran, panisch und planlos zugleich. Da sehe ich Cadens Hose und überlege tatsächlich, mir Shanes Autoschlüssel zu nehmen und abzuhauen. Mexiko – das wäre eine gute Alternative und die Grenze ist vermutlich verdammt noch mal näher als das Meer unter dieser Scheißklippe.

»Ahhh«, rufe ich und stampfe auf. »Diese beiden Idioten.« Mein nächster Impuls ist, ihnen ihre Kleidung nachzuwerfen, aber dafür müsste ich noch näher an den Abgrund treten. Den Abgrund, den ich hinunterspringen soll, um – was? In meine Stärke zu vertrauen? Wo ist da die Logik?

Ich zwinge mich, meine hyperventilierende Atmung zu beruhigen und tief Luft zu holen. Ich gehe einfach zurück zum Auto, warte auf die beiden Spinner und gebe mich unbeeindruckt. Weil es die größte Stärke einer Frau ist, Nein zu sagen, wie Cadens Mom Charly mir immer gepredigt hat.

Ich nicke mir selbst zu, schaffe aber keinen einzigen Schritt in Richtung des Pfades nach oben. Jede Faser in mir zieht mich zur Klippe. Nicht, weil Caden und Shane da unten auf mich warten – die beiden können mich mal. Sondern weil ich nicht länger ausgeliefert sein will. Weder dem Leben noch mir selbst. Ich will wachsen und mir beweisen, dass ich stärker bin. Stärker als die Rückschläge und stärker als meine Angst, die ständig an mir nagt. Ich will so sein, wie ich will – und nicht, wie ich sein muss.

»Scheiße«, fluche ich weiter und ziehe mir das Shirt über den Kopf. Als ich meinen BH öffne und er über meine Schultern zu Boden gleitet, rinnt eine Träne über meine Wange, weil es so schwer ist. So schwer, unter all dem Druck und den Lasten weiterzumachen, Tag für Tag, und mich selbst immer mehr zu verlieren.

Mein Brustkorb zittert so sehr, dass ich es kaum schaffe, meine Shorts zu öffnen und sie abzustreifen. Ich will nicht ausgeliefert sein, ich will bestimmen. Will stark sein. Für mich. Für das Leben. Und für meine Gefühle. Für das Versprechen von uns dreien, füreinander da zu sein.

Vollkommen nackt stehe ich auf dem Felsen, alleine, mit allem, was ich habe und bin. Meine Wangen sind inzwischen tränennass.

Ich balle die Hände zu Fäusten, schließe jedoch nicht die Augen. Weil ich den Himmel sehen will und alles, was er für mich bereithält. Ich will fliegen, kämpferisch und unbändig, und, wenn ich falle, von dem gefangen werden, was ich liebe. Von den Menschen, die ich liebe. Mehr als alles andere.

Der markerschütternde Schrei, den ich ausstoßen will, ist mehr ein heiseres Krächzen, das nicht einen Funken des erhofften Adrenalins in mir entzündet.

»Dann eben so«, beschließe ich für mich selbst und gehe so lange rückwärts, bis ich die scharfen Kanten der Steinwand an meinem Hintern und in meinem Rücken spüre.

»Scheiße … eins … Scheiße, Scheiße … zwei, sieben«, murmle ich vor mir her, kneife die Augen so weit zusammen, dass ich noch sehe, wohin ich renne, und hole tief Luft. Ich richte meinen Blick nicht auf die Kante, sondern geradeaus, dorthin, wo der laue Abendwind kleine Wellenberge auftürmt, deren Spitzen die Sonne in goldene, kostbare Besonderheiten verwandelt.

Dann renne ich los. Schnell und voller Energie, um mir selbst die Möglichkeit zu nehmen, alte Muster heraufzubeschwören und abzubremsen. Mit den Zehen nehme ich das ausgebrochene Ende der Plattform wahr und drücke meinen Körper mit aller Kraft davon weg.

Ich springe in einen feurigen Vorhang aus Licht und lasse jegliche Beklemmung hinter mir. Auf meiner Haut setzt ein elektrisierendes Flirren ein, das mich schwerelos macht. Schwerelos und frei.

KAPITEL 31

SHANE

Wenn sie könnte, würde sie jetzt davonlaufen. Ich sehe ihr das Suchen nach einer Ausrede an. Nach irgendeinem beliebigen Grund, warum sie uns das Kuvert mit der Vier zurückgeben und nicht mit zu den Delons kommen kann, die zeit unseres Lebens Familie für uns sind. Sie ist heute von dieser Klippe gesprungen, nicht für Caden oder für mich, sondern ganz alleine für sich, und ich werde nicht zulassen, dass Rina ihre Stärke wieder vergisst.

Ein Blick von Caden hat gereicht, und ich war mir sicher, dass er es auch sieht. Ihr Zögern, weil sich zwischen uns alles und nichts verändert hat.

Wir haben lange darüber nachgedacht, ob wir überhaupt grillen sollen, waren uns aber einig, wie sehr Rina spüren muss, dass auch für andere alles in Ordnung ist, solange es das für sie ist. Weder Caden noch ich suchen verdammten Zuspruch wofür auch immer, aber Rina soll sehen, dass wir zu ihr und zu uns stehen. Bedingungslos.

Caden hat sich mit ihr auf die Rückbank gesetzt. Seine Kopfschmerzen haben ihn gemeinsam mit der Anstrengung beinahe taumeln lassen, als wir wieder oben am Pfad angekommen waren. Ich kenne die Migräne noch von Jonah, habe sie aber nie so stark an Caden erlebt. Ich stutze, erinnere mich zurück. Nein, damals war es anders, ich bin mir sicher.

Caden hat eben sein Bestes gegeben, um Rina mit Gesprächen über das Remake irgendeines Horrorfilms abzulenken, aber ich sehe durch den Rückspiegel, wie sie an ihrer Unterlippe zupft. Je näher wir dem Haus der Delons kommen, desto nervöser wird sie, bis sie es kaum mehr schafft, ruhig sitzen zu bleiben. Und dasselbe Verhalten beobachte ich an Caden. Während er sich auf Rina konzentriert, spüre ich über die Rückenlehne das unruhige Wippen seines Beins und höre, wie er sich immer wieder beim Sprechen verhaspelt. So war es in der Schule. Noch gut erinnere ich mich daran, wie er sich vor unserem allerersten Referat über Eidechsen in der Umkleide der Sporthalle versteckt hat. Seine Prüfungsangst ist über die Jahre nicht kleiner geworden, aber er hatte sie immer gut unter Kontrolle. Dass ihn das Heimkommen zu seiner Familie, das er in den letzten beiden Wochen gekonnt aufgeschoben hat, so extrem herausfordert, hätte ich nicht gedacht.

Als wir von der Küstenstraße durch das schmiedeeiserne Tor auf das Grundstück der Delons biegen, liegen das Haus und die angrenzende Backstube der *Bayside Bakery* bereits in absoluter Dunkelheit. Nur ein paar hell leuchtende Bewegungsmelder kündigen unser Kommen an. Kaum habe ich das Cabrio abgestellt, da springt Caden über die geschlossene Tür.

Ich beeile mich, mich ihm in den Weg zu stellen. »Hör zu, Caden …«

»Lass mich zuerst etwas gegen diese Scheißmigräne suchen, dann höre ich dir zu. Bin gleich zurück, oben muss noch irgendwas sein.«

Ich lasse nicht locker. »Ich will nur sichergehen, wie bewusst dir ist, dass dein Heimkommen kein Scheitern bedeutet, sondern ein Luftholen.«

Caden schnaubt und hebt eine Hand. Selbst in der Dunkelheit erkenne ich das Zucken, als er versucht, die Finger zu bewegen. Er grinst. »Sieh her, Shane. Ich bin gescheitert, also hör auf, es schönzureden.« Dann zeigt er auf Rina, die ebenfalls ausgestiegen ist und auf der anderen Seite des Autos steht. »Aber wenn ich nicht gescheitert wäre, hätte sich das hier zwischen uns nie so entwickelt.« Cadens Blick hängt immer noch an Rina. »Und das ist unbezahlbar.«

Sie lächelt und zum ersten Mal seit Tagen sehe ich in ihrem Ausdruck nichts anderes als ihre Zuneigung für Caden. Dieser verharrt kurz, dann klopft er mir gegen den Oberarm und hastet auf das Haus zu.

Ich gehe hinüber zu Rina und lege ihr lässig den Arm um die Schultern, ohne irgendwie auf ihre Anspannung zu reagieren. »Gut, dann schauen wir mal, ob Rocket schon gelernt hat, Stöckchen zu apportieren.«

Rinas lautes Lachen lässt mich grinsen. Nicht, weil ich wirklich gespannt darauf bin, ob die verwöhnte Katze von Cadens Vater, die mehr ein Hund ist als ein Kater, wirklich Stöckchen holt, sondern weil Rina nichts mehr zurückhält. Ihre Gefühle scheinen nicht mehr ständig unter der Last der Geschäfte ihres Vaters zu stehen. Oder seinem Vertrauensbruch, der ihr so wehgetan hat. Ich bin dankbar, dass sie uns das heute gesagt hat.

So entspannt wie möglich führe ich sie durch die Palmen hindurch an der *Bakery* vorbei über den hinteren Zugang in den riesigen Garten. Ich kann nicht zählen, wie oft wir schon hier waren, und trotzdem verliert der Anblick, der sich uns bietet, nie an Schönheit.

An jeder erdenklichen Stelle hängen Solarlampen von den Bäumen und der gemauerte Essbereich mit dem Steingrill in einer Ecke des Gartens wird von Fackeln erleuchtet. In der Dunkelheit lassen sich die vielen Blumen und Obstbäume nur erahnen, aber die Leidenschaft, mit der Cadens Eltern den Garten pflegen, ist einfach nur beeindruckend. Der betörende Geruch der Zitrusbäume steigt mir in die Nase und wird nur schwach von dem des verbrannten Holzes im Grill überdeckt, an dem Cadens Dad steht. Als er uns sieht, ruft er nach uns.

Rina macht einen Schritt zur Seite, raus aus meiner Umarmung. Nur einen kleinen, aber ich spüre ihre extreme Nervosität plötzlich zurückkehren. Für alle hier sind wir beide ein Paar. Doch selbst wenn Rina nicht weiß, wie sie jetzt mit allem umgehen soll – ich weiß es. Unmissverständlich ziehe ich sie an mich und gehe weiter mit ihr in den Garten.

In dem geschwungenen, hell erleuchteten Pool taucht gerade Jonah auf, jeden der blonden Zwillinge an einer Seite.

»Wer kann am längsten die Luft anhalten?«, rufe ich.

Die Zwillinge beginnen zu kreischen, als sie Rina und mich sehen, und strampeln sich von Jonah los. Dieser wird erst durch ihre Reaktion auf uns aufmerksam und hebt grüßend die Hand.

Laurel und Lia stemmen sich aus dem Pool und laufen platschnass auf uns zu. Im Halbdunkeln kann ich nur an ihren Bewegungen erkennen, wer von beiden wer ist. Immer wieder habe ich beobachtet, wie sich Fremde schwer damit tun, die Mädchen zu unterscheiden. Ich weiß nicht, ob es daran liegt, dass wir die Zwillinge seit ihrer Geburt kennen, aber sowohl für Rina als auch für mich war das nie ein Problem. Vielleicht, weil wir ihre komplett unterschiedlichen Persönlichkeiten sehen und lieben. So, als wären sie auch ein Teil von uns.

Lia ist mehr wie Jonah und braucht verdammt lange, bis sie einem vertraut. Ich war es, der ihr das Schwimmen beigebracht hat, als sie erst drei war, und seitdem verbindet uns eine besondere Freundschaft. Laurel hingegen ist wie Caden. Sie analysiert und durchdenkt jede Situation hundert Mal und steht sich dabei oft selbst im Weg. Während Rina Laurel an sich drückt, bücke ich mich zu Lia. Sie ist so groß geworden, und ich kann kaum glauben, dass sie in wenigen Wochen die Elementary besuchen wird.

Lia hält mir ihre kleine Faust hin, und ich sehe das lederne Armband von Caden an ihrem Handgelenk, das er ihr bei seinem Umzug nach Phoenix geschenkt hat. Ich stoße mit meiner Faust gegen ihre, und wir beginnen mit unserer sorgfältig gewählten Abfolge aus Handschlägen, die sie viel schneller beherrscht hat als ich.

»Wo ist Caden?«, will Laurel wissen. »Jonah hat gesagt, er kommt und er wird später mit uns schwimmen.«

»Caden ist im Haus, er ist gleich da«, antwortet Rina, deren Top jetzt von Laurel durchnässt ist.

»Kommst du auch mit ins Wasser?«, fragt Lia sie, während sie sich von ihr die nassen Haare ausdrücken lässt.

»Oh«, sagt Caden, der in diesem Moment neben uns auftaucht, und deutet mit dem Kopf zu Rina. »Ich bin mir nicht ganz sicher, ob sie darunter etwas anhat.«

Rina stockt und ich grinse.

»Zum Schwimmen«, ergänzt er so harmlos wie möglich, dabei war er es, der sich vorhin ihr Höschen geschnappt hat, bevor sie es wieder anziehen konnte. »Für die langen einsamen Nächte in Phoenix«, hat er lediglich gesagt und es ihren Protesten zum Trotz in seiner Hosentasche verschwinden lassen.

Rina gibt Caden jetzt einen Klaps auf die Schulter. Lia und Laurel fallen ihrem Bruder jedoch lachend um den Hals, bis Caden in die Hocke geht und von dem Schwung beinahe umgeworfen wird.

Rina schmiegt sich an mich, und ich küsse sie auf die Stirn, erleichtert darüber, dass Caden hier ist. Bei uns und seiner Familie.

Plötzlich knurrt Caden und verzieht böse das Gesicht. »Ihr habt Glück, meine Damen, dass ich heute meine unverwechselbaren Zaubershorts trage, die mich bei Berührung mit Wasser sofort in einen gefährlichen Oktopus verwandeln«, sagt er und zieht sich das Shirt über den Kopf.

Die Mädchen laufen schreiend davon. Caden drückt Rina lachend sein Shirt in die Hand und rennt den beiden hinterher. Die Zwillinge springen ins Wasser und versuchen sich hinter Jonah vor Caden zu verstecken. Ein wildes Gerangel entsteht, in dem ich nicht erkennen kann, wer die Oberhand behält.

»Bitte, Shane«, sagt Rina schließlich. »Hör endlich auf, hier aufgeregt herumzuhüpfen, und spring endlich zu ihnen in den Pool.«

Verdutzt sehe ich sie an. »Ich will gar nicht ins Wasser. Ich bleib hier bei dir, da ist es ebenfalls sehr schön.«

»Dir ist klar, dass ich dich kenne, oder?«, gibt sie zurück und hält mir ihre offene Hand hin.

Mit einem zufriedenen Schmunzeln streife ich mir die Schuhe ab und ziehe mich aus. »Meine Hosen sind auch Zaubershorts, weißt du?« Ich gebe Rina ebenfalls mein Shirt und drücke ihr einen Kuss auf den Mund, bevor ich mich zu den anderen in den Pool stürze.

Lia und ich schaffen es, Jonah mit einem der pinken Schwimmreifen zu fesseln, und Laurel klammert sich derart an Caden fest, dass sie ihm ein paar Haare ausreißt. Bis wir uns für einen Waffenstillstand entscheiden und an den Rand des Pools setzen, sind wir Jungs fix und fertig. Laurel und Lia tauchen immer noch nach den bunten Stäben um die Wette, die Jonah ihnen wirft, nachdem er sein CI angelegt und sich zu uns gesetzt hat.

Enya kommt aus dem Haus und begrüßt uns. Jonah weiß es nicht, aber schon am ersten Abend, an dem wir Enya richtig kennengelernt haben, war ich mir sicher, eine Verbindung zwischen ihnen zu spüren. Ich habe so sehr darauf gehofft, dass Jonah aus seinem Scheißschneckenhaus kommt und sich auf sie einlässt. Sie jetzt zusammen zu sehen, macht mich umso glücklicher.

Enya geht hinüber zu Rina und Nick, und nach wenigen Sekunden hören wir, wie unsere Mädchen laut lachen, weil Nick irgendeinen Witz erzählt hat.

Jonah schaut von ihnen zu uns. »Bei welcher Nummer seid ihr?«, will er leise wissen.

»Vier«, antworte ich und reibe mir den Nacken, an dem bis eben Lia gehangen hat. »Mit dem Besuch hier.«

»Sie kann die Angst nicht verbergen«, sagt Jonah, der Rina ebenso gut kennt und ihre Körpersprache vielleicht noch besser lesen kann als jeder andere.

Caden räuspert sich. »Hast du was über die baulichen Verordnungen in der Miller Street herausgefunden?«

»Laut öffentlich zugänglichem Bebauungsplan ist jedwede Nutzung erlaubt, aber wir brauchen die Gutachten, um die Kosten auch nur ansatzweise abschätzen zu können. Der zuständige Mitarbeiter in der Verwaltung hat erklärt, die Anträge können wir erst mit einem Kostenvoranschlag und einem Konzept stellen, aber ohne die Pläne von Rina kommen wir nicht weiter.«

Ich seufze. »Sie hinter ihrem Rücken von Jason zu ergattern, ist keine Option. Wir werden sie danach fragen.«

»Scheiße«, flucht Caden. »Ich hab so schon Angst, sie könnte jede Sekunde flüchten.«

»Ja, aber die Realität auszusperren, hilft uns auf Dauer nicht weiter, Caden. Das hier kann nur funktionieren, wenn wir auch den Alltag gemeinsam meistern. Das Leben ist keine geschützte Blase für drei Menschen, die sich jeden Abend am Strand die Sterne vom Himmel holen.«

»Schon klar«, sagt er. »Aber ich habe echt eine scheißgroße Angst.«

»Das wissen wir«, antwortet Jonah und grinst. »Angst vor Schnecken und kaltem Eis, das deinen Zähnen wehtun könnte. Angst vor komischen Geräuschen in der Nacht.«

»O ja. Und vor diesen kleinen schleimigen Figuren, die man auf die Fensterscheibe werfen kann, damit sie hängen bleiben, weil die ja so viele Bakterien und Haare und Staub aufsammeln«, ergänze ich.

Caden schaut uns empört an, dann lächelt er jedoch freundlich, weil Laurel auf ihn zuschwimmt. »Arschlöcher«, flüstert er mit heller Stimme. »Alle beide.«

Jonah und ich schlagen ein, da taucht Cadens Mom an der Terrassentür auf. Seine dunklen Augen hat er eindeutig von ihr. »Caden, jetzt kannst du den Salat anmachen«, ruft sie zu uns herüber.

Grinsend steht er auf. »Sie hat damit extra auf mich gewartet, das hat sie mir gleich bei meiner Begrüßung vorhin gesagt. Weil ich Dressings am besten kann. Besser als ihr«, erklärt er.

»Hoffentlich habe ich den Salat gut gewaschen«, sagt Jonah. »Nicht, dass sich eine Schnecke darin verkrochen hat, die ich übersehen habe.«

Caden dreht sich so, dass er mit dem Rücken zum Pool steht, und zeigt Jonah den Mittelfinger.

Ich schüttle nur den Kopf und gehe ebenfalls ins Haus, um mir aus Cadens altem Zimmer trockene Shorts zu holen und Charly ordentlich zu begrüßen. Dann helfe ich dabei, die letzten Sachen nach draußen zu tragen. Ich lasse mir von Nick zeigen, wie er in einem Grillkurs gelernt hat, Fisch auf einer halben Kartoffel zuzubereiten – was nicht ganz so gut klappt, weil der Fisch irgendwann anfängt auseinanderzubrechen. Enya und ich tun unser Bestes, um ihn trotzdem einigermaßen ansehnlich mit dem Grillgemüse zu arrangieren. Bei jedem Teller, den die Zwillinge servieren, erwähnen sie, wie anstrengend es war, die Rotbarsche heute Morgen zu fischen, und Jonah verspricht, sie und Nick das nächste Mal zu begleiten.

Rina sitzt Caden und mir während des Essens gegenüber und unterhält sich mit Charly und Enya über die neuen Bäume, die Enya im Garten bei sich und Jonah zu Hause pflanzen möchte.

Es fällt mir schwer, mich auf das Essen und das Gespräch über das Segeln mit Nick zu konzentrieren, so aufmerksam beobachte ich Rinas Gesicht im warmen Licht der vielen Kerzen auf dem Tisch. Ihre feinen Sommersprossen, die im Spätsommer immer dunkler werden, und der abgebrochene Schneidezahn, über den sie hin und wieder unbewusst mit der Zunge leckt. Ihr Lachen, unbekümmert. Es geht ihr gut, wenn sie bei uns ist.

Dann schaue ich zu Caden, der sie ebenfalls ansieht. Ich weiß nicht, ob er sich bewusst ist, wie ruhig seine Finger mit dem Stöpsel der Kirschlimonade spielen, die er vorhin für Rina geöffnet hat, und wie entspannt er wirkt, jedes Mal, wenn sie lächelt. Nichts an ihm zeigt den Druck, den er auf sich selbst ausübt. Weder seine Hände noch seine Mimik.

Jonah und ich kümmern uns um das Geschirr, während Caden den Zwillingen in der großen Hängematte vorne an der Steilklippe aus einem Kinderbuch vorliest. Bis wir mit dem Abwasch fertig sind, haben Rina und Enya die neuen Törtchen aus dem Kühlraum geholt und alle haben es sich auf den Loungemöbeln gemütlich gemacht.

Ich setze mich auf der riesigen Doppelliege hinter Rina und ziehe sie an mich. Der Kirschsaft scheint ihren Duft noch intensiver zu machen, und ich vergrabe meine Nase an ihrem Hals, was sie zum Kichern bringt.

»Und dann hat Charly die Zitrone genommen und sie mir an den Kopf geworfen, einfach so«, erzählt Nick und alle lachen.

»Nicht einfach so, sondern weil du mir sieben Minuten lang

gepredigt hast, wie ich Zitronen, die ohnehin bald abfallen, am geschicktesten pflücke!«

»Schonung, Charly, Schonung des Baumes nennt man das.«

»Nein, das nennt man unangebrachte Genauigkeit, die dich ständig ausbremst. Und mich mit dazu.«

Beinahe automatisch drehen sich die Köpfe von Rina, Enya, Jonah und mir zu Caden.

»Hey«, beschwert er sich, aber Charly klopft ihm nur auf den Oberschenkel. »Jetzt weißt du zumindest, bei wem du dich für deine zwanghafte Penibilität bedanken kannst, Caden. Dad hat sie eindeutig an dich weitergegeben.«

Nick zieht Caden an sich, der gespielt beleidigt die Stirn runzelt. »Ihr habt großes Glück, dass wir beide das jetzt nicht so genau nehmen und definitiv nicht nachtragend sind, würde ich sagen.« Noch einmal drückt er Caden.

Selbst in der Zeit, nachdem Jonah seinen Unfall hatte und Caden an so ziemlich allem in seinem Leben gezweifelt hat, auch an Nick, habe ich ihn um seinen Dad beneidet. Nick hat Caden nie infrage gestellt. Vielleicht war das ein weiterer Grund, warum ich damals getan habe, was notwendig war. Es hat gereicht, dass ein Vater von seinem Sohn enttäuscht wurde.

Lia und Laurel bitten Caden und mich, sie nach oben auf ihr Zimmer zu bringen. Die beiden sind bereits bettfertig, und alles, was wir tun müssen, ist, ihnen – und den gefühlt zweihundert Stofftieren – Gute Nacht zu sagen und die Lichterketten über ihrem Bett anzuknipsen, die einen Sternenhimmel erzeugen.

»Du hattest recht, Shane«, sagt Caden auf dem Weg zurück in den Garten.

»Wobei jetzt genau?«

An der Treppe, die von gerahmten Bildern gesäumt ist, bleibt er stehen. Er zeigt auf eines, da müssen wir acht oder neun gewesen sein. Rina, Caden, Jonah und ich sitzen auf einem Ast der Douglasie im Garten, und Nick tut so, als würde er uns hochstemmen.

»Es ist wie Luftholen, nicht wie Ertrinken.«

Ich lächle. »Siehst du, ich wusste, es würde dir guttun herzukommen.«

»Ich meine nicht, hierher nach Hause«, sagt Caden und sieht auf seine Hände. »Ich meine, zurück zu euch, zu Rina und dir.«

Schweigend schauen wir uns an. Ich nicke Caden zu und lege in diese eine Geste alles an Dankbarkeit und Zuversicht, was ich aufbringen kann.

Ohne noch ein weiteres Wort zu wechseln, gehen wir hinaus in den Garten. Nick hat seine Gitarre geholt und ist dabei, sie zu stimmen. Ich erkenne, glaube ich, jeden Werbe-Jingle im Radio oder Fernsehen, den er komponiert hat, und sein Tonstudio ist übersät von Plakaten jener Filme, an deren Musik er mitgewirkt hat. Es gibt kaum ein Zusammenkommen mit ihm, bei dem er nicht für uns spielt. Seine Ruhe dabei habe ich schon als Kind geliebt.

Caden und ich gehen am Pool vorbei auf die Ecke mit den Loungemöbeln zu. Rinas Gesicht wird von den unzähligen Solarlichtern in den Bäumen von weichen Schatten umspielt. Sie muss uns kommen spüren, denn sie dreht den Kopf in unsere Richtung, und es ist, als würde die Welt um uns herum aufhören, sich zu drehen. Für diese wenigen Sekunden gibt es nur Rina, Caden und mich. Wir sehen uns, wir hören uns. Und wir fühlen uns und das, was wir drei füreinander sind. Alles.

Caden und ich haben uns nicht abgesprochen, aber als wäre dieser eine Zeitpunkt endlich da, zu dem man weder zurückkann noch zurückwill, setzt er sich nicht mehr zwischen seine Eltern auf die Bank, sondern neben Rina auf die hell gepolsterte Liege. Wir haben uns schon im Balboa Park mehr oder weniger zu dritt gezeigt und einen Scheiß darauf gegeben, was die Leute denken. Aber Rina hier zwischen uns zu haben, vor der Familie, fühlt sich bedeutungsvoller an.

Egal wie alt man ist oder wie stark, das Sehnen nach dem Zuspruch der eigenen Wurzeln ist ein Bedürfnis, das man nicht einfach so wegwischen kann. Selbst wenn man es möchte. Oder muss.

Ein Flirren geht durch meinen Körper, als sich Caden mit dem Rücken anlehnt, ein Bein aufstellt und Rina an seine Brust zieht. Ich glaube, dass sie nicht nur ein Flirren, sondern einen elektrischen Schlag verspürt, denn sie reißt die Augen auf und hält sichtbar die Luft an. Caden hingegen nimmt ihre Locken und streicht sie so über ihre Schulter, dass er sie auf die Wange küssen kann.

»Hey, Babe«, sagt er mehr zu allen anderen als zu ihr. Zeitgleich lege ich Rinas Beine quer über meine und verflechte unsere Hände, um sie auf den Handrücken zu küssen.

Enya und Jonah essen ungerührt weiter ihre Törtchen, während Charly und Nick eine Sekunde zu lange zwischen uns dreien hin und her schauen. Rina wirkt wie ein Reh im Scheinwerferlicht und sucht beinahe panisch nach irgendeiner Reaktion, da legt Caden ihr den Zeigefinger unter das Kinn und dreht ihren Kopf zu sich. *Bedingungslosigkeit.*

Er lächelt und küsst sie. So richtig. Niemand kann etwas an unseren Gefühlen ändern.

Ich grinse, als Caden sich entspannt zurücklehnt und Rina leicht errötet das Gesicht an seiner Brust vergräbt.

»Weißt du, was Caden definitiv auch von mir hat, Liebling?«, will Nick wissen und lehnt sich zu Charly, ohne uns aus den Augen zu lassen. »Die Leidenschaft, seine Gefühle auszuleben.«

»Damit bin ich nicht einverstanden.«

Rina versteift sich und ich drücke ihre Hand. Charly sieht ungerührt Nick an und greift nach der feinen Goldkette an ihrem Hals, die er ihr von seinen ersten Tantiemen gekauft hat – eine Geschichte, die Nick uns schon mindestens dreißigmal stolz erzählt hat. Charly verzieht das Gesicht. »Wenn er das von dir hätte, wäre er definitiv schneller darin gewesen, endlich zu seinen Gefühlen zu stehen.«

Nick lässt beiläufig einen Akkord auf der Gitarre erklingen und zupft einzelne Töne an. »Stimmt. Aber ich wusste, sie würden das hinbekommen, irgendwie. Ich habe fest an sie geglaubt.«

Charly grinst. »Hast du. Seit der achten Klasse.«

Jonah lacht auf. »Ich denke, die drei gehen immer noch davon aus, dass es nie jemand bemerkt hat.«

»Na ja«, sagt Charly. »Nur weil sie selbst es nicht bemerkt haben, heißt das ja noch lange nicht –«

»Wir sitzen neben euch! Ist euch das klar?« Caden zieht Rina noch fester an sich, Erleichterung schwingt in seiner Stimme mit. »Also behaltet eure Spekulationen für euch, verdammt.«

»Keine Spekulationen«, entschärft Nick die Situation. »Nur Freude. Das schreit ja direkt nach einem Lied.«

Jetzt ist es Enya, die laut lacht und unsere Aufmerksamkeit auf sich zieht. »Das ist es, was mir Andrea und David versucht haben mitzugeben«, erzählt sie von ihren Pflegeeltern. »Dass Familie aufeinander aufpasst und da ist und sich liebt, ohne Grenzen, egal welcher Art.«

Jonah drückt sie und streicht ihr über die Wange.

»Wir brauchen also ein Liebeslied«, sagt Nick lächelnd, überlegt kurz und beginnt dann auf der Gitarre zu zupfen.

Noch bevor er singt, kommen die Zwillinge wieder aus dem Haus, beide mit ihren Kuscheldecken in der Hand. Sie legen sich schlaftrunken zu uns auf die Liege. Für sie sind Normen nicht relevant. Es reicht ihnen, zu spüren, dass es uns gut geht, sehr gut.

Nick wählt natürlich ein Lied von Elvis Presley, und als Jonah und Caden bei *Love Me Tender* mit einstimmen, sehe ich dieselbe Gänsehaut auf Rinas Armen, die mir über den Rücken läuft. Während ich feine Funken dabei beobachte, wie sie aus der Feuerschale aufstieben und in der Luft knistern, durchflutet mich Zufriedenheit.

Ich decke Lia zu und schließe die Augen, um den Moment tief in mir festzuhalten und die Hoffnung aus diesem Abend mitzunehmen.

Für unsere Zukunft.

Unsere gemeinsame Zukunft.

KAPITEL 32

RINA

Ich träume.

Kein Traum, in dem ich mich vor Lärm und fremder Furcht schützen muss. Die Bilder sind sanft und voller Sicherheit, gebettet in warme Farben. Ich will sie festhalten, diese Schönheit, bevor die Welt sie mir wieder nimmt, da höre ich sie.

»Wir sollten sie nicht wecken, sie hat heute ihren freien Tag. Rina braucht Ruhe.« *Caden.*

»Die hat sie, wenn sie vor mir auf dem Brett sitzt, Mann. Der Sonnenaufgang wartet nicht.« *Shane.*

»Na gut, aber dann weckst du sie auf.«

»Du hast nur Angst, gib es zu.«

»Natürlich habe ich die. Du weißt genau, wie lange die Frau braucht, bis sie munter ist.«

Ich grinse. »Willst du damit etwa andeuten, dass ich morgens schlecht gelaunt bin?«

Shane hüstelt, um sein Lachen zu verbergen, und Caden beugt sich über mich. »Nein, natürlich nicht. Nur, dass wir dir Zeit geben sollten, langsam aufzuwachen.«

»Ganz dünnes Eis, Caden«, meint Shane. »Die Kurve kriegst du nicht mehr, Bro, egal wie du es verpackst.«

Caden geht vor mir auf die Knie und kommt näher. Er hat seinen schwarzen Neoprenanzug so weit geöffnet, dass ich die Brustmuskeln sehen kann. Sein Kuss schmeckt nach Kaffee und meiner Kinderzahnpasta, die ich so mag. »Mir ist egal, wie du gelaunt bist, solange du neben mir aufwachst, Rina.«

Shane macht im Hintergrund ein Würgegeräusch. Caden hält daraufhin einen Mittelfinger hoch und küsst mich noch einmal.

»Meine Zahnpasta schmeckt nach Skittles. Ich wusste nicht, dass du auch auf Disney-Zahnpasta stehst«, sage ich.

Caden nickt. »Skittles sind gut, ich liebe sie. Aber du weißt schon, dass es fraglich ist, ob mit dieser Zahnpasta die Zähne wirklich sauber werden?«

»Dafür glitzern sie rosa«, antworte ich.

Caden stutzt und fährt sich mit der Zunge über die Zähne.

Ich warte kurz, dann lächle ich. »Nein, tun sie nicht.«

»Wie hast du geschlafen? Es war eine ganz schöne Meisterleistung, dich so müde und im Halbschlaf vom Parkplatz hierherunter zu bekommen. Shane wollte die Schubkarre nehmen.«

Ich setze mich auf und sehe Shane an, der mit den Schultern zuckt. »Was? Das war nur praktisches Denken! Eine Win-win-Situation für alle, sozusagen.«

»Es war einfach ein langer Tag gestern.«

Sofort wird sein Gesichtsausdruck sanfter. »Heute und morgen hast du erst mal frei und wir einen Plan«, sagt er und hält mir eine Hand hin, um mich hochzuziehen.

Er zeigt auf den Strand, und im Halbschatten erkenne ich ein aus Sand geformtes Herz, das mit Muscheln umrandet ist. In seiner Mitte steckt ein Kuvert.

»Habe ich gemacht.« Shane legt den Kopf schief und zeigt auf sich. »Romantisch.«

Ich schaue zu Caden und mache dasselbe Würgegeräusch wie Shane vorhin. Jetzt ist er es, der mir den Mittelfinger zeigt und das Gesicht verzieht. Ich lege ihm die Arme um den Hals und streichle ihm über diese eine Stelle am Nacken, an der er so gerne berührt wird.

Er beugt sich mir leicht entgegen. »Du kämpfst mit unfairen Mitteln, Catherina.« Seine tiefe, vom Morgen gekennzeichnete Stimme ist soeben noch dunkler geworden.

»Hilft es denn?«

»Nein. Ich brauche mehr.« Shane legt einen Arm um mich und

hebt mich hoch. Der Neoprenanzug hängt ihm auf den Hüften und ich kann seine nackte Haut spüren. Langsam kratze ich ihm mit meinen Nägeln über die Kopfhaut und lege meine Hände an seine Wangen, um ihm einen Kuss zu geben.

Er grinst. »Mehr.«

»Für mehr will ich mir zuerst die Zähne putzen«, gebe ich zurück und strample mich los. »Aber als Allererstes mache ich mein Kuvert auf.«

Ich spüre beide Männer in meinem Rücken, als ich den Umschlag öffne und im Dunkeln versuche, das Bild zu erkennen.

»Ist das eine Biene?«

Shane schaut mir über die Schulter. »Siehst du, Caden, ich habe dir gesagt, dass Rina sofort erkennen wird, dass das hier eine *Bombus occidentalis* ist, und sie nicht mit einer Biene verwechseln wird.«

»Ja, ist dir auch sehr gut gelungen, Shane«, lobt Caden.

Ich nicke. »Habe ich sofort erkannt. Eine Westliche Hummel, eindeutig.«

Caden muss noch näher gekommen sein, ich spüre seinen Atem auf mir. »Du weißt also, was wir jetzt mit dir machen?«

Allein der Gedanke an die urtümliche Stille und die Unberührtheit der Natur in unserer Bucht lässt mich lächeln. »Bin gleich wieder da«, antworte ich und laufe Richtung Strandhaus.

Nachdem ich mich gewaschen und mit dem Bikini in meinen Neoprenanzug gezwungen habe, will ich mein Surfbrett, das mir dank fehlender Körperbeherrschung mehr als Luftmatratze dient, aus dem alten Holzverschlag holen. Die marode Überdachung steht schon viel länger als das Strandhaus und hat den Sturm neulich auf wundersame Weise überlebt.

Ich schiebe gerade die Holztür auf, da ruft Shane nach mir. Er zeigt auf sein Board. »Du kommst mit mir.«

»Bist du dir sicher?«

Er geht auf das Wasser zu und dreht sich noch einmal um. »Ganz sicher.«

Vermutlich dankbarer, als ich sein sollte, weil ich vom Morgensport erlöst werde, laufe ich auf das Meer zu. Shane schiebt sein Board verkehrt herum über das Wasser und fährt mit dem Daumen an der Kante einer Finne entlang. Caden wartet auf mich und drückt mir sein Paddel in die Hand, um mir den Kragen des Neoprenanzuges zu richten. Er sagt kein Wort, aber seine Augen verlassen meine kein einziges Mal. Dann lächelt er und lässt mich vor sich ins Meer gehen.

Das Wasser ist unruhiger als sonst, und selbst durch die dicke Schicht des Neoprenanzuges spüre ich die Kälte, die der Pazifik an Land strömen lässt.

»Sei sanft zu meiner Lady«, sagt Shane, als ich mich vor ihm auf das Surfbrett setze.

»Ganz sicher, dass das funktioniert und wir so über die Brandung kommen?«

Shanes Lippen berühren mein Ohr. »Leg dich hin, Babe, und überlass den Rest mir. Mit ein bisschen Vertrauen bringe ich dich über einen Höhepunkt nach dem anderen.« Er hat noch nicht ganz fertig gesprochen, da müssen wir beide lachen. »Halt dich einfach gut fest, Rina. Ich mach das schon.«

Ich lege mich vor Shane flach auf das Board und klammere mich an die Spitze. Shane zieht mich ein kleines Stück nach hinten, weiter zwischen seine Beine, und beginnt abwechselnd links und rechts zu paddeln. Es ist dunkel, und nur schwach kann ich an der Gischt erkennen, wie die Wellen heranrollen. Allein das Festhalten am Board reicht aus, um meine Muskeln brennen zu lassen – Shane hat harte Arbeit vor sich, wenn er uns weit hinauspaddeln will.

Draußen auf dem Meer schlagen wir eine Richtung parallel zum Strand ein, und die ersten Sonnenstrahlen, die sich in mattgelbem Schimmer hinter der Steilklippe ankündigen, geben uns Orientierung. Früher waren wir öfter hier, aber gerade kann ich mich nicht erinnern, wann wir das letzte Mal Zeit in unserer Bucht verbracht haben.

Eine aufragende Landzunge, die an der Hinterseite langsam abflacht, zeigt uns das Ende des Naturschutzgebietes und versteckt den schmalen Sandstrand, der nur vom Wasser aus erreichbar ist. Wir haben die Lagune durch Zufall entdeckt, weil ich bei einem meiner kläglichen Surfversuche abgetrieben und gestrandet bin, bevor Caden und Shane mich einholen konnten.

Je näher wir diesem Stück unangetasteter Natur kommen, desto langsamer werden wir. Leichte Wellen nehmen uns mit an den Strand, und das Licht des beginnenden Tages lässt mich schwach die lila Blüten des Salbeis erkennen, der hier die Klippen überwuchert.

Ich nehme den Jungs die Paddel ab, als wir aus dem Wasser steigen und sie die Boards an Land ziehen.

»Es ist noch zu früh«, stelle ich fest und gehe auf die Felsen zu, um sie besser absuchen zu können. »Die Hummeln fliegen zwar bei jeder Temperatur, aber es wird ihnen noch zu dunkel sein.«

»Wir haben Zeit«, sagt Caden hinter mir. Er hat sich bereits den nassen Neoprenanzug über den Oberkörper gezogen und die kräftigen Oberarme scheinen vom Paddeln eben aufgepumpt und noch größer als sonst. Seine Brustwarzen zeichnen sich hart von seiner etwas helleren Haut ab, und ich stelle mir vor, wie es wäre, darüberzulecken.

Mit einem Räuspern bringt mich Caden dazu, ihm in die Augen zu schauen. Er hat den Kopf leicht geneigt und einen Mundwinkel wissend hochgezogen.

»Ich kann auch nichts dafür«, werfe ich ihm an den Kopf.

»Wofür?«

»Na, dafür.«

Shane steht in diesem Moment aus der Hocke auf und dreht sich zu uns um. Er wischt sich das Wasser von den Bauchmuskeln, das aus seinen halblangen Haaren tropft und schön über eine Vertiefung nach der anderen rinnt. *Verdammt.*

Shane hebt den Kopf und spielt mit seinem Lippenpiercing. »Wer kann wofür nichts?«

Ich ziehe scharf die Luft ein und Caden lacht laut auf.

»Ihr wollt mich nur in Verlegenheit bringen, gebt es zu. Nur deswegen zieht ihr die Scheißanzüge aus und zeigt mir eure Muskeln.«

Shane zuckt mit den Schultern. »Eigentlich war mir mit dem nassen Anzug nur zu kalt.«

»Mir ebenso, aber schön zu wissen, dass wir diese Wirkung auf dich haben.« Mit einem fiesen Grinsen kommt Caden näher. »Wie ist es bei dir? Ist dir nicht zu kalt?«

Er stellt sich hinter mich und sieht über meine Schulter zu Shane. »Was glaubst du? Ist Rina zu kalt?«

Shane grinst jetzt ebenfalls. Natürlich tut er das.

»Wär schlimm, wenn sie sich verkühlt. Jetzt, wo sie zwei Tage freihat.«

»Das sehe ich genauso«, flüstert Caden und öffnet den Reißverschluss meines Anzuges. Shanes macht zwei Schritte auf mich zu, und ich sehe, wie er Cadens Hände verfolgt, die mir den Kautschukstoff über die Schultern ziehen.

Eine morgendliche Brise kühlt die feine Wasserschicht auf meiner Haut ab, und ich fröstle, als Caden mich immer weiter aus dem Anzug schält. Dann malt er mit den Fingerspitzen eine Spur über meinen Bauch nach oben und schickt damit eine Hitze durch meinen Körper, die mich zum Schaudern bringt. Shane schluckt. Er kann nicht wissen, dass ich Cadens Ständer in meinem Rücken spüre, aber er muss erkennen, wie ich mich gegen ihn drücke und mir auf die Lippe beiße.

»Siehst du«, sagt Caden an meinem Ohr und berührt auf dem Weg nach oben viel zu flüchtig meine Brüste. »Wir passen auf, dass dir warm ist.« So schnell, wie er vorhin hinter mir gestanden hat, geht er jetzt an mir vorbei zu dem Beutel, den er auf dem Surfbrett hatte.

»Hey«, fluche ich laut vor Enttäuschung, weil er mich einfach so stehen lässt.

Er wirft mir ein Mikrofaserhandtuch zu. »Ich find es süß, wenn sie sich so ärgert«, sagt er zu Shane.

»Süß?« Shane sieht immer noch mir in die Augen, neigt aber den Kopf leicht in Cadens Richtung. »Scheiße, das ist total heiß, Mann.«

Ich schlinge das Handtuch um meinen Körper und verenge die Augen. »Jetzt ist Schluss mit heiß, ihr wollt mich doch nur in Verlegenheit bringen.«

»Siehst du, Caden: heiß.« Beide Männer finden die Situation viel lustiger als ich.

Caden zeigt auf die Tasche. »Hast du Lust auf Frühstück? Wir haben Brote und Kaffee.«

Shane breitet ein Handtuch aus und das Aroma des frischen Kaffees, den Caden aus einer Thermoskanne in Becher gießt, besänftigt mich und lockt mich zu ihnen. Ich setze mich auf den Platz, den sie zwischen sich für mich freigelassen haben. Begleitet vom leisen Schwappen der Wellen, die vor uns weißen Schaum in den Sand schieben, essen wir die Sandwiches. Die Sonne beginnt sich in unserem Rücken über die Klippen zu heben, und wir beobachten, wie die ersten Strahlen dem Himmel Farbe schenken und das Meer aus der Dunkelheit holen.

»Ich kann nicht sagen, wie viele Sonnenaufgänge ich mit euch schon gesehen habe.«

Shane legt seine Hand auf meine. »Ich auch nicht. Aber ich weiß, dass es nicht genug waren. Es werden nie genug sein.«

Ich drücke seine Finger und höre Cadens leises Lächeln. »Sie sind da«, sagt er und ich schließe die Augen.

Es dauert einen Atemzug und noch einen, bis ich das Meer ausblende und das Summen wahrnehme. Die Westliche Hummel gilt bei uns als so gut wie ausgestorben. Sie hier an diesem gut geschützten Ort zu erleben, gleicht daher einem kleinen Wunder.

»Kannst du dich noch daran erinnern, wie du die Hummel hier entdeckt hast, Rina? Wie alt waren wir, elf oder zwölf?« Caden flüstert beinahe, um die Klänge der Natur nicht zu unterbrechen.

Ich nicke. »Ja, es muss fast zehn Jahre her sein. In einem Wissenschaftsmagazin, das ich im Altpapier gefunden hatte, wurde von der Homogenisierung und einer Untersuchung über mehrere Vegetations- und Klimazonen entlang eines Gradienten im Norden und Süden Kaliforniens geschrieben. Die Forscher wollten das Vorkommen der Bestäuber festhalten und Veränderungen erfassen. Ich habe den Artikel immer noch zu Hause.«

»Andrew Moldenke«, ergänzt Shane. »Es war das Team rund um Andrew Moldenke von der Stanford University. Umgestaltung der Ökosysteme und so. Ich hab eine Vorlesungsreihe dazu besucht.«

Ich sage nichts mehr, weil mir bewusst wird, dass ich damals hier für mich beschlossen habe, Biologie zu studieren, an der West Coast University. Mit einer coolen Tasche aus alten Lkw-Planen und Mensaessen im Freien.

»Du hast gesagt, du willst genau über diese Hummeln eine Arbeit schreiben, wenn du erst studierst«, sagt Caden. Ich wusste nicht mehr, dass ich diese Träume damals mit ihnen geteilt habe. »Keine Elfjährige hätte sich sonst ›*Bombus occidentalis*‹ gemerkt.«

»Ja.« Meine Antwort gleicht einem Hauch, den der Wind davontragen kann. Ebenso wie meine alten Träume.

Shane sieht mich nicht an, und trotzdem spüre ich, dass sich alles in ihm auf mich konzentriert. »Warum gibst du auf, Rina? Das, was du liebst? Du hast ein Stipendium.«

Ich ziehe die Beine an, sage gar nichts.

»Du kannst studieren, Rina.« Cadens Stimme klingt viel zu ernst für einen Traum.

»Ach ja?« Ich lache auf. »Wie stellt ihr euch das vor? Ich gehe jeden Tag frisch und fröhlich auf die Uni, während Dad die Wohnung unter dem Arsch weggezogen wird, weil er die Miete nicht alleine stemmen kann?«

Ich hasse es, über Geld zu sprechen. Ich hasse es.

Caden sieht mich an. »Du musst das nicht alleine schaffen. Rina.«

»Scheiße«, fluche ich. Die Realität holt den Druck zurück. Ich kann nicht mehr ruhig dasitzen und stehe auf. »Es reicht so schon kaum für die Kosten, die das Fabrikgebäude frisst. Und kein Mensch wird es uns abkaufen, nicht so.«

»Setz dich wieder«, bittet Shane und deutet auf meinen freien Platz.

»Wozu?«, fahre ich ihn an. »Es ist vorbei, siehst du das nicht? Hört auf, mit mir darüber sprechen zu wollen, das macht es ja nur noch schlimmer. Wenn ich es schaffe, meine Realität zu akzeptieren, kann es euch doch nicht so schwerfallen, verdammt. Für euch ändert sich nichts.«

Caden schießt auf, kommt mir nahe und zwingt mich dazu, den Kopf in den Nacken zu legen, um ihm in die Augen sehen zu können. Die aufgehende Sonne enthüllt die Ernsthaftigkeit in seinem Blick. »Wir sind du, Rina. Wenn es dir nicht gut geht, geht es uns nicht gut. Wenn du kämpfst, kämpfen auch wir. Und wenn du deine Träume verlierst, dann holen wir sie gemeinsam zurück.«

Mein Kinn beginnt zu beben. Ich mache einen Schritt zurück, weg von ihm, von seiner Nähe. Ich schaffe das, allein.

»Rina.« Shane tritt an Caden vorbei. »Wir haben eine Idee, aber um zu sehen, ob sie sich verwirklichen lässt, brauchen wir die Pläne des Fabrikgeländes und die vorläufige Kostenaufstellung.«

Scham kriecht über meinen Rücken nach oben und zwingt mich beinahe vor ihnen in die Knie. Ich kann mich nicht ausliefern, alles offenlegen und zeigen, wie verloren wir wirklich sind, Dad und ich.

»Rina, wir helfen dir«, wiederholt Caden und ich schütze mich mit einem weiteren Schritt nach hinten.

Shane nickt. »Das *Trust*, die Einrichtung für gehörlose Kinder und Jugendliche, in der Enya und Jonah helfen, braucht dringend eine neue Unterkunft. Jonah hat mit Silvia gesprochen, die das *Trust* leitet, und sie meint, das Gebäude wäre perfekt. Man könnte es um ein Jugendzentrum erweitern.«

Caden hält beide Hände offen vor sich. »Mein Dad würde einiges investieren, und durch seine Kontakte in die Musik- und Filmwelt finden sich garantiert weitere freie Träger, mal abgesehen von den Subventionen, die wir beantragen können.«

»Nein.« Ein Wort. Eine klare Haltung. Keine Hoffnung, nicht für Dad und für mich. Niemals.

Noch ein Schritt zurück und ich spüre die Felswand in meinem Rücken. Mir bleibt kein Ausweg im Leben und nicht eine weitere Rückzugsmöglichkeit hier, also schließe ich die Augen. Keine Perspektive. Nicht für mich, nein.

»Rina.« *Caden.*

»Wir sind da.« *Shane.* »Vertrau uns, wir können es schaffen, gemeinsam.«

Ich lache und der kalte Fels kratzt über meine Haut. »Habt ihr mich deswegen hierhergebracht, weil ich euch in der Lagune ausgeliefert bin und nicht wegkann? Ihr seid Arschlöcher. Alle beide.« Es tut weh, weil es nicht echt ist. Weil es nie gelingen kann, das, woran sie glauben.

Cadens Wärme dringt wieder zu mir, obwohl ich ihn nicht spüre. »Wir haben dich hierhergebracht, um dir zu zeigen, dass es nie zu spät ist. Es gibt Hoffnung, immer.« Er lächelt. »Du musst nur hinhören.«

»Hör genau hin, Babe«, flüstert Shane und ich kann seinen Atem auf meinem Gesicht spüren.

Sie sind da, bei mir. Aber ich kann es nicht, ich schaffe es nicht, mich fallen zu lassen.

»Rina, hör einfach hin und vertrau uns.« Shane greift nach meiner Hand und Cadens Finger hakt sich unter meinen.

Ich atme tief ein, nehme nur meinen panischen Herzschlag wahr, der weiter die Furcht und das Misstrauen durch meinen Körper treibt, unaufhörlich, gnadenlos.

Dann höre ich es.

Leise, schwach und doch unnachgiebig. Auf unglaubliche Weise dem Schicksal trotzend. Das Summen der *Bombus occidentalis,* die beinahe als ausgestorben gilt. Aber nicht hier. Nicht an dem Ort, den wir für uns entdeckt haben. Einen Ort, an dem alles möglich ist, weil auch zwischen uns alles möglich ist.

Das Summen dringt in jede Faser meiner selbst und flutet die Widerstände. Einen nach dem anderen.

Mein Gesicht verzieht sich schmerzhaft, und ich spüre, wie sich die Tränen unter meinen Lidern hervorkämpfen.

Sie warten alle beide, bis ich einen Schritt auf sie zu mache, in ihre offenen Arme und in Richtung Hoffnung.

Ich habe die Augen immer noch geschlossen, als mich das Schluchzen beutelt, das sich seit Tagen in mir verkrallt hat.

Ein Schritt. Ich mache diesen einen Schritt und werde aufgefangen von starken Armen, die mich halten. Zwei Menschen, bei denen ich meine Trauer zulassen, mich fallen lassen kann. Nicht ins Bodenlose.

Sondern in unsere Liebe.

Weil Liebe nicht optional ist.

ONSHORE WIND

Wind, der vom Meer Richtung Küste weht und die Wellen flach drückt. Sie brechen dadurch schneller, sind unruhig, niedrig und kaum zu berechnen.

KAPITEL 33

CADEN

Jonah stellt den Motor aus und nimmt beinahe beiläufig sein CI ab. Ich sehe, wie er dabei Enya anlächelt, und mein Blick bleibt eine Sekunde zu lange an ihnen hängen, um unbemerkt zu bleiben.

Mein Bruder dreht den Kopf zu mir und zieht fragend die Augenbrauen hoch. Ich nicke, viel selbstsicherer, als ich mich fühle. Rina und Shane haben Enya und Jonah zugesagt, die Full Moon Party am Pier gemeinsam zu besuchen. Meine Zweifel habe ich für mich behalten. Rina hatte heute Morgen in der Lagune einen Zusammenbruch, der meiner Meinung nach längst überfällig war.

Zu sehen und zu spüren, wie sie ihre Gefühle endlich mit uns teilt und zulässt, dass nichts zwischen uns steht, war ergreifend. Und bedeutsam.

Jetzt hier zu sein, wo der Bass unser Tempo bestimmt und nicht der Nachhall der Emotionen, die uns heute überschwemmt haben, ist gefährlich. Das unruhige Surren in meinen Fingern ist zurück, und obwohl ich erst vor unserer Abfahrt die letzte Tablette genommen habe, greife ich jetzt beim Aussteigen unauffällig in meine Tasche und schiebe mir die nächste in den Mund. Der Punkt, an dem ich mich noch rational besänftigen kann, ist längst überschritten. Ich weiß schon jetzt, dass es nicht ausreichen wird. Ich spüre es, weil mit dem Druck, mich zu beruhigen, die Angst immer mächtiger wird. Noch nie in meinem Leben hatte ich so viel zu verlieren. Noch nie.

»Alles klar bei dir?«, fragt Shane und geht in die Hocke, um seinen Schuh zu binden.

»Warum fragst du?«

Er sieht mich nicht an. »Weil du nicht mehr als notwendig sagst, seit Stunden?«

»Ich will nur, dass es ihr gut geht. Und ich mache mir Sorgen«, gebe ich das zu, was Shane als Antwort reichen wird. Wenn ich etwas gelernt habe, dann ist es Ausweichen.

Shane steht auf und folgt meinem Blick zu Rina, die mit Enya über irgendetwas lacht. »Die Auszeit heute wird ihr guttun. Wir waren seit Wochen auf keiner Party mehr.«

Ich sage ihm nicht, dass ich es nicht vermisst habe oder dass ich mit ihnen beiden am Lagerfeuer sitzen will, alleine am Strand. Ich verschweige Shane auch, dass mich Dr. Gander heute angerufen hat und sich meine Schonfrist dem Ende zuneigt. Ob ich will oder nicht, ich muss weg von ihnen und San Diego und dem seidenen Faden, an dem meine Kontrolle hängt. Ich muss in meinem ganzen Chaos wieder funktionieren.

Fuck, fluche ich in mich hinein und presse die Kiefer zusammen. *Alles bestens. Ruhig.*

Shane legt den Arm um Rina und zu fünft gehen wir den gepflasterten Weg vom Parkplatz zur Uferpromenade des Ocean Beach. Der sechshundert Meter lange Pier ist mit Lichterketten überspannt, die ihn wie ein leuchtender Tunnel unter einem goldenen Himmel wirken lassen. Schon am Anfang des Holzsteges tummeln sich die Gäste, obwohl die Bühne viel weiter draußen aufgebaut ist, dort, wo sich der Pier über dem Meer teilt. Die Boxen, die zu allen Seiten platziert sind, lassen die harten Beats durch den Boden wummern.

Ich schaue zu Jonah, der zufrieden mit dem Kopf im Takt mitwippt. Shane fragt mich wortlos, ob wir weiter nach vorn gehen sollen, und ich zeige ihm, dass es mir egal ist. Ich dränge mich als Letzter von ihnen allen durch die Menge und weiche bekannten Gesichtern von der West Coast University gekonnt aus. Trotzdem kann ich den anderen nicht schnell genug folgen und die Ansammlung aus tanzenden und feiernden Menschen schiebt sich zwischen uns. Ich versuche aufzuschließen, verliere jedoch Rina und Shane aus dem Blick.

Ich verliere sie, wo ich sie doch gerade erst wiedergefunden habe. Ich werde sie verlieren, weg sein von ihnen. *Allein.*

Mit dem nächsten Atemzug sorgen die Benzos, die ich in den letzten Stunden genommen habe, dafür, dass die Macht von diesen Worten abblättert. Sie fügen sich herrlich bedeutungslos in das taumelnde Drehen in meinem Kopf ein. Der plötzliche Schwindel zwingt mich anzuhalten. Nicht weil ich mich unwohl fühle, sondern weil ich es genieße.

Ich genieße es, die drohende Gefahr von allen Seiten verstummen zu sehen, wenn auch nur für wenige Minuten, und frei zu sein. Frei von Rina und Shane. Frei von Liebe. Befreit.

Es dauert einen Song, vielleicht auch einen zweiten, den ich einfach nur dastehe und mich von der Musik tragen lasse. Als ich spüre, wie der erste Schub durch die Tabletten seine Wirkung einbüßt, beginnt mein Herz zu rasen. Panisch, nach weiterer Erlösung suchend.

Ohne mit mir selbst darüber zu diskutieren, dass ich seit Jahren keinen Alkohol mehr getrunken habe, stolpere ich auf die nächste Bar zu, die aus Holzpaletten aufgebaut wurde. Ich zeige auf den erstbesten Shot auf der Karte und bestelle drei davon. Die Flüssigkeit leuchtet in einem grellen Neongelb, und ich will gar nicht wissen, wie viel Chemie ich da in mich hineinpumpe. Die Shots schmecken nach purer Zitrone, vermischt mit Hochprozentigem, und brennen sich meinen Hals hinunter. Das instinktive Würgen nach dem dritten hält mich nicht davon ab, mich zur nächsten Bar durchzukämpfen und mir wieder drei Shots zu bestellen. Ich kippe sie alle hinunter.

So mache ich weiter, bis ich an der Bühne in der Mitte des Piers ankomme, auf der ein DJ von bunten Lichtern und Nebelschwaden eingehüllt wird.

Ich lehne mich mit beiden Armen rückwärts an das Holzgeländer und atme. Mein Körper fühlt sich taub an und zwingt mich nicht weiter dazu, die vielen Stimmen in mir zu sortieren. Alles, was ich jetzt bin, ist ich. In einer betäubten, aber dafür erleichterten Variante. Ich ignoriere Becca oder Betsy, die ich aus ein paar Vorlesungen kenne und die mit mir an die Bar möchte. Ich ignoriere sie und den ganzen Rest um mich herum.

Alles, was ich sehe, sind Rina und Shane. Sie tanzen nur wenige Meter vor mir entfernt. Shane hat seine Hände an Rinas Taille und schiebt gerade eine davon über dem hauchdünnen Sommerkleid zu ihrem Hintern. Ich schlucke. Ihr Haar schimmert durch das goldene Lichterdach feurig rot. Rina trägt es hochgesteckt und gibt damit die Sicht auf diese eine Stelle an ihrem Hals frei, die mir gehört.

In diesem Moment entdeckt Shane mich. Seine Augen sind dunkel, und ich kann die Bilder dahinter erkennen, die mich ebenso anmachen wie ihn. Ich grinse wissend, da nickt er und dreht Rina in seinen Armen um. Er flüstert ihr etwas ins Ohr und sie richtet den Blick geradewegs auf mich. Ihr heißes Lächeln schickt Blitze durch meinen Körper, die mich aus meiner Ohnmachtsstarre lösen.

Ich bewege mich nicht, sondern warte und sehe zu. Dabei, wie Shane Rina zur Melodie des neuen Songs wiegt, der sich langsam aufbaut. Als er sie am Hals küsst, an der Stelle, die ich so liebe, und sie dabei meinen Blick hält, zischt ein verlangendes Grollen über meine Lippen. *Fuck.* Rina lehnt ihren Kopf gegen Shanes Brust, er hebt ihre Arme an und sie stehen still mit der Ruhe der Musik. Zwischen uns dreien ist mehr Leben als in der tanzenden Menge, die auf den Beat Drop wartet.

Die Feiernden um uns herum werden endlich durch das gleichmäßige, schnelle Hämmern erlöst und etwas setzt sich auch in mir in Bewegung. Rina und Shane haben den Rhythmus wieder aufgenommen und tanzen zu irgendeinem Remix von *Stand By Me*, da gehe ich auf die beiden zu. Es fällt nicht auf, dass ich schwanke, so eng ist es auf der Tanzfläche.

Anstatt mich wie Rina und Shane zum Lied zu bewegen, bleibe ich stehen, als ich mich endlich bis zu ihnen durchgekämpft habe. Ich sehe Rina an, versuche ihren Duft zu finden zwischen den Ausdünstungen von Schweiß und billigem Alkohol, die in der Luft liegen, und bekomme wieder Panik beim Gedanken, auch nur den kleinsten Teil von uns dreien hergeben zu müssen.

Rina legt eine Hand auf meine Brust und holt mich zurück zu ihr und der Gewissheit, dass sie jetzt da ist. *Noch.* Als sie an meinem Hemd zieht, grinse ich und mache einen Schritt auf sie zu. Ich spüre ihre Hüfte an mir, im Einklang mit dem sanften Bass. Ihr lautes Lachen dringt weit über die Musik und die Feiernden hinweg zu mir, als der Beat noch härter wird und ich es endlich schaffe, mit den zweien mitzugehen.

Shane und ich tanzen mit unserem Mädchen, versinken in ihren Bewegungen und in dem Ausdruck ihrer Augen, voll von heilender Lebensfreude. Wir vergessen den Morgen mit all dem Schmerz, weil dieser Moment nur die Liebe zählen lässt, die uns alles ermöglicht. Wenn wir zusammen sind.

Der Song endet, zwingt uns kurz zum Innehalten. Ich lächle, Rina und Shane lächeln. *Alles ist möglich, wenn wir zusammen sind,* wiederhole ich für mich.

Aber das werden wir nicht sein, weil ich bald weg bin, und alleine. Ich werde sie wieder sich selbst überlassen und ihrem Schicksal.

Gierig warte ich auf das nächste laute Dröhnen oder den Rausch durch die Musik, der den Kummer mit sich nimmt, aber er bleibt aus. Irgendeine Ansprache erfolgt durch das Mikrofon, weil die Einnahmen von heute gespendet werden, da kommt Enya und zeigt auf Jonah, der Getränke für uns besorgt hat. Ich lege meinen Arm um Rina, mehr um mich festzuhalten, als Shane mich an meiner Schulter zurückzieht.

»Scheiße, deine Augen. Hast du getrunken?«

Ich grinse nur, nicht einmal mehr fähig zu lügen. An meiner Seite spüre ich, wie Rina erstarrt. Nicht wegen mir. Es braucht eine einzige Sekunde, um zu erkennen, warum – oder wegen wem.

Ihr fucking Ex Aaron hat sich Rina in den Weg geschoben und sieht sie herablassender als jemals zuvor an. Sein Blick bleibt an Shanes Hand hängen, die sich soeben mit ihrer verbunden hat. Er lacht laut auf und augenblicklich beißt sich Rina wieder auf die Lippe, anstatt den Wichser einfach zur Seite zu schieben. Jonah taucht hinter ihm auf, er hasst den Typen ebenso wie wir.

Am meisten hasse ich es jedoch, wie Rina sich aus meiner Umarmung löst und ihre Hand aus Shanes zieht. Sie zieht sich zurück.

»Ich bin wirklich etwas verwundert, Rina«, sagt Aaron absichtlich laut und verzieht seinen hässlichen Mund. »Bei mir hast du noch einen auf prüde gemacht, als ich dich gefragt habe, ob wir es im Bett mal zu dritt oder zu viert probieren sollen, um zumindest etwas Spaß in die Sache zu bekommen. Ich hatte also recht, du bist einfach nur die kleine Surferschlampe der beiden.«

Shane will Rina an sich vorbei nach hinten schieben, aber ich bin schneller. Meine Wut und das Adrenalin platzen in meinem Schädel und verschaffen mir eine Klarheit, wie ich sie schon lange nicht mehr hatte.

Ich erkenne Jonah in meinem Augenwinkel, der noch auf mich zuspringt, um meinen Schlag abzufangen, aber er ist zu spät. Das dumpfe Geräusch vermischt sich mit Aarons überraschtem Stöhnen, als mein Ellenbogen seine Nase trifft. Er wird von den kreischenden Leuten hinter sich aufgefangen und ich kann mich auf ihn stürzen. Der Schlag, den ich von ihm am Auge abbekomme, elektrisiert meine Wut nur weiter und ich balle die Hand zur Faust. Es ist mir scheißegal, wo ich sein Gesicht treffe. Alles, was ich will, ist ihn bestrafen. Dafür, dass er Rina gedemütigt hat, viel öfter vor heute. Dafür, dass er das beschmutzt, was wir haben, und dafür, dass er ihr die Sicherheit nimmt, die wir uns aufgebaut haben. Einer Seifenblase gleich, aber sie gehört uns.

Und er kommt und bedroht uns?

Es ist Jonah, der seinen Arm um meinen Hals legt und mich mit aller Kraft nach hinten zerrt und somit weg von Aaron. Shane drängt sich in mein Sichtfeld und packt mich am Kinn, er schreit mich an. Brüllt, aber ich nehme nur das unbändige Zittern meiner Lippen und den Geschmack nach Metall in meinem Mund wahr.

Ich versuche mich zu wehren, denn Aaron steht schon wieder, und er soll nicht stehen. Er soll sich ergeben, um Entschuldigung flehen und nie wieder eine Frau demütigen.

Shanes Worte dringen nicht zu mir durch. Er und Jonah zwingen mich dazu, meine Beine mit ihnen zu bewegen. Weg von Aaron und weg vom Pier. Erst als ich Sand unter den Füßen spüre und nach Luft röchelnd auf die Knie gehe, lassen die beiden von mir ab. Ich reibe über meinen schmerzenden Hals und suche sie, um Jonah zu fragen, ob er mich soeben umbringen wollte, und um Shane fehlende Ehre vorzuwerfen. Aber alles, was ich sehe, ist Rina.

Sie steht da, neben Enya. Still.

Mein Mädchen ist die Einzige, die nicht spricht oder auf mich einredet und wild vor meinem Gesicht gestikuliert. Rina tut nichts und damit legt sich die größte Schwere auf meinen Brustkorb.

Blut sammelt sich in meinem Mund, das ich neben mir in den Sand spucke. Mein linkes Auge pocht und engt mir bereits die Sicht ein.

Das Hämmern zwischen meinen Ohren wird stärker, als sich Rina auf mich zubewegt. Sie könnte den letzten Rest meiner selbst zerstören, mich mit wenigen Worten einen Abgrund hinunterstoßen und mich langsam verblutend zurücklassen. Tränen stehen ihr in den Augen, und erst jetzt sehe ich, wie sehr ihr ganzer Körper unter all der Last bebt.

Sie bleibt vor mir stehen. Ich knie immer noch im Sand und schaue zu ihr auf, will sie um Verzeihung bitten oder um Hilfe. Gerade als ich etwas sagen möchte, irgendetwas, lässt sie sich zu mir in den Sand auf die Knie sinken.

Rina greift nach meinen Fingern. Ich zucke zusammen, aber sie lässt nicht los, übt noch mehr Druck aus. Sie hält mich fest, für die Atemzüge, die ich brauche, um nicht mehr zu keuchen und das rasende Drängen und Suchen in mir zu beruhigen.

Rina sieht mir in die Augen, sieht mich und alles, was ich bin. Schwach und verloren.

»Wie geht es dir?«, frage ich sie leise. »Wurdest du irgendwie verletzt?«

Sie nimmt den Stoff ihres Kleides und wischt damit unter meiner Nase entlang. »Du bist derjenige von uns beiden, der ziemlich ramponiert aussieht«, gibt sie mit einem schwachen Lächeln zurück.

»Ich meine auch nicht, ob du körperlich verletzt wurdest, Rina, also, nicht nur.«

Sie schüttelt den Kopf und tupft weiter mit ihrem Kleid über meine Lippe. »Ich weiß nicht, warum es so schwer ist, Dinge, die er gesagt hat, seine Beleidigungen, einfach hinter mir zu lassen.« Rina setzt sich zurück auf ihre Beine. »Es ist meine Schuld, ich hätte nicht so lange bei ihm bleiben sollen.«

»Wenn es überhaupt jemandes Schuld ist, dann seine, weil er ein respektloses, machtkrankes Arschloch ist. Er hat es ausgenutzt, dass du ihn mochtest.«

»Das ist vorbei«, erwidert sie schnell. »Aber es tut trotzdem noch weh.«

Ich nehme ihre Hände. »Und das ist in Ordnung, weil nicht alle Wunden schnell heilen. Manche brauchen ein bisschen mehr Pflege und Zeit.« Ich küsse ihre Fingerknöchel und greife mir an die schmerzende Brust. »Trotzdem darf niemand so mit dir sprechen.« Rina muss nicht wissen, dass seine Worte alleine vermutlich nicht ausgereicht hätten, um mich zu provozieren. Es war die pure Angst davor, sie bald zu verlieren, die mich hat ausrasten lassen. Sie soll sich nicht schämen müssen, nicht für uns und das, was wir haben.

Eine Berührung an meiner Schulter lässt mich zusammenzucken. »Jonah meint, wir sollten von hier verschwinden.«

Ich nicke Enya zu und stemme mich ächzend hoch. Jonah hat Rina bereits auf die Beine gezogen und umarmt sie, da sehe ich Shane, der mit dem Rücken zu uns Richtung Wasser steht. Er hat seine Arme hinter dem Kopf verschränkt und reagiert nicht, als ich ihn rufe. Der Sand stellt mein alkoholgeschwängertes Gleichgewicht enorm auf die Probe, aber irgendwie schaffe ich es zu meinem Freund. Obwohl er mich kommen gehört haben muss, dreht er sich nicht um.

»Shane?«

Er wippt nur den Kopf leicht nach links, ich höre ihn trotz der Musik vom Pier laut schlucken.

»Shane? Wir gehen.«

Als er sich umdreht, erkenne ich in jeder einzelnen Regung Schmerz und Trauer, vielleicht auch Enttäuschung. Verrat.

Er weiß es.

»Wann wolltest du es mir sagen?«

Es zu leugnen, wäre der nächste Messerstich, und ich habe keine Ahnung, wie viele unsere Freundschaft noch ertragen kann.

»Ich habe es unter –«

»Bullshit«, schnauzt er mich an und kommt mir dabei so nahe, dass sich unsere Nasenspitzen fast berühren. »Du hast mir versprochen, dass du Bescheid sagst, wenn der Suchtdruck größer wird. Ich habe dir geschrieben, an jedem Tag in den letzten Jahren, in Phoenix, und du hast mir an jedem verdammten Tag einen verfickten Daumen hoch zurückgeschickt. Dad hat recht, ich bin wirklich ein Idiot.« Shanes brüchige Stimme schneidet mir ins Fleisch. »Ich hätte es sehen müssen, deine rot geränderten Augen, die ständigen Kopfschmerzen. Deine miese körperliche Verfassung und der Schlafmangel. Diese Unruhe. Scheiße.« Er tritt in den Sand. »Du hast nichts dazu zu sagen, Caden?«

Ich blinzle, kann nichts sagen, weil ich die Worte dafür noch nie hatte.

Shane nickt und geht an mir vorbei. Enya, Rina und Jonah haben unser Gespräch nicht gehört, aber ich kann im auslaufenden Licht der Pierbeleuchtung die Sorge erkennen, die sich auf ihren Gesichtern widerspiegelt.

Ich humple mehr, als dass ich an Enya und Jonah vorbeigehe, und weiche dem wütenden Blick meines Bruders aus, weil ich jetzt andere Probleme habe. Rina sieht immer noch Shane hinterher, da ergreife ich ihre Hand und wir alle folgen ihm zum Parkplatz.

Die letzte Wagentür ist noch nicht geschlossen, da hat Jonah sein CI wieder angelegt und sieht mich an. »Hast du auch nur eine einzige Sekunde an deine Finger gedacht? Du bist Chirurg, verdammt.«

Ich öffne und schließe provokativ die Fäuste. »Alles gut, siehst du? Wobei meine Hände schon seit Längerem zu nichts mehr zu gebrauchen sind.«

Jonah kommt etwas näher an meinen Mund, sein Blick fällt kurz auf Rina. »Scheiße, seit wann trinkst du?«

Mein Lachen gleicht beinahe einer Beleidigung, weil mein eigener Bruder keine Ahnung hat. »Fahr jetzt einfach, Jonah.«

»Ich will –«

»Fahr!«, brülle ich und spüre, dass alle erstarren.

»Nur damit wir uns verstehen«, sagt Jonah gefährlich leise, ohne mich noch einmal anzusehen. »Ich fahre, aber morgen komme ich wieder. Und dann reden wir.«

Gleichgültig schnalze ich mit der Zunge und lehne den Kopf gegen die Nackenlehne, in der lächerlichen Hoffnung, so den beruhigenden Schwindel noch einmal zurückzuholen. Die Schmerzen von Aarons Schlägen sind jedoch stärker und müssen wohl vorerst reichen. Mit geschlossenen Augen entfliehe ich der Stille um mich herum und warte einfach ab. Dass ich begraben werde, immer weiter, so wie ich es geahnt habe. Alles bricht zusammen. Nicht, weil wir nicht stark genug sind.

Ich bin es nicht.

Ich bin einfach zu schwach.

KAPITEL 34

RINA

Die Stille prasselt auf mich ein wie spitzer Muschelbruch in einer stürmischen Nacht und verschleiert meine Sicht. Ich kann nicht erkennen, was zur Hölle hier vor sich geht, aber irgendetwas sehe ich nicht, und es hat rein gar nichts mit mir und den Problemen zu tun, die an mir haften und mich überallhin verfolgen. Hier geht es nicht um mich.

Shane starrt mit geballten Fäusten aus dem Fenster und Caden scheint auf dem Beifahrersitz zu schlafen. Ich kann mich nicht daran erinnern, wann ich ihn zum letzten Mal angetrunken gesehen habe. Es wäre gelogen, wenn ich sagen würde, dass es mich nicht stört. Ich hasse Alkohol, aber es ist seine Entscheidung, nicht meine.

Enya legt ihre Hand auf meine und drückt sie, als nach quälend langen Minuten endlich die Zufahrt zum *Seal for Life* vor uns auftaucht.

»Ich lass mein Handy die ganze Nacht an, ja? Falls du was brauchst.«

Mit einem dankbaren Lächeln drücke ich ihre Hand zurück und mache mich bereit auszusteigen. Nicht wissend, was ich tun oder ansprechen soll, um diesen plötzlichen Knoten zu lösen.

»Da ist ein Wagen«, sagt Jonah und deutet auf das Leihauto, das auf dem Parkplatz steht.

»Das muss Mom sein«, schlussfolgert Shane mit Blick auf die beleuchtete Anlage. »Sie hat nicht erwähnt, dass sie heute herkommen will.«

Shane, Caden und ich steigen aus dem Auto. Jonah ist gerade wieder vom Parkplatz gefahren, da hören wir einen der Seehunde laut brüllen, was ungewöhnlich ist für diese Uhrzeit.

Shane rennt los über die Anlage nach unten. Für einen Moment glaube ich, Caden würde sich umdrehen und gehen, da nimmt er meine Hand und wir folgen Shane. Erste Erleichterung durchströmt mich und lässt das Gefühl in mir wachsen, dass ich mehr in die Stimmung vorhin hineininterpretiert habe, als notwendig ist. Vielleicht war es einfach nur ein Scheißabend und alles ist gut.

Wir laufen die geschwungenen Wege um die ersten Becken herum und sehen Shane vor der Anlage von Glassy stehen, die immer noch laut brüllt. Seine Mom Mara steht neben Shane, der versucht ,Glassy mit sanften Handbewegungen zu beruhigen.

»Geh einfach rein ins Haus, Mom, sie kennt dich nur nicht und hat Angst.«

Mara nickt und geht rückwärts auf das medizinische Zentrum zu, während Shane leise auf die hektische Glassy einredet.

Die ruhige Stimme voller Vertrauen und Stärke zeigt nichts mehr von seinem Ärger eben im Auto.

Glassy sieht Caden und mich kommen und hebt kurz den Kopf in unsere Richtung, konzentriert sich dann aber weiter auf Shane. Ihre aufgeregten Schläge mit dem Kopf werden weniger, und es dauert nicht lange, da dreht sie uns den Rücken zu und robbt in die Dunkelheit.

»Sie hatte nur Angst«, wiederholt Shane und folgt seiner Mom.

Caden zögert, aber ich ziehe ihn hinter mir her, um Mara zu begrüßen.

Wir betreten den hell beleuchteten Raum, und sofort spüre ich, dass Shanes Befangenheit zurück ist. Er hat sich an dem Untersuchungstisch abgestützt und den Blick gesenkt.

»Dad hat mich geschickt. Er war nach deinem Besuch gestern beunruhigt und wollte sichergehen, dass du hier mit dem Druck und der Verantwortung klarkommst. Eigentlich wollte ich nur die Nacht hier verbringen und morgen wieder im Hotel schlafen, aber das verändert alles.«

Shanes Fingerknöchel treten weiß hervor, weil er die abgerundete Metallkante des Tisches immer fester drückt. Ich mache einen Schritt nach vorn zu ihm. Mein Hals wird trocken und das Herz drückt mit jedem Pochen gegen meine Kehle, so sehr überrennt mich die Situation plötzlich. Mein Blick versinkt im offenen Medikamentenschrank, vor dem Mara steht. Die wenigen orangen Dosen, die daraus übrig sind, legt sie anklagend vor Shane auf den Untersuchungstisch.

Ich löse meine Hand aus Cadens, um sie mir vor den Mund zu legen. Panisch beginnt in meinem Inneren die Suche nach dem, was ich in den letzten Wochen übersehen habe. Danach, wie an mir vorbeigehen konnte, dass Shane nach sechs Jahren rückfällig wurde, obwohl ich ihn so gut beobachtet habe.

Wie ein Kübel Eiswasser entleert sich die Wahrheit über mir. Dass ich es nicht bemerkt habe, weil ich nie aufmerksam genug war und viel zu beschäftigt mit meiner eigenen kleinen, nichtigen Welt.

»Mom«, sagt er und das hilflose Zittern in seiner Stimme treibt mir die Tränen in die Augen. »Es ist nur ein kleiner Rückfall. Du musst dir keine Sorgen machen, ich habe das *Seal for Life* trotzdem vollkommen unter Kontrolle. Ihr könnt euch auf mich verlassen.«

Mara zeigt auf das leere Fach im Medikamentenschrank. Die blauen Augen, die Shane von ihr hat, haben einen kalten Schimmer angenommen. »Das nennst du einen kleinen Rückfall, Svein? Du bist Suchterkrankter, und Suchterkrankte haben keine kleinen Rückfälle. Sie werden mit jedem Rückfall an den Anfang zurückkatapultiert, weiter von jeglicher Normalität entfernt als jemals zuvor.«

Shane scheint in sich zusammenzufallen. Er schaut kurz zu mir, die Zähne aufeinandergepresst, und ich kann die Trauer an jedem Millimeter seines Gesichts ablesen. Dann senkt er den Kopf. »Mom, es ist –«

»Wag es nicht, noch etwas zu sagen, das deine Probleme herunterspielt.« Mara hebt einen Finger und ich sehe dieselbe Trauer in ihren Zügen. »Dein Bruder hat das getan, jeden Rückfall nicht als das gesehen, was er war. Ich wollte Leiv glauben, so sehr, aber diesen

Fehler machen dein Dad und ich nicht noch einmal.« Sie fährt sich durch die langen Haare, deren Blond schon von einzelnen silbernen Strähnen durchzogen ist. »Wir brauchen einen Platz für einen Entzug und dann eine Reha. Nicht hier, das versteht sich. Und wir müssen schauen, wer für die Leitung des *Seal for Life* infrage kommt. Zu viel Verantwortung wird immer ein Problem für dich sein, das wissen wir jetzt.«

Shane sieht wieder zu mir, dann weiter zu Caden. Ohne den Blick von ihm zu lösen, strafft er den Rücken und nickt. »Ist gut. Wir haben das einmal hinbekommen und wir schaffen es wieder. Ganz sicher.«

Mara redet weiter, Shane schaut jedoch immer noch Caden an und zwingt mich damit, einen Schritt zurückzutreten, um genau hinzusehen.

Ihr Blickkontakt, der mehr sagt als tausend Worte. Freundschaft, die seit Ewigkeiten besteht und keiner Erklärung bedarf. Tiefe Verbundenheit, die alles durchsteht. Alles.

Nein, das kann nicht sein. Bitte, bitte nicht.

Es ist Caden, der sich in den letzten Wochen so verändert hat, kaum mehr greifbar und versunken in sich selbst war. Sein Schwanken zwischen seinem alten Ich und der panischen Unzufriedenheit. Die ständigen Kopfschmerzen. Das Nasenbluten. Seine Angst und das rastlose Suchen nach Beschäftigung. Er war müde, so müde.

Ich falle. Caden. Es war *immer* Caden.

»Svein, morgen früh tätige ich sofort alle Anrufe. Dr. Jenkins schuldet uns nach der schnellen Aufnahme von Lara noch einen Gefallen, er wird dich sofort im Entzug unterbringen.«

Ihre Pläne scheinen auf Shane einzuprasseln, ohne zu ihm durchzudringen, trotzdem nickt er wieder. »Natürlich, Mom. Es tut mir leid, dass …«

»Dass du mich enttäuschst? Du solltest inzwischen wissen, dass du mit einem Rückfall niemand anderen als dich selbst –«

»Es reicht.« Caden tritt neben Shane. Das Licht erhellt sein Gesicht jetzt genug, um die roten Augenlider zu sehen und die Ringe, die sich darunter abzeichnen. Selbst unter der Schwellung, die Cadens linke Seite zu überziehen beginnt, erkenne ich sie. Ich war so naiv.

»Es war nie Shane«, spricht Caden aus, was ständig greifbar war. Ich hätte mich einfach nur bemühen müssen. »Es war nie Shane, der abhängig war«, wiederholt Caden und stützt sich auf dem Untersuchungstisch ab. »Weder von Benzodiazepinen noch von Amphetaminen, Opioiden oder Barbituraten.«

»Caden. Lass es.« Shane schaut zu seiner Mom.

»Das ist längst überfällig, Bruder«, sagt er zu Shane und drückt kurz seinen Unterarm. »Shane war nie abhängig und hat nie einen Entzug gebraucht, Mara.« Er zieht die Augenbrauen zusammen, beinahe schmerzhaft, als würde die Wahrheit wehtun. »Er hat den Kopf für mich hingehalten und alles dafür getan, dass ich mein Leben wieder in den Griff kriege, ohne meinen Eltern, die schon alle Hände mit Jonahs Unfall und der Geburt der Zwillinge zu tun hatten, noch mehr Sorgen zu bereiten.« Er schüttelt den Kopf, immer wieder, hebt eine Hand und bittet damit um Zeit. Zeit, die er jahrelang hatte. »Nicht Shane braucht Rettung, er war es, der mich gerettet hat. Er ist der Held.«

Für Mara scheint eine Welt zusammenzubrechen. Mit offenem Mund sieht sie von Caden zu Shane und wieder zurück. Dann lacht sie auf, als wäre es nichts, aber die leichte Hysterie in ihrer Stimme verrät sie. »Nein.«

»Shane ist der Held«, wiederholt Caden. Laut und bestimmt, keine Zweifel duldend.

»Das stimmt nicht.« Mara zeigt auf Shane. »Wir haben die Ergebnisse seiner Tests gesehen. Die waren positiv. Svein hat einen Entzug gemacht und wir haben ihm geholfen.« Mara spricht immer lauter. »Ich kenne meinen Sohn. Shane war abhängig. Ich habe es gesehen.«

Cadens gesamter Körper zittert, aber er löst den Blick nicht von

Mara. Erbarmungslos. »Nein. Du hast gesehen, was du sehen wolltest.«

Das falsche Konstrukt, das sie um den Charakter ihres Sohnes aufgebaut haben, fällt von einer Sekunde auf die andere in sich zusammen. Sie taumelt nach hinten, stößt gegen die Kommode in ihrem Rücken und sinkt zu Boden. Ich sehe, wie sich der alte Schmerz um Leiv nach oben kämpft und mit der unbegründeten Angst um Shane vermischt. Wie sich die Bilder ihrer Söhne trennen und sie sich bewusst wird, was sie daran verloren hat.

Caden fährt sich bei diesem Anblick hilflos über den Kopf und reißt an seinen Haaren. »Es tut mir leid.«

Wo wir uns in dem Sturm um uns herum verlieren, ist Shane derjenige, der noch da ist, mit aller Stärke. Er drückt Cadens Hand, nickt ihm zu und geht dann zu seiner Mutter. Er lässt sich neben ihr auf den Boden sinken und schließt sie in eine Umarmung, die verzeiht und zugleich Halt gibt.

Tränen brechen aus Mara hervor, und sie klammert sich an ihren Sohn, während Shane nur die Augen geschlossen hält. So, als würde er zulassen, dass seine Mom ihn findet – nur ihn, nach all den Jahren.

Mit jeder geflüsterten Entschuldigung entferne ich mich weiter von ihm und Caden, den beiden Menschen, die ich geglaubt habe zu kennen. Die ich liebe, seit ich denken kann. Denen ich vertraut habe. Und die nie echt waren.

»Catherina?« Caden greift nach meiner Hand. »Lässt du es mich erklären?«

Ich entziehe mich seiner Berührung. Stattdessen klopfe ich mir mit der geschlossenen Faust auf die Brust und versuche mit den Schlägen den Schmerz zu betäuben, der darin aufquillt. Ich habe sie im Stich gelassen und sie mich. Sie haben es versprochen. *Wir sind eins.* Nein, wir waren nie eins.

»Alles ist gut, alles ist gut«, wiederhole ich mein Mantra und stoße mit dem Rücken gegen den Türstock.

»Rina, beruhig dich«, sagt Caden, aber die Wahrheit entzieht mir jegliche Kontrolle. Ich will rennen, weg von hier, weg aus meinem Leben, doch ich kann nicht. Mein Herz presst gegen meine Rippen und jede Zelle in mir beginnt zu brüllen. Ich hechle. Viel zu viel Sauerstoff jagt durch meine Adern und gibt mir Energie, die ich nicht verarbeiten kann. Ich bin zu schwach.

»Shane! Komm her! Scheiße.«

Die schnelle Atmung treibt Schwerelosigkeit in meinen Kopf und bringt die Dunkelheit nach außen, die sich in meinem Inneren ausbreitet. Noch einmal springe ich von den Sunset Cliffs, aber dieses Mal wartet niemand auf mich, um mich lachend und stolz zu umarmen. Es wird düster, weil da keiner ist, der mich auffangen kann. Weil alles falsch war. Eine Lüge, alles.

Ich habe ihnen vertraut und war ihnen nicht einmal die Wahrheit wert.

Es wird schwarz. Und ich falle.

KAPITEL 35

SHANE

Erschöpft von dem fehlenden Schlaf lehne ich meinen Kopf gegen den Balken aus Holz und strecke die Beine aus, die auf dem kleinen Balkon so beinahe den Rand des Geländers berühren. Der Wind biegt die Palmen links vom Strandhaus in mein Sichtfeld und auf dem Meer zeichnet die Gischt weiße Muster in das Wasser.

Caden kommt nach draußen und setzt sich neben mich. »Sie schläft immer noch, ihre Atmung ist gleichmäßig.« Er reicht mir eine Tasse Kaffee und schaut in den Himmel. Die Sonne ist bereits aufgegangen, aber von bedrohlichen Quellwolken verhangen, und weit draußen auf dem Ozean zuckt ein greller Blitz über den silbergrauen Himmel.

»Denkst du an den Sturm, der alles zerstört hat, wenn du dieses Unwetter siehst?«, will Caden wissen.

»Die ersten Nächte hatte ich Angst bei jedem Knacken oder Holpern, das ich gehört habe. Dann nicht mehr.«

»Was hat sich verändert?«

Ich nippe an meinem Kaffee. »Der Sturm hat auch etwas Gutes gebracht.«

»Etwas Gutes?«

»Dich. Uns drei.«

Caden wendet den Blick von mir ab und dreht sich so, dass er zu Rina ins Schlafzimmer schauen kann.

»Wenn sie aufwacht und sich erinnert, ist es vorbei. Ich habe es versaut, aber so richtig.«

»Wir«, ergänze ich. »Wir haben es versaut. Es gab so viele Möglichkeiten, so viele Chancen, es ihr zu erzählen. Wir haben sie glauben lassen, dass wir vertrauenswürdig sind.«

»Fuck«, flucht Caden lang gezogen und presst die Fäuste gegen die Stirn. Sein linkes Auge ist beinahe ganz zugeschwollen. »Jetzt ist es verdammt noch mal zu spät dafür.«

Ich werde ihn nicht fragen, warum er mich nicht um Hilfe gebeten hat oder warum er nichts gesagt hat, kein einziges Mal. »Was machen wir jetzt?«, frage ich ihn stattdessen, weil ich wissen will, welche Chance er uns und sich selbst gibt.

Caden lässt die Fäuste sinken. Er schließt nicht die Augen, schämt sich nicht für seine Tränen. »Im Moment bin ich einfach nur müde, Shane. Nur müde.«

Meine Brust zieht sich zusammen und ich lege ihm eine Hand aufs Knie. »Wir haben es einmal durchgezogen und wir ziehen das auch ein zweites Mal durch.«

»Ich weiß nicht, ob ich dieses Mal die Kraft dazu habe.« Caden schüttelt den Kopf. »Ich bin ziemlich im Arsch.«

»Dann ist ja gut, dass ich einen Plan habe. Und der beginnt mit nichts anderem als …«, ich mache einen Trommelwirbel auf meinen Beinen und greife neben mich. »… Skittles!«

Caden sieht die Packung und lässt grinsend den Kopf hängen. »Nicht dein Ernst, Bro.«

»Aber natürlich ist das mein Ernst, wie kannst du daran zweifeln?«

»Keine Ahnung, weil wir nicht mehr siebzehn sind, vielleicht?«

»Scheißegal, Entzug ist Entzug«, sage ich und lege ihm die Packung hin. »Mit wie vielen werden wir beginnen, was schätzt du?«

»Die Wahrheit?«

»Nichts anderes mehr.«

Caden verzieht den Mund. »Fünfzehn in der Stunde, vielleicht mehr.«

»Das ist übel«, sage ich und zische. »Vor allem brauchen wir viel mehr Nachschub.« Ich zeige lachend auf die Skittles. »Ich habe nur diese eine Packung!«

Caden lacht ebenso. »Wenn es nur so einfach wäre.«

»Ist es nicht und war es auch nie, aber so hatten wir damals zumindest das Gefühl, es irgendwie unter Kontrolle zu bekommen. Und wir haben den Fortschritt gesehen. Selbst wenn es an manchen Tagen beschissen viele Skittles waren, weil der Suchtdruck kaum auszuhalten war, irgendwann wurden es weniger. Und das werden wir auch dieses Mal schaffen.«

»Clean, dafür *Diabetes mellitus.*« Cadens Lachen erstirbt. »Der Entzug wird hart. Reha, das ganze Programm. Das Studium kann ich erst mal knicken, Phoenix ebenso.«

»Das Studium kannst du danach immer noch beenden.«

»Wenn das Ganze irgendjemand erfährt, werde ich nie mehr als Arzt arbeiten können, nirgendwo.«

»Die Stigmatisierung von Suchterkrankten kann sich heute keine Berufsgruppe mehr erlauben, Caden. Du musst zeigen, dass du keine Täuschungs- und Bagatellisierungstendenzen an den Tag legst. Und du wirst offen damit umgehen müssen, die Substanzkontrollen absolvieren und therapeutische Begleitung annehmen. Dad kennt sich da echt gut aus, er wird dir helfen.« Ich sehe die Überforderung in seinem Gesicht und schüttle den Kopf. »Aber eins nach dem anderen, Mann. Mit heute Nacht ist ein verdammt wichtiger erster Schritt passiert.«

»Shane?«

»Ja?«

»Es tut mir leid.«

Ich presse die Lippen zusammen, könnte ihm jetzt sagen, dass ich gekränkt bin und verletzt und mir große Sorgen mache. Und große Vorwürfe, weil ich mich mit seinen oberflächlichen Ausflüchten zufriedengegeben habe. Aber eigentlich bin ich einfach nur erleichtert. Mit der Wahrheit kann man arbeiten, mit Lügen nicht. »Alles gut, Bruder.«

Caden schaut hinaus aufs Meer, die Augenbrauen schmerzhaft zusammengezogen. »Und trotzdem haben wir das Einzige, was wirklich zählt, verloren. Das einzige Mädchen, das ich jemals lieben werde.«

Sein Schmerz ist mein Schmerz. »Willst du das wirklich tun, sie so schnell aufgeben?«

»Wir haben sie belogen, Shane. Man belügt nicht die Menschen, die einem wichtig sind. Vor allem nicht, wenn sie das Wichtigste sind.«

Auch ich fühle die Enttäuschung. Über mich selbst, über uns. Über unsere Lüge. »Es war der Weg, der am ehesten irgendeinen Sinn ergeben hat.«

»Wirklich?« Caden schnaubt. »Fakt ist, dass wir zuerst keinen Plan davon hatten, worauf wir uns da einlassen, weil der Entzug und alles drum herum eine saudumme Idee war und gefährlich noch dazu. Irgendwann war die Lüge schon so normal, dass ich nicht mehr darüber nachgedacht habe.«

»Was nichts daran ändert, dass wir Rina vertraut haben und es ihr hätten erzählen müssen.«

»Weil sie uns vertraut hat.« Cadens Stimme ist leiser geworden.

Wir sitzen beide da und schauen hinaus aufs Meer, wo sich die Wellen immer höher auftürmen und bedrohlich gegen den Sand preschen.

»Shane, ich verliere. Ich bin dabei, alles zu verlieren.«

Ich weiß nicht, was ich sagen soll. Hoffnung und Zuversicht tragen uns nicht immer.

Mit festem Druck lege ich meinem Freund die Hand auf die Schulter, weil ich jetzt nur noch eine Sache tun kann.

»Ich bin da, Caden.«

»Ich liebe sie so sehr.«

»Wir. Wir lieben sie.«

* * *

RINA

Liebe. Ein Wort, das mich aus den Träumen trägt. Aus einem Dasein in kurzer Schwerelosigkeit, schmerzfrei und leicht zugleich. Ein, zwei Wimpernschläge lang.

Bis die Erinnerung aus ihrem Dämmerschlaf geweckt wird und mich mit voller Kraft niederreißt. Ich kann mich nicht bewegen, so bleiern drücken die Bruchstücke eines Lebens, das jegliche Hoffnung verloren hat, auf meinen Brustkorb. Eine Scherbe nach der anderen schneidet sich in mein Herz. Schnitt für Schnitt, Erinnerung für Erinnerung.

Mein Dad, der mir für einen wertlosen Traum die Selbstbestimmung entrissen hat und seine Verantwortung im Alkohol ersäuft. Ich hasse dieses Gefühl, ihn zu verlieren, immer mehr. Machtlos, an seine Probleme – die zu meinen werden und mir eine Zukunft nehmen, weil ich für mein restliches Leben seine Schulden werde abarbeiten müssen. Meine Arme und Beine fühlen sich taub an, sie haben diese Ohnmacht längst akzeptiert. Ich habe Dad vertraut, das war ein Fehler. Er hat mich verraten. Mein Herzschlag wird schwerer, treibt die Scherben immer tiefer in mich, bis in meine Seele, zu Shane und Caden. Ich habe ihnen alles gegeben, alles.

Ein lautloses, hysterisches Lachen schickt sein Echo durch meinen schmerzenden Schädel. Vielleicht hatte Aaron recht und ich bin wirklich nur die Surferschlampe der beiden. Sie haben mich ausgeschlossen, seit Jahren, und ihre dunkelsten Geheimnisse – nein, das, was ihr Leben gezeichnet und gelenkt hat – miteinander geteilt. Nur miteinander, nicht mit mir. Vor mir haben sie sie verborgen und mich belogen. Jeden Tag aufs Neue. *Und dann sprechen sie von Liebe?*

Der Schmerz wird zu Wut und saurer Speichel sammelt sich in meinem Mund. Ich möchte schreien, alles herausbrüllen, was nicht mehr in meinem Inneren sein darf, nie mehr.

Ich habe ihnen vertraut. Mich ihnen anvertraut.

Ihr Verrat nimmt mir die Luft zum Atmen. Hektisch schnappe ich nach Sauerstoff und werde von einem Hustenreiz gebeutelt, der mich aus meiner Lethargie befreit und zum Würgen bringt.

Noch ehe ich mich aus der Bettdecke freistrampeln kann, um auf die Toilette zu rennen, sind sie da. Caden kniet sich vor mich ans Bett. Der Schmerz in seinen Augen hat eine Tiefe angenommen, die mich zurückschrecken lässt.

»Beruhig dich, Rina, du hattest eine Panikattacke, und wenn du jetzt nicht gleichmäßig atmest, hast du die nächste«, erklärt er mit belegter Stimme.

»Atme, Rina«, sagt Shane, der jetzt hinter mir auf der Matratze sitzt und mir über den Rücken streichen will, aber ich wehre seine Berührung ab und kämpfe mich weiter hustend an den Kopf des Bettes. Mit aller Kraft setze ich mich auf, ziehe die Beine an und versuche zu atmen.

»Ein und aus, nicht hektisch, langsam. Gib deinem Körper Zeit«, höre ich Caden beschwichtigen und mache die Augen zu.

Er soll nicht mit mir sprechen, ich schaffe das allein. Mit geschlossenen Augen, ein und aus. Immer weiter.

Als vom Hustenreiz nur noch ein grobes Kratzen übrig ist und die weißen Sterne aus meinem Gesichtsfeld verschwinden, habe ich auch wieder die Kontrolle über meine Atemzüge. Das Zittern verebbt und ich öffne die Augen.

Shane hält mir eine Wasserflasche hin. Die blonden Haare stehen wirr in alle Richtungen ab, und ich sehe, dass er geweint hat. »Trink etwas, Rina«, bietet er mir an, aber ich kann nicht. Ich kann nichts mehr annehmen, weder von ihm noch von Caden.

»Nein«, sage ich erbärmlich leise, obwohl ich so viel Kraft wie möglich in meine Stimme gelegt habe. Ich hole Luft. »Ich will nach Hause.«

Cadens Schultern sinken. Bevor er weiter in sich zusammenfällt, schießt er jedoch auf und schlägt gegen einen der Holzpfosten. Shane zieht das Wasser zurück und streift dabei mein Bein. Schon diese kurze Berührung reicht aus, um zu spüren, dass sich etwas in ihm verändert hat. Er wirkt befreit und stärker als je zuvor.

Ich will aufstehen, aber ein einziges Wort von Shane hält mich zurück: »Nein.«

»Was?« Meine Muskeln spannen sich an, fast so, als würden sie sich für einen Kampf bereit machen.

»Nein.« Shane setzt sich auf die Fersen. »Du sagst, du willst nach Hause?«

»Ja.«

»Das hier ist dein Zuhause, Rina. Also herzlich willkommen, du bist schon da.«

Ich schüttle nur den Kopf und schwinge die Beine über den Bettrand. Als ich versuche aufzustehen, lässt mich ein plötzlicher Schwindel zur Seite kippen und ich kann mich gerade noch auf der Matratze abstützen.

»Gib ihr endlich das Wasser, Shane.« Caden geht zum Geländer des Halbstocks und wieder zurück, unruhig. Suchend. »Du musst etwas trinken, Rina, dein Kreislauf ist fertig.«

Widerwillig nehme ich die bereits geöffnete Wasserflasche an und trinke. »Das hier *war* mein Zuhause«, presse ich zwischen zwei Schlucken hervor. »Jetzt will ich nur noch weg.«

Ich schaffe es, unfallfrei aufzustehen, und schwanke mehr zum Kleiderschrank, als dass ich an Caden vorbeibeigehe.

»Du kannst hier nicht weg«, sagt Shane.

Ich drehe mich um und hasse die selbstsichere Lässigkeit, mit der er jetzt am Bettrand sitzt und sich mit den Ellenbogen auf den Knien abstützt.

»Ich kann und ich werde«, gebe ich zurück und ziehe eine der beiden weißen Schubladen auf. »Wenn ich meine Tasche finde.«

»Gut. Dann geh und brich damit ein Versprechen.«

»Wie bitte?« Ich drehe mich wieder um. »Wovon redest du?«

»Ganz einfach«, sagt Shane und reckt das Kinn. »Mit dem Öffnen des ersten Kuverts hast du indirekt ein Versprechen gegeben, alle sieben Treffen mit uns durchzuziehen. Es fehlen noch zwei. Ganz einfach.«

Ich nehme meine alte Sporttasche aus der Schublade. »Es grenzt an Lächerlichkeit, dass ausgerechnet du mir vorwirfst, unehrenhaft zu sein, Shane. Den Scheiß kannst du stecken lassen.« Ohne ihn weiter zu beachten, beginne ich meine Shirts in die Tasche zu packen.

»Alles klar. Das müssen wir uns merken, Caden. Rina hält zum ersten Mal in ihrem Leben ein Versprechen nicht.«

Ich lasse meine Tasche fallen und gehe die wenigen Schritte vom Kleiderschrank zu Shane. »Nichts, Shane. Ich bin euch nichts mehr schuldig. Kein Versprechen, keine Treffen.«

Er lächelt nur. »O doch, das bist du.«

Sein provokantes, beschissenes Grinsen heizt die Wut und den Schmerz in mir gleichermaßen an. Es tut weh, das zu sagen. »Nein. Weil alles eine Lüge war.«

Er steht so abrupt auf, dass ich nicht schnell genug ausweichen kann und mich von ihm gegen den Kleiderschrank drängen lasse.

Er sieht mich an, sein Gesicht so nahe bei mir. Ich erinnere mich daran, wie es ist, nur aus ihm zu bestehen. »Sag das nicht, Rina.« Seine Stimme ist leise, beinahe flehend.

»Es war eine Lüge«, wiederhole ich und spüre das Brennen in meinen Augen, wenn ich daran denke, wie viele Jahre ich etwas geglaubt habe, das so nie gestimmt hat.

»Was war eine Lüge?«, will Shane wissen und nimmt meine Hand, streichelt mich mit seinem Daumen. »Unsere Freundschaft?« Er streift mit der Nasenspitze über meine Wange und ich schließe die Augen. »Unsere Zuneigung?« Ich spüre seine Lippen vor meinen, kurz vor einer Berührung. »Oder unsere Liebe?«

Ich schaffe es nicht, ihn anzusehen, als ich meine Hand zurückziehe und ihm antworte. »Alles.«

»Nein, und das weißt du.« Shanes Brustkorb hebt und senkt sich an meinem. »Keine Lüge. Ein verdammt großer Fehler, aber alles andere war echt. Waren wir drei.«

Schmerz und Liebe bekämpfen sich in mir. »Wie kann etwas echt sein, das von Unwahrheiten begleitet wird? Ich habe euch vertraut.« Mit einem Ruck schiebe ich Shane von mir und drehe mich zum Schrank, um meine Fächer weiter auszuräumen. »Hier geht es nicht um Freundschaft oder eine Beziehung, es geht um Werte und um Ehrlichkeit. Um das Wissen, dass wir einander tragen und alles miteinander teilen.« Mein Blick wandert von Shane zu Caden. »Ich wollte für euch da sein. Ich hätte helfen können.«

Cadens Miene wird härter und zugleich verletzlich. »Du wolltest da sein?« Er greift sich in die Haare, reißt daran wie letzte Nacht und geht noch gehetzter als zuvor durch den Raum. Abrupt dreht er sich um, als wäre er auf der Suche nach Wahrheiten, die er mir geben kann. »Wann wolltest du da sein, Rina? Wann?«

Ich sage nichts, weil es seine Entscheidung war, nie meine.

Caden bleibt stehen, sinkt neben mir auf die Knie. »Wann verdammt noch mal wolltest du da sein? Als ich unten in der Küche vor Magenstechen röchelnd am Boden lag und Shane mich angefleht hat, leiser zu sein, nachdem er von seinem erstaunlich schnell gelungenen Entzug zurück war und wir das Ganze hier kalt durchgezogen haben? Oder als ich ihn angeschrien habe, mir etwas zu geben, irgendetwas, während er seinen Dad im Nacken sitzen hatte, der ihm keine Minute Freizeit mehr gönnen wollte? Vielleicht als ich Shane angegangen bin, weil ich keine Kontrolle mehr hatte, weder über meinen Körper noch über meinen Geist? Oder doch lieber, als ich mich angekotzt und angepisst habe, weil alles in mir nur noch für eine einzige Sache funktioniert hat? Während ich mich geschämt habe, so sehr?«

»Ja.« Meine Antwort ist einfach. »Ja. Ich wäre für euch da gewesen, weil ihr nie nachgefragt habt, wenn ihr mich mitten in der Nacht abholen musstet. Oder weil ihr mit mir das Pausenbrot geteilt habt, wenn ich nichts mithatte, weil nichts mehr da war. Oder weil ich eure Surfbretter bemalen wollte, zur Ablenkung, obwohl bunte Blumen nicht euer Lieblingsmotiv sind.« Tränen rinnen mir über das Gesicht. »Ja, Caden. Ich wäre da gewesen, so wie ihr für mich, weil das Freunde tun. Bedingungslos. Und ihr habt mir nicht einmal vertraut.«

Ich beginne zu weinen. Cadens Hände zittern so sehr. Er will mich berühren, aber ich gebe ihm ein Zeichen, sich von mir fernzuhalten. Weil ich nicht mehr Nähe ertragen kann, um sie mir dann wieder entreißen zu lassen. Mein Herz bricht weiter und ich sinke zu Boden. Mich selbst schützend ziehe ich meine Beine an und vergrabe das Gesicht in den Armen.

Meine Hoffnung, mein Vertrauen, meine Liebe. Ich. Alles ist dabei zu ersticken. Alles.

* * *

CADEN

Ich kann nicht. Ich kann nicht dastehen und dabei zusehen, wie mein Schmerz Rina zerreißt. Shane blickt auf sie hinab und hat die Hände zu Fäusten geballt, vor Zorn auf uns oder aus Machtlosigkeit, ich habe keine Ahnung. Alles, was ich mit Sicherheit weiß, ist, dass ich nicht länger tatenlos bleiben kann.

Rina wehrt sich, als ich mich neben sie setze und sie an mich drücke. Sie will sich meinem Griff entziehen und schlägt gegen meine Brust. Aber ich gebe nicht auf, halte sie weiter und lasse zu, dass sie mir zeigt, wie sehr ich sie verletzt und enttäuscht habe. Es dauert, bis sie die wenige Kraft verlässt, die ihr geblieben ist. Kraft, die ihr genommen wurde. Von der Welt und von uns.

Die Erschöpfung trägt den Hass davon, und was bleibt, ist das weinende Mädchen in meinen Armen, das ich trösten darf.

Ich spüre, wie mir meine eigenen Tränen über die Wangen rinnen, als sich Rina endlich an mich ziehen lässt, in eine Umarmung, die zeigt, dass ich sie niemals werde gehen lassen können – nicht aus meinem Herzen.

Ihr Körper schmiegt sich an meinen. Sie hält sich an mir fest, so wie ich mich an ihr festhalte. Wir weinen, weil wir so viel verloren haben in unserem Leben. Vor allem aber uns selbst.

Als die Tränen der Niederlage weniger werden, warten wir. Bis sich unsere Körper beruhigen, gemeinsam, Atemzug für Atemzug. Und dann rede ich und sie hört zu.

Ich erzähle ihr von der puren Angst um Jonah, die ich nach seinem Unfall hatte. Wir alle waren dabei, als er auf dem Fliesenboden im Schwimmbad ausgerutscht ist. So ein zufälliges Ereignis, das ihn uns beinahe genommen hätte. Und dann sein Kampf mit seiner neuen Realität, und mit uns. Die Zwillinge, deren Geburt das Wunderbarste war, was ich je erleben durfte, und doch nur ein kleines Licht zwischen all den Schatten. Dad, der in seiner Verantwortung für Jonah, Mom und die Zwillinge über sich hinausgewachsen ist, in seiner Liebe und Stärke. Stärke, die ich nicht habe. Weil ich nicht sein Sohn bin. Weil ich schwach bin. Zu schwach, um stark zu sein für alle anderen.

»Ich habe nicht für sie gekämpft, sondern bin neben ihnen untergegangen. Lautlos. Ich habe die vermeintlich einfachste Hilfe angenommen, die ich finden konnte.«

Rina halte ich immer noch fest an mich gepresst, als ich ihr von den Tabletten erzähle, die ich in Jonahs Badezimmer für ihn holen sollte. »Es hat ganz harmlos begonnen. Wenn sie ihm helfen, helfen sie auch mir, also eine für ihn und eine für mich. Leichtigkeit in all den Nebelschwaden um mich herum, zu kurz, um mich zu heilen. Aus einer Tablette wurden zwei. Aus zwei wurden viele. Und als die Dosis bereits zu hoch geschraubt war, kamen gefährliche Mischungen dazu.« Ich lache bei diesen Worten. »Die Cocktails haben mir den Rest gegeben. Und bevor du dich fragst, warum ihr alle nichts bemerkt habt: Das ist das ungeschriebene Gesetz der Sucht. Tu es, aber tu es so, dass es niemand mitbekommt. Und das habt ihr nicht. Bis Shanes Dad die leeren Dosen im Strandhaus gefunden hat. Ihm war schon länger aufgefallen, dass Medikamente fehlen.« Ich zucke mit den Schultern. »Opioide gehen hier nie aus.«

Ich will gerade weitersprechen, da erst registriere ich, dass sich Shane zu uns gesetzt hat. »Nachdem Leiv an Drogen gestorben war, war Dad nicht in der Lage, mich zu fragen, ob ich die Tabletten genommen habe. Bei seinem Tod war ich fünf. Ich kann mich kaum mehr richtig an Leiv erinnern und trotzdem muss ich seine Bürde tragen. Wisst ihr, was sein Name in Norwegen bedeutet? ›Der Nachkomme und Erbe‹, während man Svein mit ›Jüngling‹ übersetzt.« Shane lacht auf. »Dad *wollte* glauben, dass ich die Tabletten entwendet hatte. Sein Blick war voller Verachtung und Angst, du kannst es dir nicht vorstellen, Rina. Für ihn war es eine logische Schlussfolgerung, es gab nicht den geringsten Zweifel.

Also habe ich es zugegeben, vielleicht um ihn zu bestrafen, dafür, dass er nie mich gesehen hat, sondern immer die Erwartungen an seinen nicht verstorbenen Sohn und Erben, denen ich nicht gerecht werden konnte – und irgendwann auch nicht mehr gerecht werden wollte. Deswegen habe ich zu allem Ja gesagt. Weil Cadens Familie nicht noch mehr Belastung ertragen konnte und ich meinen Dad dafür gehasst habe, dass er nur das gesehen hat, was er sehen wollte.«

»Shane war tatsächlich auf Entzug. Zu Beginn haben wir die Urinproben gefakt. Und keine zwei Wochen später war er völlig entgiftet wieder raus, aber das weißt du ja. Was du nicht weißt, ist, dass dann mein Entzug begonnen hat. Kalt, hier im Strandhaus. Nur Shane und ich. Es war die Zeit, in der du Mom mit den Zwillingen unterstützt hast, du warst also voll eingespannt. Jetzt, wo ich all das aus medizinischer Sicht betrachten kann, ist es noch unglaublicher, dass wir die Entgiftung hinbekommen haben.« Ich sehe zu Shane. »Und wir haben nicht nur den Entzug hinbekommen, wir haben es auch geschafft, dass ich clean geblieben bin. Sechs verdammte Jahre. Jeden Tag musste ich Shane meinen Status schreiben. Und ich habe ihn nie angelogen, bis ich nach Phoenix gegangen bin. Ich wollte, dass er frei ist, dass ihr beide frei seid, und habe mich selbst dabei weggesperrt. Die neue Umgebung, der Druck und meine Furcht waren eine schlechte Kombination.«

Zum ersten Mal hebt Rina den Kopf. Noch immer sehe ich die Enttäuschung in ihrem Blick.

»Wir haben dich ausgeschlossen, aus den Wochen, in denen ich mit Shane um mein Leben gekämpft habe. Es war eine Sache zwischen Shane und mir. Seine Geschichte, die zu meiner wurde, und umgekehrt. Ich könnte jetzt sagen, dass wir dich schützen wollten, aber das ist billiger Bullshit. Die Wahrheit ist, dass du immer mit dabei warst.«

Ich streiche ihr über die Wange, halte sie in meinem Blick. »Ich habe den Entzug für mich durchgezogen. Weil ich es musste. Weil ich ein Leben mit dir und Shane wollte. Ich wollte nicht, dass es so zugrunde geht. Ich wollte euch.« Meine Hand beginnt zu zittern, aber ich ziehe sie nicht von Rina weg. Ich verstecke mich nicht, nie mehr. »Ich wollte wieder mit euch zum Beachvolleyball gehen und im *Sunrise* einen Fruchtshake trinken, ohne ständig der nächsten Dosis hinterherzujagen. Ich wollte weiter Geld für mein Motorrad verdienen und mit euch die Strände abfahren. Ich wollte mit euch am Lagerfeuer sitzen und euch lachen hören. Das war es, was mich angetrieben hat.« Ich schlucke die Enge meiner Kehle hinunter. »Ihr wart es, ihr habt mich am Leben gehalten.«

Shane legt eine Hand auf meinen Oberarm. Und dann passiert das, was mich stocken lässt, nur einen Herzschlag lang. Rina verflicht ihre Finger mit seinen.

»Und deswegen, Rina …« All die Angst und der Schmerz der letzten Jahre brechen in Form von Tränen aus mir hervor. »Es tut mir leid, dass ich dich verletzt habe. Ich habe dich immer gebraucht, auch wenn ich es dir nicht gezeigt habe. Jetzt schon, weil ich ohne euch nicht mehr kann. Bitte. Bleib bei mir, Rina, und hilf mir. Weil ich dich brauche, so sehr. Dich und Shane. Ich habe Angst, unterzugehen ohne euch. Ich liebe euch und habe keine andere Option.«

Shane drückt meine Schulter, doch mein Blickt ruht weiterhin auf Rina, flehend. Ich weiß nicht, ob es ihre Tränen sind oder meine, die alles verschwimmen lassen.

»Liebe ist nicht optional.«

Inmitten all der Verworrenheit sind ihre Worte das Einzige, was zu mir durchdringt. Also greife ich danach.

»Liebe ist nicht optional«, wiederholt Shane. »Sie ist da und bleibt. Alles, was wir tun müssen, ist sie festhalten.«

Und das tue ich. Ich halte Rina fest, gemeinsam mit Shane, am Boden unseres Strandhauses sitzend. In unserem Zuhause.

Wir halten einander. Weil wir uns lieben.

»Ich danke euch«, sage ich irgendwann, als die Tränen meine Stimme wieder freigeben.

Rina schüttelt den Kopf, will gerade etwas erwidern, da höre ich, wie die Eingangstür unten aufgezogen wird.

»Ist jemand hier? Caden? Enya und ich sind da, und ich gehe nicht, bevor wir nicht geredet haben.«

Ich schaue Shane an und schließe kurz die Augen, um den Entschluss zu verinnerlichen, der in den letzten Stunden längst gefallen ist. »Wir sind hier. Kommt rauf, alle beide.«

Enya steigt hinter Jonah die Holztreppe nach oben. Ich schiebe Rina sanft von mir und stehe auf. Jonahs Mimik ist sorgenvoll, und er greift nach Enyas Hand, als er uns sieht. Seine Stimme hört sich vorsichtig und bestürzt zugleich an. »Was ist hier los, Caden?«

Ich sehe noch einmal zu Rina und Shane und stecke dann die Hände in die Taschen meiner Shorts. Es braucht drei Atemzüge, bis ich das, was in mir ist, in Worte fassen kann. Der Sturm peitscht erste Regentropfen gegen das Fenster und der Wind scheint mich unterbrechen zu wollen. Aber ich halte nichts mehr zurück, sondern hole Luft und rede, auf der Suche nach Erleichterung. Nach Hilfe.

»Mein Name ist Caden Nicholas Delon und ich bin abhängig von Benzodiazepinen, Amphetaminen, Barbituraten und Opioiden.«

* * *

RINA

Für den Moment hört die Welt auf, sich zu drehen. Der Moment, in dem wir alle aufnehmen, was Caden gesagt hat. Egal ob wir es schon wussten oder nicht. Es ist der Punkt, an dem wir uns versammeln, bevor sich die Erde in der nächsten Sekunde mit unserem stillen Versprechen, füreinander einzustehen, weiterdreht.

Weil wir verzeihen und gemeinsam alles schaffen können.

Mit dem Blick nach vorn und nicht zurück.

KAPITEL 36

CADEN

Shane stapft durch den Sand auf mich zu. »Hast du alles, was du brauchst?«

»Du meinst, ob ich genug Stoff habe, um die Tage bis nächsten Mittwoch einigermaßen gut zu überstehen?«

»Eigentlich meinte ich, ob die Kerzen gereicht haben. Ich schätze, das andere hast du mit Dr. Jenkins vorhin geregelt.«

»Ja, habe ich«, antworte ich nickend. Mit meiner Offenbarung heute Morgen habe ich eine Welle ausgelöst, die nicht mehr aufzuhalten ist. Jonah und Dad haben sich gemeinsam mit Mara sofort um einen Platz in einer Entzugsklinik gekümmert. Ich wollte es Mom selbst sagen. Es ist das erste Mal in meinem Leben, dass sie mich geschlagen hat, nur um mich dann an sich zu drücken und zu weinen. Ich war darauf gefasst, dass mich ihre Emotionen treffen würden, aber mit ihren enormen Schuldgefühlen und der Angst um mich umzugehen, ist schwer.

Wir haben über meine Therapiemöglichkeiten gesprochen, und Dad möchte, dass auch Mom und er eine Therapie machen, um sich selbst und mich ab jetzt bestmöglich zu begleiten. Sie an meiner Seite zu wissen, ist unbeschreiblich und gibt mir eine Sicherheit, von der ich nicht gedacht hätte, dass sie mir so wichtig sein könnte.

Während Shane stundenlang bei seinem Dad im Krankenhaus war, um das erste richtige Gespräch in ihrem Leben zu führen, haben Enya und Rina die Seehunde versorgt.

Meine Familie fühlt sich an wie ein Netz, das mich auffängt und sich enger um mich zieht, wenn ich es brauche. Das habe ich viele Jahre nicht gesehen.

Es hat einiges an Überredungskunst gebraucht, sie alle dazu zu bringen, am Abend wieder nach Hause zu fahren. Es hilft ihnen, zu wissen, dass ich nächste Woche mit dem Entzug beginnen werde und Dr. Jenkins uns nach den ersten Untersuchungen heute Nachmittag versichert hat, dass meine körperlichen Voraussetzungen dafür sehr gut sind. Gleich morgen Mittag habe ich ein Telefongespräch mit Dr. Gander, um mit ihm über alles zu sprechen. Ich mache mir gerade keine Sorgen mehr um meinen Beruf. Wie Shane sagt: ein Schritt nach dem anderen.

Ich bin zu allem bereit, was ich tun muss, um mein Leben in den Griff zu bekommen und die, die ich liebe, bei mir zu behalten.

»Kerzen haben wir, denke ich, genug«, antworte ich Shane. »Ich hoffe nur, dass der Wind nicht wieder auffrischt.«

»Wird er nicht«, ist sich Jonah sicher und dreht sich einmal um sich selbst. »Sternenklarer Himmel, das Wetter wird halten. Mit dem Unwetter heute Vormittag war es das erst mal.« Er klatscht in die Hände. »Gut, ich würde sagen, ihr braucht mich hier nicht mehr. Enya und Rina werden bald auftauchen, ich fange sie am Parkplatz für euch ab.«

»Danke, Jonah«, sage ich und ziehe meinen kleinen Bruder an mich.

»Ich bin da, ja? Egal wofür du mich brauchst.«

Ich nicke nur und kraule Banks den Kopf, weil das Gefühl befremdlich ist, dass jetzt nicht mehr er es ist, der Hilfe braucht, sondern ich.

Nachdem Shane und Jonah sich verabschiedet haben, gehen wir ins Strandhaus, um uns umzuziehen.

Es soll perfekt sein.

* * *

RINA

Nachdem Enya mich abgesetzt hat, schmunzelt Jonah viel zu sehr, als er mir noch einen schönen Abend wünscht und die beiden wieder in den schwarzen Pontiac steigen. Enya und ich waren mit den Zwillingen im *Sunrise* und haben sie anschließend zu einer Übernachtungsparty gebracht, um Caden etwas Zeit allein mit seinen Eltern zu verschaffen. Die Stunden mit Enya haben mir gutgetan. Ich konnte mit ihr meine Gedanken sammeln und über das reden, was vor uns liegt.

Auf dem Weg nach unten schaue ich noch bei Christie und Glassy vorbei, die beide nur müde den Kopf in meine Richtung heben. Am Meer angekommen, gehe ich langsamer, lasse das leise Rauschen der Wellen auf mich wirken und nehme mir die wenigen Minuten bis zur Bucht und dem Strandhaus Zeit nur für mich. Die Enttäuschung darüber, dass Shane und Caden mich nicht eingeweiht haben, ist immer noch da. Aber sie tut weniger weh, jetzt, wo ich die Geschichten dazu kenne.

Ich ziehe mir die Schuhe aus, lasse meine Füße vom kalten Wasser umspülen und atme tief die salzige Luft ein. Egal was hinter uns und was vor uns liegt, ich fühle, dass ich da bin, wo mein Zuhause ist. Wo es mir gut geht und wo ich sein will.

Schon bevor ich um den letzten Felsen biege, höre ich die leise Musik. Beim Klang von Cadens tiefer Stimme überzieht eine Gänsehaut meinen Körper und ich werde schneller. In meiner Vorstellung rechne ich damit, ihn mit seiner Gitarre am Lagerfeuer sitzen zu sehen – aber das Bild, das sich vor mir ausbreitet, nimmt mir jegliche Stärke, mich weiterzubewegen.

Caden spielt nicht auf der Gitarre, seine Stimme kommt aus einem Lautsprecher. Es müssen die Lieder sein, die er vor ein paar Monaten mit seinem Dad aufgenommen hat. Er und Shane stehen am Feuer, beide haben helle Leinenhosen und dazu passende Hemden an. Shane trägt seines halb offen und der dunkle Stoff von Cadens liegt eng an seiner Haut. Die Feuerstelle wird von Lampions erleuchtet, die an langen Stäben hängen, und zwischen ihnen sind Leinen mit Bildern gespannt. All das wird von einem Kreis aus Kerzen im Sand eingerahmt.

Als mich Caden kommen sieht, stößt er Shane mit seinem Ellenbogen an. Shane dreht sich in meine Richtung. Keiner von ihnen lächelt und trotzdem zieht mich ihr Blick voller Zuneigung und Ehrfurcht an.

Je näher ich komme, desto mehr verschwimmen die Lichter um mich herum, bis alle meine Sinne sich nur noch auf die beiden Männer konzentrieren. Shane fährt sich durch die Haare und ich erkenne die silbernen Ringe an seinen Fingern. Er zwinkert mir zu, und das leicht schiefe Lächeln, das er mir schenkt, schickt Schmetterlinge durch meinen ganzen Körper. Caden hat die Ärmel hochgekrempelt und trägt die dunklen Lederarmbänder, an denen sich ein Silberanhänger mit einem *R* für meinen Namen versteckt. Er zieht seine Unterlippe zwischen die Zähne und presst sich eine Hand auf die Brust, fast so, als würde auch sein Herz jetzt schneller schlagen.

»Hey, du«, begrüßt mich Shane und nimmt eine meiner Hände.

»Habe ich irgendwas verpasst? Feiern wir eine Party?«, frage ich unsicher und Shane grinst. Ich weiß, wie sehr er es genießt, wenn er etwas plant, wovon ich keine Ahnung habe.

Caden hält mir ein Kuvert hin. »Keine Party, nur eine Einladung. Von uns, für dich.«

Mit einem nervösen Kribbeln in den Fingern nehme ich den weißen Umschlag und öffne ihn. Auf der Karte steht die Zwei, für unser vorletztes Treffen, und ein kleiner Pfeil ist danebengemalt, der mir zeigt, dass ich sie umdrehen muss.

Das Foto, das auf die Rückseite geklebt ist, bringt mich sofort zum Lächeln. Ich weiß nicht, wie alt wir damals waren, aber Shane, Caden und ich haben alle drei Zahnlücken und einen mit Eis verschmierten Mund. Andächtig fahre ich über das Bild und das, was Caden daruntergeschrieben hat.

Meine Brust bebt unter dem nächsten Atemzug, sodass ich es kaum schaffe, ihnen in die Augen zu sehen.

Caden kommt näher und hält mir die Hand hin, damit ich meine hineinlegen kann. Als sich unsere Fingerspitzen berühren, zieht er mich näher an sich. Sein Geruch nach frischem Regen auf Erde fängt mich ein und schenkt mir vertraute Wärme.

»Das hier, Rina, soll dir zeigen, wie wichtig du uns bist, als Verbündete, Freundin, Vertraute und mehr. Und dass es uns leidtut, dir das nicht gezeigt zu haben.«

Shane streicht mir über den Rücken. »Das zwischen uns ist im Auge der Gesellschaft nicht die übliche Form von Beziehung. Das ist nicht wirklich etwas Neues, Menschen brauchen eben Zeit, sich von gewohnten Bildern zu lösen. Und wenn sie das nicht tun können oder wollen, ist das eben so. Jeder hat ihre oder seine Gründe dafür.« Er zeigt von sich zu Caden und dann zu mir. »Von Bedeutung ist nur, dass es das ist, was wir für uns wollen, und es uns gut dabei geht. Es gibt absolut nichts, wofür wir uns schämen müssen.« Shane presst kurz die Lippen zusammen. »Wir haben dein Zögern bemerkt, vor Aaron, als es um uns drei ging. Und wie wollen dir heute zeigen, dass es nicht wichtig ist, wie andere uns sehen, sondern wie wir uns sehen. Du, Caden und ich.« Shanes liebevolles Lächeln zeigt, wie sehr er an das glaubt, was er sagt. »Das hier gehört uns und niemandem sonst.«

Ich nicke, bleibe jedoch an der Realität eines harten Alltags hängen. »Du hast recht. Es macht einen Unterschied, ob wir alleine sind oder ob ich mich als Frau mit zwei Männern in der Öffentlichkeit zeige und mich den Blicken und Vorurteilen stelle. Auch wenn ich mir sage, es kann mir egal sein, was andere denken, weil es genau das ist, was ich so sehr will – so einfach ist es nicht. Auch wenn ich wünschte, ich könnte mehr ›Leckt mich am Arsch‹-Einstellung haben. Das habe ich nicht.«

»Musst du auch nicht«, gibt Shane mit einem Schulterzucken zurück. »Wenn wir eines haben, dann ist es Zeit, es auch für uns Normalität werden zu lassen und das Gefühl abzulegen, anders zu sein. Weil wir das nicht sind. Wir sind einfach nur drei Menschen, die zusammengehören.«

»So ist es«, sagt Caden und dreht mich plötzlich mit Schwung einmal um mich selbst. »Es ist ein Gefühl und es sind Erinnerungen. Viele Tausend Bilder, die sich im Laufe der Jahre aus unserer Verbundenheit ergeben haben. Und ein paar davon kreisen uns heute ein.« Ich kann die Lampions sehen und die Schnüre, die dazwischen gespannt sind. »Schau es dir an«, meint er nahe an meinem Ohr. »Das sind wir, und wir lassen nicht zu, dass uns das jemand nimmt.«

Shane greift nach meiner Hand und geht mit mir auf die erste Bilderkette zu, die vom Schein des Lagerfeuers und der Kerzen hell genug erleuchtet wird, um das Foto zu erkennen – um uns zu erkennen. Da bin ich, wie ich auf der Parkbank am Rummelplatz auf Cadens Schoß sitze. Eingerahmt von violetten Blüten, haben wir beide die Augen geschlossen und die Köpfe einander zugeneigt. Ich lächle auf dem Foto, glücklich, obwohl alles so schwer war.

Shane zieht mich ein Bild weiter. Er und ich liegen gemeinsam auf einem Handtuch am Strand, das Foto ist wenige Monate alt. Sein Kopf ruht auf meinem Bauch, und ich fahre ihm mit den Fingern durch die nassen Haare, während ich aus irgendeiner Klatschzeitschrift vorlese.

»Du weißt, dass mich der Artikel über die Erbin dieses Modeunternehmens fertig gemacht hat, oder?«, fragt Shane und grinst.

»Über Dion Carmichael? Warum?«

Shane reißt die Augen auf. »In dem Artikel stand, dass sie in einem Club in Manhattan war, diesem *Lavo*. Und die Security musste sie rausschleppen, weil sie angefangen hat zu strippen. Einfach so, mitten in einem vollgestopften Club, verdammt. Die Schlagzeile war tagelang in den Medien. Und du hast allen Ernstes gesagt, dass du das auch willst. Das war zu viel für mich und meine ausgereifte Vorstellungskraft.«

»Shane.« Ich verschränke die Arme. »Ich meinte, ich will einen Haufen Geld haben, und nicht, dass ich strippen möchte.«

»Oh.« Sonst sagt er nichts, nur Caden beginnt zu hüsteln.

Ich grinse. »Aber wir können gerne mal in dieses *Lavo* jetten, wenn du unbedingt willst.«

»Nicht nötig«, beteuert er und schüttelt mehrmals den Kopf. »Mein Fehler. Mir reicht es, darüber zu lesen.«

»Das Foto muss Jonah vorhin dazugeschmuggelt haben«, sagt Caden plötzlich lachend. »Scheiße, das habe ich gar nicht gesehen!«

Shane und ich beugen uns näher zu dem Bild, auf dem beide Jungs auf Stühlen vor mir sitzen – Caden trägt lauter Schleifen und Shane hat die Lockenwickler von Cadens Grandma in den Haaren. Ich habe ihnen beiden die Wangen fett mit Vaseline eingecremt und klebe gerade bunte Blüten darauf.

»Das war in Spring Valley, bei deiner Granny«, erinnert sich Shane. »Es war der erste Tag der Sommerferien in der dritten Klasse und wir wollten feiern.«

»Ja, genau.« Caden kratzt sich am Kopf. »Wir haben ausgelost und aus meiner und deiner Schlammschlacht wurde Rinas Blumenfest.«

Es ist einfach nur schön und warm und vertraut.

Wir gehen ein Foto weiter, das Caden stolz mit seinem neuen Motorrad zeigt. Shane und ich haben uns ins Bild gedrängt, wir alle strecken die Zungen heraus und machen dieses Rockerzeichen mit drei ausgestreckten Fingern.

»Seit ich ein paarmal bei Jonah im *Trust* war, weiß ich, dass das eine Gebärde für ›Ich liebe dich‹ ist«, erzählt Shane und tippt auf das Bild.

»Wie ergibt es sich, dass dir dort jemand ›Ich liebe dich‹ zeigt?«, frage ich gespielt entrüstet.

Er zwinkert mir zu. »Wenn ich Jonah schon nicht den Titel des ›Master of the Lips‹ streitig machen kann, will ich zumindest die nächste Gebärden-Ralley mit meinem Team gewinnen.« Er grinst. »Wenn du das nächste Mal mitkommst, wähle ich dich vielleicht sogar in meine Crew. Aber nur vielleicht.«

»Ach, ich gehe gerne zu Jonah ins Team. Er und ich arbeiten echt gut zusammen. Kennen die Kids dort schon den Clip von Caden, Christie und dir?«

»Untersteh dich«, sagt Shane grimmig und schiebt mich mit der Hüfte weiter. »Bilder, du, hier. Und keine bösen Ideen für die Weltherrschaft, Frau.«

Caden lacht leise. Ich verdrehe die Augen und schaue mir das nächste Foto an. Es zeigt mich in damals viel zu großen Gummistiefeln und einer gelben Latzhose. Shane erklärt mir mithilfe seiner Mom, wie ich den kleinen Heuler richtig mit dem Fläschchen füttere. Mara und ich schauen auf das Seehundbaby, Shane sieht mich an, stolz lächelnd.

Ich greife nach seiner Hand. Er drückt sie und gemeinsam gehen wir weiter, da umarmt mich Caden von hinten.

»Mein Lieblingsbild«, sagt er und deutet mit dem Kinn auf ein weiteres Foto.

Shane, Caden und ich stehen in Badesachen am Meer. Ich weiß nicht, wer das Bild gemacht hat. Im Sonnenuntergang sieht man nur unsere dunklen Umrisse vor einem leuchtenden Hintergrund. Ich zeige auf irgendetwas am Horizont vor uns und alle drei schauen wir in besagte Richtung. Nichts wirkt unnatürlich, nur weil wir zu dritt sind. Shane und Caden haben recht. Für uns fühlt es sich normal an. Nach uns eben.

Ein Foto nach dem anderen verstärkt dieses Gefühl der Unantastbarkeit, das schützt, was nur uns gehört. So viele Momente mit ihnen, die ich niemals missen möchte. Nicht weil sie außergewöhnlich sind, sondern weil wir sie teilen.

Caden muss Shane und mich neulich beim Tanzen fotografiert haben. Und dabei, wie wir gemeinsam Frühstück zubereiten. Auf einem Bild laufe ich am Strand vor Banks davon und springe an Caden hoch, der mich vor ihr retten soll. Dann sind da wieder nur Shane und Caden, wie sie Bretter für die Strandhütte schleifen, in Badeshorts und mit ihren Caps der WCU auf.

Es gibt alte Bilder und neue Bilder. Fotos, auf denen wir aus tiefstem Herzen lachen, und dann wieder welche, auf denen wir nicht wussten, dass wir fotografiert werden. Wir gehen die ganze Kette um die Lampions herum ab, lachen und erinnern uns, und allmählich lassen wir zumindest für diese wenigen Stunden die Schwere, die uns umgibt, vorüberziehen.

In diesem Moment gibt es nur uns.

Uns drei.

* * *

SHANE

Sie ist wunderschön.

Das Feuer erhellt immer wieder andere kleine Stellen ihres Gesichts, als sie das erkennt, was wir ihr wirklich zeigen wollen. Nicht einen Teil unserer verwobenen Lebensgeschichte, sondern das, was dahintersteht.

»Freundschaft«, sage ich, bei dem letzten Bild angekommen, das verkehrt herum hängt, und ziehe Rina an mich, um in ihrem Kirschduft zu versinken. »Loyalität. Treue. Schicksal. Mut. Verlässlichkeit«, spreche ich weiter und beginne mein Mädchen im Takt der Musik hin- und herzuwiegen. »Spaß. Zusammenhalt. Träume. Zuneigung. Ehrfurcht und Dankbarkeit.« Ich schließe meine Arme noch enger um sie. »Siehst du, was wir sehen?«

Rina nickt, viel zu schwach.

»Dann sag es«, fordere ich sie auf. »Bitte.«

»Ja.« Ihr Brustkorb zittert und ich streiche beruhigend über ihre Haut. »Ich sehe es.«

Caden stellt sich vor Rina. Langsam neigt er den Kopf zu ihr, hebt ihr Kinn mit dem Zeigefinger an. Bei seinem Kuss spannt sich jeder Muskel in ihrem Körper an, und ich bilde mir ein, ein Schaudern zu spüren, das sie durchfährt. Mit geschlossenen Augen genieße ich, was die Berührung mit ihr macht, weil ich weiß, wie es sich anfühlt, sich nach ihr zu verzehren, Tag für Tag, ohne sie halten zu dürfen.

Das miteinander zu teilen – dem Sehnen und Wünschen nachzugeben, gemeinsam mit den Menschen, die mein Leben sind –, erfüllt mich mit einer Zufriedenheit, die mir nichts und niemand sonst geben kann.

Caden macht einen Schritt zurück und ich streiche mit meiner Nase über Rinas Wange.

»Das letzte Foto«, sagt Caden heiser und tritt zur Seite, damit Rina nach dem Bild greifen kann. Ich stelle mich an ihre Seite, weil ich keine Regung verpassen will.

Rina runzelt die Stirn, hält das Bild näher vor ihr Gesicht und schaut dann suchend von Caden zu mir. »Ist das …? Wo … und ich meine, wann habt ihr …?«

»Schon vor ein paar Tagen«, sagt Caden und beginnt die Lederarmbänder an seinem Handgelenk abzunehmen, um Rina das Tattoo zu zeigen.

»Sieben«, nenne ich die erste Zahl und grinse. »Weil die Sieben deine Glückszahl ist und du das für uns bist, unser Glück.«

Rina fährt mit den Fingerspitzen über den Kreis aus Ziffern auf Cadens Haut.

»Drei, weil wir zu dritt sind.« Cadens Stimme ist leise, andächtig. Er sieht nicht auf die Zahlen, sondern nur auf Rina, die ihren Mund leicht geöffnet hat.

»Und die Acht?«, haucht sie.

»Sag du es uns«, fordere ich sie auf. »Was bedeutet die Acht?«

Rina streicht noch einmal über Cadens Handgelenk und hebt dann den Kopf, um uns in die Augen zu sehen. »Ein Leben lang?«

Die Musik und das Knacken des Feuers sind beinahe zu laut, aber nichts kann uns diese Worte nehmen. Nichts.

Caden umfasst Rinas Gesicht. »Ein Leben lang, Rina. Wir drei.« Seine Augen glänzen, er schluckt hart. »Ich liebe dich. Schon immer und für immer.«

Rina holt Luft, als würde sie das, was sie sagen will, aus ihrem tiefsten Inneren holen, wo es lange Zeit gut verborgen lag. »Und ich liebe dich.«

Sie küssen sich, und im selben Moment greift Rina nach meiner Hand und zieht mich näher zu sich. Ich streiche ihr die lose Haarsträhne aus dem Gesicht, als sie mich ansieht, und lege meinen Kopf etwas schief.

»Es jeden Tag in meinem Leben gedacht zu haben, ist nicht das Gleiche, wie es auszusprechen. Vor euch beiden«, sage ich und spüre die ungewohnte Nervosität in mir wachsen. Dann nicke ich, bereit, das zu besiegeln, was längst Teil meiner Seele ist.

»Ich liebe dich, Catherina Bishop. Keine Option, sondern Bestimmung. Schon immer und für immer.«

Caden hat seine Arme immer noch um Rina geschlungen, als ich sie leicht an mich drücke, um sie zu küssen. Und noch während sich unsere Lippen berühren, hebe ich sie hoch und trage sie zum Strandhaus. In unser Zuhause.

* * *

RINA

Shane zieht das Shirt über seinen Kopf und dort, wo bis jetzt das Pflaster über seiner Wunde vom Sturm war, sehe ich sein Tattoo.

Sieben, drei, acht. Der neue Code meines Lebens und meiner Liebe. Ich küsse die Ziffern, um Shane zu zeigen, wie viel mir das bedeutet, wie viel sie mir bedeuten.

Es ist dunkel im Schlafzimmer, das Licht des Lagerfeuers und der Kerzen hier oben kaum wahrzunehmen, und doch spüre ich alles von ihnen. Caden, der mich auszieht und sich über meine Wirbelsäule nach unten küsst, um sich dann hinter mich zu knien. Shane, der eins meiner Beine anhebt und an seine Hüfte drückt, seine Augen auf mein Gesicht gerichtet, bereit dazu, jede von Cadens Berührung davon abzulesen.

Als Caden seine Hände auf meinen Hintern legt, ihn leicht spreizt und meine Mitte küsst, grabe ich meine Hände in Shanes Schultern.

Er lächelt wissend. »Ich habe dich.«

Kaum in der Lage, stehen zu bleiben, versinke ich in dem Halt, den mir Shanes Körper gibt, und lasse mich von Caden liebkosen. Mit seinen Lippen und der Zunge steigert er mit sanften und harten Berührungen die Hitze in mir und bringt mich zum Keuchen. Shane nickt, ahmt beinahe jedes Stöhnen kaum wahrnehmbar mit seinem Mund nach und erkennt, als es nicht mehr genug ist. Mit einem schiefen Lächeln hebt er mich hoch und trägt mich zum Bett.

Gemeinsam lässt er uns daraufsinken, bedeckt meinen Körper mit seinem und findet mich in unserem Kuss. Als er in meine Zungenspitze beißt und ich sie daraufhin zurückziehen will, wird sein Kuss fordernder. Ich nehme Caden in meinem Rücken wahr, dessen Fingerspitzen auf meiner Haut ein Prickeln erwecken. Mit der Hand kralle ich mich in Shanes Haaren fest und dränge mich den Männern abwechselnd entgegen.

Caden nimmt mein Bein an der Kniekehle und hebt es an. Ich spüre den aufmerksamen Blick, mit dem er Shanes Finger verfolgt, die zuerst meine Schamlippen teilen und meine Klit weiter reizen, bis er sie ohne Vorwarnung langsam in mich schiebt, ohne unseren Augenkontakt zu unterbrechen. Ein tiefes Knurren entkommt Caden, der sich mit jedem Mal, dass Shane seine Finger zurückzieht und wieder in mich gleiten lässt, gegen meinen Hintern presst.

Ich taste nach hinten und umfasse seinen Schwanz, der jetzt hart in meiner Hand pulsiert. Er stöhnt, als ich fester drücke und meine

Faust zurückschiebe, um zugleich nach seinen Hoden zu greifen. Caden kommt mir mit seinen Stößen entgegen, und ich drehe mich zu ihm, um mehr von seiner Lust zu sehen. Seine Brust ist mit einer glänzenden Schweißschicht überzogen und hebt und senkt sich schwer.

Shane hält in seinen Berührungen inne, gibt mir Zeit, Caden zu genießen. Dieser hat die Lippen leicht geöffnet, und bei jedem Laut, den er von sich gibt, spannt sich mein Unterleib auf der Suche nach mehr erbarmungslos an.

»Stopp«, unterbricht Caden unsere Bewegungen und legt seine Hand auf meine. »Dieses Mal habe ich mich mehr unter Kontrolle, hoffe ich zumindest.«

Ich lächle, Shane ebenso, und löse meine Hand von Cadens Schwanz, um beruhigend weiter über seine Hoden zu streicheln, die sich bei jeder Berührung zusammenziehen.

»Nicht förderlich«, meint er und atmet lang gezogen aus, was mich noch mehr zum Lächeln bringt.

Dann schiebe ich mich vom Bett und höre ein erstauntes Keuchen von Shane, als ich aufstehe. Ich finde die Kondome sofort und knie mich mit einem Bein auf die Matratze, um die erste Packung zwischen die Zähne zu nehmen und sie langsam aufzureißen.

Shane zischt mit zusammengepresstem Kiefer. »Du hast das geübt, oder?«, will er wissen.

Ich muss so heftig lachen, dass ich mich beinahe an der abgerissenen Ecke verschlucke. »Was? Blisterverpackungen mit den Zähnen aufmachen?«

»Alter«, sagt Caden und reibt sich über das Gesicht. »Was ist das für eine Frage?«

Shane sieht ihn empört an und zeigt auf seine Erektion. »Sei du still. Du bist damit beschäftigt, dich unter Kontrolle zu halten.«

Immer noch grinsend meinen Kopf schüttelnd nehme ich das Kondom aus der Packung. Dann krabble ich zu Shane und beuge mich über ihn.

»Rot«, sage ich und ziehe die Augenbrauen hoch. »Deine Lieblingsfarbe.«

Ich liebe es, wie sein Schwanz unter meiner Berührung zuckt, als ich meine Faust darüberschiebe, um ihn im richtigen Winkel zu halten. Während ich mir über die Lippen lecke, schaue ich zuerst zu Caden, dann zu Shane. »Aber das, das habe ich geübt.«

Beide hören synchron auf zu atmen, als ich das Kondom mit dem Mund ansauge und mich nach unten beuge, um es über Shanes Spitze zu stülpen. Viel flüssiger, als ich es erwarte, kann ich es mit meinen Lippen und Zähnen abrollen und muss nur ein wenig mit den Fingern nachhelfen, um es ganz über seinen dicken Schaft zu bekommen. Ich genieße es, das Pochen der Adern unter meinen Lippen zu fühlen, die sich auf seiner Haut abzeichnen, und fahre mehrmals daran auf und ab. An der Spitze wird mein Saugen zu einem Lecken, und ich kann nicht anders, als Shane leicht zu beißen.

»Fuck«, entkommt es ihm, und ich spüre seine Hand, die sich in meine Haare krallt und mir sanft das Tempo zeigt, das er braucht. Seine Oberschenkelmuskeln spannen sich an und sein tiefes Stöhnen bringt mich dazu, die Augen zu öffnen, um ihn dabei zu beobachten. Da erkenne ich, dass Shane die Arme hinter seinem Kopf verschränkt hat. Es ist Cadens Hand, die mich dirigiert. Als sich Shanes und mein Blick treffen, wird er noch lustverhangener. Verbunden mit dem Wissen, dass Caden bei uns ist, entkommt auch mir ein Stöhnen und ich muss meine Beine zusammenpressen.

Viel zu schnell löst Caden seine Hand von meinem Kopf. Bevor ich nachsehen kann, was er macht, höre ich das Knistern der Kondompackung. Ich warte ein, zwei Atemzüge, lecke und sauge an Shanes Schwanz, da spüre ich Caden hinter mir. Vorsichtig tasten sich seine Finger über meine Mitte, mich bittend, die Beine für ihn zu spreizen. Kaum kippe ich meine Hüfte, ist er bei mir.

Caden streicht mit seiner Erektion durch meine Schamlippen, und ich kann nicht mehr anders, als keuchend zu atmen. Shane greift nach meinen Nippeln und drückt zu, im selben Moment, in dem

Caden sich langsam in mich schiebt. Zuerst vorsichtig und sanft, bis wir uns ganz berühren und er so lang gezogen ausatmet, dass seine Atemluft kalt über meinen Rücken streicht.

»Perfekt«, flüstert er, und ich höre die Anstrengung, die ihn seine Zurückhaltung kostet.

Das Wissen, dass ich es bin, die beide so erregt, lässt mich ihm meine Hüfte noch weiter entgegenrecken. Caden vergräbt seine Finger in meinem Hintern und beginnt sich zu bewegen. Mit jedem quälend langsamen Stoß schiebt er mich erneut auf Shanes Schwanz. Meine Haut scheint von innen heraus zu brennen, und in mir wächst der Wunsch, uns zu sehen, uns drei, genau so. Also schließe ich meine Augen und gebe mich den Bildern und meinen Empfindungen hin. Unserem Stöhnen, dem Begehren.

Erst als sich Cadens Finger tiefer in meine Hüfte graben und sein Daumen meinen Arsch berührt, erstarre ich. Er gibt mir Zeit, mich zurückzuziehen, aber alleine die Vorstellung, was er gerade sieht und wie dunkel sein Stöhnen deswegen wird, bringt mich dazu, mich nach hinten zu schieben.

Cadens Daumen ist nass, und er benötigt nur wenig Druck, um mich für ihn zu öffnen. Der erwartete Schmerz ist ein kurzes Brennen, und als wüsste Shane, was Caden macht, streicht er mir liebevoll über das Gesicht.

Vorsichtig schiebt Caden seinen Daumen in mich, und aus dem Brennen wird ein elektrisierendes Flimmern, das mich nach vorn sinken lässt. Shane hält mich, während Caden sich immer wieder in mich drückt, mir alles gibt, was ich brauche, und mit jedem Stoß helle Blitze vor meinen Augen explodieren lässt.

»Rina? Alles okay?«, will Caden wissen.

Mir fehlt die Kraft, ihm zu antworten.

Sein wissendes Lächeln schickt erneut Blitze durch meinen Körper, und ich schaffe es nicht länger, mich aufrecht zu halten.

Shane ist da, um mich aufzufangen, und zieht mich nach oben in seine Arme. Er gibt mir Zeit, einen gleichmäßigen Atem zu finden.

Dann fährt er meine Lippen mit seinem Daumen nach. »So schön«, sagt er mit rauer Stimme und lächelt mich liebevoll an.

Caden küsst mich zwischen meinen Schulterblättern, als er sich von mir löst und sich wieder hinter mich legt. Mit seiner Zunge zieht er eine feine Spur über meine Schulter bis zu meinem Hals. »Sag mir, dass es dir gut geht, Rina«, fordert er. Ich höre leise Sorge in seiner Stimme. Sorge, die unbegründet ist.

Ich drehe meinen Kopf zu ihm und hole tief Luft. Überlege nicht, sondern koste diesen besonderen Moment aus, der ihnen zeigen soll, wie sehr ich mit ihnen eins werden will – mit Shane *und* mit Caden.

Ich lächle. »Es geht mir gut. Bei euch geht es mir gut.« Dann schaue ich wieder zu Shane, dessen Stirn selbst im Mondlicht schwach glänzt. »Darf ich euch jetzt spüren, euch beide?«

Nichts.

Für wenige Sekunden herrscht absolute Stille.

Kein Atmen, kein Blinzeln, vielleicht auch kein Herzschlag. Und mit dem nächsten Wimpernschlag ist da alles.

Ihre Hände, die mich streicheln, mein Gesicht halten, mich küssen und mir Worte ins Ohr flüstern, die jetzt mir die Luft zum Atmen nehmen.

Caden drückt mich an sich, als Shane mein Bein anhebt und sich in mich schiebt. Ihn nach all der schweren Zeit in mir zu spüren, ist beinahe erlösend. Shane nickt wissend und wischt mir mit dem Daumen die Träne aus dem Gesicht, um die nasse Stelle anschließend zu küssen. Er beginnt sich zu bewegen, in einem sanften Tempo, gibt mir Raum, mich an ihn zu gewöhnen, und sagt mir damit zugleich, dass das nicht alles war.

Cadens raue Hände sind überall auf mir, zeigen, wie sehr er es genießt, mich zu berühren und hier zu sein. »Ich liebe dich«, wispert er an meinem Ohr, bevor ich seine Spitze an mir spüre.

Shane unterbricht seine Bewegungen nicht und lächelt, als ich seine Berührungen mit meiner Hüfte erwidere und mich damit Caden immer weiter entgegendränge.

Caden stöhnt in meinem Rücken und hält sich an mir fest, als die Enge nachgibt und er langsam und vorsichtig in mich eindringen kann.

Eine dämmrige Wolke aus Liebkosungen und Empfindungen und Worten legt sich über mich, trägt mich weit hinaus über das Meer. Ich weiß nicht mehr, wer mich wo berührt, wie ich mit wem verbunden bin und wer was tut.

Alles, was ich spüre, sind wir.

Alles, was ich atme, sind wir.

Alles, was ich bin, sind wir.

Verbunden, auf jede erdenkliche Art.

Schon immer und für immer.

»Ich liebe dich«, höre ich Shane, und Caden wispert etwas von Vollkommenheit in mein Ohr, da bin ich schon längst den Sternen nahe.

Und lasse mich fallen, in ihre Arme, mit dem Leuchten der Sterne, bei denen ich eben noch war, in meinem Herzen.

»Ich liebe euch«, bringe ich erst hervor, als wir wieder ruhig nebeneinanderliegen und mich beide Männer schwer keuchend halten.

»Das war …«, meint Caden und zieht mich auf seine Brust.

»Sag nichts«, unterbricht mich Shane und schmiegt sich an meinen Rücken. »Keine Worte können dem hier gerecht werden, Caden.«

Caden lächelt und küsst mich auf die Stirn. »Shane hat recht. Er hat recht«, murmelt er und seine Fingerspitzen fahren sanft auf meinem Arm auf und ab. Sie zittern, aber es spielt keine Rolle. Nicht in diesem einen perfekten Moment, der uns tragen wird, durch jeden Sturm, der uns bevorsteht.

Alles, was ich weiß, ist, dass wir zusammengehören.

Shane streicht mir meine Locken aus dem Gesicht und hört nicht damit auf, bis ich eingeschlafen bin.

In den Armen der Männer, die ich liebe.

Über alles.

GLASSY WAVES

Wellen, die an Tagen ohne Wind so glatt wie ein Spiegel sind. Keine Unebenheit irritiert die Bewegung des Surfbretts, wenn es beinahe lautlos über das Wasser gleitet.

KAPITEL 37

CADEN

Ich öffne meine Augen und atme tief ein. Die letzten Akkorde der Gitarre schwingen durch meinen Körper und bringen mich zum Lächeln. Kein Zittern in den Fingern, das mir Kraft raubt. Zumindest nicht heute. Der Tremor klingt langsam ab und Sicherheit kehrt in meine Motorik zurück. Ich habe Zeit.

Rina schmiegt sich noch enger an meinen Rücken und legt ihr Kinn auf meine Schulter. »Das habe ich vermisst.«

Ich drehe den Kopf leicht in ihre Richtung. »Was? Dass ich für dich Gitarre spiele?«

»Das auch, ja.« Sie streicht mir über den Nacken. »Ich meine deine innere Ruhe. Mir war nicht bewusst, dass sie nicht mehr da war, die ganze Zeit über.«

Ich nicke, weil ich weiß, was sie meint. Der ständige Druck und das rastlose Umherirren auf der Suche nach etwas, das man in keiner Sucht finden kann, ist stiller geworden. Der Entzug ist erst fünf Wochen her und ich bin noch weit entfernt von einem normalen Alltag, aber langsam, ganz langsam finde ich wieder zu mir selbst.

»Willst du darüber reden?«, fragt mich Rina.

Ich spüre den Drang in mir aufblitzen, es als nichts abzutun. Aber das ist es nicht. Es ist niemals nichts, sondern ein Schritt von vielen dabei, clean zu bleiben. »Über die Nacht oder die Sache heute Morgen?«

»Beides.« Natürlich beides, sie lässt mich nicht entkommen.

»Na gut.« Ich lege die Gitarre neben uns auf das Handtuch und ziehe Rina nach vorn zu mir. Ihre Beine liegen quer über meinen und unsere Finger verflechten sich. »Es ist immer derselbe Traum, der mich in Panik versetzt. Ich bin in einem dunklen Raum eingesperrt, ohne Türen, ohne Fenster. Keine einzige Möglichkeit zu entkommen, egal wie sehr ich mich auch bemühe, eine zu finden.«

»Shane und ich haben versucht, dich zu wecken, so sehr hast du geschrien. Das ist neu.«

»Nicht wirklich. Kurz nach dem Entzug hatte ich in der Nachsorge ein paar ganz schlimme Nächte, in denen es schwer war, mich wach zu kriegen. Marius sagt, ich brauche mir keine Sorgen machen, weil mein Unterbewusstsein die Angst verarbeitet, wieder rückfällig zu werden.«

Rina kaut auf ihrer Unterlippe. Ich sehe, wie sehr es sie beschäftigt, mir helfen zu wollen. Sie weiß nicht, wie viel sie und Shane schon für mich tun. Trotzdem möchte ich ihr nicht das Gefühl geben, sie auszuschließen. Nie mehr.

»Eigentlich wollte ich auf Shane warten, aber ich kann ihn später immer noch fragen. Marius meint, ich soll euch zur nächsten Therapiesitzung einladen, um Dinge wie diese zu besprechen. Weißt du schon, wie lange deine Vorlesungen am Montag gehen?«

Shane und ich haben Rina an ihrem ersten Unitag vor zwei Wochen von der West Coast abgeholt. Ihr war es peinlich, dass wir eine Menge pinker Seehunde-Luftballons dabeihatten und sie johlend am Parkplatz empfangen haben. Sie hat einfach so getan, als würden wir alle Jonah neben ihr meinen, und hat ihm auch noch applaudiert, um von sich abzulenken, aber wir haben ihre Rührung ganz genau gesehen. Selbst wenn sie es jetzt leugnet.

»Montags habe ich nur zwei Grundlagenkurse und Botanik, ich bin also am frühen Nachmittag fertig«, antwortet sie. Schon jetzt nehme ich die Veränderung in ihrer Stimme wahr, weil sie das tun kann, was ihr so lange unerreichbar schien.

»Sehr gut, die Therapie ist auf fünfzehn Uhr eingetragen.«

»Muss ich irgendwas mitbringen?«

Ich grinse. »Zur Therapie?«

Sie zuckt mit den Schultern. »Ja?«

»Nein, aber du könntest mir einen Gefallen tun.«

»Natürlich«, sagt sie und nickt eifrig. »Alles, was du willst.«

Ich zwinkere. »Lass dein Höschen zu Hause.«

Ihr Schlag gegen meine Brust ist halb so fest, wie er sein müsste. Rina wird wieder leise und dreht einen meiner Ringe. Ich weiß, dass sie mir Zeit gibt.

»Der Kaffee war heute Morgen alle«, sage ich schließlich und versuche mich nicht selbst zu belächeln. »Auch wenn sich das nicht wirklich nach einem Problem anhört, für mich ist es das.«

»Deine Routine?«

»Richtig«, stimme ich ihr zu und ziehe mir den Ring vom Finger. »Ich hätte nicht gedacht, wie sehr ich sie brauche, um mich durch den Tag zu kämpfen. Minute für Minute, Stunde für Stunde. Als ich die leere Dose mit den Kaffeebohnen gesehen habe, war sofort die Furcht da, die Struktur zu verlieren, die mir so viel Sicherheit gibt. So war es in Phoenix und das muss ich vermeiden. Fluchend und brüllend aus dem Haus zu rennen, war eine Kurzschlussreaktion, und es tut mir leid, wenn ich dich erschreckt habe.«

Dieses Mal ist alles anders. Der Entzug war schwerer, die Zeit danach ist es auch, und immer wieder komme ich an meine Grenzen und habe Schwierigkeiten damit, meine Reaktionen zu dämpfen.

»Wenn du Shane und mir sagst, wie wir in diesen Situationen reagieren sollen, könnten wir besser damit umgehen.«

Ich schüttle den Kopf und drehe den Ring in meinen Fingern. Wir haben ihn irgendwann auf einem Markt in Oldtown gekauft. Die kleinen Wellen, die darin eingraviert sind, waren schon damals ein Symbol der Verbundenheit für mich.

»Ich habe keine verdammte Ahnung, was mir in solchen Fällen hilft. Heute war es das Schwimmen im Meer, aber das muss das nächste Mal nicht zwingend funktionieren. Ich weiß nicht immer, was ich brauche, aber ich bin dabei, es einzugrenzen. Dass ihr heute bei Mara und Alex Kaffeebohnen ausgeliehen habt, war schon nicht schlecht«, sage ich lächelnd, obwohl wir uns beide bewusst sind, dass das nicht die Lösung ist.

»Niemand setzt dich unter Druck«, fängt Rina meine Gedanken auf. »Wir haben Zeit, all diese Dinge herauszufinden und es leichter für dich zu machen. Gemeinsam.«

»Gemeinsam«, wiederhole ich und küsse sie auf die Stirn.

Ich dachte lange Zeit, ich wäre ein Nichts ohne das Studium und die beruflichen Ziele, die über mein Leben bestimmt haben. Jetzt sitze ich hier und habe keine Ahnung, wie meine Zukunft aussehen wird und ob ich jemals als Mediziner arbeiten werde. Ich kämpfe mit einer verdammten Krankheit, die beinahe alles mit sich gerissen hätte, und doch verspüre ich Glück und Dankbarkeit – viel intensiver als in den Jahren zuvor.

Weil ich das Mädchen, das ich liebe, in meinen Armen halte.

Sie und meinen besten Freund an meiner Seite zu wissen, gemeinsam mit unseren Familien, gibt mir den ungebrochenen Willen, den ich brauche, um nicht aufzugeben. Um *mich* nicht aufzugeben.

Ich wickle eines meiner langen Lederarmbänder ab und binde damit den Ring so an Rinas Handgelenk fest, dass er flach aufliegt. »Es ist schön, etwas von mir bei dir zu wissen, wenn ich nicht da bin. Auch wenn es nur vier Wochen sind.«

»Danke«, sagt sie mit ihrem Lächeln und zeichnet den Ring nach. »Ich bin stolz auf dich, weißt du, dass du dich zur Reha entschlossen hast.«

»Marius meint, nur die Nachsorge wäre zu wenig, und ich kann kein Risiko mehr eingehen. Aber …«, ich küsse Rinas Fingerknöchel, »… ihr könnt mich in Portland besuchen, jederzeit.«

»Das werden wir«, antwortet sie.

Ich hebe ihren Kopf an und lege meinen Mund auf ihren, will sie spüren und schmecken und sie fühlen lassen, wie sehr ich sie liebe. Rina lächelt an meinen Lippen und streichelt über meine Wange, bis sie plötzlich den Kopf Richtung Meer dreht.

Shane kommt mit seiner Lady unter dem Arm aus dem Wasser. Wir haben ihn beim Surfen beobachtet, so lange, bis er zu weit draußen war.

»Die Sets waren heute der Hammer«, sagt er immer noch schwer atmend, legt das Brett in den Sand und zupft sich grünes Seegras von der Brust. »Aber das Wasser ist eiskalt.«

Rina steht auf und reicht ihm mit etwas Sicherheitsabstand das Handtuch, das sie für ihn mit nach vorn gebracht hat. Shane nimmt es und macht einen Schritt auf sie zu. In diesem Augenblick weiß ich schon, was passieren wird.

So schnell, dass Rina keine Zeit hat, um zu flüchten, packt Shane sie und zieht sie mit sich in den Sand, um sie in seiner Umarmung einzufangen. Sie kreischt, aber er presst sie einfach weiter an sich.

»Danke, Babe, dass du mich so selbstlos wärmst. Das muss wahre Liebe sein.«

Rina versucht sich noch unter Shane herauszukämpfen, gibt aber irgendwann auf und lässt sich von ihm küssen. Mit einem ungläubigen Keuchen hebt er ihre Hand hoch, schaut auf den Ring.

»Du hast ihr nicht im Ernst einen Ring gegeben, oder?«

Ich zucke mit den Schultern. »Doch, warum?«

»Solche Sachen spricht man ab, Mann. Wie stehe ich jetzt da? Ich hab heute nicht mal einen Ring an!«

»Dafür kann ich noch einen obendrauf setzen«, sage ich erbarmungslos und nehme wieder die Gitarre.

»Wie lange bist du noch mal auf Reha?«, erwidert Shane gespielt interessiert und wir beide fangen laut an zu lachen. Rina rollt nur mit den Augen und schüttelt den Kopf.

Mein Lachen wird zu einem Lächeln, als ich mich zu den beiden drehe. »In der Therapie sollen wir unsere Gefühle in Worte fassen. Darin bin ich nicht so gut, deswegen habe ich einfach einen alten Song genommen und etwas umgeschrieben.« Ich räuspere mich und spiele den ersten Akkord an. »Für euch.«

Shane nimmt Rinas Hände in seine und nickt mir ermutigend zu, während ich in ihren Augen schon jetzt Rührung erkenne. Ich habe so oft für sie gesungen, aber noch nie mit der Gewissheit, dass wir auch wirklich zusammengehören werden, unzertrennlich.

Bevor mich der Mut verlässt, schließe ich die Augen und stimme *L.O.V.E.* von Frank Sinatra an, in einem viel langsameren Tempo als das Original und mit meinem leicht veränderten Text. Die sanften Akkorde werden vom Singen der Wellen aufgefangen und verschwimmen in meinem Inneren zu einem einzigen großen Ganzen. *Liebe.*

»*L. is for the way you look at us*
O. is for the only one we see
V. is very, very extraordinary
E. is even more than anyone that you adore
And L.O.V.E. is all that we can give to you
L.O.V.E. is more than just a game for two
Three in L.O.V.E. can make it
Take our hearts and please don't break them
L.O.V.E. was made for us and you.«

Ich öffne meine Augen wieder, nur um zu sehen, dass Rina und Shane ihre geschlossen haben. Rinas Kopf liegt an Shanes Schulter. Er ist der Erste, der mich anblickt. Mit einem tiefen Atemzug beißt er sich auf die Lippe, dann nickt er. »Schon immer und für immer«, wiederholt er die Worte, die wir uns in den letzten Wochen so oft gesagt haben.

»Nicht optional«, sage ich und lächle sanft, als mich Rina anschaut. Shane wischt ihr mit dem Daumen die Träne von ihrer Wange.

Bei Rinas »Ich liebe euch« überzieht meinen Körper eine Gänsehaut.

»Und wir lieben dich«, gebe ich zurück und fühle, wie sehr der Song noch zwischen uns liegt und uns verbindet.

Wir alle drei erschrecken, als plötzlich Banks vor uns herumspringt und Sand in allen Richtungen aufstäubt.

»Banks«, sagt Rina und versucht ihre stürmische Begrüßung abzuwehren.

Shane steht auf und zieht Rina hoch. »Wie gut, dass auch ich manchmal ein Ass im Ärmel habe, sonst würde ich gegen den Schmusesänger mit Ringgeschenk ja total ablosen.«

Ich schaue ihn fragend an, aber Shane zuckt nur mit einer Schulter. »Geheimnis. Wartet ab.«

Enya kommt auf uns zu und lächelt. »Shane, Jonah und dein Dad sind jetzt fertig. Wir können fahren.«

»Danke«, sagt er und hebt sein Surfbrett hoch. »Ich ziehe mich nur noch schnell um.«

Bevor er Richtung Strandhaus geht, dreht er sich noch einmal zu Rina und mir um und lächelt. »Es geht um Freiheit. Im Leben und in der Liebe. Dafür kämpfe ich. Dass sich andere so frei fühlen, wie wir es tun.«

Shane ist bereits verschwunden, da denke ich immer noch über seine Worte nach. Rina nimmt lächelnd meine Hand und ich lächle zurück. Gemeinsam gehen wir auf unser Zuhause zu. Ich bin abhängig, an einem Punkt im Leben, an dem alles ungewiss ist, und trotzdem fühle ich mich frei.

Denn wir sind frei in unserer Liebe füreinander.

* * *

SHANE

Dad rüttelt noch einmal an der Heckklappe und nimmt dann die Krücke, die er an den Anhänger gelehnt hat. »Jonah hat die Lichter angeschlossen und überprüft, es dürfte keine Probleme geben, Shane.«

Es ist das erste Mal, dass ich so etwas alleine mache, ohne ihn.

»Danke, Dad«, gebe ich zurück und versuche zu verbergen, was sein Vertrauen mir bedeutet.

Dad nickt. Die Narben in seinem Gesicht werden mich immer an den Sturm erinnern, selbst wenn sie allmählich verblassen. Wunden heilen. »Du machst das schon, Shane, und wenn du Hilfe brauchst, rufst du an.«

Ich will mich bereits umdrehen, da zieht er mich mit seiner freien Hand an sich und umarmt mich. »Ich hätte es viel früher sehen müssen, den Mann, zu dem du geworden bist«, sagt er leise an meinem Ohr. »Ich habe mir selbst den Blick auf dich genommen und damit so viel kaputtgemacht.«

Zuerst schaue ich zur Seehundstation, die beinahe vollständig wieder aufgebaut ist, und dann meinem Vater in die Augen. »Es ist in Ordnung, Dad«, beruhige ich ihn, weil es das wirklich ist, für den Moment. Wir sprechen wieder richtig miteinander, arbeiten zusammen und tauschen uns dabei auf eine Art und Weise aus, die wir verloren hatten. »Wir sind auf einem guten Weg.«

»Das sind wir«, bestätigt Dad und klopft mir auf die Schulter. Ich kann nicht sagen, ob es an dem allgemeinen Chaos liegt oder daran, dass meine Eltern versuchen, auf meine Entscheidungen zu vertrauen, aber weder für meine Mom noch für meinen Dad ist die Beziehung zu Rina und Shane ein Problem. Zumindest zeigen sie es uns nicht, falls sie eines damit haben. Einzig Jason benötigt wohl noch Zeit, sich an den Gedanken zu gewöhnen, dass seine Tochter zwei Männer hat und nicht nur einen.

»Bereit?«, will Mom wissen und blickt von ihrem Tablet auf, auf dem sie Caden irgendwelche Werte erklärt hat.

»Bereit«, bestätige ich, und wir verabschieden uns von Lara, die mit zwei anderen Patienten ihre Reha wieder bei uns fortsetzt. Ihr Bruder Elias hat Jonah, Enya und Dad beim Aufladen der Seehündin geholfen und will uns später zum Fest in die Miller Street begleiten.

Zu fünft fahren wir mit Dads Jeep Richtung Süden, in die Bucht, in der Enya eine Zeit lang in ihrem Winnebago gewohnt hat. Sie ist abgeschieden und frei von Müll, kaum jemand kennt sie und ich kann mit dem Wagen beinahe direkt an den Strand fahren. Der perfekte Ort, um Glassy fern von jeglichem Bootsverkehr freizulassen.

Caden hilft mir, den Wagen mit dem Anhänger in der Bucht zu wenden, ohne im Sand zu versinken. Glassy ist leicht sediert, also müssen wir warten, bis Caden uns das Okay gibt, die Rampe aufzubauen und die Heckklappe zu öffnen.

»Ich kann mich noch gut daran erinnern, als Glassy gebracht wurde«, sagt Rina und schaut zwischen Caden und mir hin und her. »Alles war schwierig.«

»Ich hatte eine Scheißangst zu versagen.«

Caden schnaubt. »Du hattest zu jeder Zeit die Kontrolle, Shane«, meint er. »Weil es das ist, was dich auszeichnet. Ein kühler Kopf, wenn alle anderen durchdrehen. Oder ich, wenn *ich* durchdrehe.«

»Das wirkt nur so«, gebe ich mit Blick auf Glassy zu. »In Wahrheit wusste ich nicht, ob sie es packt.« Ich grinse. »Aber ich wusste, dass wir es packen.«

Gedanklich blättere ich durch die Erinnerungen der letzten Wochen und Monate. Eine harte Zeit liegt hinter uns und vermutlich eine noch härtere vor uns, aber der Unterschied ist, dass wir dieses Mal zusammen sind. Untrennbar verbunden.

Ich liebe Rina, weil sie die einzige Frau in meinem Leben ist, die zählt, es immer nur sie war und sein wird, für den Rest meiner Zeit. Und ich liebe Caden, weil er mein Freund ist und mein Bruder. Ich liebe ihn als Partner meiner Partnerin und als Seelenverwandten.

»Ich glaube, sie bewegt sich«, unterbricht Enya meine Gedanken. Caden tritt zu der Seehündin und beobachtet sie aufmerksam, bis er Jonah und mir ein Zeichen gibt.

Wir hängen die Rampe ein und ich will schon die Heckklappe öffnen, da halte ich inne.

»Wir machen das gemeinsam«, sage ich zu Rina und Caden und bedeute ihnen, näher zu kommen.

Rina und ich entriegeln die Verschlüsse. Alle fünf zählen wir gemeinsam bis drei und Rina, Caden und ich heben die Klappe aus.

Dann geht alles ganz schnell. Zuerst noch etwas träge schiebt sich Glassy über die Rampe nach unten. Ihre Haut ist wieder dunkler geworden, sie sieht gesund aus, und auch ihre Bewegungen lassen nicht erkennen, wie schwer verletzt sie war.

Meter für Meter wuchtet sie ihren schweren Körper zum Meer und verschwindet in den Wellen.

Rina stutzt. »Diesen Moment habe ich mir, ich weiß auch nicht, irgendwie besonderer vorgestellt.«

Enya nickt. »Ja, sie ist einfach gegangen.«

Ich lache auf. »Was, dachtet ihr, sie dreht sich auf halbem Weg um und winkt uns zum Abschied?«

Rina nickt. »Das wäre wohl das Mindeste gewesen. So ist es jetzt so ...«

»Natürlich?«

Sie boxt Jonah gegen den Oberarm. »Du weißt, was ich meine.«

Caden legt einen Arm um sie und gemeinsam gehen wir vor zum Meer. »Wir könnten so ein Therapie-Dings daraus machen«, schlägt er vor. »Glassy einen Wunsch mitgeben, der auch auf uns zutrifft.«

Der Seehund ist schon längst im Meer verschwunden, als wir am Wasser ankommen.

»Na gut, ich beginne«, sage ich und nehme Rinas Hand. »Ich wünsche Glassy, dass sie dieselbe Zufriedenheit findet, die ich jeden Morgen verspüre, wenn ich mit Rina und Caden an meiner Seite aufwache.« Ich sehe sie an, alle beide, um ihnen zu zeigen, wie wichtig mir diese Worte sind. »Weil wir verdammt hart dafür gekämpft haben.«

Weil sie alles sind, was zählt.

* * *

RINA

Shane sieht uns immer noch an, mit einer Aufrichtigkeit, die mir den Atem raubt. Dann lächelt er – dieses eine schiefe Lächeln. Er zwinkert mir wissend zu, fährt sich durch die blonden Haare und schaut zu Enya, die jetzt spricht. Aber er drückt weiter meine Hand und ich seine.

»Ich wünsche Glassy Durchhaltevermögen. Und das wünsche ich auch Rina und Jonah für ihren Neubeginn an der West Coast University.«

Ich grinse, weil ich zum ersten Mal in meinem Leben das Gefühl habe, das machen zu dürfen, was ich wirklich will. Anna hat meine Kündigung im Salon nicht wortlos hingenommen, war sie sich doch sicher, dass mein Stipendium nicht echt sei und es kein Zurück gebe, nachdem ich mich nach der Sache mit Dad habe exmatrikulieren lassen. Aber das gab es, weil dank der verlangsamten Bürokratie in den Sommermonaten das Stipendium noch nicht neu vergeben worden war. Fast so, als hätte es auf mich gewartet.

Jonah dreht sich zu uns. »Und ich wünsche Glassy viel Fisch, ein paar gute Wellen und dass sie ein Zuhause findet, so wie die vielen Kinder und Jugendlichen es im neuen *Trust* finden werden.«

Dads Erleichterung, als ihm Cadens Vater den Umsetzungsvorschlag eines Jugendzentrums gezeigt hat, war nicht unerwartet, aber ich habe nicht mit dem Wandel gerechnet, den diese neue Perspektive in ihm hervorgerufen hat. Nach dem Alkoholkonsum der vorangegangenen Wochen hat er wieder eine gute Phase, die über seine Probleme hinwegtäuscht. Ich weiß jedoch nicht, ob er sich zu einer Therapie entschließen wird. Im Moment bin ich einfach nur froh, dass er den neu gegründeten Vorstand für das *Trust* unterstützt und sogar mit ihnen nach weiteren Investoren gesucht hat, um den Kindern und Jugendlichen ein Zuhause zu geben. Dad lebt mit der Hoffnung auf, und dafür bin ich sehr dankbar.

»Rina, du bist dran«, sagt Jonah.

Beim Nachdenken streife ich mit der Zunge meinen abgebrochenen Schneidezahn. Ich drücke die Hände der beiden Männer, in deren Mitte ich stehe. »Ich wünsche Glassy, dass sie Artgenossen um sich herum hat, so wie ich euch habe. Danke, dass ihr mein Leben nie aufgegeben habt, selbst wenn ich es getan habe. Danke, dass ihr unsere Liebe nicht aufgegeben habt.« Ich nicke. »Schon immer und für immer.«

Shane zieht mich an sich, streicht mit seinen Lippen über meine und lächelt.

»Ich bin dran«, sagt Caden und stellt sich vor uns. »Ich wünsche Glassy Glück.« Er breitet die Arme aus. »Das Glück, das ich mit euch allen habe, weil ihr bei mir seid. Weil wir hier sind. Eine Familie.« Caden rennt ein Stück in die Wellen, laut lachend.

Jonah ist der Erste, der sich das Shirt vom Kopf reißt, sein CI abnimmt und laut schreiend ins Meer hechtet. Enya und Shane machen es ihm nach, während Caden noch einmal auf mich zuläuft, mich hält und seine Stirn gegen meine presst. »Sieben, drei, acht«, sagt er außer Atem und ich wiederhole es.

»Sieben, drei, acht.«

Dann zieht auch er sich sein Shirt aus, verflicht seine Finger mit meinen und wir laufen auf Shane zu. Er steht im Meer und wartet auf uns.

Das kalte Wasser lässt mich kreischen, und ich falle Shane in die Arme, der mich hochhebt und mit sich nach hinten kippen lässt. Gemeinsam mit Caden schwimmen wir ein Stück hinaus, beobachten das Glitzern in dem einen Moment, in dem sich das Licht der Sonne im Wasser bricht und der Wind sanft die Wellen berührt.

Dort, wo wir uns lieben.

TRIGGERWARNUNG

Diese Geschichte enthält folgende sensitive Themen:

Drogen-/Alkoholmissbrauch und -abhängigkeit

Beschreibungen physischer und psychischer Auswirkungen von Stress

emotionaler Missbrauch in Beziehungen

Beschreibungen verletzter Tiere

Wir produzieren nachhaltig

- Klimaneutrales Produkt
- Papiere aus nachhaltigen und kontrollierten Quellen
- Hergestellt in Europa

FSC
www.fsc.org
MIX
Papier | Fördert gute Waldnutzung
FSC® C083411

Lektorat: Larissa Bendl, Veronika Herzog
Umschlaggestaltung: ZERO Werbeagentur, München
Umschlagabbildung: shutterstock.com / © iryna1 / © Andrey Yurlov / © Victor Lauer / © Sinisha Karich / © alybaba / © Lauritta / © strannik65 / © ON-Photography Germany / © Ruslan Shevchenko
Illustrationen: © Antonia Sanker
Satz: Pinkuin Satz und Datentechnik, Berlin
Produktionsmanagement: Gunta Lauck
Litho: Margit Dittes Media
ISBN 978-3-551-58533-2